Histoire générale du XXe siècle

Des mêmes auteurs

AUX MÊMES ÉDITIONS

Bernard Droz

Histoire de la guerre d'Algérie 1954-1962
(en collab. avec Évelyne Lever)
« Points Histoire » n° 60, 1982

Les Décolonisations
« Mémo » n° 32, 1996

Histoire de la décolonisation au XXᵉ siècle
2006
et « Points Histoire » n° 409, 2009

Anthony Rowley

Histoire du continent européen
(en collab. avec Jean-Michel Gaillard)
1998
et « Points Histoire » n° 229, 2001

Bernard Droz/Anthony Rowley

Histoire générale du XXe siècle

Depuis 1950

TOME III

Expansion et indépendances
(1950-1973)

Éditions du Seuil

Histoire générale du XXe siècle
(en 4 tomes)

Jusqu'en 1949 (t. I et II)
1. Déclins européens
2. La naissance du monde contemporain

Depuis 1950 (t. III et IV)
3. Expansion et indépendances, 1950-1973
4. Crises et mutations, de 1973 à nos jours

ISBN 2-02-009113-5 (édition complète).
ISBN 978-2-02-009810-6, (vol. III).

Avant-propos

Le premier XXe siècle avait été dominé par les guerres et la désunion des puissances. Les années 1945-1949 en furent le prolongement presque caricatural, passant de l'euphorie consécutive à la victoire des démocraties aux antagonismes menaçants de la guerre froide. Or, contrairement aux sombres prévisions des contemporains, le monde va connaître vingt-trois années de paix et de prospérité relatives. Sans doute ne saurait-on oublier ni les guerres de décolonisation ni les conflits de l'Extrême et du Moyen-Orient. Sans doute aussi, la richesse des Occidentaux ne doit pas masquer la précarité des conditions de vie du reste de la planète. Du moins, de 1950 à 1973, les principaux conflits régionaux sont-ils contenus, à défaut d'être résolus. Leur engrenage fatal semble être heureusement grippé. On y verra les effets dissuasifs de la menace nucléaire, mais aussi la volonté des deux Grands de poursuivre leur confrontation par les voies de la stratégie indirecte. Américains et Soviétiques se neutralisent partiellement, et éprouvent parfois des difficultés à imposer leur ordre. L'ère de la détente se fonde d'abord sur cette forme de sagesse qui réside dans l'abandon du projet suicidaire d'anéantir l'adversaire.

Plus nette encore est la mutation observée dans le domaine économique. A la guerre douanière succède la coopération internationale, au protectionnisme l'intensification des échanges, et la solidarité monétaire aux désordres de l'entre-deux-guerres. Divers facteurs techniques concourent à ce mouvement d'unification : la nouvelle révolution des transports, les progrès de la communication audiovisuelle et de l'informatique, l'uniformisation des modes de vie. Sans doute ne rend-on pas les sociétés optimistes, et encore moins heureuses, par la seule recension de leurs progrès. A cet égard, la crise de 1968, qui, de Berkeley à Paris, de Prague à Tokyo, mais aussi de Mexico à Dakar, procède d'une remise en cause des valeurs dominantes, signifie plus qu'un simple conflit de générations. Mais 1968 est un événement trop bref, et trop aisément maîtrisé, pour interrompre la croissance et la mythologie du progrès qui s'y rattache, même s'il s'en faut de beaucoup que l'une et l'autre soient universellement diffuses. Le troisième quart du XXe siècle ne ressuscite sans doute pas un nouvel âge d'or de l'humanité. Par-delà les guerres et les drames de toutes sortes, il apparaît pourtant, avec le recul du temps, comme le plus riche de promesses et de virtualités.

1

Contrastes et divisions du monde à l'âge de la guerre froide

1

Initiatives et réussites économiques

L'hiver 1949-1950 raviva les inquiétudes des Occidentaux. La crise monétaire européenne et les premiers signes d'une dépression économique aux États-Unis – aussitôt assimilés aux prémices d'un nouveau 1929 – contribuèrent à accréditer l'idée d'une communauté transatlantique affaiblie, face à la menace d'une troisième guerre mondiale. Les perspectives d'une reconstruction économique réussie paraissaient d'autant plus aléatoires que les politiques européennes divergeaient et que l'avenir de la RFA ou du Benelux demeurait hypothétique. Alors qu'approchait la fin de l'aide Marshall, la peur de l'Union soviétique constituait en définitive le ciment propre à empêcher un éclatement des pays européens comparable à celui des années trente.

Jusqu'en juillet 1949, les Européens s'étaient reposés sur l'approvisionnement financier des Américains et avaient écarté à la fois dévaluation et déflation. Or leur situation monétaire était trop dégradée pour qu'on puisse encore envisager un replâtrage [1]. Au contraire, les Américains s'interrogeaient sur la nécessité de soutenir des parités artificiellement surévaluées et sur l'utilité de subventionner la livre sterling ou le franc, alors que les dirigeants de ces pays refusaient en pratique de se soumettre à la discipline des accords de Bretton Woods. La dévaluation britannique de septembre semble inaugurer le retour des stratégies individuelles, au point que

1. Dépréciation des monnaies européennes vis-à-vis du dollar en 1949 : lire, – 8 % ; franc belge, – 12 % ; deutsche mark, – 20 % ; franc français, – 22 % ; florin, – 30 % ; livre sterling, couronnes danoise et suédoise, – 31 %.

Gaston Palewski reprocha aux Anglo-Saxons le « tête-à-tête » forcé entre l'Allemagne et la France qui ne manquerait pas de surgir de l'attitude égoïste des Occidentaux. Le désappointement des Européens était particulièrement vif, car la baisse des exportations vers les États-Unis compromettait la poursuite de la croissance. Déjà, celles-ci étaient inférieures à leur niveau déprimé d'avant guerre; entre janvier 1949 et mars 1950, elles diminuèrent de 25 à 33 % en volume.

De nouveau, les interrogations de 1947 surgissaient: les États-Unis allaient-ils connaître une récession comparable à celle de 1920-1921? Le plan Marshall avait-il simplement différé le moment où réapparaîtraient chômage, dépression et pauvreté? Les premiers mois de l'année 1950 en Grande-Bretagne et en Allemagne fédérale le laissaient présager: cette dernière n'assurait plus que 12 % des échanges intra-européens, et, depuis octobre 1949, son déficit commercial mensuel dépassait les 300 millions de dollars. Dans une Europe dont la construction monétaire et douanière marquait le pas, une récession occidentale risquait de réactiver les tensions Est-Ouest, quelques mois après la crise de Berlin, voire d'inciter les Américains à prendre leurs distances. A cet égard, la suspension de l'aide Marshall à la Hollande, pour sanctionner l'attitude néerlandaise en Indonésie, avait constitué un précédent inquiétant.

A la surprise générale, ces pronostics furent infirmés par une étonnante amélioration de l'économie et des niveaux de vie mondiaux. La récession américaine se prolongea à peine quinze mois et n'entraîna ni ralentissement de la consommation ni réduction des dépenses militaires ou de l'aide internationale. En Europe, les dévaluations accélérèrent le mouvement des échanges entre pays parce qu'elles réduisaient la compétitivité des produits américains. Surtout, les anticipations optimistes des investisseurs se maintinrent, comme le confirma le boom du logement aux États-Unis et en Europe du Nord. Les achats de biens durables, la baisse des prix et l'harmonisation de fait des politiques économiques conjuguèrent leurs effets de contrepoids face au ralentissement de l'activité industrielle. La guerre de Corée servit alors de catalyseur à une expansion déjà perceptible et acheva d'installer les pays occidentaux sur la voie de la prospérité et le reste du monde sur celui de la croissance. Ce contraste entre le climat de guerre froide et l'activité économique fait songer à la proposition paradoxale de J.M. Keynes qui, avant la guerre, avait suggéré des travaux stériles, sur le modèle des pyramides d'Égypte, pour ranimer l'économie en temps de crise. La génération des années cinquante aurait ainsi bénéficié du réarmement autant que des gains de productivité ou de l'expansion des échanges.

Peut-on alors affirmer qu'une nouvelle période commence en 1950 ? A première vue, les années 1950-1961 présentent un bilan homogène et brillant, confirmant les résultats du temps des reconstructions. Dans cette perspective, la décennie cinquante s'inscrirait dans le prolongement du début du siècle et concrétiserait les tentatives imparfaites de l'entre-deux-guerres. Les transformations institutionnelles et les accords internationaux auraient permis de favoriser une croissance en quelque sorte inéluctable [1]. L'hypothèse est séduisante, mais elle mésestime les disparités des performances nationales et l'importance du boom lui-même, largement supérieure à ce qu'aurait pu donner un *trend* séculaire, continu depuis 1896. Déterminer la spécificité des années cinquante implique donc que l'on s'interroge sur les enjeux technologiques, les acteurs et leurs politiques économiques, dans la mesure où la croissance et le bien-être sont des concepts aux sens multiples, même si les politiques et les objectifs poursuivis paraissent voisins.

Encore reste-t-il à clore la période. 1958 marque un infléchissement sensible dans les pays occidentaux. L'hégémonie du dollar apparaît moins indiscutable, en raison de la dégradation de la balance des paiements américaine et de la première spéculation contre la monnaie mondiale. D'autre part, la mise en œuvre de la Communauté européenne et l'arrivée au pouvoir du général de Gaulle modifient les données de l'équilibre

1. S. Kuznets a proposé une formalisation globale de cette idée dans *Croissance et Structures économiques*, Paris, Calmann-Lévy, 1965; E. Denison et Poulier l'ont appliquée aux pays occidentaux dans *Why Growth Rates Differ*, Washington, The Brookings Institution, 1967; J.-J. Carré, P. Dubois et E. Malinvaud ont fait de même pour la France dans *la Croissance française*, Paris, Éd. du Seuil, 1972, et W. Abelshauser et D. Petzina pour l'Allemagne dans *Historische Konjunkturforschung*, Stuttgart, W.H. Schröder, 1980.

transatlantique. De même, en Union soviétique, Nikita Khrouchtchev réorganise les productions industrielles de base, met en place un nouveau plan, septennal, et décide l'intensification des échanges au sein du Comecon. Pourtant, ni le champ des relations économiques internationales ni le rythme de la croissance ne paraissent changés. Il en va tout autrement si l'on considère comme une sorte d'unité temporelle les années 1961 et 1962. Le produit intérieur des pays occidentaux connaît un palier dans sa hausse décennale[1]. Le *Dillon Round* et les succès commerciaux de la CEE annoncent le passage à un marché mondial élargi; la hausse des prix à la consommation marque le pas, tandis que s'amorce un rééquilibrage du partage de la valeur ajoutée dégagée par les entreprises. En URSS, les dirigeants proclament en octobre 1961 leur intention d'édifier en vingt ans une société communiste et de devenir dès 1970 la première puissance industrielle du monde. A cette inflexion du régime des économies correspond une réorientation de la plupart des pays européens : l'indépendance de l'Algérie et les nouvelles priorités de la planification parachèvent l'amarrage de la France à la CEE; la construction du mur de Berlin semble déterminer deux entités économiques hétérogènes. Enfin, l'arrivée à la présidence des États-Unis de J.F. Kennedy s'identifie à une volonté de réorganisation du concert mondial et à une tentative originale d'application du keynésianisme. L'ère de la détente marque bien la naissance d'un nouvel équilibre économique international.

1. **Augmentation du produit intérieur (en volume)**

	1961 (%)	*1962 (%)*		*1961 (%)*	*1962 (%)*
Japon	14,5	7,0	France	5,7	6,3
Espagne	12,0	10,0	Suède	5,7	4,0
Italie	8,0	6,0	Benelux	4,5	5,0
Danemark	6,5	6,0	Royaume-Uni	3,0	0,5
RFA	5,9	4,0	États-Unis	2,2	5,6

Les enjeux économiques

S'adapter

Trois leitmotive résument assez fidèlement les préoccupations des peuples développés après 1950 : survivre, vivre mieux, puis transformer la vie. Survivre, c'est échapper d'abord aux conséquences durables de la guerre – migrations forcées, familles disloquées –, puis se nourrir, alors que le rationnement et les privations se prolongent. En 1950 encore, les pays d'Europe occidentale n'ont pas retrouvé le niveau de leur production agricole d'avant guerre. Survivre, c'est surtout nourrir des enfants plus nombreux, sorte de réponse spontanée de la nature humaine aux difficultés du temps. Mais comment y pourvoir si les espérances de paix ou le redressement des économies se révèlent vains ? Transformer l'entreprise, utiliser le nouvel élan scientifique des années quarante dans l'espoir de faire disparaître le chômage et de garantir l'équilibre des sociétés grâce à une prospérité mieux partagée, telle est l'ambition de la génération cinquante. Le dilemme des lendemains de guerre entre rénovation et restauration laisse place à une interrogation : comment passer à l'âge de la modernité pour le plus grand nombre ?

Les années cinquante sont encore dominées par la mort, que celle-ci soit liée à la perception prolongée des pertes de guerre ou à la volonté affichée d'en combattre les causes médicales et sociales. La prise de conscience statistique du nombre des décès survenus pendant le conflit explique cette focalisation. De 30 millions en 1950, les estimations passent à 38/40 millions en 1960 [1]. La fluctuation des données traduit une des

1. En fait, d'après B. Ourlanis, dans *Wars and Population* (Moscou, 1971), il faudrait compter 45 à 50 millions de morts, dont 22 millions de pertes militaires :

URSS *	20	Pologne	5,0	États-Unis	0,3
Chine	10	Japon	2,3	Grande-Bretagne	0,25
Allemagne	6	France	0,6		

(* en millions de morts)

originalités monstrueuses de la guerre : pour la première fois, les civils, victimes des bombardements, des famines ou des camps de concentration, ont été plus touchés que les militaires; à ces chiffres s'ajoutent, pendant plusieurs années, les décès dus aux conditions de vie. Pourtant, les années 1939-1946/1947 apparaissent rétrospectivement comme une solution de continuité exceptionnelle dans la baisse régulière de la mortalité depuis cinquante ans. Tout au plus la guerre a-t-elle hâté la mise en place de politiques de la santé dans les pays les plus attardés, ce qui expliquerait leur alignement rapide sur les résultats d'ensemble : il fallut trente ans à la Hongrie – de 1925 à 1955 – pour réduire son taux de mortalité de 18 à 10 ‰ et seulement neuf ans – de 1946 à 1955 – à la Roumanie pour passer de 19,5 à 10 ‰. En 1960-1961, l'Europe, les États-Unis et le Japon ont un taux voisin de 9 à 10 ‰, alors que les écarts variaient parfois du simple au double avant guerre. Les résultats les plus manifestes de cette évolution furent la chute de la mortalité infantile, l'augmentation de l'espérance de vie – qui progresse de sept ans entre 1949 et 1960 – et surtout la modification des causes principales de mortalité, signe évident de la prospérité. Abandonnant la hiérarchie établie par Bertillon en 1893, l'OMS propose, en 1963, une nouvelle classification où apparaissent le cancer, les maladies cardio-vasculaires et les accidents de la route comme premières causes de décès dans les pays riches[1]. Les années d'après guerre confirment la généralisation de la transition démographique à l'ensemble des pays développés et des nations européennes proches. On y retrouve les trois caractères du nouvel équilibre démographique du XXe siècle : les réductions de la natalité et de la mortalité, ainsi que l'influence des phénomènes migratoires.

Pourtant c'est la reprise de la natalité qui a frappé les contemporains, à la fois par son point de départ[2] et par la valeur symbolique qui lui a été conférée. Mais, comme le remarque Pierre Guillaume, « cette reprise n'a rien d'universel et se surimpose au prolongement et à l'extension de la transi-

1. H. Hansluwka et A. Smith, *Report on the Demographic Aspects of Mortality*, IInd European Population Conference, Council of Europe, 1971.
2. Cf. t. II, p. 144-146.

tion démographique[1] ». Ainsi l'Allemagne et les pays méditerranéens ignorent les mouvements compensatoires d'après guerre et voient leur natalité décliner jusqu'en 1960 pour l'Allemagne fédérale et jusqu'en 1962 pour l'Italie ou la Grèce. Certes, le taux de ces pays demeure proche de 20 ‰ tandis que celui de la RFA s'établit à 17 ‰; il n'en reste pas moins que ces pays natalistes par tradition ou par politique adoptent des comportements voisins. On pourrait étendre cette observation aux pays socialistes : l'Europe centrale, les pays balkaniques et l'Union soviétique enregistrent une harmonisation de leurs rythmes démographiques, marquée par une reprise modérée de la natalité entre 1945 et 1955, puis par une baisse régulière, alors que la mortalité chute brutalement. Le taux record de 1950 en URSS (natalité de 26,7 ‰) constituerait difficilement le signe d'un quelconque *baby boom* si on le compare aux 37,5 ‰ de 1939 et aux 44 ‰ de 1929. Les pays de l'Est accomplissent leur transition démographique plus rapidement que leurs voisins occidentaux et avec des modalités qui reflètent l'influence de l'État, de la religion et des niveaux de vie sur les individus.

Seuls trois pays, les États-Unis, la France et le Japon, connaissent une évolution surprenante. Le bouleversement japonais est le plus spectaculaire, puisque le pays passe d'un régime propre aux nations sous-développées à celui d'un pays industriel. En quinze ans se succèdent quatre temps : les mesures natalistes décidées à la veille de l'entrée en guerre avaient contribué au retour d'un taux supérieur à 30 ‰ que la défaite et surtout la pénurie firent tomber à 23 ‰. Le *baby boom* de 1947-1949 se traduisit par un taux de 35 ‰ jusqu'à l'application des lois eugéniques, décidées sous l'influence des Américains, qui marquent le point de départ d'une chute continue de la natalité – le seuil des 20 ‰ étant franchi en 1955. L'évolution française et américaine est aussi contradictoire, mais s'organise sur un rythme binaire : à l'effondrement des années trente s'oppose le relèvement brutal des années quarante, prolongé par un exhaussement durable de la natalité pendant dix à quinze ans. La guerre et son issue, l'ancienneté

1. P. Guillaume, *Individus, Familles, Nations*, Paris, CDU-SEDES, 1985, p. 16.

du développement ou les mesures incitatives apparaissent ici en tant qu'adjuvants de mouvements démographiques fondés sur les perceptions éminemment mobiles de l'emploi, de l'enrichissement ou de la protection sociale [1]. C'est donc l'amplitude de l'écart entre les taux de natalité et sa prolongation qui différencient les *baby booms*, et l'on distinguera le cas franco-américain, où la variation atteint 6 à 7 points, des situations scandinave ou britannique, illustrées par un redressement d'ampleur et de durée limitées, de l'ordre de 3 points sur trois à quatre ans. On comprend dès lors que ce sursaut ait symbolisé la capacité humaine à résister aux traumatismes guerriers et à construire un avenir plus rassurant.

La sécurité, telle est également l'inquiétude des familles déplacées de force le temps d'une guerre, chassées par les réajustements de frontières en 1945 ou se repliant des anciennes colonies vers les métropoles. Il est difficile de chiffrer le nombre de ces exclus, en dépit des recensements effectués par l'Organisation internationale pour les réfugiés. L'Allemagne fédérale et le Japon ont été les principales terres d'accueil, avec 13 et 6 millions d'arrivants; on y ajoutera 1,5 million de personnes « déplacées » et 600 000 ressortissants des anciennes colonies [2]. Cette mobilité tragique, incarnée notamment par l'odyssée des Allemands de Königsberg à travers l'Europe centrale, oblitère jusqu'en 1948-1950 la reprise de l'immigration et de l'urbanisation, phénomènes caractéristiques des pays développés, interrompus depuis une quinzaine d'années. L'assouplissement des législations d'accueil et les conditions socio-économiques déterminent les principaux flux migratoires, en direction de l'Allemagne fédérale et des pays anglo-saxons. Ainsi la Grande-Bretagne reçoit-elle 250 000 travailleurs européens de 1946 à 1955, auxquels s'additionnent les 90 000 Polonais restés dans le pays, puis, à mesure que les colonies accèdent à l'indépendance, 600 000 ressortissants venus des Antilles, du continent indien, d'Afrique. Dans le même temps, 450 000 Britanniques émigrent vers les États-

1. Cf. R.A. Esterlin, *The American Baby Boom in Historical Perspective*, New York, 1962, et les analyses critiques dans *les Aspects de la croissance démographique*, Paris, CNRS, 1976.

2. Sur l'ensemble de la question, cf. M. Marrus, *les Exclus*, Paris, Calmann-Lévy, 1986.

Unis, le Canada ou l'Australie, à la faveur des mesures prévoyant l'accueil des épouses de guerre et des réfugiés [1]. Ces transferts n'accélèrent pas nécessairement l'assimilation des populations, contrairement au vœu des autorités : redevenu le principal pays migratoire d'Europe, le Royaume-Uni est aussi le premier à connaître les émeutes raciales – à Blackpool et à Londres –, la résurgence des thèmes racistes, avec Enoch Powell, et le premier à rétablir, en 1961, des mesures restrictives avec la création d'un nouveau permis de travail. L'intensification des brassages de population et la volonté plus nette des autochtones comme des migrants de s'enraciner dans un terroir déterminé [2] illustrent les aspects contrastés des transformations démographiques en Occident [3].

Ces migrants, domestiques ou étrangers, contribuèrent au nouvel élan du peuplement urbain, induit autant par l'industrialisation que par la concentration des activités tertiaires. Cependant, l'harmonisation des taux d'urbanisation, proches de 70 % en Occident et de 55 % dans les pays de l'Est en 1960, cache trois situations distinctes : consolidation en Europe du Nord-Ouest, aux États-Unis et au Japon ; rattrapage en France, en Italie et en Europe centrale ; enfin, urbanisation très rapide dans les pays de l'Est en raison des nécessités du plan et de l'industrialisation [4]. Ainsi se met en place un processus complexe où l'apparition des conurbations, la progression des banlieues, la multiplication des « cités jumelles » – signe d'une urbanisation proliférante – coïncident avec les premiers plans

1. C. Moindrot, « Les vagues d'immigration en Grande-Bretagne », *Population*, 1965.

2. La chute des taux de masculinité à 25 % en 1946 confirme la nature familiale des migrations aux États-Unis, tandis que le pourcentage de la natalité autochtone par État se stabilise à 70 % après cinquante ans de chute.

3. On rappellera que les démocraties populaires décident de limiter les migrations à partir des années cinquante.

4. **Évolution de la population urbaine en Europe**
(en millions d'habitants)

	1920	*1939*	*1960*		*1920*	*1939*	*1960*
Londres	7,4	8,3	9,1	Ruhrgebiet	3,7	4,2	5,0
Paris	5,0	6,0	7,2	Budapest	1,2	1,4	1,8
Rome	0,6	1,0	2,0	Lisbonne	0,6	0,9	1,3

Données démographiques

	EU	*Fr.*	*RU*	*RFA*	*Ital.*	*Esp.*	*Tch.*	*Jap.*	*URSS*
population totale (en millions)									
1950	111,5	41,7	50,6	47,8	46,6	27,9	12,4	83,0	180,0
1955	121,3	44,0	51,5	50,0	48,2	28,4	12,9	86,0	196,0
1960	129,0	45,7	52,5	53,2	49,6	30,3	13,6	88,2	214,0
taux de natalité (en ‰)									
1945	22,5	21,1	18,1	—	22,1	23,4	21,5	25,0	—
1950	24,1	20,7	15,9	16,5	19,5	20,2	23,3	25,8	26,7
1955	25,1	18,2	15,1	17,0	17,9	20,7	20,1	17,5	25,8
1960	23,6	17,9	17,2	17,8	18,3	21,8	15,9	16,8	24,9
taux de mortalité (en ‰)									
1945	10,0	15,1	10,8	—	15,1	11,4	14,8	30,1	—
1950	9,8	13,8	10,6	10,8	10,4	10,8	11,5	11,5	9,7
1955	9,6	12,5	10,4	11,1	10,2	9,9	10,5	7,6	8,5
1960	9,6	11,4	10,4	11,1	10,0	9,8	9,2	7,1	7,1
solde migratoire 1950/1960 (en millions)									
	+ 2,4	− 1,09	− 0,4	+ 2,73	− 1,17	− 0,82	− 0,01	+ 0,9	—
population active (en %, chiffres arrondis)									
1950									
I	9	31	5,5	18,5	39	53	35	26	29
II	38	36	49,5	47,0	33	22	65	40	71
III	53	33	45,0	34,5	28	25		34	
1960									
I	5,5	21	4	14	33	35	24	18	22
II	34,0	39	49	49	37	37	76	46	78
III	60,5	40	47	37	30	28		36	

d'aménagement urbains et régionaux, à Londres comme à Prague ou dans le Mezzogiorno.

Les raisons multiples de ce dynamisme démographique rendent délicate toute hiérarchisation. On ne peut en effet généraliser l'hypothèse d'une « revanche des berceaux » à la fin du conflit ni celle d'une fécondité particulière en fonction des ethnies ou du niveau d'éducation. Ainsi le *baby boom* américain correspond à un relèvement de la fécondité blanche, sans modification des taux de la population noire, traditionnellement plus élevés. De même la poussée nataliste en France est-elle imputable aux femmes diplômées autant qu'à celles ayant seulement une formation primaire [1]. En définitive, les nouvelles attitudes devant la vie et la mort, et surtout le lien entre démographie et travail – particulièrement celui des femmes –, semblent les facteurs déterminants. Les années cinquante marquent une dilution accentuée des solidarités amicales et familiales, du sentiment religieux et des particularismes régionaux. Dans le même temps, révolution agraire, urbanisation et travail féminin ont eu pour conséquence une homogénéisation des comportements démographiques : en 1960, les ruraux sont toujours les plus féconds et les cadres les moins natalistes, mais les écarts se sont considérablement réduits, au point que la « famille moderne » comporte deux à trois enfants, indépendamment du statut social.

L'environnement économique apparaît ainsi de portée plus décisive que des facteurs structurels comme l'âge au mariage des femmes. La France du *baby boom* n'est-elle pas peuplée d'adultes vieillis à qui l'on reprochait leur mentalité malthusienne dix ans auparavant ? Le rajeunissement du monde développé s'explique d'abord par le retour du plein-emploi, accompagné de perspectives de mobilité sociale pour des travailleurs moins nombreux [2]. De fait, la croissance du secteur tertiaire permet d'accueillir les paysans, les femmes et les étrangers ; parallèlement, cette amélioration du statut social et du revenu les incite à procréer. La peur du chômage et du déclassement – caractéristique de l'état d'esprit des années trente – s'efface au profit d'une vision plus optimiste, asso-

1. Cf. P. Guillaume, *op. cit.*, p. 65-67.

2. **Évolution de l'emploi en Europe occidentale (en %)**

	Accroissement de la population en âge de travailler (15-64 ans)		*Taux de chômage*			
	1920-1940	*1950-1960*	*1938*	*1950*	*1955*	*1960*
France	2,6	2,7	8,8	2,0	1,5	1,3
Italie	20,7	7,2	—	9,1	7,6	4,0
Royaume-Uni	15,3	0,9	10,9	1,2	0,8	1,4
Suède	21,8	5,9	11,0	1,5	1,2	1,3

Source · OCDE

ciant travail et enrichissement. Aux exigences austères de la Reconstruction succèdent les perspectives d'une « société d'opulence » où le partage entre salaires et profits s'opérerait à la satisfaction générale, compte tenu des gains de productivité et des progrès techniques. Au sein d'une tendance longue à l'organisation de plus en plus rationnelle du travail, les années cinquante présentent une configuration particulière, marquée par le passage du taylorisme au fordisme. La généralisation du travail à la chaîne s'accompagne d'une division du temps imposée par la vitesse de progression de la chaîne au lieu du chronomètre ; salaires élevés, gains de productivité et nouveaux modes de vie contribuent ainsi à un dynamisme démographique, véritable dividende du progrès économique.

A la recherche de l'efficacité

Cette idée de transformer la vie de l'humanité grâce aux progrès de la science et de la technique est commune aux lendemains de guerre. Elle prend une importance particulière au tournant des années cinquante en raison du prestige acquis par les scientifiques pendant le conflit et des nouvelles liaisons technologiques qui s'esquissent. Inventeurs de la bombe atomique et de l'ordinateur, les savants se voient attribuer un pouvoir politique et social. Il n'est que de rappeler les tentatives des partis politiques pour s'annexer les lauréats du prix Nobel ou, au contraire, dénoncer les scientifiques comme boucs émissaires – tel R. Oppenheimer au temps du maccarthysme. Par ailleurs, le coût de la recherche fondamentale et les exigences d'une croissance intensive impliquaient un renforcement des liens entre pouvoirs publics, industriels, savants et techniciens. Au point que les stratégies de développement échappent à la communauté scientifique et relèvent de l'entrepreneur ou du responsable politique, avec le risque parfois d'une stérilisation de la recherche, comme le montra le soutien des autorités soviétiques aux théories de Lyssenko sur l'hérédité des caractères acquis. Il n'en reste pas moins qu'en 1950 ce rapprochement l'emporte, dans l'esprit des contemporains, sur les bouleversements éventuels que le nucléaire, l'électronique, les textiles synthétiques ou la télévision apporteraient.

Dans ces conditions, le rôle des pouvoirs publics se révèle

bientôt déterminant, car ceux-ci alimentent la demande de savoir-faire et favorisent la formation d'un nombre croissant de diplômés. L'ampleur des programmes d'armement constitue la raison principale de cet interventionnisme : de la guerre de Corée aux débuts de la guerre du Vietnam, les dépenses militaires de l'Europe occidentale augmentent de 15 à 18 % par an. Et dans son premier message budgétaire, le président Eisenhower déclarait que les dépenses américaines atteindraient 60 à 65 milliards de dollars par an, « chiffre nécessaire pour donner à nos savants et à nos ingénieurs les moyens de maintenir notre avance ». En outre, seuls les gouvernements disposaient de ressources suffisantes pour financer l'ensemble des domaines scientifiques, de l'agriculture à la médecine, ainsi que de l'autorité nécessaire à l'organisation de « programmes de recherche », du type des plans quinquennaux élaborés par les travaillistes en 1949-1950. Ainsi se réalise, avec une génération de décalage, ce que les chercheurs de l'entre-deux-guerres appelaient l'« *establishment* scientifique ». Non que les savants régissent les nations ou que les décisions politiques soient prises selon des critères « scientifiques », mais les implications économiques et militaires des programmes de recherche concernent désormais tout le champ sociétal.

Cette infiltration induit la diminution rapide du « temps technique », séparant l'invention de l'innovation et de sa diffusion industrielle. Le temps de passage avait été de cinquante-six ans pour le téléphone, il tombe à dix ans pour la télévision et à quatre ans pour le transistor. L'émergence rapide de ce nouveau système technique renforce la prépondérance américaine et, plus largement, celle des pays développés. Dès 1953-1955, les États-Unis consacrent 5 milliards de dollars de fonds publics à la recherche-développement, auxquels s'ajoutent environ 3 milliards de fonds privés. En aval, la demande d'État alimente les deux tiers de l'activité des industries de pointe, aéronautique ou électronique. Cause et conséquence de ce phénomène, le nombre des diplômés s'accroît sensiblement : en 1955, les Américains forment 270 000 personnes qualifiées par an, les Soviétiques 200 000 et l'Europe occidentale 110 000. La vigueur de l'effort joue également à l'avantage des Américains, et l'on voit s'esquisser, dans la deuxième moitié des années cinquante, un « drainage des cerveaux » en provenance de Grande-Bretagne et des pays scandinaves. Loin de se combler, le fossé technologique qui séparait les États-Unis du reste du monde en 1945 s'est consolidé. Sur cent innovations majeures retenues par l'OCDE pour la période 1945-1960, les deux tiers appartiennent aux États-Unis.

Dans cette effervescence scientifique, l'essor de l'électronique, puis, plus tardivement, celui de l'atome et de l'espace, se singularisent. Le transistor, la télévision et l'ordinateur permettent une transmission rapide de l'information et/ou un stockage des données avec une consommation réduite d'énergie. D'emblée, ces nouveaux procédés électroniques échappent au cercle scientifique : les premiers ordinateurs avaient été utilisés par les militaires pour l'organisation des convois maritimes en temps de guerre ; vers 1956-1958, la seconde génération des circuits intégrés, miniaturisés, fabriqués en série, qui permettent la mise au point de langages spécifiques, tels le Fortran ou le Cobol, se met au service de l'industrie. En 1960, le parc mondial d'ordinateurs comptait 3 000 unités, ce qui vérifiait les prédictions, jugées jadis optimistes, des savants britanniques [1]. Les progrès des industries nucléaires et spatiales apparaissent en comparaison bien tardifs, alors que les perspectives de développement en 1945 étaient voisines. L'énormité des investissements et la difficulté de maîtriser les cycles techniques sont à l'origine de ce décalage. C'est seulement le 17 octobre 1956 que les Britanniques mettent en service la première centrale nucléaire reliée à un réseau électrique, à Calder Hall. Jusqu'en 1961-1964, la compétition scientifique prime sur les exigences économiques, et les principaux pays industriels développent leurs filières [2] autant par souci d'indépendance nationale qu'en raison des incertitudes touchant aux dimensions des centrales et aux rendements thermiques des différents procédés. Ce type de rivalité, où le prestige joue un rôle essentiel, se trouve exacerbé par les

1. L'Association of Scientific Workers, dans *Science and the Nation* (Londres, 1947), envisageait un décuplement du parc d'ordinateurs en vingt ans.

2. Ainsi la France avec la centrale de Marcoule (1959), le Canada, la Suède et les États-Unis où deux systèmes sont en concurrence.

débuts de la conquête spatiale, après le lancement du premier satellite artificiel soviétique, Spoutnik I, le 4 octobre 1957. Exploit technique, perspectives scientifiques, craintes militaires et propagande sont associés à la découverte du cosmos [1], ce que confirmeront le discours inaugural du président Kennedy et celui de Nikita Khrouchtchev après le vol de Gagarine.

Cependant, les préoccupations des pays industriels portent encore davantage sur la rénovation de techniques anciennes et la régularité de l'approvisionnement énergétique. La modernisation de la métallurgie et surtout la diversification de la chimie offrent aux contemporains des possibilités de croissance à moyen terme bien supérieures à celles encore confuses des « nouvelles frontières » technologiques. Les textiles synthétiques et les plastiques envahissent les industries de base comme les appartements : depuis 1956, le polystyrène et le polyester sont utilisés dans les carrosseries, le bâtiment, la mécanique, tandis que les Charbonnages de France présentent la première maison tout en plastique aux visiteurs des Arts ménagers [2]. Mais produire des alliages légers ou des plastiques suppose des ressources énergétiques abondantes, faciles à transporter puis à travailler et peu chères. Dès 1950, l'opportunité stratégique du choix charbonnier se trouve posée en raison du rythme soutenu de l'activité économique, puis de la concurrence du pétrole et des conséquences pour l'Europe et le Japon d'une dépendance exclusive à coût financier élevé. Le système charbonnier apparaît alors incapable de répondre rapidement aux fluctuations de la demande, à la hausse comme à la baisse, coûteux en hommes et en capital, puisqu'il faut environ dix ans pour mettre en service un nouveau puits. L'élévation des coûts marginaux de production résultant de cette situation incite les entrepreneurs à se tourner vers le pétrole. Les champs d'Arabie Saoudite et du golfe Persique, exploités depuis 1945, fournissent une énergie « inépuisable »

1. On rappellera la concurrence entre le projet civil Vanguard, concrétisé par un échec retentissant en 1957, et le projet militaire de von Braun, retardé pour des raisons politiques puis mis en œuvre quatre-vingt-dix jours après l'échec de Vanguard pour répondre au succès soviétique.

2. Dès 1953, on recense 80 000 publications annuelles originales et 8 500 produits différents. Le plan soviétique 1959-1965 fut même baptisé « plan de la chimie ».

– car le niveau de production s'ajuste à la demande dans un délai de six mois –, facilement transportable, propre, au débit modulable à volonté et meilleur marché de 30 à 65 %.

La modification des choix énergétiques s'opère néanmoins de manière progressive [1]. Aux États-Unis, les réserves pétrolières facilitent une réorientation précoce, d'autant que les restrictions à l'importation incitent les compagnies à multiplier les forages. En Europe occidentale, la transition s'effectue en deux temps, compte tenu de ses implications politiques et sociales. Jusqu'en 1956, les pays développent la production charbonnière et les importations pétrolières, dans la mesure où les considérations d'emploi et d'approvisionnement l'emportent sur les coûts. La stratégie européenne repose sur un relèvement de l'extraction charbonnière – qui passe de 453 à 496 millions de tonnes entre 1950 et 1957 – aux fins d'approvisionner les industries sidérurgiques et la carbochimie, tandis que les importations pétrolières alimentent les industries nouvelles et la consommation individuelle [2]. En fait, le boom des achats pétroliers et la tension permanente sur le marché charbonnier démontrent le caractère fictif d'un équilibre entre les sources d'énergie. Ce dernier étant le produit d'une volonté politique, exprimée à l'échelon européen par le traité de la Communauté européenne du charbon et de l'acier (CECA), signé en avril 1951. En l'occurrence, les Européens avaient sacrifié les choix économiques au profit du règlement d'un contentieux charbonnier qui avait, dans les années vingt, réduit les opportunités d'une coopération européenne. Les perspectives d'un marché communautaire et la résolution du problème sarrois l'emportèrent assez naturellement, en dépit de la réticence de plusieurs industriels [3].

En revanche, la conjoncture des années 1957-1959 précipite

1. A l'exception notable de l'URSS, qui continue de privilégier le charbon, complété par le gaz naturel à partir de 1958.

2. L'Europe importait 11 millions de tonnes en 1938, 50 millions en 1950 et 170 millions en 1960.

3. La question charbonnière servit d'abord de moyen de pression aux Français soucieux d'affaiblir l'Allemagne et de réaliser les objectifs du plan à ses dépens; puis elle fournit l'occasion d'un rapprochement politique, sous couvert d'une internationalisation aux contours flous. Cf. A.S. Milward, *op. cit.*, p. 134-150 et 414-419.

le passage au « tout pétrole ». La croissance économique connaît un palier, le nombre des centrales hydrauliques en service depuis la guerre entraîne une réduction de la demande auprès des centrales thermiques au charbon, chute accentuée par deux hivers doux, enfin l'inquiétude pétrolière consécutive aux événements de Suez est oubliée. Les Européens découvrent avec retard qu'il convient de s'intéresser autant aux besoins des consommateurs qu'aux exigences des industriels [1]. Dès lors, le prix de l'énergie l'emporte sur tout autre facteur, dans la mesure où la baisse conjointe du prix du pétrole et des transports a pour effet de déclasser la plupart des approvisionnements nationaux. La reconversion charbonnière se substitue à l'idée originelle de modernisation [2], puisque l'abondance pétrolière semble l'appoint indispensable de l'essor économique.

Encore fallait-il tirer profit de ces conditions permissives pour entretenir le boom après l'effervescence des années 1949-1952. Transformer les mentalités, telle fut l'ambition des responsables de la génération cinquante. A première vue, cette recherche de l'efficacité passait par un accord tacite sur les politiques économiques – ce que l'on a appelé la « révolution keynésienne » –, une utilisation des capacités techniques provisoirement enrayées par la crise ou la guerre et la prolongation des effets bénéfiques de la Reconstruction, notamment grâce à une politique active du logement. Ces recettes firent long feu ou, plus exactement, les résultats contrastés des pays industrialisés interdisent de conclure à un phénomène d'entraînement. On ne peut comparer en effet les politiques anglo-saxonnes et le choix de l'Europe continentale : l'*Employment Act* américain de 1946 et les premières décisions du gouvernement Attlee s'inscrivent dans une politique fiscale délibérée, tandis que le plan Monnet relève d'une

1. Le rapport de Louis Armand, *Quelques aspects du problème européen de l'énergie* (OECE, 1955), est le premier à distinguer l'énergie utilitaire et l'énergie de commodité, cette dernière cause et conséquence de l'élévation des niveaux de vie.

2. Le cas belge est le plus significatif. De 1953 à 1958, 141 millions de dollars furent investis pour la modernisation, en vertu du traité CECA ; à partir de 1959, les dépenses de reconversion, avec 110 millions de dollars, s'imposèrent.

stratégie hybride. Nulle part, le triptyque keynésien[1] ne trouve d'application intégrale. Le rapprochement des politiques économiques frappe les contemporains par contraste avec la division de l'entre-deux-guerres, mais, jusqu'à la fin des années cinquante, Keynes doit d'abord convaincre universitaires et patrons[2]. De même est-il illusoire d'attribuer au retour de la paix et aux nouveaux procédés des facultés décisives quant à l'élan de la croissance économique[3]; il n'existe pas de solution de continuité dans ce domaine et, en tout état de cause, les autorités ne maîtrisaient guère mieux les délais entre observation, décision et mise en pratique. L'« ardente obligation » du plan français et les 3 600 personnes employées en 1960 n'empêchèrent pas une réalisation régulièrement incomplète des trois premiers plans. Enfin, en dépit des destructions de guerre beaucoup plus importantes qu'en 1918, la politique du logement fut totalement hétérogène. Les Britanniques réalisèrent l'effort le plus intense, alors que leurs dommages avaient été les plus réduits parmi les belligérants, au point de négliger l'investissement industriel. En revanche, Français et Italiens y consacrèrent une part médiocre de leurs investissements, à l'évidence insuffisante pour déclencher un processus de croissance.

L'explication de la croissance prolongée ressortit en fait à trois paramètres différents : la cohérence des choix politiques nationaux, l'optimisme non démenti des investisseurs publics et privés, enfin l'influence de l'exemple américain. Malgré les incertitudes internationales, chaque gouvernement s'est en effet tenu aux lignes directrices élaborées au début des reconstructions. Les interventions de l'État y gagnèrent en efficacité, et les plans devinrent des sortes de références morales, contribuant au dynamisme général des économies et à l'actua-

1. Triptyque que l'on définira par la gestion de la demande globale pour réduire le chômage, la fiscalité redistributive contre l'inégalité et les nationalisations sélectives contre les effets de monopole.

2. Cf. le colloque organisé par P. Morrisson en 1986 sur « la révolution keynésienne ».

Pour une analyse contradictoire, cf. A. Boltho, *The European Economy, Growth and Crisis,* Oxford University Press, 1982.

3. Hypothèse avancée par J.-J. Carré, P. Dubois et E. Malinvaud, *op. cit.*, p. 496 *sq.*, et par W. Abelshauser et D. Petzina dans *Historische Konjunkturforschung, op. cit.*

lisation des méthodes de gestion. Ainsi, en Autriche, le plan fut-il considéré comme une des manifestations d'un État à re-légitimer, avant de s'imposer comme la clef de voûte d'une modernisation industrielle et sociale réussie [1]. Ce que l'on a appelé la « bureaucratisation de l'État » réside plutôt dans les liens tissés entre le monde des affaires et les responsables des organismes d'État que dans l'accroissement du nombre des fonctionnaires [2]. A mesure que la rationalisation de l'appareil productif se substitue à l'objectif de la Reconstruction, de telles relations s'avèrent indispensables à la mise au point des politiques économiques.

Unc telle continuité contribua à la prolongation du boom de l'investissement, sans qu'il y eût d'hiatus entre les opérations de remplacement des activités nouvelles, entre la participation nécessaire des fonds publics jusqu'en 1952-1953 et le rétablissement d'un financement essentiellement privé – à hauteur de 80 %, hormis l'exception notable de la France et de l'Italie. A l'évidence, les capitalistes européens craignaient moins que les hommes politiques une troisième guerre mondiale. Cet optimisme se justifiait d'abord par les gains de productivité spectaculaires obtenus à la faveur de la Reconstruction. Compte tenu du sous-emploi des facteurs de production depuis la fin du conflit, rarement les investissements avaient été aussi profitables. Or, à la différence des années 1919-1923, les pouvoirs publics ne voyaient aucune raison d'interrompre ce boom, d'autant qu'ils l'alimentaient. Aussi, les seules pauses résultèrent des déséquilibres passagers des balances des paiements ou de la nécessité de freiner la course des prix. La croissance imposait sa propre justification idéologique jusque dans la conception d'organismes financiers internationaux comme l'UEP.

En outre, les investisseurs pouvaient contempler la réussite

1. Une action similaire fut entreprise aux Pays-Bas sous l'impulsion de l'économiste Jan Tinbergen avec l'emploi de modèles économétriques.

2. En 1965, on compte 1,7 million de fonctionnaires en France, 2 millions en Angleterre et 10 aux États-Unis. En quinze ans, leur nombre a progressé de 40 à 50 %, mais principalement en raison du gonflement des services sociaux et d'éducation. En revanche, selon Wright Mills, dans *l'Élite au pouvoir*, il y avait 1 500 hauts fonctionnaires américains en 1950, et la revue *Fortune* en recensait 2 100 douze ans plus tard.

L'aide Marshall

Bilan de l'aide au 30 juin 1951
(en milliards de dollars)

Subsides	9,499	Aide conditionnelle	1,543
Prêts	1,140	*Aide globale*	12,182

Répartition de l'aide par secteurs (en %)

Agro-alimentaire	32,1	Coton	14,0
Produits bruts et semi-finis	18,8	Construction mécanique et véhicules	14,3
Énergie	15,5	Tabac	4,4

Répartition de l'aide par pays

	En % de l'aide totale	*En % des importations* — *Agro-alimentaire*	*Énergie*	*Véhicules*
Royaume-Uni	23,5	41	—	1
France	20,5	25	9	10
Italie	11,0	23	10	2,5
Autriche	5,0	25	15	9
RFA	10,0	42	—	2,5
Pays-Bas	8,5	16	3,5	11
Danemark	2,0	9	10	12

Sources : A.S. Milward, *The Reconstruction of Western Europe*, Londres, p. 95 *sq.*, et W.A. Brown et R. Opie, *American Foreign Assistance*, Washington, The Brookings Institution, 1953.

du modèle américain et mesurer l'efficacité du plan Marshall. Celui-ci avait permis une hausse des productions industrielles de 35 à 55 % en quatre ans, ce qui rendait plausible l'espoir de rattraper les niveaux records atteints par les États-Unis et de reconstituer un marché européen dynamique et complémentaire. La « politique de la productivité » s'impose alors comme une évidence économique, et, avec elle, les idées de libre entreprise, d'efficacité, de compétence technique et de concurrence. Peu importe, à ce moment, que l'aide Marshall ait été inégalement répartie entre les pays et les secteurs de production. Tous les pays sont acquis au modèle américain [1],

1. A propos des controverses sur le cas français, cf. les travaux de H.B. Price, *The Marshall Plan and its Meaning* (Ithaca, Cornell University

et, à partir de 1952, il ne s'agit plus d'envoyer des cadres, des techniciens, visiter les usines américaines ou de faire circuler les trains et les camions de la productivité. La vieille maxime « Le commerce suit le drapeau » est remplacée par « Les mentalités suivent l'aide Marshall ». Évoquer une colonisation ou une vassalisation des acteurs européens serait excessif ; la greffe américaine prend lentement, dans les grandes entreprises, là ou s'imposent des managers mieux formés que leurs prédécesseurs, capables de diversifier les activités des sociétés et présents à tous les niveaux de l'entreprise. La célèbre « technostructure » décrite par J.K. Galbraith se forme en deux temps : jusqu'en 1958-1959, les esprits s'habituent à la redistribution des capacités de décision parmi les cadres, avant que la structure verticale ne soit morcelée par la création de « divisions opérationnelles » travaillant en entités presque autonomes [1]. Pour autant, deux obstacles restaient à surmonter : le faible impact de la publicité – limité par des interdictions multiples, par des goûts encore très différents dans la clientèle européenne et par la nécessité de concevoir des messages dans chaque langage – et le retard de la distribution, puisque l'Europe vivait encore à l'heure du commerce de quartier ou des grands magasins [2]. Le passage à l'ère de la consommation de masse supposait l'instauration d'un grand marché international, donc un nouvel élan de la multinationalisation industrielle et financière.

Les nouvelles stratégies internationales

Jusqu'à la Seconde Guerre mondiale, l'État avait exercé une prépondérance certaine dans les relations économiques inter-

---

Press, 1955), et la thèse de F.M.B. Lynch, *The Political and Economic Reconstruction of France 1944-1947 in its International Context* (Manchester, 1981), qui montrent combien les craintes d'une dépendance européenne étaient infondées. Vision différente dans les travaux de A. Lacroix-Riz.

1. Cf. l'analyse de F. Harbison et C. Myers, *Management in the Industrial World,* New York, McGraw-Hill, Book Company, 1959. Analyse contradictoire dans P. Souyri, *la Dynamique du capitalisme au XXe siècle,* Paris, Payot, 1983, p. 100 *sq.*

2. En 1955, ceux-ci assurent 85 à 95 % des ventes contre 40 % seulement aux États-Unis.

nationales, au point de contrôler les mouvements transnationaux des firmes. Or, les années 1950-1965 coïncident au contraire avec un essor sans précédent des multinationales, qui, pendant trente ans, apparaîtront comme l'expression inévitable du capitalisme triomphant. Ce développement est d'abord le produit des années de crise et de guerre, qui ont contraint les sociétés à adopter une stratégie nouvelle. Ainsi, les banques américaines, handicapées par les réformes de Roosevelt segmentant le marché financier domestique, se tournèrent vers les opérations extérieures, aidées en cela par l'afflux continu de capitaux européens fuyant des pays ravagés par les régimes totalitaires et la guerre. Au moment où les grandes banques étaient évincées du marché interbancaire par la masse des bons du Trésor que le gouvernement fédéral émettait pour financer la guerre, elles purent rétablir leur rentabilité, de la même manière que les *corporations* se lancèrent dans des fabrications originales – General Electric, par exemple, abandonnant en partie le matériel lourd au profit de l'appareillage électrique et de l'électroménager. Les banques américaines continuèrent de recevoir les capitaux européens en provenance de pays où l'on craignait la menace communiste, et, comme les accords du Fonds monétaire international (FMI) ne comportaient aucune clause obligeant les pays d'accueil à renvoyer les capitaux à court terme vers leurs lieux d'origine, ces fonds demeurèrent aux États-Unis ou firent simplement un détour par l'Europe à la faveur du plan Marshall. En tout état de cause, ils contribuèrent à la « multi-industrialisation [1] » des firmes américaines : en 1960, trente-quatre d'entre elles se trouvaient engagées dans dix domaines différents au moins. D'où le nom de *conglomérat* donné à ces entreprises qui, tels IBM ou ITT, s'intéressent à l'électronique, aux débuts de la télévision, puis, à partir des années soixante, édifient de véritables empires industriels en s'intéressant aux matières premières, à la restauration ou à l'édition. Au total, de 1946 à 1961, les deux cents premieres *corporations* ont acquis près de quatre cents compa-

1. Sur ce sujet, cf. l'analyse essentielle de A. Chandler Jr., « The structure of American industry in the twentieth century. An historical overview », *Business History Review*, 1969, t. 43, et *la Main invisible*, trad. fr., Paris, Economica, 1986.

gnies disposant d'un capital global de 20 milliards de dollars.

Vers la fin des années cinquante, banquiers et entrepreneurs s'épaulèrent pour conquérir de nouvelles parts de marché en Europe et au Japon, profitant de leur puissance et des possibilités de spéculation sans risque contre des monnaies liées entre elles par les parités fixes du système de Bretton Woods. Ils furent rejoints, avec un décalage de quatre à cinq ans, par les patrons des grandes firmes européennes et japonaises : ces dernières, tels Mitsubishi, Fiat ou Saint-Gobain, se heurtaient à un problème de financement que seul un assouplissement des règles bancaires pouvait résoudre. Avec le soutien des gouvernements, les banques purent financer les groupes industriels et écouler leurs dollars sur le marché interbancaire sans courir de risque de change, grâce à des accords *swaps*. La décennie soixante s'ouvre sur une multinationalisation généralisée, sans que l'on s'inquiète encore d'une tendance menaçant de déstabiliser les relations économiques mondiales.

Au vrai, les préoccupations contemporaines portent sur la reprise du commerce international après presque vingt ans de récession et d'obstacles douaniers ou tarifaires. En 1950, la tentation est encore forte de rechercher des aménagements privilégiés ou de préserver des « zones impériales », même si le vent de la décolonisation inquiète. Britanniques et Scandinaves entament des conversations sur l'opportunité d'une entente commerciale, Uniscan, qui, pour les premiers, compléterait le Commonwealth et permettrait aux seconds de faire pièce à un autre projet d'entente, Finebel, élaboré par la France, l'Italie et le Benelux. Ces tentatives, malgré leurs limites et leur échec, témoignent du retournement des mentalités : l'après-guerre est placé sous le signe d'une forte accentuation de la division internationale des productions et, partant, d'un resserrement des liens économiques. Dans tous les pays, la valeur de la propension moyenne et marginale à importer progresse chaque année ; de plus, pour la première fois depuis les débuts de la révolution industrielle, les plus forts taux d'élasticité aux importations comme aux exportations sont enregistrés par l'Autriche, l'Irlande, l'Italie, la Bulgarie, puis par la Belgique et le Japon. De fait, l'Europe des marges, celle des pays vaincus, et de petits pays enclavés participent activement à cet essor du commerce international [1].

Certes, les hiérarchies ne sont pas bouleversées : les pays à économie de marché assurent toujours 90 % des exportations mondiales ; les pays industriels commercent entre eux, et les nations anglo-saxonnes dominent les échanges. L'importance du PNB américain – en dépit du faible degré d'ouverture de l'économie – et la réputation flatteuse des Britanniques – premiers industriels d'Europe au début de la décennie – expliquent l'influence des deux peuples. Ceux-ci sont les seuls à organiser leurs échanges à une échelle mondiale, les Américains grâce à leur statut de premier importateur de matières premières et de premier fournisseur industriel du monde, les Britanniques en raison des avantages spécifiques du Commonwealth et des spécialisations réputées, comme les motos avec Norton et Triumph, et les automobiles Austin ou MG. En outre, la fixation du prix des principales matières de base en dollars et en livres [2] a permis aux deux pays de consolider leur influence vis-à-vis des pays en voie de développement et des pays socialistes, puisque les prix internationaux pondérés servent de base au commerce Est-Ouest.

1. **La poussée des exportations**

	1938	*1950*	*1960*
	Exportations mondiales (FOB, en milliards de dollars courants)		
Pays développés	15,3	39,4	79,6
Pays du tiers monde à économie de marché	5,9	18,7	27,6
Pays à économie planifiée	2,3	4,0	10,8
Total	*23,5*	*62,1*	*118,0*
	Part des pays occidentaux (en %)		
États-Unis	14	33	23
Europe des Six	21	10	21
Grande-Bretagne	12	11,5	9
Japon	4	2	3,5

D'après UNCTAD, *Manuel de statistiques du commerce international et du développement*, New York, 1982.

2. Les Américains fixent les prix de cinq produits alimentaires et neuf matières premières ; les Britanniques de sept et de neuf. De plus, les Américains sont présents sur tous les marchés de base, au pire en troisième position.

Les transformations majeures s'esquissent lors de la formation de la CEE. Celle-ci donne le signal d'une reconquête européenne des marchés nord-américains et asiatiques, délaissés depuis la Première Guerre mondiale, en même temps que d'une intégration continentale accélérée. Avec un taux annuel de croissance proche de 10 %, les exportations de la Communauté se développent deux fois plus vite que la moyenne mondiale. Parallèlement, des relations commerciales intenses se rétablissent entre les États-Unis et le Japon, d'autant plus vite que l'interruption des échanges avec la Chine a privé le Japon de son meilleur client et que l'ouverture extérieure permet aux firmes nippones de prolonger les effets du boom domestique [1]. Cette renaissance commerciale touche également les pays de l'Est, dès la mort de Staline, puis à la suite des événements de 1956. A partir de 1953, la Pologne et la Hongrie intensifient leurs échanges avec l'Occident, au point qu'en 1958 la Pologne effectue 45 % de son commerce extérieur avec les pays capitalistes, après avoir accepté une aide américaine deux ans auparavant. L'ouverture polonaise demeure exceptionnelle, mais elle s'inscrit dans une re-définition générale des relations commerciales entre l'URSS et les pays socialistes, accompagnée par un effort substantiel d'aide aux pays nouvellement indépendants. Les pays d'Europe orientale obtiennent ainsi l'annulation de certaines dettes antérieures, des crédits d'équipement et un nouveau mode de fixation des prix dans les échanges intra-Comecon. Au total, l'URSS fournit environ 3 milliards de dollars aux pays de l'Est entre 1954 et 1964, ce qui lui permet à la fois de « tenir à bout de bras » l'économie hongroise après 1956, d'entamer l'industrialisation bulgare et de réaliser un excédent commercial substantiel. Parallèlement, les Soviétiques utilisent les crédits pour s'implanter dans le tiers monde en finançant des opérations de grands travaux par des prêts à taux faible d'une durée de dix à douze ans. La construction du barrage d'Assouan est l'exemple le plus célèbre de ce type d'intervention, mais non un cas isolé, puisque les Soviétiques y consacrèrent 5 milliards de dollars pendant la période Khrouchtchev.

1. Les exportations japonaises passent de 1,3 à 4,2 milliards de dollars entre 1951 et 1961, et les importations de 2 à 5,8 milliards.

Il n'est donc guère surprenant que tous les dirigeants aient célébré ce « bond en avant » et promis à leurs concitoyens un enrichissement durable pour les décennies soixante et soixante dix. Pourtant, derrière cette euphorie commerciale, plusieurs problèmes pointent. En premier lieu, la persistance de comportements protectionnistes dans le domaine agricole conduit à la formation d'excédents – aux États-Unis surtout – et se traduit par une disparité entre prix mondiaux et prix intérieurs. Les effets en sont redoutables pour les pays en développement – il n'est que de rappeler les liens entre le cours du sucre et l'évolution politique de Cuba –, mais ils affectent les pays industriels par le ricochet du *dumping*. En dépit des promesses du GATT, la politique du coup de force commercial tente des nations qui voient se creuser leur déficit extérieur et se gonfler l'excédent commercial américain [1]. Peu importe que les États-Unis exportent des capitaux publics et privés ; ce type de compensation comptable est difficilement perceptible par l'opinion et, de plus, souvent assimilé à l'intrusion des multinationales.

Passionnés par les questions alimentaires, les contemporains s'inquiètent tardivement du problème des liquidités internationales. Qui aurait songé à s'intéresser au sort du dollar, monnaie mondiale, monnaie de réserve incontestée, jusqu'à ce que la spéculation atteigne ce symbole de la stabilité d'après guerre ? De fait, les premiers indices, en 1951-1952, passèrent inaperçus. La balance des paiements américaine devint légèrement déficitaire, mais chacun pensait que les Américains pouvaient à leur convenance retrouver l'équilibre, voire un excédent, ce qu'ils firent en 1957. Les États-Unis cessaient d'accumuler l'or mondial, mais nul n'envisageait la fin du *dollar gap*. D'autant que les Européens firent jouer les mécanismes de Bretton Woods à leur avantage : en déposant aux États-Unis leurs dollars, ils touchaient les intérêts que les banques américaines étaient contraintes de relever. C'est seulement en 1958 que commencèrent les retraits importants d'or : en une année, les Suisses, les Allemands, les Canadiens et les Japonais retirèrent plus d'or que tous les pays pendant la décennie précédente. Et le phénomène se

1. En 1950, celui-ci est à peine supérieur à 1 milliard de dollars ; en 1958, il a quadruplé, et il atteint les 5 milliards en 1961.

reproduisit chaque année [1]. Les experts financiers de s'interroger alors sur la solidité du dollar, de souligner les inconvénients du système du dollar étalon, de rappeler que les monnaies européennes sont redevenues stables depuis la consolidation de fin 1958. En 1960, la spéculation s'attaque pour la première fois à la devise américaine, et l'éventualité de sa dévaluation est avancée.

Ce lent mouvement de fuite s'explique d'abord par la situation particulière des États-Unis, qui soldent leur déficit par une faible ponction d'or, un appel à la *hot money* européenne et par la constitution de balances dollars, autrement dit de créances sur les banques américaines. Les Américains bénéficient ainsi du rôle de monnaie de réserve tenu par le dollar, mais éprouvent des difficultés grandissantes à juguler leur déficit. Aucun président n'aurait en effet pris la décision de supprimer l'aide à l'étranger, ce qui aurait mathématiquement rétabli la position américaine. Outre les inconvénients industriels en retour sur le niveau des exportations, une telle abdication politique était inconcevable. Pour leur part, les autorités financières américaines étaient hostiles à l'institution d'un contrôle des changes, même déguisé sous forme de taxe sur les investissements à l'étranger. Le statut international du dollar et la fonction de prêteur en dernier recours assumée depuis Bretton Woods impliquaient une libre circulation des capitaux, ce que confirmait le doublement des investissements croisés transatlantiques de 1950 à 1958. De plus, la nature même des investissements rendait hypothétique tout ajustement brutal, dans la mesure où les Américains procédaient surtout à des investissements directs et les Européens à des placements de portefeuille [2]. Le verrouillage du système

1. En 1948, les réserves d'or américaines atteignaient 24,5 milliards de dollars; en 1957, 22,8 milliards; en 1958, 20,6 milliards; en 1960, 17,8 milliards.

2. **Répartition des investissements (en %)**

	1950		*1958*	
	Directs	*Portefeuille*	*Directs*	*Portefeuille*
États-Unis	56	44	67	33
Europe	43	57	35	65

financier international semblait donc exclure toute mesure unilatérale.

Aussi les experts s'efforcèrent-ils de résoudre le problème des liquidités par le truchement des organismes internationaux. Sous l'impulsion de Per Jacobsson, gouverneur du FMI, on décida d'accroître les capacités d'action du Fonds afin que celui-ci pût compenser les déséquilibres nés d'une activité commerciale et financière grandissante. Dès 1954, le FMI avait consenti des *stand-by credits* pour soulager des pays en difficulté, telle l'Angleterre. A partir de 1959, le relèvement des quotas versés en or et en devises au FMI fournit des ressources supplémentaires, de même que les accords du « groupe des Dix [1] », signés en 1961 et dégageant une somme de 6 milliards de dollars au profit du FMI. Ces initiatives permirent de surmonter les hiatus financiers internationaux, quoique deux interrogations aient été laissées pendantes. Le groupe des Dix agissait en marge du Fonds monétaire, avec l'accord de celui-ci, et octroyait ses crédits sous conditions; rien ne l'empêchait d'imposer ses vues aux pays en difficulté, notamment sous forme de plans d'austérité. D'autre part, l'augmentation des réserves entraîna une multiplication des dollars en circulation, si bien qu'à la fin des années cinquante la livre et le dollar constituaient 85 % des devises conservées. Une telle détention de dollars réduisait les incitations au rééquilibrage de la balance des paiements américaine et favorisait l'inflation, d'autant plus sûrement que les monnaies n'étaient pas dévaluées, en raison de l'impératif des taux de change fixes et des contraintes de réserve de change.

Les contemporains refusèrent longtemps d'admettre l'évidence de la poussée inflationniste. Après les dévaluations de 1949 et l'inflation « coréenne », le retour à la normale des prix semblait naturel, et l'on eut tôt fait d'assimiler la baisse des prix des matières premières à la fin de l'inflation [2]. De plus, le maintien de la croissance laissait supposer que l'inflation avait

1. En fait ces pays furent au nombre de douze : la CEE (six pays dont deux à monnaie commune), les États-Unis, le Canada, le Japon, la Suède, puis la Suisse et la Grande-Bretagne.

2. Le meilleur exemple est le titre du livre de A.J. Brown, *The Great Inflation, 1939-1951*, Oxford, 1955.

des vertus dynamisantes et qu'elle était la conséquence logique d'une demande accrue de crédit et de la compétition internationale. Ainsi émergea l'idée d'une « inflation de croissance », adjuvant de la prospérité et facilement maîtrisable si l'on se référait à l'exemple américain, où la hausse des prix ne dépassait guère 1,5 % par an. Or cette interprétation péchait à la fois par excès de simplification et par analogie à une vision exclusivement keynésienne des données. Chaque pays industriel connut des pointes inflationnistes [1], décalées par rapport à ses voisins, mais avec pour résultante commune l'entretien d'une inflation inextinguible quoique rampante, et propagée au rythme d'échanges commerciaux plus intenses. D'autre part, le débat sur les causes de l'inflation privilégiait soit l'excès de la demande, soit les conséquences d'une pression salariale à la hausse ; dans les deux cas, la hausse des prix était attribuée à l'évolution à court terme des variables réelles. A l'exception partielle des États-Unis, le contrôle de la masse monétaire et la lutte contre le déficit budgétaire étaient considérés comme des thérapeutiques annexes [2].

Dans ces conditions, la confiance affichée par les autorités financières paraît quelque peu déplacée si l'on ne garde pas présente à l'esprit la double référence des années 1919-1949 et du contre-exemple soviétique. Comment des pays où les plus forts taux d'inflation dépassaient à peine 4,5 % par an auraient-ils pu être déçus après trente ans de fluctuation erratique des prix ? La croissance assurait le plein-emploi et ne bousculait pas les étiquettes, même dans les pays méditerranéens. Escompter mieux au risque de briser des équilibres sociaux encore précaires eût été une faute politique. Il était certainement plus profitable de mettre en relief les pressions inflationnistes auxquelles l'Union soviétique devait faire face depuis la fin de la guerre. Ainsi furent mis en parallèle les conversions monétaires soviétique, en décembre 1947, et ouest-allemande de 1948 pour montrer que la première, malgré son ampleur [3], n'avait pas réussi à faire disparaître le marché noir. De même

1. 1956 pour le Royaume-Uni, 1957-1958 pour la France, 1961-1962 pour la RFA, 1962-1963 pour l'Italie.

2. Cf. *The Problem of Rising Prices*, rapport OECE, 1961, dirigé par O. Lutz et H. Kahn.

3. Selon I.I. Konik, la circulation monétaire a été réduite de 13,5 fois.

les Occidentaux pouvaient-ils constater que les baisses officielles des prix de détail – de 50 % entre 1947 et 1954 – et le freinage des revenus monétaires des salariés et des paysans n'avaient ni éliminé les pressions inflationnistes ni permis une amélioration des niveaux de vie[1]. L'URSS de l'après-guerre représente le pays de la gestion irrationnelle, où les tensions sur les prix sont supportées de manière accrue par des consommateurs déjà peu approvisionnés, afin que le système économique survive. Face à cette administration hasardeuse des déséquilibres, les Occidentaux s'estiment satisfaits d'enregistrer une modeste inflexibilité à la baisse des rémunérations et des prix. Le temps des anticipations inflationnistes semble révolu.

Les péripéties chronologiques

Des vainqueurs confiants

Le début des années cinquante marque la réhabilitation des financiers et des industriels. La stabilité des échanges et des monnaies, la liberté accrue du commerce et les liens privilégiés tissés entre les entrepreneurs américains et les responsables européens – de Jean Monnet à Frederick Bain, administrateur de ICI – apparaissent comme des pierres indispensables à l'édification d'une deuxième ligne de défense de la paix. C'est en fonction de cette caractéristique qu'il convient d'apprécier les performances de chacun.

Et d'abord des États-Unis, qui, jusqu'en 1954, connaissent un des plus formidables booms de leur histoire, beaucoup plus intense que la célèbre prospérité des années vingt. L'avenir de l'économie la plus avancée du monde s'annonce brillant, ce qui apporte un démenti flagrant aux thèses stagnationnistes de la Grande Dépression : le taux d'investissement est supérieur à 20 % du PNB ; la confiance retrouvée dans la monnaie et les banques permet une reprise du crédit et, partant, une expansion de la construction de logements individuels et de la

1. Cf. les calculs de E. Zaleski, dans P. Léon, *Histoire économique et sociale du monde*, t. VI, Paris, Colin, 1977, p. 148 *sq*.

consommation automobile. Avec une croissance du revenu réel proche de 3 % par an et une hausse des prix contenue à 2,5 %, les Américains semblent avoir trouvé le secret d'une expansion harmonieuse. En témoigne le maintien du taux de chômage dans une fourchette de 3 à 5 %, à un niveau voisin du seuil « incompressible ». Pourtant, la machine ne tourne pas à plein régime, le nombre des travailleurs privés d'emploi s'est élevé d'un bon million depuis 1946 et, surtout, la croissance du PNB demeure sensiblement inférieure à celle des concurrents industrialisés, qui dépasse les 5 %, hormis en Grande-Bretagne.

Et si l'économie américaine avait été dopée par les effets du plan Marshall et de la guerre de Corée ? En dix ans, le pays se dote d'une énorme structure militaire employant 1,4 million de civils et de militaires. Ceux-ci ont en charge un budget en progression constante jusqu'à l'été 1953, puisque les États-Unis avaient décidé de financer la mise en place d'un réseau mondial de défense contre le communisme, de soutenir la France en Indochine et d'intervenir en Corée. De fait, lorsque Eisenhower décide, en juin 1953, de réduire de 20 % le montant des dépenses militaires, les industries textiles, automobiles et du bâtiment voient leur chiffre d'affaires en subir le contrecoup pendant un an, tandis que le taux de chômage franchit le seuil dit « critique » des 6 %. La récession de 1954 sanctionnerait alors à la fois les difficultés éprouvées par l'Amérique pour conserver son avance industrielle sans le secours des programmes militaires et l'impossibilité des pays anglo-saxons, parvenus à un stade élevé de développement, de générer une croissance rapide.

Cette nouvelle mouture de l'analyse stagnationniste présente le double inconvénient d'occulter les performances sectorielles de l'industrie américaine et de surestimer l'impact des dépenses militaires. Les industries chimiques, électriques ou de matériel optique restent insensibles aux variations de la conjoncture et accroissent leur avance technologique. De plus, elles commencent à disséminer leurs installations en Europe ou en Amérique latine et contribuent à cet élan général des productions. Le gonflement de l'excédent commercial américain illustre la puissance d'une industrie qui investit désormais autant hors des frontières. La croissance exportée des multinationales a pris, pour partie, le relais de l'expansion domestique. Cette situation affecte, on l'a vu, la position de la balance des paiements. La réduction des dépenses militaires et la restriction du crédit intérieur, seuls instruments à la discrétion des pouvoirs publics, constituent alors des moyens rapides de rétablir l'équilibre des comptes. Certes, leur effet anti-inflationniste réduit la demande globale et empêche l'utilisation à plein du potentiel de production. Mais pour un temps seulement, puisque l'amélioration régulière du revenu individuel laisse espérer une reprise du boom. En 1955, la croissance américaine n'est ni menacée ni insuffisante.

Il n'en allait pas de même pour les autres grands vainqueurs de la guerre – Anglais, Français et Soviétiques –, bien que l'optimisme officiel fût de rigueur. La croissance était bien au rendez-vous, mais elle s'accompagnait d'incertitudes conjoncturelles et d'hypothèques plus lointaines. La performance britannique demeure la plus remarquable, en regard de l'évolution nationale depuis le début du siècle et des difficultés surgies après guerre [1]. Dès la fin du conflit, les prétentions anglaises au *leadership* européen avaient été rabattues par la vulnérabilité de la livre, la faiblesse des balances extérieures et une dépendance manifeste vis-à-vis des États-Unis. La seule bonne surprise résidait dans le retour inattendu du plein-emploi, alors que les premiers calculs tablaient sur un taux de 8,5 % puis de 3 % après 1944. Cela faisait un peu oublier les restrictions quotidiennes. Les années 1949-1952 se révélèrent encore plus sombres, avec la dévaluation du sterling et surtout les effets déplorables de la crise coréenne. Les Britanniques furent d'abord pénalisés par une hausse du prix des matières premières, résultat de la dévaluation et du conflit asiatique. Ils avaient beau importer moins, la balance des paiements se trouva lourdement déficitaire dès le début de 1951, tandis que l'inflation importée handicapait la vente des produits anglais. De plus, les exigences militaires du moment contraignaient le gouvernement à consacrer 5,7 % du PNB aux dépenses d'armement, chiffre largement supérieur à celui des années vingt.

1. Sur la période, cf. les deux études contradictoires de S. Pollard, *The Development of the British Economy, 1914-1967*, Londres, 1969, et de A. J. Youngson, *Britain's Economic Growth, 1920-1966*, Londres, 1967.

Non seulement de telles dépenses perdaient leurs éventuels effets stabilisateurs sur l'économie, mais elles survenaient au pire moment, dans un pays en proie à une crise des paiements et qui avait entamé la reconversion de ses industries de guerre. En 1952, la diminution absolue du produit national marqua la première récession de l'après-guerre pour le Royaume-Uni.

Or, moins de deux ans plus tard, le chancelier de l'Échiquier, R. Butler, déclare aux Britanniques qu'ils sont en droit d'espérer un doublement de leur niveau de vie dans les vingt-cinq prochaines années. Avec 2,7 % de croissance annuelle du PNB et un volume d'exportations supérieur des deux tiers à celui de 1947 ou de 1938, la Grande-Bretagne établit un succès historique, qui rappelle les grandes heures de l'ère victorienne. De nouveau, les industriels britanniques vendent à l'étranger; la City est redevenue une plaque tournante du financement international, et les politiques gouvernementales s'avèrent efficaces. Le problème majeur résidait dans la reconquête des marchés extérieurs, ce qui impliquait des produits compétitifs, fabriqués par des entreprises puissantes capables de rivaliser avec les américaines et de réorienter leurs courants d'échanges pour s'adapter au paysage économique en train de s'esquisser sous l'effet des décolonisations. Aussi, les firmes britanniques précipitèrent le mouvement de concentration entamé pendant l'entre-deux-guerres, en opérant environ trois cents rapprochements par an entre 1949 et 1955. Les économies d'échelle réalisées leur permirent de trouver une clientèle pour leurs spécialisations traditionnelles – produits textiles et sidérurgiques – et de vendre sur le marché nord-américain des automobiles et des produits de haute technologie [1]. Ces réussites commerciales incitèrent les pays du Commonwealth à conserver leurs balances sterling et les sociétés américaines à venir s'implanter dans un pays disposant d'une main-d'œuvre qualifiée, du premier niveau de vie d'Europe et pratiquant une politique monétaire plus accommodante que celle de la Federal Reserve.

Les Britanniques, qui avaient vu leur revenu national pro-

1. Dans ce domaine, les Britanniques gagnèrent des parts de marché par rapport aux années 1919-1939; ils sont aussi les premiers producteurs européens d'automobiles.

gresser de 10 % en trois ans, commençaient à croire aux prophéties de Butler, lorsque les années 1955-1956 mirent en évidence la fragilité de leur position. La balance des paiements enregistra un déficit de 155 millions de livres ; l'affaire de Suez déclencha, en représailles, une demande de remboursement des balances sterling de la part des pays du golfe Persique, au moment où les Américains refusaient de secourir la livre et d'autoriser les Anglais à tirer sur les réserves du FMI. Ainsi les finances nationales se trouvaient à la merci d'un diktat américain ou du chantage d'anciennes colonies ; le Royaume-Uni n'avait plus les moyens d'assurer son prestige sans mettre en péril sa prospérité. Abandonner la livre et la City semble suicidaire, mais le prix à payer est la perte de compétitivité de produits industriels trop chers. Ainsi resurgit le vieux dilemme industrie/City dans un pays qui est contraint de regarder de nouveau vers le grand large, sans savoir s'il pourra profiter de l'accroissement du commerce international.

En apparence, la réussite française est beaucoup plus spectaculaire. Un pays vaincu en 1940, pillé pendant quatre ans par l'occupant, engagé dans une guerre coloniale onéreuse obtient des taux de croissance supérieurs à la plupart de ses partenaires et réalise une industrialisation à marche forcée, sans commune mesure avec les heures pourtant fastes de la Belle Époque et des années vingt. Et cependant, il n'y a pas de « miracle ». La France des années cinquante demeure un petit pays, tant par la valeur de sa production industrielle que par l'importance de ses exportations ou le nombre réduit des entreprises de taille mondiale [1]. En outre, elle ne parvient pas à se débarrasser d'une inflation tenace et d'un déficit extérieur endémique, si ce n'est fort provisoirement sous l'effet d'un tour de vis brutal aux conséquences fâcheuses pour l'activité économique. A considérer la trajectoire française, on ne sait s'il convient de célébrer les progrès fantastiques d'une écono-

1. La valeur de la production industrielle française est 2,2 fois inférieure à celle de la Grande-Bretagne ; ses exportations représentent 2,5 % du total mondial contre 10 % pour l'Angleterre. Sur la période, consulter J.-P. Rioux, *la France de la IVe République*, Paris, Éd. du Seuil, coll. « Point Histoire », 1980 et 1983, 2 vol., et H. Bonin, *Histoire économique de la IVe République*, Paris, Économica, 1987.

mie émergeant de vingt années sombres ou d'admirer sa capacité à marcher en permanence sur le fil du rasoir.

Le prolongement du plan Monnet et l'évolution cahotique des principaux indicateurs confirment cette impression d'une forte croissance mal maîtrisée. Ainsi est-il excessif d'évoquer un « boom coréen » pour 1950-1951, puisque la France n'est ni un des arsenaux ni un sous-traitant majeur des États-Unis. En témoignent les soubresauts des principales productions industrielles, signe d'une surchauffe plus que d'une expansion : ainsi, la production d'acier, celle de tracteurs et le trafic ferroviaire enregistrent une baisse sensible avant de retrouver le niveau de 1949. A la différence de la Grande-Bretagne cependant, l'ensemble de la production industrielle, le revenu national et nombre de secteurs prioritaires du plan connaissent une progression très honorable, légèrement inférieure à celle de l'Allemagne fédérale. Placée dans une situation plus défavorable que sa voisine britannique, avec 6,5 % de son PNB consacrés aux dépenses militaires, la France reste sur le chemin de l'expansion. Mais au prix d'une inflation record de 38 % pour l'année 1951 et d'un fonctionnement répété de la planche à billets pour satisfaire les besoins du Trésor. De même, les vicissitudes de 1952-1953 ne doivent pas masquer la progression du revenu national et de tous les secteurs prioritaires. L'action d'Antoine Pinay précipite une stabilisation, imposée de manière brutale et empirique, mais ne modifie pas en profondeur le rôle des pouvoirs publics comme aiguillon de la croissance, ni la tension inflationniste, puisque les prix demeurent de 15 à 20 % supérieurs aux prix mondiaux, ni surtout la mobilisation de l'épargne au service de l'industrialisation. Aussi n'est-il guère surprenant que, dès 1954, la production industrielle s'accroisse de 7 %, effaçant les contre-performances de l'année Pinay. Les autorités peuvent libérer 82 % des échanges en 1955-1956, enhardies par le premier excédent commercial de la décennie.

Au vrai, la célèbre définition d'Edgar Faure – « l'expansion dans la stabilité » – résume la satisfaction et les illusions d'un peuple qui voyait s'approcher les rivages de la prospérité. Satisfaction légitime, au regard de l'essor industriel, d'un effort sans précédent d'investissement – dont le taux par rapport au PIB franchit la barre de 20 % en 1956 – et de gains de productivité supérieurs à 5 % l'an. Satisfaction confortée par le changement des mentalités : les Français, qui, en 1953 encore, doutaient des perspectives d'expansion continue, se retrouvent persuadés de la percée de leur économie avant la fin du IIe plan [1]. La croissance est principalement une victoire des Français sur eux-mêmes, qu'il s'agisse de la modernisation agricole, du redressement de la Lorraine ravagée par la guerre ou de l'intensité de la demande intérieure, depuis l'automobile jusqu'aux moulins à café. Mais cette confiance demeure hexagonale ; les entreprises restent sous-dimensionnées face à leurs rivales occidentales, et le mouvement de concentration s'opère lentement, au rythme de deux cent cinquante accords par an. Rarement, l'économie française aura eu autant d'atouts à sa disposition au même moment, y compris l'apport régulier de capitaux américains privés et surtout publics – 3 milliards de dollars entre 1952 et 1955 au titre de l'aide économique et militaire, ainsi que pour le financement des troupes stationnées en France. Or les entreprises semblent reculer devant les risques de la compétition internationale : la sidérurgie connaît un taux d'expansion exceptionnel mais ce sont les aciers et les tubes allemands qui dominent de nouveau le marché. Le pari de l'internationalisation est perdu, si tant est que les experts y aient songé autrement que pour en faire une des directives du IIe plan.

La France se transforme à l'abri des tarifs douaniers les plus protectionnistes d'Europe jusqu'au déblocage de la construction communautaire. Elle a comme premier client l'Algérie plutôt que l'Allemagne, et, en 1954, les importations « coloniales » représentent la moitié des achats nationaux. Loin d'être une survivance, ces relations s'intensifient dans la mesure où la France manque de liquidités internationales et cherche à limiter l'ampleur de son déficit commercial. Tandis qu'au cinéma les « actualités » célèbrent à juste titre les succès des automobiles Renault et Citroën, une autre France, frileuse, attend les résultats de la décolonisation et doute des vertus

1. Sur le scepticisme des Français, cf. J. Chardonnet, *l'Économie française. Étude géographique d'une décadence et des possibilités de redressement*, Paris, Dalloz, 1958-1959. Le nouvel état d'esprit est bien décrit dans J. Lecerf, *la Percée de l'économie française*, Paris, Arthaud, 1963.

d'une hypothétique intégration européenne. Tout concourt donc à pérenniser un comportement inflationniste aussi solidement ancré que l'était la défense du franc au temps de Poincaré. Chacun y trouve son compte, au moins nominalement, puisque les rentiers et les paysans n'ont plus leur mot à dire. Mais l'on n'oublie pas si facilement les souvenirs d'un âge d'or phantasmé et les Français vont conjuguer leur goût pour l'inflation avec leur passion pour l'or – dès la levée des contrôles en 1948 –, pour les monnaies fortes – le dollar et le franc suisse – et pour la spéculation immobilière. Cette attitude contradictoire fut encouragée par les gouvernements, qui s'ingénièrent à offrir des exonérations fiscales, successorales ou des garanties de change. La confiance, si chère à Antoine Pinay, avait bon dos : au mieux, c'était un artifice politique ; au pire, l'aveu dissimulé d'un abandon, la négation d'une politique économique cohérente.

La France n'en demeure pas moins lancée sur la voie d'une expansion originale et a fait preuve de sa capacité à surmonter de multiples contraintes. Ce n'est pas le cas de l'Union soviétique, malgré des « communiqués de victoire » réguliers dès 1950 [1]. La fin de la période stalinienne marque au contraire l'exacerbation des défauts conceptuels et des erreurs stratégiques qui avaient déjà précipité l'éclatement du IVe plan quinquennal. La préoccupation majeure des planificateurs semble être de réduire l'un après l'autre les goulots d'étranglement de l'économie, sans parvenir à concilier les perspectives à long terme, la mise au point du nouveau plan et une politique empirique de grands travaux. Les années 1948-1952 constituent une solution de continuité dans la conduite de la politique économique, et l'impression d'ensemble reste celle d'ambitions démesurées et déçues. Ainsi, les travaux du Gosplan concernant le plan économique général de quinze ans sont-ils laissés en friche dès 1949, moins de deux années après leurs débuts. De même, le Ve plan (1951-1955), officiellement publié avec vingt mois de retard, fixe un taux de croissance de la

1. Sur l'URSS des années cinquante, consulter H. Chambre, *Union soviétique et Développement économique*, Paris, Aubier-Montaigne, 1967 ; A. Nove, *An Economic History of the USSR*, Londres, 1969 ; et R.W. Campbell, *The Soviet Type Economies. Performance and Evolution*, Boston, 1974.

production industrielle de 13 %, presque identique à celui affiché pour le plan précédent, sans tenir compte des retards pris dans l'année 1951 ni du simple fait que l'industrie soviétique ne pouvait augmenter de 50 % sa productivité.

La multiplication des « grands travaux du communisme » donne la mesure de l'improvisation d'une politique économique réputée rigoureuse. Ces initiatives se situent en marge du plan, mais entraînent sa modification, soit par ponction de crédits, soit par leur réalisation prioritaire. Elles visent à pallier quantitativement des carences nationales, sans que les contraintes techniques ou régionales soient aperçues. On touche ainsi parfois aux frontières de l'absurde, quand est envisagé le détournement du fleuve sibérien, l'Ob, vers la mer d'Aral et la Caspienne, dans l'espoir de créer une voie d'eau Est-Ouest. Plus prosaïquement, les programmes de reboisement, d'irrigation, de création d'étangs et de réservoirs connurent des fortunes diverses : la construction du canal du Turkménistan permit d'irriguer 1,3 million d'hectares de nouvelles terres ; en revanche, seuls 10 % des terres devant être irriguées furent mis en exploitation, et le ministère de l'Agriculture n'a jamais signalé le nombre de plantations ayant survécu dans les steppes [1]. La construction des grandes centrales hydroélectriques sur la Volga demeure un des rares exemples d'objectif planifié réalisé approximativement dans les délais et aux coûts prévus.

On ne peut attribuer ces contre-performances aux discussions idéologiques dont le livre de Staline *Problèmes économiques du socialisme en URSS* se fait l'écho ; pas plus qu'au montant des dépenses militaires, même si ce dernier dépasse 10 % du PNB en 1950. Celles-ci relèvent d'une double erreur d'analyse quant au rythme et à la nature de la croissance en économie socialiste. Les autorités soviétiques pensaient en effet que la planification leur permettrait d'échapper aux fluctuations cycliques de l'investissement et de la production. Un tel raisonnement présupposait que le plan fût exécuté dans les délais et que la production agricole fût conforme aux objectifs initiaux. Non seulement il n'en fut rien, mais entre 1948 et 1953 les retards se multiplièrent et l'agriculture se trouva dans

1. Chiffres cités par E. Zaleski, *op. cit.*, t. VI, p. 144-145.

un état de crise permanente [1]. Aussi l'économie était-elle soumise à des chocs d'investissements, au moment de la soudure entre les plans; situation amplifiée par les hésitations des planificateurs. Incapables d'assurer une croissance autonome et régulière, les dirigeants se heurtaient également à la médiocre productivité du travail et du capital. Le débat des années 1925-1935 avait retrouvé une nouvelle actualité par le biais de la guerre froide : l'Union soviétique pouvait-elle fonder sa croissance sur les progrès de sa technologie, sans faire appel aux capitaux, aux techniques, aux savoir-faire occidentaux ? En répondant par l'affirmative, Staline a « oublié » que l'essor russe avait reposé sur les avantages relatifs d'une industrialisation tardive et que ce type de développement, outre qu'il suppose un approvisionnement régulier, voit ses effets d'entraînement s'amenuiser dans le temps. Pour avoir imaginé que l'économie soviétique pouvait suivre sa propre pente, les dirigeants ont ignoré la diminution du rendement des investissements et cru à tort que l'augmentation de la population active suffirait à compenser la productivité défaillante du travail. Dans l'Union soviétique des années cinquante, la compétition militaire et spatiale avec l'Occident masque l'imperfection de la politique économique.

L'arrivée de Khrouchtchev allait peu modifier la situation : en avril 1956, la *Pravda* annonce l'exécution du plan, dans des termes voisins et avec la même faculté d'oubli que lors du IVe plan. En dépit des mesures décidées par le premier secrétaire, la production agricole enregistre un score nettement inférieur aux prévisions et le plan « révisé » souffre des défauts du régime : exagération des calculs de production brute, hausse des salaires nominaux supérieure aux prévisions, progrès limités de la productivité. De ce point de vue, il n'existe pas de révolution khrouchtchévienne : l'URSS ne parvient pas à combler son retard sur l'Occident, en termes de salaires comme en termes de revenus disponibles [2]. Les options initiales du nouveau plan reprennent des antiennes identiques,

1. La récolte de céréales est inférieure à celle des années 1935-1938, en dépit des gains territoriaux de la guerre. La valeur de la production agricole totale est inférieure à celle de 1940, et les objectifs du plan remplis à 80 %.

2. En 1955, les salaires réels soviétiques représentent 40 % de ceux des Britanniques; le revenu réel, 35 %.

comme si le limogeage de Malenkov suffisait à dégager la voie de la croissance. En affirmant son ambition d'augmenter de 50 % la productivité industrielle, l'équipe dirigeante montrait surtout son incapacité à penser autrement le développement de l'économie soviétique.

Les espoirs retrouvés des vaincus

A la fin des années quarante, le Japon et les pays compris entre le Rhin et l'Oder paraissaient accablés de toutes les tares que les reconstructeurs avaient cherché à éviter. Outre la présence de troupes étrangères sur leur sol, une inflation endémique avait contraint certains à une conversion monétaire draconienne, tandis que la crainte de leur redressement avait conduit les vainqueurs à déstructurer leur capacité industrielle soit par la décartellisation des entreprises, soit par des prélèvements au titre des réparations. En 1949, les Occidentaux envisagent toujours de supprimer sept cents usines en RFA, quand les Soviétiques démontent une voie ferrée sur deux en RDA pour la transplanter chez eux. Compte tenu des amputations territoriales, des mouvements de population et du chômage massif, les handicaps socio-économiques s'ajoutaient aux incertitudes politiques.

Or, contrairement aux prévisions des contemporains, les années suivantes coïncident avec le rétablissement de ces pays meurtris, quel que soit le camp auquel ils appartiennent. Que l'on parle de « miracle » à l'occidentale ou d'industrialisation accélérée à l'Est, une donnée s'impose : la défaite militaire et la dépendance politique ne sont plus synonymes d'effacement économique [1]. De part et d'autre du rideau de fer comme dans un Japon en voie d'américanisation, l'heure est à la croissance ; si les modalités et les résultats diffèrent, l'ambition est voisine.

En première urgence, il faut se donner les moyens de survivre, donc appliquer une politique économique contraignante qui privilégie les investissements aux dépens de la consommation individuelle. La stabilité – forcée ou démocra-

1. Cf. le livre roboratif de S. Tzabar, *Éloge de la défaite*, Paris, Denoël, 1972.

tique – des gouvernements autorise la conduite d'une politique anti-inflationniste dont l'efficacité se mesure tout au long de la période 1949-1953. En effet, ni la hausse des prix coréenne ni la mobilisation des ressources au service de l'un ou l'autre camp ne cassent l'expansion économique. En Italie, le tandem Gasperi-Einaudi parvient à persuader l'opinion qu'une monnaie forte est indispensable au redressement national. Ainsi se réalise ce que les régimes totalitaires de ces pays avaient imparfaitement imposé; le retournement des anticipations inflationnistes. Ces nations retrouvent peu à peu une quasi-stabilité des prix, sans contrôle, sans déséquilibre majeur de la balance des paiements. Dans les démocraties populaires, la fixation autoritaire des prix modifie le processus d'ajustement; néanmoins, ces pays menacés par une nouvelle hyperinflation à la fin de la guerre échappent à cette catastrophe [1].

Le mouvement des prix s'est révélé particulièrement favorable à la reprise des investissements. Après l'inflation initiale des années 1944-1947, qui a ruiné les classes moyennes et allégé les dettes publiques, le retour brutal à la stabilité accroît la productivité d'un capital d'autant plus précieux qu'il existe un net déséquilibre entre les facteurs de production : si l'argent est rare, la population à la recherche d'un emploi est pléthorique. Assumer cette situation impliquait la mise en œuvre d'investissements extensifs, sous l'impulsion des pouvoirs publics – puis des grandes entreprises à l'Ouest –, ainsi qu'une délicate politique d'équilibre entre les avantages d'une main-d'œuvre abondante et les risques de crise sociale. L'État devient d'abord le banquier des groupes industriels en leur accordant des prêts à taux préférentiel, ce qui permet l'élaboration de programmes de production à long terme, accompagnés d'importantes économies d'échelle. L'IRI et l'ENI ont profité de taux d'intérêt inférieurs de cinq points à ceux du marché pour se hisser parmi les premiers groupes industriels

1. **Évolution du coût de la vie**
(base 100 en 1948)

	1949	*1950*	*1951*	*1952*	*1953*	*1954*	*1955*
Pologne	105	127	139	159	227	214	209
Hongrie	92	97	118	164	164	154	152
Tchécoslovaquie	–	–	–	45	42	40	39

italiens. L'écart entre les taux était payé par le contribuable, autrement dit par le consommateur.

L'État complète cette intervention en accélérant le rapiéçage d'un tissu industriel déchiré par la fin des cartels ou des zaïbatsu. Ainsi le MITI – ministère de l'Industrie et du Commerce extérieur japonais – envisage dès 1952 une action d'envergure dans les industries chimiques; il confirme ses intentions en 1955 dans une note programmatique qui décide des crédits, de l'allocation des brevets importés, des entreprises admises à participer à la compétition et du primat de la pétrochimie. Le tout est financé par des banques d'affaires couvertes par la Banque du Japon. Cette stratégie se rapproche fortement des principes qui ont inspiré les nationalisations dans les démocraties populaires: souci d'adapter le capital disponible au service de la reconstruction et priorité aux investissements indispensables dans les pays attardés, propulsés de l'âge de la charrue à celui de l'usine. En Tchécoslovaquie comme en Hongrie ou en Italie, la part des investissements oscille autour de 25 % du PNB, chiffre exceptionnel en lui-même mais également par comparaison avec les nations industrielles. Même si l'on hésite à interpréter cet élan des investissements de manière keynésienne, force est de constater que l'Europe orientale et méditerranéenne se trouve désormais sur la voie de l'industrialisation.

Retrouver le niveau de la production industrielle de l'avant-guerre ou de la guerre pour le Japon et l'Allemagne constituait une première étape. Elle fut atteinte au plus tard en 1950 pour la Tchécoslovaquie et la RDA. Le problème de l'emploi représentait un obstacle autrement ardu qui fut résolu partout par le maintien d'un fort volant de sous-emploi. Il n'y a pas là le moindre paradoxe, mais plutôt l'explication d'un redressement qu'un raisonnement hâtif attribue aux vertus spartiates des Allemands et des Japonais ou à la réussite des plans socialistes. Aucun de ces pays ne pouvait résorber rapidement l'afflux de réfugiés ou de main-d'œuvre agricole cherchant à s'employer dans l'industrie. Ceux qui trouvaient un travail étaient contraints d'accepter des horaires longs et des salaires réduits. Autant d'éléments qui assuraient des gains de productivité élevés, la stabilité de la monnaie et une compétitivité réelle des produits exportés. Dans les pays déjà industrialisés, le retard constant des salaires sur la productivité et les besoins de financement permet de surmonter les principales contradictions entre charge démographique et augmentation des ressources, entre modernisation et emploi, entre secteurs moderne et traditionnel. Les autres nations bénéficient du drainage de la main-d'œuvre vers le secteur secondaire, ce dernier offrant, en tout état de cause, des salaires supérieurs à ceux de l'agriculture. Dès lors, l'accumulation du capital est entretenue par l'arrivée de ces travailleurs. La structure dualiste des économies en est confortée, mais la fin des années noires semble en vue.

Ces caractéristiques échappent au clivage Est-Ouest et illustrent la volonté des pays marginalisés de surmonter les handicaps issus de la guerre. Pour autant, leur statut les empêche de conduire une stratégie autonome : les « miracles » se font sous perfusion américaine, et l'industrialisation à marche forcée des démocraties populaires répond aux préoccupations de Moscou dans sa rivalité avec l'Occident [1]. On ne saurait par exemple oublier le rôle décisif des capitaux étrangers dans le rétablissement des économies vaincues. L'Italie a reçu 2,5 milliards de dollars entre 1948 et 1954 et la république fédérale d'Allemagne, 3 milliards, soit pour les deux pays l'équivalent de 3,5 % du revenu national. L'apport n'était pas décisif, mais il se substituait à l'insuffisance provisoire de l'épargne locale et permettait de stabiliser les balances des paiements. De même, ces pays tirèrent avantage des tensions internationales, puisque leur position géostratégique conduisait les Américains à leur commander des fournitures et à leur accorder des facilités d'approvisionnement afin que leurs usines satisfassent à la demande. Un an après le début du conflit coréen, la production industrielle japonaise a augmenté de 52 % ; six mois après la crise de Suez, les chantiers navals ont doublé leurs ventes à l'étranger. Le facteur principal de ces réussites reste cependant l'insertion internationale de ces pays et les effets multiplicateurs des exportations – auxquelles on peut attribuer 40 % de la croissance – constamment supérieures à l'accroissement des importations. Des raisons diverses

1. Sur les pays occidentaux, cf. V. Lutz et G. Scimone, *Economic Miracles*, Londres, 1964.

aboutissent à ce résultat : protectionnisme japonais et habitudes de consommation spécifiques, force traditionnelle des exportations allemandes de produits semi-finis, retard de l'industrialisation et de la consommation en Italie. Il n'importe ; la conquête de ces parts de marché achève la consolidation d'économies que la reprise de la consommation après 1952 place sur la voie de la prospérité [1].

Les pays socialistes européens doivent, pour leur part, combiner des objectifs de planification industrielle très ambitieux avec la résolution du problème agricole et les exigences de Moscou. En dépit du développement de l'industrie lourde et de l'harmonisation des plans à long terme, le pari s'avère difficile à tenir. On mesure ici l'importance du retard économique de ces populations en large majorité paysannes, à deux exceptions près. Pour elles, la croissance passait bien après la redistribution des terres ; or celle-ci a été incomplète en dépit des promesses des communistes, et les gens craignent une collectivisation que l'expérience des coopératives et la contrainte des livraisons obligatoires ont définitivement déconsidérée. Contrairement aux espérances des dirigeants soviétiques, il est impossible de reproduire le modèle russe de croissance non balancée. Au moment où Staline affirme la nécessité d'une croissance extensive avec le déclenchement de la guerre de Corée, les peuples d'Europe centrale récoltent moins qu'en 1938, les villes manquent de provisions et le retard de la mécanisation est tel que l'exode rural ne libère pas de forces productives nouvelles. L'effort de réarmement économique aboutit à la fixation des objectifs les plus irréalistes, comme si l'accumulation des délais avait pour effet de multiplier les déclarations d'intention : le taux de croissance industrielle prévu par le plan hongrois passe d'un coup de 13 à 26 % par an ! Tandis qu'on inaugure les aciéries de Nowa Huta ou de Stalinvaros, les habitants des démocraties populaires courent au sous-développement. Leur niveau de vie régresse, le sous-emploi dépasse 20 % de la population active, le marché noir s'institutionnalise.

De ce point de vue, les transformations intervenues en 1953

1. On prendra garde à ne pas anticiper sur la date de ce rattrapage : en 1952, le PNB par tête de l'Allemagne est inférieur de 12 % à celui de la France et de 3 % à celui du Royaume-Uni.

représentent plus que des concessions de circonstance ou que l'apurement des comptes de la guerre. Enrichissement, privatisation et développement redeviennent compatibles dans des économies socialistes où l'industrialisation ne s'opérerait plus à l'abri du rideau de fer, ni à l'avantage exclusif de l'URSS, ni surtout au détriment de la consommation. Ces changements apparaissent à cette date comme les prémices d'une réorientation de la politique économique. A l'évidence les populations d'Europe centrale ne voulaient pas payer le même tribut à la croissance que leurs voisins russes ; le modèle soviétique avait permis de sortir leurs économies de la léthargie d'après guerre et de les installer sur le chemin de l'industrialisation. En définir le rythme et les enjeux, telle était la nature de la réflexion qui s'ouvrait [1].

Celle-ci fut de courte durée, pour des raisons politiques évidentes, mais également parce que les analyses critiques ne sortaient pas du schéma soviétique de croissance. La « déstalinisation économique » ne s'opère pas et le « Nouveau Cours », annoncé en RDA par Walter Ulbricht, se marque par des mesures conjoncturelles, tels l'interruption de la collectivisation agraire, la réduction des impôts ou le meilleur approvisionnement des marchés, au besoin en procédant à des importations d'urgence à partir des pays occidentaux. La stratégie de la croissance économique se modifie peu en réalité, comme en témoignent les proportions planifiées pour 1956-1960, très proches de celles établies pour les plans 1951-1955. Quant à l'organisation des échanges internationaux, l'ouverture tentée par les démocraties populaires en direction de l'Occident ne s'accompagne pas d'une redéfinition des rapports au sein du Comecon ; ceux-ci demeurent inspirés par le principe du tête-à-tête entre l'Union soviétique et chacun de ses partenaires. Même si l'idée de la division internationale socialiste du travail est mentionnée, il faudra attendre la mise au point de Nikita Khrouchtchev dans *les Problèmes de la paix et du socialisme*, en septembre 1962, pour qu'une véritable harmonisation s'esquisse et que le Comecon cesse d'être une coquille vide.

1. Sur les débats théoriques, cf. N. Spulber, *Issues in the Theory of the « Socialist Economy »*, Bloomington, 1971.

Ces transformations modestes ont, d'une part, concouru à aviver le mécontentement paysan en Hongrie et en Pologne au cours de l'année 1956 et, d'autre part, facilité la reprise en main soviétique à partir de 1958, puis la réaffirmation du volontarisme économique. Ainsi, la réforme agraire russe de 1958 est initialement présentée comme la consécration de la déstalinisation avec la suppression des stations de matériel technique, des livraisons obligatoires et l'instauration d'un double système de prix plus favorable aux paysans. En fait, seules les modalités ont changé : les obligations des kolkhozes à l'égard de l'État demeurent aussi contraignantes, et ceux-ci ne peuvent simultanément investir et augmenter les revenus paysans. En cinq ans, la situation de la paysannerie est revenue à son point de départ, voire s'est aggravée dans les démocraties populaires. Cette « restauration » est aussi manifeste dans le choix d'une planification industrielle et dans la persistance des mêmes goulots d'étranglement – pénurie de main-d'œuvre qualifiée, retards d'exécution et engorgement des communications. La légitimité retrouvée de la croissance extensive constituait un artefact utile à la consolidation politique des sociétés socialistes et indispensable aux dirigeants dans leur compétition avec l'Occident, puisqu'elle leur permettait de promettre eux aussi la prospérité pour la décennie soixante-dix et le communisme pour 1981 [1].

Vers une redistribution du jeu économique européen

Le cloisonnement des espaces économiques, bien supérieur à celui du premier avant-guerre, constituait un obstacle majeur à l'enracinement de la prospérité. Le handicap était particulièrement sévère pour l'Europe, que toutes les nouvelles lignes de partage traversaient : la rivalité Est-Ouest, la crispation des puissances coloniales sur leurs rapports commerciaux privilégiés, les revendications des pays nouvellement indépendants et la suspicion française à l'égard de l'Allemagne. Les rythmes de croissance inégaux et les spécialisations divergentes

1. Selon P. Hanson dans *The Consumer in the Soviet Economy* (Londres, 1968), le revenu disponible par tête des Soviétiques équivaut à 52 % de celui des Britanniques en 1955 et à 56 % en 1964.

compliquaient les possibilités d'harmonisation, ce que les premières années du Comecon et l'application imparfaite du GATT confirmèrent. La poursuite du développement apparut alors liée à une redéfinition des liens commerciaux entre puissances, au risque de combiner les difficultés politiques et économiques. On voit mal en effet au nom de quel idéalisme hommes politiques ou patrons auraient accepté de sacrifier leurs priorités nationales au profit d'exigences supranationales aux contours encore flous.

C'est donc au pas lent de la transformation des mentalités que s'esquisse, en Europe occidentale, l'idée d'une coopération. Jusqu'en 1954, les dirigeants ont des préoccupations voisines de celles de leurs prédécesseurs en 1920 : éviter une nouvelle guerre entre la France et l'Allemagne, « en plaçant l'ensemble de la production franco-allemande de charbon et d'acier sous une haute autorité commune ouverte à la participation de tous les autres pays d'Europe ». L'innovation politique que constitue le transfert de souveraineté au bénéfice de la haute autorité de la CECA passe à l'arrière-plan des avantages économiques et diplomatiques escomptés par les participants. Les Hollandais ont besoin d'une Allemagne industrielle forte, l'Italie des fournitures de la Ruhr, et Robert Schuman impose son point de vue au patronat français et à Georges Bidault en arguant de l'urgence du problème sarrois. Tous avaient surtout pris conscience que les Britanniques étaient peu enclins – par manque de moyens – à contribuer au redressement européen et à la surveillance de l'Allemagne. Aussi l'expression « relance européenne », accolée à la conférence de Messine des 1er-3 juin 1955, est trompeuse car elle sous-entend l'idée d'une progression par palier, chaque étape enracinant davantage l'idéal communautaire. En fait, les objectifs nationaux priment, les Français demeurant favorables à une intégration sectorielle limitée et leurs partenaires de la CECA intéressés par une action globale. La résolution finale illustre ces divergences de fond, puisque l'objectif communautaire est réduit à l'économie, sans que les modalités soient précisées ni que le terme d'intégration soit prononcé[1].

1. Interprétation contraire chez P. Gerbet, *la Construction de l'Europe*, Paris, Imprimerie nationale, 1983.

La construction européenne va bénéficier en 1956 de la concordance heureuse entre une conjoncture internationale propice au recentrage sur l'Europe et la prise de conscience des décideurs quant aux avantages d'un rapprochement supranational. Le regain de tension internationale dû aux affaires de Suez et de Budapest convainc les Six, avec l'approbation américaine, de la nécessité de resserrer des liens un peu distendus en 1955, après la signature du traité de paix autrichien et la conférence quadripartite de Genève. La première crise pétrolière met en relief l'intérêt d'une politique énergétique commune, spécifiquement dans le domaine atomique civil, ce qui convenait aux Allemands et surtout aux Américains [1], tout en représentant un choix sectoriel capable de satisfaire les Français. Au même moment, le succès électoral du Front républicain en janvier et l'effacement des gaullistes permettaient de dégager une majorité favorable à la construction européenne. Si l'opinion publique reste indifférente ou sceptique, les adversaires résolus de la Communauté perdent de leur influence, alors que les membres du comité Spaak et du Comité d'action pour les États-Unis d'Europe [2] appuient le projet Euratom et obtiennent le soutien des syndicats réformistes, puis du SPD allemand, autrefois hostile à la CECA. Cette sorte d'aréopage de techniciens et d'experts indépendants des bureaucraties nationales cherche à accélérer le mouvement d'unification en justifiant la création d'Euratom au nom des résultats positifs obtenus par la CECA, puis en soumettant sa déclaration à l'approbation des Parlements, entre mars et juillet 1956.

Ainsi prend forme l'idée d'une intégration dont la réussite reposerait sur la combinaison des inégalités nationales au profit de la croissance commune des productions, des échan-

1. Le 22 février 1956, Eisenhower propose la vente à bas prix d'uranium 235 pour les centrales européennes, sous réserve du contrôle de l'utilisation par le futur Euratom.

2. Le comité Spaak fut constitué à l'issue de la conférence de Messine pour surmonter les obstacles politiques et techniques; il comprenait les Français Pierre Uri, Paul Delouvrier et Félix Gaillard. Le Comité d'action pour les États-Unis d'Europe, appelé « comité Monnet », fut créé le 13 octobre 1955; il regroupait environ cent personnes qui se réunissaient une fois par an mais correspondaient régulièrement.

ges et des niveaux de vie. Les ambiguïtés et les lacunes d'une telle construction apparaissent d'emblée : l'édifice politique, bâti à la hâte [1], se présente comme une institution *ad hoc* qui n'impliquait nullement l'acceptation d'habitudes communes, mais visait à pérenniser les traités par la loi [2]. Les incertitudes économiques sont encore plus grandes, puisque le marché communautaire est régi par le principe de la compensation entre gains et pertes, donc conçu dans la perspective d'un équilibre statique. Nul ne savait si les gains de productivité et les économies d'échelle obtenus par l'ouverture des frontières seraient à la fois suffisants et durables, face au risque de déclassement des pays les moins dynamiques.

Chaque négociateur est ainsi tenté de réclamer des garanties multiples, d'autant que les organisations syndicales ou les groupes de pression acceptent de lever leurs réticences sous conditions. La France, par exemple, entame les pourparlers en demandant à ne pas appliquer le traité immédiatement, à conserver ses aides à l'exportation et ses taxes à l'importation, enfin à ce que les charges sociales soient harmonisées et que les questions agricoles et des territoires d'outre-mer fassent l'objet de mesures spécifiques. Lors de la signature du traité de Rome et d'Euratom, le 25 mars 1957, Maurice Faure et Robert Marjolin ont obtenu satisfaction sur les trois derniers points et fait écarter l'idée de supranationalité. Ces marchandages politiques montrent comment la construction européenne devait nécessairement s'opérer selon la méthode des essais et des erreurs.

Les premiers résultats de l'Union douanière furent pourtant rapidement flatteurs. Cela contribua à persuader les opinions que le Marché commun allait transformer leur vie quotidienne et près de quatre cents organisations professionnelles qu'il était souhaitable de s'installer à Bruxelles. En un an, le volume du commerce intracommunautaire avait augmenté de 20 %, preuve que la libération des échanges ne s'opérait pas au détriment de l'Europe du Sud. En mai 1960, puis

1. Les négociations devaient être achevées avant les élections allemandes de septembre 1957 et profiter de la présence des socialistes français pro-européens au pouvoir.

2. Cf. C. Pentland, *International Theory and European Integration*, Londres, 1973.

en mai 1962, le Conseil des ministres décidait d'accélérer l'Union douanière afin de parvenir à une réduction des droits de 50 % puis à leur suppression en 1968. Dans le même temps, les Six précipitèrent la mise en œuvre du marché commun agricole et industriel, tout en accordant des concessions tarifaires limitées aux Américains, lors du *Dillon Round* de 1962. En cinq ans, la CEE est devenue le premier commerçant du monde, et, fait déterminant pour sa prospérité, l'accroissement de ses échanges intérieurs au rythme de 13 % l'an provient surtout de nouveaux courants commerciaux et non d'une substitution à des relations extracommunautaires. D'aucuns ont expliqué ces succès par les gains psychologiques et sociaux imputables au fait européen [1]. Plus prosaïquement, chacun des partenaires peut s'estimer satisfait par une ou plusieurs retombées politiques de l'intégration. Les deux pays vaincus ont soldé définitivement la guerre, et Euratom témoigne de leur volonté pacifique. Le Benelux échappe à la dépendance exclusive des Anglo-Saxons et, tout en retrouvant un hinterland économique naturel, dispose d'un poids politique plus que proportionnel à son importance grâce au système du vote majoritaire pondéré. Enfin, la France a réussi l'arrimage d'une économie agro-industrielle sans que l'intégration provoque de rejet social et sans perdre une partie de sa souveraineté, notamment dans le domaine atomique.

Certes, plusieurs difficultés commençaient à poindre. Dès 1959, les Allemands dénoncèrent le dirigisme de la CECA et la haute autorité fut contrainte d'autoriser des aides nationales à la reconversion : au lieu d'encourager la croissance des productions, elle organisait le repli charbonnier [2]. Quant à Euratom, véritable cœur de la construction européenne, il fut victime du passage au tout pétrole et de la mauvaise volonté française à partager sa technologie ainsi qu'à contribuer au financement communautaire. A partir de 1961, les divergences éclatèrent et l'on put mesurer les inconvénients du principe du juste retour : chaque pays voulait « en avoir pour sa contribution », si bien qu'on accumula les projets nationaux pour mécontenter le moins les responsables politiques. Première

1. Notamment T. Scitovsky, *Economic Theory and Western European Integration*, Londres, 1958.

2. Un processus voisin s'enclencha pour l'acier à partir de 1962-1963.

esquisse d'une Europe à la carte, l'échec d'Euratom montre la précarité de l'édifice communautaire, lorsque surgissent des problèmes politiques. Enfin, l'accroissement des échanges ne doit pas dissimuler le déficit commercial persistant avec les États-Unis. Les Six se sont découvert de nouveaux partenaires; ils n'ont pas comblé leur retard technologique, même s'ils affirment que le déséquilibre témoigne de leur absence de protectionnisme et de leur respect des accords du GATT.

Ces déconvenues n'empêchaient nullement les Européens de célébrer les vertus de l'union, en opposant leur dynamisme aux doutes des Anglo-Saxons. Ces derniers enregistraient des performances régulièrement inférieures à celles de la CEE, et, surtout, les récessions américaines survenaient à intervalles plus étroits – 1957-1958, 1960-1961 – et avec une intensité plus forte. Les hoquets de la machine industrielle américaine avaient des répercussions directes sur les mouvements de capitaux privés qui se dirigeaient désormais vers l'Europe occidentale à une moyenne de 8 milliards de dollars par an. Les États-Unis et la Grande-Bretagne se heurtaient au lancinant problème du déficit de leurs balances des paiements, avec pour conséquence la diminution des réserves d'or. A l'automne 1960, l'éventualité d'une dévaluation du dollar laisse la livre en première ligne face à la spéculation.

L'alerte est de courte durée, mais les interrogations qu'elle suscite expliquent pour une large part les atermoiements britanniques face à la Communauté européenne, puis leur tentative maladroite de constituer une association rivale, l'Association européenne de libre-échange (AELE). Les Britanniques escomptaient profiter de la manne américaine, des avantages du Commonwealth et de leur supériorité européenne pour imposer leurs conditions aux Six, au besoin en ravivant le vieil antagonisme franco-allemand. Or, le rapprochement inattendu entre de Gaulle et Adenauer après leur double entrevue de l'automne 1958 rendait caduque cette stratégie et obligeait les Anglais à adopter avec retard la même tactique que les Français, le marchandage économique et le chantage politique [1]. L'opposition du général de Gaulle, soutenu

1. Les Britanniques laissèrent penser qu'ils allaient retirer leurs troupes d'Allemagne, sortir de l'OTAN, voire de l'OECE.

par Adenauer, fit échouer les pourparlers, au grand dam des représentants du Benelux et du patronat allemand. L'AELE est ainsi le produit des déceptions européennes britanniques et l'ultime tentative pour conserver un leadership local, en empêchant les autres nations de rejoindre la CEE. Coalition industrielle disparate [1], l'association se proposait de démontrer qu'une zone de libre-échange était non seulement réalisable, mais adaptée aux nouveaux rapports économiques. En 1961, celle-ci apparaissait plutôt comme un club où l'essentiel était de ne pas bâtir de politique et de consolider des liens commerciaux traditionnels.

Au moment où les États-Unis découvrent que les rapprochements européens profitent à leurs entreprises multinationales mais contribuent aussi au ralentissement de leur activité domestique, la progression du commerce japonais transforme l'ancien protégé en rival. Si les États-Unis sont devenus les premiers fournisseurs du Japon, ils absorbent désormais un quart des exportations nippones. La situation géopolitique de l'Asie du Sud-Est et les contraintes énergétiques propres au Japon ont précipité une réorientation accélérée de la production vers l'industrie lourde et les biens de consommation durables. Ainsi la sidérurgie, développée dans les années trente à la faveur de la politique d'armement, connaît un second essor grâce à la vulgarisation de l'acier, des bateaux à la machine à laver: entre 1955 et 1961, la production passe de 9,5 à 24 millions de tonnes. Le Japon cumule les avantages d'un marché protégé de 100 millions de consommateurs sous-équipés, dont le niveau de vie s'accroît de 6 % par an, et d'une industrie compétitive sur les marchés étrangers en raison du faible coût relatif de la main-d'œuvre et d'une mécanisation poussée [2]. En outre, la structure dualiste des entreprises leur permet de s'adapter aux fluctuations de la demande nationale et d'utiliser la sous-traitance pour répondre aux besoins du marché nord-américain.

L'indifférence des Occidentaux devant la réussite japonaise

1. L'AELE comprenait le Portugal, la Suisse, l'Autriche, le Danemark, la Norvège, la Suède et la Grande-Bretagne. La Finlande fut membre associé en mars 1961.

2. En 1960, deux machines sur trois ont moins de six ans. Voir C. Sautter, *Japon, le prix de la puissance*, Paris, Éd. du Seuil, 1973.

peut surprendre. Elle s'explique par la confiance accordée par les experts à la théorie des avantages comparatifs en matière de commerce international. Comment le Japon, pauvre en ressources naturelles, manquant de capitaux et réduit à copier la technologie occidentale, pourrait-il s'imposer par le seul avantage d'une main-d'œuvre bon marché et disciplinée ? C'était oublier que l'industrialisation appelle l'industrie – sous forme d'importations et d'achat de brevets – au lieu d'en ralentir le mouvement, comme certains le croyaient[1]. Si l'harmonie des échanges internationaux demeure organisée autour des liens transatlantiques, l'ascension japonaise menace, dès le début des années soixante, la suprématie américaine, que celle-ci soit commerciale, dans le Pacifique, ou technique, dans les domaines de l'optique et de l'électronique.

1. Ainsi A. Maizels, *Industrial Growth and World Trade*, Cambridge University Press, 1965.

2

Les sociétés : de l'épreuve aux premiers signes du bien-être

Les années cinquante sont désormais inscrites au catalogue des décennies heureuses. Après l'enthousiasme de la fin de la guerre, les sociétés auraient retrouvé soudainement et comme par miracle leur équilibre, avant de s'engager résolument sur la voie de la croissance économique et du progrès social. L'album des souvenirs établis par nos contemporains montre combien le rêve a investi la mémoire [1] : Hollywood et ses vedettes de cinéma, la nouvelle Panhard et la dernière Studebaker, les Vespa, les cuisines modèles et les défilés de mode chez Dior constituent le décor d'un monde nouveau. Où sont passés les 14 millions d'agriculteurs européens dont les fermes n'ont souvent ni eau courante ni électricité et qui partagent leurs pièces avec leur bétail, dans l'indifférence des citadins ? Le besoin de références et, plus sûrement, la nostalgie des années d'expansion ont rendu les générations à demi amnésiques. Elles ont gardé la photographie de la 4CV, mais oublié qu'il fallut patienter jusqu'en 1954 pour atteindre le 500 000ᵉ exemplaire.

Cette mythification procède d'une valorisation rétrospective des acquis durables de l'après-guerre, conjuguée à l'idée que la paix retrouvée avait facilité le resserrement des sociétés sur elles-mêmes, devant les exigences des reconstructions. En fait, on décèle peu de signes avant-coureurs d'une rapide mutation, même si l'on peut suivre, dès la fin des années

1. Consulter pour la France C. Hermann, J. Thomas et C. Waeckerle, *30 ans, c'est épatant. 54 vu en 84*, Paris, Autrement, 1984.

trente le cheminement d'idées indispensables pour rendre compte de l'essor survenu après 1945. Le renouveau démographique, les progrès de la scolarisation et la prise de conscience sociale générée par la guerre permettent de comprendre la capacité d'adaptation des économies; ils n'en constituent pas moins des phénomènes trop discrets pour être saisis par l'opinion avant plusieurs années. Le poids des contraintes à court terme et l'inquiétude des populations épuisées l'emportent aisément; l'inégalité devant la faim a vite fait oublier l'égalité entre civils et militaires devant la mort. La priorité du ravitaillement, la crainte d'un retour du chômage, la peur de voir l'inflation laminer les salaires et la perspective lancinante d'une nouvelle guerre réunissent vainqueurs et vaincus européens, tandis que l'Amérique apparaît comme une île inaccessible de prospérité.

Ainsi s'organise une sorte de va-et-vient entre les difficultés vécues et l'idéalisation de sociétés «meilleures». Les Européens de l'Ouest avaient cru que l'heure de l'apéritif et du bifteck-frites reviendrait avec la liberté; ceux de l'Est que la belle vie promise par les slogans se réaliserait. Tous ont dû déchanter et abandonner leurs rêves pour retrousser leurs manches, dans l'espoir que l'ordinaire s'améliore. Mais personne n'aurait accepté d'inscrire les plaisirs de la vie sur les plaques du souvenir ou au catalogue des illusions perdues. C'est l'histoire de ce combat qu'il importe ici de retracer, afin de comprendre le passage d'un état d'esprit dominé par l'absurde et par la mort à la mentalité de consommateurs, frustrés ou satisfaits, qui caractérise les années soixante.

Un soulagement de courte durée

La victoire des Alliés concrétisa la victoire du sérieux sur le mensonge. Bien sûr, on perçut un mouvement de nostalgie, celle du temps où la publicité avait quelque chose à vendre, celle d'une « belle vie » comme avant guerre. Dans l'ensemble cependant, les Européens paraissaient brûler de donner aux deux Grands la mesure de leur talent. A l'Ouest, la modernisation n'annonçait pas la venue de la vie facile, mais des partis communistes aux syndicats et aux Églises, cette morale de l'effort faisait l'unanimité. Dans les plaines et les villes ravagées d'Europe orientale, la nostalgie cédait le pas à l'espoir d'une redistribution des terres aux paysans et d'une reconstruction sociale.

Parallèlement, l'idée d'une restauration s'effaça immédiatement devant la perspective d'un changement, quand bien même cet état d'esprit souffrirait d'une absence de consensus sur les modes de réponse appropriés à donner aux problèmes du temps de paix. La reconnaissance sociale constituait, de ce point de vue, un préalable autant qu'un devoir national. En Grande-Bretagne, celle-ci remontait aux temps des bombardements de la Luftwaffe. Les millions de citadins évacués avaient à la fois découvert pour eux-mêmes et exposé à leurs concitoyens une quantité de misères, de taudis, de maladies et de détresses de toutes sortes qui étaient insoupçonnés des classes dirigeantes et qui précipitèrent une prise de conscience perceptible dès la publication du rapport Beveridge [1]. Ces gens s'étaient battus, avaient commandé des troupes ou des maquis et contribué à l'effort de guerre en travaillant seize heures par jour et sous les bombes. Dès lors, le renforcement des syndicats, des techniciens, des savants et des femmes, tous artisans indispensables de la victoire et de la Reconstruction, était inéluctable.

Tous s'efforcent de faire payer rapidement leur collaboration au redressement national, de peur d'être frustrés une nouvelle fois. En ce sens, la « bataille de la production » à la française résume les contradictions d'un changement qui relève conjointement du rêve de bonheur individuel, des acquis tangibles – comme les nouveaux droits sociaux – et des renoncements inévitables compte tenu de la dureté des temps – ainsi la réinsertion rapide du patronat et des cadres. Aussi les hommes des reconstructions – Pierre Lefaucheux à la tête de la Régie, John Anderson, premier fonctionnaire non parlementaire à être désigné par W. Churchill comme son successeur éventuel à la veille de Yalta, ou Ludwig Erhard – sont des hommes nouveaux auxquels incombe la tâche difficile d'exalter la solidarité nationale, sans avoir beaucoup d'autres arguments que la litanie des exploits des mineurs, des dockers ou des sidérurgistes.

1. Cf. t. II, p. 194.

Le divorce entre la générosité initiale des intentions et l'incertitude quant aux moyens illustre les mécomptes des années quarante. Après le sentiment général de soulagement qu'inspire le renversement des fascismes, la prise de conscience des blessures matérielles et morales de l'Europe ne débouche que sur un accord minimal de reconstruction. Progressivement, la *population* l'emporte sur les héros, les militaires, les rénovateurs : l'enthousiasme de 1944-1945 se fond dans la grisaille de l'effort économique quotidien, de la pénurie et s'efface devant l'idéal – ô combien lointain – de l'opulence.

Rétrospectivement, l'esprit de la Libération apparaît bien comme le produit éphémère d'un combat et la volonté d'échapper à l'accumulation des déceptions que le manque de moyens risquait d'engendrer. L'effervescence intellectuelle, le bouillonnement des projets d'avenir témoignent de la capacité de rénovation des peuples assaillis par l'urgence des événements et soucieux de montrer leur capacité à surmonter la fracture d'une guerre qu'ils reconnaissent comme différente. D'un coup, une quantité impressionnante de créations et de propositions déferlent sur le public, sans que personne s'inquiète du poids de la dîme prélevée par la guerre, ni de la durée de vie de ces idées. Entre *le Mur* et *l'Age de raison*, moins de dix ans se sont écoulés, mais la rupture est plus profonde qu'entre *les Provinciales*, le premier recueil de nouvelles de Jean Giraudoux, et *Simon le Pathétique*, son premier roman, séparés eux aussi par une guerre mondiale.

Pourtant l'écho de ces réflexions demeure ténu, tant les Européens ont alternativement les yeux fixés sur 1939 et 1955. La dernière année de paix semble déjà appartenir à un univers ancien, compte tenu du bouleversement du paysage politique et social ; mais elle représente à la fois la dernière photographie d'un monde dominé par l'Europe et une sorte de ligne économique qu'il importe de franchir pour retrouver l'aisance à défaut de la prospérité. A l'inverse, 1955 est une date autrement inquiétante : dix ans après la fin de la guerre, les Européens pourront-ils rivaliser avec leurs protecteurs ? A la différence de 1919, les préoccupations portent moins sur un hypothétique déclin que sur la rapidité et la solidité du redressement. En témoigne l'étonnant succès des documentaires de Basil Wright célébrant les mérites du jus d'orange, de l'huile de foie de morue et surtout le prochain retour du porridge.

A coup sûr, aujourd'hui ne laissera pas de regrets. En attendant, il faut bien se nourrir, se loger et trouver un travail. Assurer le ravitaillement constituait la tâche prioritaire des gouvernants, à l'exception des pays neutres et des Britanniques. Les premiers avaient peu souffert des privations ou bien, en Suède et en Suisse, mis au point un système de rationnement suffisamment efficace pour entraîner une amélioration des rations caloriques individuelles, en dépit d'une réduction des approvisionnements. Les Britanniques avaient bénéficié des livraisons américaines, si bien que le pain ne fut pas rationné et que les autorités purent mettre en œuvre un programme national de distribution de lait et de vitamines [1]. Partout ailleurs, se nourrir convenablement devint une obsession, surtout après plusieurs années passées à jongler au marché noir afin de compenser des rations officielles limitées au plus à 1 500 calories. Or les aléas météorologiques – hiver 1945, été 1949 – et l'absence de réserves monétaires pour assurer des livraisons régulières entraînent une dégradation supplémentaire. Les rations stagnent ou diminuent dans les régions d'Europe centrale ravagées par le passage répété des chars et démunies par l'absence de stocks céréaliers. Le lait manque, la quantité de matière grasse disponible est cinq à sept fois inférieure à la norme indispensable, et la viande a quasiment disparu. Au moment où les autorités exaltent le redressement, il était inévitable que des populations mal nourries fussent promptes à exhaler leur rancœur contre les spéculateurs – propriétaires terriens, paysans ou commerçants. La rumeur a largement amplifié le phénomène [2], mais elle a contribué à mettre au jour l'hostilité réciproque que nourrissent citadins et paysans, ouvriers, rentiers et commerçants. En fait de *« new deal »* social, l'heure est aux règlements de comptes et aux combines pour s'approvisionner.

1. Ils n'échappèrent pas à des rationnements d'abord sélectifs, puis plus nombreux à partir de 1949, en raison des difficultés monétaires persistantes. Le rationnement se transforma en mesure de politique anti-inflationniste. Sur ces problèmes, cf. J. Tobin, « A survey of the theory of rationning », *Econometrica,* vol. 20, 1952.

2. Pour la France, cf. avec précaution, P. Novick, *Histoire de l'épuration,* Paris, Balland, 1986, et H. Lottman, *l'Épuration,* Paris, Fayard, 1986.

Les pénuries alimentaires préoccupent quotidiennement les populations, mais elles sont en définitive la conséquence d'une désorganisation aux effets très dissemblables : les insuffisances quantitatives – du pain aux machines – correspondent à des blocages conjoncturels qui, s'ils engendrent des frustrations fortes, se réduisent progressivement entre 1945 et 1950. En revanche, ces pénuries entretiennent un état d'esprit inflationniste et confirment les salariés dans l'impression que leur niveau de vie continue de baisser depuis quinze ans, rogné par une inflation irréductible [1]. Contraints de consacrer 30 à 40 % de leurs revenus à l'alimentation, les Européens craignent en outre de ne pouvoir se loger décemment avant de longues années. Autant que du manque d'immeubles ou des destructions dues à la guerre, les citadins se plaignent de la vétusté et du surpeuplement des logements, tout en s'indignant de l'attentisme des gouvernants. Ceux-ci n'avaient pas pris le risque, comme en 1919, de promettre des logements décents pour tous, et leurs priorités étaient industrielles et alimentaires. Aussi se préoccupèrent-ils, en Europe occidentale, d'indemniser les sinistrés ; ayant envisagé les problèmes de construction en termes de reconstruction, ils dépensèrent beaucoup d'argent – jusqu'à 7 % du produit national –, mais sacrifièrent l'avenir au passé. On pare au plus pressé mais non à l'essentiel : dans tous les pays, un foyer sur trois vit à plus de deux personnes par pièce, et 45 % des appartements n'ont pas l'eau courante ; sans parler du chauffage central absent dans 85 % des cas. Certes, depuis la grande transformation industrielle de la fin du XIXe siècle, l'Europe a constamment manqué de logements ; mais ce sous-équipement devient catastrophique en Europe orientale, où le choix de l'industrialisation massive conduit au gel du parc immobilier, et préoccupant en Europe occidentale, dans la mesure où les pouvoirs publics peuvent difficilement mener une triple politique d'aide sociale, de prise en charge des investissements nécessaires et d'assainissement économique.

Surmonter cette crise du logement qui n'épargne pas même la Suisse, tout en donnant l'image d'une Europe « renaissant

1. Cf. notamment l'enquête de l'IFOP de 1950 montrant que 71 % des travailleurs estimaient que leur niveau de vie avait baissé depuis 1939. Résultats encore plus nets pour l'Italie, l'Autriche et bien entendu la RFA.

de ses cendres », tel est l'un des défis du moment. Les Suédois et les Britanniques relèvent avec succès ce défi, peut-être grâce à l'action conjointe et continue des collectivités locales et de l'État; sûrement parce qu'ils se sont souciés dès la Belle Époque du développement des villes, de l'urbanisme et du logement social [1]. On ne sait s'il faut attribuer ce succès au civisme des Nordiques ou bien si le modèle urbanistique fondé sur l'habitat individuel s'applique heureusement. En tout état de cause, ces pays réussissent à promouvoir l'aménagement de quartiers à taille humaine où se trouvent associés le travail, l'habitat et les loisirs. Dans le même temps, l'architecture se veut témoignage du renouveau intellectuel et de la capacité d'adaptation des techniques aux exigences sociales. C'est pourquoi Le Corbusier vante ses pilotis pour des raisons hygiéniques et les fenêtres en largeur de l'« unité d'habitation » de Marseille qui éclairent mieux : « La forme suit la fonction. » A Coventry, à Rotterdam ou au Havre s'esquisse un nouvel environnement urbain où l'on tente de concilier les influences du Bauhaus, de Le Corbusier et de Frank Lloyd Wright. Cette tentative s'inspire largement des réalisations américaines du temps de guerre, où la nécessité de bâtir des usines et des entrepôts avec le minimum de main-d'œuvre et le plus vite possible avait conduit à l'utilisation massive d'éléments préfabriqués, donc à la vulgarisation d'une esthétique fonctionnelle. L'ambition commune est de contribuer à la transparence des rapports sociaux et de résoudre enfin le problème des taudis et du surpeuplement urbain en combinant les maisons individuelles, les tours et les espaces verts. De fait, la nouvelle génération des gratte-ciel associe l'aluminium et le verre à une surface au sol réduite [2], tandis que Saarinen, Niemeyer et Wright s'efforcent d'intégrer aéroports, musées ou bâtiments administratifs au décor urbain.

1. Cf. E. Lundberg, *Instability and Economic Growth,* Yale University Press, 1970, F. Bédarida, dans *la Société anglaise, 1851-1975* (Paris, Arthaud, 1976, p. 270), rappelle les trois initiatives de la période : 1943, création du ministère de l'Aménagement du territoire; 1946, vote du *New Town Act* sur la décongestion des villes; 1947, *Town and Country Planning Act,* qui prévoit un schéma national de reconstruction.

2. Ainsi le Harvard Graduate Center de Gropius en 1950, le Lever Building de Skidmore en 1952 et les ouvrages de P. Smithson en Angleterre, Gio Ponti en Italie et Yamasaki au Japon comme aux États-Unis.

Cette architecture souffre cependant de handicaps redoutables. Si l'on peut parler d'un style international, seuls quelques bâtiments sont édifiés par Le Corbusier, Rietveld ou Nervi. Le reste s'en inspire maladroitement, et bien des immeubles de Saint-Nazaire, Milan ou Dresde sont des « barres » surimposées à l'environnement et aux traditions locales. Surtout, ces logements sont construits sans que soient repensées les contraintes de transport. En une décennie, l'urbanisme du *zoning* conduit à la séparation de l'habitat et des lieux de travail et de loisir. L'étalement des banlieues, la multiplication du cheptel automobile, l'allongement des mouvements pendulaires et l'engorgement des centres illustrent le décalage entre les mentalités et le nouveau paysage urbain, produit d'une société de plus en plus industrielle.

Pour autant, cette industrialisation présentait l'avantage majeur d'avoir éliminé la menace du chômage. A la surprise générale, l'ère du plein-emploi se prolonge, alors que les contemporains la croyaient liée à la pénurie de main-d'œuvre du temps de guerre. A partir de 1948-1950, chacun se sait désormais assuré de conserver son travail ou de pouvoir en changer aisément. Certes, l'Allemagne occidentale compte toujours 500 000 chômeurs au milieu des années cinquante, mais on n'aura garde d'oublier que son économie a réussi à intégrer 4 millions de réfugiés en provenance de l'Est. Partout ailleurs, les chiffres du chômage sont dérisoires : en France, par exemple, ils atteignent à peine les 100 000 en moyenne entre 1947 et 1956, avec un maximum de 192 000 à l'été 1954. Dès 1950, il faut importer 40 000 travailleurs immigrés ; ils seront 155 000 en 1955.

Du même coup, la logique du *Welfare State* se trouve légitimée, tandis que les mesures concrètes favorisent l'amélioration des conditions de vie. On ne saurait en effet résumer l'esprit des années cinquante à un catalogue de mesures sociales ou réduire l'avènement de l'État-providence à l'aboutissement d'un long processus par lequel les sociétés ont tenté de résoudre les problèmes nés des crises. Celui-ci tend à une redéfinition des rapports entre les citoyens, l'État et les entreprises. Il repose aussi sur un consensus entre générations : les équipes de direction sont rajeunies, tandis que les anciens acceptent de financer un système social aux fonctions élargies.

Cet accord original permet de réactiver deux principes de la régulation sociale : le taylorisme et le dialogue. Dès lors que les principes fordiens du *five dollars day* se trouvent appliqués sous la forme du développement accéléré du salaire indirect [1], le taylorisme reprend vie, non pas en tant que mode dominant d'organisation du travail, mais comme celui qui connaît la plus large diffusion. Ainsi s'instaure un taylorisme dans l'entreprise qui correspond à une double division du travail, à la fois horizontale – par la parcellisation des tâches – et verticale – grâce à une séparation conception-exécution assurant le triomphe de l'ingénieur. Mais le taylorisme des années cinquante ne se réduit pas à l'organisation des tâches de production, il s'efforce d'organiser la vie des travailleurs, dépassant de la sorte le projet initial de Taylor ou celui de Ford, qui se cantonnaient à l'agencement de la vie au travail [2].

Dans le même temps, l'État devient le lieu où se dénouent les contradictions entre les entreprises et les citoyens, que cela s'opère par l'aménagement d'une politique des revenus, en Europe du Nord-Ouest, ou par la reconnaissance des instances patronales et syndicales. Le *countervailing power*, selon l'expression de J.K. Galbraith, apparaît comme un élément constitutif de l'État-providence, puisqu'il fait de la négociation le principe actif des nouveaux rapports sociaux. Peu

1. **Évolution du salaire indirect en pourcentage du PNB**

	1950	*1955*	*1960*
France	10,9	10,2	12,7
Allemagne	14,1	13,4	14,9
Italie	7,9	10,2	12,0
Suède	9,3	10,8	12,1
Grande-Bretagne	8,9	9,1	10,3
Japon	3,2	4,8	4,7
États-Unis	4,0	4,3	6,2

D'après International Labour Office, *The Cost of Social Security*, Genève, 1967.

2. Cf. O. Pastré et M. de Montmollin (éd.), *le Taylorisme*, Paris, Éd. La Découverte, 1984. Le « sloanisme » – du nom d'Alfred Sloan, directeur de General Motors de 1923 à 1947 – est une trouvaille de marketing, la déclinaison d'une gamme de produits autour d'une même technique. Elle ne constitue pas un stade ultérieur du fordisme, comme le pense P. Yonnet dans *Jeux, Modes et Masses*, Paris, Gallimard, 1985, p. 262.

importe que les effectifs syndicaux demeurent limités [1], l'influence des centrales sur les choix de société ne cesse de se développer jusqu'à la fin des années cinquante. En témoigne la combativité des syndicats, qui obtiennent la pérennisation de la négociation collective, au besoin, par la grève ou la menace de conflit.

Nombre de journées de travail perdues
(en milliers)

	France	*Allemagne*	*Italie*	*Suède*	*Royaume-Uni*
1950	11 729	–	7 761	41	1 389
1951	3 495	1 593	4 515	531	1 694
1952	1 733	443	3 531	79	1 792
1953	9 722	1 488	5 828	582	2 184
1954	1 440	1 587	5 377	25	2 457
1955	3 079	857	5 622	159	3 781
1956	1 423	1 580	4 137	4	2 083
1957	4 121	1 072	4 619	53	8 412
1958	1 138	782	4 172	15	3 462
1959	1 938	62	9 190	24	5 270
1960	1 070	37	5 786	19	3 024

Par sa vocation universaliste, l'État-providence se trouve investi de la mission de satisfaire les aspirations au mieux-être de la collectivité. Ainsi se trouvent réconciliés les besoins, le mérite et les devoirs dans une espèce de nouveau contrat social qui a le double avantage de l'efficacité pratique – puisqu'il réduit les incertitudes – et de l'application immédiate. Fort naturellement, les fonctionnaires, acteurs privilégiés de cette mutation, voient leur rôle revalorisé : experts, patrons ou conseillers issus des plus grandes écoles [2], ils incarnent le visage rassurant d'une société technocratique qui saurait combiner philosophie socialiste et tradition libérale.

1. En moyenne 30 % de la population active avec deux extrêmes : la France, 15 %, et la Suède, 55 %.

2. Ainsi l'École nationale d'administration, créée en 1945, Harvard, Cambridge et la London School of Economics, qui fournissent près de deux hauts fonctionnaires sur trois dès 1955.

Le temps des engagements

Pour autant, la couverture par tous des risques de chacun ne suffisait pas à épuiser les interrogations de l'opinion. Si les contemporains admettent désormais le lien entre croissance économique et culture scientifique, ils ne peuvent s'empêcher d'en craindre les effets, dans leur travail comme pour l'humanité. Les années cinquante se caractérisent donc également par une sorte de résignation inquiète, comme si l'empire de la technologie risquait de devenir le totalitarisme des Temps modernes. Dès 1949, Ernst Jünger dans *Heliopolis* et Virgil Gheorghiu dans *la Vingt-Cinquième Heure* évoquent la menace de ce nouvel esclavage, auquel l'homme n'échapperait qu'en renonçant aux jouissances matérielles; par exemple, par l'évasion cosmique ou par la méditation bouddhiste. Ce pessimisme traduit la difficulté du passage d'une culture littéraire, écrite et nationale à une culture scientifique dont le langage mathématique formalisé ignore les frontières mais concerne un cercle restreint d'initiés. Ce transfert implique en effet une réorganisation partielle du système d'éducation, la mise en œuvre d'un processus de division sociale entre les techniciens et les autres, ainsi que la définition de nouveaux principes éthiques. Les populations redoutent moins de perdre leur emploi ou de mourir de la tuberculose, elles s'inquiètent en revanche d'occuper un travail déqualifié et de voir percer les mystères de l'hérédité grâce aux progrès de la biologie moléculaire.

Nombre d'individus désorientés par le nazisme, la guerre et l'affrontement Est-Ouest cherchèrent dans la spiritualité une réponse au pessimisme d'un George Orwell. Certes, les motivations sont hétérogènes: certains comme E. Jünger ou C.M. Joad s'engagent pour combattre l'athéisme et ses incarnations modernes – Hitler et Staline –; d'autres tentent de conjurer l'effondrement des civilisations en associant théorie du progrès et enrichissement de l'expérience religieuse. Ils sont cependant tous persuadés que l'homme n'agit pas sous l'empire exclusif de sa raison, et qu'une vision strictement économiste de la société conduirait à un nouveau totalitarisme, politique ou technologique. A leur manière, Arnold Toynbee, Pierre Teilhard de Chardin et José Ortega y Gasset répondent à la question de Spengler, en montrant que les civilisations sont bien mortelles mais que leur culture survivra, à condition d'être revitalisée par un élan spirituel. La réponse chrétienne aux défis des reconstructions constitue le pendant du *Welfare State* : le bien-être ne viendra pas d'une spiritualisation du pouvoir de l'État, mais au contraire de la pression conjuguée sur l'État d'individus attachés aux valeurs chrétiennes.

Pour stimulante qu'elle soit, cette conception n'en comporte pas moins certaines ambiguïtés. Elle suppose implicitement la primauté de l'Europe et plus largement de l'Occident, recoupant ainsi les exclusives de la guerre froide qu'elle prétend dépasser. De même, lorsque Toynbee inscrit le judaïsme au catalogue des religions fossiles, son affirmation paraît scabreuse, au moment où les contemporains prennent la mesure du génocide juif. D'une façon générale, les échéances apparaissent trop lointaines à des lecteurs préoccupés du quotidien, sensibles certes à la puissance d'imagination d'un Teilhard de Chardin, mais peu soucieux de subir une longue période d'incubation avant de pouvoir réussir la synthèse du monde matériel et de l'âme. En outre, nombre de catholiques en France et d'anglicans éprouvent des difficultés à s'engager dans le temporel sans être immédiatement soupçonnés à la fois de vouloir s'émanciper de la hiérarchie et de représenter le bras armé de l'Église.

De ce fait, l'indiscutable renouveau religieux de l'après-guerre se traduit par des initiatives spectaculaires, mais qui modifient peu l'équilibre des forces au sein des communautés chrétiennes ou l'attitude des opinions et des intellectuels. Les résultats obtenus par le Conseil œcuménique des Églises (CŒE) sont, de loin, les plus significatifs [1]. D'emblée, le CŒE s'efforce de dépasser les divergences d'interprétation spirituelle pour organiser des actions de secours aux réfugiés ou la réimplantation des Églises en Europe centrale et surtout

1. Créé en 1948, il regroupe à l'origine 146 Églises nationales orthodoxes, anglicanes et protestantes, qui seront 250 lors de la seconde assemblée d'Evanston en 1954. Sur la question, cf. M. Barot, « Le CŒE et les questions internationales », *Relations internationales*, n° 28, 1981, p. 473-487.

pour inspirer le texte de la Déclaration des droits de l'homme, adopté à l'ONU. Pourtant, le CŒE n'arrive pas à se dégager de l'emprise du conflit Est-Ouest sur deux questions essentielles : le désarmement et les relations économiques mondiales. Ce désaccord persistant révèle les priorités des Églises : celles de l'Ouest tentent d'apporter un supplément d'âme au capitalisme et de résoudre par l'arbitrage diplomatique les conflits, celles de l'Est privilégient la liturgie.

Dans le même temps, le succès populaire de certaines initiatives nationales ne parvient pas à enrayer le recul de la pratique religieuse. En s'efforçant d'associer vie évangélique, influence religieuse et esprit missionnaire, les chrétiens entament le *désétablissement* des Églises, au risque de révéler leurs tensions et leurs contradictions. Dans l'Angleterre de 1954, le pasteur Billy Graham fait salle comble pendant trois mois à Harringay, mais l'archevêque de Canterbury, Mgr Fisher, reconnaît que le désétablissement de l'Église d'Angleterre menace son audience et la spécificité de son message. Le cas des prêtres-ouvriers français est similaire, bien que la curiosité suscitée par l'expérience puis la condamnation du Vatican en 1953-1954 aient porté au paroxysme la controverse sur la place de l'Église dans la société [1]. La rupture avec la paroisse et ses habitudes représentait pour François Mauriac et Gilbert Cesbron la chance d'un renouveau catholique qui prendrait appui sur les structures naturelles de la vie populaire. Pour d'autres, la rencontre des prêtres et de la classe ouvrière devait se solder par la « contamination » des premiers sous l'influence d'idées fortement soupçonnées d'être communistes. Dilution ou marginalisation ? Pour n'avoir pas clairement choisi d'affronter l'un de ces deux risques, l'Église de France se trouve démunie, malgré l'accueil favorable réservé aux initiatives de la JOC ou de la revue *Esprit* [2].

Le relatif échec du spiritualisme s'inscrit dans une critique plus vaste des paradis artificiels de l'intériorité. Au moment où l'histoire saisit l'intellectuel, celui-ci est sommé de se définir par sa fonction sociale, par sa capacité à faire découvrir

1. Cf. E. Poulat, *Naissance des prêtres-ouvriers*, Paris, Casterman, 1965, et G. Cesbron, *Les saints vont en enfer*.

2. Consulter M. Winock, *Histoire politique de la revue « Esprit » (1930-1950)*, Paris, Éd. du Seuil, 1976.

le monde. En même temps, la création échappant au moins partiellement au divertissement, les frontières s'estompent entre « l'œuvre intellectuelle », le journalisme, le cinéma, l'action sociale ou politique. Les éditoriaux de Camus dans *Combat*, les critiques cinématographiques du même journal participent de cette réaction permanente aux sollicitations des événements [1]. En ce sens, il importe autant de rappeler les conditions radicalement différentes dans lesquelles Elia Kazan filme *Viva Zapata* et *Sur les quais* que de souligner comment l'idéal d'une liberté révolutionnaire pour un monde meilleur, inachevé, et celui d'une défense de l'ordre social au risque d'une trahison se rejoignent dans l'exaltation d'une liberté existentielle. Mais doit-on s'engager pour témoigner d'une inquiétude, sans avoir de réponse toute prête, ou bien faut-il, pour assurer la continuité et la cohérence d'une action, une idée directrice ? C'est ici que surgissent les antagonismes, non seulement géographiques – entre la pensée anglo-saxonne et continentale par exemple – mais conceptuels, autour du problème communiste.

Le clivage européen remontait aux années trente et se fondait sur un isolationnisme britannique de façade masquant un réel sentiment d'infériorité face à l'exubérance continentale et française en particulier. Comme le notait George Orwell en 1941, les Britanniques se situaient « en dehors de la culture européenne », et la seule discipline où leur talent éclatait, la littérature, était difficilement exportable [2]. Les années d'après guerre confirment cette impression. Le succès international de *Passport to Pimlico,* des romans de A.J. Cronin et des pièces de Noël Coward tient plus à l'exotisme du style « typiquement britannique » qu'à la valeur exemplaire de leur engagement. Cette relative étroitesse d'inspiration finit par rebuter le public et par susciter une critique grinçante d'une société qui « semble considérer que l'État-providence est le meilleur des mondes » [3]. Ces « jeunes hommes en colère » ou les philosophes d'Oxford dénoncent l'échec de la communication entre indivi-

1. Cf. le travail suggestif d'H. Coulonjou, « *Combat* », *1944-1947*, FNSP, dactylographié, 1987.

2. G. Orwell, *The Lion and the Unicorn*, Londres, 1941, p. 29.

3. Parmi celle-ci, on citera les noms de John Osborne, *la Paix du Dimanche* (1956), de John Braine, *Une pièce au soleil* (1957), et d'Harold Pinter, *le*

dus et caricaturent les aspects dérisoires du quotidien, inscrivant ainsi l'engagement au catalogue des chimères. En fait, l'influence des uns et des autres se limita rapidement à un cercle étroit, alors que la génération précédente avait eu une audience comparable à celle des Français ou des Allemands. Aussi les studios de Michael Balcon et les producteurs George Rank et Alexandre Korda se heurtèrent-ils à des problèmes financiers insurmontables, après avoir perdu 5 millions de spectateurs en quelques années et s'être révélés incapables de rivaliser avec les superproductions américaines et le succès croissant de la télévision. L'exil vers les États-Unis ou la reconnaissance outre-Atlantique du génie d'Henry Moore et de Francis Bacon illustrent ce transfert d'influence. L'inauguration du Festival Hall, édifié pour le centenaire de l'Exposition de 1851, apparaît alors comme le symbole d'une civilisation qui célèbre à juste titre son relèvement d'après guerre sans s'interroger sur sa capacité à le préserver.

Même si l'engagement n'est ni une exclusivité française ni une spécialité philosophique ou littéraire, force est de reconnaître que les intellectuels français ont dominé la scène internationale jusqu'en 1956 au moins et contribué à l'éclosion d'un phénomène de mode et de société [1]. Certes, le quadrilatère de la rive gauche est étroit, le nombre des intellectuels réduit et, contrairement à une légende tenace, les caves de la rue Saint-Benoît n'intéressent longtemps que quelques dévots du jazz, tandis que le grand public préfère se distraire rive droite. Pourtant, cette attitude régionaliste et vaguement élitiste rencontre l'attente d'une jeunesse désireuse de profiter de la vie d'autant plus que l'expérience de la guerre et le sentiment confus d'un échec de la Libération ont déçu nombre d'individus. La réflexion des intellectuels s'enracine bien dans le désenchantement blasé de la génération d'avant guerre, mais elle le dépasse, soit par la dérision, soit par une recherche éthique [2]. La prise de conscience de l'absurdité des temps et la

---

Gardien (1959). La critique la plus sévère se trouve dans E. Gellner, *Words and Things*, Londres, 1959.

1. Cf. P. Ory et J.-F. Sirinelli, *les Intellectuels en France, de l'affaire Dreyfus à nos jours*, Paris, Colin, 1986.

2. Sur les familles d'intellectuels en France, cf. M. Winock, « L'âge d'or des intellectuels », *l'Histoire*, n° 83, nov. 1985.

recherche d'une réponse authentique constituent le dénominateur commun de ces réactions. Vladimir et Estragon, les deux clochards de *En attendant Godot*, se parlent sans communiquer, comme s'ils cherchaient à se rassurer sur la prolongation de leur propre existence dérisoire avant le rendez-vous avec l'absurdité suprême de la mort. De même, Rieux soigne les malades de *la Peste* parce qu'il en fait une exigence intime et non par charité chrétienne.

Cette démarche commune ne signifie nullement que les intellectuels conjuguent leur pouvoir d'influence au service d'une entreprise identique de transformation de la société. Au contraire, la décennie 1947-1956 marque l'apogée d'une « culture de guerre froide » où la violence des excommunications et des polémiques trahit le véritable enjeu de l'affrontement : consolider des positions acquises dans la société d'après guerre grâce à la nouvelle fonction de l'intellectuel. Ceux qui, tels Raymond Aron ou Albert Camus, tentent d'échapper à ce statut sont « récupérés » par les débats que leurs articles et leurs livres suscitent [1]. Chaque camp fortifie ses positions, les communistes parce qu'ils ont le sentiment d'être à l'intérieur d'une « citadelle assiégée », les « hussards », les socialistes, les libéraux et les gaullistes parce que la solidité de leurs chapelles est une des conditions de leur rayonnement politique.

Jusqu'en 1956, le mouvement communiste est à la fois celui qui suscite les engagements les plus vifs et qui impose les terrains d'affrontement, en raison de sa supériorité numérique et de la cohérence de son propos. Les succès de librairie du *Petit Monde de Don Camillo* de Giovanni Guareschi, de *J'ai choisi la liberté* de Victor Kravchenko et du *Zéro et l'Infini* d'Arthur Koestler, chacun d'entre eux vendu à plus de 500 000 exemplaires, témoignent de la sensibilité de l'opinion française au phénomène communiste. De même, l'écho favorable que rencontrent les diverses campagnes contre la culture américaine, des accords Blum-Byrnes à l'affaire Ridgway en

1. Raymond Aron devient en 1947 chroniqueur au *Figaro*, écrit dès 1951 dans le mensuel *Preuves*, produit direct de l'atlantisme, et publie en 1955 *l'Opium des intellectuels*. Albert Camus collabore à l'hebdomadaire *l'Express* à partir de sa création en 1953 et fait paraître *l'Homme révolté* en 1951. Les polémiques déclenchées par ces ouvrages montrent l'impossibilité d'emprunter une « troisième voie », hors des rapports de guerre froide.

passant par le cas des époux Rosenberg, illustre la capacité du Parti à mobiliser au-delà de ses troupes et à décider des enjeux culturels. Peu importe, à ce moment, que les attaques soient d'une évidente mauvaise foi, comme le montre la comparaison entre le numéro de 1951 des *Temps modernes* sur l'« *American way of death* » et les articles louangeurs écrits par Sartre pour *Combat* au lendemain de la guerre. Le placage d'un anti-américanisme de circonstance donne la mesure de l'importance des intellectuels et de la gravité extrême du sujet pour les communistes, à la recherche d'une contre-société à vilipender. La dénonciation de la société américaine participe d'un effort d'affirmation national auquel les intellectuels sont sommés de s'associer. Comme en Grande-Bretagne, l'exaltation du *made in France* traduit un engagement de nature défensive face à l'intrusion des Américains dans le champ clos de la consommation et de la culture nationale [1]. « Les Français seront-ils Coca-colonisés ? » titrait *l'Humanité* en novembre 1949. Que ce symbole du capitalisme, de la publicité de masse et de la société de consommation soit la main invisible d'un impérialisme colonisateur ou, au contraire, marque la première étape d'une harmonisation culturelle et commerciale, cela reste en définitive accessoire. Bon gré, mal gré, chacun se définit par rapport aux États-Unis, et c'est là l'essentiel.

Le rêve américain et son écho

Le rêve américain est à la fois une réalité et une espérance : « Ça signifiait tant de choses, l'Amérique ! Et d'abord l'inaccessible : jazz, cinéma, littérature, elle avait nourri notre jeunesse mais aussi elle avait été un grand mythe : un mythe ne se laisse pas toucher. [...] L'Amérique, c'était aussi la terre d'où nous était venue la délivrance ; c'était l'avenir en marche ; c'était l'abondance et l'infini des horizons ; c'était un tohu-bohu d'images légendaires : à penser qu'on pouvait les voir de

1. Sur les rapports franco-américains, cf. P. Milza, « La guerre froide : Ridgway, la peste ! » (*l'Histoire*, n° 38) ; R. Sommer, « Paix et liberté : la Quatrième République contre le PC » (*l'Histoire*, n° 40) ; P. Hubert-Lacombe, « 1946, le cinéma américain débarque en France » (*l'Histoire*, n° 46) ; et R.-F. Kuisel, « Coca-Cola au pays des buveurs de vin » (*l'Histoire*, n° 94).

ses yeux, on avait la tête tournée [1]. » En ces temps difficiles, l'Amérique représente le seul pays au monde où chacun peut espérer faire fortune, où le progrès, d'abord matériel puis social, semble une règle de vie. Même si les Français et les Britanniques pensent que leur civilisation est préférable, même si les Soviétiques peuvent affirmer qu'ils ont distancé les Américains dans la conquête de l'espace et qu'ils seront capables de bâtir en une génération une société communiste, l'*American way of life* constitue une sorte d'archétype – ou un contre-modèle – jusqu'à la fin des années cinquante.

Cette fascination vient de ce que la société américaine réussit à combiner la prospérité au quotidien, l'harmonie sociale et le rêve en Technicolor et bientôt en CinémaScope. Du coup, la famille d'outre-Atlantique devient un modèle autant qu'un mode d'explication. Elle est d'abord nombreuse, puisque le taux de natalité demeure supérieur à 23 ‰ pendant la décennie ; il faut alors loger ces trois ou quatre enfants dans des maisons neuves, construites au rythme de 1 million par an en 1949 puis de 1,5 million dès 1955. Ces logements, presque exclusivement bâtis à la périphérie des villes, sont suffisamment vastes pour accueillir machines à laver le linge et la vaisselle, tandis que le double garage attenant rappelle que 60 % des citoyens ont deux voitures dès 1950. Ces aménagements supposent un enrichissement régulier des familles, et, de fait, les années cinquante coïncident avec une amélioration très sensible des revenus, à la fois produit de la croissance et facteur d'entraînement : en 1950, 11 % des familles disposent de 1 000 dollars ou moins et deux sur trois de 1 000 à 5 000 dollars ; en 1960, 5 % ont moins de 10 000 dollars, mais deux sur trois ont plus de 5 000 dollars. Illustration financière de cette abondance, la fin du tunnel boursier des années trente et quarante : en 1960, on compte 13 millions d'actionnaires. Illustration quotidienne, l'emprise de la télévision, que l'on achète comme signe d'identification sociale [2] et dont les programmes captivent, en 1960, quatre heures par jour en moyenne chaque citoyen.

1. Simone de Beauvoir, *la Force des choses*, p. 29.

2. En 1950, 34 % des ménages ont un poste de télévision ; 61 % en 1955 ; 88 % en 1960, et 11 % en ont deux ou plus.

Après la frénésie du maccarthysme et les inquiétudes économiques de l'immédiat après-guerre, l'Amérique des années cinquante a bonne conscience. Jamais l'homogénéité de la population n'a paru aussi grande : seuls 5 % des Américains sont nés hors des frontières, presque tous se disent croyants, et la Bible est régulièrement lue à l'école ; chacun a sa voiture et beaucoup des logements identiques. La « société de cols blancs » décrite par C. Wright Mills semble assez fluide pour que les ouvriers y accèdent rapidement grâce aux progrès de la productivité et à l'expansion des crédits : en 1958, l'Amérique vit sur une pyramide de 30 milliards de dollars d'achats à crédit. *A contrario*, les oubliés de la croissance émeuvent peu les pouvoirs publics et l'opinion. Du livre de John Kenneth Galbraith, *l'Ère de l'opulence* (1958), les lecteurs ont retenu la description d'une société d'abondance, si bien pourvue qu'elle est presque condamnée au gaspillage ; ils ont oublié l'évocation de la pauvreté qui touche pourtant 30 millions d'individus en 1958. De même, l'administration Eisenhower annonce le relèvement des pensions de retraite et, à la suite de l'arrêt Brown en 1954, la suppression de la ségrégation scolaire. En pratique, les revenus des personnes âgées demeurent souvent proches de 1 000 dollars, et il faut attendre la présidence Kennedy pour qu'une véritable évolution soit perceptible dans le domaine scolaire.

L'Américain moyen est-il en train de devenir cet « automate programmé » par la publicité, la télévision et le comportement moutonnier de ses voisins ? Force est de constater que cette hypothétique monotonie ou les frustrations qu'elle suppose affleurent peu. Les inquiétudes d'un Vance Packard ou d'un William Whyte[1] s'apparentent à des mouvements d'humeur, et l'ironie amère qu'ils mettent à décrire le lotissement idéal ou le parcours type du cadre moyen n'est perceptible qu'à un public restreint. L'homme de la rue se soucie surtout d'engranger les fruits de la prospérité et s'identifie à des héros qui donnent une représentation magnifiée des mythes fondateurs. Le succès des films produits par Cecil B. De Mille illustre l'évolution de l'opinion : entre les deux versions des *Dix Commandements* (1923 et 1956), l'exaltation de l'énergie

1. W. Whyte, *The Organization Man* ; D. Riesman, *la Foule solitaire*.

constructrice du peuple élu – en 1956, l'homologie juif/américain est évidente – prend le pas sur le personnage de Moïse, dont l'individualisme s'atténue au profit de son dévouement à son peuple et à son dieu. De même, la génération des stars et des cinéastes de l'avant-guerre tourne dans les westerns qui exaltent de nouveau la grandeur de la conquête d'un monde où s'épanouiraient les qualités d'un homme meilleur qui aurait les traits de John Wayne, de Gary Cooper ou de James Stewart [1].

Dans ce regard émerveillé des Américains sur eux-mêmes et des autres nations, il y a bien sûr l'illusion de la transparence comme le perçoit notamment Alfred Hitchcock. Cette société d'observation réciproque recèle des perversions redoutables : le prêtre de *I Confess,* le musicien dans *The Wrong Man* et l'hôtelier de *Psycho* ont en commun une fascination du mal, doublée d'un respect presque pathologique de la règle morale. En insistant sur l'abjection fondamentale de la nature humaine, Hitchcock traduit la prégnance des réflexes religieux dans la société américaine des années cinquante. Mais rares seront les spectateurs à déceler cette radiographie sociale [2] ; la plupart se contentent d'apprécier l'intrigue policière et de voir dans le succès de cet Anglais émigré aux États-Unis une preuve supplémentaire du rayonnement américain. Car « l'exode des cerveaux », que ceux-ci soient ingénieurs, artistes ou docteurs, constitue la dernière preuve de la suprématie nord-américaine. En nombre, les individus du tiers monde l'emportent largement : de 1952 à 1962, 75 000 personnes possédant une formation supérieure ont émigré aux États-Unis et au Canada, en provenance pour les deux tiers d'Amérique latine. Mais ce qui surprend l'opinion, c'est la révélation d'une culture américaine et la reconnaissance internationale que celle-ci obtient. Au triomphe d'Hollywood, il convient donc d'ajouter les trois prix Nobel de littérature obtenus par William Faulkner en 1950, Ernest Hemingway en 1954 et

1. Ainsi *3 : 10 to Yuma* de D. Daves (1957), *The Big Sky* de H. Hawks (1952) ; sur l'ensemble de la question, cf. W.I. Susman, *Culture as History. The Transformation of American Society in the Twentieth Century,* New York, 1973.

2. Parmi ceux-ci, É. Rohmer et Cl. Chabrol, *Hitchcock,* Paris, Éd. universitaires, 1957.

John Steinbeck en 1962 et l'activité artistique de New York, devenue à la fois la capitale mondiale du marché de la peinture, une halte indispensable pour les peintres et les sculpteurs contemporains autour de Jackson Pollock, enfin l'endroit où est érigé le musée Guggenheim au plan en forme de coquille d'escargot renversée, œuvre d'art et lieu idéal d'exposition, visité par 1,5 million de curieux dès 1958.

En un sens, cette reconnaissance de l'influence américaine confirmait la théorie des *effets de démonstration*, avancée par l'économiste Duesenberry en 1948. Ceux-ci sont particulièrement nets dans les pays neufs, et le témoignage de Tibor Mende, en 1954, est révélateur: « J'ai vu dans le nord de la Birmanie des marchés où l'on vendait des montres-bracelets à côté des fruits et légumes de la région [...]. Tous ces gens ont vu des images au cinéma et voient des photos dans les journaux. Ils ont acquis de nouvelles habitudes de consommation bien avant d'avoir développé en proportion leurs ressources productives [1]. » La brosse à dents en Nylon, le réfrigérateur et le Coca-Cola sont aussi les vecteurs de diffusion du mode de vie américain. Pour autant, celui-ci est loin de s'imposer, en raison de la faible capacité d'épargne de ces pays et de l'influence des comportements traditionnels.

Ces réserves sont encore plus de circonstance pour les pays européens. Certes, les films et les produits américains sont plus nombreux qu'avant guerre. En revanche, parler d'une « invasion américaine polymorphe [2] » pour la France en 1949 ou pour l'ensemble des pays européens constitue une affirmation fantaisiste que l'examen des revenus disponibles et des modes de vie pendant la décennie permet d'infirmer. Il faut attendre 1954 en effet avant que le réfrigérateur et la machine à laver soient pris en compte dans les statistiques de l'INSEE. A cette date, l'ouvrier rémunéré au SMIG doit travailler plus de six mois pour s'acheter l'un ou l'autre appareil, tandis que le taux national d'équipement des ménages ne dépasse pas 8 %. La lessiveuse est loin d'être menacée ! Les années 1953-1955 coïncident en fait avec la mise en place de pratiques de

1. T. Mende, *l'Asie du Sud-Est entre deux mondes*, Paris, Éd. du Seuil, 1954.

2. R.-F. Kuisel, « Coca-Cola au pays des buveurs de vin », *op. cit.*

communication et de commercialisation inspirées de l'exemple américain, mais aux effets immédiats peu sensibles [1]. Il en va de même en Grande-Bretagne, où les loisirs se partagent toujours entre le pub, le sport et ses paris, le jardinage et les excursions de week-end à Blackpool ou à Bristol.

D'une façon générale, les modes de pensée et de culture, le style de vie – de la famille au langage en passant par l'habillement – n'ont guère évolué par rapport à 1930. Certes, par rapport à l'entre-deux-guerres, les conflits semblent moins violents et moins nombreux, et la misère apparaît désormais reléguée au rang des mauvais souvenirs, puisque chacun a du travail, se nourrit, bénéficie de la sécurité sociale et voit son revenu réel progresser. Mais la Sсconde Guerre mondiale n'a pas déstructuré le monde du travail, et les cultures de classe sont restées profondément enracinées. L'ouvrier ou l'employé ont conscience de pouvoir accéder dans un bref laps de temps à certains signes distinctifs de la bourgeoisie : l'épargne marque le début de l'aisance financière ; l'achat de la voiture témoigne d'un sens nouveau du confort ; enfin, les enfants scolarisés quelques années de plus sont un gage de promotion [2]. Mais chacun a le sentiment d'appartenir à une communauté spécifique, et l'image de l'harmonie sociale américaine lui apparaît étrangère. La génération laborieuse des années cinquante se reconnaît encore dans les idéaux et les pratiques de ses pères.

C'est probablement dans le champ culturel que le décalage avec les États-Unis est le plus ample. Le goût du retour l'emporte sur celui de la découverte : retour à l'esprit des créations d'avant guerre, commémoration et illustration des qualités nationales. Certes, les Européens portent leur regard outre-Atlantique, mais peu nombreux sont ceux qui lisent Norman Mailer ou Truman Capote ou qui découvrent la

1. Ainsi, l'invention du « livre de poche » par Henri Filipacchi en 1953, les progrès du stylo Bic, qui conquiert les deux tiers du marché français, et, en 1954, l'ouverture de la FNAC, Fédération nationale d'achat des cadres, au nom évocateur.

2. Cf. notamment G. Noiriel, *les Ouvriers dans la société française*, Paris, Éd. du Seuil, coll. « Points Histoire », 1986 ; F. Bédarida, *la Société anglaise, 1851-1975*, Paris, Arthaud, 1976 ; H. Lampert, *Die Wirtschafts und Sozialordnung der Bundesrepublic Deutchsland*, Munich, 1970.

littérature latino-américaine – et les œuvres de C. Fuentes, J.L. Borges ou O. Paz – grâce notamment à la collection « Croix du Sud ». Le succès du roman noir américain ou de certains films [1] provient d'abord de la frustration entraînée par cinq années d'interruption forcée de la production. De plus, l'impact des créations américaines est largement dépendant des tropismes momentanés du public : la popularité de Carter Brown et de James Hadley Chase dans la « Série noire » vient de l'intérêt que présentent leurs témoignages rapportés au contexte national. La vraisemblance suffit, et les lecteurs se moquent de savoir que J.H. Chase n'est jamais allé aux États-Unis. Les Français ne sont pas pris d'une passion subite pour la société américaine ; mais ces histoires d'argent, d'ascension sociale et de passions fatales sont un peu les leurs. Le succès de la nouvelle école française – autour de Léo Malet, Albert Simonin et Boileau-Narcejac – confirme le goût des lecteurs pour un genre autant que pour un produit d'importation.

En moins de dix ans s'opère un recentrage qui touche l'ensemble de la création artistique. Au point que l'on a du mal à établir une relation entre le monde nouveau d'après 1945 et un renouvellement des beaux-arts. La reprise des thèmes et des techniques d'approche datant des années trente fait songer à un immobilisme, mâtiné de nostalgie. Même l'internationalisation du théâtre, telle que la propose le théâtre des Nations à Paris, n'échappe pas à ce penchant : les pièces et les mises en scène du Berliner Ensemble de Brecht, du Piccolo Teatro de Strehler ou du TNP de Vilar expriment une vision datée de l'histoire, celle où l'espérance communiste et la menace totalitaire s'affrontent. Plutôt que l'avènement d'un théâtre populaire, le succès du festival d'Avignon marque la réhabilitation d'un mode d'expression. De même retrouve-t-on dans les films néo-réalistes italiens bien des traits communs au cinéma fasciste ; de plus, des films de facture aussi différente que ceux du chrétien Rossellini et du communiste De Santis sont regroupés sous un label « moderne ». Une confusion identique s'observe également en Europe du Nord-Ouest ou en France : le film *Une si jolie petite plage* d'Yves Allegret est, en 1949,

1. Sur les attitudes des spectateurs, cf. « Cinéma et société », *Revue d'histoire moderne et contemporaine,* t. XXXIII, avril-juin 1986.

taxé d'existentialisme, alors que la technique, les situations et l'argument de l'œuvre sont directement inspirés de l'avant-guerre, au point qu'on a, rétrospectivement, l'impression d'un monde figé. Autant d'éléments qui permettent de comprendre pourquoi le succès de ce type de cinéma ne dépasse guère les frontières. Mais c'est probablement dans le nouvel âge d'or de la chanson française, de 1953 à 1961, que se trouvent réunis le plus nettement les signes distinctifs de cette revendication d'identité [1] : deux générations de chanteurs sont conviées à la défense de l'unité culturelle nationale, en même temps qu'ils apparaissent à l'étranger comme les représentants d'un folklore curieux. En associant Tino Rossi, Charles Trenet à Yves Montand et Gilbert Bécaud, la génération des années trente se donne l'impression d'une continuité rassurante. La « culture populaire », qu'elle s'exprime par la chanson, les soirées du Vel'd'Hiv' ou le triomphe de Marcel Cerdan, vise à conjurer la menace d'un avenir encore incertain.

Espoirs déçus à l'Est

En 1945, les Américains ne détiennent pas l'exclusivité du modèle de reconstruction. Après la longue parenthèse du repliement, des purges et du pacte germano-soviétique, l'URSS apporte des réponses à plusieurs interrogations du moment. Aux habitants d'Europe centrale qui souhaitaient « de la terre et du pain », l'Armée rouge garantit le démantèlement des grands domaines fonciers; à nombre d'Occidentaux, l'expérience soviétique apparaît comme une application pratique du marxisme non seulement capable de réussir, mais riche d'enseignements pour les sociétés européennes. Enfin, la résistance face à l'envahisseur allemand a eu pour effet de réactiver la création littéraire et d'entraîner la levée des interdits sur les œuvres « non conformes » [2]. La deuxième génération de

1. Cf. P. Yonnet, *op. cit.*, p. 191-194.
2. Cf. notamment la nouvelle édition de l'*Anthologie de la poésie soviétique* (1941) et le succès obtenu par Fadeiev avec *la Jeune Garde* ou par Simonov avec *Jours et Nuits*.

l'URSS révolutionnaire semble en mesure de tenir les promesses de ses pères.

En l'espace d'une décennie, ces espoirs vont s'effilocher, l'engourdissement culturel et social saisir le « bloc de l'Est », l'intensité des déceptions et des frustrations culminant dans la crise de 1956, après les espoirs des mois précédents. L'influence des coups de houle qui affectent les relations entre les deux Grands est certes considérable, mais le désenchantement que suscite la tentative soviétique repose sur son incapacité à transformer des certitudes dogmatiques en réalités quotidiennes, autrement que par l'exaltation d'un nationalisme panrusse. De ce point de vue, les années 1946-1949 sont décisives, puisqu'elles correspondent à l'affirmation conjointe de l'identité russe et de l'avènement de l'homme nouveau soviétique. Lorsque Jdanov, le 14 août 1946, condamne l'apolitisme et le pessimisme, sa démarche procède d'une logique proche du recentrage nationaliste auquel on assiste un peu partout dans le monde. Le véritable basculement s'opère un an plus tard, quand, sous prétexte de dénoncer les perversions occidentales, Jdanov proscrit le cosmopolitisme et le régionalisme patriotique. L'héritage internationaliste des années trente et la cohésion du temps de guerre sont non seulement évacués mais la définition des termes change de sens : le cosmopolitisme devient « une conception réactionnaire, antipatriotique et bourgeoise », expression de « l'impérialisme américain » [1]. Quant au régionalisme, il s'efface devant le nationalisme russe au point que Fadeiev doit faire son autocritique et remanier *la Jeune Garde* : par définition, la culture nationale devient pure des influences étrangères.

Ce raidissement correspond au décalage patent entre la réalité d'après guerre et l'attente de la société russe. Compte tenu de l'ampleur des combats et des destructions, il était normal que l'URSS éprouvât des difficultés à assurer sa reconstruction. En revanche, l'échec du IVe plan fait réapparaître l'éternel dilemme du développement russe entre croissance économique et amélioration de la vie quotidienne. Or, en

1. Cf. la comparaison des définitions successives dans les dictionnaires soviétiques et l'analyse de M. Heller dans *la Machine et les Rouages. La formation de l'homme soviétique*, Paris, Calmann-Lévy, 1985, p. 127.

1946, les Soviétiques étaient dans l'incapacité de fournir un effort supplémentaire : la sécheresse de l'été, combinée à la réforme des prix des produits alimentaires [1], accrut la détresse matérielle des populations. La famine de 1947, particulièrement sensible en Russie d'Europe où elle coûta la vie à près de 1 million de personnes, sonna le glas des espoirs de mieux-être : le retour des livraisons obligatoires par les paysans, la réforme des kolkhozes de février 1947, la primauté réaffirmée de l'industrie lourde et jusqu'à la loi de 1947 interdisant les mariages entre citoyens soviétiques et étrangers, tout indique que l'heure était à la réaction. La *Pravda* devint le lieu privilégié de la production littéraire de l'époque et de la célébration des avancées sociales, tandis que les romanciers furent sommés à la rescousse du régime. Ainsi s'instaura une surprenante harmonie entre les articles de la *Pravda* célébrant « la proximité de l'avenir communiste, palpitant de vie » et les romans de Trifonov exaltant « l'âge du communisme », alors qu'il dépeignait une société urbaine où les héros, englués dans la grisaille des villes, trahissaient leurs amis et souffraient de leur lâcheté sans savoir comment y échapper [2].

Un tel discours apparaît de moins en moins crédible, en Union soviétique et dans les démocraties populaires, lorsque les citoyens voient leurs revenus réels diminuer et se logent difficilement, tout en travaillant plus longtemps. Jusqu'en 1956, en effet, les ouvriers sont soumis au régime du temps de guerre, avec des semaines de six jours et sept jours fériés par an. Dans le même temps, les hausses de salaires réels demeurent inférieures à celles du coût de la vie (voir tableau).

A la mort de Staline, l'ouvrier européen peut acheter deux à trois fois plus de marchandises que le Soviétique pour le même temps de travail ; l'ouvrier américain 5,5 fois plus. Rien d'étonnant donc à ce que la consommation de biens non alimentaires stagne jusqu'à la seconde moitié des années cinquante et que l'on observe une situation identique dans l'ensemble des démocraties populaires, à l'exception de la You-

1. En 1946, le prix d'un kilo de pain passe de 1 à 3,40 roubles et celui d'un kilo de sucre de 5,50 à 15 roubles.

2. Cf. l'article du 7 janvier 1949 cité par M. Heller et le livre de Trifonov, *les Étudiants*, Moscou, 1954.

	1940	*1944*	*1948*	*1952*	*1956*
Coût de la vie	100	140	230	155	133
Salaire réel	100	82	77	120	152

goslavie : retard initial de développement, conséquences de la guerre et application du modèle soviétique cumulent leurs effets. Quant au logement, la crise persistante depuis le premier plan quinquennal s'est aggravée : en 1928, on comptait 5,8 mètres carrés par habitant ; en 1940, 4,5 mètres carrés, chiffre sans changement jusqu'à la mort de Staline. En 1955, deux ans après le début d'un programme de construction intensive, la surface disponible s'établissait à 5,1 mètres carrés, alors que la norme officielle soviétique était de 9 mètres carrés [1]. Ultime manifestation de ces années de désarroi, la création culturelle se réduit à des œuvres de circonstance ou s'interrompt quasiment. La pièce de Simonov, *la Question russe*, reprend tous les poncifs sur la corruption de la société américaine, tandis que le cinéma soviétique disparaît : six films sont tournés en 1951. On observera que la mort de Jdanov n'a aucune incidence sur les critères de création. En 1953, le film *la Moisson*, qui associe les thèmes de la paysannerie, du nationalisme et du progrès socialiste, passera pour « audacieux », car il mêle une histoire personnelle à la vie du kolkhoze, sans toutefois remettre en cause la morale finale du couple réconcilié et de l'harmonie du village kolkhozien.

On mesure, dans ces conditions, l'impact des réformes sociales annoncées par Khrouchtchev en 1955-1956 et l'impression de renaissance qui caractérise cette période. Autour d'un triptyque famille-logement-travail, les autorités modifient sensiblement les conditions de vie de leurs concitoyens et paraissent pour la première fois en mesure de faire coïncider

1. Chiffres cités par M. Heller et A. Nekrich, *l'Utopie au pouvoir. Histoire de l'URSS de 1917 à nos jours*, Paris, Calmann-Lévy, 1982, p. 398. La situation des démocraties populaires est bien souvent pire, comme en Tchécoslovaquie où l'on compte 8 mètres carrés par habitant pour une norme de 17 mètres carrés.

croissance économique et progrès individuel. La réduction de la durée de travail, le doublement du salaire minimum, l'augmentation des diverses prestations et l'octroi d'une retraite précoce et bien rémunérée – à soixante ans pour les hommes et cinquante-cinq ans pour les femmes –, tout cela constituait une étape sur le chemin de la prospérité. De même, l'ambition « d'en finir avec le manque de logements dans un délai de dix à douze ans » semblait réaliste, compte tenu des 150 millions de mètres carrés supplémentaires construits en trois ans et vendus à des conditions très avantageuses. L'abandon d'une littérature hagiographique confirmait ce « nouveau cours » : la revue *Questions d'histoire* s'interrogeait sur la révolution russe, sur le rôle des intellectuels, pendant que Boris Pasternak rédigeait *le Docteur Jivago*.

Les événements de Hongrie interrompirent cet *aggiornamento* et entraînèrent une désillusion autant domestique qu'internationale. Qu'ils aient servi de prétexte à une équipe dirigeante consciente de son incapacité à assurer à la fois la croissance industrielle et le mieux-être des citoyens ou que la spontanéité de la révolte hongroise ait précipité un retour en force des staliniens dans les appareils de l'État et du Parti, le résultat est identique : les aspirations individuelles s'effacent devant les exigences de l'industrialisme. Ainsi, en 1957, la réduction des impôts directs pour les catégories les moins favorisées est-elle plus que compensée par l'impôt sur la circulation des biens et la hausse des prix sur les produits de consommation courante qui assurent des ressources supplémentaires indispensables au financement de l'industrie. Parallèlement, la nouvelle campagne contre les « parasites sociaux » et la modification du cursus scolaire [1] mettent en évidence la contradiction existant entre un pays qui ne connaît pas le chômage, mais se révèle incapable de gérer son stock de main-d'œuvre autrement que par la coercition. La mobilisation du pays en faveur de la campagne du « lien avec la vie » masque l'insuffisance de la formation professionnelle, de la

1. En décembre 1958, l'école de dix ans et l'instruction obligatoire de sept ans furent remplacées par une instruction obligatoire de huit ans pour tous suivie d'un travail en usine ou à la campagne de trois ans, avec possibilité de suivre en plus des études.

main-d'œuvre qualifiée et la réticence des jeunes – en majorité d'origine rurale – à partir pour les terres vierges ou les chantiers de Bratsk, en Sibérie occidentale.

Autant d'ajustements qui replacent la question de la liberté et la référence occidentale au centre des enjeux soviétiques. Déjà, l'expérience hongroise avait été jugée puis condamnée au nom de ces deux critères; en 1958, c'est en Union soviétique que se posent les problèmes. Simultanément, l'affaire du prix Nobel attribué à Boris Pasternak, la condamnation du cercle de l'« union des patriotes de la Russie », la répression de la révolte de Temir-Taou et le refus de prendre en considération les craintes d'Andreï Sakharov sur la course aux armements atomiques témoignent d'une inquiétude montante des dirigeants, incapables de satisfaire les aspirations – pourtant légitimes dans la perspective de 1955-1956 – d'une partie de la population. Le nationalisme panrusse échappe au discours officiel et se voit récupéré par des personnalités qui critiquent l'action de Khrouchtchev au double titre de l'héritage russe et léniniste. Ainsi le monument dédié à Maïakovski devient-il, à l'été 1958, un lieu de rassemblement des opposants puis un symbole d'une « autre politique » à élaborer. De même, la première revue « dissidente » *Syntaxis* animée par A. Guinzbourg et les premiers *samizdat*, tel *le Vertige* de E. Guinzbourg, exploitent la contradiction entre les politiques successives du pouvoir pour réclamer plus de liberté individuelle, à défaut d'une vie meilleure. A cette revendication nationale, Khrouchtchev répond par une exaltation du nationalisme défensif face à l'Occident. L'ambition de rivaliser avec les États-Unis permet d'exiger plus de travail et une plus grande mobilité de la main-d'œuvre et d'écarter, au nom des rapports de force, les interrogations de Sakharov ou des dissidents. Elle autorise une remise au pas accélérée, telle que la campagne antireligieuse et la réorganisation des paroisses qui se déroule à l'automne 1958. Mais cette attitude, parce qu'elle repose sur un effet d'annonce régulier, implique la fuite en avant depuis le déclenchement de la compétition spatiale jusqu'à l'apothéose de 1961, où la référence américaine devient l'objectif à atteindre sous vingt ans, en même temps que la voie de passage obligée vers le communisme. Dès lors, les Soviétiques sont fondés à demander des comptes ou bien les dirigeants à éluder la question en désignant des responsables et en conditionnant les satisfactions matérielles à l'application des réformes. L'obsession du « chosisme » devient, par un curieux détour, un des moyens de préserver l'équilibre social.

Les débuts de la prospérité européenne

Une décennie après la fin de la guerre, l'impression dominante reste celle d'un immense effort à consentir. De trop nombreuses pénuries – de logements, d'écoles, ou parfois de nourriture – ont contraint les Européens à la réflexion, au point de les rendre sceptiques sur les chances d'un retour à l'abondance. Tout semble aboutir à multiplier les projets et à alourdir les devis, retards accumulés comme effets de mutations économiques régionales. Même les résultats flatteurs de l'industrie automobile sont regardés avec circonspection, les uns craignant un monde prochainement et inévitablement saturé d'objets, les autres imaginant un équilibre indépassable propre à chaque pays, tous s'accordant pour prédire une crise d'ajustement brutale à brève échéance [1].

En quelques années, de telles inquiétudes apparaissent dénuées de fondement, car la croissance a imposé ses certitudes et sa logique. Certitude des chiffres d'abord, qui prouvent aux Européens leur capacité à rattraper les Américains comme à distancer leurs voisins des démocraties populaires [2]. Logique des comportements aussi qui conduit chacun à se déterminer par rapport à des valeurs de consommation. Un formidable élan de déculpabilisation à l'égard du progrès s'opère dans

1. Cf. l'analyse de P. Clément dans *De la 4CV à la vidéo,* Paris, Éd. Communica internationale, 1983.

2. Évolution perceptible dans les chiffres du PNB par tête en dollars constants :

	États-Unis	*France*	*RFA*	*GB*	*Pays-Bas*	*Italie*
1950-1951	2 350	1 150	945	1 230	860	575
1955-1956	2 650	1 370	1 305	1 380	1 030	710
1960-1961	2 690	1 670	1 630	1 550	1 190	920

tous les pays – suivi avec un léger décalage par le Japon. Au point que les contestations et les esprits critiques sont rejetés au double titre d'une vision passéiste et d'une analyse psychologique sommaire qui leur fait assimiler le progrès au mal[1]. Le vocabulaire du temps de guerre voit sa signification inversée : l'exode des voitures symbolise désormais la migration annuelle des vacanciers, heureux bénéficiaires des congés payés et de revenus plus élevés. De prime abord, il est difficile d'identifier un déterminant qui rendrait compte de ce ralliement à la croissance. Qu'y a-t-il de commun entre le professeur de lycée, le commerçant et le cadre d'une entreprise privée ? Tous ont, en fait, le sentiment que leur position sociale est valorisée par rapport au monde ouvrier et, fait nouveau, leur impression est partagée par l'ensemble des citoyens. Ainsi s'esquisse un modèle moral et social des sociétés occidentales qui conforte le régime de la démocratie concurrentielle. Tout en célébrant les vertus de l'épargne et les mérites de la consommation, les uns peuvent donc souhaiter que l'ensemble des individus bénéficient de cette prospérité, d'autres insister sur l'irréductible dimension personnelle de toute réussite, certains enfin s'inquiéter de voir leur statut menacé. Au travers de ces motivations s'esquissent les contours flous et nécessairement changeants des classes moyennes, à la fois point de passage obligé de l'ascension sociale, secteur stratégique de repli face à la modernisation de la société et reflet de la réalité dominante des sociétés occidentales. En dépit des multiples exceptions, force est de constater qu'une majorité d'employés, de fonctionnaires, de travailleurs indépendants et de cadres considèrent leur situation particulière selon une optique voisine[2]. Ce processus d'agrégation remonte certes aux années trente et a connu une

1. Cf. le purgatoire que connaissent John Steinbeck aux États-Unis lors de la publication de son dernier roman, *l'Hiver de notre mécontentement*, Marcel Aymé après *le Confort intellectuel* ou Kingsley Amis célébrant dans *I Like it Here* les nostalgies britanniques. Mêmes remarques pour certains cinéastes japonais qui dénoncent l'occidentalisation du pays tels Shuji Terayama ou Teinosuke Kinugasa. Cf. *les Femmes d'Osaka* et *le Héron blanc* (1958).

2. Ainsi en 1961, 52 % des employés et des fonctionnaires français déclarent appartenir aux classes moyennes, 36 % d'ouvriers qualifiés et d'artisans, 81 % des cadres et des professions libérales. Chiffres voisins mais légèrement supérieurs en Grande-Bretagne et aux Pays-Bas.

étape importante avec l'intégration progressive des ouvriers aux « milieux populaires », grâce aux effets des transferts sociaux, à la diffusion du salariat et à la recomposition de l'habitat urbain dans les grands ensembles, où le critère professionnel s'efface au profit des niveaux de revenus. Mais c'est seulement vers 1955-1958 que bon nombre d'Européens associent enrichissement, classes moyennes et consommation.

La prospérité devient perceptible au moment où les objets sont plus nombreux, moins chers et lorsque leur possession implique l'adhésion aux valeurs et au style de vie d'une société particulière. Ainsi Roland Barthes est-il fondé à faire de l'analyse du slogan publicitaire inventé pour la promotion d'Astra la matrice du comportement des Français. Au corps social lassé du beurre rance et des souvenirs d'avant guerre, la modernisation s'impose en quelques mots [1] avec l'inévitable triomphe de la margarine, comme une sorte de vaccination agréable, digeste et économique. L'heure du standard arrive naturellement, sans qu'il y ait besoin d'imaginer une manipulation venue d'outre-Atlantique ou concoctée par les multinationales. Le souci de l'apparence, la hausse des revenus réels et/ou la diminution des prix relatifs des produits neufs ont des effets cumulatifs qui se traduisent par un boom de la demande. Entre 1955-1956 et 1961-1962, la diffusion des téléviseurs et des automobiles s'opère à un tel rythme qu'on peut évoquer une « contagion consumériste ».

Certes, un tel élan ne signifie pas la fin des disparités autant socioprofessionnelles (voir tableau ci-après pour la France) que géographiques : en 1962, les Suédois et les Danois possèdent quatre fois plus de téléviseurs que les Italiens ou les Français, tandis que les Allemands de l'Est et les Tchèques sont les seuls peuples socialistes où la télévision n'est pas rarissime. A cela s'ajoutent la permanence des mentalités particulières aux principaux groupes de salariés et le poids des traditions – sociales, politiques, religieuses ou régionales. A cet égard, l'analyse d'une enquête de *l'Express* de jan-

1. Le slogan était : « Vous voilà enfin débarrassés d'un préjugé ridicule et qui vous coûtait cher. » Cf. R. Barthes, *Mythologies*, Éd. du Seuil, 1957, ainsi que J. Baudrillard, *la Société de consommation. Ses mythes, ses structures*, Paris, Gallimard, coll. « Idées », 1970.

Le tournant des consommations

I. LE CAS FRANÇAIS

	1949	*1956*	*1962*
Nourriture	100	120	135
Habillement	100	131	155
Logement	100	138	157
Santé-hyg.	100	158	220
Transports	100	168	223
Loisirs	100	138	175

Équipement des ménages en 1962

	Auto.	*Télé.*	*Réfrig.*	*Mach. à laver*
Cadres sup. et prof. lib.	73,0	36,5	75,0	50,5
Cadres moyens	62,5	32,0	61,0	42,0
Employés	33,5	14,0	42,5	25,5
Ouvriers	27,0	21,0	29,0	31,0

II. L'ÉVOLUTION OCCIDENTALE

	F	*GB*	*EU*	*RFA*	*Jap.*
1950					
Nourriture	37,0	30,0	30,0	38,0	53,0
Habillement	14,0	12,0	12,0	14,5	12,0
Logement	13,5	19,0	25,0	16,5	9,0
Santé-hyg.	4,0	6,0	6,0	3,5	4,0
Transports	4,5	6,0	12,0	3,0	2,0
Loisirs	5,0	3,0	5,5	5,5	5,0
1956					
Nourriture	34,0	30,0	28,5	36,0	48,0
Habillement	12,5	11,5	11,5	13,0	12,0
Logement	15,0	19,0	26,5	16,5	9,0
Santé-hyg.	5,5	9,0	8,5	4,5	4,5
Transports	5,5	8,5	14,0	5,0	2,0
Loisirs	6,5	3,5	5,5	5,5	5,5
1962					
Nourriture	31,0	27,0	27,0	32,0	39,0
Habillement	12,0	11,0	11,0	12,0	11,5
Logement	17,0	20,5	27,0	18,0	10,0
Santé-hyg.	8,0	12,0	11,5	5,5	9,0
Transports	8,0	10,0	16,0	9,0	3,0
Loisirs	7,5	4,5	6,0	6,0	6,0

Chiffres établis d'après les annuaires de l'OCDE 1970 et 1973; pourcentages calculés par rapport au PNB annuel par tête, estimé en dollars constants et à taux de change valeur 1962.

vier 1960 par Laurence Wylie[1] reflète un comportement encore fréquent : les Français veulent bien du progrès mais refusent que ce dernier détruise les images stéréotypées du foyer et de l'équilibre domestique, qu'il s'agisse de la soupe quotidienne ou de la représentation de la femme.

Il n'en reste pas moins que la *mobilité,* à tous les sens du terme, s'impose peu à peu : mobilité des individus par la voiture, l'ascension sociale ou le changement d'activité professionnelle; mobilité de l'argent par la diffusion du crédit, la redécouverte des banques et les progrès de la consommation; mobilité des idées enfin, symbolisée par les scandales que suscitent la passion de l'automobile, l'apparition d'une mode « prêt-à-porter » en 1957 ou les premières minijupes de Mary Quant en 1960. Contrairement à une idée reçue, l'harmonisation des comportements ne signifie pas uniformisation des styles de vie. La France de 1960 se couvre de tissu vichy après le mariage de Brigitte Bardot, mais chaque magasin, chaque couturier décline le thème des carreaux : consommation de masse et individualisme des choix sont compatibles[2].

Tous ceux que leur image ou leur statut apparentent à un état immuable sont les premières victimes de ce nouveau conformisme. Paysans, ouvriers spécialisés, vieux et pauvres se sentent peu ou prou exclus d'un univers industriel urbain, dans lequel les solidarités anciennes se distendent. Tandis que s'organise une société duale déséquilibrée, le modèle de consommation a pour effet de précipiter la crise culturelle et sociale de ces minorités. Le type éternel du paysan, au visage rude et secret, appuyé solidement sur sa charrue ou conduisant son troupeau d'un pas lent ne rencontre plus que l'incompréhension et se réduit à la vision caricaturale d'un homme englué dans sa terre, incapable de supporter l'idée d'une nécessaire modernisation et enclin à répondre par la violence aux défis du moment. D'une façon générale, ceux qui s'opposent à un déracinement jugé inéluctable se trouvent marginalisés, les mineurs de Decazeville en dépit de leur ultime combat de 1961 comme les habitants des bas quartiers de Liverpool, la ville aux 80 000 taudis, « la ville où il n'y a plus rien de grand, qui

1. L. Wylie, in *A la recherche de la France,* Paris, Éd. du Seuil, 1963.
2. Analyse très judicieuse de P. Yonnet, *op. cit.*, p. 337-338.

devient pauvre, très pauvre et dont les habitants ont appris l'humour à force de tant de malheur [1] ».

En ce sens, on ne saurait assimiler le ralliement à la philosophie de la consommation à une « intégration » généralisée du monde du travail. Le slogan du travailliste Anthony Crossland « Nous devons tous apprendre maintenant à *être* de la classe moyenne » ignore les réticences des salariés et la permanence de systèmes culturels particuliers. L'individualisation des choix de consommation constitue alors une nouvelle manière de préserver son identité : la série automobile permet de vendre des produits différents à partir d'un châssis identique, si bien que la couleur, le confort ou la puissance des moteurs deviennent les déterminants majeurs de l'achat, grâce à leur pouvoir de segmentation. Tel est le paradoxe de la prospérité : à une atomisation visible des consommateurs correspond un resserrement des modes de production, des habitudes culturelles et un identique souci d'adaptation par le diplôme, clef d'une valorisation professionnelle. D'où la méfiance et la fascination conjointes des nouveaux venus de la classe moyenne à l'égard des modèles médiatiques ou culturels. Dès 1962, l'ouvrier européen consacre dix heures par semaine à regarder la télévision et écoute seize heures la radio, malgré une indéracinable suspicion envers un discours extérieur qui apporte des nouvelles dont on ne sait lesquelles croire [2]. De même, l'ouvrier français est-il peu séduit par le prosélytisme culturel, que celui-ci soit gouvernemental ou transite par les comités d'entreprise. Alors qu'André Malraux s'ingénie, à partir de juin 1961, à calquer la géographie des maisons de la culture sur la carte de la France industrielle, leur succès est assuré par la curiosité des cadres et des fonctionnaires, tandis que les ouvriers préfèrent la convivialité du bal musette [3].

1. John Lennon, cité par W. Mellers, *Twilight of the Gods : The Beatles in Retrospect*, Londres, 1973.

2. Sur les comportements, cf. pour la France M. Verret, *l'Espace ouvrier*, Paris, Colin, coll. « U », 1979, et pour les pays occidentaux D. Ironmonger, *New Commodities and Consumer Behaviour*, Cambridge University Press, 1972.

3. Cf. l'article bilan de *Carrefour* du 19 février 1964. En 1962-1963, 1,2 million de spectateurs ont assisté aux représentations théâtrales itinérantes ou permanentes.

De ce point de vue, les années 1956-1962 apparaissent comme une période de transition culturelle et sociale. D'un côté, des adultes qui ont connu le temps des guerres, des colonies, de l'épargne difficile s'acclimatent à une société cossue, à mesure que le système de valeurs propre à chaque groupe intègre les nouvelles formes de consommation. De l'autre surgit une génération dont les souvenirs d'enfance sont marqués par les privations et ceux d'adolescence par la contradiction entre le retour de l'abondance et le poids des contraintes – école, famille, argent ou travail. Les premiers ressentent le besoin de fuir leur marginalité sociale, tout en se préservant des espaces privés – la maison, le pub ou le café –; les seconds cultivent une marginalité pour échapper à la dépendance. Ainsi, le phénomène des *Teddy boys* ne saurait être réduit à une révolte sociale confuse ou à un mouvement d'adolescents, deux moyens commodes d'ignorer l'ampleur du glissement culturel qui s'amorce à partir de 1954-1955. Les *Teddy boys* reprennent les symboles de l'intégration et les chargent d'une valeur dérisoire : ils portent des costumes, mais édouardiens avec des pantalons tuyau de poêle et des vestes longues; ils se réunissent, mais dans des *snack-bars* où ils boivent du Coca-Cola; ils écoutent de la musique américaine, comme leurs aînés, mais Eddie Cochran, Bill Haley et Elvis Presley autour d'un *juke-box,* au lieu de Sinatra ou de Johnny Mathis à la maison. Le détour par l'Amérique est plus que jamais indispensable, puisqu'il ouvre sur le rêve de la voiture, des flirts et que la violence – extériorisée plutôt que manifeste – permet de s'affirmer et d'oublier l'ennui quotidien.

A partir de cette déformation de la culture nationale et de l'emprunt américain, les « jeunes » imposent une culture différente, propre à chaque pays mais échangeable grâce au lien musical [1], qui présente l'avantage de se trouver en phase avec une partie de la société dépassant largement le cadre démographique de la jeunesse. Le succès d'une nouvelle radio, Europe 1, grâce à son émission *Salut les copains*, assure la pérennité de ce comportement qui trouve des relais économiques par

1. Cf. les différentes versions de *The house of rising sun* par Woodie Guthrie (États-Unis), The Animals (Grande-Bretagne) et Johnny Hallyday (France).

le disque et la presse. Ainsi coexistent deux visions de la modernité : celle d'un renouvellement-dépassement et celle d'une rupture. La première demeure la plus largement partagée, car il est aisé de lui associer les images du mieux-être de l'après-guerre, de l'irruption de la télévision, sans abandonner l'héritage culturel européen. Sont modernes les cinéastes de la « nouvelle vague » qui comprennent l'importance du progrès technique offert par la caméra portable Éclair-Coutant et le film 16 mm : la maniabilité de la caméra permet de quitter le studio, de prendre le décor de la vie pour lieu ; ce qui n'empêche nullement ces jeunes écrivains de formation ou de passion de construire leurs scénarios sur un modèle théâtral et de régler par écrit les détails du film avant de modifier les dialogues au gré de l'improvisation. Ce sont eux, Chabrol, Godard, Truffaut ou Lelouch, qui font désormais école, attirant des cinéastes isolés, telle Agnès Varda, ou incitant les cinéastes tchèques, brésiliens ou suisses à rendre compte des modalités nationales du passage à la consommation. Cette recherche de la pureté rejoint les préoccupations de Clement Greenberg sur le modernisme pictural et la nécessité d'apprécier les œuvres « en elles-mêmes », dès le premier trait tracé sur la toile par Mondrian ou par Yves Klein.

Mais la modernité surgit aussi des décombres d'une culture rejetée ou regrettée. Le regard que porte Jacques Tati sur les nouveaux objets du quotidien dans *Mon oncle* (1958) vaut acte de reconnaissance en même temps que le comique des situations sert à dénoncer ce modernisme. De même, le succès de la télévision se nourrit de la crise du cinéma de l'entre-deux-guerres. Dès 1956, en Europe et aux États-Unis, la désaffection du public marque le refus d'un mode d'expression qui semble daté, au profit d'un objet de consommation moderne. Les stars de la télévision américaine concurrencent celles d'Hollywood avant de les évincer, avec la disparition de Gary Cooper en 1961 et de Marilyn Monroe en 1962. Plus qu'une mode, la modernité devient l'art de vivre des années soixante.

3

La radicalisation des clivages politiques

L'évolution politique des pays de l'Ouest et de l'Est demeure, jusqu'au début des années soixante, étroitement conditionnée par la tension régnant entre les blocs. La radicalisation des clivages opérée par la guerre froide joue en Occident au profit des tendances conservatrices un moment écartées du pouvoir par la poussée à gauche de l'immédiat après-guerre. A l'Est, le modèle stalinien s'impose partout, même en Chine avec un certain décalage. La mort de Staline, le 5 mars 1953, n'introduit qu'une libéralisation limitée, tant en URSS que dans les démocraties populaires, à laquelle la Chine refuse au reste de souscrire.

Le monde occidental

Les années de l'immédiat après-guerre avaient été marquées par une poussée à gauche qui reposait, selon les situations, sur une volonté de rupture avec le conservatisme antérieur ou sur un rejet des catégories dirigeantes compromises avec le fascisme et par la défaite. Ainsi s'était affirmée une démarche socialisante, ou du moins réformiste, qui avait fait progresser à des degrés divers les mécanismes de la solidarité sociale et accrédité les mérites de l'État-providence. Cette orientation n'a pas résisté au choc de la guerre froide. Dès 1946, une vigoureuse réaction antirooseveltienne a momentanément imposé au Congrès des États-Unis une majorité républicaine qui a signifié un quasi-abandon du programme réformateur du *Fair Deal*. Pour ne pas demeurer en reste, l'administration démocrate a amorcé une croisade anticommuniste, relayée ensuite par le maccarthysme, et qui s'est rapidement étendue au reste du monde. Par l'effet conjugué des pressions américaines et d'un réflexe de peur sociale des classes moyennes, le reflux des forces de gauche est général ou peu s'en faut. La réaction conservatrice qui s'ensuit épouse au reste des formes diverses : plus ferme, sinon brutale, dans les pays dotés d'un parti communiste puissant ou particulièrement exposés à la menace du bloc de l'Est ; plus feutrée dans le cas contraire, où elle ne signifie pas nécessairement la remise en cause des acquis sociaux de la période antérieure.

Le renvoi des ministres communistes des gouvernements français et italien a ouvert en 1947 une première brèche, qui s'élargit dans les années suivantes avec un remarquable synchronisme. Les élections de 1948 traduisent l'échec en Italie du front unitaire PCI-PSI et consacrent l'hégémonie de la Démocratie-chrétienne, tandis que le parti du travail (socialiste) est évincé du gouvernement néerlandais. En 1949, les travaillistes sont écartés du pouvoir en Australie et en Nouvelle-Zélande, alors que l'Allemagne fédérale et le Japon s'ancrent durablement dans l'orientation conservatrice de leur parti dominant. En 1950, les chrétiens-sociaux obtiennent la majorité absolue à la Chambre belge alors que la majorité travailliste connaît une nette régression en Grande-Bretagne, confirmée l'année suivante par le retour des conservateurs au pouvoir. En France, où la troisième force a pris en 1947 la relève du tripartisme, les élections de 1951 confirment cet infléchissement à droite. Seuls les pays scandinaves demeurent fidèles à leurs partis sociaux-démocrates [1]. La lassitude de l'opinion à l'égard d'un modèle jugé exagérément redistributeur ne se fera sentir que dans le milieu des années soixante [2].

La détermination anticommuniste des États-Unis peut conduire jusqu'au soutien à des régimes qui n'épousent que de très loin, ou pas du tout, les normes de la démocratie plura-

1. A l'exception de la Finlande, où, en raison de l'anticommunisme déclaré du parti socialiste, l'URSS impose discrètement des gouvernements appuyés sur les partis « bourgeois ».

2. La relève conservatrice a lieu en 1964 au Danemark, en 1965 en Norvège et en 1966 en Suède.

liste. Immuables dans leur respect de la tradition, les dictatures salazariste et franquiste ont surmonté le cap difficile de l'après-guerre en donnant les gages de leur appartenance au camp occidental. Si le régime du Dr Salazar n'a jamais été réellement menacé en raison de sa neutralité effective durant la guerre et de la protection traditionnelle de la Grande-Bretagne, le général Franco ne doit sa survie politique qu'aux initiatives brouillonnes de ses adversaires et à une mobilisation de l'orgueil national [1]. Par la suite, la cession par le Portugal de bases aux Açores et le traité de coopération militaire signé en 1953 avec l'Espagne renforcent les liens des deux pays avec les États-Unis et assurent la longévité des deux dictatures. Quant à la Grèce et à la Turquie, membres de l'OTAN depuis 1952, elles suivent une évolution conforme à leurs traditions nationales. La victoire du parti démocrate (1950) en Turquie ne modifie pas substantiellement la ligne autoritaire léguée par Mustapha Kemal et Ismet Inönü. Cette timide tentative de libéralisation est au reste arrêtée par le coup d'État militaire de mai 1960, qui rend momentanément le pouvoir au parti républicain du peuple des pères fondateurs. Dans le sillage de la restauration monarchique, les forces conservatrices grecques poursuivent, longtemps après la fin de la guerre civile, une violente répression anticommuniste.

Les États-Unis du maccarthysme à la Nouvelle Frontière

La victoire du communisme en Chine, l'accession de l'URSS à la technologie nucléaire accréditent, dès la fin de 1949, la thèse d'un complot communiste contre la sécurité des États-Unis qui va faire, plusieurs années durant, la fortune politique du sénateur McCarthy. Sans doute la vague de répression anticommuniste est antérieure au maccarthysme. Sans remonter au *Red Scare* [2] du premier après-guerre, on peut raisonnablement la dater des débuts de la guerre froide. Les principales traductions en sont le décret présidentiel du 22 mars 1947 permettant de vérifier la loyauté des fonction-

1. Pour amadouer l'opinion internationale, Franco promulgue en 1945 le *Fuero de los Españoles,* sorte de déclaration des droits du peuple espagnol.
2. Cf. t. I, p. 204.

naires [1], les dispositions politiques de la loi Taft-Hartley et le procès intenté en 1948 aux dirigeants du parti communiste. Ouvert en mai 1948, le procès Alger Hiss s'achève en janvier 1950 sur une condamnation qui doit beaucoup à l'acharnement du jeune représentant républicain de Californie Richard Nixon. Diplomate associé de très près à la préparation de la conférence de Yalta, président de la Dotation Carnegie pour la paix, Hiss est « convaincu » d'avoir transmis à l'URSS des documents secrets. Dans la brèche ainsi ouverte s'engouffre le sénateur du Wisconsin, qui lance en février sa campagne contre les « traîtres » du Département d'État. Quelques mois plus tard, le déclenchement de la guerre de Corée semble lui donner raison et McCarthy accède d'emblée à la dimension d'un héros national [2].

Le maccarthysme juxtapose des méthodes inquisitoriales qui ne sont pas sans rappeler celles de la terreur stalinienne et un discours populiste et chauvin de pure tradition américaine. L'affirmation sans preuve, le trucage des documents, le glissement sémantique [3], l'insulte et la menace en sont le lot quotidien. Secondé par l'American Legion, particulièrement vigilante dans le domaine cinématographique et universitaire, il développe une rhétorique grossièrement manichéenne dans laquelle perce un évident désir de revanche. Les soutiens du maccarthysme sont assurément très divers, mais c'est dans les couches modestes qu'il trouve sa plus grande popularité : immigrés de fraîche date, fermiers du Middle West, petits patrons qui se libèrent de leurs frustrations sociales en se délivrant à bon compte un brevet de patriotisme. Car l'ennemi est moins en fait les communistes, déjà traqués par des textes antérieurs, que les supports du progressisme rooseveltien :

1. Dans une atmosphère moins hystérique, le Canada a également connu des procédures et une répression de ce type.

2. Parmi les nombreuses biographies de McCarthy, cf. Th. Reeves, *The Life and Times of Joseph McCarthy*, New York, Stein, 1982. Sur l'ensemble de la question, cf. M.-F. Toinet, *1947-1957, la chasse aux sorcières*, Bruxelles, Éd. Complexe, 1984.

3. Particulièrement courant lors des interrogatoires d'intellectuels, où l'odieux le dispute au ridicule. Posséder dans sa bibliothèque un ouvrage géographique sur l'URSS devient la preuve irréfutable, sinon d'une appartenance, du moins d'une sympathie communiste.

l'*establishment* libéral, les milieux intellectuels, le syndicalisme[1]. Non que les communistes n'aient été frappés – moins en fait par des peines de prison que par des persécutions ou tracasseries diverses –, mais, compte tenu de leurs effectifs dérisoires, ils pèsent peu au regard des millions de fonctionnaires et de salariés dont les dossiers ont été vérifiés par le FBI et, pour les plus sérieux d'entre eux, déférés à une sous-commission d'enquête puis à l'une des commissions des activités antigouvernementales du Congrès.

Ce qui frappe, au reste, c'est la disproportion entre l'énormité des moyens mis au service de cette hystérie collective et la modicité des peines effectivement prononcées : deux condamnations à mort, celles d'Ethel et Julius Rosenberg[2], quelques peines d'emprisonnement, quelques dizaines de condamnations pour outrage au Congrès ou faux témoignage, quelques milliers de révocations sur la quinzaine de millions de cas étudiés[3]. En ce sens, la démocratie américaine n'a pas perdu tous ses droits. Mais les véritables ravages du maccarthysme sont ailleurs : dans le climat de suspicion et de délation qui s'est emparé d'une nation, et dans cette juxtaposition de drames individuels que sont la perte d'un emploi, une réputation ternie ou l'ultime recours de l'exil[4].

A court terme, le maccarthysme profite aux républicains. Non seulement parce que aucune personnalité démocrate n'a l'envergure ou le courage de se dresser contre l'engrenage de la chasse aux sorcières, mais parce que divers scandales rejaillissent sur l'administration Truman finissante. Inversement, après avoir un moment hésité sur le choix de son parti, le général Eisenhower accepte de porter les couleurs du GOP. Sa popularité personnelle, les moyens considérables

1. Il n'est pas niable que l'influence communiste était assez forte dans certaines branches du CIO, comme l'électricité ou l'automobile. Mais dès 1949, sous l'impulsion de Walter Reuther, une très vigoureuse épuration interne est entreprise, avec démission forcée de dirigeants et renvoi de militants dans lesquels les règlements de comptes ne sont pas exclus. Nul doute pourtant que cette purge ait facilité la réunification de l'AFL-CIO en 1955.

2. Condamnés à mort en 1951 pour livraison de secrets atomiques, et exécutés en juin 1953 malgré une campagne mondiale en leur faveur.

3. Cf. les chiffres reproduits par M.-F. Toinet, *op. cit.*, p. 192-193.

4. Parmi ceux qui ont choisi l'exil, Charlie Chaplin, Jules Dassin, Joseph Losey, l'historien Moses Finley...

qu'amasse pour sa campagne son colistier Richard Nixon, son engagement à terminer au plus vite la guerre de Corée lui assurent une victoire facile contre Adlai Stevenson, un adversaire peu suspect de sympathie communiste, mais trop intellectuel pour s'imposer.

Le retour au pouvoir du parti républicain coïncide avec l'apogée de McCarthy, qui accède peu après à la présidence de la commission sénatoriale. Eisenhower, malgré de multiples pressions en ce sens, n'ose accorder la grâce des époux Rosenberg. Ceux-ci sont exécutés le 19 juin 1953. L'année suivante, Robert Oppenheimer est exclu de la Commission de l'énergie atomique pour avoir exprimé, quatre ans plus tôt, son hostilité à la fabrication de la bombe H. Au Congrès, même au Sénat où les positions sont généralement fortes, personne n'ose s'élever contre ces méthodes. Même une personnalité d'un anticommunisme aussi incontestable que Foster Dulles préfère acheter sa tranquillité en renvoyant quelques-uns de ses collaborateurs. Diverses administrations fédérales sont à peu près totalement paralysées. Et pourtant la fin est proche, car pour plaire à ses protégés McCarthy commet l'erreur de s'attaquer à l'armée. C'en est trop pour Eisenhower, décidé après un trop long silence à se débarrasser de cet allié encombrant. Mal à l'aise dans ses accusations, desservi par la télévision, McCarthy perd brutalement tout crédit dans l'opinion. Désavoué officiellement par ses pairs le 2 décembre 1954, il disparaît de la scène politique et meurt deux ans plus tard.

Même si le maccarthysme est une manifestation, peut-être paroxystique, mais assurément récurrente d'un penchant naturel de la société américaine à l'intolérance collective, la page est donc tournée. Lassé de tout esprit de croisade, le pays peut s'adonner, une fois surmontée la brève récession consécutive à la fin de la guerre de Corée, aux délices d'une croissance régulière et du mode de vie américain. Jamais la puissance économique des États-Unis n'a été aussi forte qu'en ce milieu des années cinquante. Jamais l'optimisme du « rêve américain » n'a été aussi proche de devenir réalité. L'habileté de l'administration républicaine va consister à l'entretenir, en combinant un discours favorable au désengagement gouvernemental et une politique de protection sociale très proche de celle de l'ère démocrate. Sans doute une législation favorable aux trusts du pétrole et de l'électricité est-elle adoptée [1], de même que sont supprimés le contrôle de nombreux prix et diverses subventions fédérales. Mais le retour au libéralisme intégral des *twenties* n'est plus de mise. Au Congrès, une majorité démocrate régulièrement reconduite arrache à l'administration une extension de la sécurité sociale (1954) et un nouveau programme de financement de logements sociaux (1955). Compte tenu du poids très lourd, et nullement entamé, des subventions à l'agriculture, la réduction des dépenses militaires ne suffit pas à rétablir l'équilibre budgétaire, en contradiction avec les engagements présidentiels. Mais cette sage gestion de l'acquis convient à l'opinion. Au terme d'une campagne sans relief, où son adversaire ne brille pas par l'originalité de ses propositions, Eisenhower est facilement réélu en novembre 1956.

L'aspect le plus original de la période réside peut-être dans la révision apportée à la condition juridique de la communauté noire. En raison de l'enrichissement que procure, au moins à une partie de cette communauté, la prospérité économique, en raison surtout de l'urbanisation croissante, ses organisations représentatives, en particulier la NAACP et le CORE [2], sont mieux à même d'exprimer ses revendications. Elle a trouvé en outre en Martin Luther King un orateur et un organisateur également remarquable, capable d'imposer à Montgomery (Alabama) la déségrégation des transports en commun à la suite d'une longue campagne de boycott. Mais les impulsions essentielles, venues d'abord de l'administration Truman avec l'abolition, en 1948, de la ségrégation dans l'armée [3], sont relayées par la Cour suprême. Après avoir prohibé, sans grande efficacité, la ségrégation résidentielle (1948) et celle

1. C'est ainsi que les gisements pétroliers du golfe du Mexique sont remis aux États, traditionnellement plus dociles aux intérêts privés que l'administration fédérale, et qu'est abrogé le monopole établi en 1946 par la loi McMahon en matière d'énergie nucléaire.

2. Née au début du siècle, la National Association for the Advancement of Colored People est une organisation assez conservatrice, dépassée par le Congress of Racial Equality, créé en 1942, nettement plus combatif. En 1967, Martin Luther King fonde la Southern Christian Leadership Conference.

3. Geste courageux, car le Sud fournit traditionnellement un grand nombre d'officiers. La guerre de Corée prouva l'excellente combativité des troupes amalgamées, et contribua à préparer la déségrégation.

des transports (1950), la Cour rend le 17 mai 1954 l'important arrêt Brown qui renverse, en matière scolaire, la vieille jurisprudence « séparés mais égaux » de 1896. Encouragé par le scepticisme présidentiel, le Sud blanc se mobilise violemment pour maintenir le *statu quo*. Mais Eisenhower doit se résigner à ce que force reste à la loi. Le 24 septembre 1957, les troupes fédérales sont envoyées à Little Rock, dans l'Arkansas, pour obliger le gouverneur Faubus à l'intégration de neuf enfants noirs dans une école publique. Pourtant, si le retentissement mondial est grand, sur place les choses ne changent guère. Les lois de 1957 et 1960 visant à protéger les droits électoraux des Noirs sont d'une portée encore modeste. Les premiers jalons n'en sont pas moins posés dans la reconnaissance d'une égalité légale qui s'épanouira dans la décennie suivante.

Little Rock n'est que le premier des chocs qui secouent l'opinion à la fin de l'ère Eisenhower. En octobre 1957, le lancement du Spoutnik soviétique révèle le retard des États-Unis dans le domaine de la conquête spatiale et accrédite la thèse du *missile gap*, en fait rapidement rattrapé grâce aux crédits débloqués en 1958. Mais plus que de divers scandales qui éclatent çà et là, la population s'inquiète de l'incapacité des républicains à maintenir la croissance économique. La recrudescence conjuguée, fin 1957, du chômage et de l'inflation, suivie d'une détérioration de la balance des paiements, envoie au Congrès une très forte majorité démocrate aux *midterm elections* de novembre 1958. Eisenhower ne juge pas bon de s'en inquiéter et oppose son veto à plusieurs projets de relance économique. Son prestige personnel est également atteint, au printemps 1960, par l'échec du sommet de Paris et par l'annulation forcée de son voyage au Japon en raison de l'ampleur prévisible des manifestations anti-américaines. Dans ces conditions, la tâche du candidat républicain, le vice-président sortant Richard Nixon, est d'autant plus difficile que la convention démocrate de Los Angeles lui oppose John F. Kennedy, jeune sénateur du Massachusetts et *debater* déjà confirmé. Tout en cédant à une dramatisation excessive de la situation présente, ce dernier développe avec aisance les thèmes de la « Nouvelle Frontière » : relance économique, lutte contre la pauvreté et le sous-développement, mobilisation des énergies dans le domaine technologique et spatial. Une cam-

Les élections américaines de 1952 à 1962

Présidentielles (voix)	*Congrès (sièges)*		
		Chambre	*Sénat*
1952	*1952*		
EISENHOWER	Dém.	213	48
33 936 000	Rép.	221	47
STEVENSON	*1954*		
27 314 000	Dém.	232	49
	Rép.	203	47
1956	*1956*		
EISENHOWER	Dém.	233	49
35 590 000	Rép.	200	47
STEVENSON	*1958*		
26 022 000	Dém.	283	64
	Rép.	153	34
1960	*1960*		
KENNEDY	Dém.	263	65
34 221 000	Rép.	175	35
NIXON	*1962*		
34 108 000	Dém.	258	66
	Rép.	176	34

pagne médiatique bien conduite, une exceptionnelle mobilisation des minorités assurent, le 8 novembre 1960, une courte victoire au candidat démocrate.

Contrairement à une légende complaisamment entretenue du vivant même de l'intéressé, et plus encore après sa mort, la présidence de Kennedy ne marque pas une césure significative dans l'histoire américaine. Sans doute s'agit-il d'une personnalité attachante, même si l'admiration s'est quelque peu estompée [1], et l'élection du premier président catholique des

1. L'historiographie du président Kennedy, initialement très hagiographique, s'est montrée par la suite plus critique, notamment avec H. Fairlie, *The Kennedy Promise*, New York, Doubleday & Co, 1973. Cf., en français, A. Kaspi, *Kennedy*, Paris, Masson, 1978.

États-Unis est en soi une date importante. Mais, à bien des égards, la période Kennedy prolonge, sans autre innovation que celle d'un style plus personnel et plus brillant, les grandes tendances de l'administration précédente. A l'opposé de l'immobilisme dont étaient taxés les républicains, le programme de la Nouvelle Frontière proposait un ensemble de conquêtes dans les domaines technologique, économique et social. Mais il s'agissait d'un programme électoral, au demeurant fort flou, qui ignorait à dessein les progrès réalisés dans les dernières années de la présidence Eisenhower et qui va lui-même se heurter, dans ses aspects les plus novateurs et les plus coûteux, à la mauvaise volonté du Congrès.

De fait, la gestion kennedyenne est prudente, et son bilan mitigé. Divers projets visant à remédier à la pauvreté *(Medicare)*, à venir en aide aux régions en difficulté, à financer les institutions scolaires locales ne sortent pas des discussions en commission. En matière raciale, peu soucieux d'affronter les démocrates du Sud, Kennedy mise initialement sur la croissance économique et le développement du bien-être pour accélérer l'intégration, laissant à son frère Robert, *attorney general*, le soin de faire respecter la loi existante. L'année 1963 est pourtant décisive, qui, à la suite des marches pour la paix et l'égalité raciale associant Noirs et libéraux blancs [1], et de leur répression policière dans le Sud, voit le dépôt en juillet d'un projet de droits civiques. Après les élections législatives de 1962, très favorables au président en raison de la fermeté de son attitude durant la crise des fusées, la réélection paraît des plus probables.

Le règne des conservateurs en Grande-Bretagne

La fin de l'expérience travailliste entamée en 1945 fut difficile et peu glorieuse. L'essoufflement du réformisme va de pair avec la division croissante du parti, partagé entre une aile droite (Morrison, Gaitskell) et une aile gauche (Bevan, Wilson, Barbara Castle) qu'Attlee a bien du mal à départager.

1. La marche sur Washington, le 28 août 1963, rassemble plus de 200 000 personnes et s'achève par le célèbre « *I have a dream* » du pasteur Martin Luther King.

Résultat d'un compromis laborieux, le manifeste électoral adopté en juin 1949 au congrès de Blackpool ne satisfait aucune tendance, au moment où les milieux économiques et le parti conservateur orchestrent en vue des élections une campagne axée sur la liberté individuelle et le coût élevé de la gestion travailliste. De fait, sous l'impulsion de Lord Woolton et de Richard Butler, le parti tory a amorcé depuis plusieurs années un réel effort de rénovation. Tout en rajeunissant ses cadres et en élargissant l'assise sociale de son recrutement, le parti a su habilement entériner les acquis de l'État-providence et limiter à deux branches, la sidérurgie et les transports routiers, son programme de dénationalisations. Aussi aborde-t-il en bonne posture les élections du 23 février 1950, marquées par une participation élevée. En récupérant une grande partie des suffrages de la *middle class*, apparemment lasse des restrictions que prolonge l'austérité travailliste, les conservateurs gagnent 85 sièges, mais insuffisamment pour ravir au Labour une courte majorité de 6 sièges. L'extrême fragilité de cette avance, qui contraint les députés à une présence physique épuisante, condamne le gouvernement Attlee à l'immobilisme, d'autant plus que les conflits de personnes prennent un tour plus aigu. Les démissions de Stafford Cripps, puis de Bevin, respectivement remplacés par Gaitskell et Morrison, ont lieu pour raison de santé, mais elles ont pour effet de confirmer l'orientation à droite du cabinet, poussant ainsi au retrait volontaire de Bevan, le 21 avril 1951, suivi par Harold Wilson, pour protester contre l'effort de réarmement demandé au pays. Compte tenu de l'inflation « coréenne » et du déficit de la balance des paiements, le gouvernement s'en tient à une activité purement gestionnaire. Dans ce contexte morose, Attlee demande la dissolution des Communes mais, placé sur la défensive, fait dévier la campagne travailliste des thèmes réformistes vers celui, apparemment plus consensuel, de la défense de la paix. Comme il était à prévoir, les conservateurs l'emportent, le 25 octobre 1951, d'une courte avance de 18 sièges malgré une remontée en voix du parti adverse.

A soixante-dix-sept ans, Churchill redevient donc Premier ministre. Son cabinet juxtapose de vieux compagnons de route dont la présence n'étonne personne (Eden, Lyttelton, Maxwell-Fyfe), des personnalités confirmées (Butler, Macmillan) et de jeunes espoirs du parti comme MacLeod, Enoch Powell et Edward Heath qui, en raison du contrôle très relâché exercé par Churchill, ont tout loisir de faire leurs preuves [1]. Conformément aux engagements électoraux, les acquis travaillistes sont globalement conservés. N'y dérogent que la dénationalisation partielle de la sidérurgie (1951), celle des transports routiers (1952), un léger dégrèvement fiscal des hauts revenus et une non moins légère taxation des ordonnances médicales. L'initiative privée s'affirme avec le statut de la Télévision (1954) et une politique de logements individuels brillamment conduite par Macmillan. Pour le reste, les bonnes relations entre le ministre du Travail, Walter Monckton, et les syndicats permettent l'apaisement des conflits sociaux et de substantielles hausses de salaires, ce qui compromet quelque peu l'équilibre financier en 1955. Comme en 1949 et 1952, le maniement du taux de l'escompte et les restrictions de crédit à la consommation opèrent les corrections nécessaires. On a qualifié de « butskellisme » cette orthodoxie financière dont Gaitskell et Butler ont usé dans deux majorités différentes, et qui désigne en fait cette tendance centriste qui ne cesse de s'affirmer, pour longtemps encore, par-delà les mécanismes de l'alternance partisane.

Dauphin depuis de trop longues années à son gré, Eden succède tout naturellement à Churchill, très amoindri par l'âge, en avril 1955. Un remaniement gouvernemental fait passer Macmillan au Foreign Office, puis à l'Échiquier, les Affaires étrangères revenant à Selwyn Lloyd alors ministre de la Défense. Soucieux de faire approuver la succession et d'avoir le soutien de l'opinion, Eden procède à des élections anticipées de dix-huit mois, à un moment doublement propice en raison de la prospérité ambiante et de l'extrême division du parti travailliste [2]. De fait, la campagne du Labour est terne.

1. Le décès de George VI, le 6 février 1952, et l'avènement sur le trône de sa fille Élisabeth II, n'ont strictement aucune incidence politique. Tout au plus les fastes du couronnement, outre la symbolique traditionnelle de l'attachement populaire à l'institution monarchique, marquent-ils une rupture avec l'austérité d'après guerre.

2. Il s'agit toujours du clivage gauche-droite, mais renouvelé par les problèmes de politique extérieure et militaire (réarmement allemand, possession

Victime d'un regain d'abstentions plus que d'un transfert de voix, il perd 29 sièges alors que les tories en gagnent 23, disposant ainsi d'une majorité absolue d'une trentaine de sièges. Mais les choses se gâtent assez vite. Les derniers mois de 1955 sont marqués par une détérioration du climat social, une poussée inflationniste conjuguée à des pressions sur la livre. D'où le remplacement, en décembre, de Butler, très impopulaire, par Macmillan. La mauvaise méthode gouvernementale d'Eden, à la fois brouillonne et tatillonne, affecte sa popularité, au même titre que le scandale d'espionnage Maclean-Burgess. L'affaire de Suez va précipiter sa chute. Manœuvré puis abandonné par la droite du parti conservateur, Eden voit non seulement se dresser la totalité des travaillistes, mais la majorité de l'opinion. Contraint à prendre du repos, il laisse à Butler un intérim difficile, pour donner sa démission le 8 janvier 1957.

Entre Richard Butler et Harold Macmillan, les paris sont ouverts. La presse mise sur le premier, mais l'*establishment* lui préfère le second. Pour s'être montré ferme durant la crise de Suez, la droite du parti lui est acquise, et Churchill, conseiller encore écouté de la reine, s'est discrètement prononcé en sa faveur. Possédant, au plus haut point, les avantages de la naissance, de la fortune et de l'intelligence, plus britannique que nature par l'affabilité de ses manières et son apparente nonchalance, Macmillan va se révéler un excellent Premier ministre, réellement populaire dans l'opinion. S'appuyant sur un cabinet rajeuni et homogène, il fait prévaloir à l'intérieur un conservatisme éclairé qui lui vaut, aux élections anticipées du 8 octobre 1959, un brillant succès personnel. Sans doute de brèves récessions jalonnent la période, et la croissance globale demeure inférieure à celle des grands pays continentaux. Mais la hausse du pouvoir d'achat est constante, tandis que se multiplient dans le pays les signes du confort. L'opinion sait gré aux dirigeants de gérer pour le mieux l'*affluent society*, même si en demeure à l'écart, comme aux États-Unis, une minorité non négligeable de laissés-pour-compte, dans laquelle entre une fraction croissante d'immi-

---

de l'arme atomique) et avivé par l'indiscipline croissante de la gauche, qui crée un véritable intergroupe parlementaire d'une cinquantaine de députés.

grés [1]. La progression des dépenses publiques dans les domaines de la santé, de l'éducation, de l'équipement est régulière. Pour mieux encadrer une croissance quelque peu chaotique, un organe de concertation et de prévision, le National Development Council (« Neddy »), est institué en janvier 1962, malgré les inquiétudes de la droite conservatrice mais avec les faveurs de l'opinion.

Les succès de la politique extérieure sont moins nets. Sans doute Macmillan et son ministre des Colonies Macleod, sensibles au *Wind of change,* ont le grand mérite de régler en 1959 le problème chypriote et d'accélérer l'indépendance africaine [2]. Mais ils échouent à faire évoluer l'Afrique du Sud et à empêcher son retrait du Commonwealth le 31 mai 1961. Dans les relations Est-Ouest, le rôle d'interlocuteur privilégié entre les deux blocs, qu'avait un moment caressé le Premier ministre, n'est pas payé de retour. Plus décevante encore se révèle la politique européenne. La mauvaise volonté réciproque de la France et de la Grande-Bretagne avait fait échouer fin 1958 une proposition d'adhésion à la CEE. De ce fait, la création de l'Association européenne de libre-échange avait tous les aspects d'une mesure de rétorsion, mais dont les résultats démontrèrent très vite l'inefficacité. Moins de trois ans plus tard, le 10 août 1961, force est donc de déposer une nouvelle demande d'adhésion. Celle-ci a été préparée par un remaniement ministériel faisant entrer dans le cabinet des Européens convaincus [3]. Mais cette orientation se heurte à l'opposition résolue de la majorité des travaillistes et à un groupe minoritaire de députés conservateurs qui fondent l'Anti-Common Market League. Elle se heurte surtout à l'intransigeance du général de Gaulle, qui, invoquant les liens préférentiels que la Grande-Bretagne entend conserver avec le Commonwealth,

1. Les premières manifestations violentes de tension raciale datent de l'été 1958. Les entrées massives d'immigrants du Commonwealth conduisent le cabinet à modifier en 1962 la loi de nationalité de 1948 en subordonnant l'entrée au Royaume-Uni à l'obtention d'un permis de séjour.

2. De 1957 à 1964, ce sont dix colonies africaines qui accèdent à l'indépendance. Cf. *infra*, p. 265-268.

3. Remaniement du 27 juillet 1960. Les nouveaux venus sont Lord Home aux Affaires étrangères, Edward Heath, chargé des Affaires européennes, et Christopher Soames, ministre de l'Agriculture.

Élections à la Chambre des communes

	Travaillistes	Conservateurs	Libéraux	Total sièges
23 fév. 1950				
voix (%)	46,1	43,5	9,1	
sièges	315	298	9	625
25 oct. 1951				
voix (%)	48,8	48,0	2,5	
sièges	295	321	6	625
26 mai 1955				
voix (%)	46,4	49,7	2,7	
sièges	277	344	6	630
8 oct. 1959				
voix (%)	43,8	49,4	5,9	
sièges	258	365	6	630

met brutalement un terme aux négociations en janvier 1963 [1].

A cette date, la position personnelle de Macmillan est très entamée. La dégradation de la situation sociale, l'échec de la Commission nationale des revenus, le désenchantement de la classe moyenne, dont les revenus ne suivent pas le rythme de l'inflation, se traduisent par d'importants revers conservateurs lors des élections partielles de l'année 1962. Un remaniement ministériel hâtif et brutal, opéré le 13 juillet, prend, avec l'éloignement de Selwyn Lloyd et la rétrogradation de Richard Butler, l'allure d'un règlement de comptes. Quelques mois plus tard éclate l'affaire Profumo, qui met en cause l'honorabilité du secrétaire d'État à la Guerre et dont s'empare une presse toujours avide de titres à sensation. Dès lors, la succession du Premier ministre est ouverte. Faute de dauphin désigné, elle finit par échoir, après d'âpres controverses, à Lord Home, personnalité de second plan et candidat de compromis, qui évince des prétendants plus brillants comme Richard Butler ou Reginald Maudling. Ressouder l'unité du parti et se

1. Sur les raisons profondes de ce refus, cf. *infra*, p. 446-447.

faire connaître de l'opinion en vue des élections de 1964 sont son premier souci [1].

Entre-temps, le parti travailliste s'est attaché non sans mal à rajeunir son image. L'échec électoral de 1955 ayant contraint Attlee à la démission, la succession disputée entre Morrison, Bevan et Gaitskell est revenue au troisième. Issu de la bourgeoisie aisée et universitaire, excellent ministre, Hugh Gaitskell n'est jamais parvenu à surmonter un manque évident de charisme qui a sans doute pesé dans les piètres résultats de 1959. Mais c'est en fait un parti vieilli, sclérosé par une idéologie ouvriériste dépassée, peu attractif pour les nouvelles couches salariées qui est en cause [2]. Sans épouser les thèses ultraréformistes de Roy Jenkins et d'Anthony Crossland, Gaitskell propose la révision de la clause IV des statuts du parti relative aux nationalisations. Après un échec dû à la contre-offensive de la gauche et des syndicats, il finit par imposer en 1961 un document novateur, *Labour in the Sixties*, qui insiste sur la révolution scientifique et technique comme base de la société socialiste à venir. De fait, les élections partielles et les sondages redeviennent favorables au Labour, qui connaît aussi un regain d'adhésions individuelles [3]. Après le décès subit de Gaitskell, le 18 janvier 1963, Harold Wilson l'emporte aisément devant George Brown et James Callaghan. Brillant universitaire, bevaniste ayant évolué vers le centre, il entend promouvoir une image moderne et technocratique du travaillisme, tout en cultivant, peut-être plus que nécessaire, les vertus rassurantes de l'Anglais moyen. Les élections du 15 octobre 1964 couronnent de justesse la remontée du parti. Avec 5 sièges de majorité, les travaillistes reviennent au pouvoir.

1. Pour accéder à la fonction de Premier ministre, il doit, en vertu d'une loi récente, renoncer à ses privilèges de lord. Devenu Sir Alec Douglas Home, il entre aux Communes à la faveur d'une élection partielle.

2. Le Labour a en effet bien résisté dans les bastions industriels traditionnels, les plus touchés par la récession, mais a régressé dans les régions de hauts salaires comme les Midlands et le bassin de Londres.

3. Celles-ci passent de 751 000 à 830 000 entre 1961 et 1964.

La France d'une République à l'autre

On peut débattre de la date précise de l'infléchissement conservateur de la IVe République. S'agit-il, comme il est communément admis, du 4 mai 1947, date de la révocation des ministres communistes et de la rupture du tripartisme? Faut-il la faire remonter à la formation même du gouvernement Ramadier, en janvier, quand le tripartisme s'était dilué dans une équipe élargie aux radicaux et aux modérés [1]? Ou faut-il attendre l'automne 1947, avec son cortège de grèves fortement politisées, la vigoureuse répression gouvernementale et la poussée à droite qui se traduit par l'étonnant succès du Rassemblement du peuple français (RPF) aux élections municipales d'octobre? En tout cas, la troisième force est née cette année-là d'un réflexe de survie face aux périls conjugués de l'activisme communiste et du révisionnisme gaulliste. Nul doute au reste qu'elle ait correspondu aux vœux d'une majorité de l'opinion, excédée par le soviétisme impénitent du PCF et lasse des imprécations du sauveur suprême. Ne fallait-il pas laisser sa chance à cette nouvelle République dont la naissance avait demandé deux années d'efforts?

Mais cette conjonction de socialistes, de républicains populaires, de radicaux et de conservateurs unis dans la défense du parlementarisme républicain manque de cohésion dans la définition d'une ligne politique. Si le choix atlantique et dans une moindre mesure la construction européenne font l'unanimité, il n'en va pas de même en matière coloniale, ni pour les choix économiques et sociaux. Sans doute des transactions plus ou moins avouées sont-elles possibles. Ainsi le Mouvement républicain populaire (MRP) est-il prêt à suivre le parti socialiste SFIO dans la voie du réformisme, ou du moins dans le maintien des réformes de structure effectuées à la Libération, en échange d'un soutien à ses convictions européennes et à son intransigeance indochinoise. De même les radicaux font-ils payer leur ralliement à la construction européenne par

1. Au sens strict du terme, le tripartisme n'a régné que dans le seul gouvernement Félix Gouin, de janvier à juin 1946.

un soutien à une politique de fermeté en Afrique du Nord. Mais à ce jeu le socialisme français est doublement perdant : minoritaire au gouvernement, il ne parvient pas à imposer ses vues, mais, solidaire de ce même gouvernement, il perd toute crédibilité dans l'opinion.

Dès lors, la troisième force est moins menacée par l'instabilité gouvernementale – limitée en fait par la permanence d'équipes Queuille-Pleven-Schuman ou Pleven-Queuille-Bidault plus ou moins interchangeables – que par l'immobilisme. Certes, l'afflux des crédits Marshall permet l'accélération de la reconstruction et la stabilisation financière (plan Mayer, gestion Petsche). Mais l'élan réformiste est brisé. Signe des temps, le radicalisme libéral et conservateur, hostile aux nationalisations et au dirigisme économique, s'empare des leviers du pouvoir. Avec Herriot à l'Assemblée nationale, Monnerville au Conseil de la République, Sarraut à l'Assemblée de l'Union française et Queuille à la présidence du Conseil, il satisfait son goût immodéré des présidences tout en imposant ses méthodes frileuses de gouvernement au jour le jour.

Dans la perspective des élections de 1951, il apparaît que le maintien du système électoral de représentation proportionnelle adopté à la Libération risque de mettre en question la poursuite de la troisième force en raison de la poussée attendue du RPF. Définitivement adoptée le 7 mai 1951, la loi sur les apparentements n'a d'autre ambition que de perpétuer la majorité sortante par une marginalisation des extrêmes, c'est-à-dire de la représentation gaulliste et communiste [1]. Au soir des élections du 17 juin, l'objectif peut être considéré comme atteint. Avec 51 % des voix, les partis de troisième force s'assurent près des deux tiers des sièges. Inversement, le parti communiste tombe à une centaine de sièges, avec près de 27 % des voix, et le RPF, fort de 21,5 % des suffrages, doit se contenter de 117 sièges. Au sein de la troisième force, le

1. Pour décrire sommairement un mécanisme complexe, on retiendra que les listes officiellement apparentées se répartissent la totalité des sièges d'un département dès lors qu'elles ont atteint la majorité absolue des suffrages. Dans le cas contraire, le système de la proportionnelle à la plus forte moyenne est maintenu.

glissement à droite est net, profitant aux radicaux du Rassemblement des gauches républicaines (RGR) et au Centre national des indépendants (CNI). C'est assez pour rendre la SFIO circonspecte. La survie du régime n'étant plus menacée, sa participation gouvernementale ne s'impose plus. Cause ou prétexte, le réveil de la question scolaire et les débats autour de la loi Barangé [1] la rejettent dans l'opposition. La troisième force a vécu, sans gloire mais non sans mérite. Elle laisse la place à des formules dites de centre droit où la coalition MRP-radicaux-indépendants doit pourtant compter sur le ralliement d'une partie des élus gaullistes. C'est chose faite le 6 mars 1952, quand l'indépendant Antoine Pinay obtient, à la vive satisfaction du président Auriol, les voix de 27 députés RPF qui passent outre à la discipline de groupe [2].

L'expérience Pinay est étonnante à plus d'un titre [3]. Il aura donc fallu moins de huit ans pour qu'un non-résistant, de surcroît ancien conseiller national de Vichy, accède à la direction du gouvernement. Mais ces antécédents comptent peu au regard de l'exceptionnelle fortune politique d'un homme que rien apparemment ne devait élever à la dimension d'un mythe national. Doué d'une intelligence moyenne, d'une apparence moyenne et de dons oratoires inférieurs à la moyenne, « Monsieur Pinay » incarne jusqu'à la caricature les vertus et les étroitesses du Français moyen épris de stabilité financière et d'ordre social et moral. Confiné jusqu'alors dans des fonctions ministérielles secondaires, peu connu de l'opinion, il va se forger en quelques semaines une réputation méritée de bon sens et celle, quelque peu usurpée, d'oracle. Faut-il en effet considérer comme exceptionnelle une stabilisation financière obtenue dans des conditions les plus classiquement déflationnistes et au prix d'un ralentissement notable de la croissance économique ? Elle lui vaut pourtant, et pour longtemps, une

1. Adoptée en septembre 1951, la loi Barangé prévoit le versement d'une subvention annuelle de 3 000 francs aux familles ayant des enfants scolarisés dans l'enseignement primaire, quel que soit le type d'école.

2. Exclus du RPF, ces dissidents, parmi lesquels se reconnaissent nombre de notables plus conservateurs que gaullistes (Barrachin, Frédéric-Dupont...) vont former l'Action républicaine et sociale.

3. Cf. S. Guillaume, *Antoine Pinay ou la Confiance en politique*, Paris, Presses de la FNSP, 1984.

immense popularité dans la classe moyenne. Pour le reste, le pourrissement de la situation en Indochine, la politique de force menée en Tunisie et la vigueur de la répression anticommuniste [1] ne relèvent pas d'un grand effort d'imagination. La chute a lieu en décembre 1952, Pinay remettant sa démission en raison de l'effritement de sa majorité. Car la popularité même du président du Conseil indispose les caciques des partis, hostiles par principe à toute personnalisation, même involontaire, du pouvoir, tandis que le MRP entend se dissocier d'une gestion jugée trop conservatrice.

Après un bref ministère René Mayer dominé par le problème des aménagements au traité instituant la Communauté européenne de défense (CED), c'est l'indépendant Joseph Laniel, ancien membre du CNR venu de l'Alliance démocratique, qui est investi le 26 juin 1953 au terme d'une crise ministérielle de six semaines. Pour être l'un des plus longs de la IVe République, son gouvernement est aussi l'un des plus médiocres. Si l'on excepte l'habile gestion d'Edgar Faure aux Finances, il semble résumer à lui seul toutes les erreurs, les faiblesses et les malchances du régime. Le crédit extérieur de la France est alors au plus bas, comme le prouve la conférence des Bermudes, où Churchill et Eisenhower font payer d'humiliante façon au président du Conseil son refus de faire ratifier la CED. La situation coloniale se dégrade inexorablement avec l'agitation endémique en Tunisie, les troubles consécutifs à la déposition du sultan marocain et l'opération qui, en Indochine, va déclencher la tragédie de Dien Bien Phu. Durant l'été 1953, une grève, exceptionnellement déclenchée par Force ouvrière, place, par une rapide extension, le pays au bord de la paralysie tout en révélant l'exaspération du monde du travail [2]. Rarement l'autorité gouvernementale n'aura été à ce point malmenée. Et c'est l'image même du régime qui sort

1. En particulier le 28 mai 1952, lors des manifestations déclenchées contre la venue à Paris du général Ridgway, et qui virent l'arrestation rocambolesque de Jacques Duclos.

2. « Grève psychique », selon l'excellente expression de G. Elgey, *la République des contradictions, 1951-1954*, Paris, Fayard, 1968, p. 149. Elle anticipe en effet les grands mouvements sociaux de 1968 dans la mesure où elle traduit un malaise diffus et l'attente vague d'un changement plus que des revendications précises.

affaiblie de l'interminable élection présidentielle de décembre qui finit par asseoir René Coty à la succession de Vincent Auriol [1].

La chute de Dien Bien Phu signifiant celle d'un gouvernement moribond depuis plusieurs mois, Pierre Mendès France, qui avait manqué de peu son investiture un an plus tôt, est désigné sans surprise le 18 juin 1954. Son relatif effacement de la scène parlementaire depuis sa démission de 1945, la fermeté de ses convictions sur le nécessaire désengagement en Indochine, son refus de soumettre aux exigences des partis la composition de son équipe gouvernementale [2] lui confèrent d'emblée une autorité d'autant plus exceptionnelle qu'elle est portée par l'opinion. Pour la première fois depuis longtemps, les Français se sentent gouvernés et n'ont pas honte de leur gouvernement. Sont ainsi successivement réglés, et selon un échéancier précis, le problème indochinois et la question tunisienne [3]. Mais, tout en encourageant la politique libérale menée sur place par le résident Francis Lacoste, Mendès France n'ose ouvrir au Maroc aucune perspective politique. Personnellement peu favorable à la CED, mais soucieux de ne pas imposer ses vues afin de préserver la cohésion gouvernementale, il place l'Assemblée nationale devant ses responsabilités en l'obligeant à se prononcer sur la ratification. Comme il est à prévoir, celle-ci est rejetée le 30 août 1954 par adoption (319 voix contre 264) d'une motion préalable qui revient à enterrer le traité. Désormais, les mois du gouvernement sont comptés, d'autant plus que la menace d'une dissolution est constitutionnellement écartée. Le MRP ne pardonne pas en effet au président du Conseil le « crime du 30 août », et Guy Mollet rechigne à élargir aux socialistes l'assise parlementaire du gouvernement. Au moment où celui-ci pourrait s'atteler à

1. Cette lenteur (treize tours de scrutin) doit être mise au compte de l'entêtement de Joseph Laniel à se maintenir en dépit de l'opposition irréductible d'une fraction des indépendants. Mais le problème de la CED doit également être pris en considération.

2. En raison de la défection de la SFIO et du MRP, de nombreux radicaux et indépendants, ce gouvernement compte surtout des personnalités de second plan, à l'exception de E. Faure (Finances), F. Mitterrand (Intérieur) et R. Buron (France d'outre-mer).

3. Sur le règlement de ces problèmes, cf. *infra*, respectivement p. 207-208 et 245-246.

la modernisation économique et sociale du pays [1] éclate le 1er novembre l'insurrection des Aurès. De remaniement en remaniement, le gouvernement sort plus affaibli que renforcé, et c'est sur l'ensemble des problèmes d'Afrique du Nord qu'il est renversé le 5 février 1955 par une conjonction hétéroclite de voix communistes, MRP, radicales et indépendantes.

Ni doctrine politique ni parti organisé, le mendésisme est un phénomène complexe et mouvant qui peut être appréhendé selon diverses approches [2]. Il est d'abord une méthode de gouvernement, originale sous la IVe République, mais appelée à divers prolongements. Celle-ci réside dans l'affirmation sans équivoque de la primauté du président du Conseil, qu'il s'agisse du choix des ministres, de l'organisation du travail gouvernemental, de l'arbitrage des décisions ou de la prise à témoin de l'opinion. De cette personnalisation du pouvoir découle un renforcement de l'exécutif, sans que soient remis en cause les mécanismes d'initiative et de contrôle des assemblées dans le cadre d'une application saine du régime parlementaire, auquel Mendès France reste très attaché. Envisagé sous l'angle des idées, le mendésisme combine diverses aspirations. Celle d'un État moderne qui réunirait la justesse des choix techniciens et les anciennes vertus du civisme républicain. Celle d'une société de croissance et de justice sociale. Celle enfin d'une coopération internationale qui, sans renier la place atlantique de la France, travaillerait à la détente Est-Ouest et à une meilleure compréhension des revendications du tiers monde naissant. En termes d'opinion, le mendésisme se dessine de façon plus floue. Il n'est réductible à aucun parti politique, pas même au parti radical, dont Mendès France n'est jamais parvenu à s'assurer réellement le contrôle, et son poids électoral est difficile à apprécier [3]. Du moins est-il

1. Porté par une excellente conjoncture, Edgar Faure continue de gérer sainement les finances du pays, mais dans le domaine économique et social le bilan réformateur du gouvernement Mendès France est particulièrement mince.

2. L'ouvrage de J. Lacouture, *Pierre Mendès France* (Paris, Éd. du Seuil, 1981), est une excellente biographie. Sur le mendésisme, se reporter plutôt à F. Bédarida et J.-P. Rioux, *Pierre Mendès France et le Mendésisme. L'expérience gouvernementale (1954-1955) et sa postérité*, Paris, Fayard, 1985.

3. La seule consultation probante est celle du 2 janvier 1956. Mais il est

relativement aisé d'en dégager les composantes sociologiques : cadres du secteur tertiaire et de la fonction publique, intellectuels et étudiants, voire, mais de façon sensiblement réduite, jeunes agriculteurs issus du militantisme de la JAC et catégories ouvrières proches des syndicats réformistes. Soutiens diversifiés, mais insuffisants pour s'imposer à l'opinion, et même pour déjouer les haines diverses qu'à droite comme à gauche Mendès France a pu susciter contre lui. Mais le mendésisme s'est suffisamment enraciné pour léguer une postérité. Le gaullisme gouvernant s'est souvenu de sa gestion méthodique, voire technocratique, alors que les avatars successifs de la gauche non communiste ont pu se recommander de sa rigueur morale et de son exigence de justice sociale.

Avec moins de panache, le gouvernement Edgar Faure, qui couvre l'essentiel de l'année 1955, ne diffère pas fondamentalement de son prédécesseur. Outre la gestion de la croissance et une relance de la construction européenne, l'habileté du président du Conseil va être de conduire à bien ce que Mendès France n'avait qu'amorcé. Sont ainsi signés les accords de juin 1955 aménageant l'autonomie interne en Tunisie, et ceux de novembre procédant à la restauration du sultan. Mais si la détente dans les protectorats est évidente, le conflit algérien ne cesse de s'aggraver, en particulier dans le Constantinois (massacres du 20 août). La quiétude gouvernementale est également troublée par les variations du paysage politique. A gauche, la prise en main du parti radical par Mendès France, avec le soutien mitigé d'Édouard Herriot, place Edgar Faure et ses amis du RGR en position délicate. A droite, le gaullisme ne constitue plus une menace pour le régime depuis la dissolution du RPF en 1953. Mais le relais est pris en quelque sorte par la montée du mouvement Poujade [1]. Quoi qu'on en ait dit, le succès de ce courant populiste, adversaire déclaré des « polyvalents » et des « polytechniciens tarés », réside moins dans la concentration des formes de distribution, à peine amorcée à l'époque, que dans l'arrêt (provisoire) de l'inflation et dans la

difficile de dissocier les suffrages mendésistes des autres voix de gauche confondues dans les listes de Front républicain.

1. Cf. D. Borne, *Petits-Bourgeois en révolte? Le mouvement Poujade*, Paris, Flammarion, 1977.

réorientation des contrôles fiscaux vers les petites entreprises. Sont ainsi menacées de disparition un bon million d'exploitations commerciales, artisanales et agricoles qui ne peuvent survivre que grâce à des marges abusivement élevées. Politiquement, l'Union de défense des commerçants et artisans (UDCA), fondée en décembre 1953 par Pierre Poujade, papetier de Saint-Céré, bénéficie pour un temps, en raison de son anticapitalisme, du soutien discret du parti communiste. Ce n'est qu'à l'automne 1955 que s'affirme la dérive du poujadisme vers l'extrême droite, quand il adjoint à son antiparlementarisme initial les thèmes les plus démagogiques du chauvinisme xénophobe et de l'ultracolonialisme.

La dislocation progressive de la cohésion gouvernementale, la nécessité de consulter le pays sur la politique à suivre en Algérie, le souci de prendre le mendésisme de vitesse avant que celui-ci ait pu s'organiser entrent à des degrés divers dans le recours à la dissolution de l'Assemblée nationale, effective le 2 décembre 1955. Formé dans la hâte mais activement soutenu par l'hebdomadaire *l'Express*, devenu au reste quotidien pour la circonstance, le Front républicain tente de rassembler autour des thèmes mendésistes une coalition de socialistes, de radicaux, de membres de l'Union démocratique et socialiste de la résistance (UDSR) et de quelques gaullistes. Au terme d'une campagne fort confuse, fréquemment troublée par les incartades des troupes poujadistes, les élections du 2 janvier 1956 ne dégagent en fait aucune majorité nette. A l'extrême gauche, le PCF revient en force, moins en raison d'une poussée en voix que des effets peu opérants du jeu des apparentements. A l'extrême droite, la poussée poujadiste, pour être attendue, étonne par sa vigueur. Des deux regroupements centristes, le centre gauche du Front républicain l'emporte, mais avec moins de deux cents sièges. C'est dire que, si les modérés ne peuvent espérer gouverner sans l'appoint socialiste, la gauche n'a de majorité qu'élargie sur sa droite. Ce n'est pas par défiance personnelle si le président Coty fait appel, pour former le gouvernement, à Guy Mollet plutôt qu'à Mendès France, mais parce que le secrétaire général de la SFIO peut seul, en raison de ses convictions cédistes et européennes, bénéficier de l'apport des suffrages MRP et modérés.

Le gouvernement Mollet, le plus long de la IVe République, n'a pas bonne réputation, et il a durablement laissé dans les rangs de la gauche une mauvaise conscience teintée d'amertume. Non que son bilan soit entièrement négatif. Des réformes sociales trop longtemps différées [1], une politique extérieure placée sous le signe de la détente et de la construction européenne [2], et même, dans le domaine colonial, la reconnaissance de l'indépendance des protectorats et l'adoption de la loi-cadre Defferre sur l'Afrique doivent tempérer la sévérité du jugement. Mais la gestion financière s'est révélée désastreuse, tandis que le capital initial de sympathie extérieure s'est dilapidé dans l'aventure de Suez. Surtout, l'engagement du pays dans une guerre totale en Algérie constitue non seulement un reniement des promesses antérieures [3], ainsi qu'un grave facteur inflationniste, mais il réveille dangereusement les passions antagonistes entre Français [4]. Avec la bataille d'Alger, c'est la légitimité même de la guerre d'Algérie qui est en jeu. Dès lors le cancer algérien mine la vie politique et va emporter la République. Face à l'indépendance croissante de l'armée, à l'exacerbation des penchants nationalistes et des complots activistes, tant à Alger qu'en métropole, les gouvernements Bourgès-Maunoury et Gaillard, fondés, le second surtout, sur des coalitions hétéroclites, ne parviennent à dégager aucune politique cohérente.

Investi le 13 mai 1958, au terme d'une crise ministérielle d'un mois, le gouvernement présidé par le dirigeant du MRP Pierre Pflimlin se trouve confronté le jour même à une insurrection européenne à Alger. Des comités de salut public se forment dans un climat factice de fraternisation franco-musulmane, avec pour but avoué le renversement de la République parlementaire. Le projet « Résurrection » et l'opération

1. En particulier la généralisation de la troisième semaine de congés payés, un effort en faveur des personnes âgées et une réduction des disparités salariales.

2. Voyages de Guy Mollet et Christian Pineau en URSS, de Pineau en Inde et en Égypte, négociation du traité de Rome adopté le 25 mars 1957.

3. D'où la démission de Mendès France de son poste de ministre d'État le 23 mai 1956.

4. Sur les clivages introduits au sein de l'opinion française par la guerre d'Algérie, cf. B. Droz, « Le cas de la guerre d'Algérie », *Vingtième Siècle*, n° spécial sur les guerres franco-françaises, janv.-mars 1985, p. 81-90.

« Corse » dévoilent les ramifications métropolitaines du complot à une opinion désorientée et somme toute assez indifférente. Le recours au général de Gaulle, préparé par une poignée de fidèles, s'impose rapidement avec, tant à droite qu'à gauche, quelques illusions ou quelque aveuglement sur la signification de ce rappel. Investi le 1er juin, son gouvernement reçoit, par 329 voix contre 224, les pleins pouvoirs pour six mois, à charge de préparer une nouvelle Constitution soumise au référendum populaire [1].

Meurtre ou suicide ? Pour être classique, cette interrogation sur la fin de la IVe République ressemble beaucoup à un faux problème. La première alternative a été avancée en son temps par les forces de gauche, la seconde par la droite gaulliste qui a toujours dénié toute crédibilité au régime des partis. En fait, le régime n'était pas condamné dès sa naissance et n'a pas toujours vécu en état de perpétuelle agonie. La troisième force a été pour lui une survie, et entre 1954 et 1956 les meilleurs espoirs lui semblent permis. Mais, à l'inverse, l'estocade finale portée par les complots du 13 mai s'est greffée sur un corps malade. Le régime ne pouvait résister bien longtemps à la triple crise à laquelle il était confronté : le blocage des institutions, la déroute financière et le cancer algérien. Même s'il est difficile de la dater avec précision, tous les sondages témoignent, dans la limite de leur signification, de la désaffection de l'opinion à l'égard d'un système à bout de souffle, et plus encore la lassitude résignée des maigres troupes mobilisées le 28 mai 1958 pour la « défense de la République ».

Une appréciation du bilan a plus d'importance, s'agissant d'un régime dont l'impopularité a été cyniquement exploitée par les nouveaux maîtres, et comme telle léguée à la mémoire collective. L'équité oblige à ne douter ni de la cohérence des choix essentiels de sa politique extérieure (solidarité atlantique, construction européenne, réconciliation franco-allemande), ni d'une remarquable capacité à reconstruire le pays et à gérer la croissance et le rajeunissement social. Même dans

1. Sur l'ensemble des événements de mai-juin 1958, cf. R. Rémond, *1958, le retour de De Gaulle*, Bruxelles, Éd. Complexe, 1983.

le domaine colonial, si justement décrié, la crise des protectorats a pu être conclue au moindre mal et l'émancipation de l'Afrique noire intelligemment amorcée. Pour le reste, il est évident que le régime a manqué moins de grandeur que de courage. A quelques exceptions près dûment signalées, ses dirigeants n'ont su ni assumer l'inévitable décolonisation, ni résister aux facilités de l'inflation, ni maîtriser l'égoïsme des intérêts catégoriels. Et l'essentiel de la modernisation du pays est moins redevable à la classe politique qu'à une remarquable génération de techniciens ou de hauts fonctionnaires, souvent issus de la Résistance et relativement autonomes par rapport aux poisons et délices du système [1]. Il est classique depuis André Siegfried d'affirmer que la France, sous la IVe République, a été mal gouvernée mais bien administrée.

Dans ce passif, le fonctionnement défectueux des institutions a sa juste part. Tout a été dit sur les conséquences néfastes de l'instabilité ministérielle, des dix-neuf gouvernements réduits à une longévité moyenne de neuf mois et des trois cent quarante-huit jours de vacance du pouvoir. La principale interrogation réside dans les responsabilités respectives du texte constitutionnel de 1946 et des hommes chargés de l'appliquer. Là encore, il n'est pas de réponse à sens unique. Les constituants avaient cru sincèrement tirer les leçons de l'expérience amère de la IIIe République. Ils ont cherché à doter la France d'un régime parlementaire stable et rationalisé, notamment en concentrant sur le président du Conseil l'essentiel du pouvoir exécutif. Mais ils ont fondé trop d'espoirs sur la perpétuation du tripartisme et n'ont pas prévu, s'agissant en particulier du recours à la dissolution [2], les garde-fous nécessaires. La classe politique a fait le reste, mettant à profit certaines obscurités du texte, innovant dangereusement avec l'usage parfaitement inconstitutionnel de la double investiture [3]. On oublie trop souvent que, pour être réel, le renouvel-

1. Très instructif sur ce point, cf. F. Bloch-Lainé, *Profession : fonctionnaire*, Paris, Éd. du Seuil, 1976.

2. L'article 51 de la Constitution interdit toute dissolution dans les dix-huit premiers mois d'une législature. Ensuite, celle-ci ne peut intervenir que si deux crises ministérielles ont eu lieu en dix-huit mois, et sur avis conforme du président de l'Assemblée.

3. L'article 45 prévoyait la *seule* investiture du président du Conseil à la

lement du personnel politique à la Libération fut incomplet. Des socialistes aux indépendants, et surtout au parti radical, les caciques de la IVe République ont mécaniquement transposé une pratique institutionnelle apprise sous la IIIe.

L'échec de la IVe République est aussi celui des partis, maîtres du jeu politique mais incapables de lui assigner une direction ferme. Là encore ont échoué les espoirs placés à la Libération dans des partis rénovés, porteurs d'une idéologie renouvelée, capables de moraliser la vie publique tout en offrant à l'opinion des alternatives claires. Trop nombreux, insuffisamment structurés ou au contraire bureaucratisés à l'excès, travaillés par de perpétuelles rivalités d'hommes ou de courants, les partis ont connu une désaffection qui va de pair avec celle du régime. Tous connaissent une chute de leurs effectifs et du tirage de leur presse.

A gauche, le parti communiste demeure un cas singulier. Sa position à la Libération est exceptionnellement forte, en raison de son engagement massif dans la Résistance et des espoirs qu'il porte de rénovation sociale. Totalement réintégré dans la communauté nationale, investi de responsabilités gouvernementales qu'il acquitte avec succès [1], son audience militante et électorale est au zénith. Avec plus de 800 000 adhérents, selon ses chiffres officiels [2], et plus de 28 % des suffrages aux élections du 10 novembre 1946, il exerce également une influence que certains diront hégémonique sur les intellectuels via *les Lettres françaises,* habilement dirigées par le couple Aragon-Elsa Triolet. En fait son principal problème réside moins dans la décrue, somme toute inévitable, de ses effectifs et l'érosion, limitée, de ses positions électorales que dans son allégeance complète au système stalinien, laquelle se prolonge

majorité absolue des membres de l'Assemblée nationale. Très vite l'habitude s'est prise d'en accorder (ou refuser) une seconde à la composition de son gouvernement, ce qui n'allait pas sans un certain déchet. La révision constitutionnelle du 7 décembre 1954 a quasiment entériné ce procédé en instaurant l'investiture gouvernementale à la majorité simple.

1. Nul ne dénie aujourd'hui à Maurice Thorez les éminentes qualités d'un homme d'État. Ministre des gouvernements tripartites, il a laissé son nom au statut de la fonction publique de 1946.

2. Chiffres évidemment grossis selon une proportion qui peut aller du simple au double. Cf. Ph. Robrieux, *Histoire intérieure du parti communiste,* t. II, *1945-1972,* Paris, Fayard, 1981, p. 119-120.

bien au-delà de la mort de Staline. Si les procès en sorcellerie montés contre des dirigeants remarquables [1], sacrifiés à la vindicte de Maurice Thorez et de son entourage, ne rencontrent guère d'écho dans l'opinion, il n'en va de même ni de l'ignorance volontaire du rapport « attribué au camarade Khrouchtchev » ni de l'alignement inconditionnel sur la répression soviétique lors de l'affaire hongroise. L'exode des intellectuels, déjà entamé lors des débuts de la guerre froide, se précipite. Sans doute, le Parti résiste assez bien à l'anticommunisme ambiant et trouve dans la dénonciation du réarmement allemand et des guerres d'Indochine et d'Algérie les thèmes d'une mobilisation militante constante. Mais son incapacité à assumer la déstalinisation dans son langage, ses structures et ses modes de fonctionnement constitue un handicap qui pèsera lourd dans les décennies suivantes.

Le socialisme, qui, selon le mot de Léon Blum, était en 1945 « à l'ordre du jour », n'opère pas une trajectoire plus brillante. Venu de la gauche du parti, Guy Mollet s'attribue la direction de la SFIO en 1946 en évinçant Daniel Mayer, héritier présomptif de Léon Blum. La mort de ce dernier, en 1950, crée un vide qui n'a pas été comblé. Avec Guy Mollet prévaut en effet un décalage constant entre un discours gauchisant et une pratique politique éminemment conservatrice. Une maîtrise absolue de l'appareil, un art consommé dans la manipulation des motions et des mandats permettent d'étouffer ou de marginaliser toute critique, voire toute idée originale [2]. Le national-molletisme des années de la guerre d'Algérie finit pourtant par susciter le regroupement d'une gauche scissionniste. Édouard Depreux, Alain Savary et Robert Verdier fondent fin 1958 le parti socialiste autonome (PSA) qui devient « unifié » (PSU) en avril 1960 par adjonction de personnalités venues de la Gauche socialiste (UGS), essentiellement Claude

1. Exclusion d'André Marty et de Charles Tillon en 1952, d'Auguste Lecœur en 1954. En 1961, l'élimination de Marcel Servin et de Laurent Casanova est due à une divergence avec la direction sur la déstalinisation et sur la ligne du parti dans la mobilisation de la gauche contre la guerre d'Algérie.

2. Les ouvrages d'André Philip, *le Socialisme trahi* (Paris, Plon, 1957), et *les Socialistes* (Paris, Éd. du Seuil, 1967), donnent d'utiles aperçus sur le fonctionnement de la SFIO sous le secrétariat général de Guy Mollet.

Bourdet et Gilles Martinet, ou d'anciens communistes du groupe *Tribune du communisme* comme Serge Mallet et Jean Poperen. Mais, pour attractif qu'il soit dans la jeunesse étudiante, le PSU n'inquiète réellement ni le PCF ni la SFIO.

Au centre, le MRP s'était plus que tout autre assigné pour tâche d'apparaître comme un parti neuf, capable de lever un travaillisme français fondé sur les valeurs de la démocratie chrétienne, ouvert à la réconciliation des peuples et à la construction de l'Europe. Si certains cadres viennent du parti démocrate populaire d'avant guerre (Champetier de Ribes, Robert Schuman) ou de l'équipe de l'*Aube* (Francisque Gay, Georges Bidault, Maurice Schumann), d'autres, et la plupart des militants, sont issus des rangs obscurs de la Résistance. La fidélité à un certain réformisme social et à ses convictions européennes ne s'est pas démentie, mais la pression d'un électorat bien plus conservateur que la base militante ont fait rapidement dériver le parti vers un atlantisme sans nuance, un cléricalisme agressif et une fixation colonialiste (en Indochine, notamment) fort éloignés des positions originelles. Après les triomphes de 1946, l'érosion de la situation électorale du MRP est constante à travers les scrutins, le RPF lui portant de rudes coups sur sa droite en 1951, le Front républicain sur sa gauche en 1956. Le retour au scrutin uninominal et la bipolarisation croissante de la vie politique le condamneront à la marginalisation sous la Ve République, jusqu'à sa disparition en 1965.

A droite, il y a peu à dire du Centre national des indépendants créé en 1949, regroupement de notables conservateurs représentatifs des intérêts patronaux et de la grosse paysannerie. La tentative la plus originale est donc le Rassemblement du peuple français, fondé le 7 avril 1947 par le général de Gaulle et qui connaît d'emblée, par l'afflux des adhésions et par ses résultats aux élections municipales d'octobre, un succès prometteur [1]. Rassemblement et non pas parti, conformément à la mystique gaullienne de la nation rassemblée, le RPF se veut ouvert à toutes les catégories sociales et attentif au monde du travail. Mais le gaullisme « de gauche » que tentent d'animer Louis Vallon et René Capitant pèse peu au regard de

1. Cf. J. Charlot, *le Gaullisme d'opposition, 1946-1958*, Paris, Fayard, 1983.

Répartition des sièges à l'Assemblée nationale de 1946 à 1956

(métropole seulement)

	10 nov. 1946	*17 juin 1951*	*2 janv. 1956*
PCF	165	99	147
SFIO	91	95	89
MRP	158	84	71
Radicaux UDSR - RGR	54	77	73
Modérés CNI	76	87	100
Gaullistes RPF - Rép. soc.	5	117	17
Poujadistes Extrême droite	–	–	54

Répartition des sièges à l'Assemblée nationale de 1958 à 1962

(métropole seulement)

	23-30 novembre 1958	*18-25 novembre 1962*
PCF	10	41
SFIO	40	66
Radicaux et divers gauche	37	45
MRP	57	36
UNR	189	233
Indépendants et divers droite	132	28
Républicains indépendants	–	20

l'anticommunisme et de l'antiparlementarisme, qui s'inscrivent, eux, dans une forte tradition de droite, pour ne rien dire des excès musclés d'un service d'ordre recruté sans grand discernement. Et si le passé de Français libres ou de résistants des dirigeants est indiscutable, il n'en va de même ni des adhérents ni même de tous les élus, marqués souvent par une longue sympathie vichyssoise. Au reste, la vie du RPF sera brève. L'opposition systématique au régime, pour être payante dès lors qu'elle se conjugue à celle du parti communiste, n'est pas du goût de tous les élus. La défection d'un nombre croissant de députés conduit donc le général de Gaulle à dissoudre le parti en 1953. Rendus à leur liberté, les gaullistes s'atomisent, les uns entrant dans la mouvance du Front républicain (Chaban-Delmas), d'autres nouant des liens avec la droite activiste (Michel Debré). Cependant, de Gaulle, apparemment résigné, meuble par la rédaction de ses mémoires le temps morose de la traversée du désert.

Celle-ci, au total, n'aura duré que cinq ans. Investi le 1er juin 1958, avec la mission de préparer une nouvelle Constitution, de Gaulle a formé un gouvernement étendu des socialistes à la droite, mais où les principaux postes sont confiés à des techniciens ou à des gaullistes d'une fidélité éprouvée [1]. Rompant avec une tradition qui, depuis 1789, confie à une Constituante élue l'élaboration de tout texte constitutionnel, la rédaction du projet est ici affaire de gouvernement, en particulier du garde des Sceaux et des ministres d'État. Le premier est chargé de donner corps aux directives tracées douze ans plus tôt dans le discours de Bayeux, les seconds apportant au projet leur expérience gouvernementale à des fins de rationalisation du système parlementaire. Quelques juristes du Conseil d'État, réunis en un Comité consultatif constitutionnel placé sous la présidence de Paul Reynaud,

1. Les ministres d'État sont Guy Mollet (SFIO), Pierre Pflimlin (MRP), Louis Jacquinot (indépendant) et Houphouët-Boigny (RDA). Les principaux ministres techniciens sont Maurice Couve de Murville (Affaires étrangères), Pierre Guillaumat (Armées) et Pierre Chatenet (Intérieur). Parmi les gaullistes, Michel Debré est garde des Sceaux et André Malraux, auquel succédera Jacques Soustelle, chargé de l'Information.

ayant remis leurs observations, le projet définitif est présenté en grande pompe au pays, à une date – le 4 septembre – et en un lieu – la place de la République – doublement symboliques.

Le texte ainsi soumis à l'assentiment populaire présente un caractère quelque peu hybride. Compromis entre le régime parlementaire et le système présidentiel, il instaure de surcroît un bicéphalisme de l'exécutif dont seule la pratique institutionnelle permettra de répartir les compétences entre le président et son Premier ministre [1]. Les principales innovations résident dans l'extension des pouvoirs propres du président de la République, qui apparaît désormais comme la clef de voûte des institutions. Élu par un collège élargi, il nomme le Premier ministre (art. 8), peut recourir au référendum populaire (art. 11), dispose du droit de dissolution (art. 12) et s'arroge le droit d'exercer, dès lors que les circonstances l'exigent, une véritable dictature de salut public (art. 16). Nul doute que le souvenir de juin 1940, et de la dilution du pouvoir qui avait accompagné la débâcle, a joué dans l'introduction de cette dernière disposition. Tout est prévu par ailleurs pour limiter au maximum les compétences du pouvoir législatif et prévenir toute menace de retour au régime d'assemblée. L'interdiction de l'initiative parlementaire en matière de dépenses (art. 40), la stricte délimitation du domaine de la loi (art. 34), la réglementation draconienne de la mise en jeu de la responsabilité gouvernementale (art. 49), la maîtrise gouvernementale de l'ordre du jour (art. 48) sont autant de dispositions qui vont bien plus loin qu'un simple rééquilibrage des pouvoirs. Un Conseil constitutionnel de neuf membres est en outre institué, théoriquement pour veiller à la constitutionnalité des lois et à la régularité des opérations électorales de dimension nationale, en réalité pour contraindre le Parlement à la stricte observation du domaine de la loi et, à l'inverse, conserver au gouvernement toute l'ampleur de son pouvoir réglementaire.

Il est peu probable qu'un grand nombre de Français se soient adonnés à la lecture, même rapide, du projet. La campagne référendaire, conduite avec des moyens considérables,

1. Sur la Constitution de 1958 et sa pratique, cf. S. Sur, *le Système politique de la Ve République*, Paris, PUF, 1981.

se charge de leur dicter la réponse appropriée, laquelle n'est combattue que par le parti communiste et une poignée de scissionnistes de gauche [1]. Le *oui* l'emporte donc de façon attendue. Mais, avec plus de 79 % des suffrages, l'assentiment populaire prend l'allure d'un plébiscite triomphal. Le coup est dur pour la gauche, notamment pour le parti communiste, qui perd le tiers de son électorat de 1956. Ainsi conforté, le gouvernement procède à une stabilisation financière [2] et, par voie d'ordonnances, à un intense travail législatif touchant les secteurs les plus divers [3], tandis que se poursuit la mise en place des institutions de la Vᵉ République. La nouvelle Assemblée nationale, élue les 23 et 30 novembre 1958 au scrutin majoritaire à deux tours, enregistre tout à la fois la plus forte poussée à droite depuis 1919, voire 1871, et l'éviction d'un grand nombre de personnalités du régime précédent [4]. L'Union pour la nouvelle République (UNR), fondée dans la hâte fin septembre et provisoirement dirigée par Jacques Soustelle, aligne à elle seule près de 200 députés, pour la plupart totalement inconnus. Réduite à 10 députés communistes et 44 socialistes, la gauche est laminée. Reste l'ultime formalité, l'élection le 21 décembre du président de la République par le collège de 80 000 « grands électeurs ». Compte tenu des consignes données par les partis, de la SFIO à la droite, le général de Gaulle l'emporte aisément contre le

1. UGS, socialistes autonomes, membres de l'UDSR (F. Mitterrand) et radicaux mendésistes momentanément regroupés dans l'Union des forces démocratiques (UFD). Il est à noter que Pierre Poujade appelle à voter *non*, mais en 1958 son mouvement est en pleine déroute.

2. Sous l'égide d'Antoine Pinay, revenu aux Finances, et de l'économiste Jacques Rueff, le gouvernement adopte fin décembre 1958 un vaste plan d'assainissement financier comprenant une dévaluation du franc de 17,55 %, le retour partiel à la convertibilité, une quasi-libération des échanges et l'adoption du « nouveau franc ». Précédemment avaient été réalisé un grand emprunt comparable à celui de 1952 et diverses économies budgétaires. Le redressement financier est indéniable, sensible dès les mois suivants.

3. En particulier l'enseignement (allongement de la scolarité obligatoire à seize ans, création des CHU), la justice, la fonction publique, les finances locales, la législation sociale...

4. On ne compte pas moins de 387 députés sortants battus, parmi lesquels Pierre Mendès France, Joseph Laniel, Jacques Duclos, Edgar Faure, Gaston Defferre, François Mitterrand. Ces quatre derniers retrouveront rapidement un siège au Sénat, qui reste le refuge des partis traditionnels compte tenu de la faible implantation locale du gaullisme.

candidat communiste Marrane et celui de l'UFD, le doyen Chatelet, qui, avec respectivement 11 et 9 % des suffrages, ne font point trop mauvaise figure. Le 8 janvier 1959, Michel Debré est nommé Premier ministre d'un gouvernement dont les socialistes se retirent peu après.

Les premières années de la Ve République sont dominées par le règlement de la guerre d'Algérie [1]. Du discours sur l'autodétermination aux dernières manifestations terroristes de l'OAS, la France vit au rythme des barricades algériennes, des séditions militaires et des référendums d'approbation. Le putsch des généraux permet en outre d'expérimenter, d'avril à septembre 1961, les vertus de l'article 16. Mais si le gros de la population s'en remet au général de Gaulle, à l'unisson des partis politiques traditionnels, rendus circonspects par leur incapacité notoire à l'avoir résolu en leur temps, le problème algérien continue d'attiser les passions sur les franges extrêmes de l'opinion. A gauche, où la perpétuation de la guerre, et de ses méthodes répressives, entretient une protestation multiforme. A droite, où la perspective de l'indépendance déchire certaines consciences gouvernementales (à commencer par celle du Premier ministre) et réveille des tendances activistes momentanément assoupies après le retour au pouvoir de De Gaulle. On en arrive à la situation paradoxale d'un gouvernement mettant en œuvre une politique de désengagement en Algérie, mais qui réprime brutalement ceux-là mêmes qui entrent dans ces vues. L'horreur des violences policières exercées à Paris contre les manifestants algériens, le 17 octobre 1961, et contre la protestation anti-OAS du 8 février 1962, avec les huit morts du métro Charonne, illustre tragiquement ce décalage.

C'est aussi durant ces quatre années que s'affirment tout à la fois le système institutionnel de la Ve République, qui va se révéler à l'usage fort durable, et le style personnel, plus éphémère, du général de Gaulle. La restauration de l'État et la primauté de l'exécutif étaient en germe dans la Constitution de 1958. Ce qui est nouveau, c'est le partage des rôles opéré *de facto* entre un président sûr de sa légitimité historique et un Premier ministre vassalisé. Ainsi naît le fameux « domaine

1. Sur les développements de la guerre d'Algérie, cf. *infra*, p. 255-258.

réservé », où la primauté présidentielle s'exerce pleinement et pratiquement sans contrôle dans quatre domaines décisifs de l'intervention étatique : le problème algérien, les relations avec la Communauté puis l'Afrique francophone, la politique extérieure et les problèmes de défense. Restent au Premier ministre l'application des directives présidentielles et la coordination de l'activité gouvernementale. Au service de cette monarchie républicaine, un étoffement considérable des services élyséens, mais surtout l'instauration d'un rituel politique associant, quoique de façon toute formelle, l'opinion aux grands desseins présidentiels : conférences de presse et interventions télévisées [1], voyages en province et bains de foule, référendums-plébiscites à la réponse desquels est suspendu un discret chantage à la démission. En ce sens, le gaullisme renoue bien avec le césarisme autoritaire de la tradition bonapartiste française. Ces pratiques s'accordent au reste avec les penchants d'une opinion soulagée de se décharger sur l'homme providentiel de problèmes qui la dépassent, tout en étant flattée d'être sollicitée dans son approbation. Au seuil des années soixante, qui ouvrent une période d'expansion d'autant plus soutenue qu'elle s'opère sans déséquilibre financier majeur, jamais la dépolitisation du pays n'a été aussi grande ni aussi sciemment entretenue.

La fin de la guerre d'Algérie amorce pourtant un réveil de la vie politique. Comme pour tourner la page algérienne, il est mis fin le 14 avril 1962 aux fonctions de Michel Debré, placé en réserve de la République et remplacé par Georges Pompidou, collaborateur personnel du général de Gaulle. Un vote de confiance assez maigre à l'Assemblée nationale [2], la démission des ministres MRP le mois suivant pour désaccord avec les conceptions européennes présidentielles et surtout la tentative d'attentat perpétrée par l'OAS le 22 août incitent le général de Gaulle à confirmer l'orientation présidentielle du régime tout en renforçant sa légitimité par recours au suffrage

1. La chance du verbe gaullien aura été de coïncider avec un développement sans précédent de l'équipement audiovisuel, joint, il est vrai, à un art consommé d'utiliser ses ressources. La télévision, en particulier, est entrée dans 58 % des ménages en 1967.

2. La déclaration gouvernementale n'obtient le 27 avril 1962 que 259 voix contre 128 et 119 abstentions.

universel. Malgré l'avis défavorable du Conseil d'État, estimant non conforme à la Constitution l'utilisation de l'article 11 à des fins de révision constitutionnelle, malgré la protestation du président du Sénat Gaston Monnerville, qualifiant de « forfaiture » le ralliement du Premier ministre à ce détournement de procédure, le principe de l'élection du président de la République au suffrage universel direct est soumis au référendum le 28 octobre 1962. Entre-temps, le gouvernement Pompidou a été renversé le 5 par une conjonction d'oppositions les plus diverses, entraînant dans sa chute la dissolution de l'Assemblée nationale. Dans la double épreuve de force qui s'engage, celle du référendum et celle des élections, le président de la République détient les meilleures cartes : la popularité même du nouveau mode de désignation présidentielle et la répulsion qu'inspire dans l'opinion le « cartel des non », regroupement contre nature de partis qu'unit la seule nostalgie de la IVe République [1]. Si le succès du *oui* au référendum (moins de 62 % des suffrages exprimés et de 47 % des inscrits en raison d'une importante abstention) peut sembler un peu court, la victoire gaulliste aux élections des 18 et 25 novembre est complète. L'UNR emporte 233 sièges auxquels il faut ajouter une vingtaine de « républicains indépendants » ralliés [2]. Sans doute la gauche progresse-t-elle grâce à un jeu de désistements réciproques assez efficace. Mais ce progrès, et le rapprochement qu'il suppose entre la SFIO et le parti communiste, n'a de valeur que pour l'avenir. Dans l'immédiat, le pouvoir gaullien semble durablement établi.

La reconstruction politique des pays vaincus

Fréquemment associés dans la révélation du miracle économique des années cinquante, l'Allemagne fédérale, l'Italie et le Japon peuvent l'être aussi dans les principes et les modalités de leur redressement politique. Rendus tous trois à la démocratie libérale et parlementaire, ils trouvent respecti-

1. Ce cartel réunit la SFIO, le parti radical, le MRP et le CNI.
2. Il s'agit de la fraction libérale du Centre national des indépendants qui, avec le ministre des Finances V. Giscard d'Estaing, a su prendre le virage de l'indépendance algérienne et constituer ainsi une force d'appoint au parti gaulliste.

vement dans Adenauer, De Gasperi et Yoshida le dirigeant chevronné qui va présider à la renaissance de la vie politique et à leur réintégration internationale. Mais exposés tous trois à la menace communiste, l'Allemagne et le Japon en raison de leur situation géographique, l'Italie pour des raisons de politique intérieure, la sujétion américaine va leur dicter, dans le contexte manichéen de la guerre froide, une orientation plus conservatrice qu'ailleurs. Dans les trois cas, le contraste est saisissant entre la rapidité de l'essor économique et une certaine médiocrité de la vie politique, allant de pair avec le conformisme des normes socioculturelles.

L'Allemagne d'Adenauer

Peu après la capitulation, les alliés occidentaux se sont attachés à faire renaître dans leurs zones respectives une vie politique démocratique, elle-même étroitement liée à l'entreprise de dénazification. Sans doute est-il admis aujourd'hui que cette dernière fut mal conduite, souvent indulgente pour les personnalités compromises, inutilement tatillonne pour le plus grand nombre [1], maladroitement culpabilisatrice à l'égard de la jeunesse. Le principal mérite des trois puissances occidentales réside plutôt dans leur large tolérance à l'égard des forces politiques renaissantes, même si la France, méfiante par principe, a accusé un notable retard par rapport aux Anglo-Saxons. Est ainsi reconstitué le parti social-démocrate (SPD) qui porte à sa tête en mai 1946 Kurt Schumacher, rescapé des camps nazis, et Erich Ollenhauer, chef de file de l'émigration londonienne, en toute indépendance du SED formé au même moment en zone soviétique [2]. Peu après s'affirme, d'abord en zone britannique avec Konrad Adenauer, puis dans les autres zones, une Union démocrate-chrétienne (CDU) partiellement héritière de l'ancien Zentrum, flanquée d'une aile bavaroise autonome (Bayern Partei, puis CSU). Un parti libéral (FDP) se reforme fin 1948. Parallèlement, la gestion des affaires

1. Particulièrement en zone américaine où les autorités, se fondant sur le principe de la responsabilité collective, se sont trouvées avec plus de 13 millions de dossiers à traiter. Paru en 1951, *le Questionnaire,* de l'écrivain et ancien corps franc Ernst von Salomon, rend compte de la méticulosité saugrenue des enquêtes individuelles.

2. Cf. t. II, p. 246.

locales et provinciales est progressivement transférée aux Allemands, vivement encouragée par les Américains qui souhaitent s'en décharger rapidement et dégager les élites politiques du futur État allemand. Un conseil parlementaire constituant, émanation des Länder des trois zones, est ainsi associé à l'élaboration de la loi fondamentale adoptée le 8 mai 1949.

Libéralisme, fédéralisme et parlementarisme sont les trois grands principes de cette Constitution provisoire. Les droits fondamentaux, longuement énumérés au titre Ier, sont garantis par un Tribunal constitutionnel, au même titre que les partis politiques, sous réserve de leur conformité à l'ordre démocratique [1]. Plus nettement qu'en 1871 et 1919, le caractère fédéral du nouvel État est affirmé. L'autonomie des Länder, très large en matière administrative, religieuse et culturelle, est entourée de solides garanties : affectation d'un pourcentage obligatoire de recettes fiscales [2], droit de veto du Bundesrat pour les lois fédérales touchant à sa compétence, arbitrage des différends par le Tribunal constitutionnel. Réduit à une fonction honorifique, le président fédéral se borne à proposer à l'investiture du Bundestag le nom du chancelier, véritable maître de l'action gouvernementale et de l'administration fédérale. Mais, en réaction contre l'instabilité weimarienne, celui-ci ne peut être renversé par un vote de défiance que si le Bundestag lui a préalablement désigné un successeur (art. 67). Élu tous les quatre ans, selon un mode de scrutin combinant audacieusement systèmes proportionnel et majoritaire, le Bundestag exerce un pouvoir législatif et de contrôle complet. Une loi, adoptée ultérieurement, obligeant les partis à réunir au moins 5 % des suffrages pour y être représentés limite les risques d'émiettement et réduit rapidement à trois partis l'espace parlementaire. Ces diverses dispositions, auxquelles l'opinion s'est aisément ralliée, ont conféré au régime de Bonn une stabilité remarquable.

L'élection du premier Bundestag, en août 1949, puis du

1. Art. 21 de la loi fondamentale qui a fondé l'interdiction en 1952 du Sozialistische Reichspartei, parti d'extrême droite, et celle du parti communiste en 1956.

2. Celle-ci s'effectue comme suit : 55 % des recettes au Bund, 32 % aux Länder, le reste aux communes.

Bundesrat, permet la désignation du libéral Heuss à la présidence fédérale [1], puis celle d'Adenauer à la chancellerie, à une voix de majorité. Le gouvernement formé est de coalition, incluant le parti libéral ainsi que de petites formations éphémères (parti allemand, parti des réfugiés), mais la CDU-CSU exerce une hégémonie de fait, et dans un sens résolument conservateur. Le programme d'Ahlen adopté en 1947, inspiré par le syndicalisme chrétien et d'orientation planiste, n'a pas résisté à l'assaut des libéraux, qui, soutenus par les Américains, ont imposé l'économie sociale de marché définie par le Pr Erhard. Réfugiés traumatisés par leur exode, nostalgiques plus ou moins avoués de l'ancien régime nazi rejoignent dans l'idéologie conservatrice et anticommuniste du parti dominant toute une bourgeoisie plus éprise de sécurité matérielle que de débat politique ou du rappel encombrant du passé. Les grands moyens d'information, les Églises [2], la rapidité même de l'essor économique contribuent à cette dépolitisation. Au faîte de son prestige et de sa popularité, parfaitement maître de son parti comme des rouages de la bureaucratie fédérale, Adenauer exerce une véritable dictature légale qui réduit le Bundestag à une chambre d'enregistrement. Autoritaire et paternaliste, mais habile tacticien, il remporte aisément, sans toujours dédaigner recourir aux petits moyens, les élections de 1953 et de 1957. Il parvient aussi, au prix de quelques garanties, à imposer le réarmement du pays à une opinion initialement rétive.

Rejeté dans l'opposition dès 1949, privé de ses bastions traditionnels de Saxe, de Thuringe et du Grand Berlin, le SPD se raidit dans une intransigeance doctrinale qui lui ferme pour l'instant toute perspective de pouvoir autre que local ou provincial. Son discours tout à la fois ouvriériste et chauvin, son rejet systématique de l'économie de marché, de la construc-

1. Réélu en 1954, Theodor Heuss a été durant dix ans un remarquable président, qui a suppléé la modestie de ses pouvoirs constitutionnels par un magistère moral de haute tenue.

2. Exception faite du courant animé au sein de l'Église évangélique par le pasteur Niemöller, ancien résistant au nazisme, qui a tenté de réagir contre la tradition luthérienne de soumission au pouvoir politique. Mais ses prises de position en faveur du neutralisme et contre le réarmement sont demeurées assez isolées.

Répartition des sièges au Bundestag

	1949	*1953*	*1957*	*1961*
CDU-CSU	139	243	270	242
FDP	52	48	41	67
SPD	131	151	169	190

tion européenne et du réarmement lui aliènent durablement la classe moyenne. La disparition de Schumacher en 1952 et le retrait d'Ollenhauer après le désastre électoral de 1957 favorisent pourtant le courant réformiste représenté par Fritz Erler, Herbert Wehner et le jeune maire de Berlin-Ouest Willy Brandt. Amorcé au congrès de Stuttgart en 1958, le tournant révisionniste l'emporte l'année suivante au congrès extraordinaire tenu à Bad Godesberg. Le « programme de base » adopté le 15 novembre 1959 répudie le marxisme originel de la social-démocratie ainsi que la lutte des classes, substitue à la notion de parti ouvrier celle de « parti populaire », se rallie à l'atlantisme et à l'Europe, et entend borner l'activité gouvernementale à la défense des libertés démocratiques ainsi qu'à une répartition plus juste des revenus [1]. Pour être encourageant, le résultat des élections de 1961 n'en est pas moins un semi-échec pour Willy Brandt, candidat à la chancellerie, sans que pour autant l'orientation prise à Bad Godesberg soit remise en question.

A partir de 1960, la position d'Adenauer commence à s'affaiblir. La longévité de son règne aiguise les ambitions dans son parti, tandis que son autoritarisme conjugué d'immobilisme commence à lasser l'opinion. La crise de Berlin en 1961, où ses positions « en flèche » n'ont pas été suivies par les alliés occidentaux, l'affaire du *Spiegel* l'année suivante [2]

1. Sur cette évolution capitale, cf. J. Rovan, *Histoire de la social-démocratie allemande*, Paris, Éd. du Seuil, 1978, p. 277-295.

2. Les poursuites intentées en octobre 1962 contre l'hebdomadaire *Spiegel*, coupable d'un article critique sur l'organisation de manœuvres militaires, suscitent des remous dans l'opinion qui obligent le ministre de la Défense, Franz-Josef Strauss, à remettre sa démission.

contribuent à dégrader son image et celle du gouvernement. Forts de leur progrès électoral, les libéraux ont tenté d'évincer le chancelier. Mais, menacés d'un gouvernement de coalition CDU-SPD, ils ont préféré monnayer le maintien de leur soutien en obtenant la promesse de son retrait à mi-législature. En octobre 1963, Adenauer quitte, de mauvaise grâce, la chancellerie tout en conservant la présidence de son parti. Le « père » du miracle économique, Ludwig Erhard, lui succède, crédité initialement d'un large soutien de l'opinion. L'ère Adenauer s'achève dans un certain désenchantement. Sa contribution à la restauration d'une Allemagne honorable et pacifique, fidèle à ses institutions démocratiques comme à ses alliances n'en est pas moins essentielle.

L'Italie de la Démocratie-chrétienne

Avec plus de 48 % des suffrages et 306 sièges à la Chambre obtenus lors des élections d'avril 1948 [1], la Démocratie-chrétienne (DC) pouvait gouverner seule, comme l'y engageait vivement la Curie romaine. Ce fut le mérite d'Alcide De Gasperi que de refuser une orientation trop exclusivement cléricale et de maintenir les petits partis laïcs (PSDI, républicains, libéraux) dans la coalition gouvernementale. L'ancrage à droite de la République en sort pourtant renforcé, à la grande satisfaction des États-Unis qui lèvent en 1951 les clauses militaires et économiques imposées par le traité de paix. Les réformes adoptées au seuil des années cinquante (réforme agraire, Cassa per il Mezzogiorno), déjà timorées dans leur contenu, voient leur portée encore diminuée par une application clientéliste. L'aile droite du parti, appuyée par la hiérarchie catholique et les très conservateurs comités civiques de l'Azione cattolica, exerce de fortes pressions sur De Gasperi pour que soit dissous le parti communiste, contre lequel s'abat, ainsi que sur les militants syndicaux, une sévère répression. A l'inverse, les forces de la réaction (néo-fascistes du Mouvement social italien [MSI], monarchistes de l'armateur napolitain Achille Lauro) se reconstituent au grand jour et font même l'objet de discrètes sollicitations gouvernementales. Cette dérive conservatrice gagne l'activité culturelle, et

1. Cf. t. II, p. 213.

notamment la création cinématographique. Privé de moyens, soumis à une pesante censure, le néo-réalisme s'éteint rapidement.

Les reculs enregistrés par la Démocratie-chrétienne aux élections locales conduisent le gouvernement à faire adopter en avril 1953 une loi électorale de circonstance permettant la reconduction de la majorité sortante [1]. Malgré la pression vaticane, ou à cause d'elle, les élections du 7 juin sont un échec pour le parti dominant, qui perd une quarantaine de sièges, la gauche et l'extrême droite enregistrant une nette poussée. Contesté sur sa droite comme sur sa gauche, De Gasperi se retire peu après et meurt un an plus tard, laissant le champ libre à des gouvernements nettement axés à droite (Pella, Scelba, Segni). Comme en Allemagne, mais selon des modalités différentes, le contraste s'affirme entre la rapidité de l'essor économique et la médiocrité de la vie politique. Celle-ci réside moins dans l'atonie des débats que dans la stérilité d'une agitation purement rhétorique, entretenue par les incertitudes des petites formations laïques et par les contradictions de la Démocratie-chrétienne. Celle-ci est en effet assez puissante pour accaparer les places de la haute administration et du capitalisme d'État, mais trop divisée pour mettre en œuvre un projet réformiste d'envergure [2]. La tentative en 1953, sous le gouvernement Pella, de réveiller dans le pays une ardeur nationaliste de type d'annunzien à propos de Trieste se heurte à la désapprobation des États-Unis, qui souhaitent ménager Tito, et tourne court dès l'année suivante avec le règlement diplomatique du problème.

L'évolution conjointe du parti socialiste et de la Démocratie-chrétienne ouvre pourtant des perspectives nouvelles. Sous l'autorité de Pietro Nenni, le PSI amorce un recentrage en vue d'une participation gouvernementale. Le ralliement à l'atlan-

1. La *legge truffa* (loi d'escroquerie), selon ses détracteurs, n'est pas sans rappeler le système français des apparentements, voire la lointaine loi Acerbo de 1923 (cf. t. I, p. 253). Elle attribue les deux tiers des sièges à la liste ayant obtenu la majorité absolue des suffrages.

2. La DC est en effet divisée entre une aile gauche (Vanoni, Pastore, Gonella) liée à la CISL (Confédération italienne des syndicats de travailleurs), un centre modérément réformiste (Segni, Fanfani) et une droite (Scelba, Pella, Merzagora) liée au grand capital et aux intérêts agrariens.

Répartition des sièges à la Chambre des députés

	1948	*1953*	*1958*	*1963*
PCI	131	143	140	166
PSI	52	75	84	87
PSDI	33	19	22	33
DC	306	262	273	260
PRI	9	5	6	6
PLI	15	14	17	39
Monarch.	14	39	11	8
MSI	6	29	24	27

tisme et la rupture, même non officielle, avec le parti communiste [1] en sont les principaux jalons. Poussés par les dirigeants des grands holdings publics [2], par définition très hostiles au patronat privé qui pousse aux dénationalisations, le nouveau secrétaire de la DC, Amintore Fanfani, et son successeur Aldo Moro souhaitent se défaire de la tutelle encombrante de la droite et renouer avec les tendances humanistes du christianisme social. Ainsi naît l'ouverture à gauche, véritable serpent de mer de la vie politique italienne pendant une dizaine d'années. L'élection en 1955 de Giovanni Gronchi à la présidence de la République symbolise ce nouvel état d'esprit que semble encourager la poussée socialiste et démocrate-chrétienne aux élections de 1958. De fait, le bref ministère Fanfani (juin 1958-janvier 1959) bénéficie de l'abstention bienveillante ou du soutien des socialistes dans l'adoption de divers projets. Mais les centristes du parti (courant des *dorotei* animé par Aldo Moro), sans être hostiles par principe à l'ouverture à gauche, entendent ne pas en laisser le bénéfice à Fanfani, jugé trop autoritaire. De fait, les ministères suivants, ministères

1. Cette rupture se heurte à l'opposition de la gauche du PSI, d'autant plus favorable à l'unité d'action que le parti communiste se rallie aisément à la déstalinisation. En 1957, Nenni est mis en minorité au congrès de Vérone et doit renouveler le pacte unitaire. Mais celui-ci est tacitement rompu deux ans plus tard.

2. Parmi eux, Enrico Mattei, président de l'Ente Nazionale degli Idrocarburi, disparu dans de mystérieuses conditions le 27 octobre 1962.

Segni et Tambroni, sont nettement axés à droite, le second surtout, qui se montre des plus accommodants à l'égard des néo-fascistes du MSI. En fait d'ouverture à gauche, il s'agit bien d'une ouverture à l'extrême droite qui s'opère en 1960, suscitant dans les grandes villes de la péninsule une réprobation populaire violemment réprimée [1].

L'élan n'est pourtant pas brisé. A l'échelon local, après les élections administratives de 1960, chrétiens et socialistes apprennent à gérer ensemble un certain nombre de municipalités. Mais l'impulsion essentielle vient du pape Jean XXIII, manifestement désireux d'apporter sa contribution à l'*aggiornamento* de la vie politique italienne. Promulguée en 1961, l'encyclique *Mater et Magistra* renoue avec la doctrine sociale de l'Église. Peu après, l'Action catholique est invitée à se cantonner dans un rôle strictement spirituel. En janvier 1962, le congrès de la DC adopte un programme réformiste recourant à divers types de planification souple, le PSI se ralliant à son tour à un programme gouvernemental en sept points. Le nouveau cabinet Fanfani, audacieusement baptisé « des convergences parallèles », bénéficie du soutien socialiste quand il procède à la nationalisation de l'énergie électrique, mais se heurte à forte résistance pour faire passer d'autres projets. Les *dorotei* en effet n'acceptent l'ouverture à gauche que comme élément stabilisateur de la vie politique et conservateur des structures en place. Telle est bien la démarche qui prévaut après les élections de 1963, pourtant défavorables à la démocratie-chrétienne comme aux socialistes. Le 5 décembre, Aldo Moro forme un gouvernement de *centro sinistra* (DC, PRI, PSDI, PSI) dans lequel Pietro Nenni détient les Affaires étrangères et la vice-présidence du Conseil. Gouvernement prometteur, qui ouvre indéniablement une page nouvelle dans l'histoire de la République, mais dont l'assise politique est étroite. Mal admise par la droite de la DC, l'ouverture à gauche ne l'est pas davantage par la gauche du PSI. Dès janvier 1964, Riccardo Lombardi, pourtant initialement favorable à la rupture avec le parti communiste, fonde avec ses amis le parti socialiste d'unité prolétarienne.

1. En particulier à Reggio d'Emilia, où l'on compte plusieurs morts lors des émeutes de juillet.

Le Japon conservateur et libéral

Les organes interalliés [1] prévus par les accords de Moscou (décembre 1945) n'ayant pas résisté à la dégradation des relations Est-Ouest, c'est aux forces américaines du Supreme Commander for the Allied Powers (SCAP), et à son chef le général MacArthur, qu'il échut de prendre en charge le Japon d'après guerre sur la base des principes adoptés à Potsdam pour l'Allemagne : démilitarisation, démocratisation et décartellisation.

Durant les quatre premières années de l'occupation prévalent une volonté délibérée de rupture, une attitude punitive et culpabilisatrice, acceptées passivement par une population traumatisée et en proie à de multiples difficultés matérielles. Dès octobre 1945, l'empereur a été déchu de son caractère sacré, le shinto réduit à une simple religion privée, la noblesse abolie, les organisations nationalistes dissoutes. Dans les années suivantes, des poursuites sont intentées contre plus de 150 000 militaires, dont plusieurs milliers sont exécutés pour crimes de guerre. La fonction publique est sévèrement épurée. Une commission de liquidation procède au démantèlement de plus de quatre-vingts *zaïbatsu*. Un effort considérable de rééducation est parallèlement entrepris, dispensé avec une foi un peu naïve par les cadres de la VIIIe Armée sur la base des principes libéraux de la démocratie américaine. Les Japonais y sont rapidement associés, mais préférence est donnée aux hommes nouveaux, parfois de convictions fortement progressistes, comme Tetsu Katayama, socialiste et Premier ministre durant quelques mois, et même aux communistes, qui collaborent momentanément à la démocratisation du pays.

L'homme de la réhabilitation japonaise est pourtant Shigeru Yoshida, diplomate libéral emprisonné pendant la guerre pour son opposition à la poursuite des hostilités, qui sait tenir tête à MacArthur tout en l'initiant aux réalités japonaises. Son rôle est essentiel dans la mise en œuvre de la Constitution et dans la

1. Il s'agit de la Commission d'Extrême-Orient de onze nations siégeant à Washington et du Conseil allié établi à Tokyo comprenant des délégués des États-Unis, de l'URSS, de la Grande-Bretagne et de la Chine.

renaissance de la vie politique. Soutenu par les conservateurs des partis démocrate et libéral, il épouse sans peine la nouvelle attitude dictée à l'occupant par la conjoncture internationale. A partir de 1949, et plus encore de 1950, l'extension de la guerre froide précipite le revirement américain, marqué par une mise au pas du parti communiste et du mouvement syndical, et, à la faveur d'une large amnistie, par la réhabilitation d'anciens dirigeants compromis. Devenu le bastion de l'Occident en Asie, le Japon recouvre sa souveraineté en 1951 par le traité de San Francisco [1]. La fin du régime d'occupation et l'alliance privilégiée avec les États-Unis peuvent être considérées comme le couronnement de l'œuvre restauratrice de Yoshida, qui quitte le pouvoir en décembre 1954.

La vie politique japonaise se poursuit sans heurt majeur et avec une continuité remarquable. Car si les institutions sont parlementaires, plus ou moins inspirées du modèle britannique, l'alternance fait défaut. Né en 1955 de la fusion du parti libéral de Yoshida (le Jiyuto) et du parti démocrate d'Ashida (le Minshuto) réalisée sous la pression des milieux capitalistes inquiets de l'unification des courants socialistes, le parti libéral-démocrate (PLD) exerce une hégémonie de fait. Partisan convaincu de l'économie libérale et de l'alliance américaine, étroitement lié à la technostructure capitaliste comme aux organisations paysannes, ouvert à la modernisation accélérée du pays tout en restant fidèle au conformisme des relations sociales et des valeurs traditionnelles, il s'est imposé sans peine à un électorat faiblement politisé, servi en outre par une puissante machine électorale et un découpage favorable des circonscriptions. Régulièrement reconduit à la Diète avec une substantielle majorité [2], il monopolise de ce fait l'activité gouvernementale. Face à lui, l'opposition de gauche est trop

1. Sur la Constitution du 3 novembre 1946 (entrée en vigueur en mai 1947) et les développements de la vie politique, cf. J. Robert, *le Japon*, Paris, Librairie générale de droit et de jurisprudence, coll. « Comment ils sont gouvernés », 1969.

2. Il n'est pas apparu nécessaire de ce fait de donner un tableau détaillé des résultats électoraux, le PLD oscillant entre 250 et 290 sièges à la Chambre des représentants. Cf. E.O. Reischauer, *Histoire du Japon et des Japonais*, t. II, *De 1945 à 1970*, Paris, Éd. du Seuil, 1973, coll. « Points Histoire », p. 104-105.

désunie pour s'imposer. Même s'il conserve quelques positions urbaines et une presse de grand tirage, le parti communiste ne s'est jamais remis des troubles de 1947 et 1949, qui, la répression aidant, lui ont fait perdre tout lien avec les syndicats. Principale force d'opposition, le parti socialiste affirme une vocation pacifiste et réformiste qui étend sa clientèle ouvrière à une large fraction du secteur tertiaire. Mais ce parti, trop exclusivement urbain dans un système qui favorise les circonscriptions rurales, en proie à de graves dissensions internes, est encore affaibli en 1959 par la scission de son aile droite qui a donné naissance au parti démocrate socialiste. Cette formation de type centriste n'est pas parvenue, malgré un renforcement progressif de son audience, à débloquer le faux bipartisme japonais. Pas plus que le Komeito (parti pour un gouvernement propre), né en 1964 de la secte Soka Gakkai, assez proche du bouddhisme, et qui allie un pacifisme fondamental à des orientations nettement réactionnaires.

Le déroulement de la vie politique importe moins en fait que ses caractéristiques propres. A bien des égards, celles-ci perpétuent les penchants traditionnels hérités de l'ère Meiji et de la phase de démocratisation des années vingt. Le gros de l'électorat japonais – paysans et classe moyenne –, satisfait de la réforme agraire et du *Jimmu boom,* ne nourrit pas à l'égard de la démocratie une vénération ni même un attachement beaucoup plus forts qu'avant la guerre. Il demeure fidèle à une conception sociale fondamentalement inégalitaire et hiérarchisée qu'aucune réforme constitutionnelle ne pourra modifier, au moins à court terme. Sur ces bases, le jeu politique favorise tout un ensemble de pratiques anciennes dont l'opinion ne s'émeut guère : factionnalisme des partis qui, pour affecter prioritairement le parti dominant[1], n'en mine pas moins les forces de gauche, clientélisme électoral qui encourage une assez indiscrète corruption. L'assassinat politique n'est plus

1. Les rivalités au sein du PLD rappellent l'âpre lutte que menaient entre eux les *genro* pour parvenir au pouvoir. Représentatifs d'intérêts différents mais non contradictoires, les chefs de clans ne vont pas jusqu'à la scission (à la différence des socialistes) et parviennent après de longs marchandages à une décision commune, le rapport de force dictant l'attitude commune du parti.

guère de mise, encore qu'on en trouve quelques illustrations [1], mais l'adhésion à la démocratie parlementaire est trop fragile pour ne pas susciter de temps à autre quelque bouffée de violence urbaine. A cet égard les émeutes du printemps 1960, orchestrées par les syndicats les plus politisés, et qui obligèrent le président Eisenhower à renoncer à son voyage au Japon [2], préfigurent les grandes manifestations qui se multiplieront dans la décennie suivante sur les sujets les plus divers.

Le monde communiste

Apogée et reflux du stalinisme en Europe

L'Union soviétique

Après la reprise en main de l'après guerre [3], le régime stalinien semble s'être figé pour toujours dans ses composantes essentielles : pouvoir et culte illimités du *Vodj*, exaltation du passé russe, mystique du plan, propagande lancinante et conformisme de la vie intellectuelle. La terreur institutionnalisée, après avoir frappé massivement, ne touche plus que des catégories particulières comme les cadres mingréliens de Géorgie ou les Juifs, taxés de cosmopolitisme. La population concentrationnaire, légèrement mieux traitée en raison des ravages de la mortalité, semble avoisiner 10 millions de personnes [4]. Hanté par le complot, Staline continue de prononcer disgrâces et promotions : disgrâce ministérielle de Molotov [5],

1. Comme l'assassinat en octobre 1960 du dirigeant socialiste Asanuma par un nationaliste d'extrême droite.

2. Ces troubles sont liés à la signature le 19 janvier 1960 du nouveau traité de sécurité mutuelle américano-japonais prorogeant les facilités accordées aux Américains dans l'utilisation de leurs bases japonaises.

3. Cf. t. II, p. 214-218.

4. Cf. M. Heller et A. Nekrich, *l'Utopie au pouvoir, histoire de l'URSS de 1917 à nos jours,* Paris, Calmann-Lévy, 1982, p. 411. D'autres auteurs avancent des chiffres différents (de 8 à 15 millions), mais d'un ordre de grandeur comparable.

5. Molotov a été remplacé en 1949 aux Affaires étrangères par l'ancien procureur Vychinski, tout en étant maintenu au Bureau politique puis au Présidium. Mais sa femme (juive) est incarcérée et ses collaborateurs persécutés.

de Mikoyan, de Boulganine et même de Beria [1], retour en force de Khrouchtchev (momentanément rétrogradé, puis promu en 1949 à la direction du parti de Moscou) et de Malenkov, plus que jamais dauphin présumé.

Tenu en octobre 1952, soit treize années après le précédent, le XIXe Congrès est riche d'enseignements malgré le caractère formel des débats. Les problèmes idéologiques y comptent moins que ceux de l'organisation. L'Orgburo et le Politburo disparaissent en effet, remplacés par un Présidium de 36 membres (25 titulaires et 11 suppléants), le Comité central passant lui-même à 232 membres, soit un quasi-doublement par rapport à 1939. Cet élargissement n'est pas fortuit. En noyant la vieille garde des compagnons dans une masse de nouveaux venus, dociles et inexpérimentés, Staline prépare en fait le renouvellement de l'appareil dirigeant. Tout indique que l'élimination doit prendre la forme désormais classique de la purge. Le 13 janvier 1953, la *Pravda* « révèle » le complot des blouses blanches, c'est-à-dire l'arrestation de neuf médecins juifs accusés de l'assassinat de Jdanov et de la préparation de nouveaux crimes. Comme en 1946, la presse multiplie les appels à la vigilance. Plus qu'une nouvelle manifestation d'antisémitisme, il s'agit du signal d'une purge au plus haut niveau devant frapper Molotov, Mikoyan, Vorochilov et sans doute Beria, dont les liens antérieurs avec le judaïsme soviétique doivent permettre d'accréditer une collusion avec le sionisme mondial.

La mort de Staline, le 5 mars 1953, met fin à ces supputations. Le soulagement des épigones n'a d'égal que leur inquiétude pour l'avenir, car, pas plus qu'en 1924, la succession n'a été préparée. Faute de règle écrite ou non écrite, c'est au chevet du mort que sont prises les premières décisions et que s'esquisse le partage des rôles. Dès le 6 mars, c'est l'élimination de Poskrebychev et du tout-puissant secrétariat personnel, l'amputation des deux tiers du Présidium « élu » en 1952 et précisément des nouveaux promus. En vue de la succession, le tandem Malenkov-Beria semble s'imposer, le premier choisis-

1. De même Beria a cédé en 1951 le ministère de la Police à Ignatiev, mais il conserve le contrôle de l'appareil policier dans les instances dirigeantes du parti.

sant, ce qui va se révéler une grave erreur, la direction du gouvernement, le second retrouvant l'Intérieur. Mais, organisateur des funérailles de Staline, Khrouchtchev affirme très tôt ses droits. Prenant appui sur le parti, dont les cadres redoutent Beria, il manœuvre assez bien pour en évincer Malenkov de la direction et se faire nommer secrétaire. Par ailleurs, Molotov retrouve les Affaires étrangères, Boulganine coiffe le secteur de l'Armée, Kaganovitch les Affaires économiques.

Cette réorganisation du pouvoir prélude aux premières mesures de détente. Le 4 avril, le complot des « médecins assassins » est dénoncé comme une provocation, de même que sont flétries les « violations de la légalité » par les organes de la sécurité d'État. L'émotion est intense dans la population, qui ne recule pas parfois à demander réparation, et jusque dans les camps, dont plusieurs se révoltent pendant l'été [1]. Un décret d'amnistie, inspiré par Beria, libère quelques dizaines de milliers de prisonniers de droit commun, qui, lâchés dans la nature, peuvent justifier *a posteriori* tout renforcement de l'appareil policier. La ficelle est un peu grosse, et c'est pour mettre fin à son jeu personnel, tant à l'intérieur qu'à l'extérieur, que l'arrestation de Beria est annoncée le 10 juillet, dénoncé comme agent de l'Okhrana et espion à la solde de l'Angleterre. En fait, plus que ses crimes passés, Beria semble avoir payé son étrange tournant « libéral ». La révolte de Berlin-Est sonne le coup de grâce [2].

La chute de Beria affaiblit Malenkov et renforce Khrouchtchev (devenu en septembre *premier* secrétaire), qui s'appuie sur l'appareil du parti et sur les sphères dirigeantes de l'armée (Joukov, Koniev), surtout désireuses d'échapper à l'emprise du pouvoir policier. Il faut rendre pourtant à Malenkov la justice d'avoir amorcé la déstalinisation dans le domaine économique et social, et de s'être préoccupé très tôt (discours du 16 mars) d'une amélioration de la vie quotidienne de la population. Des mesures immédiates ont été prises pour accroître la

1. Cf. M. Heller et A. Nekrich, *op. cit.*, p. 433.

2. Sur la démarche extérieure de Beria, cf. *infra*, p. 201-202. Il est clair qu'en jouant paradoxalement la carte de la libéralisation, marquée aussi par des ouvertures en direction des nationalités, Beria ne pouvait qu'inquiéter ses rivaux, compte tenu de sa puissance même et de ses clientèles. D'où sa liquidation discrète antérieure à sa condamnation.

production agricole et remédier à la pénurie alimentaire : allégement de la fiscalité kolkhozienne, encouragements aux lopins individuels et à l'épargne privée, augmentation des investissements agricoles, envoi de techniciens dans les campagnes, baisse des prix des biens de consommation. Malenkov en tire une popularité réelle, mais momentanée, car la production ne suit pas et la pénurie n'est guère entamée.

La persistance des difficultés agricoles, accessoirement l'inéluctabilité du réarmement allemand après les accords de Paris, vont précipiter la disgrâce de Malenkov et affermir la position de Khrouchtchev. Se posant de longue date en spécialiste des questions agricoles, ce dernier a mis en avant, fin février 1954, un plan grandiose de conquête des « terres vierges » de Sibérie et d'Asie centrale. Manifestement dépassé, de plus en plus isolé, Malenkov démissionne le 8 février 1955, tout en restant au Présidium, remplacé à la tête du gouvernement par Boulganine, un fidèle de Khrouchtchev, avec Joukov comme ministre de la Défense. Signe des temps, pour la première fois un dirigeant peut être démis sans perdre la vie, ni même toutes ses fonctions [1]. D'une façon plus générale, avec ses deux amnisties, politiques celles-là, le voyage à Belgrade et la réconciliation avec Tito, dont est ostensiblement écarté Molotov, l'année 1955 confirme tout à la fois la libéralisation amorcée deux ans plus tôt et l'ascension de Khrouchtchev [2]. L'une et l'autre vont recevoir leur sanction avec le XXe Congrès du parti qui s'ouvre le 14 février 1956.

La tenue d'un congrès, moins de quatre ans après le précédent, est déjà en soi un événement [3]. Mais il faut remonter à 1921, c'est-à-dire au Xe Congrès, qui vit, parmi d'autres décisions essentielles, l'adoption des mesures préparatoires à la NEP, pour en trouver un d'une telle importance.

Il convient de distinguer, sans les opposer, le rapport offi-

1. Sur ce nouveau mode d'élimination appelé à faire jurisprudence, cf. H. Carrère d'Encausse, « Les guerres de succession du Kremlin (1924-1984) », *Vingtième Siècle*, n° 4, oct. 1984, p. 3-17.

2. La position personnelle de Khrouchtchev est renforcée par l'excellente récolte de 1955, qui semble couronner de succès l'opération « Terres vierges » lancée l'année précédente.

3. Rappelons qu'aucun congrès n'a été tenu entre 1939 et 1952 et que le Comité central n'a été réuni que deux fois entre 1945 et 1953.

ciel et le rapport secret[1]. Le premier, présenté par Khrouchtchev, met l'accent sur la direction collective et la démocratisation du parti. Il s'en tient à une unique et assez sèche mention de Staline. Le discours de Mikoyan, qui le complète, est d'une tonalité plus antistalinienne encore. Au terme des interventions, le 24 février, Khrouchtchev est normalement élu, ou plutôt réélu, premier secrétaire. C'est dans la nuit du 24 au 25 que celui-ci lit à huis clos le fameux rapport secret. Les principaux chefs d'accusation sont bien connus : perversion des normes du léninisme, persécution d'honnêtes dirigeants communistes, déportation de peuples entiers, manie du complot, incompétence agricole et en matière militaire durant la guerre. Les lacunes, évidemment volontaires, de ce réquisitoire n'ont pas moins retenu l'attention. C'est ainsi que certains peuples (Allemands de la Volga, Tatars de Crimée) ou certaines catégories de citoyens persécutés (paysans « dékoulakisés », chrétiens, prisonniers de guerre, simples suspects) sont totalement omis. De même, la date de 1934, choisie à dessein comme celle de la dérive vers l'arbitraire et le culte de la personnalité, laisse intacts, dans la mesure où ils sont antérieurs, les choix fondamentaux du communisme soviétique : la collectivisation forcée, la planification centralisée, le primat de l'industrie lourde. De même nulle interrogation ne pèse sur les modalités de l'accession au pouvoir de Staline (c'est-à-dire sur les modes de fonctionnement du parti) ni sur les liens qui unissent la tyrannie stalinienne au système léniniste du parti-État.

La genèse du rapport secret, les motivations de Khrouchtchev, la portée exacte du XXe Congrès sont plus difficiles à cerner. On sait que la documentation de base a été fournie par une commission d'enquête nommée par le Présidium et présidée par l'historien Piotr Pospelov, d'autant mieux placé pour dénoncer le culte de la personnalité qu'il y avait en son temps pleinement participé[2]. La décision de Khrouchtchev a-t-elle

1. Sur le rapport secret, cf. B. Lazitch, *le Rapport Khrouchtchev et son histoire*, Paris, Éd. du Seuil, coll. « Points Histoire », 1976, et H. Carrère d'Encausse, *1956, la déstalinisation commence*, Bruxelles, Éd. Complexe, 1984.

2. Pospelov est l'auteur d'un « Précis d'histoire du parti » indûment attribué à Staline.

été encouragée par la vieille garde stalinienne afin de le placer en position difficile, ou Khrouchtchev s'est-il heurté au mauvais vouloir de ses collègues, ne l'emportant qu'à la condition du huis clos? Khrouchtchev a-t-il souhaité se décharger sur un autre de la lecture du rapport (ce qu'il accrédite dans ses mémoires) ou en a-t-il pleinement assumé le risque, s'estimant moins impliqué que ses rivaux dans les crimes de Staline? Toutes ces questions restent aujourd'hui sans réponses [1]. De même la portée immédiate du XXe Congrès n'est pas nette. Politiquement, la déstalinisation piétine. L'ouverture des camps a libéré des millions de personnes, mais elle ne concerne pas tout le monde et le mouvement de réhabilitation est lent. Khrouchtchev doit ménager ses collègues du Présidium par des déclarations philostaliniennes. De même, et contrairement à Malenkov, il n'encourage les réformes que dans la mesure où elles sont compatibles avec les privilèges du secteur A (relèvement des bas salaires, programme de logements), et, si la loi du 25 février 1956 abolit celle de 1940 fixant autoritairement les ouvriers sur leur lieu de travail, elle n'est pas étendue aux kolkhoziens.

Convaincu pourtant de la nécessité d'aller plus loin, Khrouchtchev amorce en mai 1957 une décentralisation de la gestion économique par la création d'une centaine de conseils régionaux (sovnarkhozes) associés à l'élaboration du plan. Cette mesure a pour effet d'affaiblir les pouvoirs du Gosplan et de supprimer une dizaine de ministères techniques. Mais elle a aussi une finalité politique, visant à briser les féodalités conservatrices régnant à Moscou. C'en est trop pour les hiérarques, qui ne veulent voir dans ces réformes, tout comme dans les perspectives grandioses de « rattrapage » des États-Unis dans les plus brefs délais, qu'une suite d'initiatives désordonnées et périlleuses. Le plénum du 18 juin 1957 leur donne l'occasion de présenter le front uni d'une majorité de 11 membres. Khrouchtchev est mis en minorité, mais peut statutairement en référer au Comité central. Or, dans cette instance, il s'est acquis le soutien des militaires en délivrant l'armée du contrôle policier et en la laissant à l'écart de toute réforme improvisée. Par ailleurs, le recrutement du Comité

1. Cf. l'analyse serrée de H. Carrère d'Encausse, *op. cit.*, p. 49-53.

central a été renouvelé et rajeuni depuis le XXe Congrès. Grâce à Joukov, qui organise le transport aérien des membres les plus éloignés, le vote du Présidium est renversé et la politique de Khrouchtchev approuvée par 215 voix sur 309. Ce triomphe est confirmé par l'exclusion, du Présidium et du Comité central, du « groupe antiparti » constitué par Malenkov, Molotov et Kaganovitch. Chepilov est également évincé du Secrétariat. Le Présidium voit la promotion de Joukov et d'autres partisans de Khrouchtchev comme Brejnev ou Ekaterina Fourtseva.

La crise antiparti est d'une signification ambiguë. On est apparemment revenu aux normes léninistes du centralisme démocratique, dans la mesure où le Comité central, organe délibératif du parti, a tranché et rétabli le centralisme par l'élimination d'une fraction organisée. Mais, comme sous Staline, la purge a pour effet de renforcer le pouvoir personnel du secrétaire général. La disgrâce de Joukov dès octobre 1957, un allié devenu encombrant en raison de sa popularité et de son indépendance, celle de Boulganine en mars 1958, en sont les premiers effets. A cette date, la collégialité a vécu. Comme Staline en 1940, Khrouchtchev cumule désormais la direction du parti et celle du gouvernement. Mais la personnalisation de son pouvoir est différente de celle de Staline. Elle repose moins sur le culte de la personnalité que sur la recherche de la popularité. Et le pouvoir khrouchtchévien est bien plus fragile. Les révocations de 1955 et 1957 s'étant faites sans élimination physique, et même sans éviction du parti, l'audace des opposants éventuels s'en trouve confortée. Tout dépendra en fait des résultats tangibles de la gestion.

Or, dans la poursuite du réformisme, il manque à Khrouchtchev la continuité de vues autant qu'une pleine liberté d'action. Dans le domaine culturel, par exemple, les phases de détente alternent avec celles de reprise en main. Dès 1953, le dégel s'est manifesté par la publication de plusieurs romans d'un ton nouveau et par les articles anticonformistes de la revue *Novy Mir* [1]. Mais, à la tolérance qui entoure les écrits

1. Les tribulations de la direction de *Novy Mir* illustrent bien la démarche zigzagante de Khrouchtchev dans ce domaine. Le rédacteur en chef, le poète Tvardovsky, accueillant aux idées nouvelles, est révoqué en 1954, rappelé en 1958, à nouveau éliminé en 1965.

d'un Ehrenbourg, d'un Doutintsev, d'un Evtouchenko, à la réhabilitation de Chostakovitch et Khatchaturian, durement traités sous Jdanov, succèdent les rappels à la fonction éducative de l'artiste et les campagnes haineuses contre Boris Pasternak [1]. Quand en 1959 le romancier Fédine succède au stalinien Sourkhov à la tête de l'Union des écrivains, un équilibre semble s'être instauré entre novateurs et conservateurs. Mais quand Ehrenbourg, prix Lénine 1961, tente d'élargir au problème de l'antisémitisme la sphère de liberté de l'écrivain, il est rapidement mis au pas. De même quand, l'année suivante, Khrouchtchev tente, pour des raisons essentiellement politiques, de renouer avec les intellectuels en laissant publier deux écrits hautement subversifs [2], il crée un indéniable choc dans l'intelligentsia mais se heurte à la contre-offensive des hiérarques du parti, parmi lesquels son propre ministre de la Culture, E. Fourtseva. Sur ce terrain trop glissant, il préfère se retirer à reculons, et l'année 1962 s'achève par de violentes diatribes contre l'abstraction. Il n'en reste pas moins que la décennie khrouchtchévienne a permis l'éclosion d'une œuvre littéraire et cinématographique d'une qualité remarquable.

Dans le domaine économique, les objectifs ambitieux du plan septennal [3], adopté en 1959 par le XXIe Congrès, passent par un certain nombre de réformes essentielles. Dès février 1958, la dissolution des MTS a répondu à un vœu général de la population kolkhozienne, tant en raison de la défectuosité du matériel livré que du rôle d'encadrement politique joué par le personnel des stations. Mais le rachat du matériel alourdit l'endettement des kolkhozes et freine leur capacité d'investissement malgré divers relèvements de prix. Dans l'industrie, la mise en place durant l'année 1958 de 105 sov-

1. L'attribution en 1958 du prix Nobel de littérature à Boris Pasternak pour *le Docteur Jivago*, roman refusé deux ans plus tôt et passé clandestinement en Italie, a valu à l'auteur un tombereau d'injures les plus grossières de la part des autorités officielles.

2. Il s'agit d'un poème d'Evtouchenko, *les Héritiers de Staline* dans la *Pravda* et d'*Une journée d'Ivan Denissovitch* de Soljenitsyne dans *Novy Mir*.

3. Le plan septennal (1959-1965) s'est substitué au sixième plan quinquennal (1956-1960). Il prévoit une progression de 85 % de l'industrie lourde, de 62 % des industries légères et de 70 % de l'agriculture.

narkhozes va de pair avec la création des conférences de production permanentes associant le personnel à la gestion des entreprises. La vaste refonte du système éducatif, opérée par les lois de juin 1956 et surtout de décembre 1958, vise non seulement à rompre avec la rigidité hiérarchique de la société stalinienne, mais à faire participer la jeunesse étudiante à l'effort productif[1].

Après un XXIe Congrès dominé par les questions économiques, le XXIIe, tenu en octobre 1961, renoue avec la déstalinisation et lui fait accomplir un nouveau progrès. La reconnaissance des crimes de Staline n'est plus circonscrite aux sphères dirigeantes du parti, mais étendue à l'armée et à la société soviétique. La responsabilité n'en est plus attribuée au seul Staline mais à ses complices, c'est-à-dire au groupe évincé quatre ans plus tôt, dont les orateurs réclament l'exclusion totale du parti. Dans le sillage du Congrès, la dépouille du tyran est retirée de son mausolée et Stalingrad débaptisée. Ces anathèmes ne rencontrent pourtant qu'un écho atténué dans les résolutions finales et la composition des organes dirigeants n'en sort guère modifiée. Par ailleurs, la substitution de l'État « du peuple tout entier » à la dictature du prolétariat implique l'ouverture du parti aux forces neuves de la production et de la culture et, *a contrario*, le rejet de la sclérose doctrinale et des fiefs personnels. Dans cette optique, le Comité central et le Congrès ont adopté, sans enthousiasme, de nouvelles dispositions en totale contradiction avec la tradition stalinienne : le renouvellement régulier des cadres au-delà de trois mandats successifs et l'ouverture du Comité central à des « spécialistes », voire à des « sans parti ». Autant de mesures inquiétantes pour la bureaucratie et qui alimentent désormais méfiance et opposition larvée. Dans tous les domaines, l'appareil, reconnaissant à Khrouchtchev de l'avoir délivré de la terreur mais peu soucieux de voir remis en cause ses privilèges et sa stabilité, va s'appliquer à freiner l'application des réformes,

1. Ces lois instaurent un tronc commun de huit ans et la gratuité de l'enseignement secondaire. Les universités sont tenues de réserver un quota aux étudiants venus de la production. Inversement, les élèves de l'enseignement secondaire et les étudiants sont astreints à des stages professionnels et à un travail en usine périodique.

voire même, dans le cas de l'enseignement, à les saboter purement et simplement.

Or les résultats économiques prêtent pour le moins à discussion. Apparemment impressionnants dans le domaine industriel, ils sont plus que médiocres dans le domaine agricole. Cette dualité est traditionnelle, mais elle est aggravée par de périlleuses improvisations dans le secteur de l'élevage et par la sécheresse de l'année 1962, qui oblige à des achats massifs de blé étranger. Face à cette situation, la direction n'opte pas pour une ligne claire. Les théories du Pr Liberman, visant à la réhabilitation du profit comme critère et moteur de l'activité d'entreprise, reçoivent avec leur parution dans la *Pravda* un encouragement officiel. Mais parallèlement sont prises diverses mesures centralisatrices (réduction de moitié des sovnarkhozes, création d'un Conseil supérieur de l'économie nationale, de comités d'État renouant avec la tradition des ministères industriels centraux) qui se situent à l'opposé. Quant aux déboires agricoles, ils suscitent une violente campagne contre les exploitations individuelles ou une succession de mesures précipitées et contradictoires : lutte contre les jachères, recours massifs aux engrais et, pour finir, un relèvement brutal du prix des denrées alimentaires.

Porté par les meilleures intentions, animé d'une confiance sans doute sincère dans la supériorité du système socialiste, Khrouchtchev a fini par mécontenter tout le monde : les intellectuels, la paysannerie, la classe ouvrière et la population urbaine [1]. Plus gravement, il a commis l'erreur de se priver du soutien de l'armée en opérant, à des fins d'économies et compte tenu des progrès de l'arme nucléaire, d'importantes ponctions dans les effectifs [2] et en supprimant un certain nombre de privilèges. Plus lourde encore de conséquences apparaît la nouvelle réforme du parti imaginée par Khrouchtchev et adoptée en novembre 1962 par le Comité central. Véritable

1. Le relèvement des prix alimentaires de 1962 provoque diverses manifestations hostiles dans les villes. Conjugué à une réduction substantielle du salaire, il provoque à Novotcherkassk, en août, une émeute ouvrière réprimée par l'armée au prix de dizaines de morts.

2. En 1960, 1 200 000 militaires, dont 250 000 officiers, ont été mis à la retraite ou limogés. La réhabilitation au XXIIe Congrès des chefs militaires persécutés sous Staline n'a pas suffi à effacer ce camouflet.

révolution, elle revient à diviser les secrétariats régionaux du parti (et accessoirement des soviets) en deux branches distinctes, agricole et industrielle. Outre que le bénéfice économique de la réforme n'est pas évident, celle-ci revient à briser l'unité du parti, symbole de l'unité sociale, et est perçue comme une menace par la moyenne hiérarchie. Tout est fait pour en freiner l'application. Malgré les éloges dithyrambiques qui accompagnent, le 17 avril 1964, le soixante-dixième anniversaire de Khrouchtchev, la position du secrétaire général est devenue chancelante. Les échecs économiques, la reculade de Cuba, la rupture de l'unité du camp socialiste par le schisme sino-soviétique constituent autant de chefs d'accusation possibles. Mais le véritable ressentiment se situe bien davantage dans les menaces que font peser sur la bureaucratie les réformes du parti engagées coup sur coup en 1961 et 1962. Le complot se noue en octobre 1964, en l'absence de Khrouchtchev alors en vacances sur la mer Noire. La cheville ouvrière en est Souslov, secrétaire du Comité central chargé des questions de l'idéologie, chef de file de l'opposition virtuelle formée lors du XXIIe Congrès. Sur un terrain soigneusement préparé, notamment en direction des chefs militaires et du KGB, Khrouchtchev est mis en minorité le 13 octobre au Présidium. Refusant de s'incliner, il tente de saisir comme en 1957 le Comité central, mais doit à l'issue du plénum du 14 présenter sa démission de tous ses postes, officiellement pour raisons de santé. Selon un scénario bien rodé, il est immédiatement remplacé par Leonid Brejnev au secrétariat et par Alexeï Kossyguine au gouvernement. Le retour à la collégialité apparaît comme un désaveu de la période qui s'achève. Mais il signifie bien davantage la fin des réformes improvisées et le triomphe de la *nomenklatura*.

Les démocraties populaires

La création du Kominform et le coup de Prague avaient clos, fin 1947 - début 1948, l'époque des fronts nationaux. A cette date, et hormis la Yougoslavie, la stalinisation de l'Europe de l'Est s'opère rapidement. Assujettissement à l'URSS et alignement sur le modèle soviétique vont de pair, au mépris des traditions nationales et de la diversité des situations locales. Sur la base des nationalisations antérieurement opérées, la collectivisation des moyens de production est générale, en particulier celle du sol, qui épouse, non sans de sérieuses résistances, diverses formes de coopératives plus ou moins assimilables aux kolkhozes soviétiques. De même que s'imposent la planification quinquennale centralisée, le primat de l'industrie lourde, l'idéologie productiviste du stakhanovisme. Partout s'ouvrent de gigantesques chantiers, surgissent des villes nouvelles et des combinats industriels. Les taux de croissance sont apparemment spectaculaires [1]. Mais ils ne disent rien des gaspillages, du coût humain des réalisations de prestige, de la spoliation économique entretenue par les « sociétés mixtes » gérées au mieux des intérêts soviétiques. Le niveau de vie du plus grand nombre demeure très bas, pour connaître même dans des pays d'ancienne tradition industrielle (Tchécoslovaquie, RDA) ou relativement épargnés par la guerre (Hongrie) une régression évidente.

L'alignement n'est pas moindre dans le domaine politique. Les nouvelles constitutions adoptées entre 1948 et 1952 ne sont, fédéralisme exclu, qu'un pur et simple décalque du modèle soviétique de 1936. A l'exception de l'Allemagne de l'Est, qui maintient un pluralisme de façade, les partis communistes, devenus partis uniques sous leurs appellations diverses, quadrillent le pays et contrôlent les organisations de masse. A l'image du parti-État stalinien, les fonctions de secrétaire général et de chef du gouvernement sont confondues entre les mains d'un même dirigeant dont le nom finit par s'identifier au régime. Dirigeant d'une fidélité éprouvée, généralement passé par le filtre impitoyable des cadres du Komintern : Bierut en Pologne, Gottwald en Tchécoslovaquie, Rakosi en Hongrie, Dej en Roumanie, Tchervenkov en Bulgarie. La RDA déroge à la règle avec le partage des fonctions présidentielle (W. Pieck) et gouvernementale (O. Grotewohl), mais depuis 1950 le secrétaire général du SED, Walter Ulbricht, est devenu la personnalité dominante du régime et jouit de la totale confiance de Staline. Partout sévissent un pesant culte de la personnalité du *Vodj* et une adulation de la

1. Cf. F. Fejtö, *Histoire des démocraties populaires*, t. I, *l'Ère de Staline*, Paris, Éd. du Seuil, coll. « Points Politique », 1979, p. 372-373.

patrie du socialisme, particulièrement mal supportés dans des pays de tradition anti-russe tenace comme la Pologne ou la Hongrie. Pas plus que ne le sont l'enseignement obligatoire du russe et l'adoption systématique des normes du réalisme socialiste au mépris d'un héritage culturel multiséculaire.

La centralisation est partout renforcée, s'exerçant en particulier à l'encontre des minorités nationales qui, malgré l'affirmation constitutionnelle de leurs droits, sont l'objet d'une surveillance sourcilleuse. Ainsi en est-il en Roumanie de l'importante minorité hongroise de Transylvanie, des minorités turques de Bulgarie, grecques d'Albanie et allemandes dans divers pays. En Tchécoslovaquie, l'hégémonisme tchèque sur la minorité slovaque demeure tenace. La lutte contre les Églises est inégale, selon les pays et les religions. Les Églises orthodoxes et protestantes sont peu inquiétées en raison de leur traditionnelle soumission au pouvoir temporel. Mais le catholicisme, dominant en Pologne et en Hongrie, actif en Tchécoslovaquie, est considéré comme une menace compte tenu de ses attaches sociales conservatrices et de ses ramifications internationales. La persécution religieuse épouse des formes diverses, depuis la fermeture des établissements d'enseignement et de la plupart des séminaires, jusqu'à la relégation ou la condamnation des prélats récalcitrants. L'archevêque de Prague, Mgr Beran, est interné, le cardinal Mindtszenty, primat de Hongrie, est condamné en 1949 à la prison à vie, celui de Pologne, Mgr Wyszynski, exilé.

Encadrée par des spécialistes soviétiques, la police connaît à la fois un accroissement numérique et une extension de ses fonctions. Une police politique particulièrement redoutée traque pratiquement sans contrôle les suspects et les tièdes dans et hors les rangs du parti. En Hongrie et en Tchécoslovaquie, l'épuration du parti atteint jusqu'à 40 % des effectifs. L'armée, toujours suspecte de nationalisme, voit son encadrement assuré par des officiers soviétiques ou par des nationaux ayant servi dans l'Armée rouge [1]. Partie intégrante de la mécanique stalinienne, les grands procès politiques ponctuent la période :

1. Le cas le plus caricatural est celui du maréchal Rokossovski, « polonais » ignorant la langue polonaise, nommé en 1949 à la tête de l'armée polonaise et qui s'entoura d'une pléiade d'experts soviétiques.

procès Dzodze (Albanie), Rajk (Hongrie), Kostov (Bulgarie) en 1949; procès Gomulka (Pologne), Clementis (et autres dirigeants slovaques) en 1951; procès Slansky (Tchécoslovaquie) et Luca-Gheorghescu-Anna Pauker (Roumanie) en 1952. Conformément au précédent des procès de Moscou, le caractère fantaisiste des chefs d'accusation (titisme, espionnage, trahison...) n'a d'égal que la facilité avec laquelle les accusés reconnaissent les crimes les plus monstrueux [1].

Il est en fait difficile d'élaborer une « théorie générale » de ces procès fabriqués. Le procès indirect de Tito est clair à travers ceux de Dzodze et de Rajk, encore que pour ce dernier, communiste de parfaite obédience stalinienne, un conflit d'ambition avec Rakosi ne soit pas à exclure. La composante antisémite domine indéniablement avec le procès Slansky, qui compte onze Juifs sur quatorze accusés. Pour le reste, on a valablement fait remarquer que les victimes étaient prioritairement des communistes « nationaux », grandis dans la résistance intérieure (Kostov, Gomulka, Clementis), livrés à la vindicte des dirigeants formés en Russie à l'école du Komintern [2]. Il faut aussi prendre en compte la volonté de jeter en pâture à l'opinion intérieure, sourdement hostile en raison de la dureté des temps, des boucs émissaires commodes, intellectuels ou juifs de préférence, sur lesquels pèse l'accusation de sabotage. Par son caractère sacrificiel et expiatoire, le procès stalinien participe à la nouvelle liturgie communiste, au même titre que les défilés de masse, qui sont censés exprimer l'adhésion unanime du pays.

La restauration de la collégialité et la condamnation des violations de la légalité, consécutives à la mort de Staline, ouvrent la voie à une timide libéralisation. Les principales illustrations de ce « Nouveau Cours » résident dans la dissociation des fonctions de secrétaire général du parti et de chef du gouvernement, dans une atténuation de la répression et dans quelques réajustements économiques. Encore ces der-

1. Hormis Kostov qui, comme Boukharine en 1938, dérégla un moment la mécanique de l'aveu.

2. Mais ce schéma souffre quelques d'exceptions : Dzodze, Slansky, Anna Pauker étaient passés par Moscou.

nières mesures sont-elles parfois arrachées à la suite d'événements violents. Les troubles de juin 1953 que traversent la Tchécoslovaquie et la RDA présentent à cet égard une similitude parfaite. Déclenchés dans les deux cas par une maladresse gouvernementale [1], ils épousent les formes identiques des manifestations de rues, des pétitions et des grèves, connaissent une même généralisation dans les centres industriels et se soldent par une vigoureuse répression [2]. Sans doute le retour à l'ordre est-il assuré à Berlin-Est par les chars soviétiques, à Prague par les forces gouvernementales. Mais ces troubles auront pour effet commun, après quelques concessions aux revendications populaires, de bloquer durablement la déstalinisation des deux pays. A peine adoucies, les orientations staliniennes vont en effet se poursuivre en RDA sous la direction de Walter Ulbricht, principal vainqueur de la crise, et en Tchécoslovaquie sous celle d'Antonin Novotny, successeur de Gottwald, mort en 1953.

Dans une certaine mesure ces troubles de 1953 préfigurent ceux de 1956. Mais entre-temps, la reconnaissance de la pluralité des voies dans la construction du socialisme consécutive au rapprochement soviéto-yougoslave, et plus encore la divulgation du rapport secret, ont ouvert de nouvelles brèches. Ce ne sont plus seulement les mécanismes de décision qui sont en cause, mais la sujétion des démocraties populaires à l'ordre soviétique. Si différentes qu'elles soient dans leurs résultats, les révolutions polonaise et hongroise d'octobre traduisent avant tout l'aspiration à une dignité nationale recouvrée.

Longtemps freinée par Bierut, la déstalinisation n'a connu en Pologne que quelques progrès avec la dissolution, fin 1954, du ministère de la Sécurité et la libération d'une première vague de prisonniers politiques. Les événements s'accélèrent

1. En Tchécoslovaquie, il s'agit d'une réforme monétaire décrétée en mai 1953 qui, sous couvert de juguler l'inflation, revenait à une véritable spoliation de l'épargne populaire. En RDA la crise est ouverte par un relèvement de 10 % des normes de travail sans contrepartie salariale. Parti des ouvriers du bâtiment de la Stalinallee, le mouvement de contestation, après s'être heurté à l'indifférence des autorités, s'est étendu à quelque 270 villes.

2. Cf. J. Chiama et J.-F. Soulet, *Histoire de la dissidence, opposition et révolte en URSS et dans les démocraties populaires de la mort de Staline à nos jours*, Paris, Éd. du Seuil, 1982, p. 161-180.

en 1956 avec la mort de Bierut à Moscou, peu après le XXe Congrès. Arbitrée par Khrouchtchev en personne, ce qui en dit long sur la liberté de choix des Polonais, la succession revient à Edouard Ochab, au passé biérutien marqué mais acquis à de nouvelles réformes, préféré à Cyrankiewicz, jugé trop libéral et à qui échoit la direction du gouvernement. Le choix allait pourtant se révéler habile, car le retour au pouvoir de Gomulka doit beaucoup à l'habileté manœuvrière du nouveau secrétaire général.

Dans l'immédiat, la détente intérieure se confirme. Diverses réhabilitations, la libération d'officiers de l'armée intérieure, une large amnistie y concourent, de même que la destitution des fonctionnaires les plus compromis de l'appareil répressif. A la Diète et dans le pays, en particulier chez les intellectuels, la renaissance de la vie politique est évidente. L'impatience gagne la classe ouvrière. Comme à Berlin-Est trois ans plus tôt, une augmentation des cadences de travail jette dans la rue, le 28 juin, les ouvriers de Poznan. L'émeute est écrasée le soir même, au prix d'une cinquantaine de morts. Pour désamorcer la propagation du mouvement, qui a tourné d'emblée à la condamnation politique du régime, mais aussi pour empêcher les staliniens, dits du groupe de Natolin, de reprendre le pouvoir, Cyrankiewicz se répand en propos apaisants. Gomulka réintègre le 4 août le Comité central, et le Bureau politique s'élargit à des éléments modérés comme Gierek ou Rapacki. Le procès des émeutiers de Poznan, largement suivi, est entouré d'inhabituelles garanties judiciaires.

Mesures insuffisantes, car l'effervescence renaît en septembre dans l'université et les centres industriels. Dès lors, le retour au pouvoir de Gomulka, unique dirigeant acceptable en raison de ses antécédents [1], est posé. Mais fort de sa popularité, celui-ci entend s'assurer de garanties solides : le poste de premier secrétaire et le retrait du maréchal Rokossovski. Ochab, après un voyage à Pékin où il semble avoir été encouragé dans le sens de l'émancipation, s'y rallie début octobre.

1. Communiste de l'intérieur, Gomulka s'était rendu populaire après la guerre par ses manifestations courageuses d'indépendance face à l'Armée rouge comme ministre des Territoires recouvrés, puis par son opposition à la collectivisation forcée. Arrêté en 1951, interné jusqu'à la fin de 1954, il a réintégré le parti en août 1956.

Mais la tendance stalinienne, dirigée par Zénon Nowak, en appelle à Moscou. Le 21 octobre, jour de l'ouverture du Comité central, une délégation soviétique impressionnante conduite par Khrouchtchev [1] débarque à Varsovie, tandis que des troupes soviéto-polonaises manœuvrent autour de la capitale. Au fil de discussions très âpres, la solution Gomulka est finalement acceptée. Nul doute que des assurances ont été données en contrepartie sur la fidélité polonaise au pacte de Varsovie et sur le rôle dirigeant du parti. Promu premier secrétaire, Gomulka peut alors tracer devant le Comité central les grandes lignes de la voie polonaise : décollectivisation rurale, liberté religieuse, réformes économiques et développement de la démocratie socialiste. Telle est bien l'orientation des mesures prises peu après.

En Hongrie, la répercussion la plus notable de la mort de Staline avait été la démission de Rakosi de son poste de chef de gouvernement, et son remplacement par Imre Nagy, communiste de tendance libérale et nationale [2]. Une détente économique et politique avait suivi, marquée par une large amnistie et un coup d'arrêt donné à la collectivisation. Le remplacement de Nagy, en mars 1955, par Hegedüs, plus proche de Rakosi, n'avait pas mis un terme au mouvement. La libération de détenus se poursuivait : personnalités religieuses comme Mgr Grösz, et politiques comme Zoltan Tildy ou Bela Kovacs. Dans le même temps, un climat de liberté et de discussions fiévreuses, activé par les événements de Pologne, s'empare du pays. Bien que placé sous la tutelle des Jeunesses communistes, le cercle Petöfi de Budapest se place à la pointe du combat en prenant ouvertement parti pour le retour de Nagy. Docile aux injonctions soviétiques, Rakosi doit annoncer la réhabilitation de Rajk et de ses coaccusés (27 mars 1956), puis sa démission du Comité central en raison de ses

1. Outre Khrouchtchev, la délégation comprend Mikoyan, Molotov, Kaganovitch, le maréchal Koniev (commandant des forces du pacte de Varsovie) et onze généraux en grande tenue.

2. Ministre de l'Agriculture en 1944-1945, Nagy a attaché son nom à une réforme agraire qui lui a valu la reconnaissance de la paysannerie. Par la suite, hostile au limogeage de Rajk, il est exclu du Bureau politique, mais échappe, contrairement à Kadar, à l'emprisonnement. Sur l'ensemble de la question hongroise, cf. F. Fejtö, *Budapest 1956*, Paris, Julliard, 1966, et M. Molnar, *Victoire d'une défaite, Budapest 1956*, Paris, Fayard, 1968.

erreurs passées (18 juillet). Mais son successeur Ernest Gerö est à peine moins honni, et Nagy demeure exclu du parti. Gerö ne peut pourtant interdire les funérailles nationales en l'honneur de Rajk, le 6 octobre, mais, frappé de cécité politique, il laisse passer l'occasion d'une réconciliation avec le pays, à l'inverse de Nagy qui a pris la tête du cortège. Celui-ci réintègre le parti le 14.

Organisée par les étudiants de Budapest, une manifestation de solidarité avec la Pologne revêt, le 23 octobre, une ampleur considérable, mais tourne, sans doute à la suite d'une provocation policière, à l'émeute populaire. Totalement dépassé, Gerö prend coup sur coup les décisions les plus contradictoires : le recours à Nagy pour former un nouveau gouvernement et un appel à l'intervention des troupes soviétiques pour rétablir l'ordre. Sommé d'abandonner son poste de premier secrétaire, il cède la place à Janos Kadar, dont la position « centriste » n'est pas sans rappeler celle d'Ochab en Pologne.

Malgré les appels au calme des nouveaux dirigeants, le mouvement de révolte connaît une extension foudroyante en province, surtout en Hongrie occidentale, où surgissent spontanément des comités révolutionnaires. Ceux-ci élaborent des revendications précises autour d'un programme d'indépendance nationale et de démocratie sociale. Dès lors, le fossé entre Nagy et Kadar ne cesse de s'approfondir. Nagy, qui a formé le 27 octobre un nouveau gouvernement où sont entrées des personnalités non communistes persécutées à l'époque stalinienne [1], multiplie les concessions aux insurgés. Sont ainsi accordés le retour à la liberté de la presse, l'abolition du parti unique et, le 1er novembre, la proclamation de la neutralité hongroise. Inquiet de la désagrégation du parti communiste, de certains excès populaires, voire de la résurgence d'un courant horthyste [2], Kadar tend à se rapprocher de l'URSS. Au moment même où l'armée soviétique s'est retirée du pays, le maréchal Joukov reçoit secrètement l'ordre de préparer une invasion de plus grande envergure. Cette décision, les dirigeants sont conscients de ses répercussions déplorables dans

1. Zoltan Tildy, Anna Kethly, Bela Kovacs.

2. Ce courant n'était pas inexistant, regroupé dans un parti de la liberté et autour de quelques journaux. Mais il n'avait d'influence réelle qu'à proximité de la frontière autrichienne.

l'opinion internationale, même si l'expédition de Suez leur fournit opportunément matière à fustiger les menées de l'impérialisme occidental. Aussi ne la prennent-ils que quand les concessions de Nagy ont dépassé les limites du tolérable (le multipartisme et le retrait du pacte de Varsovie) et avec l'assentiment des principaux leaders du communisme international : Mao Zedong, Gomulka et même Tito, auquel ils arrachent une approbation plus résignée qu'enthousiaste.

Mis au point par l'ambassadeur Youri Andropov, le scénario politique lié à l'intervention militaire se précise. Entrés en Hongrie le 1er novembre, les chars soviétiques investissent Budapest le 4 au matin à l'appel de Kadar, qui, réfugié à Szolnok dans le centre du pays, a formé avec les éléments communistes du cabinet Nagy (le ministre de l'Intérieur Munnich, Marosan, Apro) un contre-gouvernement « ouvrier et paysan ». Son programme vise à restaurer l'ordre intérieur et à préserver les acquis du socialisme grâce à l'aide de l'armée soviétique. La résistance tant à Budapest qu'en province est courageuse, souvent héroïque, mais, au terme d'un combat trop inégal, elle doit déposer les armes le 13 novembre [1]. Les combats ont fait une dizaine de milliers de morts auxquels s'ajoutent les victimes d'une répression difficile à évaluer [2]. Respectueux du partage des zones d'influence, les Occidentaux n'ont pas bougé. Ils s'en sont tenus à une condamnation verbale de l'agression [3] et à des secours apportés aux quelque 200 000 réfugiés qui parvinrent à franchir la frontière autrichienne.

La leçon des événements d'octobre 1956 est sans ambiguïté. Le comportement soviétique éclaire en effet les limites

1. Face aux 1 500 chars soviétiques appuyés par l'aviation, les insurgés de Budapest ne disposent que de fusils, de mitrailleuses et de cocktails Molotov. Certains groupes (cinéma Corvin, caserne Killan, bastion ouvrier de l'île de Csepel) tinrent plusieurs jours. En province, les principaux centres de résistance furent les villes industrielles de Pecs, Dunapentele, Miskolc, Giör...

2. Il y eut semble-t-il autour de 20 000 arrestations, quelques centaines de condamnations à mort et plusieurs milliers de déportés en Sibérie. Imre Nagy et le colonel Maleter, âme de la résistance à Budapest, furent exécutés en 1958 après un procès secret.

3. A cet égard, compte tenu de l'attentisme prévisible des pays occidentaux, les appels à l'insurrection et à la poursuite des combats de la radio américaine Free Europa installée à Munich relèvent d'une totale irresponsabilité.

d'une déstalinisation qui ne peut impliquer ni rupture avec les alliances ni remise en cause du parti unique et de son rôle dirigeant. L'évolution comparée des deux pays concernés est plus surprenante. En Pologne, les premiers mois du gomulkisme sont conformes au programme du 21 octobre. Libération et réhabilitation des prisonniers politiques vont de pair avec la fin des persécutions religieuses, l'arrêt de la collectivisation forcée[1] et des mesures de relèvement du niveau de vie. Dans un climat d'unanimité nationale, les élections à la Diète du 20 février 1957 sont un plébiscite personnel de Gomulka. Mais le déclin est proche. Soumis aux pressions soviétiques et à celle de la bureaucratie, personnellement satisfait dans son goût prononcé du pouvoir, Gomulka s'isole rapidement des forces vives, se coupe des intellectuels et entre de nouveau en conflit avec l'Église. La régression est dès lors générale, annonciatrice des troubles de 1968 et 1970 qui mettront fin à son règne. A l'inverse, Janos Kadar, après avoir donné des gages suffisants de sa soumission à l'Union soviétique (répression, extension de la collectivisation dans les campagnes, renforcement de la participation hongroise au Comecon), amorce une détente dès 1959. Après avoir reconnu les fautes commises par le parti dans le déclenchement de l'insurrection, tout en continuant à qualifier celle-ci de contre-révolutionnaire, il fait prononcer plusieurs amnisties permettant la libération de nombreux détenus et le retour en Hongrie de la moitié environ des réfugiés. Les relations avec l'Église sont également améliorées, même si Mgr Mindtszenty, réfugié dans l'ambassade des États-Unis, demeure frappé d'interdit. Surtout, une audacieuse politique industrielle permet, dans le courant des années soixante, de développer le secteur des biens de consommation dans le cadre d'une planification assouplie et d'un système de prix relativement concurrentiel[2]. Ce « socialisme du salami » sait montrer aussi une certaine tolérance à l'égard des formes neuves de la création et des aspirations de la jeunesse.

1. Le nombre des coopératives agricoles tombe de 10510 en 1956 à moins de 2000 en 1960.
2. La réforme de 1966 est mise en place par le Premier ministre Jenö Fock.

Mise au ban en 1948 de la communauté socialiste [1], la Yougoslavie tente de construire un socialisme original également éloigné des normes staliniennes que du réformisme petit-bourgeois des démocraties occidentales. Rien ne prédisposait Tito à cette voie originale. Formé à l'école du Komintern, il avait imposé dès 1945 une politique ordonnée autour du triptyque nationalisations-collectivisation-planification des plus conformes au modèle soviétique. C'est le schisme de 1948 qui lui dicte la voie décentralisatrice, facilitée il est vrai par la composition pluri-ethnique de l'État yougoslave. Inspirée par Milovan Djilas, la nouvelle orientation procède d'une critique radicale de la bureaucratie comme agent de dépossession de la propriété collective. Elle tend à promouvoir le communisme par un dépérissement accéléré de l'État et la restitution au peuple de sa capacité de gestion administrative, économique et culturelle. Tout un ensemble de textes concrétise entre 1950 et 1953 cette démarche autogestionnaire. Le plus important est la loi fondamentale du 27 juin 1950 instaurant l'élection (et la révocation) des conseils ouvriers par les collectivités de travail (salariés) des entreprises. Privé de pouvoir d'exécution, le plan est réduit à une simple fonction indicative. Une loi de 1953 met fin à la collectivisation forcée des campagnes et organise un système de coopératives fondé sur l'adhésion volontaire, l'exploitation individuelle étant limitée à 10 hectares [2]. D'amples compétences sont reconnues aux cinq cent soixante-dix-sept communes des six républiques théoriquement souveraines [3] et, dans une moindre mesure, aux deux régions autonomes de Vojvodine et du Kosovo. En 1953, le parti communiste décrète sa propre dissolution et sa transformation en une « ligue » en principe limitée à des tâches d'éducation et d'émulation.

1. Cf. t. II, p. 225-227.

2. Il en résulte un important mouvement de dissolution (les quatre cinquièmes environ) des coopératives existantes. Dans les années soixante, le secteur privé représente 95 % des actifs, 85 % des terres et 75 % de la production.

3. Serbie, Croatie, Slovénie, Bosnie-Herzégovine, Monténégro et Macédoine, dotées d'un Parlement, d'un Conseil exécutif et d'une Cour suprême. La Constitution de 1963 a élargi la compétence des républiques par rapport à celle de 1946.

Le système yougoslave a été diversement apprécié[1]. L'élévation du niveau de vie n'est pas niable, même si elle est due pour une part à l'aide américaine et aux conditions particulièrement favorables réservées aux capitaux et au tourisme occidentaux. Elle ne va pas non plus sans de sérieuses inégalités régionales et sociales. L'autogestion a sans doute contribué à l'édification d'une responsabilité collective, mais elle a posé de difficiles problèmes de cohérence dans la gestion de plus en plus technicienne des entreprises. Par ailleurs, la rupture avec Staline n'a pas forcément impliqué la rupture avec le stalinisme, pas plus que le dogme fédéraliste n'a mis fin à la prépondérance serbe propre à l'État yougoslave. Dans les secteurs stratégiques de la haute administration, de la police et de l'armée, l'élément serbe domine, et les tendances centrifuges, voire séparatistes, qui se manifestent en Croatie et dans la population albanaise du Kosovo peuvent être durement réprimées. Ni le culte de la personnalité, ni les excès bureaucratiques et policiers, ni même le discours officiel stéréotypé propre aux régimes de parti unique n'ont été évités. Ces penchants ont même eu tendance à s'aggraver dès lors que, la normalisation avec le bloc de l'Est aidant, la singularité du système yougoslave devenait moins nécessaire.

La réconciliation avec l'Union soviétique peut être considérée comme un succès personnel pour Tito. Dès le 20 octobre 1954, la *Pravda* avait saisi l'occasion du dixième anniversaire de la jonction des troupes soviéto-yougoslaves pour célébrer l'héroïsme des partisans « sous la conduite du maréchal Tito ». Une tentative de condamnation de la rupture de 1948 « aux torts partagés »[2] ayant été rejetée, de même qu'une réconciliation située au seul niveau des partis, c'est en tant que représentants de l'État soviétique que Khrouchtchev et Boulganine arrivent à Belgrade le 26 mai 1955. Le rejet commode de la responsabilité du schisme sur Beria et son adjoint Abakoumov (tous deux disparus) peut irriter Tito, mais satisfac-

1. Pour un bilan nuancé, plutôt favorable, cf. A. Meister, *Socialisme et Autogestion, l'expérience yougoslave,* Paris, Éd. du Seuil, 1964.

2. Du côté yougoslave, le bouc émissaire aurait été Djilas, alors en disgrâce et à la veille d'être arrêté en raison de ses critiques à l'égard du régime titiste. Tito refusa ce marché.

tion est obtenue avec la déclaration commune du 2 juin posant explicitement le principe de la non-ingérence dans les affaires intérieures des pays frères et reconnaissant la pluralité des voies dans la construction du socialisme. En juin 1957, l'élimination de Molotov, délibérément écarté du voyage deux ans plus tôt, se fonde sur sa constante opposition à la détente avec Belgrade. La détente est identique, encore que parfois laborieuse, avec les autres démocraties populaires, à l'exception de l'Albanie qui y voit une raison supplémentaire de condamner le révisionnisme soviétique. Soumises à des refroidissements périodiques, les relations soviéto-yougoslaves comptent moins en fait, pour Tito, que le choix fondamental de sa politique extérieure, celui du non-alignement.

La construction de la Chine communiste

Il est classique d'affirmer que la supériorité des communistes chinois sur les bolcheviques russes, au lendemain de la prise du pouvoir, réside dans l'existence d'un parti de masse largement implanté dans la population rurale, et plus encore dans une expérience gestionnaire déjà ancienne acquise dans les zones libérées. De là découle le pragmatisme d'une révolution qui ne vise pas, à la différence des soviets de 1918, à construire le socialisme, mais à assurer le retour à l'ordre et à reconstruire le pays sur la base du « Programme commun » adopté en septembre 1949, situé lui-même dans la ligne de la « Nouvelle Démocratie » définie neuf ans plus tôt par Mao Zedong. Cette autonomie de démarche par rapport au modèle historique légué par l'URSS découle par ailleurs du contentieux qui oppose depuis 1927 les dirigeants chinois à Staline et que masque mal le traité « d'entraide et d'amitié » du 14 février 1950. Elle est également commandée par tout un ensemble de réalités qui jouent comme autant de contraintes : la nécessité de ménager le capitalisme national encore très actif dans la banque et l'industrie légère, de ménager les cadres administratifs et les intellectuels, nécessaires à la reconstruction et très minoritairement liés au mouvement révolutionnaire, et même la classe ouvrière, dont le parti, en raison de son évolution historique, s'est à peu près totalement déconnecté [1]. Car si l'expérience des dirigeants chinois est réelle en matière agricole et militaire, elle est inexistante au regard de la conduite d'un État moderne. Dans l'immédiat, l'inflation galopante, le délabrement de l'appareil productif, le chômage généralisé, eux-mêmes superposés à toutes sortes de déséquilibres de nature économique ou régionale, obligent à ne se priver d'aucune compétence [2].

La phase de la reconstruction, pour reprendre la terminologie officielle, s'étend de 1949 à 1952. Elle combine des aspects libéraux et d'autres qui orientent le pays vers la démocratie populaire. Sur le plan économique, la réforme essentielle est la loi agraire de juin 1950, complétée par divers textes ultérieurs. Moins radicale que celle de 1947, elle abolit le régime féodal de la terre, procède à un vaste partage sans indemnité au profit de la petite et moyenne paysannerie [3], désormais libre de vendre et d'acheter. Elle contribue dans l'immédiat au relèvement de la production, mais pose à terme le problème de la capacité d'une agriculture microfundiaire à assumer les investissements et les grands travaux nécessaires. Si l'armée est étroitement associée, malgré la ponction que représente la guerre de Corée, à la remise en état des transports et à la gestion des grandes unités industrielles nationalisées, la contribution du capitalisme et de l'artisanat privés dans le redressement industriel n'est pas moindre. Une refonte du système monétaire et fiscal permet par ailleurs de juguler l'inflation. Corollaire de l'abolition du féodalisme agraire, la loi sur le mariage de 1950 rompt radicalement avec l'ancien régime matrimonial en affirmant l'égalité des sexes. Elle n'est que l'aspect le plus spectaculaire d'un nouvel ordre social qui passe aussi par l'abolition de la prostitution, la lutte contre l'opiomanie, les jeux de hasard, etc.

Politiquement, une Conférence consultative fait figure d'Assemblée à la fois législative et constituante. Elle accorde

1. Parti de ruraux, le PCC compte en septembre 1949, sur 4,5 millions de membres, 72 % de paysans pauvres et seulement 2 % d'ouvriers.

2. Sur la situation de la Chine en 1949, cf. le tableau très complet dans J. Bellassen, J. Chesneaux *et al.*, *la Chine, un nouveau communisme, 1949-1976*, Paris, Hatier, 1977, p. 9-30.

3. Cette réforme agraire opère en deux ans un transfert de la moitié des terres cultivées au profit de 300 millions de Chinois.

une large place aux représentants des forces productives ainsi qu'aux petits partis libéraux, dont quelques dirigeants se voient confier des ministères techniques. Ce libéralisme ne doit pas faire illusion. La réalité du pouvoir est partagée entre un Conseil du gouvernement central présidé par Mao, responsable des orientations essentielles, et un Conseil des affaires de l'État présidé par Zhou Enlai qui regroupe les principaux ministères et assure la gestion concrète. L'encadrement de la population par le parti et les organisations de masse qui en dépendent, la propagande officielle, l'enseignement obligatoire du marxisme, alignent le pays sur le modèle des démocraties populaires. Selon des modalités typiquement chinoises, et qui remontent très loin dans l'histoire du mouvement révolutionnaire, les masses sont directement mobilisées, et de façon plus spontanée qu'en Union soviétique. Mais cet activisme est solidement encadré. Surtout, les campagnes ou « mouvements » [1] qui se succèdent entre 1950 et 1952 sont l'occasion de déployer un vaste système policier qui, pour être plus discret qu'en URSS, n'en a pas moins frappé une masse d'opposants ou supposés tels que l'on a estimée de 800 000 à 5 millions de victimes [2]. Avec ses méthodes expéditives, ses quotas de suspects imposés, ses camps de rééducation par le travail, cet épisode n'est pas sans rappeler les heures les plus sombres de la terreur stalinienne, même si doit être prise en compte la menace que faisait peser la guerre de Corée.

En 1953, la reconstruction semble assez avancée pour faire entrer la Chine dans la voie du socialisme. Instrument de cette transition, le plan quinquennal est officiellement adopté en février 1955, mais il couvre en fait les années 1953-1957 qui sont celles de l'alignement économique, et par extension politique, sur le modèle soviétique. Ses objectifs ambitieux [3] vont

1. Campagnes « pour l'élimination des contre-révolutionnaires », « pour le remodelage des intellectuels » (1951); mouvement des « trois anti » et des « cinq anti » (1952), le premier visant les cadres et les fonctionnaires, le second les agissements des capitalistes.

2. Cf. J. Guillermaz, *le Parti communiste chinois au pouvoir*, t. I, *1949-1962*, Paris, Payot, coll. « PBP », 1979, p. 38.

3. Doublement de la production industrielle en cinq ans. L'industrie se voit

de pair avec un bouleversement significatif des priorités et des structures de production : primat de l'industrie lourde et des infrastructures, promotion d'une mystique du plan et d'une culture technicienne. S'agissant des campagnes, l'exploitation familiale doit s'effacer devant des formes collectives, mais avec de si fortes réticences que le mouvement des coopératives agricoles, initialement facultatif, est brutalement accéléré en 1955. La collectivisation est dès lors très rapide et achevée fin 1957, épousant les formes de la coopérative semi-socialiste ou socialiste, cette dernière étant assez comparable au sovkhoze soviétique.

Les résultats du Ier plan ont été longtemps discutés. Ils sont spectaculaires dans le domaine industriel, grâce à la mobilisation des moyens et à une aide soviétique efficace [1]. La production d'acier quadruple en cinq ans, celle d'électricité est multipliée par trois, celle du charbon par deux. La Chine fabrique désormais, et pour la première fois de son histoire, du matériel ferroviaire et électrique. Mais le déséquilibre est aggravé entre les régions, les divers secteurs industriels, et plus encore entre les villes et les campagnes. Car celles-ci sont les grandes sacrifiées du Ier plan, victimes du sous-investissement et des disparités d'un système de prix qui, comme en URSS, revient à financer le décollage industriel par la compression du revenu paysan. D'où le refuge dans l'autoconsommation de la paysannerie des coopératives de type inférieur et, par voie de conséquence, un décalage substantiel entre les prévisions et la production [2].

Le remodelage sur l'URSS emprunte d'autres voies. Sans procéder d'une imitation servile de la Constitution soviétique

---

attribuer 58 % des investissements, les transports 19 %, l'agriculture seulement 7,6 %.

1. Les accords sino-soviétiques de 1953 et 1955 prévoient une aide économique accrue et l'envoi de nombreux techniciens. Ceux-ci sont au nombre de 10 000 environ et participent à deux cent onze projets industriels.

2. La production céréalière ne s'est accrue que de 17 % en cinq ans, ce qui correspond à peine à la croissance démographique. Or le recensement publié en 1954 fait apparaître une population de plus de 600 millions et un taux d'accroissement naturel de l'ordre de 2 % par an. De cette prise de conscience découle une première campagne de restriction volontaire des naissances, menée avec plus de conviction que de moyens. Cf. J. Guillermaz, *op. cit.*, p. 200-202.

– on n'y trouve en effet ni fédéralisme ni bicamérisme –, la Constitution du 20 septembre 1954, rédigée pour l'essentiel par Liu Shaoqi, est caractéristique d'une démocratie populaire par la hiérarchie de ses assemblées élues à la liste unique et l'affirmation du rôle dirigeant du parti, qui contrôle de multiples organisations de masse [1]. Sous l'impulsion du ministre de la Guerre Peng Dehuai, et avec l'assistance technique de l'URSS, l'armée perd ses tâches d'éducation politique et de participation à la production pour s'orienter vers un corps professionnel et hiérarchisé à l'image de l'armée soviétique. Partout se met en place, dans le parti-État comme dans le secteur productif, une lourde bureaucratie, elle aussi strictement hiérarchisée, qui n'ignore ni les sinécures ni les cumuls, et qui cristallise l'animosité populaire. La promotion de la culture scientifique et technique, le strict encadrement de la vie intellectuelle, et jusqu'au style décoratif, monumental et pompeux, sont autant d'emprunts au stalinisme.

Pourtant, à bien des égards, la ligne chinoise demeure originale. A la différence de l'URSS, le passage à la gestion collective ne s'effectue pas par oukazes, mais à travers un mouvement de masse *(yundong)* – celui des « trois transformations socialistes » – censé exprimer les aspirations et les suggestions populaires. En fait ce spontanéisme est largement inspiré d'en haut et solidement encadré. Peut-être ne fait-il que refléter la sourde rivalité, qui ne va cesser de s'affirmer par la suite, entre les conceptions planificatrices et techniciennes de Liu Shaoqi et la ligne révolutionnaire et ultra-collectiviste de Mao Zedong. Tout aussi ambiguë, la campagne des Cent Fleurs lancée publiquement en mai 1956 par Lu Tingyi, responsable de la propagande au Comité central, mais avec l'appui personnel de Mao, a initialement pour but, à l'image du « dégel » soviétique, de rallier les intellectuels. Deux ans plus tôt, l'affaire Hu Feng [2] avait en effet révélé leur malaise et,

1. Les petites formations démocratiques ne sont pas supprimées et joueront même un rôle actif dans les années 1956-1957. Sur l'organisation des pouvoirs et les nouveaux statuts du parti (1956), cf. J. Guillermaz, *op. cit.*, p. 143-162.

2. Écrivain sympathisant communiste de longue date, Hu Feng avait vainement tenté de s'élever en 1954 contre le jdanovisme culturel. Forcé à l'autocritique et arrêté, sa condamnation avait ouvert une nouvelle phase de persécution dans les milieux intellectuels.

selon Zhou Enlai lui-même, 40 % d'entre eux seulement soutenaient le régime. Mais cet appel à la libre expression, à la pluralité de la pensée, est-il vraiment sincère ou n'est-il pas un artifice pour mieux récupérer l'intelligentsia ? Est-il cantonné au seul domaine culturel ou peut-il être compris aussi comme un engagement à la critique de la bureaucratie ? L'unanimité de façade qui préside aux débats du VIIIe Congrès (septembre 1956) ne permet pas de donner de réponse claire, encore que les tenants de la ligne gestionnaire (Liu Shaoqi, Deng Xiaoping, Bo Yibo) aient paru l'emporter. Mais, en février de l'année suivante, un important discours de Mao Zedong [1] semble renverser la tendance en ouvrant la voie à une campagne de « rectification politique ». Celle-ci prend pour cible les « trois fléaux » de la bureaucratie, du sectarisme et du subjectivisme. Il en résulte une agitation étudiante et même ouvrière dont l'ampleur surprend et inquiète les initiateurs du mouvement. Ce qui peut apparaître comme le timide essai d'une déstalinisation chinoise est brusquement interrompu en juin 1957 par une nouvelle campagne « antidroitière » qui épouse la forme la plus classique de la purge dans l'administration, le parti, et dans les rangs des intellectuels, qui ont tout lieu de s'estimer bernés. Plusieurs millions de personnes sont ainsi « renvoyées à la base », c'est-à-dire vers les campagnes [2].

La période du Ier plan quinquennal s'achève donc à l'avantage de la gauche du parti et de Mao Zedong. Nul doute que ce dernier l'ait mis à profit pour imposer à l'orientation économique du pays une rupture radicale. Il est probable que celle-ci ait été aussi commandée par les déceptions de son dernier voyage à Moscou et sa volonté d'ouvrir une « voie chinoise » vers le socialisme qui disputerait victorieusement au modèle soviétique les sympathies du tiers monde naissant [3]. Il n'est

1. « De la juste solution des contradictions au sein du peuple », qui distingue les *contradictions antagonistes* entre la société nouvelle et les ennemis du peuple, et les *contradictions non antagonistes,* toujours renaissantes, qui se produisent entre l'individu et le groupe, voire entre les masses et les dirigeants. La rupture avec l'unanimisme soviétique est très nette.

2. Sans lien apparent, une vague de répression s'abat au même moment sur les minorités, en particulier les Tibétains, dont les libertés sont progressivement rognées. Sporadiques depuis 1954, les révoltes s'étendent en 1956 et culminent en 1958-1959. Cf. J. Guillermaz, *op. cit.*, p. 312-317.

3. En novembre 1957, Mao Zedong a participé à la célébration du quaran-

pas impossible qu'une telle radicalisation ait eu la faveur de la paysannerie pauvre et d'une fraction de la classe ouvrière, unies dans une réaction contre la gestion trop autoritaire et centralisée du Ier plan [1]. En tout état de cause, le « Grand Bond en avant », défini par le Comité central fin 1957, est rendu public, apparemment sans enthousiasme excessif, par Liu Shaoqi lors de la deuxième session du VIIIe Congrès en mai 1958. Les prévisions prudentes du IIe plan quinquennal (adopté en 1956) sont balayées au profit d'une mobilisation massive des énergies dans tous les secteurs productifs. Ainsi naissent les slogans « marcher sur les deux jambes » (industrie *et* agriculture), « l'expert et le rouge » (savoir technique *et* conscience politique), « le facteur principal est l'homme » (ce qui suppose le rejet des orientations malthusiennes antérieures). L'abandon de la planification centralisée et quinquennale débouche sur la décentralisation de la production. Dès avril dans certaines provinces, mais surtout à partir du mois d'août, se généralisent les communes populaires, dont le statut est défini par la résolution de Wuhan du 10 décembre 1958. Procédant de la fusion des coopératives dans le cadre du village *(xiang),* soit environ 4 000 foyers, ce sont des unités polyvalentes assumant des fonctions tout à la fois économiques, sociales, éducatives et administratives. Par la disparition des lopins individuels, elles sont censées dégager le temps nécessaire aux travaux d'utilité collective et opérer une socialisation complète de la vie quotidienne. Des expériences de communes populaires urbaines sont parallèlement tentées, mais sans généralisation systématique. A l'enrégimentement des masses rurales et ouvrières, mobilisées sur le « front » de la production, s'ajoute une propagande magnifiant la tâche exaltante « des pauvres qui veulent changer le monde [2] ».

L'excellente récolte de l'année 1958 entretient l'euphorie, à tel point que l'on se laisse aller à affirmer l'avènement immi-

---

tième anniversaire de la révolution d'Octobre et à la conférence des partis communistes. En désaccord avec Khrouchtchev sur bien des points (passage au socialisme, déstalinisation, coexistence pacifique), il n'a pu faire prévaloir aucune de ses thèses et a mesuré l'étendue de l'hégémonisme soviétique.

1. Thèse développée par J. Bellassen, J. Chesneaux *et al.*, *op. cit.*, p. 82.
2. Les Chinois « pauvres et blancs », selon la formule utilisée par Mao Zedong au printemps 1958.

nent de la société communiste. Dès l'année suivante pourtant, et malgré quelques ajustements de détail, une opposition se dessine face à une radicalisation qui s'opère sur la base d'estimations chiffrées manifestement exagérées. Chef de file de cette opposition modérée, le maréchal Peng Dehuai, ministre de la Défense, est mis à l'écart et remplacé par Lin Biao. En avril 1959 Liu Shaoqi succède à Mao Zedong à la présidence de la République, sans que l'on puisse affirmer qu'il s'agisse d'un désaveu du Grand Bond, Liu défendant verbalement la ligne maoïste. Mais les années 1959 et surtout 1960-1961 voient se creuser le déficit alimentaire. Des récoltes désastreuses, partiellement liées à des catastrophes climatiques et des calamités naturelles, font apparaître la disette et vraisemblablement la famine dans plusieurs provinces. Après un essor fulgurant pendant les deux premières années du Grand Bond, la régression du secteur industriel est comparable. Livrées à elles-mêmes en l'absence de toute planification, confiées à des cadres incompétents ou paralysés par les consignes politiques, souvent privées de leurs approvisionnements en matières premières en raison de l'étranglement des transports, les entreprises connaissent un net fléchissement d'activité à partir de 1960, auquel contribue, à cette date, le retrait des techniciens soviétiques [1]. Dans les campagnes, les petits hauts fourneaux, même s'ils répondaient à une fonction, surtout mobilisatrice, livrent le plus souvent une production impropre à toute transformation.

Enfanté dans l'improvisation, fondé sur une somme de surestimations et d'inexpériences, le Grand Bond se révèle en moins de trois ans comme une catastrophe économique [2], dûment constatée par Liu Shaoqi au début de 1962 devant les cadres du parti. Une remise en ordre s'impose, dans laquelle Zhou Enlai semble avoir joué un rôle essentiel. La retraite est donc organisée en bon ordre, par réajustements partiels dès 1960, de façon plus systématique en 1962 sur la base d'un programme en dix points. Retour vers leurs villages de quelque 20 millions de citadins récents, priorité reconnue à l'agri-

1. Cf. J. Bellassen, J. Chesneaux *et al.*, *op. cit.*, tableau p. 95.
2. Sur l'échec du Grand Bond et ses causes, cf. J.-L. Domenach et Ph. Richer, *la Chine, 1949-1985*, Paris, Imprimerie nationale, 1986, p. 162-168.

culture, réorganisation des communes en privilégiant des formations de travail plus restreintes, rétablissement du lopin de terre individuel, révision des programmes d'investissement en faveur des industries légères, réduction des cadences en sont les principaux aspects. Cette politique de stabilisation, complétée par une ouverture commerciale vers l'Ouest pour suppléer la diminution des échanges avec le bloc de l'Est, porte ses fruits. Même si la Chine ne livre plus de chiffres officiels, on estime qu'en 1963-1964, le niveau de production de 1957 est retrouvé, voire dans certains secteurs, l'industrie chimique par exemple, largement dépassé [1].

Mais, pour la gauche du parti, il ne s'agit que d'une pause. De 1962 à 1965 s'engage une bataille confuse entre les tenants de la ligne maoïste, fidèle à l'esprit du Grand Bond comme mode de développement original capable d'ériger la société communiste par l'élimination des « trois différences [2] », et les tenants de la ligne conservatrice, mais que l'on peut qualifier aussi de réaliste ou pragmatique, défendue par Liu Shaoqi et le secrétaire général du parti Deng Xiaoping. Les principaux épisodes en sont le « mouvement d'éducation socialiste » lancé par Mao dans les campagnes, qui débouche en 1964 sur une épuration sévère des cadres ruraux, et des controverses de plus en plus vives dans le domaine culturel. La confrontation touche aussi l'armée, selon qu'elle doit être technicienne ou populaire, la presse, le parti, et même le contentieux sino-soviétique, auquel Liu Shaoqi voudrait ne pas donner un caractère irréparable. La révolution culturelle, à partir de 1965, va procéder de toutes ces tensions qui combinent divergences théoriques et rivalités personnelles.

1. C'est en 1964 qu'explose la première bombe atomique chinoise, signe de la restauration des capacités scientifiques et techniques.

2. Différences entre intellectuels et manuels, ouvriers et paysans, urbains et ruraux.

4

Apogée et développements de la guerre froide

Née de l'antagonisme d'intérêts des deux grands vainqueurs du second conflit mondial et de la division de l'Europe constatée au lendemain de l'officialisation du plan Marshall, la guerre froide [1] s'était initialement cristallisée autour du problème allemand pour acquérir rapidement une dimension mondiale. A la doctrine Jdanov, ou doctrine des « deux mondes antagonistes », avait répondu le Pacte atlantique, première tentative de défense mutuelle du « monde libre ». Même si elle est peu redevable à la bienveillante sollicitude de l'Union soviétique, la victoire du communisme en Chine a ouvert, dès 1949, le front asiatique à la confrontation des blocs, ce que confirme l'année suivante le déclenchement du conflit coréen. Événement considérable par sa signification comme par ses implications, la guerre de Corée marque tout à la fois l'apogée de la guerre froide, en raison de l'affrontement armé des forces antagonistes, et les limites mutuellement consenties à l'emploi de la force par les deux grandes puissances parvenues à l'âge nucléaire.

La guerre de Corée et ses répercussions

Depuis 1945, la Corée apparaît comme un foyer de conflit potentiel entre les États-Unis et l'URSS. Initialement, c'est-à-dire à Yalta et à Potsdam, avait prévalu la thèse américaine d'une tutelle *(trusteeship)* internationale. Mais l'entrée en

1. Cf. t. II, p. 232-269.

guerre de l'URSS contre le Japon avait donné droit à celle-ci d'occuper militairement la Corée au nord du 38e parallèle, les Américains occupant le sud. La conférence de Moscou, en décembre 1945, avait institué une commission mixte en vue de résoudre les difficultés, en particulier économiques, nées d'une ligne de démarcation dont l'étanchéité revenait à une partition de fait. Les réactions unanimement défavorables de l'opinion coréenne accréditent très tôt la nécessité d'une réunification du pays, mais que les deux puissances entendent de façon différente. Les États-Unis proposent l'élection libre dans chaque zone d'une assemblée dont les délégués formeraient un parlement provisoire siégeant à Séoul, les Soviétiques manifestant leur préférence pour une assemblée du peuple unique désignée par les organisations de masse. De cette divergence résultent la paralysie de la commission mixte et la dégradation de la situation économique du pays par rupture de la complémentarité Nord-Sud [1].

Faute d'accord bilatéral, et malgré l'opposition de l'URSS qui y voit une violation de l'accord de Moscou, le général Marshall décide, le 17 septembre 1947, de soumettre la question coréenne à l'examen des Nations unies. Une commission *ad hoc* de huit membres est créée en novembre, présidée par l'Inde, mais qui, faute de pouvoir se rendre en Corée du Nord, se révèle d'une totale inefficacité. Dès lors, le scénario « allemand » se reproduit, ou plutôt s'anticipe, avec la création de deux États séparés et antagonistes. Au Sud, les États-Unis patronnent les élections du 10 mai 1948, qui portent au pouvoir le vieux leader nationaliste Syngman Rhee, soutenu par une majorité très conservatrice. Au Nord les élections du 25 août, prolongées par une consultation « clandestine » au Sud, donnent le pouvoir au communiste Kim Il-sung, qui, pour avoir passé plusieurs années en URSS, jouit de la confiance de Staline. Situation apparemment irréversible, puisque les deux États prétendent représenter l'ensemble du pays; et situation éminemment conflictuelle, car si les troupes d'occupation soviétiques et américaines sont évacuées, respectivement en décembre 1948 et juin 1949, les deux grandes

1. Cette complémentarité reposait sur les échanges qu'entretenaient de longue date la région Nord, plus industrielle, et le Sud, plus agricole.

puissances renforcent leur client respectif. Syngman Rhee peut ainsi multiplier les gestes agressifs contre le Nord, tandis que la déclaration du 12 janvier 1950 du nouveau secrétaire d'État Dean Acheson, excluant explicitement la Corée du périmètre défensif américain en Asie, ne peut qu'encourager les tendances annexionnistes de Kim Il-sung.

Le franchissement du 38e parallèle par des troupes nord-coréennes nombreuses et bien équipées, la surprise totale qu'il suscite tant à Séoul qu'à Washington, ne laissent aucun doute sur l'*initiative* de l'attaque. Il n'en va pas de même sur la *responsabilité* réelle du déclenchement de la guerre, qui a fait l'objet d'un ample débat historiographique [1]. Dans l'état actuel de la documentation, quasiment réduite aux sources occidentales, la responsabilité américano-sud-coréenne, officiellement alléguée par les États communistes, est peu défendable en raison de l'infériorité manifeste des forces militaires de Séoul [2]. Dans l'hypothèse, infiniment plus vraisemblable, d'une initiative du camp communiste, il convient de peser la part respective de la Corée du Nord, de l'URSS et de la Chine. L'idée fréquemment avancée selon laquelle Moscou aurait recherché en Corée une compensation à l'échec du blocus de Berlin ne cadre guère avec la démarche réaliste de Staline. Il est plus judicieux d'invoquer une volonté soviétique d'équilibrer la présence américaine au Japon par une réunification forcée de la Corée compte tenu de la latitude apparemment laissée par la déclaration Acheson. Il est probable aussi que Staline ait souhaité contenir par là l'influence de la Chine communiste, à l'égard de laquelle il continuait d'entretenir,

1. Cf. Allen S. Whiting, *China Crosses the Yalou, the Decision to Enter the Corean War,* New York, The Macmillan Co., 1960, et, en langue française, Ph. Devillers, « L'URSS, la Chine et les origines de la guerre de Corée », *Revue française de science politique,* nov.-déc. 1964, p. 1179-1194, et H. Carrère d'Encausse, « Corée 1950-1952. Aux origines du conflit », *ibid.,* nov.-déc. 1970, p. 1182-1198. On trouvera une claire mise au point des thèses en présence dans F. Joyaux, *la Nouvelle Question d'Extrême-Orient, l'ère de la guerre froide (1945-1959),* Payot, 1985, p. 153-156.

2. Cette thèse est également soutenue par un représentant de l'école « révisionniste » américaine, D. F. Fleming (*The Cold War and its Origins, 1950-1960,* New York, 1961, p. 654-655), l'auteur se fondant sur les déclarations belliqueuses de Syngman Rhee (du 19 juin 1950 en particulier) et sur une incursion sudiste à quelques kilomètres au nord de la ligne de démarcation.

comme en témoigne le traité du 14 février 1950, plus de méfiance que de sympathie. Mais il est peut-être excessif d'attribuer à l'URSS la responsabilité directe du conflit, car il est fort possible que Moscou n'ait fait qu'avaliser une décision nord-coréenne, quitte à moduler ensuite son appui en fonction du comportement américain. Auquel cas, la guerre de Corée n'aurait été qu'une initiative limitée dans le cadre d'une politique plus vaste de répit [1]. Quant à la Chine communiste, s'il n'est pas évident qu'elle ait été placée devant le fait accompli, tout laisse à penser qu'elle n'est pour rien dans le déclenchement de l'opération. Quel qu'ait été leur désir d'éliminer le régime de Syngman Rhee, les dirigeants chinois n'avaient pas forcément beaucoup plus de sympathie pour celui de Kim Il-sung. Les tâches de pacification et de reconstruction intérieures constituaient à l'époque les priorités du pays, et l'essentiel de l'Armée rouge stationnait dans le Sud en vue d'une reconquête de Taiwan. Par la suite, c'est avec une évidente réticence que les « volontaires » chinois seront envoyés en Corée.

En tout état de cause, Staline et les Nord-Coréens avaient sous-estimé la détermination américaine. D'une part la déclaration Acheson avait été abandonnée dès avril 1950 (ce qu'ils ignoraient), d'autre part il apparaît d'emblée que, pour avoir échoué en Chine, le *containment* n'en demeure pas moins le principe intangible des États-Unis. Truman estime en effet qu'une abstention américaine aurait des effets déplorables en Asie, au Japon surtout, mais aussi à Taiwan et aux Philippines. Son habileté va consister à masquer, ou plutôt à légitimer l'intervention américaine par un recours aux Nations unies, servi en cela par le retrait volontaire de l'URSS du Conseil de sécurité qui écarte momentanément toute possibilité de veto [2].

1. Thèse présentée par H. Carrère d'Encausse, *art. cit.*, p. 1194-1197. Il est en effet admis qu'en 1950 la politique de l'URSS tend plus à la détente qu'à l'affrontement. La *Pravda* du 28 mars écrit : « La coexistence entre les deux grands systèmes, socialisme et capitalisme, est inévitable pour une certaine période. » En soutenant l'initiative nord-coréenne, Staline n'aurait donc pris qu'un risque calculé (en raison de la supériorité militaire du Nord) et limité (dans la mesure où face à la riposte américaine Staline adopte une attitude de prudence et de conciliation).

2. L'URSS est absente depuis le 13 février 1950 pour protester contre le maintien de Taiwan comme représentant de la Chine au Conseil.

L'agression nord-coréenne est donc condamnée et, l'appel au cessez-le-feu étant resté sans réponse, le Conseil confie le 7 juillet aux États-Unis le commandement d'une force unifiée de l'ONU[1]. Le général MacArthur, qui avait été invité dès le 25 juin à secourir les forces sud coréennes, est désigné à ce poste. Une tentative de médiation indienne, qui sera suivie de plusieurs autres, se heurte au veto catégorique du représentant américain.

Sur le plan militaire[2], l'intervention américaine va avoir pour effet de renverser une situation initialement très favorable aux Nord-Coréens, mais avec un décalage de deux mois environ. Ce n'est qu'à compter du 15 septembre 1950 que MacArthur opère un redressement qui, après la reprise de Séoul, va conduire les forces de l'ONU jusqu'au 38e parallèle. Faut-il en rester là comme le suggèrent la Grande-Bretagne et l'Inde, hostiles à tout risque d'extension du conflit, ou mettre à profit la supériorité militaire pour, comme le souhaitent Truman et MacArthur, lever l'hypothèque nord-coréenne et procéder par les armes à la réunification de la Corée ? L'URSS ayant repris sa place au Conseil de sécurité, et réexerçant de ce fait son droit de veto, c'est l'Assemblée générale qui vote le 7 octobre une résolution autorisant les forces de l'ONU à franchir la ligne de démarcation. Une commission est également instituée pour préparer la réunification. Les troupes de MacArthur sont le 19 octobre à Pyong Yang, capitale de la Corée du Nord, et atteignent peu après la frontière chinoise.

La Chine est dès lors directement menacée, et en particulier les centres industriels de Mandchourie. Poussés à l'intervention par l'Union soviétique – qui refuse pour des raisons évidentes toute forme d'affrontement direct –, les dirigeants chinois réagissent pourtant avec prudence en n'envoyant sur la frontière que des contingents limités. Mais la décision de

1. Résolution adoptée par 7 voix et 3 abstentions (Yougoslavie, Égypte, Inde). Ce sont seize pays, puis dix-neuf, qui combattront sous la bannière de l'ONU. La France envoie un bataillon.

2. Le récit des opérations militaires étant réduit à l'essentiel, on trouvera de plus amples développements dans D. Rees, *Korea, the Limited War* (Londres, Macmillan, 1964), qui reste la meilleure synthèse. En langue française, l'ouvrage de C. Delmas, *Corée, 1950* (Bruxelles, Éd. Complexe, 1982), n'est pas toujours d'une clarté parfaite.

GUERRE DE CORÉE
CHRONOLOGIE SOMMAIRE DES OPÉRATIONS

1950

25 juin : Invasion de la Corée du Sud par les forces nord-coréennes.
28 juin : Prise de Séoul.
3 juillet : Prise d'Inchon.
7 juillet : Le général MacArthur est nommé commandant suprême des forces des Nations unies en Corée.
20 juillet : Prise de Taejon par les Nord-Coréens.
31 juillet : Débarquement des premiers *marines*.
10 août : Contre-offensive du général Walker.
15 septembre : Débarquement des forces de l'ONU à Inchon.
28 septembre : Reprise de Séoul par les forces de l'ONU.
2 octobre : Franchissement du 38e parallèle par les forces de l'ONU.
16 octobre : Entrée des premières forces chinoises en Corée du Nord.
19 octobre : Prise de Pyong Yang par les forces de l'ONU.
26 novembre : Attaque générale des forces chinoises.
4 décembre : Reprise de Pyong Yang par les forces communistes.

1951

4 janvier : Reprise de Séoul par les forces communistes.
21 janvier : Contre-offensive du général Ridgway.
14 mars : Reprise de Séoul par les forces de l'ONU.
11 avril : Révocation de MacArthur, remplacé par le général Ridgway.
21 mai : Rejet des troupes communistes au-delà du 38e parallèle.
10 juillet : Début des pourparlers en vue d'un cessez-le-feu.
12 novembre : Ordre du général Ridgway de suspendre les opérations offensives.

1952

7 mai : Le général Clark remplace le général Ridgway.
8 octobre : Ajournement des pourparlers en raison des divergences sur le problème de la restitution des prisonniers.

1953

28 mars : Reprise des pourparlers.
11 avril : Accord sur le rapatriement des prisonniers.
7-19 juillet : Nouvelle offensive communiste. Vive riposte des forces des Nations unies.
27 juillet : Signature de l'accord d'armistice à Pan Mun Jom.

MacArthur de faire passer les troupes américaines en première ligne et de procéder à une offensive générale les oblige à étoffer considérablement leur corps de « volontaires », jusqu'à 700 000 ou 800 000 hommes, armés il est vrai d'un matériel souvent rudimentaire. La supériorité du nombre permet aux forces sino-nord-coréennes de franchir à nouveau le 38e parallèle et de réoccuper Séoul. Mais, à partir du 21 janvier 1951, le général Ridgway parvient, en utilisant pleinement son potentiel aérien, à faire remonter progressivement le front jusqu'aux alentours de la ligne de démarcation. Deux nouvelles offensives chinoises, l'une en avril, l'autre en mai, ne parviennent pas, malgré l'énormité des forces engagées, à entamer cette stabilisation du front.

Entre-temps, l'idée d'une trêve a progressé de part et d'autre, vivement encouragée par Londres et Paris, qui redoutent un désengagement accru des États-Unis en Europe, voire le risque d'une conflagration généralisée; encouragée aussi par Moscou, qui, ayant testé la détermination américaine, ne souhaite plus que sauver la face. Truman, qui, dans le désarroi causé par la contre-offensive chinoise, avait imprudemment envisagé de recourir à l'arme atomique, s'est laissé convertir par Attlee à une solution négociée. Encore lui faut-il faire entendre raison au bouillant général MacArthur, qui propose tout à la fois le bombardement (éventuellement atomique) du sanctuaire mandchou et que latitude soit laissée à Tchiang Kai-chek d'intervenir militairement en Chine du Sud. Le risque d'escalade est évident, qui contrecarre à la fois la démarche désormais politique de Truman et les analyses de certains militaires, tel le général Bradley, qui redoutent que l'URSS tire le bénéfice d'un éventuel affrontement sino-américain. L'incroyable présomption avec laquelle le proconsul dicte, le 24 mars, les termes d'un ultimatum personnel aux Sino-Coréens précipite sa disgrâce. Le 11 avril, MacArthur est destitué et remplacé par le général Ridgway [1].

1. Des préoccupations de politique intérieure ne sont pas étrangères à ce renvoi, MacArthur faisant jouer ses amitiés républicaines au Congrès pour faire progresser sa cause. C'est à la fois l'autorité présidentielle et le consensus américain réalisé autour de l'intervention en Corée qui sont en jeu. Sur MacArthur, cf. W. Manchester, *American Caesar, Douglas MacArthur, 1880-1964*, Boston, 1978.

Les négociations peuvent dès lors s'engager, à Kaesong d'abord, puis à Pan Mun Jom, rendues particulièrement ardues par le double problème du tracé de la ligne de démarcation et de l'échange des prisonniers. Le premier oppose le camp communiste, qui exige le retour pur et simple au 38e parallèle, aux États-Unis, qui souhaitent conserver la ligne de front, qui leur est plus favorable. Sur le second point, les Sino-Coréens exigent l'échange de la totalité des prisonniers détenus par les deux camps, les États-Unis et la Corée du Sud ne voulant restituer que ceux désirant explicitement rentrer dans leur pays d'origine [1]. Ce contentieux empoisonne les négociations durant près de deux ans. La mort de Staline ayant assoupli les positions soviétiques (donc nord-coréennes) et la Chine se montrant sensible aux discrètes mais fermes pressions du président Eisenhower, la convention d'armistice est finalement signée le 27 juillet 1953, à Pan Mun Jom, en des termes assez proches des positions américaines. Mais ni à la conférence de Berlin (janvier-février 1954), ni à celle de Genève (avril-juillet) une solution ne peut être trouvée au problème de la réunification.

Ainsi s'achève sur un résultat nul une guerre effroyablement coûteuse. Relativement faibles pour les Américains, les pertes humaines sont considérables pour la Chine populaire et les deux Corées [2]. Dans tous les grands pays, mais surtout aux États-Unis, les dépenses militaires ont connu une hausse vertigineuse, à laquelle contribue la vague d'inflation mondiale consécutive au renchérissement brutal du prix des matières premières [3]. Politiquement, la guerre s'achève sur un indénia-

1. Cette intransigeance américaine ne peut être comprise qu'au regard de la mauvaise conscience causée par le retour en URSS des prisonniers soviétiques libérés en Allemagne par les États-Unis. On sait que la plupart furent passés par les armes ou dirigés vers des camps de travail.

2. Les États-Unis ont eu 33 600 morts, auxquels il faut ajouter 3 140 morts des autres forces de l'ONU. Pour les pays communistes, les chiffres sont beaucoup plus imprécis : les pertes sino-coréennes se situeraient aux alentours du million de morts. La Corée du Sud aurait eu environ 520 000 morts, dont deux tiers de civils.

3. Le budget militaire des États-Unis passe en trois ans de 13 à 50 milliards de dollars, soit de 6,5 à 13 % du PNB, les effectifs des forces armées passant de 1,4 à 3,6 millions d'hommes. A la conférence de Lisbonne, en février 1952, l'OTAN se voit assigné un objectif de cinquante divisions à la fin de l'année.

ble succès du *containment*, que prolonge le système des pactes anticommunistes déployé en Asie. Mais cette victoire est quelque peu ternie par les excès du maccarthysme aux États-Unis comme par les campagnes antiaméricaines (« Ridgway la peste », « *US go home* ») orchestrées en Europe par le Kominform et ses antennes plus ou moins avouées, avec un succès certain auprès des couches intellectuelles progressistes [1]. L'isolement persistant de la Chine populaire, et son absence pour vingt ans encore de l'enceinte des Nations unies, peuvent également être interprétés comme une réussite soviétique. En fait, l'enseignement le plus probant du conflit coréen réside dans les modifications apportées à l'emploi de la force à l'âge nucléaire [2]. Si manifeste que soit la supériorité de l'armement atomique américain [3], l'ascension aux extrêmes se heurte désormais à un refus délibéré et mutuel. De ce fait, l'objectif militaire d'une défaite totale de l'adversaire (thèse de MacArthur) doit céder le pas à une appréciation réaliste du risque et de l'enjeu. Le conflit coréen apparaît donc comme la première illustration d'une nouvelle solidarité entre deux systèmes antagonistes, mais confrontés au même impératif : préserver la paix mondiale à une époque où la guerre, portée aux extrêmes de sa force destructrice, cesse d'être un moyen parmi d'autres de la politique. Paradoxalement, c'est à la faveur d'une « guerre chaude » que s'élabore implicitement le concept de coexistence pacifique dont Staline semble bien avoir eu l'intuition à la fin de sa vie, pour devenir la ligne officielle de ses successeurs [4].

Les répercussions internationales de la guerre de Corée sont considérables. Elles se situent pour l'essentiel dans une struc-

1. Sur la vague d'antiaméricanisme qui déferle alors en Europe, cf. M. Winock, « L'antiaméricanisme français » *l'Histoire*, numéro spécial « La guerre froide », n° 50, nov. 1982.

2. Cf. R. Bournazel, « Guerre et politique dans le conflit coréen », *Revue française de science politique*, nov.-déc. 1970, p. 1219-1232.

3. Sous l'impulsion du général LeMay, placé à la tête du Strategic Air Command en octobre 1948, le potentiel nucléaire américain augmente rapidement, pour atteindre environ 400 bombes A et 260 bombardiers stratégiques début 1951. Mise en chantier en janvier 1950, la bombe H est devenue opérationnelle moins de deux ans plus tard.

4. Cf. *infra*, p. 201.

turation renforcée du bloc occidental, tant en Asie qu'en Europe. Couramment attribuée à l'anticommunisme vigilant de Foster Dulles, la pactomanie américaine est autant l'œuvre des démocrates que des républicains.

En Asie, c'est l'Indochine qui est l'objet des premières inquiétudes [1]. Pour répondre à la reconnaissance, début 1950, de la république démocratique du Vietnam, puis à l'assistance que lui apportent la Chine et l'URSS, le Conseil national de sécurité inspire à Truman la déclaration du 27 juin : l'endiguement du communisme en Indochine est devenu partie intégrante de la politique asiatique des États-Unis. L'internationalisation de la question indochinoise est en marche, de même que l'engagement croissant de la puissance américaine au nom de ce qui deviendra la théorie des dominos. Dans l'immédiat, diverses missions se succèdent à Saigon pour apporter une aide économique, puis militaire, aux forces françaises, puis aux États associés. Considérablement augmentée à partir de 1951, avec le voyage du général de Lattre à Washington, cette aide finira par représenter jusqu'aux trois quarts de l'effort militaire français dans les années 1952-1954.

Un resserrement des liens est également opéré avec la Thaïlande, qui, bien que dénuée de frontières avec la Chine, n'en est pas moins considérée comme un verrou de la pénétration marxiste dans le Sud-Est asiatique en raison de la proximité des maquis communistes de Birmanie et de Malaisie. Un accord d'assistance mutuelle est donc signé le 17 octobre 1950, de même qu'est conclu le 30 août 1951 un pacte américano-philippin, dit d'« assistance mutuelle », mais dénué d'intervention automatique des États-Unis. Il en va de même avec l'Australie et la Nouvelle-Zélande, qui signent le pacte tripartite de l'ANZUS le 1er septembre 1951. A cette pluralité de pactes, les États-Unis auraient préféré un vaste traité couvrant l'ensemble du Pacifique et associant le Japon. Mais les réticences de la plupart de leurs partenaires asiatiques, moins inquiets du communisme que d'une possible renaissance de l'impérialisme nippon, les obligent à traiter à part le cas japonais.

Le problème d'un traité de paix avec le Japon est posé en

1. Sur les développements de la guerre d'Indochine, cf. *infra*, p. 238-243.

fait depuis 1947, mais il s'est trouvé différé en raison de la mauvaise volonté de l'Australie. Le déclenchement de la guerre de Corée, l'envoi sur le théâtre d'opérations coréen de l'essentiel des forces américaines stationnant au Japon lui confèrent désormais un caractère d'urgence. Chargé du dossier depuis avril 1950, Foster Dulles entame en pleine guerre une série d'entretiens bilatéraux avec chacun des membres de la Commission d'Extrême-Orient. Le projet initial ayant été remanié au vu des observations de plusieurs pays, une conférence s'ouvre à San Francisco le 4 septembre 1951, réunissant une cinquantaine d'États. L'URSS s'en retire d'emblée dès lors que ses propositions ont été rejetées [1]. Le traité de paix est signé le 8 septembre. Outre diverses dispositions territoriales, il restitue au Japon sa pleine souveraineté, à charge pour lui de solliciter son admission à l'ONU et de se conformer aux principes de la Charte. Le même jour est signé un pacte de sécurité nippo-américain confiant aux États-Unis la défense du Japon contre toute agression extérieure. A ce titre, les bases et les troupes américaines (qui perdent toutefois leur statut d'occupation) sont maintenues dans et autour de l'archipel [2].

L'administration républicaine, arrivée au pouvoir en janvier 1953, va s'employer à compléter le dispositif. La Corée du Sud et Taiwan font l'objet de traités bilatéraux [3]. Mais l'idée d'un pacte militaire défensif étendu à l'ensemble de l'Asie du Sud-Est refait surface. Elle est activée par l'aggravation de la crise indochinoise et par la conviction américaine de la fragilité des accords de Genève [4]. Churchill, redevenu Premier ministre en 1951, n'a cessé de s'y montrer favorable.

1. Outre la reconnaissance de la Chine populaire et la perte définitive des îles Kouriles, l'URSS exigeait le désarmement et une neutralisation complète qui étaient précisément à l'opposé des vues américaines.

2. Un nouveau traité sera signé le 8 mars 1954, à la demande américaine, en vue d'accroître la coopération militaire des deux pays. En dépit de l'interdiction constitutionnelle de recourir à la guerre, le Japon est en effet autorisé depuis 1950 à constituer des « forces d'autodéfense » dotées d'un armement de plus en plus diversifié. Malgré l'augmentation progressive des effectifs, initialement situés à 75 000 hommes, l'effort militaire japonais n'a jamais dépassé 1,5 % du PNB. Sur l'ensemble de la question, cf. P. Fistié, *la Rentrée en scène du Japon*, Paris, Presses de la FNSP, 1972, p. 23-42.

3. Signés l'un et l'autre à Washington, le 1er octobre 1953 avec la Corée du Sud, le 2 décembre 1954 avec Taiwan.

4. Cf. *infra*, p. 207-208.

Amorcées à la fin de la conférence de Genève, les conversations aboutissent au traité de Manille, signé par huit pays [1] le 8 septembre 1954. Son texte est assez proche de celui du Pacte atlantique, dans la mesure où l'attaque de l'un équivaut à l'attaque de tous les autres et où la solidarité de tous ne débouche sur aucun mécanisme d'assistance automatique. L'année suivante, la conférence de Bangkok donne au traité une structure diplomatique, mais, contrairement à l'OTAN, aucune force militaire nationale n'est mise à sa disposition.

S'agissant de l'Europe, on se souvient que l'Alliance atlantique, signée le 4 avril 1949, avait surtout valeur de symbole. Pour la première fois de leur histoire, les États-Unis s'engageaient, par un traité conclu en temps de paix, à la défense du Vieux Continent [2]. Mais outre que l'article 5 laissait aux États membres toute latitude dans le choix des moyens de leur intervention, le pacte n'avait créé qu'une structure très légère et purement civile : le Conseil atlantique, composé des ministres des Affaires étrangères des douze pays signataires. La tension internationale aidant, les années 1950-1952 sont celles de l'organisation progressive de l'Alliance. Les premières mesures prises en ce sens sont antérieures à la guerre de Corée. Elles découlent de l'inquiétude suscitée par l'explosion de la première bombe atomique soviétique et de la création, en RDA, d'une police populaire puissamment armée. Conformément aux décisions prises antérieurement à Washington, le Conseil réuni à Londres du 15 au 18 mai 1950 prévoit la création d'une solide infrastructure politique et militaire : un Conseil permanent assisté d'experts, un Comité de défense, divers organes techniques, et surtout un Groupe stratégique permanent *(Standing Group)* siégeant à Washington, réduit aux trois principaux pays de l'Alliance (États-Unis, Grande-

1. Il s'agit des trois pays de l'ANZUS, de la Grande-Bretagne, de la France, du Pakistan, de la Thaïlande et des Philippines. Consultées, l'Inde, la Birmanie, Ceylan et l'Indonésie refusèrent de s'y rallier, confirmant leur option délibérément neutraliste. A l'inverse, la zone du traité inclut le Vietnam, le Laos et le Cambodge.

2. Cf. t. II, p. 259-261.

Bretagne, France), assurant la direction des opérations et coiffant cinq groupes stratégiques régionaux[1].

La deuxième phase de l'organisation suit de peu l'agression nord-coréenne. Compte tenu de la dispersion et de la faiblesse des forces occidentales[2], le risque d'une attaque du même type en Europe oblige à faire appel à toutes les ressources disponibles. A New York (18 septembre 1950), puis à Bruxelles (18 décembre), le Conseil atlantique décide donc la création d'une force unifiée placée sous un commandement intégré. En attendant que le Groupe permanent formule les besoins des futures forces de l'OTAN prélevées sur les armées nationales, le commandement est confié au général Eisenhower, symboliquement choisi pour son rôle en 1944 dans la libération du continent. Le SHAPE *(Supreme Headquarters Allied Powers in Europe)* ainsi créé, dépendant directement du *Standing Group*, est installé à Rocquencourt, près de Versailles. Très tôt pourtant, des divergences s'affirment entre les exigences très élevées du Comité militaire et les mises en garde du Bureau économique, attentif aux risques de dérapage financier. La conférence d'Ottawa, en septembre 1951, met sur pied un comité des sages[3] chargé d'élaborer des recommandations conciliant l'évaluation des besoins et les possibilités financières. Le rapport ayant été remis le 18 décembre, la conférence de Lisbonne (février 1952) en adopte les objectifs : une cinquantaine de divisions, 4 000 avions de combat et « une puissante force navale ». La conférence procède aussi à l'admission de deux nouveaux membres, la Turquie et la Grèce, ainsi qu'à une refonte des organismes civils par la création d'un Conseil permanent siégeant à Paris et d'un secrétariat général confié à Lord Ismay.

Il était clair à cette date que le chiffre de cinquante divisions ne pourrait être atteint par les seuls États membres, même

1. Canada-États-Unis, Nord-Europe, Centre-Europe, Sud-Europe, Méditerranée.

2. Une partie des forces américaines se battait alors en Corée, et le meilleur des troupes françaises en Indochine. Il n'y avait, fin 1950, que 14 divisions disponibles en Europe occidentale, contre 175, chiffre jugé aujourd'hui exagéré, du côté soviétique. Cf. A. Fontaine, *Histoire de la guerre froide*, t. II, Paris, Éd. du Seuil, 1983, p. 41.

3. Composé de Jean Monnet, de l'Américain Harriman et du Britannique Eric Plowden.

grossis des deux nouveaux venus. Sans doute l'Italie avait-elle bénéficié en 1951 d'une levée des restrictions militaires édictées par son traité de paix. Sans doute aussi la Yougoslavie reçoit-elle depuis 1951 divers crédits occidentaux pour renforcer son armée [1]. En fait, chacun sait que la seule contribution valable à la défense de l'Europe occidentale ne peut venir que de l'Allemagne fédérale, en raison de son potentiel humain et de ses traditions militaires. Ce projet d'un réarmement allemand, théoriquement interdit par les accords de Potsdam, est lui aussi antérieur au déclenchement de la guerre de Corée. Il s'inscrit dans la logique de l'Alliance atlantique, puisque la défense du monde « libre » commence là où la liberté finit, c'est-à-dire sur l'Elbe. Il découle aussi des appréciations convergentes de Konrad Adenauer et de l'occupant américain. Comme ses prédécesseurs de Weimar, le chancelier allemand revendique obstinément l'égalité des droits. Ayant habilement évacué la *Kriegsschuldefrage* en reconnaissant la pleine responsabilité du IIIe Reich dans les horreurs perpétrées durant la guerre [2], il fonde sa démarche sur un occidentalisme sans faille qui le conduit à affirmer la légitimité de la seule Allemagne fédérale. Encore faut-il que son pays ait recouvré sa souveraineté. Celle-ci intervient en deux temps, par les accords de Petersberg (novembre 1949) autorisant l'entrée de la RFA dans les organes du plan Marshall et au Conseil de l'Europe, et par ceux de Londres (mai 1950), qui lui restituent un ministère des Affaires étrangères et le droit de nouer des relations diplomatiques. Quant au réarmement, Adenauer en a émis l'idée dès décembre 1949, sous la forme d'un contingent allemand participant à la défense européenne. Proposition un peu prématurée, même si elle trouve un écho favorable chez les conservateurs britanniques et les autorités américaines

1. Ce rapprochement avec l'Occident, qui conduira le maréchal Tito à se déclarer favorable au réarmement allemand, n'empêche pas l'éclatement en 1953 d'une grave crise avec l'Italie à propos de Trieste. Mais celle-ci relève plus d'un heurt de nationalismes que d'une séquelle de la guerre froide. Son règlement, favorisé par les Anglo-Saxons, eut lieu en octobre 1954, l'Italie recevant Trieste, la Yougoslavie la zone avoisinante occupée par ses troupes. Cf. J.-B. Duroselle, *le Conflit de Trieste, 1953-1954*, Bruxelles, Éd. de l'université de Bruxelles, 1966.

2. Il en découle la signature en 1952 d'un accord de réparation avec l'État d'Israël.

d'occupation [1]. Mais le déclenchement de la guerre de Corée, par les craintes qu'il suscite de l'invasion d'une Europe dégarnie de troupes, a pour effet d'accroître l'insistance des dirigeants américains. Après le haut-commissaire McCloy, Dean Acheson réclame en septembre 1950 la création « d'un nombre indéterminé de divisions allemandes », malgré l'hostilité affichée de Robert Schuman.

D'emblée, en effet, le réarmement allemand soulève une vigoureuse réprobation. Contre lui, en Allemagne même, se dressent le SPD de Kurt Schumacher, l'Église évangélique du pasteur Niemöller, diverses organisations de jeunesse et d'intellectuels [2]. Mais surtout en France, à un moindre titre en Grande-Bretagne, en Italie et aux Pays-Bas, où l'opinion dénonce le danger d'une renaissance de la Wehrmacht. D'où la recherche d'une formule transactionnelle qui limiterait le réarmement allemand à une simple contribution à la défense européenne. Réarmer les Allemands sans réarmer l'Allemagne, telle est la philosophie du plan Pleven, inspiré en fait par Jean Monnet, approuvé par le gouvernement français le 21 octobre et par l'Assemblée nationale le 26 par 243 voix contre 225. Tel quel, le plan prévoit la création d'une armée européenne juxtaposant des divisions nationales (dont aucune ne serait allemande) et des divisions intégrées (à participation allemande au niveau du bataillon), le tout placé sous l'autorité d'un ministère européen de la Défense, doté d'un budget militaire commun et responsable devant une Assemblée européenne.

Outre qu'il devait satisfaire les exigences américaines tout en calmant les inquiétudes de l'opinion européenne, le plan présentait l'avantage de faire progresser la construction européenne [3]. Vivement encouragée par les États-Unis, qui voyaient en elle le moyen de renforcer la solidarité du bloc occidental, celle-ci bénéficiait aussi d'un préjugé favorable dans les milieux socialistes, libéraux et surtout démocrates-

1. Discours de Churchill aux Communes du 16 mars 1950 et déclaration du général Clay du 7 mai.

2. Sur les divisions de l'opinion allemande, cf. A. Grosser, *les Occidentaux*, Paris, Éd. du Seuil, coll. « Points Histoire », 1982, p. 159-160.

3. Sur les débuts de la construction européenne, cf. P. Gerbet, *la Construction de l'Europe*, Paris, Imprimerie nationale, 1983, p. 55-100.

chrétiens [1]. Mais la voie à suivre demeurait hésitante, oscillant entre la démarche « idéaliste » et une autre de type « fonctionnaliste ». La première avait inspiré le Mouvement européen fondé en 1947, le congrès de La Haye de 1948 et la création du Conseil de l'Europe en 1949. Elle ne visait rien moins qu'à institutionnaliser un vaste courant d'opinion, l'espérance d'une nouvelle solidarité, dont on ne percevait pas le caractère quelque peu conjoncturel. Mais en dépit de l'universalité de ses compétences, le Conseil de l'Europe se trouvait réduit à une autorité morale, faute de force exécutoire reconnue à ses recommandations [2]. Le pragmatisme de Jean Monnet va donc faire prévaloir, dès 1950, une conception plus restreinte, mais aussi plus réaliste, visant à cimenter une conscience européenne par une gestion communautaire des intérêts. C'est ainsi qu'il inspire le plan Schuman, présenté le 9 mai 1950. Dans le domaine « limité mais décisif » du fer, du charbon et de l'acier, il s'agissait d'établir une zone de complémentarité et de libre-échange à laquelle l'Allemagne serait conviée. La réconciliation franco-allemande serait ainsi consolidée, tout en exerçant un contrôle discret sur des produits qui avaient pu être utilisés autrefois à des fins bellicistes. La principale originalité du projet résidait dans la création d'une Haute Autorité, organe supranational chargé d'élaborer les décisions s'imposant aux États membres. Le refus britannique, conforme à toute une tradition de non-engagement contractuel sur le continent, n'empêche pas la signature du traité de Paris, le 18 avril 1951, instaurant une Communauté européenne du charbon et de l'acier (CECA) réduite à six pays.

C'est à la même logique que répond le projet de CED, mais la bonne volonté française n'est guère payée de retour. Le plan Pleven, en effet, bien qu'il reprenne une proposition initiale d'Adenauer, est mal accueilli à Bonn, où l'on ne veut voir que

1. On a souvent mis en avant le rôle moteur joué par les partis démocrates-chrétiens et sur leurs trois dirigeants alors associés au pouvoir : Robert Schuman (MRP), Konrad Adenauer (CDU) et Alcide De Gasperi (DC). Il n'est pas anodin que tous trois soient originaires de régions périphériques, de forte tradition anticentralisatrice : la Lorraine, la Rhénanie, le Trentin.

2. Entre la thèse franco-belge d'une assemblée délibérant à la majorité des voix et la thèse britannique d'une simple diète consultative, la seconde l'avait en effet emporté largement.

les atteintes à la sacro-sainte égalité des droits : le rejet de divisions purement allemandes et la mise à l'écart de l'Allemagne de l'Alliance atlantique. Il ne l'est guère mieux à Washington, où l'on soupçonne la France de recourir à un moyen dilatoire. D'où l'adoption par les instances de l'OTAN réunies à Bruxelles, en décembre 1950, d'un plan d'inspiration américaine, le plan Spofford, conservant les armées nationales et intégrant la seule participation allemande dans le commandement atlantique. Le refus d'Adenauer de soumettre les forces allemandes à un commandement étranger, même allié, fait revenir les négociations à la case départ, c'est-à-dire au plan Pleven, longuement discuté tout au long de l'année 1951 par les six pays adhérents du plan Schuman [1]. Les prises de position favorables du général Eisenhower puis de Dean Acheson accélèrent les négociations, et le Conseil atlantique se rallie au plan français, passablement remanié, fin novembre 1951. Le traité de CED est finalement signé à Paris le 27 mai 1952, après qu'ont été levés pour l'Allemagne fédérale le statut d'occupation et l'interdiction du droit de réarmer [2].

D'une remarquable complexité juridique, le traité repose sur quelques grands principes : son caractère défensif, la supranationalité, l'intégration. La règle générale est que toutes les forces armées des pays membres deviennent européennes, à l'exception des gendarmeries et des forces servant outremer. L'intégration serait réalisée dans chaque corps d'armée, comprenant obligatoirement des « groupements » (équivalant aux divisions) de nationalités différentes. Les compétences seraient partagées entre les ministères nationaux de la Défense et un Commissariat européen chargé de la coordination des plans et des programmes d'armement. Une structure institutionnelle provisoire est mise en place, jusqu'à son remplacement par une organisation fédérale européenne. L'Assemblée

1. La Grande-Bretagne n'a délégué en effet qu'un observateur aux négociations de Paris. Revenu au pouvoir en octobre 1951, Churchill a totalement oublié ses plaidoyers en faveur de l'armée européenne. Les tentatives d'Eden pour instituer des « liens organiques » entre la Grande-Bretagne, d'une part, la CECA et la CED, de l'autre, ont échoué.

2. Il s'agit des « accords contractuels » de Bonn du 26 mai 1952. Les troupes d'occupation des trois puissances sont maintenues, mais comme participant contractuellement à la sécurité de l'Allemagne.

(chargée de contrôler le Commissariat) et la Cour de justice sont au reste les mêmes que celles de la CECA.

Reste l'étape de la ratification par les parlements nationaux. Celle-ci est obtenue sans grand problème en Allemagne fédérale et dans les trois pays du Benelux. Mais en Italie, l'approbation ne dépasse pas le stade de la commission. En fait, tous les regards sont tournés vers la France, où s'est engagée avec de puissants moyens une formidable campagne d'opinion [1]. Mais, sous les assauts conjugués des gaullistes et des communistes, et compte tenu des divisions socialistes et radicales, la cause de la CED perd rapidement du terrain, d'autant plus que la cessation des combats en Corée et la mort de Staline rendent le réarmement allemand moins urgent. Les objurgations de Foster Dulles, qui menace la France d'une « déchirante révision » au cas où elle tarderait trop à ratifier, celles de Churchill, d'autant plus pressé de voir la CED aboutir que la Grande-Bretagne n'en fait pas partie, n'y peuvent rien. Pour gagner du temps et plaire aux gaullistes, qui font désormais partie des cabinets de centre droit, René Mayer, cédiste convaincu, présente en janvier 1953 six « protocoles additionnels » propres à renforcer l'autonomie de décision des États et particulièrement de la France. Ils sont adoptés, avec plus de résignation que d'enthousiasme, à la conférence de Rome un mois plus tard. Le long gouvernement Laniel, empêtré par ailleurs dans toutes sortes de difficultés, juge prudent de « gar-

1. L'argumentation des tenants et adversaires de la CED est à ce point inconciliable que l'on a évoqué l'affaire Dreyfus. Le discours cédiste est intégrateur, européen et franco-allemand. Ses deux arguments les plus convaincants sont : 1° La CED permettra la formation d'une puissance militaire comparable à celle des États-Unis et de l'URSS. Elle introduit donc dans le monde un facteur d'équilibre et de paix. 2° Elle est, plus que la CECA, le symbole du rapprochement franco-allemand et le meilleur moyen d'empêcher l'Allemagne de renouer avec l'alliance soviétique (précédents de 1922 et 1939). Le discours anticédiste est à la fois technique (l'armée européenne est inviable), plus ou moins discrètement anti-allemand et national. Séparés sur le principe du réarmement allemand, gaullistes et communistes se rejoignent pour dénoncer la dilution de la souveraineté française. L'argument selon lequel la CED est une entreprise qui « réarme l'Allemagne et désarme la France » a eu un impact considérable sur l'opinion. Sur ce point, cf. R. Rémond, « Quand la CED divisait les Français », in L'Histoire, *Études sur la France de 1939 à nos jours*, Paris, Éd. du Seuil, coll. « Points Histoire », 1985, p. 220-231.

der le cadavre dans le placard». Mais son successeur Pierre Mendès France décide d'en finir. Son gouvernement comprenant cédistes et anticédistes, il tente d'arracher aux alliés de nouvelles concessions qui, tout en maintenant le traité, en retarderaient l'application. S'étant heurté à Bruxelles à une fin de non-recevoir, il demande à l'Assemblée nationale de prendre ses responsabilités. Le 30 août 1954, par adoption d'une motion préjudicielle (319 voix contre 264), la ratification de la CED est refusée.

Le mécontentement américain éclate alors et laisse planer la menace d'un accord tripartite liant Washington, Londres et Bonn. L'entremise de Churchill et la bonne volonté de Mendès France vont permettre de reprendre la négociation sur des bases plus sereines. Réunie du 28 septembre au 3 octobre, la conférence de Londres marque des progrès décisifs : adhésion de l'Allemagne au Pacte atlantique, réarmement allemand limité aux armes conventionnelles, engagement britannique à ne pas retirer ses troupes du continent, réactivation de l'Union européenne (créée en 1948 par le traité de Bruxelles) élargie à l'Allemagne et à l'Italie. Les accords de Paris du 23 octobre complètent ceux de Londres. Les structures de l'Union de l'Europe occidentale (UEO) sont précisées, de même que les compétences de l'Agence de contrôle des armements [1]. Diverses dispositions concernent enfin la question sarroise [2]. Rati-

1. Les accords de Paris, contrairement à la CED, autorisent la reconstitution d'une armée nationale, la Bundeswehr, avec son état-major et ses divisions autonomes. Mais l'Allemagne ne peut ni fabriquer ni posséder les armes ABC – atomique, bactériologique et chimique –, de missiles à longue portée et d'avions de bombardement stratégique. Pour prévenir la renaissance du militarisme, la législation allemande s'est également engagée à placer l'armée sous la direction d'un ministre civil et sous le contrôle d'un haut fonctionnaire chargé d'arbitrer les plaintes individuelles. Un statut de l'objection de conscience a par ailleurs été adopté en 1956.

2. Encouragé par les autonomistes de Johannes Hoffmann, vainqueurs des élections au Landtag en novembre 1952, un « statut européen » de la Sarre est adopté l'année suivante et confirmé par les accords de Paris, sous la forme d'un gouvernement sarrois présidé par un commissaire européen responsable devant l'UEO. Mais au référendum du 23 octobre 1955, les partisans du rattachement à l'Allemagne l'emportent. Par la suite, le gouvernement Mollet négociera avec Adenauer l'accord d'octobre 1956 prévoyant le retour de la Sarre à la RFA moyennant diverses compensations économiques. Sur l'évolution du problème, cf. J. Freymond, *le Conflit sarrois, 1945-1955*, Bruxelles, Éd. de l'Institut de sociologie Solvay, 1959.

fiés en décembre 1954 par le Parlement français, en février 1955 par le Bundestag, les accords de Paris autorisent l'entrée de l'Allemagne fédérale dans l'OTAN. Celle-ci est effective le 9 mai. Les réactions soviétiques sont vives, assorties de gestes spectaculaires comme la dénonciation des traités anglo-soviétique de 1942 et franco-soviétique de 1944. Tenue du 11 au 14 mai 1955, la conférence de Varsovie aboutit à la conclusion d'un traité calqué sur celui de l'Alliance atlantique et renforcé par un commandement unique pour les huit pays signataires. En fait, ce pacte ne modifie pas substantiellement l'équilibre des forces. Et les diverses précautions dont il est assorti [1] montrent assez que, dans le climat nouveau qui prévaut depuis la mort de Staline, les Soviétiques ont pris acte du réarmement allemand.

Une première détente

La mort de Staline, le 5 mars 1953, ouvre indéniablement une période de détente dans les rapports Est-Ouest. Divers indices laissent à penser que Staline lui-même n'y était pas hostile, peut-être pour mieux perpétrer la gigantesque purge intérieure qu'il méditait [2]. Quoi qu'il en soit, et comme toujours en période de direction collégiale, les nouveaux dirigeants de l'URSS, dans l'incertitude qu'ils sont de leur sort respectif, vont opter pour un « profil bas », c'est-à-dire pour une démarche rassurante et la solution négociée des conflits en cours. L'expérimentation réussie de la bombe H, un an seulement après les États-Unis, contribue à ce dégel en faisant perdre à l'Union soviétique ce sentiment de citadelle assiégée à l'origine de tant de gestes agressifs.

Au demeurant, cet esprit de détente est inégalement partagé. C'est paradoxalement Beria, exécuteur des hautes et

1. Le traité est en principe ouvert à *tous* les États, et la participation de la RDA au commandement unifié est remise à plus tard.

2. Cf. son interview au *New York Times* du 24 décembre 1952 et son dernier article (« Les problèmes économiques du socialisme en URSS », *Bolchevik,* 2 octobre 1952), où il développe les thèses de l'aggravation des conflits inter-impérialistes et de la non-inéluctabilité des guerres entre systèmes opposés.

basses œuvres staliniennes, qui semble avoir le plus opté en ce sens, comme dans celui de la libération intérieure. Il n'est pas impossible qu'il ait songé à troquer la RDA contre l'abandon du réarmement allemand. Le soulèvement ouvrier de Berlin-Est, le 17 juin 1953, signera sa liquidation. De même, les accords de Paris et l'entrée de la RFA dans l'OTAN ont très probablement contribué à la disgrâce de Malenkov, très favorable à une politique de conciliation avec l'Ouest. La position « dure » de Molotov, successeur de Vychinski aux Affaires étrangères, en sort momentanément renforcée dans la mesure où il inspire la réplique du pacte de Varsovie. Mais, outre qu'il s'agit d'une réplique relativement modérée, Molotov ne peut empêcher ni le rapprochement soviéto-yougoslave (dont il est ouvertement tenu à l'écart) ni le traité d'État autrichien. C'est donc la ligne Khrouchtchev qui l'emporte, celle de la coexistence pacifique, qui reçoit son cadre théorique lors du XXe Congrès de février 1956. Elle repose sur la répudiation de la violence comme moyen de propagation de la révolution [1], et surtout sur l'affirmation de la non-inéluctabilité des conflits. A l'âge thermonucléaire et dans l'équilibre de la terreur où sont parvenues (ou sont en voie de parvenir) les deux grandes puissances, les deux camps ont le même intérêt à la préservation de la paix. L'URSS, quant à elle, y puisera de multiples avantages. La coexistence lui fournira une pause prolongée nécessaire à la réalisation de ses ambitions économiques, prouvant ainsi la supériorité de son système face à un impérialisme occidental affaibli par ses multiples contradictions. L'URSS deviendra ainsi pour le tiers monde un pôle doublement attractif, en raison de son image pacifique et de son soutien aux luttes de libération nationale [2].

Cette volonté de détente, qui n'exclut il est vrai ni la compétition ni l'intimidation, cadre mal *a priori* avec la dé-

1. Bien qu'il n'ait eu ni l'extension géographique ni la fonction propagatrice du Komintern, le Kominform est dissous en avril 1956 comme signe de bonne volonté.

2. Le soutien aux bourgeoisies nationales en lutte contre l'impérialisme est l'un des thèmes les plus novateurs du rapport (public) lu par Khrouchtchev au XXe Congrès. Il marque une rupture avec le manichéisme stalinien et un élargissement des horizons soviétiques. Les premières traductions en sont le soutien à Mossadegh en 1953 et les premières livraisons d'armes à Nasser en 1955.

marche de l'administration républicaine parvenue au pouvoir aux États-Unis en janvier 1953. Sans doute, le *roll back* (refoulement), substitué au *containment* trumanien âprement critiqué pour son inefficacité, n'avait été qu'un simple argument électoral rapidement remisé. Mais, compte tenu de l'inexpérience du président Eisenhower en la matière, la politique extérieure est désormais conduite par Foster Dulles, animé d'un anticommunisme obsessionnel et très pénétré de la mission universelle des États-Unis. Son allocution du 12 janvier 1954, devant le Council on Foreign Relations, éclaire le *new look* de la diplomatie américaine. Pour l'essentiel, il s'agit d'un *containment* revu et corrigé par la capacité de représailles qu'offre désormais la panoplie militaire américaine et par l'obligation de réduire les charges indûment gonflées par la guerre de Corée [1]. En bref, il s'agit d'une sécurité renforcée et au moindre coût. Par dissociation des buts et des moyens, toute attaque soviétique ou assimilée, même limitée, se heurtera à des représailles dont les États-Unis se réservent la date, le lieu et les modalités [2]. Le risque de rigidité dans l'application est évident, car recourir à l'arme nucléaire à la moindre agression débouche sur le risque d'holocauste et, à l'inverse, ne rien faire en cas d'attaque mineure peut encourager l'adversaire à élargir la brèche. Aussi est-il entendu que la dissuasion demeure le meilleur atout. Or celle-ci est triplement réalisée par l'existence d'un armement nucléaire diversifié (le glaive) et d'une couverture de forces conventionnelles (le bouclier), par l'avantage géostratégique que procurent les multiples bases aériennes ou navales qui ceinturent l'Union soviétique, et par la supériorité en vecteurs détenue par les Américains, qui leur assure une force de seconde frappe. En outre, la diplomatie ne perd pas ses droits. Pour parer au désengagement des forces terrestres, notamment en Asie, un réseau d'alliances doit contribuer à maîtriser la poussée soviétique [3]. Et, s'il cède volontiers à la dramatisation verbale,

1. De 1953 à 1959, le budget militaire tombe de 51 à 45 milliards de dollars, surtout par réduction des effectifs terrestres.

2. Le recours éventuel à l'arme atomique accrédite le terme de « représailles massives » *(massive retaliation)* accolé à cette doctrine.

3. Traité américano-sud-coréen (1953), américano-chinois (Taiwan, 1954), américano-pakistanais (1954), pacte de Manille (OTASE, 1954),

Foster Dulles n'aime rien tant que ces négociations « au bord du gouffre » où la paix semble sauvée au terme d'un marchandage serré.

De fait, la gestion du *new look* va se révéler assez souple. La fermeté l'emporte là où l'ennemi est peu dangereux et la riposte soviétique improbable. Ainsi en est-il en Iran, où, après la nationalisation de l'Anglo-Iranian, la formation du ministère Mossadegh, soutenu par le parti communiste Toudeh, et l'exil du chah en août 1953, la CIA organise le coup d'État du général Zahedi et supervise la répression. Dans la foulée, l'accord pétrolier du 5 août 1954 fait la part belle aux intérêts américains. L'Iran est désormais l'un des États les plus inféodés aux États-Unis. Ainsi en est-il aussi au Guatemala, où le gouvernement procommuniste du colonel Arbenz est renversé en juin 1954 grâce à une intervention indirecte des États-Unis dans la meilleure tradition du *big stick*. Ainsi en va-t-il enfin dans l'affaire des îles Quemoy et Matsu [1], en 1954 et 1955, où, sans donner carte blanche à Tchiang Kaichek, Foster Dulles exerce une pression suffisante sur Pékin pour que cessent les bombardements. Mais, quand le risque d'escalade est sérieux, en Indochine par exemple, ou à Suez, l'administration républicaine sait faire preuve de sagesse et opter pour une démarche pacifique. Encore celle-ci n'est-elle pas dénuée d'arrière-pensées, dans la mesure où les États-Unis cherchent à se dissocier d'impérialismes européens jugés périmés, et à se substituer à eux.

Dégel, détente, coexistence pacifique. Il convient de ne pas se méprendre sur la portée réelle de ces termes. La phase qui s'ouvre en 1953 et qui culmine deux ans plus tard avec le nouvel « esprit de Genève » se démarque de la précédente par la reprise du dialogue et le règlement d'un certain nombre de

accord de coopération militaire avec le Sud-Vietnam (1954), pacte de Bagdad (1955).

1. Il s'agit de deux archipels du détroit de Formose, très proches des côtes chinoises, occupés en 1954 par les forces de Taiwan. On ignore si le bombardement déclenché par la Chine populaire avait pour but la réoccupation des îles ou était le point de départ d'un assaut sur Taiwan. Une crise identique s'est produite en 1959.

problèmes en suspens. A y regarder de près les concessions réciproques, et particulièrement soviétiques, sont minces. Loin de mettre en cause l'antagonisme des blocs, la détente coïncide avec leur structuration accrue, qu'il s'agisse à l'Ouest des dernières manifestations de la pactomanie américaine, de l'entrée de l'Allemagne dans l'OTAN et de la doctrine Hallstein [1], et à l'Est de la création du pacte de Varsovie ou de l'alignement (temporaire) de la Chine sur le modèle soviétique. Bien plus, le processus de décolonisation et l'avènement du tiers monde encouragent l'émulation des deux blocs et multiplient les occasions ultérieures de conflits. En ce sens la détente n'opère aucune rupture essentielle avec la guerre froide. De même que la guerre froide admet comme postulat le refus de l'affrontement direct et de l'escalade, la détente ne supprime ni les crises localisées ni les tensions structurelles. Les chances de la paix mondiale n'en sortent pas substantiellement modifiées, même si sont renforcées celles de règlement des conflits locaux.

Tel est bien le meilleur enseignement de la période. Dès le printemps 1953, les signes de la bonne volonté soviétique sont manifestes : arrêt immédiat de la campagne « Ridgway la peste », abandon des revendications territoriales sur la Turquie, reprise des relations diplomatiques avec Israël. A l'ONU, la candidature au secrétariat général du Suédois Dag Hammarskjöld, bloquée depuis plusieurs mois par le veto soviétique, est acceptée sans difficulté, de même que seront admis, deux ans plus tard, seize nouveaux États dont quatre seulement appartiennent au camp communiste. Parallèlement, le règlement de la guerre de Corée est en vue. La fermeté d'Eisenhower, qui a promis de mettre fin au conflit lors de sa campagne électorale, et les discrètes pressions du Kremlin parviennent à surmonter la mauvaise volonté réciproque des Nord-Coréens et de Sygman Rhee sur la restitution des prisonniers. Repris le 27 avril, interrompus le 20 juin, repris de nouveau le 10 juillet, les pourparlers débouchent sur la convention d'armistice du 27 signée à Pan Mun Jom par les généraux Nam-Il et Harrisson.

La signature de l'armistice coréen rend plus pressante la

1. Sur la doctrine Hallstein, cf. *infra*, p. 209.

recherche d'une solution négociée en Indochine, la Chine pouvant accroître désormais de façon sensible son aide militaire au Vietminh. L'initiative revient à l'Union soviétique, qui propose le 4 août 1953 l'ouverture d'une conférence à cinq sur l'ensemble des tensions en Extrême-Orient. L'admission de la Chine populaire est longuement controversée. Après une réponse dilatoire des trois Occidentaux réunis aux Bermudes début décembre, les Quatre finissent par s'entendre lors de la conférence de Berlin ouverte le 25 janvier 1954. En vue d'une négociation de paix sur la Corée et l'Indochine, prévue en avril à Genève, la Chine sera invitée, au même titre que les « États associés intéressés » , sans que cette invitation implique aucune reconnaissance de la part des États-Unis.

Comme il était à prévoir, l'annonce d'une telle conférence a pour effet immédiat de renforcer l'activité du Vietminh et de concentrer autour de Dien Bien Phu une artillerie considérable. Déclenchée le 13 mars, la bataille tourne d'emblée au désavantage du corps expéditionnaire français. Une mission du général Ély à Washington en vue de soulager le camp retranché par une intervention aérienne américaine (opération « Vautour ») se heurte aux réticences du Congrès et au veto absolu de Churchill, sans l'accord duquel Eisenhower ne veut rien entreprendre [1]. Ouverte comme prévu le 26 avril, la conférence de Genève n'enregistre aucun progrès sur le problème de la réunification coréenne et piétine à propos de l'Indochine tant que Bidault maintient des prétentions que l'évolution de la situation militaire justifie de moins en moins. La chute de Dien Bien Phu (7 mai) entraînant celle du gouvernement Laniel (12 juin), les pourparlers ne deviennent vraiment fructueux que quand Pierre Mendès France, qui s'est fixé le délai d'un mois pour aboutir, prend la tête de la délégation française. S'il se heurte aux surenchères du Vietminh comme au mauvais vouloir du gouvernement de Saigon [2], du moins

1. L'opération « Vautour » était chaudement appuyée par l'amiral Radford, qui voyait là une application de la doctrine des représailles massives dont il était l'inspirateur. Foster Dulles y était aussi favorable, à condition d'obtenir une « couverture juridique » comparable à la caution de l'ONU en juin 1950. Cf. A. Fontaine, *op. cit.*, t. II, p. 107-111.

2. Celui-ci est présidé depuis le 17 juin par Ngo Dinh Diem qui mise ouvertement sur le retrait français et le soutien américain.

bénéficie-t-il de la bonne volonté manifeste des Soviétiques et des Chinois. L'URSS est prête en effet à faire preuve de modération à l'égard de la France pour mieux l'obliger à rejeter la CED, et la Chine, représentée par Zhou Enlai, favorise l'idée d'un partage autant par crainte d'une éventuelle intervention américaine que par méfiance de l'expansionnisme vietnamien [1].

Au terme de laborieuses tractations sur le choix du parallèle où serait fixée la ligne de démarcation, les accords de Genève sont finalement conclus le 21 juillet 1954. Il s'agit d'un dispositif complexe comprenant trois conventions d'armistice avec le Vietminh [2], de deux déclarations reconnaissant l'indépendance totale du Cambodge et du Laos, et d'une « déclaration finale sur le problème du rétablissement de la paix en Indochine », non signée en raison de l'hostilité de Diem et des réticences américaines [3]. Ces textes prévoient l'évacuation totale, dans un délai de trois cents jours, des troupes du Vietminh et de celles de l'Union française respectivement au nord et au sud du 17ᵉ parallèle. Une commission internationale (Inde, Pologne, Canada) est chargée de contrôler le respect des armistices. Le partage de fait ainsi créé n'est que provisoire : dans un délai de deux ans des élections devront procéder à la réunification du Vietnam.

Dans l'ensemble bien accueillis, ratifiés pratiquement à l'unanimité par l'Assemblée nationale, ces accords constituent pour la France une issue honorable, d'autant plus qu'ils ménagent les possibilités d'une influence ultérieure, qui, à vrai dire, n'ont guère été exploitées. Ces accords sont néanmoins fragiles. Leur faiblesse provient du partage, et de la naissance de

1. Sur ces aspects longtemps mal connus, cf. la thèse de F. Joyaux, *la Chine et le Règlement du premier conflit d'Indochine : Genève, 1954*, Paris, Publications de la Sorbonne, 1979.

2. Portant respectivement sur le Vietnam, le Cambodge et le Laos. Pour ce dernier État, les forces communistes du Pathet Lao sont retirées sur deux provinces en attendant une solution politique qui, à défaut des élections libres prévues pour 1955, n'interviendra qu'en 1962, à Genève aussi, sous la forme d'une neutralisation du pays.

3. Le représentant américain, Bedell Smith, affirme que les États-Unis ne s'opposeront pas par la force à l'application des accords de Genève, mais déclare que toute reprise de l'« agression » par le Vietnam du Nord serait envisagée avec la plus grande gravité.

deux États antagonistes qui en découle. Entre le Vietminh, qui avait fait, dès 1946, de l'unité des « trois *ky* » l'une de ses revendications intangibles, et le gouvernement de Saigon, bien décidé à préserver son indépendance en misant à fond sur le soutien américain, aucun accord ne paraît possible.

Pour l'heure, la détente asiatique ne se limite pas aux cas coréen et indochinois. Il faut enregistrer aussi une normalisation des relations entre l'URSS et le Japon. Sans doute le contentieux territorial sur les îles Kouriles et le sud de Sakhaline rend-il impossible, et pour longtemps, la signature de tout traité de paix. Mais les deux gouvernements publient le 19 octobre 1956 la déclaration commune Boulganine-Hatoyama mettant fin à l'état de guerre et établissant des relations diplomatiques. La même année, le Japon entre à l'ONU avec l'assentiment soviétique. Avec la Chine communiste, les pressions de Washington et de Taiwan sont trop fortes pour que le Japon puisse s'engager dans une voie politique. On s'en tient donc à des accords culturels et commerciaux [1].

Comparativement à l'Asie, la détente européenne peut apparaître de moindre envergure. Sur l'Allemagne en particulier, l'impasse demeure totale. Réunie à l'initiative de Churchill, qui place de grands espoirs dans la direction collégiale soviétique, la conférence des Quatre (Dulles, Molotov, Eden, Bidault) ouverte à Berlin le 25 janvier 1954 ne peut que confirmer l'incompatibilité des points de vue. Face à Molotov, qui réclame la reconnaissance préalable de la RDA, des négociations entre les deux États allemands en vue d'une réunification, préalable à la signature d'un traité de paix et d'une neutralisation de l'Allemagne, les Occidentaux entendent subordonner la signature de tout traité à des élections libres tenues sur l'ensemble du territoire allemand et sous le contrôle de l'ONU. Persuadé de la légitimité de la seule République fédérale, car issue du libre consentement de ses citoyens, Adenauer appuie cette intransigeance. Peu soucieux en fait d'une réunification qui réintroduirait les tendances centralistes prussiennes tout en menaçant sa majorité chrétienne-démo-

1. Cf. F. Joyaux, *op. cit.*, tableau p. 205.

crate, il dénie toute représentativité à « l'autre Allemagne », et menace selon la doctrine Hallstein de rompre les relations avec tout pays qui la reconnaîtrait [1]. Sans doute accepte-t-il de se rendre à Moscou en septembre 1955 pour arracher quelques milliers de prisonniers demeurés en URSS. Une normalisation des relations diplomatiques s'ensuit, ainsi que la signature d'un accord commercial. Mais, dans son esprit, ces mesures visent moins à s'inscrire dans le climat de détente Est-Ouest qu'à affaiblir la position d'interlocuteur privilégié de la RDA à l'égard de l'URSS. Son intransigeance par la suite demeure entière en rejetant toute idée de désarmement partiel, ou, *a fortiori*, le plan Rapacki de démilitarisation de l'Europe centrale [2].

Sur l'Autriche, les positions étaient initialement aussi incompatibles, la thèse soviétique étant de différer la fin du régime d'occupation jusqu'à la conclusion du traité de paix avec l'Allemagne. Mais l'avènement de l'équipe Khrouchtchev-Boulganine a pour effet de dégeler cette opposition, que la ratification des accords de Londres et de Paris aurait pourtant dû contribuer à durcir. Le chancelier autrichien Raab est invité à Moscou en avril et obtient le retrait des forces d'occupation en échange d'un statut de neutralité. Signé à Vienne le 15 mai 1955 par les quatre puissances occupantes, le *Staatsvertrag* (traité d'État) restitue à l'Autriche son indépendance complète. Son statut de pays neutre, ultérieurement incorporé dans la Constitution, ne lui interdit ni de posséder une armée ni d'appartenir aux organisations internationales non militaires. Entrée à l'ONU en 1955, l'Autriche est admise au Conseil de l'Europe la même année et adhère à l'Association européenne de libre-échange en 1959.

A Vienne a été prise la décision de réunir une nouvelle

1. Formulée par Walter Hallstein, sous-secrétaire d'État aux Affaires étrangères, cette doctrine a effectivement joué contre la Yougoslavie et Cuba. Elle a été abandonnée en 1967 avec l'amorce de l'*Ostpolitik* du cabinet Kiesinger-Brandt.

2. Présenté à l'ONU en octobre 1957 par le ministre polonais des Affaires étrangères, ce plan visait à la création d'une zone démilitarisée couvrant la Pologne, la Tchécoslovaquie et les deux Allemagnes, avec retrait des pays concernés de leurs alliances militaires. Alors que le SPD se montre favorable au projet, Adenauer obtient d'Eisenhower une déclaration sur l'appartenance intangible de la RFA à l'OTAN.

conférence « au plus haut niveau ». Celle-ci se tient à Genève du 18 au 21 juillet 1955, réunissant Eisenhower, Boulganine et Khrouchtchev, Anthony Eden et Edgar Faure. L'atmosphère détendue permet d'évoquer quelques précédents historiques et d'envisager avec optimisme un nouvel « esprit de Genève ». En fait, ce sommet, prolongé à l'automne par une conférence des quatre ministres des Affaires étrangères, se révèle totalement stérile. Tant sur l'Allemagne que sur le désarmement et la reconnaissance de la Chine populaire, l'antagonisme des positions demeure total. En dehors du rapprochement soviéto-yougoslave [1], qui ne concerne pas directement les relations Est-Ouest, et du traité d'État autrichien, l'année 1955 s'achève sur un maigre bilan. Et déjà le Moyen-Orient ouvre à la guerre froide un nouveau front, avec la signature du pacte de Bagdad d'un côté, les premières livraisons d'armes soviétiques de l'autre [2]. Un an plus tard l'affaire de Suez et l'insurrection hongroise aggravent la tension internationale. Sans doute les deux grandes puissances se gardent-elles de dépasser le stade de l'invective. Par-delà les menaces de représailles adressées par Khrouchtchev à Londres et à Paris, Suez met en évidence la collusion tacite des États-Unis et de l'Union soviétique, bien décidés à refuser l'escalade qui les condamnerait à l'affrontement. La détente ouverte en 1953 n'en est pas moins close. De nouvelles tensions surgissent, qui ne vont pas trouver leur résorption dans une solution négociée mais dans la menace de l'épreuve de force.

Berlin et Cuba

A partir de 1957, et plus encore en 1958, la dégradation du climat international est manifeste. Conforté dans son pouvoir par l'élimination du groupe antiparti, confiant dans les perspectives étonnamment brillantes de l'économie soviétique, Nikita Khrouchtchev, sans se départir officiellement de la ligne générale de la coexistence pacifique, conduit désormais une politique apparemment peu cohérente, faisant alternativement souffler le chaud et le froid. Aux coups de boutoir

1. Cf. *supra*, p. 172-173.
2. Cf. *infra*, p. 323-324.

portés à Berlin et à Cuba, entre lesquels s'intercalent l'échec délibéré du sommet de Paris et les propos menaçants tenus à l'ONU, on peut opposer les gestes de détente qu'illustrent la reprise des discussions de Genève sur le désarmement, l'atmosphère bon enfant qui préside aux voyages de « Monsieur K. » aux États-Unis et en France, ainsi que la conclusion d'un accord international sur la neutralisation du Laos. Plus qu'au caractère impulsif et fantasque du maître du Kremlin, ce regain de tension trouve son explication dans trois évolutions majeures du contexte international : l'avancée momentanée de l'URSS dans le domaine nucléaire, les premières failles de l'Alliance atlantique et les débuts du schisme sino-soviétique.

Le lancement réussi, le 4 octobre 1957, d'un satellite soviétique dans l'espace (le Spoutnik) ne provoque pas seulement un immense effet de surprise en Occident ; il met aussi en évidence la supériorité potentielle de l'URSS dans la construction des missiles intercontinentaux. L'invulnérabilité du territoire américain est remise en question, et avec elle la crédibilité, déjà bien entamée, de la doctrine des représailles massives. Le *missile gap*, complaisamment entretenu par le complexe « militaro-industriel » et placé au centre de la campagne présidentielle de 1960, est, on le sait mieux aujourd'hui, largement mythique. Car le retard américain dans le domaine des missiles à longue portée (ICBM) est rapidement rattrapé, sans augmentation sensible du budget militaire [1]. De plus, conformément aux conclusions du rapport Rockefeller, et pour équilibrer les missiles soviétiques à moyenne portée (IRBM), trois pays européens – la Grande-Bretagne, l'Italie et la Turquie – acceptent en 1958 de recevoir des missiles Thor et Jupiter. Inversement, tout laisse à penser que les Soviétiques ne possèdent pas d'emblée les vecteurs d'une fiabilité suffisante pour transporter des charges nucléaires intercontinentales et que, même une fois cette condition réalisée, ils ne seront pas capables de les produire en grand nombre avant plusieurs années. Il est pourtant probable que, compte tenu des flottements de l'administration américaine dans les

1. Le premier satellite américain, Explorer, est lancé le 31 janvier 1958. Dans les mois suivants, les États-Unis renforcent leur capacité de deuxième frappe avec la construction des missiles Minuteman et l'accélération du programme de sous-marins équipés de fusées Polaris.

années 1958-1960, marquées par la disparition de Foster Dulles [1] et l'avènement d'un jeune président jugé inexpérimenté et inférieur à sa tâche, ledit *missile gap* ait encouragé les initiatives soviétiques.

Les premières fissures de l'Alliance atlantique y ont également contribué. Celles-ci étaient déjà apparues lors de la crise de Suez, et comme telles avaient été habilement exploitées par l'URSS, quand il était apparu que les Américains et les Franco-Britanniques n'avaient nullement la même perception de l'enjeu et de la riposte appropriée. L'arrivée au pouvoir du général de Gaulle, en 1958, va cristalliser pour longtemps une divergence d'appréciations et de comportements qui trouvera son terme logique, huit ans plus tard, avec le retrait de la France des organes militaires intégrés de l'OTAN. La démarche gaullienne, fondée sur la quête inlassable de la grandeur et de l'indépendance nationales, conduit à multiplier les gestes de distanciation à l'égard des États-Unis malgré l'affaiblissement momentané que représente la prolongation du conflit algérien. C'est ainsi que, dès septembre 1958, proposition a été faite d'une refonte des instances dirigeantes de l'OTAN dans le sens d'un directoire où les trois grandes puissances de l'Alliance disposeraient d'un poids égal. L'expérimentation de la bombe A le 13 février 1960 dans le désert saharien ouvre la voie à la constitution d'une « force de frappe » nucléaire indépendante [2]. De même que le rapprochement ostensible avec l'Allemagne fédérale [3] vise à la création d'un axe privilégié Paris-Bonn dans le cadre d'une Europe communautaire soustraite au maximum des influences d'outre-Atlantique.

Or, précisément, la CEE inquiète assez vite les États-Unis

1. Foster Dulles meurt le 24 mai 1959. Dès février, il a été remplacé par son adjoint Christian Herter, totalement dénué d'expérience dans la confrontation avec les Soviétiques.

2. Cette expérience, suivie de plusieurs autres, débouche sur la loi-programme de 1960. Ce faisant, la Ve République hérite des travaux préparatoires discrètement conduits sous le régime précédent, en particulier grâce aux efforts des gouvernements Mendès France et Gaillard.

3. Illustré par les voyages d'Adenauer en France et du général de Gaulle en Allemagne, durant l'année 1962, et par la signature du traité franco-allemand du 22 janvier 1963. Mais celui-ci n'est ratifié par le Bundestag qu'en l'assortissant d'un préambule rappelant la fidélité traditionnelle de la RFA à l'OTAN et à une Europe élargie, ce dont le général de Gaulle prit ombrage.

au moment où ceux-ci enregistrent un accroissement du déficit de leur balance des paiements, en raison du tassement de leurs exportations et de la montée de leurs charges à travers le monde. Le risque est évident de voir se former une entité européenne homogène, bientôt élargie à l'agriculture, libre-échangiste à l'intérieur de ses frontières et protectionniste à l'égard des pays tiers. Risque accru en raison de la non-adhésion de la Grande-Bretagne, qui n'a pas cru devoir accéder en 1958 aux règles communautaires et a créé l'organisation plus ou moins concurrente de l'AELE. Le commerce et la prospérité américains sont donc menacés, et, partant, la capacité des États-Unis à défendre le monde occidental ainsi qu'à assumer leur aide au tiers monde face à la surenchère soviétique et chinoise [1]. C'est de cette inquiétude que va naître le « grand dessein » du président Kennedy. Ce dernier, à la différence d'Eisenhower et de Foster Dulles, porte un intérêt très vif à l'Europe, intérêt auquel le Comité pour les États-Unis d'Europe patronné par Jean Monnet n'est peut-être pas étranger [2]. Le projet présidentiel, exposé le 4 juillet 1962 à Philadelphie, vise à substituer au *leadership* américain hérité de l'après-guerre un *partnership* atlantique dont les deux piliers seraient les États-Unis et la CEE élargie à la Grande-Bretagne, et auxquels reviendrait un partage des responsabilités dans l'égalité des droits et des charges. Concrètement, le grand dessein est susceptible de recevoir des applications de deux types, commerciales et militaires. Présenté au Congrès en janvier 1962, adopté en octobre, le *Trade Expansion Act* autorise le président à négocier de larges réductions tarifaires dans le cadre d'accords de réciprocité. Ces négociations se dérouleront à Genève, dès l'année suivante, avec des résultats tangibles *(Kennedy Round)*. Mais, sur le plan militaire, le refus de casser le monopole américain de la décision nucléaire, considéré depuis l'adoption de la doctrine McNamara

1. Pour ne pas demeurer en reste et détourner le tiers monde de la tentation communiste, Kennedy a lancé en 1961 le plan décennal dit d'alliance pour le progrès dans le cadre latino-américain, ainsi que les *peace corps*, qui dispensent une aide humanitaire à travers le monde.

2. Sur l'ensemble de la question, cf. D. Artaud, « Le grand dessein de J.F. Kennedy, proposition mythique ou occasion manquée », *Revue d'histoire moderne et contemporaine*, avril-juin 1982, p. 235-266.

comme le recours ultime d'un processus graduel de représailles, va faire échouer toute proposition de *partnership*. A la conférence de Nassau, fin 1962, le Premier britannique Macmillan a accepté de recevoir pour ses sous-marins des fusées Polaris dont l'utilisation relèverait, sauf cas tout à fait exceptionnel, de la direction de l'OTAN, donc des États-Unis. A cet embryon de force *multinationale*, la France est invitée à s'intégrer. Il est également prévu une force *multilatérale* associant certains alliés non nucléaires, comme l'Allemagne ou l'Italie, dans l'utilisation – mais là encore soumise en dernier ressort à la décision américaine – d'armements atomiques. Un tel projet se heurte, comme il était prévisible, au veto absolu du général de Gaulle. Sa conférence de presse du 14 janvier 1963 va briser net le grand dessein de Kennedy par le double rejet de la candidature britannique au Marché commun et de toute perspective d'unification des forces stratégiques de l'Alliance sous la direction américaine.

Il convient sans doute de ne pas exagérer la portée de ces dissensions sur les initiatives soviétiques des années 1958-1962. Que Khrouchtchev ait voulu les exploiter n'est pas douteux. Mais il dut constater à ses dépens que, dans les cas graves, la solidarité atlantique du général de Gaulle était sans faille. Il n'en va pas de même avec la rupture sino-soviétique. Ses origines peuvent être décelées dans un long passé de méfiance réciproque [1], mais la crise n'acquiert de véritable gravité qu'à partir de 1956. Les dirigeants chinois, en effet, n'ont apprécié ni les modalités d'élaboration ni le contenu du rapport secret, et ils ne se sont pas davantage ralliés à la version soviétique de la coexistence pacifique. De plus, l'hégémonisme de l'URSS sur les autres partis communistes, clairement apparu à la conférence de Moscou de novembre 1957, n'est pas étranger au choix d'une « voie chinoise » d'édification du socialisme incarnée par le Grand Bond [2]. Dès

1. Les principaux éléments de ce contentieux sont : les traités inégaux, produit de l'impérialisme tsariste en Sibérie, imposés à la Chine entre 1858 et 1881 ; le « lâchage » du PCC par le Komintern en 1926-1927 ; le long soutien apporté par Staline au Guomindang et à Tchiang Kai-chek, ses réticences à soutenir Mao Zedong dans la conquête du pouvoir ; le maigre soutien militaire apporté aux volontaires chinois durant la guerre de Corée.

2. Cf. *infra*, p. 178-179.

lors, le traité de coopération atomique signé par les deux pays en 1957 ne résiste pas à la dégradation de leurs relations. En dénonçant l'aventurisme du Grand Bond, l'URSS s'irrite en effet d'une remise en question de son propre modèle de développement au moment où elle amorce, particulièrement en Inde et en Égypte, un rapprochement spectaculaire avec le tiers monde. Toute rupture de l'unité du camp socialiste lui est naturellement préjudiciable. En dénonçant le « révisionnisme » yougoslave, accusation derrière laquelle elle s'est retranchée pendant deux ans, la Chine s'inquiète en fait du faible empressement de l'URSS à la soutenir lors de la crise de Quemoy et Matsu et, d'une façon plus générale, de sa propension à préférer le *statu quo* international à tout risque de confrontation avec les États-Unis. La dénonciation par l'Union soviétique, en juillet 1959, du traité de coopération atomique, le retrait de ses techniciens un an plus tard, la violente condamnation des thèses chinoises lors du XXIIe Congrès du PCUS en octobre 1961 [1], constituent les principaux jalons de cette dégradation. Quand éclate, le 20 octobre 1962, le conflit sino-indien sur la frontière himalayenne [2], il est clair que l'URSS a choisi son camp, celui de l'Inde, à laquelle est fourni un matériel militaire moderne. Après l'échec d'une ultime tentative de conciliation, le contentieux territorial refait surface et éclatent les premiers incidents frontaliers.

L'interprétation du conflit sino-soviétique est malaisée [3]. S'agit-il seulement, comme l'a longtemps soutenu l'historiographie américaine, d'un conflit de puissances dans lequel la polémique idéologique servirait d'alibi à l'antagonisme des intérêts ? Il paraît plus fondé de faire intervenir deux paramètres essentiels, qui restituent aux divergences idéologiques toute leur portée conflictuelle : l'inégal développement économique et les particularismes socioculturels du marxisme. Le premier assigne à la Chine une politique de développement radicale, appuyée sur une forte mobilisation des masses, tan-

1. C'est à cette date que l'Albanie opère son schisme avec l'URSS et s'aligne sur la Chine. Ce faisant, Enver Hoxha vise surtout à maintenir intact l'édifice stalinien et à s'épargner tout rapprochement avec la Yougoslavie en raison des revendications qu'il formule sur la minorité albanaise du Kosovo.

2. Cf. *infra*, p. 310.

3. Cf. M. Bettati, *le Conflit sino-soviétique*, Paris, Colin, 1971.

dis que l'URSS mise ouvertement sur la détente pour consolider sa puissance économique. Le second conduit la Chine, en raison de l'enracinement paysan du marxisme, à privilégier une démarche tiers-mondiste revenant à étendre à l'échelle mondiale la thèse de l'encerclement des villes par les campagnes qui avait fait le succès de sa révolution. La participation de Zhou Enlai à la conférence de Bandoeng a été un premier pas en ce sens. L'URSS ne peut être qu'inquiète d'une telle concurrence. Non seulement parce qu'elle introduit dans les partis communistes occidentaux des tendances « prochinoises » appelées à connaître un certain essor dans les années soixante, mais aussi, plus gravement, parce que la Chine est en voie de devenir un pôle de référence pour les pays sous-industrialisés. Au risque de perdre tout crédit dans ce tiers monde auquel, depuis la mort de Staline, ses dirigeants attachent tant de prix, elle doit prouver à la fois la sollicitude qu'elle lui porte et sa capacité à défier ouvertement la puissance américaine. Ainsi s'explique pour une large part l'activisme déployé tant au Moyen-Orient qu'au Congo belge, à Berlin et à Cuba.

Le statut de Berlin avait résisté à l'épreuve du blocus et à la division de l'Allemagne, mais il recevait depuis le début des années cinquante une application inattendue en permettant le libre passage de la zone soviétique aux zones occidentales, et de là en RFA, de plusieurs millions de réfugiés est-allemands [1]. Une telle ponction devenait insupportable pour la République démocratique, politiquement et économiquement, dans la mesure où elle mettait en évidence l'échec de la socialisation auprès des couches les plus jeunes, les plus entreprenantes, et souvent les plus diplômées, de la population. Visiblement inspirée par Walter Ulbricht, la position soviétique [2] va se placer sur le terrain du droit international,

1. Ce sont près de 3 millions d'Allemands de l'Est qui ont ainsi transité par Berlin entre 1949 et 1961, malgré l'instauration en 1957 d'un délit de fuite *(Republiksflucht)* particulièrement sévère pour les familles restant en RDA. Sur l'ensemble des crises de 1958 et 1961, cf. A.-M. Le Gloannec, *1961, un mur à Berlin*, Bruxelles, Éd. Complexe, 1985.

2. Déclaration de Khrouchtchev du 10 novembre 1958 et note aux puissances occidentales du 27 novembre.

mais en l'assortissant d'une menace propre à ouvrir une crise très sérieuse. L'argumentation repose sur la violation des accords de Potsdam découlant du réarmement allemand et, par là, sur la caducité du statut de Berlin [1]. D'où la nécessité d'intégrer l'ancienne capitale du Reich à la RDA ou, à défaut, de l'ériger en ville libre, neutralisée et démilitarisée, sous le contrôle de l'ONU. Au cas où, dans un délai de six mois, un nouveau statut n'aurait pas été négocié, l'URSS se réserverait le droit de conclure une paix séparée avec l'Allemagne de l'Est, à qui reviendrait, en pleine souveraineté, la réglementation des voies d'accès à Berlin. Cette décision place les Occidentaux devant une alternative douloureuse : soit négocier, et par là reconnaître un État auquel on a dénié jusque-là toute légitimité, soit être placé devant le fait accompli et devoir utiliser la force, avec tous ses risques d'escalade, pour conserver l'enclave de Berlin-Ouest. Entre la position intransigeante du général de Gaulle (soutenu par Adenauer) et celle nettement conciliatrice de Macmillan, les Américains semblent hésiter, quand, début 1959, des entretiens Dulles-Mikoyan font valoir un adoucissement de la position soviétique, le délai de six mois perdant son caractère d'ultimatum. La conférence tenue à Genève au printemps par les quatre ministres des Affaires étrangères ne donne aucun résultat, mais le voyage de Khrouchtchev aux États-Unis en septembre contribue à détendre l'atmosphère. Le principe d'une réunion au sommet des quatre Grands est adopté, auquel se rallie de Gaulle dès lors que le choix se porte sur Paris.

Ouvert le 16 mai 1960, ce sommet s'achève en fait avant d'avoir commencé, Khrouchtchev prenant pour prétexte à son ajournement le refus d'Eisenhower d'accéder à ses demandes d'excuses dans l'affaire des avions U2 [2]. La véritable raison de ce raidissement, dont on trouve à la même époque d'autres

1. Il convient de rappeler que le statut quadripartite de Berlin ne découle nullement des accords de Potsdam, mais de l'accord du 14 novembre 1944, auquel la France s'est jointe le 1er mai 1945. La caducité des accords de Potsdam, réelle en raison du réarmement allemand, n'entraîne donc pas *ipso facto* celle du statut de Berlin.

2. Il s'agit de deux avions espions américains abattus le 1er mai 1960 en territoire soviétique. Khrouchtchev exigea à Paris des excuses publiques et le châtiment des coupables, qu'Eisenhower refusa.

exemples au Congo belge et dans les violentes diatribes anti-américaines lancées par Khrouchtchev à l'Assemblée générale de l'ONU, réside sans doute dans les ouvertures prometteuses, mais non suivies d'effets, émises par Eisenhower l'année précédente, lors de l'entrevue de Camp David, sur la question de Berlin. Ainsi rouverte, la crise de Berlin s'achemine vers son dénouement, que l'afflux de plus en plus massif de réfugiés vers l'Ouest ne permet plus de différer. La construction, dans la nuit du 12 au 13 août 1961, du mur de Berlin a pour effet pratique de mettre à peu près totalement fin à l'hémorragie de population de la RDA vers la RFA. Mais elle ne compromet pas la liberté des voies d'accès à Berlin-Ouest, et il n'est plus question, ou peu s'en faut, de traité séparé avec l'Allemagne de l'Est. De ce fait, la réaction américaine, malgré les objurgations d'Adenauer, est modérée. Car si le président Kennedy affirme sa détermination à défendre la liberté de 2,5 millions de Berlinois [1], il n'est pas hostile à la reconnaissance, à terme, de la RDA dans les limites de la ligne Oder-Neisse. C'est la solution de bon sens qui prévaudra dix ans plus tard.

Depuis la guerre d'indépendance de 1898, Cuba avait été progressivement érigé en semi-protectorat américain. Outre la mainmise sur les richesses économiques de l'île [2], l'amendement Platt, intégré à la Constitution de 1902, autorisait les États-Unis à débarquer des troupes dès lors que leurs intérêts étaient en jeu [3]. Grâce aux investissements étrangers et à l'esprit d'entreprise de la bourgeoisie locale, le niveau de vie était relativement élevé, comparativement au reste de l'Amérique latine. Mais les contrastes sociaux y étaient particulièrement accusés, l'analphabétisme très répandu dans les campagnes, le chômage endémique. Véritable maître de l'île de-

1. Détermination affirmée lors de son voyage en Europe en juin 1963 et en particulier à Berlin-Ouest, où il proclame le 27, devant le mur son fameux : « *Ich bin ein Berliner.* »

2. En 1958, les Américains contrôlent 90 % des mines, 80 % du tabac, 40 % de l'industrie sucrière et la totalité du raffinage pétrolier.

3. Amendement annulé en 1934 par Roosevelt avec le retour à la politique de « bon voisinage », et remplacé par un traité conservant aux États-Unis la base de Guantanamo.

puis 1933, président en 1940-1944, et à nouveau depuis 1952, le général Batista, homme lige des Américains, devait son pouvoir aux efforts conjugués d'une police politique très brutale et de la CIA. Décimée par la répression, l'opposition de la classe moyenne réclame en vain les libertés publiques et le retour à une dignité nationale bafouée de longue date par les formes les plus diverses de la corruption et du gangstérisme régnant à La Havane.

Né en 1926 dans une famille de riches planteurs, élève des jésuites, étudiant en droit, Fidel Castro avait tenté en juillet 1953 d'enlever par surprise une garnison avec l'aide de quelques dizaines d'intellectuels. Condamné à quinze ans de détention, puis amnistié en mai 1955, il s'est lié peu après au Mexique avec un jeune révolutionnaire argentin, Ernesto Guevara (« Che »), et avec Alberto Bayo, un ancien colonel espagnol spécialiste de la guérilla. Castro recrute à Miami quelques volontaires parmi les émigrés cubains et, après un premier entraînement au Mexique, débarque à Cuba en novembre 1956. Le soulèvement attendu ayant échoué, il gagne la Sierra Maestra avec une douzaine d'hommes. La guerre révolutionnaire ne commence qu'en mai 1957, sur la base d'un programme réformiste et patriotique qui se réfère bien plus à José Marti, le héros de l'indépendance cubaine, qu'aux théoriciens marxistes. Attaques de postes isolés et sabotages se multiplient, avec des effectifs encore modestes mais grossis de paysans ralliés et de soldats déserteurs. Un sens aigu des relations publiques (interview au *New York Times,* création de Radio-Rebelle, enlèvement du champion automobile Fangio) contribue à populariser l'insurrection et à lui attirer des sympathies extérieures. Si en avril 1958 une opération de « guerre totale » vers les villes de province se solde par un échec sérieux, diverses actions entreprises contre des ressortissants américains réussissent mieux et obligent les États-Unis à décréter le 15 juin l'embargo sur les armes à destination de Cuba. Les élections du 3 novembre, contrôlées par les Nations unies, sont apparemment un succès pour Batista, mais ne résolvent rien, car le mois suivant Castro lance ses troupes sur Santiago, puis sur La Havane. Abandonné des États-Unis, Batista quitte Cuba avant que, le 2 janvier 1959, les guérilleros de Che Guevara entrent dans la capitale. Un gouvernement libéral est formé, présidé par Miro Cardona, mais rapidement dépassé, puis éliminé, par la surenchère révolutionnaire. Règlements de comptes, exécutions sommaires et pillages alarment d'emblée les Américains, qui avaient rêvé d'une alternative de type centriste.

La réforme agraire promulguée le 17 mai, très sévère pour les latifundia [1], ouvre la crise des relations américano-cubaines, qui trouvera son terme avec la rupture des relations diplomatiques le 2 janvier 1961, *via* la conclusion d'accords commerciaux avec l'Union soviétique (cf. chronologie). On épiloguera longtemps sur le comportement apparemment incohérent des États-Unis, qui ont retiré leur appui à Batista pour prendre un an plus tard contact avec ses partisans [2], ainsi que sur les raisons qui ont conduit la révolution castriste du réformisme à une socialisation de type marxiste. Cette double dérive n'était pas forcément fatale, comme en témoignent la rencontre Castro-Nixon à l'ONU (avril 1959) et le préjugé favorable dont jouissait initialement Castro auprès de John Kennedy. Mais la logique des deux systèmes était incompatible, car le castrisme obéit d'abord à une volonté d'indépendance économique, alors que l'impérialisme américain réclame des garanties politiques que Castro ne pouvait lui offrir. Pour empêcher une normalisation de type « guatémaltèque [3] », le *Lider Maximo* n'avait d'autre recours que l'Union soviétique, dont l'influence était jusqu'alors à peu près inexistante en Amérique latine.

C'est pour parer à ce risque d'extension que le président Kennedy va se convertir à une solution de force. Après avoir songé à des actions de type guérilla, qui auraient retourné contre Castro ses propres méthodes, la CIA lui inspire un plan d'invasion rendu apparemment facile par l'afflux de réfugiés cubains et par le mécontentement local d'une population appauvrie par la désorganisation économique de l'île. Initialement très réticent, Kennedy se laisse circonvenir par Allen

1. Sur les vingt-deux latifundia sucriers du pays, représentant 70 % de la production, neuf étaient cubains, treize nord-américains.

2. Les premiers contacts entre la CIA et les exilés cubains remontent au printemps 1959. Mais ce n'est qu'au début de 1960 qu'Eisenhower autorise leur entraînement militaire.

3. Cf. *supra*, p. 204.

Dulles, tout en multipliant les obstacles à la réussite du débarquement : refus d'engager des troupes américaines, refus d'une couverture aérienne, limitation des effectifs à moins de 1 500 Cubains transportés par des B 26 maquillés. Mal engagée et mal exécutée, l'opération dite de la baie des Cochons, déclenchée le 17 avril 1961, se révèle d'emblée un fiasco. L'affaire se solde par plus de 1 100 prisonniers cubains, un durcissement intérieur du régime castriste et des réactions unanimement négatives en Amérique latine. Sans doute l'opinion américaine ne tient-elle pas rigueur au jeune président de cet échec. Mais la crise peut prendre un tour plus grave dans la mesure où elle a pour effet un resserrement sensible de l'alliance soviéto-cubaine, en particulier dans le domaine militaire.

Momentanément déplacée vers Berlin et le Congo, la tension renaît en 1962 quand, le 15 août, le successeur d'Allen Dulles à la CIA, McCone, révèle à Kennedy par des photographies aériennes l'existence de bases d'engins balistiques à moyenne portée [1]. La nouvelle est accueillie avec scepticisme, en raison du refroidissement récent des relations entre Fidel Castro et l'URSS [2], en raison aussi des assurances prodiguées par Khrouchtchev lors de l'entrevue de Vienne (3 juin 1961), selon lesquelles l'armement livré à Cuba était exclusivement défensif. La nouvelle ayant été confirmée par une nouvelle reconnaissance d'avions U 2, le 14 octobre, Kennedy réunit le 16, dans le plus grand secret, une cellule de crise émanant du Conseil national de sécurité, l'Excom [3]. De ses délibérations, aujourd'hui bien connues, et qui s'étendent du 16 au 21 octobre, deux positions extrêmes se font jour. Celle soutenue par

1. Engins de type IRBM (3 200 km) et MRBM (1 600 à 2 000 km).

2. Refroidissement illustré par le refus de l'URSS d'accroître son aide économique et d'admettre Cuba dans le pacte de Varsovie. La confiance ne revient que dans l'été 1962, à la suite d'un voyage de Raul Castro à Moscou. C'est là sans doute qu'a été prise la décision soviétique de mettre Cuba à l'abri d'une agression américaine, sans que la nature des armes ait été révélée.

3. Executive Committee of National Security Council, qui réunit dix-huit personnes parmi lesquelles McNamara, Dean Rusk, Bob Kennedy (adversaire résolu du bombardement préventif) et McBundy, conseiller spécial pour les questions de sécurité. Sur la crise des fusées, les meilleurs ouvrages en langue française sont M. Semidei, *Kennedy et la Révolution cubaine,* Paris, Julliard, 1972, et G. Robin, *la Crise de Cuba,* Paris, IFRI-Economica, 1984.

le secrétaire à la Défense McNamara, qui, arguant du fait que l'équilibre stratégique des deux grandes puissances n'étant pas substantiellement modifié, recommande l'inaction. Celle, maximaliste, défendue par les militaires et par l'ancien secrétaire d'État Dean Acheson, qui prône le bombardement sans préavis des rampes soviétiques. Kennedy, qui s'estime lié par sa déclaration du 13 septembre selon laquelle les États-Unis « prendraient les mesures nécessaires au cas où les installations communistes à Cuba menaceraient leur sécurité », penche pour la fermeté. Mais, conscient des risques d'escalade, ou plus simplement du caractère aléatoire de l'entreprise, il finit par opter pour la formule du blocus, baptisé du nom moins guerrier de « quarantaine », qui permet d'envisager des mesures plus radicales de représailles au cas où l'Union soviétique refuserait d'obtempérer [1]. Ayant informé de Gaulle et Macmillan de sa décision, le président s'adresse le 22 octobre à la nation américaine, annonce les mesures prises et exhorte Khrouchtchev à entendre raison. Le monde retient son souffle.

Le message est entendu. Dès le 24, les navires soviétiques parvenus aux limites de la zone du blocus font demi-tour. Le 26 et le 27 arrivent successivement deux messages de Khrouchtchev, le premier proposant le retrait des fusées contre la promesse américaine de ne pas renverser Castro par la force, le second, sans doute inspiré par le Bureau politique, offrant le retrait contre celui des fusées Jupiter basées en Turquie. Ce à quoi Kennedy, moyennant quelques précautions de forme, accède volontiers, autant pour sauver la face du dirigeant soviétique qu'en raison de l'utilité devenue marginale des fusées Jupiter. Au soulagement général de voir s'éloigner le spectre d'une confrontation armée, éventuellement nucléaire, s'ajoute aux États-Unis la satisfaction d'avoir remporté une grande victoire politique. A Cuba, pourtant, la mauvaise humeur est évidente. Outré d'avoir été laissé à l'écart de la décision soviétique de retrait, Castro refuse,

1. Le recours à la quarantaine illustre la nouvelle doctrine stratégique américaine mise au point par McNamara et son entourage, ou doctrine de la « riposte graduée ». Son principe de base est la proportionnalité entre l'enjeu d'un conflit, les moyens de riposte et le risque encouru. Elle laisse ses chances à la négociation tout en faisant planer sur l'adversaire le risque d'une escalade éventuelle.

CHRONOLOGIE DES CRISES CUBAINES

1959

Avril : Voyage de Castro aux États-Unis; rencontre avec Richard Nixon.
17 mai : Première réforme agraire.
31 octobre : Bombardement de La Havane par des aviateurs anticastristes.

1960

Janvier : Réduction à 700 000 tonnes du quota sucrier acheté par les États-Unis.
13 février : Voyage d'Anastase Mikoyan à Cuba; signature d'un accord commercial soviéto-cubain.
15 mars : Eisenhower autorise l'entraînement militaire d'exilés cubains.
11 mai : Accord soviéto-cubain sur l'assistance technique et la livraison de pétrole brut.
24 juin-6 juillet : Nationalisation des entreprises américaines implantées à Cuba.
3 juillet : Le Congrès vote la suppression de tout achat de sucre cubain. Che Guevara annonce l'appartenance de Cuba au « camp socialiste ».
9 juillet : L'URSS se déclare officiellement disposée à défendre Cuba en cas d'agression américaine.
1er septembre : L'Organisation des États américains (OEA) condamne Cuba.
19 octobre : Washington décide l'embargo des exportations américaines vers Cuba.

1961

2 janvier : Les États-Unis rompent leurs relations diplomatiques avec Cuba.
14 février : Exclusion de Cuba de l'OEA.
22 mars : Formation à Miami d'un « Conseil révolutionnaire cubain » présidé par Jose Miro Cardona.
5 avril : Kennedy donne son accord à un projet d'invasion de Cuba par des réfugiés anticastristes.
17-19 avril : Opération de la baie des Cochons.
1er décembre : Fidel Castro se proclame « marxiste-léniniste ».

1962

2 septembre : A l'occasion d'un séjour de Che Guevara à Moscou, un communiqué annonce le renforcement de l'aide militaire soviétique à Cuba.
22-28 octobre : Crise des fusées.

malgré les pressions en ce sens, le contrôle par l'ONU du démantèlement des bases et affiche dans les années suivantes, malgré un resserrement des liens commerciaux, une indépendance accrue à l'égard de Moscou [1].

En dépit de l'abondance des témoignages, la crise des fusées continue de poser divers problèmes d'interprétation, dont le moindre n'est pas de percer les intentions réelles de Khrouchtchev [2]. Il va de soi que l'installation d'une panoplie nucléaire à Cuba répondait à des objectifs qui excédaient largement la défense de l'île. S'agissait-il d'un simple bluff propre à déconsidérer le président américain, que Khrouchtchev avait jugé à Vienne hésitant et pusillanime, et propre à l'inverse à rehausser le prestige de l'URSS aux yeux de la Chine et du tiers monde ? Ou bien s'agissait-il d'une monnaie d'échange qui aurait placé Moscou en position de force en vue d'une éventuelle négociation nucléaire, ce qu'accréditerait la visite de Gromyko à Washington le 18 octobre, ou en vue d'un règlement favorable de la question de Berlin, voire du problème allemand dans son entier ? Il est difficile de répondre à la question, plus sans doute qu'à l'interrogation relative au bilan réel de la crise. Sans doute Kennedy a-t-il remporté là une victoire morale, et inversement l'affaire des fusées n'est pas indifférente à la chute de Khrouchtchev deux ans plus tard. Mais avoir obtenu la promesse du non-renversement du régime castriste et le retrait des fusées américaines installées en Turquie n'est pas négligeable, moins peut-être par l'importance de ces concessions que du seul fait d'avoir été arrachées en position de faiblesse. Tout se passe comme si, à l'heure de la parité nucléaire, les États-Unis étaient contraints à une prudence accrue que l'URSS capitalise en compensations diverses, ce que l'avenir démontrera amplement. Pour l'heure, la crise de Cuba tourne une page. La peur de l'affrontement nucléaire ouvre la voie au rapprochement dont témoignent,

1. A Moscou qui affirme que la lutte anti-impérialiste en Amérique latine passe par le patient travail politique des partis communistes légaux, Castro oppose son soutien aux guérillas révolutionnaires du Guatemala, de Colombie, de Bolivie, etc. Le désaccord est total lors des entretiens Castro-Gromyko à La Havane en octobre 1965.

2. Nous suivons de près l'analyse de D. Artaud, *la Fin de l'innocence, les États-Unis de Wilson à Reagan*, Paris, Colin, 1985, p. 233-237.

dès l'année suivante, l'installation d'un télétype entre les deux capitales et la signature du traité de Moscou interdisant certains types d'expériences nucléaires. La coexistence pacifique est donc, en quelque sorte, officialisée, même si les deux puissances lui assignent des finalités très différentes.

5

La décolonisation

Caractères généraux

Il est traditionnel d'affirmer que la décolonisation procède logiquement de la colonisation. Par ses succès comme par ses échecs, l'impérialisme colonial a levé les forces qui tôt ou tard devaient se dresser contre lui. A l'actif, la pacification intérieure, condition première de la formation d'un sentiment national; la révolution sanitaire, génératrice d'une explosion démographique incontrôlable; la promotion d'une élite indigène plus ou moins occidentalisée, appelée à retourner contre le pouvoir colonial soit les valeurs démocratiques dans lesquelles elle a été éduquée, soit le reproche d'une déculturation un peu hâtivement qualifiée d'ethnocide. Au passif, une mise en valeur et des mécanismes d'échanges trop exclusivement favorables aux colonats ou aux métropoles et, partant, une paupérisation croissante des masses indigènes; une dépossession du pouvoir des élites, ou leur marginalisation dans des tâches subalternes, qui engendrent de multiples frustrations et la revendication d'une réappropriation du pouvoir.

L'entre-deux-guerres a vu la montée des nationalismes coloniaux [1]. Avec une synchronie remarquable, celle-ci a connu deux temps forts: au lendemain de la Première Guerre mondiale, dans la perspective (déçue) d'une redistribution des pouvoirs conforme aux principes wilsoniens, et, au début des années trente, dans le contexte aggravant de la crise économique. Mais de l'un à l'autre, la teneur du nationalisme s'est doublement modifiée. D'un mouvement confiné aux élites

1. Cf. t. II, p. 38-79.

urbaines, il s'est élargi aux masses populaires, généralement sous l'impulsion d'une personnalité charismatique qui a fini par s'identifier à la volonté de l'émancipation nationale. A la revendication modérée de l'autonomie interne ou du *self-government* s'est parallèlement substituée celle, radicale, de l'indépendance.

Plus que tout autre événement, la guerre de 1939-1945 va accélérer la décolonisation et contribuer à son inéluctabilité. Car, si le premier conflit mondial avait vu la victoire des grandes puissances impérialistes, la seconde les place en fâcheuse posture devant les peuples colonisés. La défaite de la France et des Pays-Bas, à un moindre titre celle de la Belgique, les difficultés de la Grande-Bretagne dans le Pacifique, notamment la chute de Singapour et la perte de Hong Kong, portent un coup terrible à leur prestige, ce que prolongent, de façon convergente, les occupations japonaise et américaine. Pour se montrer des occupants très durs, les Japonais excellent dans l'art de déconsidérer le colonialisme blanc, s'appuient délibérément sur les élites nationalistes, tout en les contrôlant, se prêtent à la reconnaissance *in extremis* d'indépendances qui, pour être fictives, n'en lèguent pas moins aux anciennes puissances des conditions difficiles de réappropriation. L'écho de la Seconde Guerre mondiale est moindre en Afrique noire, hormis à Madagascar, mais il est considérable en Afrique du Nord, par les effets conjugués de la propagande de l'Axe puis de l'occupation américaine. L'incapacité de la France à défendre son Empire, la pauvreté de ses moyens et l'étalage de ses divisions politiques contrastent avec l'opulence américaine et le message discrètement libérateur de la charte de l'Atlantique [1]. Et, si la France peut en 1945 figurer au nombre des vainqueurs, elle le doit pour une part à la contribution de cette armée d'Afrique, équipée du reste grâce aux crédits du prêt-bail, essentiellement composée d'indigènes envers lesquels il faudra bien un jour acquitter sa dette.

La nouvelle configuration mondiale issue de la guerre va dans le même sens. La création de l'ONU et les principes

1. Le troisième point de cette charte du 12 août 1941 accorde à chaque peuple le droit de choisir librement la forme de son gouvernement. Malgré les efforts de Churchill pour en réduire la portée à l'Europe, l'impact de ce texte est considérable dans la population évoluée d'Afrique du Nord.

libérateurs de sa Charte soulèvent de grands espoirs, de même que celle de la Ligue arabe, puis du groupe afro-asiatique. Autant de lieux où peut s'exprimer de façon plus ou moins agissante la solidarité des pays déjà émancipés et auxquels peuvent recourir ceux qui ne le sont pas. Plus encore, l'effacement international des pays coloniaux, en proie à de multiples problèmes de reconstruction et soumis à la dépendance américaine, contribue à l'affirmation des deux grands vainqueurs de la guerre, également favorables à la décolonisation, l'Union soviétique par référence idéologique, les États-Unis par tradition historique, mais aussi parce que les deux grandes puissances nourrissent quelque convoitise des dépouilles. De longue date, l'impérialisme américain s'est démarqué, au nom du principe de la porte ouverte, du vieux colonialisme européen avec la ferme volonté de se substituer à lui sous des formes plus respectueuses du droit des gens. Quant à l'URSS, elle est sensible, surtout après Staline, aux immenses perspectives que lui ouvre l'émancipation d'un monde vulnérable et sous-développé. Mais pour l'heure la connivence l'emporte. Il est remarquable que, hormis le cas particulier de l'Indochine, en raison de la guerre froide, et celui très circonstanciel du Congo belge, la décolonisation n'a été l'occasion d'aucun heurt entre les deux puissances.

Jouent ensuite tout un ensemble de processus cumulatifs. L'écho des grandes conférences tiers-mondistes, celle de Bandoeng en 1955, celles d'Accra en 1958, est inégal selon les continents mais dans l'ensemble considérable. De façon plus circonscrite, il est clair que, par un mouvement d'entraînement ou par mimétisme, l'indépendance d'une colonie appelle celle des autres au sein d'un même ensemble régional. C'est ainsi que l'indépendance de l'Inde débouche sur celle de la Birmanie et de Ceylan, puis indirectement sur celle de l'Indonésie, que la France ne peut refuser à la Tunisie ce qu'elle vient d'accorder au Maroc, et que l'accession des deux protectorats à l'indépendance encourage l'Algérie à revendiquer un traitement identique. Il en va de même en Afrique noire ; où l'exemple du Ghana (1957) a des effets contagieux au Congo belge et d'une façon plus générale dans l'Afrique anglophone ; où l'indépendance de la Guinée (1958), son accession immédiate à l'ONU, la signature des premiers accords de coopération condamnent à une rapide dislocation le cadre pseudo-fédéral de la Communauté française.

S'agissant des modalités de la décolonisation, il est classique d'opposer la Grande-Bretagne à la France. La première est créditée d'une décolonisation négociée et pacifique, conformément à un tempérament porté au pragmatisme. La seconde d'une décolonisation arrachée par la violence qu'expliquerait sa crispation sur une conception jacobine de l'indivisibilité de la République et de la grandeur nationale. Entre ces deux extrêmes, les décolonisations « secondaires » constitueraient des cas moyens, plus proche de la Grande-Bretagne pour la décolonisation belge, plus proches de la France pour les décolonisations hollandaise et portugaise [1]. Il va de soi qu'une telle classification relève plus de la commodité que de la rigueur. L'émancipation des colonies britanniques n'est pas exempte d'épreuves de force (Malaisie, Chypre, Kenya), et il est hasardeux d'ériger en modèle certains retraits précipités laissant face à face, comme en Inde ou en Palestine, des populations condamnées à l'affrontement par disparition de la puissance arbitrale. Inversement, la France a su parvenir dans ses mandats et protectorats, non sans convulsions il est vrai, à une indépendance négociée, et ménager en Afrique noire les étapes d'une décolonisation pacifique. Quant aux deux guerres coloniales dans lesquelles elle a eu tort assurément de s'enferrer, elles font apparaître des situations exceptionnelles auxquelles l'Angleterre n'a jamais été confrontée : la confusion du nationalisme et du communisme en Indochine, et la présence en Algérie d'une communauté européenne particulièrement nombreuse.

Pour schématique qu'elle soit, cette typologie n'en est pas moins fondée. En Inde comme en Afrique, la Grande-Bretagne a su faire l'économie de guerres prolongées et se prêter à une émancipation contractuelle, conforme à une conception évolutive de l'Empire qui avait déjà fait ses preuves avec les dominions. Le mérite en revient d'abord aux travaillistes.

1. Le cas de l'Italie est particulier, la perte de ses colonies résultant de son traité de paix et de divers accords internationaux. La Libye acquiert son indépendance en 1951, la Somalie en 1960.

Moins pénétrés que les conservateurs de la mystique impériale, ils ont admis que, compte tenu de l'affaiblissement du pays, il était chimérique de mener de front la construction de l'État-providence, le maintien d'un niveau élevé de dépenses militaires [1], et une politique de force en Méditerranée et en Inde. Cette appréciation réaliste était d'autant plus fondée que le Commonwealth offrait une structure d'accueil où la métropole pourrait conserver son influence culturelle et ses intérêts économiques [2]. Le retour des conservateurs en 1951 coïncide avec un indéniable raidissement. Sous Churchill et Eden la répression l'emporte sur le dialogue, notamment en Malaisie, au Kenya et à Chypre [3]. Mais l'échec politique de l'expédition de Suez, dernier avatar de la politique de la canonnière, est mieux perçu en Angleterre qu'en France. A partir de 1959, le cabinet Macmillan se résigne à l'inévitable et assume l'essentiel de la décolonisation de l'Afrique anglophone, pour peu que soient ménagées les transitions minimales et respectée la représentation des minorités.

Avec deux guerres coloniales et une démarche tout empreinte de réticence, il existe bien une spécificité de la décolonisation française. Non que dans leur répudiation « de tout système colonial fondé sur l'arbitraire [4] » les constituants de 1946 n'aient sincèrement tenté d'innover. La première Assemblée a fait œuvre utile en procédant à la départementalisation de quatre anciennes colonies [5] et en reconnaissant la

1. Les dépenses militaires demeurent considérables au lendemain de la guerre (1,7 milliard de livres en 1946-1947) et sont encore accrues lors de la guerre de Corée. La conscription est maintenue jusqu'en 1960. A cette date, le budget militaire représente 6 % du PNB. Cf. R. Marx, *la Grande-Bretagne et le Monde au XXe siècle*, Paris, Masson, 1986.

2. Doté d'un appareil administratif léger, le Commonwealth est une réalité très vivante dans les vingt années qui suivent la guerre. Avec vingt-cinq États environ au milieu des années soixante, il réalise le tiers du commerce occidental et 30 % des exportations britanniques. Les conférences des Premiers ministres, tenues sans formalisme ni régularité, sont l'occasion d'affirmer la cohérence surtout économique, financière et culturelle de l'ensemble.

3. Déclenchée en 1954 par des Chypriotes grecs partisans de l'*Enosis* (rattachement à la Grèce), la guérilla ne cesse qu'en 1959 avec les accords de Zurich et de Londres créant une République indépendante présidée par Mgr Makarios, mais laissant deux bases militaires aux Britanniques.

4. Préambule de la Constitution du 27 octobre 1946.

5. Loi du 19 mars 1946 prononçant la départementalisation de la Martinique, de la Guadeloupe, de la Guyane et de la Réunion.

citoyenneté française, et les libertés qui y sont attachées, à toutes les populations de l'Empire. Mais, partagés entre tenants de la fédération et de l'assimilation [1], ils ont légué avec l'Union française une construction bâtarde et timorée. Les principes novateurs et les possibilités évolutives y sont en effet contredits par un ensemble de dispositions restrictives, à commencer par la généralisation du double collège perpétuant la surreprésentation de l'électorat blanc. Dépourvus de pouvoir précis, le Haut Conseil et l'Assemblée de l'Union n'ont qu'un rôle consultatif. Les perspectives d'accession au statut d'État associé, mal définies, sont apparemment soumises au bon vouloir de la République.

Ce décalage entre la générosité des principes égalitaires et le fédéralisme de façade instauré par les textes est redevable pour une large part à la détermination de Georges Bidault, chef du gouvernement provisoire [2], à ne rien céder d'essentiel sur le terrain colonial. Historien de formation, grandi, comme tant d'autres hommes politiques de sa génération, dans le culte républicain des bâtisseurs de l'Empire, ses conceptions procèdent d'une identification instinctive du prestige international de la France au maintien coûte que coûte du patrimoine colonial. Ce credo conservateur est partagé par le milieu politique français, d'une large fraction des socialistes jusqu'à la droite (gaullistes compris), même si certains radicaux (Pierre Mendès France, Edgar Faure) et quelques MRP (Robert Buron, Pierre Pflimlin) ont eu le courage ou la lucidité de déroger au conformisme ambiant. A cette donnée essentielle, qui expliquerait à elle seule les crispations sur Madagascar, l'Indochine ou le Maghreb, s'ajoutent les vices de fonctionnement de la

1. L'assimilation avait en particulier la faveur des socialistes et de nombreux chrétiens qui pensaient assurer la promotion matérielle et culturelle des peuples d'outre-mer par l'extension de la législation française. Économie serait faite ainsi d'un nationalisme qui les livrerait sans défense aux ravages de l'autoritarisme, du communisme ou du fanatisme religieux, également négateurs des libertés démocratiques. Conviction généreuse, et non dénuée de fondements, mais qui procédait d'une appréciation irréaliste des nouvelles données internationales.

2. Ses interventions restrictives lors des travaux de la seconde Assemblée constituante vont de pair avec le sabotage délibéré de la conférence de Fontainebleau, durant l'été 1946, chargée d'appliquer les accords Ho Chi Minh-Sainteny. Cf. *infra*, p. 240.

IVe République : l'instabilité gouvernementale qui contrecarre toute définition d'une politique évolutive et le poids du lobby colonial, particulièrement représenté au parti radical. Toujours en retard d'une réforme, placée à la remorque de l'événement, contrainte de négocier *in extremis* dans les plus mauvaises conditions, la IVe République n'a eu, dans son ensemble, ni les institutions ni le personnel d'une politique de décolonisation cohérente.

Le retour au pouvoir du général de Gaulle, qui n'avait pourtant pas fait preuve à la Libération d'une très grande audace dans ce domaine [1], coïncide avec une appréciation plus réaliste. L'Afrique noire peut ainsi, sur un terrain déjà bien préparé, s'affranchir sans heurts, même s'il y aurait bien des réserves à formuler sur l'indépendance réelle des nouveaux États. Mais en Algérie quatre années seront encore nécessaires pour mettre fin au conflit entamé en 1954. Interminable fin de guerre, qui ne peut être comprise qu'au regard du désespoir croissant d'une minorité européenne trop longtemps accrochée à ses privilèges et de l'intrusion politique de l'armée. Soumise à une longue succession d'échecs (1940, l'Indochine, Suez), l'armée a cru trouver en Algérie le terrain à sa mesure où elle pourrait tout à la fois prouver sa supériorité militaire et construire une communauté franco-musulmane réconciliée. Projet généreux, sans doute, mais d'autant plus irréaliste que la pacification épousait trop souvent les formes les plus impropres à une telle construction. En se dressant contre le pouvoir civil, moins par la révolte ouverte, qui ne fut toujours le fait que d'une minorité, que par l'affirmation lancinante de son *non possumus*, elle a inutilement avivé les haines entre Français et contribué à la prolongation du conflit [2].

1. Il fallut toute la persuasion insistante de la Grande-Bretagne pour que le général de Gaulle traduise dans les faits en 1945 les promesses d'indépendance souscrites pendant la guerre en faveur du Liban et de la Syrie. Pour le reste, la conférence de Brazzaville en janvier 1944 (Afrique noire), l'ordonnance du 7 mars 1944 (Algérie) et la déclaration gouvernementale du 24 mars 1945 (Indochine) ne représentent que des avancées très limitées.

2. Sur l'armée durant la guerre d'Algérie, cf. J. Planchais, *le Malaise de l'armée*, Paris, Plon, 1958, et R. Girardet, *la Crise militaire française, 1945-1962*, Paris, Colin, 1964.

L'émancipation de l'Asie

Il était naturel que la décolonisation commençât par le continent asiatique. Les sentiments nationaux y étaient profondément enracinés, et les mouvements nationalistes, déjà actifs avant la guerre, ont reçu de nouvelles impulsions durant le second conflit mondial.

Contrairement à ce qui a pu se passer ailleurs, l'indépendance de l'Inde doit peu à l'activisme anticolonialiste du Japon, même si le leader nationaliste dissident Chandra Bose a pu constituer avec l'appui des Japonais l'embryon d'une armée indienne et installer à Singapour un gouvernement indien en exil. C'est dans l'implantation croissante du Congrès, particulièrement nette dans les campagnes depuis les élections de 1937, et dans son refus obstiné de soutenir l'effort de guerre britannique tant que n'auraient pas été opérées les réformes constitutionnelles que réside la force du courant nationaliste.

Dans la difficile conjoncture du printemps 1942, Churchill avait envoyé à Delhi Sir Stafford Cripps, travailliste anti-impérialiste, ami de longue date de plusieurs chefs du Congrès. Après consultations, il remit un plan peu novateur qui subordonnait l'élaboration d'une nouvelle Constitution à la fin du conflit, tout en laissant faculté aux princes de ne pas adhérer au futur statut. Ce projet heurtait trop les sentiments unitaires du Congrès pour être accepté, et, à la grande satisfaction de Churchill, la mission Cripps s'achève sur un échec. Tenu à l'écart des négociations, Gandhi lance alors sa campagne « *Quit India* » en vue du retrait immédiat de l'autorité britannique. Avec l'arrestation du *mahatma,* la mise hors la loi du Congrès et une sévère répression militaire, celle-ci est un indéniable échec, auquel il faut ajouter l'enrôlement « volontaire » de quelque 3 millions d'Indiens, même si la terrible famine du Bengale, en 1943, n'y est pas étrangère. Mais l'étendue même des troubles et des sabotages orchestrés par le second échelon des cadres congressistes (les dirigeants ayant été arrêtés), l'importance des forces militaires engagées (une soixantaine de bataillons), montrent assez la précarité des positions britanniques. Par la suite, le nouveau vice-roi Lord Wavel combine répression et contacts politiques en vue d'un gouvernement de transition, davantage soutenu par Churchill dans la première démarche que dans la seconde. La conférence de Simla, ouverte en juin 1945, échoue d'emblée en raison des manœuvres conjointes du Dr Jinnah, animateur de la Ligue musulmane, et des fonctionnaires du Civil Service.

Deux événements décisifs vont contribuer à faire avancer les choses : la victoire travailliste de juillet 1945, suivie d'une nouvelle mission de Cripps, mais avec cette fois l'objectif d'une indépendance rapide, et les élections de décembre, qui font apparaître la complète représentativité du Congrès et de la Ligue musulmane dans leurs zones respectives. Le problème n'est donc plus celui de l'indépendance, mais de la forme du futur État. Entre l'aspiration unitaire du Congrès et celle, autonomiste ou indépendantiste, de la minorité musulmane, Cripps s'évertue à trouver une solution transactionnelle. Son plan du 16 mai 1946 vise à désigner un gouvernement intérimaire avant qu'une Assemblée constituante adopte une Constitution fédérale. Mais hindous et musulmans se sont séparés sur un constat d'échec à la conférence de Simla, et déjà dans le pays les passions religieuses s'exaspèrent, tournant au massacre à Calcutta le 16 août. Tandis que les services et ressortissants britanniques commencent leur évacuation, le nouveau vice-roi Lord Mountbatten annonce le 20 février 1947 l'intention du gouvernement de transférer ses pouvoirs au plus tard en juin 1948. Le plan du 16 mai étant inapplicable, la partition devient inévitable, à laquelle pourtant Gandhi continue de s'opposer. A la table ronde de New Delhi, le plan proposé par Mountbatten est adopté le 3 juin. Deux Assemblées constituantes rédigeront chacune leur Constitution ; le tracé des frontières litigieuses sera confié à une commission spéciale ; liberté sera laissée aux États princiers d'adhérer à l'un ou l'autre des États et aux deux États de fixer leurs liens avec le Commonwealth [1]. La loi d'indépendance est votée à

1. Poussés par le gouvernement anglais, les États princiers entrèrent dans l'Union indienne, moyennant certaines garanties qui ne furent pas toujours tenues par la suite. S'agissant du Commonwealth, Nehru et Jinnah s'y sont ralliés en 1948. La Constitution républicaine de l'Inde suscita quelques problèmes qui furent réglés l'année suivante. On notera aussi la rétrocession par la France de Chandernagor en 1948 et de ses quatre autres comptoirs en 1954. L'enclave portugaise de Gao est récupérée par l'Inde en 1961.

Westminster le 4 juillet, pratiquement sans opposition. Le 15 août 1947, l'indépendance de l'Inde et du Pakistan est proclamée. Nehru forme le premier gouvernement indien souverain, Ali Jinnah devient gouverneur général du Pakistan. Mais, dans les semaines qui suivent, les échanges de populations entre les deux pays entraînent d'épouvantables massacres, surtout au Penjab, et des centaines de milliers de morts. Toujours fondamentalement hostile à la partition, Gandhi, qui s'est volontairement abstenu d'assister aux festivités du Purna Swaraj, cette indépendance totale à laquelle il a plus que quiconque contribué, engage un « jeûne à mort » pour réconcilier les communautés. Il est assassiné par un fanatique hindou le 30 janvier 1948. Pour être sincèrement pleurée par la foule, sa mort l'est moins par l'opinion de haute caste ou par les élites du monde traditionnel hindou [1].

Une fois l'Inde indépendante, la domination politique du glacis indien n'a plus de justification. La Birmanie et Ceylan accèdent donc, sans problème majeur, à l'indépendance, respectivement les 4 janvier et 4 février 1948, au terme d'un processus graduel de concessions [2]. La Malaisie connaît une décolonisation plus tardive qu'explique la complexité des problèmes à résoudre : la diversité ethnique de la péninsule divisée en Malais, Chinois et Indiens ; la permanence d'un sultanat archaïque ; la position stratégique de Singapour. Après avoir tenté en 1946, sous le nom d'Union malaise, un État fédéral dont Singapour est exclu, Londres met en place deux ans plus tard une Fédération malaise qui cristallise une opposition à la fois antiprincière et antibritannique. Une révolte populaire, fortement teintée de communisme, s'ensuit, et une guérilla dirigée par Chin Peng se développe jusqu'en 1952 [3]. Entretemps, la Constitution ayant été démocratisée, la Fédération malaise accède à l'indépendance le 26 août 1957. Singapour

1. Sur les dernières années de Gandhi, cf. R. Payne, *Gandhi*, Paris, Éd. du Seuil, 1972.

2. A Ceylan, le retrait britannique laisse dans un face-à-face tendu, à caractère à la fois racial et social, les deux communautés de l'île : la minorité des Tamouls indiens, maintenue dans le prolétariat rural, et les Cinghalais, dont sont issues les élites traditionnelles.

3. Cette guérilla, qui s'est prolongée jusqu'en 1960, aurait coûté la vie à plus de 130 000 partisans.

bénéficie alors d'un régime d'autonomie interne, puis, sous l'impulsion de son Premier ministre Lee Kuan Yew, entre en 1963 dans la Grande-Malaisie (Malaysia). Mais la crainte d'une hégémonie malaise le conduit à s'en retirer. Le 9 août 1965, Singapour se proclame État indépendant, membre du Commonwealth.

Nulle part autant que dans les Indes néerlandaises l'occupant japonais ne s'est attaché, et avec autant d'efficacité, à anéantir l'autorité et le prestige de la métropole. Non que le régime d'occupation ait été moins brutal qu'ailleurs, jusqu'à entraîner diverses manifestations de mécontentement. Mais à l'internement des civils et militaires hollandais correspondirent la promotion administrative et même politique des cadres nationalistes [1] et même, fin 1943, la levée d'une milice patriotique, la PETA, qui pouvait devenir l'instrument d'une insurrection nationale. Après avoir longuement temporisé, les Japonais finirent par accorder, le 29 avril 1945, le principe de l'indépendance. Ce faisant, ils cherchaient surtout à échapper au risque d'un soulèvement dirigé contre eux et à léguer aux Alliés une situation difficile. Mais, peu soucieux de devoir quoi que ce soit à un régime moribond et désormais honni, Sukarno, poussé par les mouvements de résistance, proclame le 17 août l'indépendance indonésienne, fait occuper par la PETA la totalité de l'île de Java et forme un gouvernement républicain.

Aux termes des accords de Potsdam, il revenait aux forces britanniques de Lord Mountbatten de désarmer les Japonais. Dans leur sillage débarquent les premiers contingents hollandais, qui rétablissent, non sans résistance des populations, l'administration coloniale antérieure [2]. Le gouvernement de La Haye estime en effet le maintien de l'Empire nécessaire à la reconstruction économique du pays et n'entend pas négocier avec des « rebelles » qui de surcroît ont collaboré avec les

1. Sukarno et Hatta entrèrent dans le jeu japonais et formèrent en 1943 un organisme unifiant diverses formations politiques, la PUTERA, qui mena en fait double jeu.

2. Sur le détail d'une trame événementielle extrêmement complexe, cf. J. K. Ray, *Transfer of Power in Indonesia, 1942-1949*, Bombay, 1967.

Japonais. Mais l'impressionnante solidité de l'État républicain centré à Java et Sumatra, ainsi que les pressions conjuguées de Londres et de Washington, l'obligent à composer en proposant la création d'un Commonwealth. Sur cette base, le gouverneur Van Mook négocie habilement les accords de Linggadjati du 15 novembre 1947 portant création d'une union hollando-indonésienne, celle-ci combinant dans un État fédéral la reconnaissance *de facto* de la République et les États d'Indonésie orientale, mieux disposés à l'égard de la métropole. La formule est favorablement accueillie en Indonésie, beaucoup moins aux Pays-Bas, où la conjonction des intérêts conservateurs, économiques et militaires pousse à l'épreuve de force.

En juillet 1947 est déclenchée une première « opération de police » qui rétablit l'autorité hollandaise sur l'essentiel de Java et de Sumatra sans que l'armée républicaine, qui refuse partout le combat, puisse être détruite. La réaction internationale est assez molle, mais, pour mettre fin à des débats qui risquent de placer, à l'ONU, les Pays-Bas en fâcheuse posture, les États-Unis proposent la mise sur pied d'un comité des bons offices qui fait reprendre les négociations en décembre. L'accord signé le 19 janvier 1948 sur le croiseur *Renville* est en net retrait sur celui de Linggadjati. Les zones reconnues aux républicains sont considérablement réduites, du reste soumises au blocus hollandais, et l'État fédéral projeté est plus factice que jamais. Dans un contexte de misère et d'exaspération, une insurrection communiste secoue la République en septembre, que Sukarno et Hatta font impitoyablement réprimer. Confortée dans l'idée que le régime républicain sombre dans le chaos, la droite hollandaise, renforcée depuis les élections de l'été, pousse au déclenchement d'une seconde opération de police, plus radicale que la première. En décembre, les principaux leaders républicains sont arrêtés. Un pseudo-régime fédéral est mis en place, qui perpétue en fait le régime colonial sous couvert d'un transfert des compétences à des notables dociles. Mais la résistance militaire est très forte, et la désobéissance civile, calquée sur le modèle indien, d'une ampleur surprenante. Tandis que s'affirme la solidarité asiatique, les États-Unis, libérés depuis novembre de leur crainte du communisme indonésien, manifestent une réprobation qu'entérine le Conseil de sécurité. Ce durcissement produit quelque effet sur les notables, qui, en échange de la promesse d'un statut fédéral, sont prêts à s'aligner sur les républicains. Un discret chantage aux crédits Marshall oblige par ailleurs les Pays-Bas à négocier sérieusement. Ouverte le 23 août 1949 à La Haye, la conférence de la Table ronde s'achève le 27 décembre par la reconnaissance de la souveraineté des Indes néerlandaises dans le cadre confédéral d'une Union hollando-indonésienne, somme toute assez proche de l'accord de Linggadjati. En fait, cette indépendance est encore bien formelle. Outre qu'elle exclut l'Irian Barat (ou Nouvelle-Guinée occidentale), demeurée sous tutelle, les Pays-Bas conservent le contrôle de l'essentiel des richesses et des moyens d'échange. Aussi, après avoir mis fin successivement à la structure fédérale de l'État indonésien (1950) et à l'Union hollando-indonésienne (1954), Sukarno fait procéder en 1957 à la saisie des avoirs néerlandais [1]. Quant à l'Irian Barat, il ne revient, non sans mal, à l'Indonésie qu'en 1963.

L'épreuve de la Seconde Guerre mondiale n'a pas été moins décisive dans la détermination du sort de l'Indochine française. Un premier jalon est posé avec l'occupation japonaise [2]. Comme ailleurs, celle-ci agit doublement : par une mise en coupe réglée des ressources du pays et par des intrigues antifrançaises dans lesquelles entrent divers nationalistes conservateurs (Tran Van An, Ngo Dinh Diem) et certaines sectes (caodaïstes, Hoa Hao). Les efforts de l'amiral Decoux pour

1. Cette radicalisation ne peut être comprise qu'à la lumière du différend qui oppose Sukarno et Hatta. Leur union s'était forgée durant l'occupation japonaise, Sukarno représentant l'intelligentsia javanaise soutenue par la petite paysannerie, Hatta la riche aristocratie des planteurs de Sumatra. Après l'indépendance, Hatta demeure favorable à une économie capitaliste associée aux Pays-Bas, dans le cadre d'un régime parlementaire à l'occidentale. Les progrès de la gauche indonésienne provoquent sa démission en décembre 1955. Avec Sukarno s'impose désormais une orientation présidentialiste, socialisante et tiers-mondiste, soutenue par le parti communiste, jusqu'au coup d'État du 30 septembre 1965.

2. Cette occupation s'opère en deux temps. Dès juillet 1940, le général Catroux, puis l'amiral Decoux doivent céder aux Japonais le contrôle du chemin de fer du Yunnan et des bases au Tonkin. D'une plus ample portée, l'accord Darlan-Kato du 29 juillet 1941 leur fait droit d'occuper nombre de bases militaires et navales sur l'ensemble de l'Indochine.

susciter un sentiment vichyssois dans la population se révèlent assez vains. Car la véritable alternative au *statu quo* franco-nippon est offerte par le Vietminh [1], créé en 1941 par les dirigeants communistes, au premier rang desquels Ho Chi Minh. Son programme est à la fois national et social, hostile à l'occupant japonais comme au colonialisme français, comme tel financé par le Guomindang, qui a renoncé à lever une troisième force en Indochine, et bien vu des États-Unis. Sous l'impulsion de Vo Nguyen Giap, et par un quadrillage méthodique des populations, de véritables zones libérées sont mises en place, surtout au Tonkin. En raison de l'importance accrue de l'Indochine après la perte des Philippines, et dans la crainte d'un possible « coup de poignard dans le dos » des forces vichyssoises plus ou moins « retournées » par les services spéciaux américains, les Japonais déclenchent le coup de force du 9 mars 1945. Tandis que les troupes françaises sont brutalement désarmées et les fonctionnaires éliminés, l'ex-empereur d'Annam Bao Daï se voit accorder une indépendance en fait étroitement contrôlée par l'occupant.

Peu soucieux de rétablir la souveraineté française, les Alliés décident à Potsdam un régime provisoire d'occupation britannique et chinoise de part et d'autre du 16e parallèle. Ho Chi Minh, qui jouit de la confiance des Américains, déclenche habilement en août l'insurrection générale, oblige Bao Daï à abdiquer et proclame le 2 septembre l'indépendance de la république démocratique du Vietnam. En fait, malgré l'orientation modérée de son gouvernement, la jeune République est fragile. Elle doit faire face à une terrible famine, à une inflation vertigineuse, aux exactions des troupes du Guomindang et à la résolution du Gouvernement provisoire français de reprendre pied en Indochine [2]. La sagesse commande donc de négocier, au moment où débarquent, sous le commandement du général Leclerc, les premières forces françaises [3]. Une fois

1. Contraction de Vietnam Doc Lap Dong Minh (Front pour l'indépendance du Vietnam).

2. La déclaration du Gouvernement provisoire du 24 mars 1945 admet la nécessité d'une profonde transformation du statut politique de l'Indochine, mais entend laisser à la France l'initiative des évolutions.

3. Le corps expéditionnaire français est entré le 5 octobre 1945 à Saigon, point de départ d'une reconquête relativement aisée de la Cochinchine et du

obtenue l'évacuation des troupes chinoises, les accords Ho Chi Minh-Sainteny du 6 mars 1946 reconnaissent le Vietnam comme État libre au sein de la future Union française, le principe de l'unification des « trois *ky* [1] » après référendum en Cochinchine et l'installation de garnisons au Tonkin. Mais la politique séparatiste que favorise en Cochinchine le haut-commissaire d'Argenlieu fait planer des doutes sérieux sur la volonté de la France d'appliquer les accords. Le gouvernement Bidault, soumis aux plus fortes pressions colonialistes, entend en effet ne rien céder d'essentiel, et la conférence de Fontainebleau (juillet-août) chargée de mettre en pratique les accords du 6 mars s'achève sur un échec. La position conciliatrice d'Ho Chi Minh en sort affaiblie face aux éléments les plus durs du Vietminh. Après un accrochage franco-vietnamien à Langson, l'irréparable va être commis le 24 novembre 1946, quand, à la suite d'incidents confus, le général Valluy fait bombarder le port d'Haiphong, causant la mort de plusieurs milliers de personnes. C'est ici qu'éclate l'inconséquence tragique de certains chefs militaires français désireux d'en découdre avec le Vietminh et de réparer du même coup, sur un terrain présumé facile, tant d'humiliations antérieures. Pour l'heure, Ho Chi Minh tente une intervention auprès de Léon Blum, mais ne peut empêcher que les milices de Giap ouvrent le feu, le 19 décembre, sur des postes français. La rupture est alors consommée. En France, le renvoi des ministres communistes et la marginalisation gouvernementale des socialistes laissent le champ libre aux tendances néo-colonialistes exprimées par les radicaux et surtout par le MRP, dont les éléments les plus intransigeants (Bidault, Coste-Floret, Letourneau) vont diriger désormais la politique indochinoise.

Dans un premier temps, la situation évolue assez favorablement pour la France. Les renforts aidant, la reconquête militaire progresse, sans pour autant parvenir à se saisir de

---

Cambodge. Mais, en Annam et au Tonkin, l'implantation du Vietminh est à ce point solide que Leclerc, faute de troupes suffisantes, pousse à la négociation.

1. Il s'agit de la Cochinchine, de l'Annam et du Tonkin. Juridiquement, la Cochinchine est une colonie, l'Annam et le Tonkin sont des protectorats. D'où la nécessité d'un référendum pour déterminer l'appartenance de la Cochinchine au Vietnam.

l'état-major vietminh ni à réduire les bastions de résistance où ce dernier administre à sa guise. Politiquement, le haut-commissaire Bollaert négocie avec l'ancien empereur Bao Daï les accords de la baie d'Along (5 juin 1948), qui, complétés par les conventions de Pau signées deux ans plus tard, reconnaissent ce qui avait été refusé à Ho Chi Minh : l'indépendance d'un Vietnam unifié au sein de l'Union française. Des accords analogues érigent le Cambodge et le Laos en États associés. Encore faudrait-il que la France accède à une indépendance autre que nominale et que Bao Daï, intelligent mais indolent et corrompu, apparaisse à l'opinion vietnamienne comme autre chose qu'une créature des hauts-commissaires. En tout état de cause, ce fragile équilibre est rompu fin 1949 par la victoire du communisme en Chine. L'événement est en effet d'une portée considérable. Outre une reconnaissance diplomatique, la Chine accorde désormais au Vietminh les bases arrière, les instructeurs et l'armement moderne dont il a besoin. Par extension à l'Indochine de la doctrine du *containment* [1], les États-Unis assurent également à la France une aide financière et militaire. De coloniale, la guerre d'Indochine est donc devenue partie intégrante de la guerre froide. Mais dans l'immédiat le soutien américain est impuissant à empêcher les désastres de Cao Bang et de Langson, qui ouvrent au Vietminh la route du delta tonkinois.

Au général Carpentier, totalement dépassé, succède alors le général de Lattre de Tassigny comme haut-commissaire et commandant en chef. Nul doute que ce dernier a su rendre confiance au corps expéditionnaire, qui remporte, à Hoa Binh par exemple, de réels succès, qu'il a su aussi négocier habilement une intensification de l'aide américaine. Mais le bétonnage des abords du delta ne donne que des résultats médiocres et l'armée « nationale » vietnamienne, mise sur pied à grands frais, se révèle un élément de parade plus que de combat. Contraint par la maladie de quitter l'Indochine, de Lattre laisse à son adjoint, le général Salan, une situation difficile dont témoignent l'évacuation d'Hoa Binh et l'infiltration progressive du delta. En France, la lassitude de l'opinion est évidente à l'égard d'une guerre qui, si elle ne suscite pas de

1. Déclaration de Truman du 27 juin 1950. Cf. *supra*, p. 191.

réelle passion, a dévoilé à travers plusieurs scandales (trafic des piastres, affaire des généraux) ses aspects les moins glorieux. Dès lors, l'idée d'une issue négociée progresse dans les milieux politiques, et c'est pour la préparer dans des conditions favorables que le général Navarre prend en mai 1953 la succession de Salan. Son plan vise à reconstituer le corps de bataille en vue d'une succession d'actions offensives au Tonkin et en Annam. Mais le plan Navarre est contrecarré par une vigoureuse poussée vietminh en direction du Laos, un État associé dont la France assure théoriquement la défense. Telle est la signification du choix de Dien Bien Phu, en novembre 1953, comme môle de résistance à cette pénétration [1]. Mais les services français n'ont ni prévu ni surtout prévenu l'acheminement autour de la cuvette d'une artillerie ennemie considérable. Car il est clair que l'annonce de l'ouverture au printemps 1954 d'une conférence internationale consacrée à l'Extrême-Orient a encouragé le Vietminh à rechercher une victoire militaire décisive. Engagée le 13 mars, la bataille de Dien Bien Phu tourne d'emblée à son avantage et s'achève le 7 mai par une reddition de la garnison française. La conférence de Genève, qui traînait en longueur, reçoit une impulsion nouvelle quand Mendès France, succédant au tandem Laniel-Bidault, reprend les négociations avec la ferme intention de liquider au plus vite et au moins mal le guêpier indochinois. Les accords du 21 juillet 1954 mettent fin à l'entreprise entamée huit ans plus tôt. Le Cambodge, le Laos et le Vietnam accèdent à une indépendance complète au prix pour ce dernier d'une partition théoriquement provisoire [2].

Le bilan de la guerre d'Indochine est lourd. Même si elle a été financée dans les dernières années, jusqu'à concurrence des trois quarts environ des dépenses engagées, par l'aide américaine, elle a constitué pour la France un lourd fardeau qui a pesé sur sa reconstruction comme sur la modernisation de l'armée. Les pertes humaines sont considérables des deux

1. Cf. C[el] P. Rocolle, *Pourquoi Dien Bien Phu?* Paris, Flammarion, 1968. Sur la conduite militaire de la guerre d'Indochine, cf. Y. Gras, *Histoire de la guerre d'Indochine*, Paris, Plon, 1979.

2. Sur l'internationalisation de la question indochinoise et les accords de Genève, cf. *supra*, p. 206-208.

côtés [1] et plusieurs milliers de prisonniers français ne sont pas revenus des camps de détention vietminhs. La guerre a traumatisé une génération d'officiers dont certains chercheront en Algérie, dans la voie de la subversion, l'ultime parade à une politique qualifiée d'abandon. Sur place, à côté de multiples drames humains, comme le déplacement de 1 million de réfugiés, catholiques surtout, du Nord vers le Sud, elle laisse un pays économiquement désorganisé et politiquement divisé. Le calvaire du Vietnam n'en est qu'à ses débuts.

L'indépendance de l'Afrique du Nord

L'unité du Maghreb n'a guère eu de répercussion sur son émancipation. Il est en effet classique d'opposer l'indépendance des protectorats, obtenue non sans épreuves, certes, mais selon des modalités graduellement négociées, et celle de l'Algérie conquise au terme d'une guerre d'indépendance longue de huit années. Ce décalage s'explique par la différence des statuts, et plus encore par l'inégale densité du peuplement européen [2]. De même, quelle qu'ait été la sollicitude de la dynastie chérifienne et du président Bourguiba à l'égard des nationalistes algériens en guerre, les projets d'unité maghrébine périodiquement avancés n'ont reçu aucune concrétisation. Parvenus à l'indépendance, les trois anciennes possessions françaises d'Afrique du Nord divergent dans le choix de leur modèle de développement et sont déjà traversées par de sourdes rivalités.

En Tunisie, et en l'absence de Bourguiba, arrêté au lendemain des incidents d'avril 1938 [3], le sentiment national s'était

1. Selon les sources officielles françaises, les pertes de l'Union française s'élèveraient à 92 000 hommes, dont 20 000 Français, 11 000 légionnaires, 15 000 Africains et 46 000 Indochinois. Les pertes globales de la population vietnamienne peuvent être de 400 à 500 000 personnes. Cf. J. Dalloz, *la Guerre d'Indochine, 1945-1954*, Paris, Éd. du Seuil, coll. « Points Histoire », 1987, p. 251.

2. En 1954-1955, la population française est de 900 000 en Algérie, de 300 000 au Maroc et 180 000 en Tunisie. Il faut compter aussi 300 000 Espagnols au Maroc et 80 000 Italiens en Tunisie.

3. Cf. t. II, p. 75.

momentanément cristallisé sur le bey Moncef, populaire par la simplicité de ses manières et en raison de ses convictions émancipatrices. Les autorités françaises y avaient mis bon ordre par une abdication forcée en faveur du bey Lamine, apparemment inoffensif. Puis, dans le climat libéral qui prévalait à la Libération, le résident général Jean Mons, proche de Léon Blum, avait réamorcé le dialogue. Mais divers incidents, et surtout un fort différend entre Mons et ses services, avaient contribué à le faire échouer. Il était clair que la colonie française regroupée dans le Rassemblement démocratique et social du sénateur Antoine Colonna, lui-même épaulé par les fonctionnaires de la Résidence et ceux du Quai d'Orsay, entendait ne rien céder.

Le retour de Bourguiba en 1949, après un séjour assez décevant dans les capitales arabes, et les manifestations populaires qui l'accompagnent, obligent pourtant les autorités françaises à faire un geste. Sur instruction du ministre Robert Schuman, le nouveau résident Louis Périllier doit préparer la Tunisie à son indépendance, dans le respect des délais nécessaires [1]. A cette fin est constitué un ministère présidé par un nationaliste modéré, M'Hamed Chenik, dans lequel le Néo-Destour est représenté par Salah Ben Youssef. En vue de l'autonomie interne du protectorat, première étape vers l'indépendance, d'utiles réformes sont introduites dans l'administration, mais jugées insuffisantes par le Néo-Destour et très excessives par la communauté française. Le lobby des « prépondérants », selon l'expression de Bourguiba, inspire alors au Quai d'Orsay la déclaration gouvernementale du 15 décembre 1951, qui, en affirmant le caractère définitif des liens unissant les deux pays, rejette toute perspective d'indépendance, et qui, en posant d'autre part le principe de la nécessaire participation des Français aux institutions politiques, tend à accréditer une *cosouveraineté* franco-tunisienne en violation complète du traité de protectorat. Désavoué, Périllier est remplacé par le diplomate Jean de Hauteclocque dont les liens avec le Rassemblement sont connus.

La crise tunisienne connaît alors son intensité maximale, la saisine de l'ONU par les ministres nationalistes enclenchant le

1. Discours de Thionville du 10 juin 1950.

cycle de la répression [1]. Bourguiba est arrêté le 18 janvier 1952, et avec lui plusieurs centaines de néo-destouriens. Après de violents incidents à Sousse, le cap Bon est l'objet d'un ratissage particulièrement brutal. Les internements se comptent par milliers, et divers cas de torture sont signalés. Le leader syndicaliste Ferhat Hached, devenu l'âme du combat national, est assassiné le 5 décembre par un groupe terroriste, la Main rouge, disposant de nombreuses complicités dans l'appareil administratif et policier du protectorat. Politiquement, l'impasse est totale. Sans doute Hauteclocque a-t-il trouvé en Salaheddine Baccouche un successeur docile à M'Hamed Chenik, lui-même arrêté, mais les élections aux assemblées municipales se soldent par un tel taux d'abstention tunisienne que sa position en est affaiblie. Une poussée de terrorisme urbain, consécutive à la déposition du sultan marocain (20 août 1953), et l'apparition des premiers fellaghas dans le Sud achèvent de le discréditer. Son successeur Pierre Voizard, homme de confiance du maréchal Juin, prend quelques mesures de détente. Mais celles-ci lui aliènent les sympathies de la communauté française sans être jugées suffisantes par le Néo-Destour. Un moment assoupi, le fellaghisme reprend et l'insécurité devient générale.

La démarche de Pierre Mendès France, entreprise dès avant la signature des accords de Genève, n'a d'autre objet que de renouer avec celle de Louis Périllier : l'organisation de l'autonomie interne par une négociation franco-tunisienne à laquelle serait associé le Néo-Destour. Mûrement préparé, le voyage à Tunis du 31 juillet 1954 crée l'indispensable choc dans l'opinion, autant par le contenu de la déclaration de Carthage que par la présence du maréchal Juin aux côtés du président du Conseil. La reconnaissance solennelle de l'autonomie interne, la formation d'un gouvernement présidé par Tahar Ben Ammar comprenant quatre ministres néo-destouriens sur dix sont des gages d'indéniable bonne volonté. Commencées à Tunis, poursuivies à Paris, les négociations sont plusieurs fois interrompues, tant en raison des surenchères tunisiennes que des

1. Cf. l'analyse la plus complète et la plus récente, Ch.-A. Julien, *Et la Tunisie devint indépendante... (1951-1957)*, Paris, Éd. Jeune Afrique, coll. « Le sens de l'histoire », 1985.

divisions du gouvernement français sur l'étendue de l'autonomie interne. C'est à Edgar Faure et au ministre Pierre July qu'il échoit de les conclure. Le retour triomphal de Bourguiba, le 1er juin 1955, est suivi des conventions du 3 juin, ratifiées sans heurts majeurs par le Parlement. Par la suite, les accords de La Celle-Saint-Cloud ayant posé le principe de l'indépendance marocaine, il est clair que la Tunisie, dont le protectorat est plus ancien et les élites proportionnellement plus nombreuses, ne peut rester à l'écart. L'indépendance est donc reconnue par le protocole du 20 mars 1956. Un an plus tard, Lamine Bey est déposé et la République proclamée, dont la présidence revient de droit au « Combattant suprême ».

Plus qu'en Tunisie, où l'occupation allemande avait coïncidé avec un affaiblissement momentané du Néo-Destour, la Seconde Guerre mondiale a joué au Maroc un rôle capital dans le réveil du nationalisme. Décisive à cet égard est l'entrevue d'Anfa, le 22 janvier 1943, entre le sultan et Roosevelt, dont on sait qu'il ne trouvait aucune justification au protectorat français. Un an plus tard naît, à l'initiative du Palais, le parti de l'Istiqlal (Indépendance) par la fusion des deux mouvements nationalistes longtemps rivaux, le parti des réformes d'Allal el-Fassi et le Mouvement populaire d'el-Ouezzani. En l'absence de ces deux leaders, la direction de l'Istiqlal revient à un proche d'el-Fassi, Ahmed Balafrej, qui, en s'appuyant sur la charte de l'Atlantique, rédige un programme nettement indépendantiste. Mais, après un court flottement, les autorités françaises opèrent une vague d'arrestations et s'en tiennent à l'annonce d'un plan de réformes manifestement dépassées. L'amnistie du 14 juillet 1945 et la nomination d'un résident libéral, Eirik Labonne, contribuent à détendre l'atmosphère. La reprise de l'économie marocaine est exceptionnelle. La tolérance des autorités aidant, l'Istiqlal se réorganise rapidement, surtout depuis le retour d'Allal el-Fassi, et se dote d'une organisation moderne. Mais de réformes politiques, il n'est plus guère question. D'où le rappel à l'ordre du sultan à Tanger, dans un discours du 10 avril 1947, où, évoquant l'avenir de son pays, il omet volontairement de mentionner la France, se posant ainsi en chef avoué du nationalisme marocain. C'est un camouflet pour Labonne, qui est remplacé dès le 14 mai par le général Juin, à la grande satisfaction des Français du Maroc.

Sans méconnaître en privé la légitimité de leur combat, Juin est disposé, pour maintenir le protectorat, à mener contre les nationalistes une lutte sans merci. Conscient de la nécessité des réformes, attaché à la modernisation économique, il trouve en fait ses principaux soutiens chez les grands féodaux conservateurs, voire dans des groupuscules politiques créés de toutes pièces par la Résidence. Dans cette voie étroite, Juin réussit d'abord assez bien. Divers dahirs réorganisent utilement le gouvernement chérifien. Mais le sultan refuse fermement un projet d'adhésion du Maroc à l'Union française, parfaitement contraire il est vrai à la nature juridique du protectorat. En 1950, la crise prend un tour aigu quand Juin fait expulser du Conseil du gouvernement un leader de l'Istiqlal avec lequel le sultan se solidarise. Après avoir vainement requis un arbitrage de Vincent Auriol, le souverain capitule et condamne « sous la contrainte » les agissements de l'Istiqlal. L'épreuve de force est évitée, mais en menaçant Mohammed Sidi Ben Youssef de le chasser de son trône, le général Juin a porté atteinte à la fonction protectrice de la France. La crise ainsi ouverte ne peut être résorbée que par son départ, qui lui est signifié en août 1951, après un délai convenable pour ménager sa susceptibilité.

Son successeur, le général Guillaume, bon connaisseur du Maroc grâce à une longue carrière dans les Affaires indigènes, ne s'éloigne guère de la ligne tracée, avec un sens manœuvrier nettement inférieur. Maladroitement, le gouvernement français laisse passer, en mars 1952, une offre du sultan visant à établir un régime constitutionnel compatible avec la continuité d'une coopération franco-marocaine. Il insiste au contraire sur le caractère « mixte » de la gestion du royaume, ce qui renvoie à l'inacceptable cosouveraineté. Loin de décroître, l'influence de l'Istiqlal est alors au zénith, grâce à un fort courant d'adhésions venu des couches populaires urbaines. La situation se tend en décembre avec les violents incidents de Casablanca, suivis par l'arrestation de centaines de militants. L'Istiqlal est de nouveau décapité. Dès lors, le sultan apparaît comme le dernier obstacle à l'apaisement politique, du moins tel qu'il est entendu par les ultras de Présence française. Renaît ainsi l'idée déjà caressée en 1950 d'une déposition par la force. Un complot se noue dans lequel entrent les services de la Résidence, le tout-puissant « préfet » Boniface, chef de la région de Casablanca, et deux ennemis jurés de la famille royale, le Glaoui, pacha de Marrakech, et le chérif el-Kittani, personnalité importante de l'université Karaouyine de Fès, complot auquel il est difficile de croire que le ministre des Affaires étrangères Georges Bidault soit resté étranger[1]. Un proche parent du sultan, Moulay Arafa, est bien involontairement désigné à sa succession.

Techniquement bien conduite, la déposition du 20 août 1953 se révèle rapidement une magistrale erreur politique, comme l'avaient aisément prévu quelques ministres du gouvernement Laniel[2]. Non seulement la France a violé ses engagements pris en 1912, mais elle a élevé le sultan déchu au rang de martyr aux yeux de tout un peuple. Dès lors, le pays entre dans un cycle de violence endémique, qui voit alterner terrorisme marocain et contre-terrorisme européen, et que les résidents généraux successifs – Francis Lacoste et Gilbert Grandval –, bien intentionnés mais dénués de directives politiques claires, ne parviennent pas à enrayer. Le 20 août 1955, deuxième anniversaire de la déposition, le Maroc central s'enflamme, provoquant la mort d'une partie de la population française à Oued-Zem et Khenifra. Divisé sur la conduite à tenir, de plus en plus préoccupé par la situation en Algérie, le gouvernement Edgar Faure accepte d'ouvrir à Aix-les-Bains une conférence réunissant les diverses tendances de l'opinion marocaine, y compris l'Istiqlal. Le retrait de Ben Arafa, totalement démonétisé, y est décidé, ainsi que la formation d'un Conseil du trône et d'un gouvernement représentatif. Parallèlement, le général Catroux est dépêché à Madagascar auprès du sultan pour préparer un retour singulièrement facilité par la subite soumission du Glaoui. Le dénouement dès lors est

1. Sur les responsabilités de G. Bidault, cf. G. Elgey, *la République des contradictions, 1951-1954*, Paris, Fayard, 1968, p. 408-414.

2. Ainsi François Mitterrand, qui donne le 3 septembre sa démission de ministre d'État, et Edgar Faure, qui, tout en demeurant au gouvernement, demande le rappel des fonctionnaires les plus compromis.

proche, malgré les combats à retardement menés par quelques hommes politiques français et, sur place, par le résident, le général Boyer de La Tour. L'entrevue de La Celle-Saint-Cloud entre le sultan et Antoine Pinay, le 6 novembre 1955, donne lieu à un communiqué mêlant habilement les termes d'indépendance et d'interdépendance. Dix jours plus tard, Ben Youssef est l'objet à Rabat d'un accueil triomphal. Le nouveau gouvernement, réunissant les diverses composantes du nationalisme marocain, présidé par le pacha de Sefrou Si Bekkai, négocie avec Christian Pineau l'accord du 2 mars 1956 reconnaissant l'indépendance. Un mois plus tard, le général Franco, qui avait imprudemment apporté son soutien aux Marocains pour affaiblir la France, doit se résigner à la fin du protectorat espagnol sur la zone rifaine, à l'exception des trois présides de Ceuta, Melilla et Ifni ainsi que de la région saharienne.

Face à la turbulence des protectorats, l'Algérie donna longtemps l'apparence d'une région calme. L'insurrection du Constantinois, déclenchée en mai 1945 par des militants locaux du parti du peuple algérien (PPA), a pu apparaître avec le recul du temps comme une « répétition générale » de celle de 1954 [1]. Dans l'immédiat, elle donna, en dépit ou à cause de sa terrible répression, un répit d'une dizaine d'années. La fidélité savamment entretenue des notables musulmans, la marginalisation des partis nationalistes grâce au zèle policier ou au trucage des élections, ont conforté cette certitude que la France était ici chez elle et pour toujours.

Certaines réalités auraient dû pourtant troubler la quiétude des autorités. Réalités démographiques d'abord, qui font apparaître depuis 1930 une hausse vertigineuse de la population musulmane (passée de 5,5 à 8,4 millions en 1954) alors que la population européenne, en raison de l'arrêt à peu près total de l'immigration, plafonne à moins de 1 million. Réalités sociales ensuite. Sans doute, l'imagerie d'Épinal qui oppose la

1. Cf. Ch.-R. Ageron, « Les troubles du Nord-Constantinois en mai 1945 : une tentative insurrectionnelle ? », *Vingtième Siècle*, nº 4, oct. 1984, p. 23-38.

fabuleuse richesse des « colons » à la misère famélique des masses algériennes n'est plus de mise. Mais il n'est pas niable que l'essor très réel de l'économie algérienne depuis la fin de la guerre a profité essentiellement à la minorité européenne, et que, de ce fait, la disparité s'est accentuée dans la condition globale des deux communautés. Clivage dangereux, dans la mesure où le passage en métropole de nombreux ouvriers et soldats, l'essor urbain et les progrès de l'information tendent à répandre dans la population musulmane une perception plus relativisée de sa condition, et à entretenir un sentiment aigu de frustration. Réalités politiques enfin. Le statut de l'Algérie, adopté en septembre 1947, a certes innové en conférant à tous les Algériens la citoyenneté française. Mais cette égalité de principe est contredite par l'existence d'un double collège électoral perpétuant la sous-représentation musulmane [1]. De plus, le trucage systématique des élections, institué dès 1948 par le gouverneur général Naegelen, revient à vider de toute représentativité réelle les élus du second collège. Ces pratiques, poursuivies et améliorées par la suite, désespèrent la bourgeoisie évoluée, qui avait si longtemps cru aux promesses de l'assimilation et qui, avec Ferhat Abbas et son parti de l'Union démocratique du manifeste algérien (UDMA), était encore prête à jouer le jeu d'une coopération loyale avec la France dans une structure fédérale.

Mais, faute d'ouverture en ce sens, le nationalisme intégral de Messali Hadj, acquis dès ses origines à l'indépendance de l'Algérie, fait davantage recette. Héritier du PPA, passé à la clandestinité depuis les événements de mai 1945, le Mouvement pour le triomphe des libertés démocratiques (MTLD) compte quelques milliers d'adhérents et peut se prévaloir d'une audience non négligeable dans la jeunesse scolaire, le scoutisme algérien, voire dans les syndicats. Fait nouveau, ce parti traditionnellement prolétarien commence à attirer les classes moyennes et les intellectuels que découragent le léga-

1. Le premier collège comprend la totalité des électeurs européens et 58 000 musulmans de « statut civil ». Le second collège rassemble le reste des électeurs musulmans (femmes exclues), soit environ trois fois plus. Les deux collèges envoient un nombre identique de délégués à l'Assemblée algérienne (60 et 60), à l'Assemblée nationale (15 et 15) et au Conseil de la République (7 et 7).

lisme de l'UDMA et les ambiguïtés tactiques du parti communiste algérien (PCA). Le MTLD souffre pourtant, surtout depuis 1950, d'une grave crise interne. Celle-ci superpose l'antagonisme entre tenants et adversaires de l'action insurrectionnelle et, d'autre part, entre inconditionnels et opposants au pouvoir sans partage de Messali. La crise éclate en 1953, quand les opposants (Lahouel, Kiouane, Ben Khedda) s'emparent du comité central (d'où leur nom de centralistes), et s'aggrave l'année suivante, quand les partisans de l'action directe et immédiate fondent le Comité révolutionnaire d'unité et d'action (CRUA), puis le Front de libération nationale (FLN). Venus d'horizons assez divers, ces derniers ont pourtant été marqués par la brève expérience de l'OS [1] et ont acquis la conviction que l'indépendance algérienne ne pourra être arrachée que par les armes au terme d'une longue guerre de libération. Leurs moyens sont initialement dérisoires, en effectifs et en armements, mais ils comptent sur les vertus pédagogiques de la guerre révolutionnaire pour obtenir les ralliements nécessaires. La solidarité du monde arabe, et en particulier de l'Égypte nassérienne, est également attendue. A cette fin, une délégation extérieure, représentée par Ben Bella, Mohammed Khider et Aït Ahmed, s'est installée dans la capitale du panarabisme.

Déclenchée dans la nuit du 1er novembre 1954 sur une trentaine de points du territoire, l'« insurrection de la Toussaint » se solde par huit morts et divers dégâts matériels. La surprise est complète en métropole, à peine moins en Algérie, où, dans l'ignorance de l'identité des organisateurs, les autorités procèdent à des arrestations dans les milieux centralistes et messalistes. A Paris, la réaction du gouvernement Mendès France est d'une fermeté toute jacobine, mais se veut aussi empreinte de réformisme. L'affirmation de l'appartenance française de l'Algérie est sans ambiguïté, mais elle s'accompagne d'une volonté de rupture avec l'immobilisme antérieur dont témoigne la nomination du gaulliste Jacques Soustelle comme nouveau gouverneur général. Celui-ci place ses fonc-

1. L'OS, ou Organisation spéciale, a été fondée en 1947 en vue de préparer clandestinement la lutte armée. Dirigée d'abord par Aït Ahmet, puis par Ahmed Ben Bella, elle a été démantelée par la police française en 1950.

tions sous le signe du dialogue et du changement. Son plan de réformes, présenté le 1er juin 1955, fondé sur le principe de l'*intégration*[1], ne manque ni d'imagination ni de courage, mais il se heurte à la mauvaise volonté évidente de la communauté française, hostile à toute remise en cause de ses privilèges, sans pour autant rallier l'opinion musulmane modérée, intimidée par le terrorisme du FLN. L'extension de la rébellion à l'ensemble du Constantinois et à la Kabylie oblige par ailleurs Soustelle à mettre l'accent sur les mesures répressives, qui ont reçu un cadre légal élargi par la loi du 3 avril sur l'état d'urgence. Les massacres du Constantinois, le 20 août, suivis d'une atroce répression, accentuent le divorce entre les deux communautés et achèvent de convertir le gouverneur général à la primauté des solutions de force. Les derniers mois de l'année 1955 sont marqués par un pourrissement général.

La semi-victoire du Front républicain aux élections du 2 janvier 1956, la formation d'un gouvernement présidé par le socialiste Guy Mollet auraient pu être l'occasion d'une révision en profondeur de la politique algérienne. Des engagements avaient été pris durant la campagne électorale pour la « paix en Algérie » et Mendès France avait présenté à Marseille les modalités d'une solution politique. La nomination du général Catroux, qui venait de contribuer utilement au retour du sultan, au poste de ministre résidant en Algérie allait en ce sens. La journée du 6 février va en décider autrement. En capitulant devant l'émeute algéroise, le président du Conseil crée non seulement un précédent dangereux, il ruine du même coup la confiance que la population musulmane pouvait avoir placée dans ses promesses de paix. Sans doute l'objectif gouvernemental, fondé sur le triptyque « cessez-le-feu, élections, négociations », demeure celui d'une Algérie pacifiée et rénovée, mais il est subordonné à un arrêt parfaitement hypothétique de la rébellion. Déjà le remplacement de Catroux par Robert Lacoste a amorcé le renversement des priorités. Avec

1. Il n'y a pas de différence juridique essentielle entre l'intégration et le vieux principe de l'assimilation, les deux reposant sur l'appartenance française des Algériens musulmans. Mais l'intégration confirme l'égalité des droits des deux communautés tout en respectant l'originalité religieuse et culturelle de la communauté musulmane.

le vote des pouvoirs spéciaux [1], l'envoi du contingent et l'acheminement en Algérie d'un matériel considérable, c'est à une solution de guerre totale que s'est converti le gouvernement. Durant l'été 1956, des contacts sont bien noués, à Rome et à Belgrade, entre des émissaires de la SFIO et des membres de la délégation extérieure du FLN, mais ils tournent court, fin octobre, avec la capture de quatre des chefs historiques de la rébellion [2] et l'opération inconsidérément lancée à Suez contre le régime du colonel Nasser [3].

En attendant que l'effort militaire ainsi déployé porte ses fruits, l'année 1956 marque l'apogée de l'activité terroriste du FLN et de son emprise sur les populations. En deux ans, l'insurrection s'est considérablement étoffée, qu'il s'agisse de son extension géographique ou de ses effectifs en *moudjahidin*. Grâce à la solidarité des pays arabes, la rébellion est convenablement alimentée en armes modernes et peut tendre à l'armée française des embuscades meurtrières auxquelles celle-ci répond trop souvent par des ratissages brutaux et sans réelle efficacité. Politiquement, le ralliement des diverses composantes du nationalisme est à peu près acquis. Par un savant dosage de persuasion et d'intimidation, le FLN – qui entend incarner dès ses origines la totalité des aspirations nationales du peuple algérien – a reçu ainsi l'adhésion des centralistes, des Oulémas, des modérés de l'UDMA et même du PCA. Seuls les messalistes demeurent dans une opposition résolue, la création du FLN ayant été ressentie par le *zaim* comme un affront personnel. Pour y faire face, il a créé le Mouvement national algérien (MNA), initialement bien implanté à Alger, dans le Sud algérien et surtout en métropole. Une lutte inexpiable s'engage en 1955, qui tourne en quelques années à l'avantage du FLN [4].

1. Adoptée le 12 mars 1956 par 455 voix (voix communistes comprises) contre 76, cette loi renforçait considérablement les pouvoirs du ministre résidant tant sur le plan répressif que sur le plan réformiste. Mais le premier usage a largement prévalu.

2. Il s'agit de Ben Bella, Khider, Aït Ahmed et Boudiaf.

3. Sur les interférences de l'affaire de Suez et de la question algérienne, cf. *infra*, p. 325.

4. Sur la rivalité des deux mouvements en France, cf. A. Haroun, *la 7e Wilaya, la guerre du FLN en France, 1954-1962*, Paris, Éd. du Seuil, 1986.

Les ralliements ainsi opérés doivent beaucoup à la ténacité et à l'intelligence politique du nouveau conseiller politique de l'Algérois, Abbane Ramdane, sans doute la personnalité la plus remarquable du FLN [1]. C'est lui qui domine également le congrès de la Soummam, tenu secrètement en Kabylie fin août 1956, et qui inspire ses décisions [2]. Une charte fixe désormais les principes de la « révolution algérienne », celle-ci étant entendue en termes plus politiques que sociaux. Une réorganisation militaire des wilayas se double d'une structuration politique du Front en un Conseil national de la révolution algérienne (CNRA) faisant fonction d'organe délibératif et ouvert à tous les courants ralliés, et un Comité de coordination et d'exécution (CCE), embryon gouvernemental élargi en Gouvernement provisoire (GPRA) en septembre 1958.

L'une des décisions essentielles du congrès avait été d'étendre aux agglomérations urbaines une rébellion jusqu'alors à peu près exclusivement rurale. Abbane Ramdane entendait par là prouver l'emprise du FLN sur la totalité de la population et provoquer un ébranlement massif de l'opinion métropolitaine et internationale par l'effet amplificateur du terrorisme urbain. Des structures appropriées sont mises en place par Larbi Ben M'Hidi, responsable de la zone autonome d'Alger, assisté de Yacef Saadi. Déclenchée le 30 septembre 1956 par l'explosion de bombes dans le centre de la ville, la bataille d'Alger n'acquiert sa véritable ampleur qu'en janvier 1957 quand le général Massu, commandant la 10e division parachutiste, se voit conférer la totalité des pouvoirs de police. Conduite de façon méthodique, par l'exploitation de toutes les sources de renseignement, l'îlotage de la population et la torture quasi systématique des suspects, la répression parvient à neutraliser en quelques mois le terrorisme urbain. La bataille d'Alger s'achève en octobre sur un incontestable succès français, même si elle suscite en métropole une protestation qui prépare le revirement ultérieur de l'opinion. Dans le bled, la situation

1. Il a été assassiné au Maroc en décembre 1957 par des responsables du FLN pour des raisons qui relèvent de divergences politiques et de rivalités de personnes.

2. Sur le congrès de la Soummam, cf. M. Harbi, *le FLN, mirages et réalités, des origines à la prise du pouvoir (1945-1962)*, Paris, Éd. Jeune-Afrique, 1980, p. 173-193.

s'est également améliorée grâce à l'efficacité du quadrillage et à l'étanchéité de la ligne Morice, qui prive l'Armée de libération nationale (ALN) de ses livraisons d'armes égyptiennes ou libyennes *via* la Tunisie.

Mais le redressement militaire ne résout rien. Malgré une réforme communale assez audacieuse, malgré les trésors d'imagination déployés par l'action psychologique et la générosité paternaliste des officiers des SAS [1], Robert Lacoste n'est parvenu à lever aucune troisième force dans la population musulmane. Les gouvernements Bourgès-Maunoury et Gaillard s'épuisent dans la confection d'une loi-cadre qui donnerait à l'Algérie l'apparence d'un statut renouvelé, comme tel également rejeté par le FLN et par la population européenne. En février 1958, le tragique bombardement de Sakhiet, en territoire tunisien, place la France en fâcheuse posture devant l'opinion internationale. Le gouvernement Gaillard est renversé le 15 avril pour avoir accepté une offre anglo-américaine de bons offices officiellement limitée au contentieux franco-tunisien mais implicitement destinée à l'internationalisation du problème algérien. Au terme d'un mois de vacance gouvernementale, la crise du 13 mai emporte le régime.

Appelé au pouvoir en juin 1958, à la suite d'une série de complots activistes qu'il n'a sans doute pas commandités mais qu'il n'a jamais désavoués, le général de Gaulle enferme d'emblée ses intentions algériennes dans l'ambiguïté [2]. Le trop fameux « Je vous ai compris » lancé à la foule algéroise n'est qu'une formule vide de sens, et son « Vive l'Algérie française » prononcé à Mostaganem lui aurait, de son propre aveu, échappé par inadvertance. En procédant à la dissolution des comités de salut public et en ramenant, après le référendum de septembre, l'armée à ses tâches militaires, de Gaulle fait comprendre qu'il entend conserver les mains libres. En fait, compte tenu du flou de ses déclarations antérieures, des pro-

1. Sections administratives spécialisées, chargées d'encadrer administrativement les populations musulmanes des campagnes et de leur dispenser une assistance scolaire, médicale et sociale.

2. Cf. Ch.-R. Ageron, « De Gaulle et l'Algérie algérienne », in *L'« Algérie algérienne » de Napoléon III à de Gaulle*, Paris, Sindbad, 1980, p. 239-254.

pos contradictoires rapportés de ses entretiens privés, il semble bien que sa religion ne soit pas faite. Pour l'heure sans doute s'en remet-il à la solution française, celle de l'intégration, mais il ne la tient nullement comme une formule définitive. Officier dénué de formation coloniale, hormis un bref séjour en Syrie, il s'est toujours montré, et infiniment plus que les hommes qui se réclament de lui, ouvert aux solutions évolutives, comme en témoignent son ralliement aux accords de Genève et sa politique d'émancipation africaine.

Après avoir détaillé à Constantine, le 3 octobre, un plan accéléré de modernisation économique et sociale, il propose à l'adversaire la « paix des braves », qui, faute d'être assortie de toute perspective politique, est rejetée par le FLN. Il n'est pas impossible que de Gaulle ait alors misé sur une solution militaire en vue d'imposer un nouveau statut politique. Début 1959, le plan Challe, du nom du nouveau commandant en chef, vise à étouffer la rébellion par un vaste ratissage opéré d'ouest en est, superposé au quadrillage statique. Le potentiel militaire de l'ALN, et sa mobilité, s'en trouvent considérablement réduits, ce qui suscite de vives tensions entre wilayas et au sein même du GPRA, de plus en plus condamné à la seule action diplomatique. Mais, sensible à la pression internationale, conscient de l'inanité de la seule politique de force, le général de Gaulle entend ne pas s'en tenir à ce trop apparent succès.

La date décisive est son discours du 16 septembre 1959, dans lequel il évoque les formules extrêmes de la francisation et de la sécession pour mieux les rejeter et mettre en avant celle de l'association par l'autodétermination du peuple algérien. Bien accueillie à l'étranger et par l'opinion française, avec plus de circonspection par le FLN, l'autodétermination se heurte à l'opposition virulente de la communauté « pied-noir », de la droite activiste et d'une fraction de l'armée qui ne veulent y voir qu'un reniement de la parole donnée et le premier pas d'une politique d'abandon. Les trois dernières années de la guerre d'Algérie vont se résumer dès lors à une longue épreuve de force entre le président de la République, convaincu de l'avènement inéluctable d'une « République algérienne » puis d'un « État algérien souverain [1] », désireux

1. Termes employés respectivement les 4 novembre 1960 et 11 avril 1961.

aussi d'en finir avec une guerre qui freine l'épanouissement de sa politique étrangère, et les adversaires, au demeurant très divisés, de toute solution négociée. Les principaux jalons en sont la semaine des barricades (24 janvier-1er février 1960), consécutive au rappel du général Massu, durant laquelle la population algéroise, menée par de médiocres activistes, tente de faire basculer l'armée dans un nouveau 13 mai, et, plus grave, le putsch dit des généraux (22-25 avril 1961) qui échoue en raison de l'expectative observée par la majeure partie de l'armée et faute de relais métropolitains suffisants [1].

La folie meurtrière de l'OAS [2] ne peut enrayer un processus de négociation désormais bien enclenché. Les pourparlers de Melun, en juin 1960, avaient échoué faute de volonté réelle et partagée d'aboutir. Conforté par le blanc-seing accordé par le référendum du 8 janvier 1961 [3], et plus encore par l'échec du putsch d'avril, qui écarte définitivement toute perspective de sédition massive de l'armée, de Gaulle fait entamer en mai 1961, à Évian puis à Lugrin, une négociation sérieuse, qui butte néanmoins sur les modalités du cessez-le-feu et sur le sort du Sahara. Le GPRA opère alors une radicalisation qui se traduit par le remplacement, à sa tête, de Ferhat Abbas par l'ancien centraliste Ben Khedda. Mais le déchaînement de l'OAS contre la population musulmane, les projets plus ou moins officieusement agités de partage de l'Algérie, l'obligent à transiger. Après la fructueuse rencontre des Rousses, la seconde conférence d'Évian s'achève sur la signature des accords du 18 mars. Ceux-ci reconnaissent la souveraineté de l'État algérien, Sahara compris. Les Français conserveront pendant trois ans la double nationalité et bénéficieront de diverses garanties personnelles. La France disposera de certains aérodromes sahariens pendant cinq ans et de la base navale de Mers el-Kébir pour quinze ans. Un exécutif provisoire, de composition mixte, présidé par Abderrhamane Farès,

1. Cf. M. Vaisse, *1961, Alger, le putsch*, Bruxelles, Éd. Complexe, 1983.

2. Organisation armée secrète, regroupement de militaires et de civils activistes, d'orientation nettement fascisante, qui a bénéficié, au moins à ses débuts, de complicités bienveillantes dans la haute administration. Cf. R. Kauffer, *l'OAS, histoire d'une organisation secrète*, Paris, Fayard, 1986.

3. Approuvant sa politique algérienne par 75 % de *oui* en métropole.

doit assurer la transition entre le cessez-le-feu et le référendum d'indépendance.

Massivement approuvés en France [1], les accords d'Évian se voient en fait rapidement vidés de leur substance. Ceux-ci reposaient sur un double postulat: le maintien d'une forte minorité française en Algérie et l'établissement à Alger d'un pouvoir libéral garant des droits de cette minorité et de la coopération franco-algérienne. Les événements en décident autrement. L'ultime flambée terroriste et la politique de terre brûlée de l'OAS précipitent le départ en métropole de la population européenne et d'une poignée de musulmans fidèles ou compromis. D'autre part, si l'indépendance algérienne est plébiscitée dans la liesse lors du référendum d'autodétermination [2], de graves dissensions éclatent entre Ben Bella, récemment libéré de captivité, et le gouvernement Ben Khedda, ainsi qu'entre colonels de l'ALN. Dans le contexte d'anarchie totale de l'été 1962, les pires règlements de comptes sont commis à l'encontre des musulmans pro-français et de plusieurs milliers d'Européens qui avaient cru pouvoir demeurer sur le sol algérien. En s'appuyant sur les forces du colonel Boumedienne, Ben Bella finit par l'emporter en septembre. Avec lui s'impose une orientation « révolutionnaire », c'est-à-dire nassérienne et socialisante. L'ampleur des nationalisations opérées, la volonté de réappropriation des bases militaires et d'arabisation accélérée du pays vont constituer pour plusieurs années de durs écueils pour la coopération franco-algérienne. En maintenant celle-ci à un haut niveau, la France n'a pas peu contribué à réparer les ravages d'une guerre atroce et coûteuse [3], et dont les séquelles, tant en métropole qu'en Algérie, n'ont toujours pas été effacées.

1. Le référendum du 8 avril 1962 donne 90,7 % de *oui*, pour une part grâce au ralliement du parti communiste.

2. Au référendum du 1er juillet 1962, les Algériens choisissent l'indépendance par 5 975 581 voix contre 16 534.

3. Le coût financier réel de la guerre d'Algérie n'a jamais pu être sérieusement établi, en raison de la dispersion et du maquillage des crédits. Le coût humain est très controversé, non pour l'armée française (27 500 morts), mais pour la population musulmane, les chiffres oscillant entre 141 000 (chiffres officiels français) et 1 500 000 (chiffres du FLN). La réalité doit se situer vers 350 000. Cf. G. Pervillé, « Bilan de la guerre d'Algérie », in *la France de 1939 à nos jours*, Paris, Seuil, coll. « Points Histoire », 1985, p. 297-303.

La décolonisation de l'Afrique noire

Le nationalisme africain n'est pas lié, sauf exception, à la résurgence d'entités nationales ou étatiques précoloniales, totalement disloquées par plus d'un demi-siècle de colonisation. C'est sur le plan culturel que l'aliénation coloniale a d'abord été ressentie, accessoirement sur le plan social. Le refus de l'infériorité s'est traduit dès avant la guerre par la réhabilitation du passé (négro-africanisme) et par une succession de révoltes sporadiques contre les excès de l'exploitation économique. Cette protestation n'aurait pas suffi à lever un projet contradictoire à la colonisation sans l'écho non négligeable de la Seconde Guerre mondiale et de la charte de l'Atlantique (surtout chez un certain nombre d'intellectuels d'Afrique anglophone qui avaient pu se familiariser aux États-Unis avec les thèmes du panafricanisme) et sans les atermoiements des puissances coloniales. Fondés au lendemain de la guerre, parfois en prolongement d'associations préexistantes, les *partis* vont remplir la fonction de catalyseur du nationalisme africain. De dimension régionale dans les possessions anglaises, interterritoriale (le Rassemblement démocratique africain) en Afrique française, le parti incarne les aspirations émancipatrices de la nouvelle élite bourgeoise, même s'il intègre les revendications populaires véhiculées par le mouvement syndical. Mais, s'il aspire au dépassement des clivages ethniques, il n'est pas rare que le parti manifeste, sitôt l'indépendance acquise, les tendances hégémoniques de l'ethnie dont est issu son chef. Instrument de renversement de l'ordre colonial, il n'est pas toujours parvenu, tant s'en faut, à lui substituer un ordre national.

Contrairement à ce qu'a pu accréditer par la suite un certain gaullisme complaisant, la conférence de Brazzaville (janvier-février 1944), simple réunion d'administrateurs coloniaux autour des représentants du gouvernement d'Alger, ne préfigure en rien une quelconque indépendance de l'Afrique française, ni même une simple autonomie. Elle se contenta d'ébaucher un programme de réformes administratives et sociales, utiles certes, mais dénuées de tout prolongement politique. Pas davantage la Constitution de 1946 n'entraîne de véritable rupture avec l'ordre colonial, dans la mesure où l'égalité de principe affirmée dans le Préambule est contredite par l'instauration d'un double collège et par le maintien d'un personnel dirigeant à peu près exclusivement européen et peu enclin à modifier ses habitudes.

Des difficultés de l'après-guerre découlent au Sénégal, en Guinée et au Cameroun des troubles sporadiques, d'origine essentiellement sociale, et aisément maîtrisés. Mais à Madagascar la domination française n'a pas effacé le souvenir de l'indépendance. Dans un contexte économique particulièrement dégradé, les promesses émancipatrices de la Charte des Nations unies ont donné force au Mouvement démocratique de la rénovation malgache dirigé par Ravoahangy et Raseta, vainqueur aux élections de juin et novembre 1946, et qui réclame le statut d'État associé prévu par la Constitution. Le trucage évident des élections provinciales déclenche le 29 mars 1947 une émeute locale qui, par extension, dégénère en massacre de quelques dizaines d'Européens. Ordonnées par le gouverneur Chevigné, et conduites par les troupes (en grande partie sénégalaises) du général Garbay, les représailles sont d'une extrême brutalité, atteignant le plus souvent des populations parfaitement innocentes [1]. Le nationalisme malgache se reconstituera lentement, et dans une orientation nettement modérée, sous l'égide du parti social-démocrate de Philibert Tsiranana.

Entre-temps, un certain nombre d'intellectuels africains ont fondé en octobre 1946, lors du congrès de Bamako, le Rassemblement démocratique africain (RDA), légaliste sans doute, mais fortement pénétré d'esprit autonomiste et allié au parti communiste. Des sections sont créées, actives surtout en Côte-d'Ivoire avec Félix Houphouët-Boigny et en Guinée avec

1. Vraisemblablement 80 000 à 100 000 morts, sans compter la répression « légale » qui suivit. Les trois parlementaires malgaches virent leur immunité parlementaire levée, au terme de débats particulièrement pénibles. Deux d'entre eux furent condamnés à mort, puis graciés. Cf. J. Tronchon, *l'Insurrection malgache de 1947*, Paris, Maspero, 1975.

CHRONOLOGIE
DE L'INDÉPENDANCE AFRICAINE

1936	Égypte.
1951	Libye.
1956	Soudan, Maroc, Tunisie.
1957	Ghana.
1958	Guinée.
1960	Congo belge, Somalie, Nigeria. Madagascar, Mauritanie, Mali, Haute-Volta, Sénégal, Côte-d'Ivoire, Dahomey, Niger, Tchad, Centre-Afrique (Oubangui-Chari), Gabon, Congo-Brazzaville, Togo, Cameroun.
1961	Sierra Leone, Tanzanie.
1962	Algérie, Rwanda-Burundi, Ouganda.
1963	Kenya, Zanzibar.
1964	Malawi, Zambie.
1965	Gambie, Rhodésie du Sud (déclaration unilatérale).
1966	Botswana, Lesotho.
1968	Ile Maurice, Swaziland, Guinée équatoriale.
1974	Guinée-Bissau.
1975	Angola, Mozambique, îles du Cap-Vert, Sao Tomé, Comores.
1976	Seychelles.
1977	Djibouti.
1980	Zimbabwe.

Sékou Touré, souvent durement traitées par l'administration coloniale. Mais, après les émeutes ivoiriennes de janvier 1950, qui font 13 morts, Houphouët-Boigny rompt les liens avec le parti communiste, affilie ses élus au groupe UDSR de François Mitterrand et s'engage dans la voie d'une collaboration loyale. La revendication autonomiste est également battue en brèche par les indépendants d'outre-mer proches de Léopold Sedar Senghor, qui, hostiles à une balkanisation de l'Afrique, prônent une orientation fédéraliste. Débat au reste quelque peu académique, car, à l'exception de l'insurrection camerounaise [1], l'Afrique française jouit d'un calme à peu près absolu.

Les résonances possibles de la conférence de Bandoeng et

1. Um Nyobé, animateur de l'Union des populations camerounaises (UPC), affiliée au RDA mais d'idéologie nettement marxiste, a déclenché en

des événements du Maghreb commandent pourtant de ne pas négliger toute évolution. Pour éviter que s'ouvre un second front au sud du Sahara, pour donner aussi satisfaction au RDA, revenu en force aux élections du 2 janvier 1956, Gaston Defferre, ministre de la France d'outre-mer du gouvernement Mollet, prépare avec Houphouët-Boigny une loi-cadre adoptée le 23 juin qui ne prend véritablement effet qu'avec ses décrets d'application de décembre 1956 et avril 1957. Écartant toute structure fédérale, à la grande déconvenue de Senghor, elle réalise un pas décisif dans la voie de l'autonomie interne des anciennes colonies. Le suffrage universel s'intègre désormais dans un collège unique généralisé. Dans chaque territoire est institué un conseil de gouvernement, composé de ministres responsables devant une assemblée et désignés par elle. Cet embryon de pouvoir exécutif, présidé par un gouverneur français mais assisté d'un vice-président africain, est complété par une africanisation progressive des divers échelons de la fonction publique. Sans doute des groupes de territoires sont-ils créés, calqués sur les anciens regroupements de l'AOF et de l'AEF, dotés d'un Grand Conseil et d'un haut-commissaire, mais leur compétence est limitée à la gestion ou à la coordination des services communs. Conséquence attendue, la loi-cadre cristallise un nationalisme territorial en formation au détriment d'une conscience africaine commune. Comme telle, elle prépare l'indépendance des futurs *États* africains, malgré les efforts déployés par Léopold Senghor pour susciter, avec la Convention africaine, un courant fédéraliste. Partout s'affirment les tendances centrifuges, encouragées par l'indépendance du Ghana (1957) et la conférence panafricaine d'Accra (1958) : à Madagascar, où l'Union du peuple malgache réclame l'indépendance ; au Togo, où s'affirme la tendance radicale de Sylvanus Olympio ; en Guinée, où Sékou Touré contrôle le parti démocratique de Guinée, devenu pratiquement indépendant du RDA.

L'absence d'unanimité de ses interlocuteurs africains

---

avril 1955 une insurrection longue d'environ trois ans, durement réprimée par l'armée (10 000 morts environ). Si elle a indéniablement catalysé le sentiment national, l'UPC n'a pu accélérer le processus d'indépendance. En 1960, elle doit rapidement s'effacer devant le parti unique, l'Union camerounaise du président Ahidjo.

conduit le général de Gaulle, revenu au pouvoir en 1958, à leur proposer une alternative simple lors de son voyage en Afrique du 20 au 26 août. L'adoption par référendum de la nouvelle Constitution signifierait l'adhésion à une Communauté de type fédéral dans laquelle chaque territoire s'administrerait souverainement, la métropole conservant les tâches d'intérêt commun. Le rejet consacrerait une indépendance immédiate. C'est celle-ci que choisit Sékou Touré, et qu'il obtient d'emblée avec 95 % de *non*, à la différence du Nigérien Djibo Bokari, favorable au *non* mais désavoué par son électorat. Ailleurs le *oui* l'emporte massivement grâce au ralliement enthousiaste d'Houphouët-Boigny, désireux de maintenir quelque temps des liens privilégiés avec la France, et à celui, plus réticent, de Léopold Senghor et de Modibo Keita (Soudan), soucieux de n'être pas chassés du pouvoir par une sécession hasardeuse. Ce sont au total douze États qui adhèrent à la Communauté.

Défini par le titre XII de la Constitution de 1958, le régime de la Communauté consacre pleinement l'autonomie interne des territoires africains et malgache, mais n'organise qu'un fédéralisme apparent. Que ce soit au sein du Conseil exécutif ou du Sénat, ce dernier au reste dénué de tout pouvoir législatif, les États africains demeurent dans l'incapacité de peser réellement sur les secteurs relevant des compétences communes : affaires étrangères, défense, politique financière et économique, où le président de la République (et de la Communauté) et ses représentants (les hauts-commissaires) conservent l'initiative et la décision. Le principal mérite du système réside en fait dans son caractère évolutif, les articles 78 et 86 de la Constitution prévoyant le transfert contractuel des compétences communes aux États et la transformation d'un État communautaire en État indépendant.

On comprendra dès lors que la Communauté ait mal fonctionné et rapidement évolué. Malgré les efforts d'Houphouët-Boigny, son plus énergique défenseur, la tendance à l'émancipation semble irrésistible, tant en raison de l'exemple guinéen [1] que de la perpétuation jugée insupportable du

1. La Guinée est entrée dès 1958 à l'ONU, alors que les États de la Communauté doivent se contenter d'observateurs siégeant dans la délégation française.

centralisme français. Dès le 28 septembre 1959, le Sénégal et le Soudan, réunis dans une éphémère fédération du Mali [1], suivis de peu par Madagascar, réclament le transfert des compétences prévu par l'article 78. Ils accèdent à l'indépendance en juin 1960, quelques mois après les deux États sous tutelle, le Cameroun (janvier) et le Togo (avril). Les dirigeants français, et notamment Michel Debré, tentent de sauver ce qui peut l'être par l'adoption *in extremis*, et dans des conditions de légalité douteuses, d'une « Communauté rénovée » à caractère confédéral accentué. Mais Houphouët-Boigny refuse d'entrer dans ce jeu et revendique à son tour le transfert des pouvoirs. En août, les quatre États de l'Entente et ceux de l'ancienne AEF (Centre-Afrique, Congo-Brazzaville, Gabon et Tchad) accèdent à l'indépendance, suivis en octobre par la Mauritanie. Les conventions d'assistance technique signées par la suite ne font aucune mention de la Communauté, et le 18 mai 1961 son secrétaire d'État devient ministre de la Coopération.

Réunis à Manchester en mars 1945, quelque deux cents délégués d'Afrique anglaise avaient réclamé l'abandon du système conservateur et paternaliste de l'*Indirect Rule* et son remplacement par le *self-government*. De toute évidence, les dirigeants travaillistes, pas plus que leurs prédécesseurs, n'y étaient favorables. Selon la thèse la plus généralement admise, les autochtones étaient incapables d'accéder aux responsabilités politiques avant un long entraînement préparatoire limité à la gestion des affaires locales. Mais c'était ignorer l'affirmation sociale des *emergents* : bourgeoisies urbaines enrichies par les affaires, surtout en Afrique occidentale, et intellectuels issus des écoles missionnaires, voire des universités anglaises

1. Le projet initial, conforme aux vœux de Senghor et Lamine Gueye, visait une fédération de l'Ouest africain. Mais Houphouët-Boigny torpilla le projet, très vraisemblablement soutenu par Paris, en dissuadant la Haute-Volta et le Dahomey d'y entrer. Avec ces derniers et le Niger, il forma l'Entente (ou Entente Sahel-Bénin). La fédération du Mali, instituée en avril 1959, fut donc réduite au Sénégal et au Soudan de Modibo Keita. Elle fut rompue en août 1960 à la suite d'un désaccord entre les deux pays. En septembre, le Soudan devint république du Mali.

ou américaines [1]. Ces derniers vont jouer un rôle décisif dans le journalisme, les partis politiques, les syndicats, dénonçant sans relâche l'immobilisme administratif, les tares d'un système économique jouant au profit exclusif de la Grande-Bretagne. Sensibles aux thèmes du panafricanisme, ils invoquent la Charte de l'ONU, retournent habilement contre la métropole les valeurs de la démocratie parlementaire dans lesquelles ils ont été éduqués. Face à cette ébullition, les travaillistes ne rejettent pas toute évolution, comme en témoigne le Livre bleu de 1948, mais entendent procéder par étapes : autonomie interne, conférence préparatoire à l'indépendance, respect constitutionnel de la diversité ethnique selon la thèse du « multiracialisme » chère au Colonial Office. Si besoin est, ils ne reculent pas devant l'épreuve de force, en particulier au Kenya. Paradoxalement, ce sont les conservateurs, initialement les plus hostiles aux concessions, qui accélèrent, surtout après 1960, le rythme de la décolonisation. Entre-temps, il est vrai, la conférence de Bandoeng et l'affaire de Suez ont fait monter la pression nationaliste tout en émoussant le prestige britannique. L'indépendance de la Gold Coast en 1957 a érigé Accra en capitale de l'anti-impérialisme et de l'africanisme. L'accession à l'indépendance de la totalité des États de la Communauté française et du Congo belge oblige le gouvernement Macmillan à brûler les étapes.

Comme il était logique, s'agissant de la partie la plus riche et la plus évoluée des possessions britanniques, c'est l'Afrique occidentale qui donne le signal de l'émancipation, et en son sein la Gold Coast. Le mouvement revendicatif, sinon national, qui s'est déjà exprimé avant la guerre, s'amplifie avec la propagande de l'Union Gold Coast Convention, puis du Convention People's Party fondé en 1949 par Kwame Nkrumah. A plusieurs reprises, celui-ci est emprisonné, mais la représentativité de son parti, telle qu'elle apparaît aux élections de 1951, oblige les Britanni-

1. L'essor de l'enseignement est remarquable dans les années cinquante. Le nombre des scolarisés passe de 185 000 à 456 000 entre 1947 et 1957 au Ghana, dépasse le million en 1960 au Nigeria. La plupart des chefs historiques de l'indépendance sont diplômés d'universités : Nkrumah (université noire de Lincoln, Pennsylvanie), Azikiwe (universités de Lincoln et de Columbia), Kenyatta (université de Moscou et London School of Economics), Nyerere (Édimbourg).

ques à dépasser la Constitution octroyée l'année précédente. Devenu Premier ministre, Nkrumah négocie loyalement l'indépendance de son pays après avoir remporté les élections de 1954 et 1956. Sous le nom de Ghana, la Gold Coast devient indépendante le 6 mars 1957. Sous la pression du Colonial Office, toujours soucieux de ménager les minorités ethniques et religieuses, la nouvelle Constitution est sinon fédérale, du moins très décentralisatrice. D'une configuration plus différenciée et nombreuse encore, le Nigeria suit une évolution analogue. La figure dominante est ici Nnamdi Azikiwe, l'un des fondateurs du National Council of Nigeria, même s'il n'est jamais parvenu à incarner la totalité du pays, en particulier le Nord, demeuré féodal. Par la Constitution Richards (1946), la Constitution Macpherson (1951), puis la Constitution Lyttelton (1954), le pays progresse lentement dans la voie du *self-government* sur une base fédérale. De conférence en conférence, l'indépendance du Nigeria est reconnue le 1er octobre 1960. Dans son sillage, celle de la Sierra Leone est acquise, sans drame majeur, le 27 avril 1961.

En Afrique orientale prévaut une situation plus complexe : un moindre développement économique, une société indigène moins évoluée, encore profondément imprégnée de tribalisme, et d'importantes minorités, en particulier indo-pakistanaises et européennes [1]. Dans ce contexte difficile, c'est paradoxalement le Tanganyika, considéré comme la colonie la plus attardée, qui accède en premier à l'indépendance, en 1961, alors que le Kenya, où la revendication anticolonialiste est fort ancienne, n'y parvient qu'en 1963. Cette différence s'explique. Outre que le Tanganyika, ancien mandat, était devenu territoire sous tutelle, les forces vives de sa population ont su se rassembler dans un parti intertribal, la Tanganyika African National Union (TANU), et trouver en Julius Nyerere un leader à la fois incontesté et rassurant par sa modération. L'indépendance est donc acquise dès lors que la TANU a fait preuve de sa représentativité aux élections de 1958 et plus encore de 1960 [2]. Au Kenya, la décolonisation tardive et

1. Cf. E. M'Bokolo, *l'Afrique au XXe siècle*, Paris, Éd. du Seuil, coll. « Points Histoire », 1985, tableau p. 246.

2. En 1964, la fusion du Tanganyika et du Zanzibar donne naissance à l'État de Tanzanie.

difficile découle de multiples facteurs. En raison de sa richesse agricole et minière, le colonat européen, relativement important[1], forme un véritable lobby, devant lequel les gouvernements conservateurs et travaillistes ont longtemps capitulé. La violente insurrection de la paysannerie kikuyu (bastion traditionnel de l'anticolonialisme), encadrée par la secte des Mau-Mau, a suscité de 1952 à 1956 une violente répression britannique[2] et permis de différer toute réforme. Par une assimilation très abusive de cette révolte, essentiellement sociale, au mouvement nationaliste, les organisations politiques et syndicales sont longtemps interdites, et leurs dirigeants arrêtés, tel Jomo Kenyatta, l'un des organisateurs du congrès de Manchester et fondateur de la Kenya African National Union. La levée de l'état d'urgence en 1960 introduit une détente. Pour éclaircir une situation fort confuse, le ministre MacLeod convoque à Londres une conférence et affirme les principes d'un État indépendant, parlementaire et respectueux de la diversité ethnique. Ayant accepté les compromis nécessaires, Kenyatta remporte les élections de 1961 et 1963. L'indépendance est acquise en décembre. A cette date l'Ouganda a obtenu la sienne depuis un an au terme d'une décennie troublée dont émerge la personnalité de Milton Obote, leader de l'Uganda People's Union. Le compromis de 1962, fondé sur l'alliance circonstancielle et contre nature du *kabaka* (roi), issu de la puissante tribu des Baganda, et d'Obote, favorable à l'instauration d'une république unitaire, est porteur de graves tensions ultérieures. En ce début des années soixante, Nyerere, Kenyatta et Obote ont jeté les bases d'un « socialisme africain », fort dans le tiers monde d'un prestige réel, mais dont les fortunes seront les plus diverses.

Le Nyassaland et les deux Rhodésies, colonies créées à l'initiative de Cecil Rhodes et longtemps dominées par la toute-puissante British South Africa Company, vont connaître des évolutions contrastées, commandées par l'importance inégale de la minorité blanche. A peu près inexistante au Nyassaland, demeuré très pauvre, elle est plus nombreuse dans les

1. 66 000 Européens, dont 4 000 *farmers* installés sur 25 % des terres arables, les White Highlands.

2. Cette répression fit 15 000 victimes selon les chiffres officiels, sans doute bien davantage.

deux Rhodésies[1]. C'est elle qui impose en 1953 aux dirigeants conservateurs la Constitution d'une fédération d'Afrique centrale, fondée théoriquement sur le principe multiracial du *partnership*, mais qui accorde en fait aux Blancs une suprématie elle-même fondée sur la ségrégation raciale. La protestation noire monte à partir de 1958, encouragée par les exemples ghanéen et guinéen, prenant au Nyassaland les formes de la désobéissance civile, en Rhodésie du Nord, celles d'une forte agitation ouvrière. Londres doit consentir en 1963 à la dissolution de la fédération. L'année suivante, sous l'autorité d'Hastings Banda, le Nyassaland accède à l'indépendance (avec le nom de Malawi), et sous celle de Kenneth Kaunda, la Rhodésie du Nord prend le nom de Zambie. Cette évolution effraie les dirigeants de Rhodésie du Sud, dont le régime ségrégationniste et répressif ne diffère guère de celui du voisin sud-africain. La proclamation unilatérale de l'indépendance, le 11 novembre 1965, par Ian Smith, chef du Front rhodésien, ouvre une crise grave qui ne trouvera son règlement que quinze ans plus tard.

Rarement émancipation fut plus mal préparée que celle du Congo belge. Décrétée en catastrophe, l'indépendance s'est accompagnée d'emblée de troubles violents, de dissensions internes, de mouvements séparatistes, et même d'une crise internationale qui ont pesé lourd dans l'histoire du futur Zaïre. Non que la Belgique n'ait réalisé là une œuvre considérable de mise en valeur, d'action sanitaire et de scolarisation[2]. Mais le gouvernement belge ne s'est jamais affranchi d'un système paternaliste de plus en plus mal adapté aux réalités africaines. Les trois piliers en sont l'administration (elle-même appuyée sur des centres coutumiers contrôlant les trois quarts de la

1. Surtout axée sur le développement des ressources minières, la Rhodésie du Nord compte 72 000 Européens en 1958. La Rhodésie du Sud, qui combine une riche agriculture et une industrie diversifiée, compte 225 000 Européens sur 3 millions d'habitants en 1960.

2. Le taux de scolarisation y est le plus élevé d'Afrique. Il atteint en 1959 77,5 % des enfants scolarisables contre 20,3 % dans l'ancienne AOF. Cf. J. Vanderlinden, *1959-1960, la crise congolaise*, Bruxelles, Éd. Complexe, 1985, p. 48.

population), les sociétés capitalistes [1] et les missions catholiques, unies dans la perpétuation d'un Congo docile et assisté, conforme en tous points à l'image de ses « grands enfants » bons pères et bons chrétiens, mais bien incapables de songer un jour à prendre en main leur destinée [2]. D'où une discrimination raciale étendue, non pas en droit mais en fait, à tous les domaines de la vie sociale, et un malthusianisme culturel délibéré, refusant toute chance de promotion réelle à la quasi-totalité de la population indigène. Pour être le slogan des colons, « Pas d'élites, pas d'ennuis » n'est pas exactement la politique du gouvernement belge. Mais celle-ci ne s'en éloigne guère. A la veille de l'indépendance, le Congo ne compte qu'une petite trentaine de diplômés de l'enseignement supérieur pour une population de 13 millions d'habitants.

La guerre et l'après-guerre ont pourtant ouvert, en raison de l'essor économique rapide de la colonie, quelques brèches dans les structures sociales et les mentalités. L'accélération de l'urbanisation a facilité le développement d'une classe moyenne indépendante, rejointe dans ses aspirations émancipatrices par la catégorie des « évolués » – instituteurs, aides médicaux, petits fonctionnaires –, munis d'un diplôme secondaire. Pour être assez lent, l'éveil d'une conscience politique progresse, illustré par la parution de journaux plus ou moins contrôlés *(la Voix des Congolais, Conscience africaine)* et par la création, en 1950, de l'Abako, parti de l'ethnie Bakongo, surtout implanté dans la capitale. Si Bandoeng n'a pratiquement aucun retentissement au Congo, il n'en va de même ni de l'accession du Ghana à l'indépendance, ni de la conférence africaine d'Accra (avril 1958), ni surtout du discours du général de Gaulle à Brazzaville offrant l'indépendance « à quiconque la voudra » (août). En cette année 1958, qui voit à Bruxelles la célébration de l'œuvre colonisatrice dans le cadre

1. L'extraordinaire richesse agricole et surtout minière du Congo a attiré de nombreux capitaux. La Société générale de Belgique monopolise 70 % des activités économiques grâce à une multitude de filiales. Véritable État dans l'État, l'Union minière du Katanga appartient à des intérêts belges, britanniques et américains.

2. Paru en 1956, le *Plan de trente ans...* du Pr Van Bilsen fait scandale dans les milieux coloniaux en proposant une émancipation progressive avec à terme l'indépendance dans un délai de trente ans.

prestigieux de l'Exposition universelle, Patrice Lumumba, longtemps proche des milieux libéraux, fonde le Mouvement national congolais (MNC), parti indépendantiste et intertribal.

Les émeutes de Léopoldville en janvier 1959, celles de Stanleyville en octobre [1] accélèrent l'évolution. Bruxelles doit se résoudre à négocier l'indépendance, tout en entendant contrôler ses étapes, alors que sur place prolifèrent les groupes plus ou moins tribaux qui s'étiquettent en partis politiques. A l'Abako de Joseph Kasavubu et au MNC de Lumumba s'ajoutent, pour s'en tenir aux principaux, la Conakat de Moïse Tshombé, dont l'assise est purement katangaise, et le parti solidaire africain d'Antoine Gizenga, surtout représenté au Kwilu [2]. En fait, le clivage apparaît assez vite entre « fédéralistes », issus des zones les plus riches et comme tels favorables à un pouvoir décentralisé, et « unitaristes », recrutés dans les provinces pauvres, soucieux d'un pouvoir central suffisamment fort pour opérer les péréquations nécessaires. Dans l'immédiat, les délégués congolais invités en janvier 1960 à la « table ronde » de Bruxelles constituent un Front commun qui obtient l'indépendance pour le 30 juin, assortie d'un transfert complet des compétences aux nouvelles autorités. La Constitution provisoire mise au point par des juristes belges réalise un compromis entre les tendances unitaires et fédéralistes. Mais les élections de mai sont un succès pour le MNC. Si Lumumba accepte de faire porter le fédéraliste Kasavubu à la présidence de la République, c'est uniquement pour passer le cap de l'indépendance. A l'image de Kwame Nkrumah, qui demeure sa référence politique constante, il entend s'affirmer en leader unique du nouvel État et imposer un pouvoir présidentiel fort.

La mutinerie, le 5 juillet 1960, des troupes congolaises de la Force publique, suivie d'une intervention des parachutistes belges pour protéger les ressortissants européens [3], ouvre une crise d'une extrême complexité. Celle-ci fait interférer un

1. Les premières, provoquées par l'interdiction d'un meeting de l'Abako, font une cinquantaine de morts et plusieurs centaines de blessés. Les secondes provoquent l'arrestation de Lumumba, libéré par la suite pour qu'il puisse participer à la table ronde.

2. Tableau complet dans J. Vanderlinden, *op. cit.*, p. 90-91.

3. Au nombre de 110000 environ, dont un tiers au Katanga.

conflit à la fois politique et personnel entre Lumumba et Kasavubu, appellés à se destituer mutuellement, et la proclamation d'un État sécessionniste au Katanga par Moïse Tshombé, discrètement soutenu par Bruxelles, suivie de celle de l'État minier du Sud-Kasaï. Le désordre s'installant partout, Lumumba fait appel le 13 juillet à l'ONU, dont le Conseil de sécurité accepte de lui envoyer une force internationale, et décrète le lendemain la rupture des relations diplomatiques avec la Belgique. Mais devant le refus de laisser les « casques bleus » pénétrer au Katanga, il se tourne vers l'URSS qui fait affluer début septembre avions et techniciens, tandis que de vives controverses éclatent au Conseil de sécurité entre délégués américains et soviétiques. Compte tenu de l'exode des ressortissants belges et de l'effondrement de l'activité économique du pays, Lumumba n'en sort pas renforcé pour autant. Arrêté par les forces du colonel Mobutu, momentanément maître de la capitale, il est assassiné au Katanga le 17 janvier 1961 [1]. Assassinat qui ne résout rien, car il renforce le radicalisme des lumumbistes sans donner aux modérés les moyens de résorber la crise. Avec une quinzaine de gouvernements indépendants, il règne au début de 1961 une situation de complète anarchie propice aux pires excès. Pour plus de quatre ans encore la guerre civile, mêlée d'ingérences étrangères, va déchirer l'ancien Congo belge [2].

Les bastions blancs

Alors que le reste du continent s'émancipe au début des années soixante, l'Afrique australe [3] demeure le dernier bastion du colonialisme blanc. Cette situation combine l'obstination du Portugal salazariste à maintenir coûte que coûte les derniers vestiges d'un empire déchu, et celle des minorités

1. Selon toute vraisemblance, cet assassinat résulte d'un accord Kasavubu-Tshombé. Il est suivi, le 18 septembre 1961, par la mort du secrétaire général de l'ONU, Dag Hammarskjöld, très attaché au maintien de l'unité congolaise.

2. Cf. *infra*, p. 303.

3. Au prix d'une légère extension géographique, il s'agit des colonies portugaises (Angola, Mozambique, auxquels on ajoutera la Guinée-Bissau), la Rhodésie du Sud et l'Afrique du Sud.

blanches de Rhodésie et d'Afrique du Sud à institutionnaliser leur domination au mépris des injonctions de la communauté internationale.

De l'avis général, les Portugais se montrèrent de piètres colonisateurs africains. L'Angola, la plus riche de ses possessions, a connu sans doute un boom de ses industries extractives et des cultures d'exportation, mais elle le doit surtout à des capitaux américains et sud-africains. Relativement nombreuse [1], la population portugaise s'est montrée peu entreprenante et s'en est tenue à des pratiques discriminatoires peu conformes à la doctrine officielle de l'assimilation des indigènes. L'effort scolaire et sanitaire est demeuré dérisoire [2]. Le sous-emploi est tel que, à la veille de l'indépendance, près de 400 000 Mozambicains travaillent à l'extérieur, principalement en Afrique du Sud.

Face à une hiérarchie coutumière soumise, le nationalisme a fini par germer dans la très mince élite cultivée, souvent imprégnée de marxisme. En dépit ou en raison d'une répression féroce, le recours à la guérilla s'impose en 1961 en Angola, en 1963 en Guinée-Bissau, en 1964 au Mozambique. Contre elle, le régime de Lisbonne va engager des forces considérables, excédant largement les capacités du pays, malgré la couverture d'une partie des dépenses de pacification par l'OTAN [3]. Mais la guérilla a trouvé des chefs d'envergure avec Amilcar Cabral en Guinée-Bissau [4], Eduardo Mondlane puis Marcelino de Santos au Mozambique, Agostinho Neto en Angola. Si dans ce dernier pays le mouvement de libération est longuement affaibli par ses divisions, notamment entre le Mouvement populaire de libération de l'Angola (MPLA, marxisant) et le Front national de libération de l'Angola

1. A la veille du renversement de la dictature portugaise, en 1974, l'Angola compte 300 000 Portugais, le Mozambique 180 000 et la Guinée-Bissau 3 000.

2. En Guinée-Bissau, quatorze universitaires ont été formés en cinq siècles de colonisation et l'on compte presque 95 % d'analphabètes. Le Mozambique compte, en 1974, quarante médecins pour 9 millions d'habitants.

3. Le service militaire a été porté à quatre ans, et la pacification africaine absorbe jusqu'à 40 % du budget.

4. Fondateur du PAIGC (Parti africain de l'indépendance de la Guinée et du Cap-Vert), Cabral a eu un large rayonnement africain. Il a été assassiné à Conakry le 20 janvier 1973.

(FNLA, modéré [1]), la guérilla se montre particulièrement efficace en Guinée-Bissau et au Mozambique, où elle finit par contrôler, sous forme de zones libérées, respectivement les deux tiers et le quart de la superficie des deux colonies.

Quand éclate la révolution des Œillets, en avril 1974, le malaise colonial de l'armée portugaise est déjà perceptible. Pour avoir publié le 22 février *le Portugal et son avenir*, et souligné le coût exorbitant d'une guerre sans issue, le général de Spinola avait été destitué peu après. Porté au pouvoir par le mouvement des capitaines, il prône une solution fédérale dans le cadre d'un Portugal pluricontinental et pluriracial, mais qui ne trouve sur place, en dehors de l'Union nationale pour l'indépendance totale de l'Angola (UNITA), aucune approbation. Dès septembre 1973, le PAIGC a proclamé l'indépendance de la Guinée-Bissau, que le Mouvement des forces armées ne peut qu'entériner [2]. Au Mozambique, le général Costa Gomes propose un référendum d'autodétermination que rejette le Front de libération du Mozambique (FRELIMO). Dans l'impossibilité de poursuivre la guerre, le gouvernement de Lisbonne engage des négociations qui aboutissent aux accords de Lusaka, signés entre Mario Soares et Samora Machel, qui fixent l'indépendance au 25 juin 1975. Le gouvernement de transition doit faire face à la fois au terrorisme des nostalgiques du système colonial et à l'effondrement des structures économiques. S'affirmant rapidement comme parti unique, le FRELIMO procède à une large socialisation du secteur productif. Mais une situation économique catastrophique, des relations tendues avec l'Afrique du Sud et la Rhodésie laissent une situation très fragile. Il en va de même en Angola, où, après le cessez-le-feu, l'Organisation de l'unité africaine (OUA) intervient pour inviter les trois mouvements à l'élaboration d'une plate-forme de négociation. Celle-ci aboutit aux accords « quadripartites » d'Alvor, signés

1. Le MPLA est le mouvement le plus ancien et le plus structuré. Le FNLA est implanté dans le nord du pays au sein de l'ethnie Bakongo, et comme tel très lié au Zaïre. Il a eu longtemps les faveurs des États-Unis. En 1966, l'UNITA s'est scindée du FNLA, avec implantation dans le Sud rural et liens avec le gouvernement de Zambie.

2. L'indépendance de la Guinée-Bissau est reconnue le 10 septembre 1974, celle des îles du Cap-Vert le 5 juillet 1975.

le 15 janvier 1975 ; mais, tandis que près de 300 000 Portugais regagnent précipitamment la métropole, l'internationalisation du problème angolais, posée par la revendication de l'enclave de Cabinda par le Zaïre et l'intervention croissante des puissances étrangères [1], installe le pays dans le chaos.

L'accession du Malawi et de la Zambie à l'indépendance a précipité le séparatisme sud-rhodésien. Le 11 novembre 1965, le chef du Front rhodésien Ian Smith a proclamé unilatéralement une indépendance que le gouvernement travailliste d'Harold Wilson refuse de reconnaître. L'ONU décide la même année et renouvelle trois ans plus tard un embargo rendu totalement inefficace en raison du soutien commercial apporté par l'Afrique du Sud, le Portugal (encore maître de ses colonies) et les États-Unis. Cependant le mouvement nationaliste noir entame en 1966 une action de guérilla qui souffre durablement de ses divisions autant que de la répression militaire. A partir de 1974, la décolonisation portugaise fait évoluer le rapport de force, la guérilla trouvant au Mozambique un important soutien logistique. La fuite des capitaux et un début d'exode de la population européenne obligent Ian Smith à composer. Adopté en 1978, applicable l'année suivante, un compromis est trouvé avec les nationalistes modérés de l'African National Council dirigé par Mgr Muzorewa, promu Premier ministre. Mais le nouveau régime conserve aux Européens une situation privilégiée que refusent de reconnaître l'OUA et les chefs de la guérilla. La médiation des États voisins (dits de première ligne) et de la Grande-Bretagne va mettre un terme définitif à la suprématie blanche héritée de l'époque coloniale. Envoyé comme gouverneur et appuyé par un contingent du Commonwealth, Lord Soames supervise le cessez-le-feu de janvier 1980 et les élections de février, qui donnent une large victoire à l'aile radicale du mouvement nationaliste, la ZANU-FP [2] de Robert Mugabe. Le nouvel État prend le nom de Zimbabwe.

1. Située à l'embouchure du fleuve Zaïre, cette enclave recèle d'importantes réserves pétrolières. Dès 1975, la CIA soutient le FNLA et l'UNITA, les pays du bloc socialiste le MPLA, qui reçoit des conseillers soviétiques et des militaires cubains.

2. Union nationale africaine du Zimbabwe-Front patriotique.

Dernier bastion de la domination blanche, l'Afrique du Sud connaît depuis la seconde moitié du siècle l'institutionnalisation de tout un ensemble de pratiques discriminatoires anciennes. Celles-ci trouvaient moins, à l'origine, leur « justification » dans un racisme théorisé que dans une concurrence de plus en plus vive entre mains-d'œuvre blanche et noire au sein du capitalisme minier. Les salaires relativement élevés des travailleurs blancs, bien protégés par leurs syndicats, ont eu progressivement pour corollaire la compression maximale des salaires versés aux Africains, leur exclusion systématique des emplois qualifiés et, partant, leur incapacité civique et politique.

Vainqueur aux élections de mai 1948, le parti national [1] va figer cette situation dans une politique de ségrégation systématique baptisée *apartheid* [2]. Massivement soutenu par la communauté afrikaner, il s'est rendu maître du jeu politique par élimination ou marginalisation des partis d'opposition [3]. Son idéologie raciste, pénétrée d'admiration pour le nazisme, ne doit pas faire oublier les fondements économiques d'une politique qui tend à protéger la minorité blanche de la pression démographique africaine [4], de l'urbanisation croissante des

1. Formé en 1948, le parti national est l'héritier du « parti nationaliste purifié » fondé en 1930.

2. Littéralement, « développement séparé des races ».

3. La principale force d'opposition est le parti uni (United Party), représentatif d'un certain libéralisme anglophone et, très accessoirement, afrikaner. Le parti travailliste et le parti libéral ont pratiquement disparu depuis 1953. Le parti communiste a été interdit en 1950.

4. Le tableau suivant fait apparaître la croissance rapide de la population africaine en raison d'un taux de natalité élevé et d'un taux de mortalité parmi les plus faibles d'Afrique. Cf. E. M'Bokolo, *l'Afrique au XXe siècle*, *op. cit.*, p. 300.

	Africains	*Blancs*	*Métis et Asiatiques*	*Total* (en millions)
1936	6,6	2,0	1,0	9,6
1951	8,5	2,6	1,4	12,6
1962	11,6	3,2	2,2	17,0

Noirs[1] et de la formation d'une bourgeoisie concurrente, qu'elle soit noire ou métisse. Sont ainsi adoptées entre 1950 et 1959 les lois du *petty apartheid* (l'apartheid mesquin), qui règlent de façon méticuleuse la ségrégation en matière de mariage, de scolarisation, de transports, de résidence... tandis que d'autres textes donnent à la répression ses armes légales, organisent un strict contrôle des déplacements intérieurs, réglementent (ou interdisent) l'activité des partis et des syndicats noirs. A partir de 1951 sont progressivement institués sur les anciennes réserves les *bantoustans*[2], qui, au travers d'une autonomie fictive, répondent à un triple objectif de la minorité blanche : freiner la mobilité géographique de la main-d'œuvre africaine, et par là son insertion urbaine ; atténuer les tensions sociales en permettant à l'élite africaine d'accéder à des postes d'autorité ou à une certaine qualification professionnelle ; entraver et diviser le nationalisme noir en ranimant les diversités tribales. La communauté internationale a dénié toute légitimité à cette forme renouvelée de l'*Indirect Rule*, de même que la condamnation très large de l'apartheid a conduit le pays à s'ériger en République en 1960 et à se retirer du Commonwealth l'année suivante. Mais l'Afrique du Sud compense son isolement croissant par un activisme anticommuniste qui la conduit à s'appuyer, non sans succès, sur des États aussi divers que les États-Unis, Israël et l'Iran.

Le nationalisme indigène a des racines anciennes, surtout dans la province du Natal, la plus politisée[3]. C'est sur des bases légalistes et réformistes que s'est constitué en 1935 l'African National Congress (ANC), dont le programme a été radicalisé en 1949 par l'entrée d'éléments venus de la gauche ouvrière (Walter Sisulu) ou intellectuelle (Nelson Mandela). Les années 1952-1955 semblent prometteuses, avec la campagne de boycott des services publics *(defiance campaign)*

1. La diversification du secteur industriel, consécutive à la guerre et à l'après-guerre, a considérablement accru la population noire urbaine, qui atteint 25 % en 1948 et 30 % en 1960.

2. Vingt ans plus tard, neuf bantoustans ont été créés, représentant une population (théorique) de 17 millions d'habitants.

3. C'est au Natal que Gandhi éveilla la protestation de la communauté indienne et que Martin Luthuli (oncle de Martin Luther King) fonde au début du siècle un premier Congrès noir.

dans la province du Cap et l'élaboration d'une Charte de la liberté (1955) associant les Indiens et certains libéraux blancs. Mais une répression draconienne affaiblit le mouvement, qui se scinde par ailleurs, en 1959, entre modérés acquis à la collaboration interraciale dans l'indépendance et les extrémistes du Pan Africanist Congress (PAC). Ce dernier déclenche contre les *passes* imposés aux Noirs dans leurs déplacements une campagne qui aboutit, le 21 mars 1960, aux violentes émeutes de Sharpeville. A la faveur de l'état d'urgence, l'ANC et le PAC sont dissous, la plupart de leurs dirigeants arrêtés. Cette répression est dûment dénoncée à l'ONU. Mais elle laisse à l'Afrique du Sud, à la faveur du boom économique des années soixante et compte tenu du soutien américain, un long répit qui ne sera dangereusement entamé que seize ans plus tard avec les émeutes de Soweto.

6

Les débuts du tiers monde

Considéré sous l'angle du sous-développement économique et de l'arriération de ses structures sociales, le tiers monde préexiste à la vague de décolonisation, mais il en procède largement, au regard de sa prise de conscience et de ses revendications. On en voudra pour preuve le lien qui unit la répudiation unanime du colonialisme à « l'acte de naissance » du tiers monde lors de la conférence afro-asiatique réunie à Bandoeng en avril 1955, quelle que soit la diversité des références idéologiques et des modèles de développement dont se réclamaient les participants. De ce fait, et même à une époque où il recouvrait un ensemble plus homogène qu'aujourd'hui, le tiers monde est plus facile à appréhender dans sa genèse et dans les étapes ultérieures de son affirmation que dans ses critères d'identification. Victime de son immense fortune, le concept est devenu un fourre-tout commode, un slogan politique et une idéologie messianiste. Sans méconnaître l'intérêt des querelles de définition, il sera entendu ici comme l'espace tricontinental de l'Asie, de l'Afrique et de l'Amérique latine (les trois « A »), étant admis que cet espace recèle, de pays à pays, des situations inégales de développement et de maturité politique.

L'enjeu économique

Entre la fin de la Seconde Guerre mondiale et la conférence de Bandoeng, l'appel à la transformation du destin commun des peuples non occidentaux accapara l'opinion internationale. Le développement économique de pays, pour la plupart nouvellement indépendants, constituait une étape essentielle vers la réalisation d'un marché mondial. Aussi, dès 1950 en Colombie puis en 1952 en Inde, des objectifs de croissance et des programmes de développement furent mis en place. La même année, les organisations internationales indiquaient des priorités générales à satisfaire, depuis l'autosuffisance alimentaire jusqu'au plein-emploi. L'invention de ce tiers monde économique était entérinée par l'article célèbre d'Alfred Sauvy [1], qui faisait de la prise de parole du tiers monde une condition de la prospérité mondiale.

Cette invocation des mythes fondateurs de la démocratie était bien oublieuse des réalités économiques. En fait, les pays sous-développés fonctionnaient suivant les principes d'autarcie monétaire et de zones commerciales définis pendant la crise des années trente. Leurs liens avec le système commercial international étaient donc d'autant plus solides qu'ils exportaient peu de produits vers un petit nombre de clients et qu'ils dépendaient de l'évolution des termes de l'échange. Il y avait là une contradiction manifeste avec l'esprit de Bretton Woods et du GATT, caractérisé par le retour au libre-échange. A cela s'ajoutait le poids des rapports bilatéraux entretenus par les anciennes colonies avec leurs métropoles ; l'indépendance entraînait le départ des hommes les plus qualifiés – médecins, administrateurs, ingénieurs ou enseignants –, qui étaient également les premiers consommateurs. La contraction des échanges rendait encore plus sensible leur structure déséquilibrée. Enfin, ces nations s'insèrent sur la scène internationale alors que la tension Est-Ouest avive la contrainte extérieure et que les pays industriels entament une diversification de leurs activités. Le regain de concurrence pénalise des économies fragiles, parfois traumatisées par des guerres, et inquiète des populations désireuses elles aussi de profiter de ces produits neufs.

Dans ces conditions, l'industrialisation apparaît à tous les gouvernants comme la tâche prioritaire. Encore faut-il pouvoir exporter suffisamment de produits bruts pour disposer de la technologie occidentale, donc réorganiser qui son agriculture,

1. Repris dans le numéro spécial de *Vingtième Siècle*, octobre-décembre 1986, consacré au tiers monde.

qui son secteur minier, tout en comptant sur une hypothétique mais nécessaire aide extérieure. Protection et construction sont les signes distinctifs des deux premières années du développement; elles impliquent l'intervention d'un État fort, au risque d'un envahissement bureaucratique, dans une conjoncture que ces jeunes nations subissent. Après la colonisation, ces pays affrontent pour la seconde fois en l'espace de trois générations la formidable et brutale intrusion de la modernité.

Le défi de l'industrialisation

Au-delà de la rivalité des méthodes de développement entre un État entrepreneur et un État directeur, l'interventionnisme constitue une orientation commune à tous les pays neufs. Les choix initiaux sont simples: il faut stimuler les exportations – prioritairement industrielles – et maximiser le capital étranger investi pour faire, à moyen terme, reposer l'essentiel de la croissance économique sur la demande intérieure. Cette stratégie d'industrialisation par substitution aux importations (ISI) présente d'abord des avantages politiques domestiques, puisque l'émergence d'une bourgeoisie industrielle est facilitée par ce transfert de ressources, tandis que le renchérissement des produits de consommation nationaux par rapport aux biens anciennement importés doit être aisément accepté par l'opinion publique au nom de l'effort national. Les intérêts de cette nouvelle bourgeoisie et de l'administration sont convergents, puisqu'elles vivent du mécanisme protectionniste. Pour leur part, les pays industriels voient d'un œil favorable une politique qui leur permettrait de se réinstaller par le biais de filiales ou d'investissements en capital. En outre, les nouvelles nations seraient obligées de s'équiper en Occident, ce qui laissait quelques années pour assurer la reconversion des industries menacées.

Ainsi s'établit, en Inde puis en Afrique anglophone, une relation asymétrique comparable à celle qu'avaient tissée le Brésil et l'Argentine avec les pays anglo-saxons dès le début de la Grande Crise. L'Inde s'efforce de développer son marché potentiel en utilisant, à partir de 1948, ses avoirs de 3,5 milliards de dollars sur le Royaume-Uni. Cette mobilisation des ressources financières permet de multiplier les recherches minières ou énergétiques, de développer un fort secteur public dans les industries de base et d'assumer certaines fonctions sociales de l'État-providence. On assistait ainsi à une sorte de prise en charge des éléments de la croissance négligés au stade de l'économie de subsistance ou pendant la période coloniale, ce que Nehru appelait « la socialisation du vide ». Pour leur part, l'Argentine et le Brésil ont réussi, vingt ans après l'adoption de cette politique, à couvrir 90 à 95 % de leurs besoins industriels, et le Brésil commence à développer une industrie automobile à partir de 1953. D'une manière générale, l'ensemble des données statistiques confirme cet élan de la croissance, à l'exception de l'Asie du Sud et de quelques pays d'Afrique [1] : le PNB des pays les plus pauvres progresse de 3,3 % entre 1955 et 1970, celui des pays à revenu intermédiaire de 5,4 %. Ces résultats dépassent les prévisions des autorités locales ou des institutions internationales, notamment en matière industrielle et pour le revenu individuel [2]. Enfin, le système de compensation financière entre le Nord et le Sud fonctionne parfaitement jusqu'au début des années soixante. Les investissements privés de l'OCDE passent de 2,6 milliards de dollars annuels entre 1956 et 1960 à 3,2 milliards entre 1961 et 1965, tandis que les aides officielles s'établissent pour les mêmes périodes à 4 et 6 milliards de dollars. En retour, les exportations des pays sous-développés augmentent de 3,8 % par an pendant les années cinquante, puis de 6,6 % durant la décennie suivante. De ce point de vue, le déficit permanent de la balance des paiements courants – près de 4 milliards de dollars annuels de 1955 à 1966 – représentait le prix d'une croissance rapide et déséquilibrée plutôt qu'une menace sur l'équilibre mondial des paiements.

En revanche, la détérioration des termes de l'échange et le repli du tiers monde dans le bilan commercial du monde constituent des menaces, ignorées mais graves à moyen terme. Depuis la Première Guerre mondiale jusqu'à la fin des années

1. Cf. les bilans établis par G. Blardonne, *Progrès économique dans le tiers monde*, Paris, Librairie sociale et économique, 1972-1973, et le rapport Pearson, *Vers une action commune pour le développement du tiers monde*, Paris, Denoël, 1971.

2. Ainsi, les prévisions des plans ont-elles été dépassées dans trente-quatre pays sur quarante-cinq dans les années soixante.

quarante, le tiers monde avait accru sa part dans les échanges internationaux en même temps qu'il bénéficiait d'une amélioration des termes de l'échange – notamment grâce à la baisse des coûts de transport – jusqu'en 1928, puis, pour certains, d'une chute moins violente du prix des matières premières par rapport au prix des articles manufacturés pendant la crise, enfin des effets des guerres chaudes ou froides sur le prix des produits bruts. Contrairement à une idée reçue, le temps des colonies n'avait nullement coïncidé avec le pillage des nations, et, au lendemain de la guerre de Corée, celles-ci espéraient profiter d'une manne commerciale. Or, c'est l'inverse qui se produit : à partir de 1953, malgré l'expansion des ventes de pétrole, la part du tiers monde régresse constamment, si bien qu'en 1956 celui-ci se retrouve au niveau de 1928 et à celui de 1914 en 1964 [1]. Parallèlement, on observe une détérioration des termes de l'échange et de la balance commerciale, avec une première pointe en 1957, une seconde en 1967 et un déficit annuel moyen de 2,9 milliards de dollars pour les années 1953-1960 et de 1,8 milliard pour la décennie soixante. Ce déficit, mineur en termes absolus, est préoccupant parce qu'il recouvre des décalages importants entre les pays pétroliers excédentaires et les autres, qu'il devient structurel et surtout qu'il absorbe les trois quarts des montants de l'aide financière accordée par les pays industriels à partir de 1964-1965.

Sans qu'ils en prennent conscience, les pays sous-développés sont victimes de leur propre concurrence, des progrès techniques qui réduisent la part des matières premières dans l'industrie et de l'intensification des relations commerciales

---

1. **Commerce extérieur et termes de l'échange du tiers monde**

	Import. (en milliards de $)	*Export.*	*% du monde*	*Tiers monde* (Termes de l'échange, 100 = 1963)	*Pays ind.*
1928	6,5	7,6	23,0		
1938	5,8	5,9	25,0	83	96
1950	17,3	18,7	31,0	112	91
1955	22,5	23,0	23,5	106	96
1960	30,0	27,6	21,5	102	99
1965	42,0	40,5	19,0	101	101
1970	56,3	56,5	18,0	94	103

entre pays développés. En outre, les limites de l'ISI se font sentir dès la fin des années cinquante, particulièrement en Amérique latine : l'expansion industrielle se trouve entravée par le coût croissant de la technologie importée et par une spécialisation contraignante dans certains créneaux du marché mondial, le plus souvent à faible valeur ajoutée. Les pays neufs sont pris dans un dilemme entre leur pessimisme initial à l'exportation – confirmé par leur attitude protectionniste – et les contraintes d'une industrialisation de plus en plus interdépendante. Pour tenter d'y échapper, le Mexique, le Brésil ou l'Inde s'efforcent d'écarter les produits de la technologie de pointe et de privilégier la longévité des appareils : la majorité des automobiles en circulation dans les années soixante sont des modèles conçus par Fiat, Morris ou Volkswagen dix ans auparavant.

La combinaison de ces éléments n'autorise pas l'emploi du terme « révolution industrielle », même si l'adoption de techniques industrielles adaptées aux conditions économiques du tiers monde constitue effectivement une rupture révolutionnaire par rapport aux modes de production traditionnels. Se contenter de définir la modernisation d'une économie *contre* la tradition conduit à instaurer des critères sélectifs fondés sur une symétrie des concepts. Or non seulement il existe des traditions différentes, mais la notion même de tradition n'est ni résiduelle ni immuable. Enfin, les priorités accordées au processus de modernisation industrielle supposent implicitement que le sous-développement est dû à la survivance d'institutions archaïques et à l'existence de pénurie de capitaux dans des régions qui sont demeurées isolées des grands courants d'industrialisation. Cela revient à considérer que la modernisation industrielle est une vertu en soi et qu'il est indispensable d'appliquer un modèle de croissance importé du monde capitaliste ou socialiste. Or la période 1950-1965 montre que la modernisation se surimpose à la tradition, qu'elle la supplante dans certains cas, mais qu'elle ne la supprime pas. Au Chili, en Inde et au Venezuela, on compte, en 1965, plusieurs marques d'automobiles pour une production qui n'excède pas 50 000 véhicules par an. Les prix de vente de ces véhicules sont quatre à cinq fois supérieurs à ceux de voitures importées, si bien que la Banque mondiale soulignait que l'ensemble des pays sous-développés avait dépensé 2,1 milliards de dollars pour produire un matériel automobile dont la valeur sur le marché mondial était évaluée à 800 millions de dollars. Dans la mesure où la modernisation industrielle des années cinquante impliquait une dépendance technologique et financière accrue, elle s'est vite avérée facteur de croissance, non de développement.

De la sorte, le retard des pays neufs sur l'OCDE se creusa [1], car la poussée industrielle s'était révélée insuffisante, en regard du boom démographique, pour enclencher le mécanisme vertueux de la consommation domestique. Au contraire, la plupart des ouvriers et des paysans s'étant appauvris en termes réels, la situation fut génératrice de tensions internes à l'échelle du tiers monde, où les écarts se précisaient entre les nouveaux pays industrialisés – avec un taux de croissance du revenu par tête de 3 à 7,5 % l'an –, les pays producteurs de pétrole – avec un taux de 2 à 8 % – et les pays les moins avancés, dont les taux progressaient de 1 % les bonnes années. Au milieu des années soixante, le schéma de l'ISI apparut trop rigide et incapable de briser les résistances locales au changement. En imposant des prix artificiellement bas aux producteurs agricoles, en pratiquant un protectionnisme sélectif, le Brésil, le Ghana, le Chili ou la Jamaïque avaient modifié les termes de l'échange intérieur, mais n'avaient pas suscité d'élan général. La majorité pauvre s'est peu mobilisée pour un effort à court terme dont les résultats semblaient hypothétiques. Les entreprises industrielles modernes se transformèrent en employeurs de dernier recours pour absorber la main-d'œuvre locale; les effectifs devinrent pléthoriques, et l'insuffisance de stimulation des cadres ou des ouvriers contribua à perpétuer la sous-productivité des sociétés.

Les pays neufs s'efforcèrent alors de modifier par eux-mêmes leur stratégie industrielle. En dépit des intentions louables proclamées par l'ONU [2], l'aide internationale était en effet insuffisante dans son montant et géographiquement concen-

1. En 1950, l'écart entre les PNB par tête de l'OCDE et du tiers monde est de 2 190 dollars; en 1973, de 4 190 dollars.

2. Ainsi, la résolution 1803, votée en décembre 1962, qui précise la souveraineté des peuples et des nations sur les ressources naturelles de leurs territoires. La première CNUCED (Conférence des Nations unies pour la

trée. Les pays de l'OCDE consacraient 0,34 % de leur PNB à l'aide au développement dans les années soixante [1], et les pays socialistes 0,11 %. Les chiffres de l'OCDE étaient à la fois inférieurs aux propres objectifs de l'organisation, fixés à 0,7 %, et aux demandes de l'ONU, qui, dès la première CNUCED, avait chiffré à 1 % le montant minimal de l'aide globale. De plus, cette aide était largement fonction des préoccupations politiques : les Soviétiques en dirigeaient les deux tiers vers la Corée du Nord et Cuba, les Américains et les Français 40 % respectivement vers Israël et les départements et territoires d'outre-mer.

Face à de tels handicaps, l'interventionnisme initial se mue en une politique économique drastique, transformation qui s'accompagne de l'arrivée au pouvoir des militaires ou d'une militarisation des régimes. En dehors de toute contingence politique, le recours à l'armée paraît garantir une lutte efficace contre la corruption, le gaspillage et l'inflation, en même temps qu'il rassure les pays créditeurs quant à la fermeté de la stratégie industrialisatrice et à la préservation de leurs intérêts. Les militaires ne sont-ils pas les meilleurs – et souvent les seuls – représentants des élites montantes ? L'Asie du Sud-Est est ainsi contaminée par une logique économique militaire, depuis Taiwan et la Corée du Sud jusqu'à la Birmanie, la Corée du Nord, l'Indonésie, les Philippines et, enfin, la Thaïlande. Cette mise entre parenthèses de la démocratie vise à rétablir brutalement l'équilibre des comptes extérieurs et à imposer des conditions de production telles que puisse jouer au maximum l'avantage tiré du bas niveau des salaires locaux. Tout au long des années soixante, la présence des militaires apparaît comme la sanction de l'échec de l'ISI, le recours naturel de populations appauvries et le préalable à la mise en œuvre de nouvelles politiques industrielles.

Ces dernières se réduisent à quelques types principaux : l'insertion sur le marché international – par le biais des multi-

---

croissance et le développement) se tient à Genève en mai 1964. C'est à cette occasion que se constitue le groupe des 77 aux fins de défendre les intérêts des producteurs.

1. Seuls la Norvège et les Pays-Bas consacrent plus de 1 % au titre de l'aide publique ; la Suède, la France, le Danemark de 0,7 à 0,9 % ; les États-Unis 0,6 % à partir de 1964.

nationales ou de manière autonome – et les stratégies autocentrées. La Corée du Sud offre, à partir de 1961, l'exemple d'une industrialisation fondée sur l'avantage de main-d'œuvre, comme clef de l'internationalisation. Les capitaux japonais et américains sollicités bénéficient d'avantages fiscaux pendant huit ans, les entreprises de prêts à faible taux d'intérêts, de primes à l'exportation et de salaires autoritairement comprimés jusqu'en 1972. En contrepartie, le général Park Chung-hee impose des secteurs industriels prioritaires qui vont des branches à prix de revient minime et/ou incorporant un maximum de valeur ajoutée aux secteurs lourds dans le cadre d'un plan quinquennal [1]. Ainsi se créent des complémentarités qui permettent à l'industrie sud-coréenne de remonter les filières techniques en l'espace de dix ans et d'exporter pour 3,2 milliards de dollars de marchandises en 1973, soit un centuplement de la valeur des exportations en treize ans. Après avoir vécu de la manne civile – 3,9 milliards de dollars – et militaire – 2,5 milliards – des États-Unis jusqu'en 1965, la Corée du Sud devient une puissance industrielle comparable à l'Argentine et sans grande rivale en Asie du Sud continentale.

Une ambition similaire animait les militaires brésiliens lorsqu'ils décidèrent d'abandonner l'ISI après leur prise du pouvoir en 1964. Mais, sous la conduite de l'économiste Delphim Netto, ils choisirent de privilégier exclusivement l'appel aux sociétés multinationales, en leur assurant la primauté sur le marché local. Disposant d'une industrie de consommation, les autorités brésiliennes entendaient profiter de la présence des multinationales pour combler le retard en matière technologique, résorber le chômage chronique et utiliser les profits dégagés aux fins d'investissements grâce à une législation restrictive sur les rapatriements de capitaux. Ainsi s'établit un modèle industriel comparable à celui de la Corée quant à la compression des salaires [2] et aux facilités fiscales ou finan-

1. Parmi les premières, la chaussure, les composants électroniques simples et les vêtements; parmi les secondes, les aciers, les chantiers navals, la construction mécanique et la chimie lourde.

2. Les autorités réussirent même, en 1968, à imposer une indexation semestrielle des revenus, ce qui, compte tenu d'une inflation mensuelle voisine de 6 %, revenait à institutionnaliser le retard des salaires.

cières consenties aux entreprises étrangères. Mais le partage des tâches restait strict, les multinationales se concentrant sur l'exportation vers les pays industriels et la conquête du marché de consommation durable, les sociétés nationales – animées par un fort secteur public [1] – exportant vers le tiers monde ou accaparant les secteurs stratégiques. Le résultat fut, là aussi, spectaculaire : en 1973, le Brésil exportait pour 3,5 milliards de dollars de biens industriels contre 75 millions dix ans auparavant. Le « miracle industriel brésilien » apparaissait si prometteur que le pays reçut près d'un cinquième de l'ensemble des investissements réalisés par l'OCDE dans le tiers monde. Pour la première fois, le modèle brésilien évinçait son concurrent argentin.

Par beaucoup d'aspects, la stratégie adoptée par l'Algérie rejoint les précédentes : même priorité absolue au financement de l'industrialisation, avec des chiffres records, puisque le taux d'accumulation du capital atteint un tiers de la PIB en 1972 ; efforts analogues de formation de la main-d'œuvre et diversification de l'outil de production ; compression maximale de la consommation individuelle. Là s'arrête cependant la comparaison, car les autorités algériennes se sont efforcées de combiner un schéma original avec la modernisation de l'ISI. A partir de 1965-1966, Abdesselam Belaïd, ministre de l'Industrie, s'inspirant des analyses de l'économiste français G. Destranne de Bernis sur la dépendance industrielle du tiers monde, met en œuvre une politique d'« industries industrialisantes ». De grandes unités sidérurgiques et pétrochimiques doivent susciter des pôles de développement, agrégeant des industries de biens intermédiaires et d'équipement. L'avantage initial est d'homogénéiser la politique industrielle, sous le contrôle d'une puissance publique qui dirige les soixante-dix-sept sociétés nationales, puis d'échapper à la contrainte extérieure, grâce à une utilisation judicieuse de la rente pétrolière. En revanche, les choix industriels paraissent particulièrement hasardeux et relèvent en fait d'une double illusion mimétique, celle d'un passage obligé par les industries de base et celle des vertus d'une planification rigoureuse. Ainsi s'expliquent les

1. En 1973, on compte cinq cents entreprises publiques, et le montant des investissements atteint 61 % du total industriel.

résultats paradoxaux d'un pays dont la valeur ajoutée et l'emploi industriels ont doublé entre 1966 et 1973, mais qui a construit des cathédrales industrielles dans le désert, tournant à 60 % de leur capacité, employant une main-d'œuvre peu qualifiée, surabondante et dont la productivité régresse constamment à partir de 1967. L'Algérie a un projet industriel, elle ne se donne ni les moyens humains de le réaliser ni la peine d'en vérifier la pertinence, les slogans et le soutien de l'armée servant de caution.

Ces diverses ambitions reposaient peu ou prou sur la certitude que l'augmentation des ressources anticiperait l'accélération de la croissance démographique. Or cette harmonisation a fait défaut. Outre des ajustements brutaux, du type de ceux suggérés par Malthus, le tiers monde a subi une inflation démographique, tandis que les industries naissantes n'ont pas pu lever l'hypothèque de la demande rurale. Pendant deux décennies, tout se passe comme si le progrès industriel ne parvenait pas à susciter une prise de conscience de la réalité du changement démographique et de la nécessité d'une transition rurale harmonieuse.

Les problèmes essentiels : la vie et la terre

Les années cinquante voient d'abord la confirmation d'une évolution entamée après 1918, en même temps qu'un changement d'échelle dans les performances démographiques (voir tableau).

En l'espace d'une génération, les pays du tiers monde voient se conjuguer les effets liminaires de la transition démographique – marqués par une chute brutale de la mortalité infantile – avec le maintien de taux de natalité élevés. Les progressions les plus lentes s'établissent à 2 % pour la décennie cinquante puis à 2,4 % dans les années soixante ; les plus rapides à 2,5 % puis 3 %. Facteurs historiques, comportements familiaux et justifications politiques contribuent à cet élan sans précédent. Durant la Seconde Guerre mondiale, les populations d'Asie et du Moyen-Orient avaient réalisé des progrès dans la lutte contre les épidémies grâce aux vaccinations généralisées et à l'amélioration des installations sanitaires, qui amplifiaient les premières mesures prises à l'époque

L'évolution démographique

	1940		*1950*		*1960*		*1970*	
	P	*%*	*P*	*%*	*P*	*%*	*P*	*%*
Asie du Sud	610	26,5	700	28,0	870	29,0	1 125	31,0
Asie de l'Est	565	24,5	600	24,0	700	23,5	830	23,0
Afrique	190	8,0	225	8,5	275	9,0	345	9,5
Amér. lat. et Océanie	125	5,5	155	6,5	215	7,0	300	8,5
Total	*1 490*	*64,5*	*1 680*	*67,0*	*2 060*	*68,5*	*2 600*	*72,0*

P Population en millions d'habitants
% Pourcentage de la population mondiale

Source : Nations unies, *World Population Prospects as Assessed in 1980*, New York, 1981.

coloniale. La chute de la mortalité infantile – divisée par deux à trois en quelques années – apparaît comme une « aubaine économique », pour des familles qui obtiennent rapidement de nouvelles ressources grâce au travail de cette main-d'œuvre, et pour les régimes libéraux ou socialistes qui excluent *a priori* l'idée d'un éventuel surpeuplement. Seules les années de famine peuvent inciter à l'adoption de mesures antinatalistes, l'espace de quelques années [1]. D'une façon générale, l'hostilité systématique des peuples du tiers monde à l'égard des politiques malthusiennes se prolonge jusqu'au milieu des années soixante et se nourrit des rumeurs ou des échecs que rencontrent ces pratiques nouvelles. Obnubilés par la force du nombre, les habitants négligent les dangers d'un rythme d'accroissement démographique trop soutenu.

Les mauvaises récoltes de 1952 et surtout de 1965-1966 hâtent la prise de conscience du péril alimentaire. Après vingt-cinq ans d'équilibre entre production et population, la plupart des pays se trouvent menacés par le déficit de leurs productions céréalières ou par le retard pris sur le boom démographique. En Amérique latine, le déficit céréalier passe de 4 à 12 millions de tonnes [2] entre 1950 et 1970 ; en Afrique et en

1. Ainsi en Chine, de 1955 à 1957 et de 1962 à 1965. Dans les années cinquante, seuls deux pays, l'Inde et l'Irak, ont une politique systématique de freinage de la population. En 1965, ils sont huit ; en 1970, trente-trois.

2. Chiffres calculés par P. Bairoch, *op. cit.*, p. 180.

Asie, seuls une dizaine de pays parviennent à augmenter la production alimentaire par tête de plus de 10 % en vingt ans. Au total, près des quatre cinquièmes du tiers monde demeurent exposés au risque de famine, et les exemples chinois puis indien montrent la précarité d'un équilibre alimentaire. Pour autant, la catastrophe mondiale annoncée par René Dumont [1] ou les experts de la FAO ne s'est pas produite, en raison d'abord de l'approvisionnement régulier et massif – jusqu'à 15 % des productions céréalières nationales pour le Moyen-Orient – fourni par les pays industriels, puis du succès initial des révolutions vertes. Celles-ci consistent à associer l'utilisation de semences sélectionnées à haut rendement adaptées aux climats des pays sous-développés avec la mise en place de techniques agricoles modernes – engrais, drainage et irrigation. L'objectif est de contrecarrer les effets de la loi des rendements décroissants, liée à la réduction de la superficie disponible par travailleur. En 1956, les premières semences de blé font leur apparition, suivies en 1966 par le riz et l'emploi massif d'engrais chimiques, avant que de nouveaux produits céréaliers soient utilisés à partir de 1968. A chaque occasion, les régions bénéficiaires de ces innovations connaissent une forte hausse de la production, sans que d'autres transformations soient apportées : entre 1960 et 1970, les rendements en blé du Pendjab passent de 12 à 20 quintaux à l'hectare [2].

Pourtant, l'hypothèse d'un « miracle vert », complaisamment répandue à la fin des années soixante, est démentie par la progression ralentie de la production alimentaire par habitant, le creusement généralisé du déficit céréalier et la récurrence des famines dans les pays les plus attardés. Les pays du tiers monde ont su faire face au défi démographique, mais ils n'ont en rien comblé les carences alimentaires de leurs peuples en produits d'origine alimentaire animale et restent à la merci du bon vouloir des pays industrialisés. Le slogan « *Trade not aid* » illustre l'impuissance de ces jeunes nations, mais il évacue aussi la responsabilité des dirigeants locaux dans l'échec généralisé des révolutions agraires, qui constitue l'explication

1. R. Dumont et B. Rosier, *Nous allons à la famine*, Paris, Seuil, 1966.
2. Dans l'ensemble du tiers monde à économie de marché, les rendements de blé augmentent de 2,1 % l'an et ceux de riz de 1,3 %.

essentielle du problème alimentaire. Les modalités des transformations et le degré d'échec sont naturellement différents suivant les pays, mais force est de constater qu'entre 1946 – date de la réforme modèle du Japon – et 1972 aucun succès complet n'a été enregistré.

Les révolutions agraires se caractérisent d'abord par une redistribution partielle ou totale des terres au profit des paysans individuels. Le premier obstacle est celui de la superficie concernée, systématiquement insuffisante dans les pays à économie de marché : la réforme de 1963 au Maroc concerne seulement 456 000 hectares appartenant à des colons européens et intervient sept ans après l'indépendance, ce qui a permis à nombre de propriétaires de vendre leurs exploitations. De même, les quatorze pays d'Amérique du Sud qui ont entrepris des réformes dans la décennie soixante ont offert des surfaces limitées, de qualité médiocre et ont supporté des coûts d'indemnisation puis de colonisation élevés. Si les réformes agraires socialistes échappent en général à cette contrainte, puisque la terre appartient à la collectivité ou à l'État, la restitution des exploitations individuelles à l'État et l'entrée dans les coopératives entraînent une réaction unanime de rejet, comme en Chine à partir de 1953 ou en Tanzanie de 1967 à 1972.

En second lieu, les réformateurs se heurtent au dilemme surpeuplement rural/efficacité économique. Ceux qui, tels le chah d'Iran en 1962 ou Nasser en 1964, ont privilégié la formation d'une classe nombreuse de petits propriétaires se trouvent contraints de fragmenter à l'excès les sols, si bien que la modernisation des techniques s'effectue trop lentement pour assurer l'approvisionnement du pays. Les autorités cristallisent alors les ressentiments des grands propriétaires dépossédés – par exemple le clergé chiite iranien –, des paysans incapables d'acheter des terres, même à des prix avantageux, et d'une partie de la nouvelle petite-bourgeoisie rurale, endettée, qui est tentée par le départ à la ville, exode qui va à l'encontre des objectifs gouvernementaux. Le destin des tentatives socialistes est plus long à se dessiner, mais l'échec est radical, qu'il s'agisse des communes populaires chinoises lancées en 1958, des villages communautaires tanzaniens ou de l'expérience cubaine. La réorganisation arbitraire de l'espace rural ne peut s'appliquer que par la coercition, mais celle-ci déclenche un ressentiment et une désorganisation tels que la productivité s'effondre et que les résultats sont inférieurs à ceux des années antérieures à la réforme. Tandis que les paysans renâclent, des cadres incompétents en matière agraire miment la révolution verte et la modernisation industrielle, dans l'espoir d'afficher des courbes de croissance spectaculaires. Dans le pire des cas, la famine artificiellement suscitée par tant d'incurie fait, comme en Chine, 20 millions de morts officiellement reconnus; toujours, cette sorte de répétition de la dékoulakisation aboutit à une impasse.

A l'exception des réussites tardives de la Corée du Sud ou de Taiwan, ces résultats décevants illustrent l'incapacité des pays neufs à créer des emplois, fournir des revenus, gagner et économiser des devises simultanément grâce à l'agriculture. Pour n'avoir pas su ou voulu élaborer de calendrier précis, des pays comme la Turquie et le Mexique se sont surmécanisés, et de manière prématurée. De même, les dirigeants ont-ils négligé la recherche d'un équilibre entre productivité et main-d'œuvre: malgré ses richesses naturelles, l'Argentine des années soixante ne parvient pas à s'imposer face à ses concurrents australiens ou canadiens.

En fait, le développement ne s'accompagne pas d'un recul prolongé absolu de la pauvreté; au début des années soixante-dix, aucun équilibre ne se dégage clairement entre les implications de la croissance et sa répartition. Ainsi, de 1965 à 1973, quarante-sept pays ont vu leur montant de calories par habitant augmenter et dix diminuer. De même, les progrès de l'espérance de vie ne révèlent pas les prémices d'une croissance plus équitable: la variole, le choléra, le paludisme tuent moins de gens qu'en 1950, mais 20 % d'habitants n'ont pas commodément accès à une source d'eau potable ou à un égout. Ces observations, qui s'appliquent au logement ou à l'enseignement, permettent de comprendre pourquoi l'insatisfaction est plus manifeste vingt ans après les indépendances, alors que les projections de croissance ont été souvent dépassées. Les modèles de vie suscités par la civilisation technicienne se sont ainsi diffusés, mais sous une forme culturelle qui anticipe l'ajustement économique. Entre 1950 et 1960, le nombre des postes de radio passe de 2 000 à 50 000 en Jordanie, celui des téléviseurs de 7 à 93 pour 1 000 Libanais entre 1958 et 1970; enfin, la fréquentation et le nombre des salles de cinéma par habitant sont supérieurs aux standards européens dans tous les pays du Golfe. Conséquence logique, ces consommations deviennent contradictoirement les symboles de l'intégration et de la corruption des sociétés par l'Occident.

Or, ces peuples découvrent au même moment que la transition culturelle sera ralentie par la montée des problèmes financiers. En 1966, la dette publique extérieure des pays latino-américains atteint 11 milliards de dollars contre 4 milliards dix ans auparavant. Et cette dette double de nouveau entre 1968 et 1974. La course aux milliards de l'Occident entraîne des charges qui représentent en moyenne le quart de la valeur des exportations : le mécanisme du cercle vicieux de l'assistance, de l'endettement et de la croissance chaotique est en place. Comment échapper alors à la menace du sous-emploi chronique et surmonter les frustrations consuméristes, si ce n'est en tentant de modifier le rapport de force politique ? Imposer un cartel politique à des fins économiques et sociales, telle est la stratégie qui se dessine à partir de 1969.

Problèmes politiques

L'évolution politique du tiers monde contredit à bien des égards les espoirs placés par les pères fondateurs comme par les anciennes métropoles dans une adaptation rapide aux principes et aux mécanismes de la démocratie représentative. A quelques exceptions près, dont celle de l'Inde est la plus manifeste, les régimes constitutionnels issus de la décolonisation, qu'ils soient de type parlementaire ou présidentiel, mais fondés en principe sur le pluralisme et la séparation des pouvoirs, ont rapidement dégénéré vers l'autocratie, sans pour autant garantir la stabilité politique. Une telle dérive autoritaire est imputable à de multiples facteurs, pour partie légués par l'ère coloniale, pour une autre liés aux structures ethniques ou sociales des pays considérés : l'absence d'une tradition étatique antérieure au sentiment national, l'insuffisante cohésion d'États souvent pluri-ethniques ou pluri-religieux ancrés parfois dans un cadre territorial artificiellement tracé, la faiblesse d'une conscience démocratique fondée sur un apprentissage à peu près inexistant du débat politique et un tissu social inapproprié. Si l'on admet volontiers que la démocratie occidentale demeure un idéal difficile à atteindre en raison du sous-développement économique et de la fragilité des jeunes États, l'infléchissement vers un présidentialisme renforcé n'est en soi ni surprenant ni condamnable, d'autant moins que celui-ci peut s'identifier à un dirigeant charismatique dont le nom est associé à la conquête de l'indépendance. Mais l'instauration du parti unique, ou simplement dominant, a pour effet de dénuer de toute substance les consultations électorales et revient, parmi d'autres fonctions, à légitimer un pouvoir dictatorial. Échappant à tout contrôle légal, une administration pléthorique, recrutée sur la base du clientélisme ethnique ou politique, compense par la corruption la minceur de ses revenus et par la multiplication des passe-droits l'inertie de sa gestion. Rares sont par ailleurs les pays qui échappent à l'intervention politique de l'armée, qui apparaît comme la seule alternative à l'échec ou à l'instabilité du pouvoir civil. Issu généralement des classes moyennes, doté d'un certain bagage technique, le corps des officiers aspire tôt ou tard à transposer au niveau national les valeurs d'ordre et de modernisation admises dans ses rangs. D'où l'orientation progressiste, voire révolutionnaire, de nombreux coups d'État, qui, au reste, ne débouchent pas inévitablement sur l'instauration d'un régime militaire. L'institutionnalisation progressive du pouvoir militaire n'en est pas moins constante à partir des années soixante. Les pays concernés peuvent y gagner parfois en stabilité, mais rarement en efficacité ou en moralisation de la vie politique.

Terre classique de l'instabilité constitutionnelle et des pronunciamientos, l'Amérique latine présente les visages les plus variés du présidentialisme. Solidement encadré par la règle du mandat unique et l'omniprésence du parti révolutionnaire institutionnel, le Mexique offre peu de prise au pouvoir personnel, à la différence des petits États d'Amérique centrale, où fleurissent les dictatures militaires (Batista à Cuba jusqu'en 1959, Trujillo à Saint-Domingue de 1930 à 1961) ou familiales (familles Somoza au Nicaragua depuis 1936, Duvalier à Haïti depuis 1957). Dans le continent sud-américain, la tendance la plus générale est, dans les années d'après guerre, l'affirmation des dictatures populistes, qui, portées par une excellente conjoncture [1], savent faire œuvre utile dans le domaine économique et social. Le modèle en est le justicialisme argentin, incarné durant la décennie 1945-1955 par le colonel (puis général) Peron, qui a établi avec les syndicats un régime combinant progressisme et fascisme dont la popularité doit beaucoup à l'activité inlassable d'Eva Peron en faveur des *descamisados*. On en trouve d'autres exemples avec, au Brésil, la dictature de Vargas [2], prolongée de façon atténuée par la présidence de Kubitschek, fondateur de Brasilia. Les dictatures du colonel Ibancz au Chili, du général Rojas Pinilla en Colombie, du général Jimenez au Venezuela, sont des imitations plus ou moins réussies du justicialisme, dans l'ensemble peu efficientes. Plus originale est la révolution anti-oligarchique entamée en 1952 en Bolivie, sous l'impulsion du Mouvement nationaliste révolutionnaire, mais appelée à s'assagir sous la pression américaine, tandis que, mettant fin à une instabilité endémique, le général Stroessner établit en 1954 une dictature particulièrement brutale au Paraguay.

Victime de la dégradation de la conjoncture économique et de son conflit avec l'Église, Peron est renversé en septembre 1955 par l'armée, inquiète des outrances verbales du dictateur, qui s'exile à Madrid. D'une façon générale l'alliance de l'armée et des oligarchies terrienne ou capitaliste, menacées dans leurs prépondérances respectives, met progressivement fin aux tendances populistes. Cette orientation conservatrice s'accuse au début des années soixante en raison du retentissement de la révolution cubaine [3] dans les couches populaires et, pour un temps, dans la classe moyenne. Créée pour y faire face, l'Alliance pour le progrès, vaste plan de

1. Celle-ci profite surtout aux pays exportateurs de produits agricoles qui pourvoient à la pénurie européenne d'après guerre. En 1950, le relais est pris par la guerre de Corée, qui déclenche un relèvement substantiel du prix des matières premières. Le renversement de tendance s'opère vers 1955.

2. Contraint à la démission en 1945, Vargas est réélu à la présidence en 1950 et inspire une politique sociale qui se veut proche du travaillisme britannique. Sommé de se démettre par l'armée, Vargas se suicide le 24 août 1954.

3. Sur la prise du pouvoir de Fidel Castro et les étapes de la socialisation cubaine, cf. *supra*, p. 219-220.

modernisation économique et sociale lancé en 1961 par le président Kennedy, ne réalise que très partiellement ses promesses. L'extension de la guérilla paysanne ou urbaine, organisée dans la plupart des pays par de jeunes intellectuels séduits par l'expérience castriste [1], a pour effet de multiplier les coups d'État, dans lesquels les États-Unis sont plus ou moins directement impliqués. En 1964, l'armée brésilienne renverse le président Goulart, soupçonné d'orienter le pays dans une voie révolutionnaire. Les militaires qui lui succèdent (Castelo Branco, Costa e Silva) supervisent la répression brutale de toute forme d'opposition [2] et une politique économique ultralibérale. En République dominicaine, l'assassinat de Trujillo, le 30 mai 1961, avait ouvert la succession au réformiste Inan Bosch, soutenu par Kennedy mais presque aussitôt renversé. La poussée populaire contre les héritiers du trujillisme détermine le président Johnson à envoyer, avec une mince couverture panaméricaine, les *marines* à Saint-Domingue en avril 1965. Cette intervention, conduite dans la meilleure tradition du *big stick*, permet, après des élections douteuses, de porter Joaquin Balaguer, un fidèle de Trujillo, à la présidence. Si, depuis le coup d'État d'octobre 1968, la dictature des militaires péruviens se veut nationale et réformiste, il n'en va pas de même en Bolivie ni surtout en Argentine, où l'échec complet d'une lassante succession de généraux (Ongania, Levingston, Lanusse) prépare, en 1973, l'éphémère retour au pouvoir de Peron.

Dans les années soixante, le pouvoir militaire n'est pourtant pas exclusif de toute forme de régime démocratique. Longtemps exercée sur le mode le plus conservateur, la force politique de l'Église catholique évolue dans le sens des réformes, avec les encouragements de Jean XXIII. Une minorité se

1. Cette extension doit beaucoup à l'activité révolutionnaire de Che Guevara, depuis la publication de *la Guerre de guérilla* en 1960 jusqu'à sa capture le 8 octobre 1967 par l'armée bolivienne. Entre-temps, les *focos* ont essaimé en Uruguay (Tupamaros), en Colombie (FARC, MPL, M19), où ils sont particulièrement implantés, au Venezuela, en Bolivie, au Pérou, en Argentine et au Brésil, où prévaut une guérilla urbaine théorisée par Carlos Marighela, assassiné en 1970.

2. Cette répression est conduite par les forces classiques, mais aussi par des groupements occultes, tel l'Escadron de la mort, appelés à faire école par la suite en Argentine et au Chili.

rallie même à un radicalisme agraire proche du modèle castriste. Un courant démocrate-chrétien s'organise, embryonnaire en Colombie et au Pérou, plus puissant au Venezuela avec la présidence de Rafaël Caldera (1968-1974) et au Chili avec celle d'Eduardo Frei (1964-1970). L'expérience chilienne de « révolution dans la liberté » est intéressante à plus d'un titre, tant par l'ampleur des réformes amorcées, en particulier la réforme agraire et la « chilianisation » des richesses minières, que par l'impossibilité de satisfaire les revendications populaires sans remettre en cause les structures capitalistes. C'est cette contradiction qu'entend lever le mouvement de l'Unité populaire [1] formé en vue des élections présidentielles du 4 septembre 1970. Celles-ci permettent la désignation deux mois plus tard du socialiste Salvador Allende [2] à la tête de la République malgré les manœuvres de retardement déclenchées par une fraction de l'armée et les intérêts américains. La nationalisation complète du cuivre chilien (adoptée à l'unanimité par le Congrès), la radicalisation de la réforme agraire, la constitution d'un important secteur public, le relèvement des salaires et la multiplication des programmes sociaux sont ainsi menés à bien, mais dans un contexte rendu difficile par l'inflation galopante et le sabotage délibéré de l'expérience par les États-Unis. L'inquiétude des classes moyennes, qu'illustrent diverses grèves dont la plus impressionnante est celle des camionneurs en octobre 1972, la surenchère révolutionnaire exercée par le MIR ont pour effet de rejeter la démocratie-chrétienne dans une opposition intransigeante et d'attiser les tendances putschistes de l'armée. Paradoxalement, c'est le succès de l'Union populaire aux élections législatives de mars 1973, avec 43,5 % des suffrages, qui scelle son sort, dans la mesure où tout renversement constitutionnel est de-

1. Cette coalition regroupe les diverses tendances du parti socialiste, la gauche du parti radical, le très modéré parti communiste chilien, la fraction la plus réformiste de la démocratie-chrétienne (le MAPU) et le Mouvement de la gauche révolutionnaire (MIR), d'inspiration castriste.

2. Ami personnel de Fidel Castro et de Che Guevara, mais attaché aux voies légales, Salvador Allende avait déjà été le candidat des gauches en 1958 contre le conservateur Jorge Alessandri et en 1964 contre Eduardo Frei. Arrivé en tête aux élections de 1970, mais sans majorité absolue, il est désigné par le Congrès grâce au ralliement de la démocratie-chrétienne sur la base d'un statut de garanties constitutionnelles.

venu impossible. Compte tenu du blocage croissant des institutions, la formation d'un gouvernement ouvert aux commandants des diverses armes, après le putsch manqué de juin, peut sembler habile. Mais elle n'a d'autre effet que de faire entrer le loup dans la bergerie, surtout après la démission du général Prats. Son successeur, le général Pinochet, apprécié pourtant comme légaliste, n'hésite pas à trahir son serment constitutionnel. Le coup d'État militaire du 11 septembre 1973, préparé de longue date avec la CIA, provoque non seulement la mort du président de la République et de son entourage, mais ouvre pour le pays une sanglante terreur blanche et une longue dictature.

En Afrique, il est classique d'opposer la stabilité politique dont jouissent les États du Maghreb à l'instabilité chronique de l'Afrique noire. Cette opposition, qu'il ne faut pas systématiser, tient sans doute à un moindre degré de particularismes ethniques en Afrique du Nord, joint à une conscience nationale plus fortement trempée par la conquête de l'indépendance. Monarchie autocratique au Maroc, présidentialisme autoritaire en Tunisie, dictature collégiale de l'appareil en Algérie (du moins depuis 1965), ces trois régimes n'en ont pas moins été confrontés à un certain nombre de crises. Elles tiennent au Maroc à l'emprise de la monarchie chérifienne sur les rouages de la vie publique, surtout depuis l'avènement de Hassan II, en février 1961, qui n'a pas jugé bon de poursuivre l'ouverture démocratique tentée par Mohammed V. Après s'être séparé de l'UNFP [1], puis de l'Istiqlal, le roi a pris l'habitude de gouverner avec des politiciens gagnés par le favoritisme ou la corruption, tout en jouant habilement du sentiment national, d'abord lors du contentieux territorial avec l'Algérie, plus tard avec l'affaire du Sahara espagnol. Les principales crises se situent en 1965, avec les violentes émeutes de Casablanca durement réprimées par le général Oufkir, et en 1971-1972 à la suite de rébellions militaires dont la seconde

1. L'UNFP (Union nationale des forces populaires) est née en 1959 d'une scission de l'aile gauche de l'Istiqlal. Son principal dirigeant, Mehdi Ben Barka, a été enlevé à Paris et assassiné fin 1965 à l'instigation du général Oufkir et des services spéciaux marocains.

conduit Oufkir au suicide et le roi à un rapprochement avec les partis politiques. Une nouvelle Constitution est alors adoptée, plus libérale que la précédente, mais qui n'entame en rien la prérogative royale. La stabilité est plus nette encore en Tunisie, où Bourguiba s'est attaché d'emblée à renforcer son pouvoir et l'emprise de son parti. Après la fuite de son principal rival, Salah Ben Youssef, en Égypte [1] et la déroute du youssefisme, la monarchie est abolie en 1957 et une Constitution présidentielle promulguée en 1959. Le régime du parti unique est consacré peu après, le Néo-Destour devenant, au congrès de Bizerte de 1964, le parti socialiste destourien. Cette même année est adoptée une orientation économique planificatrice et socialisante inspirée par le leader syndical Ben Salah, mais qui cesse en 1969 en raison d'oppositions diverses. Le retour au libéralisme, incarné par Ahmed Mestiri, annonce une libéralisation du régime qui se concrétise par une plus large autonomie gouvernementale et une extension des prérogatives de l'Assemblée nationale. Mais ces concessions ne remettent en cause ni l'emprise du parti sur l'administration et les syndicats, ni les prérogatives du « Combattant suprême », maître dans l'art des révolutions de palais, qui se fait reconnaître en 1974 une présidence à vie.

Au terme d'une crise sanglante et complexe entre factions du FLN et wilayas, la direction de l'Algérie était revenue en 1962 à Ahmed Ben Bella, efficacement soutenu par le colonel Boumedienne, chef d'état-major de l'ALN. L'orientation du nouveau régime est révolutionnaire et socialiste, au sens nassérien du terme, tout en empruntant avec le parti unique et la mise au pas des syndicats des aspects proches de la démocratie populaire. Une Constitution de type présidentiel est adoptée le 8 septembre 1963, mais la socialisation accélérée des terres et des entreprises vacantes est menée de façon si chaotique que ni la mise en place de la coopération française ni la diversification de l'aide étrangère ne peuvent sauver le pays du désastre économique. Après le congrès du FLN, en avril 1964, qui radicalise encore l'orientation du régime, un complot militaire

1. Représentant la tendance nassérienne du Néo-Destour, Salah Ben Youssef a été assassiné en 1961 en Allemagne, vraisemblablement sur ordre de Bourguiba.

met fin, le 19 juin 1965, à l'expérience benbelliste et porte le colonel Boumedienne à la tête de l'État. Les principes marxisants de la charte d'Alger ne sont pas remis en cause, mais s'insèrent désormais dans une politique cohérente de développement qui assigne aux industries d'équipement le rôle moteur de la croissance. Politiquement, la direction du pays revient à un Conseil de la révolution de vingt-six membres. La mise en place des assemblées locales et la reconstruction de l'État sont menées avec ténacité, mais sans réelle adhésion de la population, indisposée par les excès bureaucratiques et, surtout dans les couches urbaines et chez les femmes, par un moralisme islamique qui contraste avec les choix occidentalistes des deux pays voisins. Le divorce ne cesse de s'aggraver entre la logomachie révolutionnaire et le comportement conservateur, parfois répressif, de l'appareil dirigeant.

En Afrique noire, l'espoir placé dans l'avènement de régimes constitutionnels stables, d'inspiration parlementaire dans les anciennes possessions britanniques, présidentielle dans l'ancienne Communauté française, a été rapidement déçu. La responsabilité en incombe sans doute aux puissances coloniales, par formation insuffisante de cadres compétents, voire par une « politique des races » cultivant à dessein les différences ethniques. Mais l'instabilité africaine doit aussi à la persistance de liens d'appartenance plus étroits (ethnie, région) ou plus larges (religion, négritude) que l'État. Le parti unique, ou dominant, s'est dès lors rapidement imposé, après la fonction catalysatrice du nationalisme, comme l'unique moyen de définir l'État, de maintenir la cohésion nationale face à la multiplicité des forces centrifuges et de mobiliser les masses autour d'un programme de développement. Une telle évolution a pu apporter la stabilité à un certain nombre de pays, mais elle n'a pas toujours coïncidé avec l'essor économique et le progrès social attendus, ni surtout avec un minimum de respect des droits de la personne. Sauf exceptions remarquables – Houphouët-Boigny, Senghor, Nyerere, Kenneth Kaunda –, le prestige personnel des pères fondateurs s'est rapidement émoussé. Les uns ont dû céder la place à plus ou moins brève échéance (Nkrumah et Azikiwe en 1966, Modibo Keita en 1968), d'autres se sont maintenus au prix d'une sanglante dictature (Sékou Touré, et sur un autre registre Hailé Sélassié).

La déposition et l'assassinat du président togolais Sylvanus Olympio, le 13 janvier 1963, ouvre l'ère des coups d'État militaires. Sans doute l'armée n'a-t-elle pas systématiquement recherché le pouvoir, en raison de sa formation apolitique et de son recrutement à dominante rurale. Mais elle apparaît assez vite comme la seule force de substitution à un pouvoir civil discrédité par l'autocratie, l'impuissance ou la corruption, même si son intervention répond à des motivations diverses [1]. Jusqu'au début des années soixante-dix, c'est une trentaine de putschs qui frappent ainsi une vingtaine d'États [2], renversant aussi bien des régimes « modérés » (Togo, Sierra Leone, Haute-Volta) que « progressistes » (Ghana, Mali, Ouganda). Le drame vient de ce que, s'installant aux commandes, l'armée n'est pas mieux à même de résoudre les problèmes légués par le pouvoir civil ni d'opérer une véritable moralisation de l'exercice du pouvoir. Répercutant parfois les clivages ethniques qui divisent les États, telle intervention militaire peut déclencher une réaction en chaîne de putschs et contre-putschs, plongeant certains pays comme le Dahomey (cinq coups d'État entre 1964 et 1972), le Burundi (quatre), voire le Soudan [3], dans une instabilité endémique. Il convient d'ajouter que certaines dictatures militaires, celle du « maréchal » Bokassa ouverte en 1967 après le renversement du président centrafricain Dacko, et celle d'Idi Amin Dada ouverte en Ouganda après la destitution de Milton Obote, en 1971, sont demeurées de sinistre mémoire.

Inspiré par Nkrumah, le regroupement des États africains

1. La restauration de l'ordre, la lutte contre la corruption, voire un projet « révolutionnaire » de croissance économique. Mais les considérations ethniques ne sont pas étrangères à certaines interventions, telles celles au Nigeria en 1966 et au Congo-Brazzaville en 1968.

2. Tous il est vrai ne réussissent pas, soit que, plus ou moins imaginaires, ils aient été « déjoués » par le pouvoir en place, qui s'octroie ainsi toute latitude répressive, soit qu'ils aient été réprimés par une intervention étrangère. La France intervient ainsi en 1964 au Gabon pour rétablir le président Mba et au Tchad en 1969 pour maintenir François Tombalbaye. En 1964, le président Nyerere fait appel aux troupes britanniques pour mater une rébellion militaire.

3. Plus tourné vers les pays de la Ligue arabe que vers l'Afrique noire, doté d'un parti communiste puissant, le Soudan connaît depuis son indépendance une instabilité politique chronique jusqu'à la stabilisation opérée en 1970 par le général Nimeiry.

s'est assigné pour tâches initiales l'accélération de la décolonisation et la lutte contre les menaces de néo-colonialisme, à plus long terme la recherche de l'interdépendance économique et la promotion des solidarités de tous ordres du continent. A la fin des années cinquante, Accra est bien devenu, pour un temps, la capitale du panafricanisme [1]. Mais le radicalisme de Nkrumah, son autocratisme et sa conception du « socialisme africain » soulèvent contre lui les gouvernements conservateurs. Dès 1960, la scission est consommée entre le groupe de Casablanca [2], se réclamant du panafricanisme actif, et celui de Brazzaville, réunissant la plupart des anciennes possessions françaises, auxquelles se sont joints le Nigeria et le Liberia. Plus durables et plus efficaces, quelques ententes régionales ont amorcé une coopération économique ou technique [3], mais la création la plus ambitieuse demeure l'Organisation de l'unité africaine, fondée à Addis-Abeba en 1963 grâce aux efforts de l'empereur Hailé Sélassié. La charte du 25 mai repose sur les principes d'égalité, de non-ingérence, de règlement pacifique des conflits et d'intégrité territoriale des États dans les frontières léguées par la décolonisation. Un secrétariat général siège dans la capitale éthiopienne, assisté de divers organes techniques, mais les décisions importantes sont prises à la majorité des deux tiers par la Conférence des chefs d'État et de gouvernement, en principe annuelle. Aux trente États fondateurs, la poursuite de la décolonisation a étendu le nombre à quarante-deux en 1972.

Pour être acceptable pour tous, dans ses principes comme dans ses rouages, cette institutionnalisation du panafricanisme s'est révélée décevante [4]. Sans doute a-t-elle poussé, mais

1. Conférences d'Accra d'avril et de décembre 1958.

2. Ce groupe comprend les États progressistes africains : Ghana, Guinée, Mali, Égypte puis Algérie, auxquels s'est curieusement adjoint le Maroc.

3. Par exemple le Conseil de l'Entente, fondé en 1959 par la Côte-d'Ivoire, le Dahomey, la Haute-Volta et le Niger, élargi au Togo en 1966; l'Union douanière de l'Afrique centrale (UDEAC) et celle de l'Afrique de l'Ouest. L'Organisation africaine et malgache a signé avec la CEE les conventions de Yaoundé I (1963) et II (1969). Des regroupements se sont opérés pour favoriser la mise en valeur d'un fleuve (Sénégal, Niger) ou la défense d'un produit d'exportation (café, cacao, arachide).

4. Cf. Ed. Jouve, *l'Organisation de l'unité africaine* (Paris, PUF, 1965), dont on peut trouver les conclusions parfois bien optimistes.

avec un succès inégal, à l'accélération de l'émancipation des dernières colonies, et arbitré quelques conflits secondaires comme le contentieux frontalier entre l'Algérie et le Maroc (novembre 1963). Mais l'Organisation n'a pu intervenir efficacement dans les deux conflits majeurs qui déchirent l'Afrique post-coloniale. Le premier est l'interminable guerre civile qui ravage l'ancien Congo belge, où, dans un contexte d'inflation, de misère et de corruption endémiques, le gouvernement central dirigé par Cyrille Adoula se révèle impuissant contre la balkanisation du pays, l'extension des rébellions armées et les massacres les plus divers. La crise culmine en 1964 avec le soulèvement de l'Est, le départ des derniers contingents de l'ONU, le remplacement d'Adoula par Moïse Tshombé et l'écrasement, par des mercenaires étrangers, de l'éphémère « République du peuple », d'inspiration lumumbiste, centrée à Stanleyville. La disgrâce de Tshombé, désavoué par le président Kasavubu, favorise, le 24 novembre 1965, le coup d'État militaire du général Mobutu. S'étant arrogé la présidence de la République, Mobutu institutionnalise par la suite son pouvoir dictatorial et le parti unique [1].

Plus tragique encore, la guerre du Biafra ensanglante la Fédération nigériane durant plus de deux ans. A l'origine, il s'agit d'un conflit entre l'ethnie Ibo, largement christianisée, riche d'une bourgeoisie entreprenante, assimilée au modernisme occidental, et les chefs musulmans du Nord, accusés de détourner à leur profit les richesses de la Fédération. En janvier 1966, le général Ironsi (un Ibo) s'est emparé du pouvoir, mais il est assassiné en juillet, tandis que sont massacrés quelque 30 000 Ibo disséminés dans le nord et l'ouest du pays. Le nouveau président, le général Gowon, chrétien mais bien vu des musulmans, tente de réduire la menace ibo par une division en trois de la province orientale. C'est contre cette décision que s'élève le colonel Ojukwu en proclamant le

1. Il s'agit du Mouvement populaire de la révolution (MPR), théoriquement dépositaire des valeurs « mobutistes » de l'authenticité africaine, chargé de faire disparaître les séquelles de la colonisation. S'il est vrai que la suppression de la structure fédérale du Zaïre (ainsi nommé depuis 1967) a favorisé l'unification du pays, la moralisation du pouvoir est restée très en deçà des intentions proclamées.

30 mai 1967 l'indépendance de la république du Biafra [1]. La richesse pétrolière du Biafra et la qualité des cadres ibo de l'armée biafraise sont initialement les principaux atouts de la sécession. Mais la Fédération a pour elle la supériorité du nombre et les soutiens extérieurs les plus agissants. Alors que les États-Unis s'en tiennent à une prudente expectative, plutôt désapprobatrice de la sécession, la Grande-Bretagne et l'URSS apportent au gouvernement de Lagos une aide militaire importante, la première par attachement à l'unité nigériane, la seconde pour se démarquer de la Chine (qui a pris position en faveur du Biafra) et pour rassurer les États africains modérés. Le Biafra ne peut compter que sur la sympathie du général de Gaulle et sur le soutien de quelques États africains [2]. Quant à l'OUA, après l'échec d'une tentative de médiation en mai 1968, elle s'en tient à la condamnation du séparatisme biafrais, conforme au reste à l'esprit de sa charte. Soumise à un blocus de plus en plus dur après la perte des ports du Sud, la résistance biafraise s'effondre en janvier 1970, au terme d'une guerre qui laisse environ 1 million de victimes. Et déjà se font jour les conflits interafricains qui prendront toute leur acuité dans les décennies suivantes : conflit somalo-éthiopien, conflit namibien, guerre civile au Tchad et au Soudan, question du Sahara occidental...

Dans le tiers monde asiatique, la démocratie parlementaire, qui paraissait devoir s'imposer en raison de l'empreinte européenne, et particulièrement britannique, a connu bien des vicissitudes. Seuls l'Inde et Ceylan en ont fait l'expérience durable. En Inde, après l'intégration rapide des États princiers, la Constitution de 1950 a entériné le système fédéral et bicaméral esquissé à la fin de l'ère coloniale, tout en délimi-

1. Le Biafra représente 14 millions d'habitants (dont 8 millions d'Ibo) et les deux tiers des ressources pétrolières du Nigeria.

2. Il s'agit de la Côte-d'Ivoire, du Gabon, de la Tanzanie et de la Zambie. La position du général de Gaulle semble moins déterminée par les intérêts pétroliers français installés au Biafra que par le ressentiment à l'égard du Nigeria, coupable d'avoir condamné les essais atomiques au Sahara. Le 13 mai 1968, la France décide l'embargo total sur les livraisons d'armes, mais il est certain que des armes françaises (ainsi que portugaises et sud-africaines) ont été destinées au Biafra *via* Libreville et Abidjan.

tant assez étroitement les compétences des dix-huit États de l'Union. Jusqu'à sa mort, en mai 1964, Nehru demeure Premier ministre, appuyé par le parti du Congrès, qui, avec généralement moins de 45 % des suffrages, domine les assemblées grâce à l'effet amplificateur du scrutin uninominal à un tour. Disciple de Gandhi, mais passionnément attaché à la modernisation économique de l'Inde [1], Nehru gouverne avec un réalisme qui peut prendre parfois quelque liberté avec les principes officiels de la non-violence et de la « plus grande démocratie du monde ». Ainsi en va-t-il avec la déposition du gouvernement communiste de l'État de Kerala, de la répression des mouvements sociaux ou des manifestations d'hostilité à l'officialisation de l'hindi dans les États du Sud. En dépit de son abolition constitutionnelle, l'intouchabilité n'est guère entamée, et la mainmise du Congrès sur l'administration entretient, d'autre part, une corruption endémique.

Après le gouvernement malheureux de Lal Bahadur Shastri, qui couvre le conflit indo-pakistanais et les terribles disettes des années 1965-1966, le rôle de Premier ministre est attribué à Indira Gandhi, fille de Nehru et de longue date associée au pouvoir, de préférence à Morarji Desai, jugé trop conservateur par le Congrès. Investie le 24 janvier 1967, elle se libère de la tutelle de l'aile droite du Congrès, d'abord en éliminant Desai du ministère des Finances, puis en constituant un « Nouveau Congrès » plébiscité lors des élections anticipées de mars 1971. Mais ce « gauchissement » de la vie politique, sensible aussi dans le domaine extérieur [2], va de pair avec un exercice de plus en plus personnalisé du pouvoir [3] et, à la faveur de l'état d'urgence proclamé depuis la seconde guerre indo-pakistanaise d'août 1971, avec une multiplication des atteintes aux libertés démocratiques.

Après la mort de son créateur, Mohammed Ali Jinnah, en 1949, et l'assassinat du Premier ministre Liagat Ali en 1951,

1. Réformes agraires de 1948, 1950 et 1957; plans quinquennaux de 1951, 1956 et 1961.

2. Traité indo-soviétique « d'amitié et d'assistance mutuelle » du 9 août 1971.

3. Outre la direction du gouvernement, Indira Gandhi assume conjointement ou successivement les ministères de la Planification, de l'Intérieur, de l'Information, de l'Énergie atomique, etc.

le Pakistan a connu une longue période d'instabilité, provisoirement close en 1958 à la suite du coup d'État du général Ayub Kahn. Le régime ainsi instauré, dit de « la démocratie de base », est de type présidentiel, modérément autoritaire et relativement efficace sur le plan économique. Mais la position d'Ayub Kahn est affaiblie par le bref conflit avec l'Inde en août-septembre 1965 et par l'opposition que suscitent, chez certains leaders politiques, tel Ali Bhutto, les clauses de l'arbitrage de Tachkent [1]. Son successeur, le général Yahia Kahn, se heurte à l'opposition croissante des Bengalis du Pakistan oriental. Ceux-ci ont sans doute obtenu précédemment diverses concessions d'ordre linguistique ou politique, mais se plaignent à bon droit de l'ostracisme qui pèse sur eux dans les domaines économique, administratif et militaire. Leur principal parti, la ligue Awami du cheikh Mujibur Rahman, présente un programme fédéral qui accorderait au Bengale une large autonomie, et obtient la quasi-totalité des sièges aux élections de 1970. L'ajournement *sine die* de la nouvelle Assemblée fait éclater des émeutes populaires à Dacca, réprimées avec une violence inouïe par l'armée pakistanaise [2]. Tandis que la guérilla s'étend aux campagnes, l'armée indienne pénètre fin novembre 1971 au Pakistan oriental et obtient, après trois semaines de combats, la reddition des forces du général Yahia. Son successeur, Ali Bhutto, doit consentir à la libération de Mujibur Rahman, qui devient, le 12 janvier 1972, Premier ministre du nouvel État de Bangladesh. La reconstruction des

1. Le conflit indo-pakistanais à propos du Cachemire remonte à la création des deux États en 1947, reposant sur un litige d'attribution d'une principauté à population majoritairement musulmane mais dirigée par un prince hindou ayant opté pour le ralliement à l'Inde. Partagé *de facto* par l'occupation des deux armées, et toute tentative internationale en faveur d'un plébiscite s'étant heurtée au désaccord des deux États, le Cachemire est officiellement annexé par l'Inde en 1957. Après l'échec de nouvelles négociations, un violent incident éclate le 5 août 1965. La guerre s'étend aux territoires des deux belligérants, sans supériorité évidente de l'un ou de l'autre. Après le cessez-le-feu ordonné par l'ONU le 15 septembre, l'URSS réussit à obtenir d'Ayub Kahn et de Shastri, réunis à la conférence de Tachkent (janvier 1966), la reprise de leurs relations diplomatiques, le retrait de leurs troupes sur les positions initiales et l'engagement de ne plus recourir à la force, sans que sur le fond le problème soit résolu.

2. Au moins 500 000 personnes tuées. Fuyant la répression, 8 millions de Bengalis, généralement de religion hindouiste, trouvent refuge en Inde.

deux États, particulièrement ardue au Bangladesh, est opérée selon des voies autoritaires.

En Asie du Sud-Est, l'inadaptation des structures sociales, l'existence d'une menace communiste extérieure ou interne, une réaction contre les schémas occidentaux dénoncés comme les derniers vestiges du colonialisme se sont conjuguées pour récuser plus ou moins rapidement les institutions démocratiques et mettre en place un pouvoir fort, souvent imposé ou soutenu par l'armée. Le leader de l'indépendance birmane, U Nu, se réclame d'un socialisme original, fondé sur le bouddhisme, théoriquement maintenu après le coup d'État de 1962 qui porte au pouvoir le général Ne Win. L'expérience libérale tourne court dès 1947, en Thaïlande, au profit d'une dictature militaire à façade constitutionnelle. Elle dure davantage en Indonésie, mais au prix d'une telle instabilité que le régime parlementaire est aboli en 1957 par le président Sukarno. Le système autoritaire qui s'ensuit est une « démocratie dirigée » aux accents populistes, dans lequel le parti communiste renforce son influence [1]. Cette évolution, jointe à la détérioration de la situation économique, facilite le coup d'État militaire du 30 septembre 1965 qui, de pair avec une atroce répression [2], porte au pouvoir le général Suharto, et avec lui la fraction la plus anticommuniste de l'armée soutenue par les milieux conservateurs musulmans. L'anticommunisme prévaut aussi aux Philippines [3], indépendantes depuis le 4 juillet 1946, où la collusion des *caciques* locaux et des intérêts américains a

1. Il inspire en particulier la nationalisation des compagnies pétrolières et la réforme agraire de 1959.

2. La participation du parti communiste à l'insurrection du 30 septembre est controversée, mais il en est à coup sûr la principale victime. A Java et à Bali, les communistes sont massacrés par centaines de milliers, les sympathisants jetés dans des camps. Par chauvinisme et fanatisme religieux, la répression atteint aussi la classe marchande chinoise. Impuissant à freiner ce déferlement de violences, Sukarno est contraint de céder ses pouvoirs à Suharto en mars 1966. Assigné à résidence, il meurt en 1970.

3. Le 8 août 1967 est signé à Bangkok le traité de l'ASEAN regroupant la Thaïlande, les Philippines, l'Indonésie, la Malaisie et Singapour, et dont le principal ciment est l'anticommunisme. Une coopération commerciale s'y est également esquissée.

déclenché la guérilla révolutionnaire des Huk. Les présidents successifs, tous issus du parti nationaliste, s'appliquent sans grand succès à donner un visage plus démocratique et moins corrompu à leur administration. Élu en 1965, le président Marcos négocie une réduction de la durée du bail des bases américaines, mais se laisse arracher l'envoi d'un contingent philippin au Vietnam. L'extension de la guérilla livrée par la NAP [1] et le séparatisme des musulmans de l'île de Mindanao le conduisent à instaurer la loi martiale en 1972.

L'insertion internationale

Le « coup de tonnerre » de Bandoeng n'est pas fortuit. Il s'inscrit dans la constitution d'un regroupement « afro-asiatique » esquissé lors de la conférence de New Delhi en janvier 1949 et dans la démarche neutraliste dont l'Inde prit la tête, en particulier lors de la guerre de Corée. Plus directement, il procède de l'inquiétude d'un certain nombre d'États asiatiques face à l'extension de la guerre froide à l'Asie du Sud-Est [2] et des problèmes économiques liés à la baisse brutale du cours des matières premières après le boom coréen. Présentée par les dirigeants indonésiens lors de la rencontre de Colombo [3], en avril 1954, l'idée d'une grande conférence afro-asiatique est acceptée d'emblée par le Pakistanais Mohammed Ali, mais se heurte un temps aux réticences de Nehru, qui ne s'y rallie qu'après la signature d'un accord sino-indien [4] et à la condition que la Chine, dont il souhaite faciliter l'entrée sur la scène asiatique, soit invitée.

Réunissant vingt-neuf États [5] (représentant 55 % de la po-

1. Nouvelle Armée populaire, qui a pris la relève des Huk, réduits pour la plupart en 1956.

2. Dégradation de la situation en Indochine, signature du pacte de Manille et première crise de Taïwan.

3. Qui réunit l'Indonésie, l'Inde, le Pakistan, la Birmanie et Ceylan.

4. Accord sur le Tibet du 29 avril 1954 et déclaration sino-indienne du 25 juin énumérant les cinq principes dits du *Panch Shila :* respect de l'intégrité et de la souveraineté, non-agression, non-immixtion, égalité dans l'échange et coexistence pacifique.

5. Les cinq pays de la conférence de Colombo invitèrent vingt-cinq pays dont un seul refusa, l'éphémère Fédération d'Afrique centrale dominée par

pulation mondiale) et les observateurs de quatre pays en lutte pour leur indépendance, la conférence de Bandoeng s'est ouverte dans l'île de Java le 18 avril 1955. D'emblée, les tendances pro-occidentales (Pakistan, Thaïlande, Philippines...) et neutralistes (Inde, Birmanie, Indonésie, Égypte...) s'affrontent, moins sur les thèmes du développement économique et culturel, qui réalisent facilement l'unanimité, que sur la répudiation du colonialisme et les modalités du maintien de la paix [1]. Il faut toute la diplomatie de Zhou Enlai pour parvenir à une condamnation générale du « colonialisme dans toutes ses manifestations » et l'énumération des « dix principes de la coexistence », qui empruntent à la fois au *Panch Shila* (Nehru) et aux « sept piliers de la paix » (Ali). Sont ainsi consacrés les principes de l'intégrité territoriale et de la souveraineté des États, de la non-agression mutuelle, de la non-ingérence dans les affaires intérieures, de l'échange réciproque, mais aussi de la légitimité des pactes défensifs, tous principes au demeurant peu originaux car directement tirés de la Charte des Nations unies. Six autres documents, relatifs à la coopération économique et culturelle, aux droits de l'homme, à la promotion de la paix, à la condamnation du racisme... complètent le dispositif et composent le communiqué final du 24 avril. Quelle que soit la part du mythe développée par la suite autour de Bandoeng, la portée de l'événement est considérable. Il constitue un encouragement à la poursuite de la décolonisation, mais surtout l'affirmation du tiers monde dans sa volonté de prendre en main son propre destin tout en participant à la construction d'un ordre mondial plus juste.

Afro-asiatisme et non-alignement découlent logiquement de l'esprit de Bandoeng. Le premier exprime une solidarité d'intérêts et de comportements, le second la recherche de la paix internationale par le rejet de la bipolarité. Initialement dis-

---

l'élément blanc. Les vingt-neuf États se décomposent en cinq pays africains (Égypte, Éthiopie, Libye, Liberia, Gold Coast) et vingt-quatre pays d'Asie dont la Chine et le Japon.

1. La répudiation du colonialisme est générale, mais les pays proches de l'orbite américaine tiennent à y associer la condamnation de l'impérialisme communiste. Ce qui explique la détermination du Premier ministre pakistanais, Mohammed Ali, à défendre dans ses « sept piliers de la paix » la légitimité des pactes collectifs (en l'espèce l'OTASE et le pacte de Bagdad).

tincts, tout en étant complémentaires, les deux courants ont plus ou moins fini par s'identifier, tant en raison de leurs propres contradictions que du déplacement général des préoccupations.

A travers les conférences du Caire (1957), de Conakry (1960) et surtout avec l'échec de la conférence d'Alger en 1965, le mouvement afro-asiatique s'est épuisé dans des querelles de représentation et d'influences [1] qui ont laissé pour un temps l'Amérique latine prendre le relais du tiers-mondisme, dans un sens nettement révolutionnaire [2]. La morale internationale véhiculée par les principes du *Panch Shila* a également été mise à mal, indirectement lors de l'affaire hongroise, dans la mesure où l'invasion soviétique n'a soulevé que de rares et timides protestations de la part des jeunes États, délibérément par le conflit sino-indien de l'automne 1962 [3] et par le conflit indo-pakistanais de 1965, s'agissant d'États signataires de la charte de Bandoeng. Incapable de se départir du clientélisme des grandes puissances, l'afro-asiatisme est conduit à mettre l'accent sur les problèmes du sous-développement. De plus en plus nettement majoritaire à l'Assemblée générale de l'ONU, le tiers monde infléchit vers les thèmes du développement économique la vocation d'une organisation initialement tournée vers la sauvegarde de la paix et la sécurité internationale. Ainsi naît à Genève en 1964 la Conférence des Nations unies pour le commerce et le développement (CNUCED), réunissant soixante-dix-sept États afro-asiatiques et latino-américains. Par la suite, l'adoption de la charte d'Alger (1967), les conférences de New Delhi (CNUCED II) en 1968 et de Santiago du

1. Problème de l'extension de l'afro-asiatisme aux mouvements de libération d'une part, à l'Amérique latine d'autre part. S'agissant de la conférence d'Alger, présentée comme un « deuxième Bandoeng », elle n'a pu se réunir en raison de l'incapacité des pays membres à choisir entre Moscou et Pékin. Les deux puissances communistes adoptent à l'égard du tiers monde une stratégie antagoniste, l'URSS privilégiant le non-alignement pour mieux le contrôler, la Chine soutenant l'afro-asiatisme pour évincer l'URSS et la Yougoslavie.

2. Cf. *infra*, p. 456-457.

3. Ce bref conflit, mené sans grande conviction de part et d'autre mais à l'avantage des forces chinoises, découle d'un contentieux frontalier au Tibet et au Sinkiang. Il s'achève sur une mission de conciliation de Mme Bandanaraike, Premier ministre de Ceylan, et sur un retrait partiel des territoires gagnés par la Chine.

Chili (CNUCED III) en 1972 formulent diverses propositions sur l'accès au marché des pays industrialisés, la stabilisation du cours des matières premières, l'aide au développement, etc. sans que les vues divergentes entre pays membres comme entre pays riches soient toujours aplanies.

Les conceptions initiales du non-alignement n'ont guère mieux résisté à l'épreuve des faits. Celui-ci naît historiquement en 1956 avec la rencontre de Brioni, en Yougoslavie, réunissant Nehru et Nasser. Le communiqué du 19 juillet constate des préoccupations communes (rejet de la division du monde en deux blocs, recherche de la sécurité collective, désarmement...) qui ne masquent pas forcément l'appréhension divergente que les trois hommes d'État se font du non-alignement : pacifisme non violent selon Nehru, neutralisme de principe entre l'Est et l'Ouest selon Tito, neutralisme « actif », c'est-à-dire habile à jouer de l'antagonisme Est-Ouest, selon Nasser. Le sommet de Belgrade, tenu en 1961 dans le contexte d'aggravation de la guerre froide, définit les cinq critères du non-alignement [1], mais ne lève pas l'ambiguïté entre la priorité accordée à la lutte anti-impérialiste comme préalable à la paix mondiale (Nkrumah, Sukarno, Nasser) et celle en faveur de l'atténuation des tensions Est-Ouest (Nehru). L'affaiblissement de la position indienne à la suite de son conflit avec la Chine, puis la disparition de Nehru, favorisent l'affirmation de la première tendance lors du sommet du Caire en 1964, marqué par des attaques très violentes contre l'impérialisme et le néo-colonialisme de l'Occident. En pleine guerre du Vietnam, le sommet de Lusaka tente de revenir au non-alignement originel tout en ménageant une place importante aux thèmes du développement économique. Cette seconde préoccupation l'emporte nettement avec la conférence d'Alger en 1973. A cette date, le maréchal Tito est le seul survivant des pères fondateurs. Aux côtés d'Hailé Sélassié et de Fidel Castro, vétérans des premiers sommets, les chefs de file se nomment Indira Gandhi, Boumedienne, Sadate et Kadhafi. Au total, soixante-quinze délégations, représentant les

1. Politique indépendante, soutien aux mouvements de libération nationale, rejet de toute alliance militaire collective et de toute alliance bilatérale avec une grande puissance, refus de toute base militaire étrangère.

Les premières conférences des non-alignés

	États	Observateurs	Pays neutres invités
BELGRADE			
1er-6 sept. 1961	25	3	–
LE CAIRE			
5-10 oct. 1964	47	10	1
LUSAKA			
8-10 sept. 1970	53	10	2
ALGER			
5-9 SEPT. 1973	75	8	3

D'après E. Berg, *Non-alignement et Nouvel Ordre mondial*, Paris, PUF, 1980, p. 171-174.

deux tiers de l'humanité. Mais moins que jamais l'unité de vue ne peut être trouvée sur le plan politique en dehors des formules rituelles sur la paix et le désarmement. Instructive à cet égard est la controverse entre Kadhafi et Castro [1], qui met en lumière l'ambiguïté du non-alignement et que préfère gommer la déclaration finale. Incapable de maîtriser ses propres conflits et de peser sur les blocs, dont l'antagonisme est du reste atténué par la détente qui prévaut alors, le non-alignement se « redéfinit », selon les vœux de Boumedienne, dans une stratégie de *récupération* des richesses du tiers monde et de *participation* à un nouvel ordre économique mondial.

Un conflit inclassable : le conflit israélo-arabe jusqu'à la guerre des Six Jours

Né dans le premier tiers du XXe siècle du choc de deux nationalismes, le sionisme et l'arabisme, le conflit israélo-

1. Le colonel Kadhafi se fait le porte-parole d'un non-alignement qui se veut équidistant des deux blocs, alors que Castro dénonce comme « contre-révolutionnaire » la tentative d'opposer le non-alignement aux États socialistes et stigmatise la théorie des deux impérialismes.

arabe mérite bien, en raison de sa complexité, d'être désigné comme la nouvelle question d'Orient[1]. Conflit religieux, ou plutôt culturel, par opposition du judaïsme et de l'islam, conflit ethnique par antagonisme des Juifs et des Arabes, il est tout à la fois un conflit local par l'enjeu palestinien, régional par le jeu des solidarités (ou des convoitises) arabes, et un conflit international par l'intervention des grandes et moyennes puissances. En raison de ses implications économiques, et pas seulement pétrolières, il recoupe aussi certaines préoccupations du tiers monde en vue de maîtriser son propre développement, tout en illustrant les contradictions du non-alignement.

La naissance de l'État d'Israël

La Grande-Bretagne était parvenue durant la Seconde Guerre mondiale à maintenir ses positions au Proche-Orient, essentielles pour son approvisionnement en pétrole et ses communications avec l'Inde [2]. La formation de la Ligue arabe, le 22 mars 1945, est venue couronner une diplomatie habile. Entre l'ambitieux projet présenté par Nouri Saïd et celui, plus modeste, soutenu par Nahas Pacha, l'Angleterre a tranché en faveur du second, dénué de toute vision unitaire du nationalisme arabe et, comme tel, plus apte à proroger son influence.

A bien des égards pourtant sa position dans la région est plus fragile qu'il n'y paraît. En Irak et plus encore en Égypte, le retour à la paix coïncide avec une relance du nationalisme antibritannique. L'exigence d'une révision des traités de 1930 et de 1936 s'y exprime par de violentes émeutes. Certes, la France est aisément évincée du Levant et l'influence soviétique n'est (momentanément) perceptible qu'en Iran. Mais la Grande-Bretagne doit compter davantage avec l'influence américaine, de longue date prépondérante en Arabie Saou-

1. Sur la genèse du conflit, cf. t. II, p. 64-68.
2. Pour mémoire : prompte riposte au coup d'État pro-axiste de Rachid Ali en Irak (mai 1941) ; occupation de l'Iran et déposition du germanophile Reza Chah (septembre 1941) ; formation d'un ministère wafdiste présidé par Nahas Pacha en Égypte (février 1942) ; trêve en Palestine et levée de volontaires juifs et arabes auprès des forces britanniques.

dite [1], et qui tend à s'affirmer en Iran, voire en Égypte. Mais c'est surtout l'avenir de la Palestine qui menace les positions d'un pays appauvri, dénué, comme en Grèce, des moyens d'imposer durablement la *pax britannica*. Outre que depuis 1942, une fois écartées les menaces de l'Axe sur l'Irak, le sionisme s'est raidi dans un sens radicalement hostile à l'Angleterre [2], la cause même de l'État juif semble devoir progresser rapidement au lendemain de la guerre. Après la découverte horrifiée de l'holocauste nazi, un vaste mouvement d'opinion se dessine en faveur d'un État refuge qui apparaît à beaucoup comme un acte de réparation minimale. Par ailleurs, l'avènement d'une majorité travailliste peut être interprété dans un sens favorable aux revendications sionistes [3]. Quant aux deux grandes puissances leurs vues convergent provisoirement : aux États-Unis, Truman, pour des raisons personnelles et électorales, accueille favorablement, bien plus que Roosevelt et en opposition avec le Département d'État, les sollicitations juives ; et l'Union soviétique, où l'antisémitisme épouse pourtant les formes les plus diverses, voit dans la cause sioniste un moyen de faire reculer l'impérialisme britannique. Sur place enfin, le rapport de force a évolué en faveur des Juifs par l'accroissement de la population [4] et le développement de forces ou groupes armés (Haganah, Irgoun, Stern) qui ont acquis une expérience de la guerre moderne. Dès mai 1945 leurs dirigeants formulent l'exigence d'une entrée immédiate de 100 000 immigrants.

L'hostilité arabe à toute greffe étatique en Palestine, ainsi

1. C'est en 1944 que l'ARAMCO s'est arrogé le monopole de l'exploitation du pétrole saoudien. En 1949, les compagnies américaines contrôlent 48 % de la production du Moyen-Orient contre 16 % en 1939. Cf. J. Thobie, *Ali et les 40 Voleurs, impérialismes et Moyen-Orient de 1914 à nos jours*, Paris, Éd. Messidor, 1985, p. 126-127.

2. Adopté le 11 mai 1942 sous l'impulsion de David Ben Gourion, le programme de Biltmore revendique la formation d'un État juif en Palestine, l'immigration illimitée (que récusent précisément les Britanniques en internant de nombreux Juifs fuyant la déportation) et la création d'une armée juive. L'assassinat du ministre Lord Moyne (novembre 1944) au Caire par des membres du groupe Stern, qui vient de se scinder de l'Irgoun, est un avertissement explicite.

3. MacDonald avait délibérément enterré le Livre blanc de 1930 qui prévoyait les premières restrictions à l'immigration juive. Cf. t. II, p. 66.

4. La population juive est passée de 411 000 en 1936 à 608 000 en 1946.

qu'à tout partage, et les atermoiements de la politique britannique vont amplifier ce qui, dès avant la guerre, conférait déjà à ce conflit son caractère inextricable. Bevin en effet ne diffère guère de ses prédécesseurs conservateurs, pour qui primaient les bonnes relations avec le monde arabe. Tout au plus consent-il à associer les États-Unis à une solution au problème palestinien, comme l'indique sa déclaration du 13 novembre 1945. Dès lors, projets et rapports vont se succéder, tous voués à l'échec, en raison de l'intransigeance de l'une ou l'autre partie. Les conclusions d'une commission d'enquête anglo-américaine prévoyant à terme une tutelle de l'ONU, et dans l'immédiat l'abrogation du Livre blanc de 1939, n'ont pour effet que de raidir la résistance arabe. Le plan Morrison-Grady, présenté le 31 juillet 1946, sorte de projet fédéral avec gouvernement central contrôlé par la puissance mandataire, est repoussé à la fois par les Arabes et les Juifs [1]. Une conférence de la Table ronde, ouverte à Londres en septembre, interrompue et reprise de nouveau, n'aboutit pas davantage.

Cependant la tension monte en Palestine. Très déçu par Attlee et Bevin, sur lesquels il fondait de grands espoirs, Ben Gourion, qui a succédé à Chaïm Weizmann à la tête de la Conférence sioniste mondiale, a appelé dès octobre 1945 la Haganah à la lutte armée. Épaulée par l'Irgoun et le groupe Stern, celle-ci multiplie les raids contre les camps d'internement où sont entassés les immigrés clandestins, contre les communications et les postes de police britanniques. Le 22 juillet 1946, l'explosion de l'hôtel *King David*, siège à Jérusalem de l'état-major anglais, fait 110 morts et une cinquantaine de blessés [2]. Ce terrorisme oblige la Grande-Bretagne à accroître ses effectifs militaires et à proclamer la loi martiale, mais elle ne peut recourir à une répression trop brutale qui la déconsidérerait aux yeux des États-Unis et de l'opinion. De guerre lasse, et une fois constaté l'échec de la conférence de Londres, Attlee annonce le 14 février 1947 que

1. Ben Gourion se serait rallié à ce projet si la Galilée et le désert du Neguev, qui recelait de grandes possibilités d'irrigation, avaient été adjoints à la zone juive.

2. Cet attentat a été réalisé par l'Irgoun, tout comme celui perpétré contre les bureaux de l'Intelligence Service à Tel Aviv. Après avoir donné son accord, la Haganah s'en est par la suite désolidarisée.

son gouvernement transmet aux Nations unies l'ensemble du dossier.

Une session extraordinaire s'ouvre donc le 28 avril sur la question palestinienne. Une commission d'enquête de onze membres ayant été désignée, elle remet son rapport le 31 août, quelques semaines après l'affaire de l'*Exodus* [1]. Après des discussions passionnées, ce rapport est adopté le 29 novembre par l'Assemblée générale par 33 voix (dont celles des États-Unis, de l'URSS et de la France) contre 13 (pays arabes) et 10 abstentions (dont le Royaume-Uni). Ce plan préconise la fin du mandat au plus tard le 1er août 1948 et un partage de la Palestine largement inspiré des conclusions de la commission Peel remises en 1937 : construction de deux États, juif et arabe, et internationalisation de Jérusalem. Par rapport au plan Morrison, le tracé frontalier avantage nettement le futur État juif dans la mesure où, l'essentiel du Néguev lui étant attribué, 55 % du territoire palestinien lui est reconnu pour un tiers seulement de sa population. Malgré quelques rectifications de détail intervenues ultérieurement en leur faveur, les Arabes rejettent ce plan lors du sommet tenu au Caire par la Ligue en décembre, moins en raison de l'inviabilité économique du futur État que du principe même d'un partage qu'ils considèrent comme contraire au caractère arabe de la Palestine. Jusqu'alors assez passifs devant la décomposition de l'autorité britannique, les Palestiniens tentent de se mobiliser, mais sans grands moyens, à l'appel du Haut Comité arabe, toujours dirigé par la personnalité pour le moins discutable du mufti Hadj Hamine el-Husseini. En fait, chaque camp se prépare à une guerre devenue inéluctable. Déjà terrorisme et contre-terrorisme font rage. A l'attaque de convois juifs par les Arabes répond, le 9 avril 1948, l'odieux massacre du paisible village de Deir Yassin par l'Irgoun ou le groupe Stern.

Au terme de nouvelles et stériles discussions, l'Assemblée générale se sépare le 14 mai 1948. Or la Grande-Bretagne a annoncé en février qu'elle mettrait fin à son mandat le 15 mai, ce qu'elle exécute à la lettre, laissant un territoire sans admi-

1. Pour lamentable qu'elle soit, cette équipée a eu pour but et sans doute pour effet de faire pression sur la commission enquêtant en Palestine. Cf. J.-P. Alem, *Juifs et Arabes, 3 000 ans d'histoire*, Paris, Grasset, 1968, p. 170.

nistration ni défense. C'est précisément le 14 mai que l'État d'Israël est proclamé par le Conseil national, qui désigne aussi Ben Gourion comme chef du gouvernement et Chaïm Weizmann comme président de la République. La reconnaissance par les deux grandes puissances est immédiate, accomplie *de facto* par les États-Unis, *de jure* par l'URSS, mais insuffisante pour assurer la légitimité du nouvel État, car d'emblée les forces de la Ligue arabe pénètrent en Palestine. Numériquement, elles ne sont que légèrement inférieures aux forces juives [1], mais l'armée israélienne, mieux équipée, dispose d'avantages stratégiques évidents : l'unité du commandement et la brièveté de ses communications. De plus, alors qu'Israël combat pour son existence même, les belligérants arabes ont sur la Palestine des vues très différentes. Les Égyptiens nourrissent quelques projets annexionnistes sur Jaffa et le Néguev, les Transjordaniens sur la Cisjordanie et Jérusalem, ce que soutient plus ou moins l'Irak par solidarité hachémite, mais ce que récuse évidemment la Syrie.

Les opérations militaires [2] sont initialement favorables aux forces arabes avec l'occupation de Gaza et d'Hébron par les Égyptiens, de Jérusalem par la Légion arabe de Glubb Pacha, de Naplouse par les Irakiens. Mais, dès le début juin, Israël redresse la situation à Tel Aviv, menacé par l'armée égyptienne. Cependant l'ONU s'efforce de ramener la paix par la nomination d'un médiateur, le comte Bernadotte, président de la Croix-Rouge suédoise. Une trêve plus ou moins observée s'ensuit alors que le médiateur, installé à Rhodes, s'attache à mettre sur pied un nouveau plan de partage. L'assassinat de Bernadotte, perpétré le 17 septembre 1948 par des terroristes du groupe Stern officiellement désavoués, n'empêche pas son successeur Ralph Bunch de poursuivre sa tâche. En attribuant le Néguev aux Arabes, et en affirmant le droit des réfugiés palestiniens à regagner leurs foyers, ce plan est nettement

1. On estime les forces israéliennes à 75 000 hommes, les forces arabes à 71 000, dont 42 000 pour l'Égypte, 12 000 pour la Syrie, 11 000 pour l'Irak et les 6 000 hommes de la Légion arabe de Transjordanie. Les volontaires palestiniens armés, relativement nombreux, furent invités par les pays arabes à se tenir aussi éloignés que possible des combats.

2. Sur le détail des opérations militaires, cf. J.-P. Alem, *op. cit.*, p. 217-230.

moins avantageux pour Israël que celui de 1947. Mais il ne peut l'emporter à l'ONU qu'avec le soutien américain. Or, dans la perspective des élections présidentielles de novembre, Truman a plus que jamais besoin des voix de l'électorat juif. C'est pourquoi, passant outre aux pressions du Département d'État et des compagnies pétrolières, il rejette le plan Bunch. Cette défection, suivie par celle de la Grande-Bretagne, qui rappelle ses officiers détachés auprès de la Légion arabe, est une aubaine pour les Israéliens, désormais pourvus, par ailleurs, d'un excellent armement tchécoslovaque. La trêve est définitivement rompue le 15 octobre, prélude à des manœuvres de grande envergure (opération « Dix Plaies ») dans le Néguev et en Galilée. Une pénétration dans le Sinaï n'est stoppée que par un ultimatum britannique.

L'heure est venue pour les pays arabes de déposer les armes. Les conventions d'armistice sont signées à Rhodes entre février et juillet 1949, sauf avec l'Irak, qui a retiré ses troupes depuis plusieurs mois. Ces conventions reviennent à délimiter un État israélien (évidemment non reconnu en droit par les signataires arabes) agrandi d'un tiers par rapport au plan de partage de 1947 et représentant quelque 78 % de la Palestine mandataire. La bande de Gaza est confiée à l'administration égyptienne. La Cisjordanie, malgré les réticences de la Ligue arabe et les protestations d'Hadj Hamine, est annexée par le roi Abdallah de Transjordanie [1]. Passant outre à la volonté d'internationalisation exprimée par l'ONU, Israël s'est approprié la partie occidentale de Jérusalem, ainsi que la région d'Eilat au fond du golfe d'Akaba. Cet état territorial restera en vigueur jusqu'en 1967.

Les implications de la première guerre israélo-arabe sont considérables. Pour Israël, la tâche prioritaire est celle de la consolidation. Celle-ci est effectuée par une accélération de l'immigration [2], la création d'une véritable armée nationale doublée d'un excellent service de renseignements, et par une

1. C'est à cette date que l'État hachémite de Transjordanie prend le nom de royaume de Jordanie, avec une modification institutionnelle permettant, théoriquement, une représentation équitable des Palestiniens.

2. Près de 700 000 immigrants entre 1948 et 1951, venus pour partie d'Europe, pour partie du monde arabe, dont la quasi-totalité des communautés juives d'Irak et du Yémen.

large reconnaissance internationale [1]. Sur le plan politique, une série de lois fondamentales [2] institutionnalisent la pratique déjà ancienne d'un parlementarisme monocaamériste, mais où l'adoption de la proportionnelle intégrale favorise l'émiettement des partis. Pour l'heure, la domination du parti travailliste, le Mapaï, n'est guère contestée. Son idéologie socialisante est celle des pères fondateurs d'Israël. Ses liens étroits avec l'Histadrout, centrale syndicale et réseau omniprésent de services les plus divers, lui assurent une base électorale oscillant entre 35 et 47 % des voix. Répugnant à s'allier avec la gauche révolutionnaire du Mapam, tout comme avec la droite conservatrice du Herout, le parti travailliste gouverne avec l'appoint du parti national religieux et de diverses formations libérales.

Plus dramatique est le problème des Palestiniens. Double problème au reste, qui concerne d'abord la minorité arabe demeurée en Israël (170 000 en 1949), qui dispose assurément de la citoyenneté et des droits qui en découlent, mais qui est victime d'une ségrégation de fait qu'entretiennent une surveillance policière tatillonne et diverses dispositions ou interdits propres à un État théocratique. S'agissant des réfugiés [3], leur condition est infiniment plus grave et leur avenir problématique. Les raisons mêmes de leur fuite, entamée dès avant la guerre d'indépendance, sont controversées. Départs spontanés, pressions arabes ou expulsions forcées par l'armée israélienne ? Ces trois aspects se sont très vraisemblablement conjugués. Cela étant, Israël n'a jamais admis, malgré les pressions de l'ONU, le retour de plus d'une poignée de réfugiés, pour des raisons politiques et confessionnelles. Dès lors, la plupart d'entre eux sont regroupés dans des camps [4] où au

1. Dès janvier 1949, trente-trois pays ont reconnu Israël. Le 11 mai 1949, l'État juif est admis à l'ONU par 37 voix contre 12.

2. État en perpétuel devenir, Israël n'a pas de Constitution. Sur le détail des lois fondamentales et des institutions israéliennes, cf. Cl. Klein, *le Système politique d'Israël*, Paris, PUF, 1983.

3. L'estimation numérique des réfugiés palestiniens est assez floue, généralement située entre 600 000 et 900 000. En 1951, ils sont 960 000 à être recensés par l'UNRWA, organisme officiellement chargé de leur assistance.

4. En 1950, la répartition s'opère approximativement comme suit : Gaza : 250 000, Cisjordanie : 360 000, Transjordanie : 100 000, Syrie : 80 000, Liban : 130 000.

dénuement matériel s'ajoute un immense sentiment de frustration dans lequel finira par germer une conscience nationale. De cet état de choses, la responsabilité des gouvernements arabes est grande, dans la mesure où ceux-ci ont refusé aux réfugiés, sauf dans une certaine mesure en Jordanie, toute possibilité réelle d'intégration dans les pays d'accueil. Maintenir telle quelle la détresse des Palestiniens ouvre en effet de larges possibilités de propagande contre Israël. Le désir de laver la défaite de 1949 est réel chez certains militaires. Mais il compte moins que l'humiliation consécutive à la création d'un État étranger à l'arabisme et fondé en réparation d'un génocide dont les populations arabes ne sont nullement responsables. Ces raisons sont parfaitement avouables. D'autres le sont moins. La dénonciation d'Israël est aussi pour des États fragiles et instables le meilleur ciment, obtenu à bon compte, de la cohésion nationale et permet de faire dévier les manifestations éventuelles du mécontentement intérieur des populations. Et derrière cette dénonciation se profile celle, implicite, d'une jeune et authentique démocratie pluraliste, proprement scandaleuse aux yeux de tant d'apprentis dictateurs, qu'ils soient civils ou militaires.

Le voudraient-ils, les États arabes sortis vaincus de l'épreuve de 1948-1949 sont bien incapables de traduire cette hostilité dans les faits. Divisés sur la représentation des Palestiniens [1], leur faiblesse militaire et leur instabilité politique leur ôtent dans l'immédiat tout espoir de revanche. La prudence prévaut en Irak, où l'on s'en tient à la confiscation des biens juifs, tandis que la Syrie est ébranlée par des coups d'État à répétition et que l'Égypte s'enfonce dans une guérilla coûteuse contre les installations militaires britanniques. Toute perspective de règlement diplomatique n'est pourtant pas fermée. Certes, la commission de conciliation de l'ONU tient d'inutiles séances à Genève (1950) et Paris (1952), et ne peut enregistrer que l'incompatibilité des points de vue. Mais des négociations secrètes plus prometteuses s'engagent entre Jordaniens et Israéliens. Fondées sur des concessions réciproques elles sont bien près d'aboutir, mais se heurtent finalement à la

1. Les Égyptiens cautionnent le « gouvernement » d'Hilmi Pacha, installé à Gaza, mais que refuse de reconnaître Abdallah de Jordanie.

résistance de la Ligue arabe, qui, par sa résolution du 1er avril 1950, pose le principe de l'exclusion de tout État qui négocierait avec Israël[1]. De même échouent les timides contacts entre Israéliens et dirigeants du Wafd, tout comme échoueront en 1953 les contacts secrets entre Moshe Sharett et le colonel Nasser.

C'est cette impasse générale qui conduit les trois puissances occidentales – États-Unis, Grande-Bretagne, France – à adopter le 20 mai 1950 une « déclaration tripartite » visant à maintenir la sécurité au Proche-Orient par une stricte limitation des ventes d'armes aux parties prenantes du conflit. Déclaration ambiguë, diversement appliquée, mal accueillie par les nationalistes arabes, qui y voient une reconnaissance implicite du *statu quo*. Elle n'empêche nullement, en outre, la multiplication des incidents de frontières, qui font alterner, surtout à partir de l'été 1953, les raids de commandos palestiniens armés par la Syrie et de sanglantes représailles israéliennes[2].

Montée, apogée et déclin du nassérisme

La fin de la Seconde Guerre mondiale avait ouvert en Égypte une longue période de crise, à laquelle l'aventure palestinienne avait ajouté l'humiliation nationale. La défaite de 1949 avait mis à nu l'impréparation de l'armée et la corruption des milieux dirigeants. De ce fait, le roi Farouk avait dû se résigner à des élections libres qui furent un plein succès pour le Wafd. Revenu au pouvoir, Nahas Pacha s'empressa de donner des gages à l'opinion en dénonçant unilatéralement, le 15 octobre 1951, le traité de 1936. Le contingent britannique stationné, en vertu de ce traité, dans la zone du canal de Suez fut déclaré illégal, et une guérilla s'ensuivit. Les désordres culminent le 25 janvier 1952 à Ismaïlia et le 26 au Caire avec une série d'émeutes et d'incendies. Ni la révocation du cabinet wafdiste ni la formation d'un gouvernement extraparlemen-

1. Le roi Abdallah paya cette audace de sa vie, assassiné le 20 juillet 1951 par des séides du grand mufti de Jérusalem Hadj Hamine qui ne lui pardonnait pas l'annexion de son fief cisjordanien.

2. En particulier sur le village de Qibya, dans la nuit du 14 au 15 octobre 1953, qui firent 53 victimes innocentes.

taire présidé par Ali Maher ne parviennent à calmer les esprits et à enrayer la décomposition de la monarchie.

C'est dans ce contexte que va opérer le comité des officiers libres. Sa formation remonte à 1949, au lendemain de la guerre de Palestine, mais c'est dès 1945 que se sont regroupés autour de Gamal Abdel Nasser quelques officiers issus de la petite-bourgeoisie rurale ou urbaine [1], qu'anime une volonté de transformation sociale et politique du pays. La défaite de 1949 a accru leur mépris du haut commandement et de l'entourage royal. Leur objectif était de s'emparer du pouvoir dans un délai de cinq ans, soit en 1954, mais les événements de janvier 1952 les conduisent à accélérer leurs préparatifs. Le 23 juillet, ils s'emparent, sans effusion de sang, de l'état-major et imposent au roi la nomination, à la tête de l'armée, du général Neguib, populaire en raison de sa brillante conduite en Palestine et de sa réputation d'intégrité. Farouk ayant abdiqué le 26, un Conseil supérieur de la révolution de onze membres est mis en place le lendemain. Neguib, qui n'en fait pas partie, est nommé président du Conseil [2].

Il apparaît rapidement qu'il s'agit d'autre chose que d'un putsch destiné, comme on a pu le croire, à rétablir l'ordre dans le pays et à canaliser l'ébullition populaire [3]. Dès le mois d'août est promulguée une réforme agraire qui, sans profiter pleinement à la paysannerie, ne déclenche pas moins la protestation des possédants liés au Wafd. Le raidissement est immédiat, concrétisé par la dissolution des partis politiques et l'arrestation des principaux leaders wafdistes. La confrérie des Frères musulmans, à laquelle les officiers libres ont été initialement très liés, est provisoirement épargnée, mais une tentative d'attentat contre Nasser, le 26 octobre 1954, est le prétexte à son démantèlement et à une vague massive d'arrestations. Le débonnaire général Neguib n'est pas favorable à

1. Nasser est issu d'une famille de petits propriétaires de haute Égypte. Son père est devenu employé des postes. Cette modeste ascension sociale permet au jeune Nasser d'entrer dans l'armée, pour y découvrir la morgue des officiers supérieurs liés à l'occupant. Cf. J. Lacouture, *Nasser*, Paris, Éd. du Seuil, 1971.

2. Farouk a abdiqué en faveur de son fils Fouad II, assisté d'un triumvirat de régents. La République n'a été proclamée que le 18 juin 1953.

3. Telle est bien la conviction des dirigeants américains, qui ont plus ou moins parrainé la junte et approuvé le coup d'État du 23 juillet.

cette décimation féroce de l'ancienne opposition politique. Par ailleurs, sa popularité, ses initiatives dans le règlement de l'indépendance du Soudan indisposent Nasser et les siens. Le 25 février 1954, il est démis de ses fonctions, puis définitivement écarté le 14 novembre. L'ère du Raïs commence.

Son grand dessein est la modernisation économique d'un pays à demi ruiné par la gabegie de ses dirigeants et menacé dans ses fondements par l'explosion démographique. Pour ce faire, il s'agit d'obtenir coûte que coûte les crédits extérieurs aux grands travaux. Cette politisation du sous-développement n'implique nullement une démarche anti-occidentale, ni *a fortiori* pro-soviétique. Le 19 octobre 1954, Nasser a conclu un traité anglo-égyptien prévoyant le retrait échelonné des troupes britanniques [1]. Toutefois, la réactivation des bases anglaises est admise en cas d'attaque « d'une puissance étrangère » (qui ne peut être que soviétique) contre un pays arabe ou contre la Turquie. De même, c'est vers Washington qu'il se tourne pour obtenir des crédits. Mais Foster Dulles les conditionne à une appartenance égyptienne à la future alliance antisoviétique qu'il prépare au Moyen-Orient. Nasser n'y serait pas hostile, mais le pacte de Bagdad, tel qu'il est signé le 24 février 1955 entre l'Irak et la Turquie, ne peut que l'indisposer. Outre que l'initiative en revient à Nouri Saïd, ce trop fidèle client de l'impérialisme britannique, Nasser comprend vite qu'il a pour but de marginaliser l'Égypte dans le monde arabe. D'où le revirement qu'il opère en cette année 1955, à bien des égards décisive, qui voit l'affirmation de son neutralisme à la conférence de Bandoeng et l'ouverture de négociations avec les pays de l'Est. Cette ouverture est encouragée par les dirigeants soviétiques, qui pratiquent depuis la mort de Staline une ligne moins manichéenne [2]. En Iran comme en Égypte, ils soutiennent désormais les bourgeoisies nationales, considérées comme objectivement révolutionnaires dès lors qu'elles luttent efficacement contre l'impérialisme occiden-

1. On constate que Nasser a négocié ce que la Wafd avait osé dénoncer. Cette concession de poids aux thèses britanniques n'est pas étrangère à la tentative d'assassinat du 26 octobre et à la répression qui s'ensuivit.

2. Sur l'ampleur de ce revirement et sur la justification théorique que lui a apportée le XXe Congrès, cf. H. Carrère d'Encausse, *la Politique soviétique au Moyen-Orient, 1955-1975*, Presses de la FNSP, 1975, p. 27-67.

tal. Pourtant Nasser demeure prudent. S'il annonce en septembre un accord d'importations d'armes tchécoslovaques, il ne modifie en rien l'anticommunisme de sa politique intérieure, se garde de rompre avec les États-Unis, négocie avec Londres et Madrid [1]. Mais les maladresses américaines vont précipiter la crise. Non seulement le Congrès impose la clause *Cash and Carry* à d'éventuelles exportations d'armes, mais, quand Foster Dulles finit par accorder, en février 1956, un crédit de 200 millions de dollars, *via* la BIRD, pour financer les premiers travaux du haut barrage d'Assouan [2], c'est pour mieux se rétracter cinq mois plus tard en invoquant les tractations égypto-tchécoslovaques.

La déception est amère, mais entre-temps la position de Nasser s'est considérablement renforcée. A l'intérieur, l'élection présidentielle du 25 juin 1956 l'a plébiscité. Quel que soit le degré de truquage de cette élection, quelle que soit la nature dictatoriale et policière du régime, nul doute que le Raïs incarne la quasi-unanimité d'un peuple dans sa quête d'une nouvelle dignité. A l'extérieur, sa stature internationale s'est renforcée avec la rencontre de Brioni [3], avec le retrait le 18 juin des dernières troupes britanniques, avec l'audience croissante de la propagande panarabiste de la radio du Caire et de *la Voix des Arabes*. Le raid opéré par Israël dans la bande de Gaza, le 22 février 1955, incite en effet Nasser à s'engager davantage dans une politique unitaire des États arabes du Proche-Orient. Pour ce faire, le pacte de Bagdad est contourné par la signature d'accords défensifs avec les pays les plus diversement orientés : la Syrie, l'Arabie Saoudite et le Yémen.

Aussi Nasser peut-il annoncer à Alexandrie, le 26 juillet 1956, devant une foule en délire, la nationalisation du canal de Suez, dont les revenus financeront désormais les travaux du barrage d'Assouan [4]. En soi, l'événement n'est pas

1. L'Espagne franquiste refuse en effet la reconnaissance d'Israël et pratique une politique systématiquement pro-arabe.

2. Il s'agit d'un projet monumental revenant à faire naître, par engloutissement de l'antique province de Nubie, un immense réservoir permettant l'irrigation de 850 000 hectares de désert et une production de 10 milliards de kilowatts.

3. Cf. *supra*, p. 311.

4. Cette nationalisation s'inspire visiblement du précédent iranien d'avril 1951. Votée à l'unanimité par le Parlement, ardemment défendue par

d'une portée révolutionnaire, dans la mesure où la concession n'est écourtée que de douze ans et où est prévue une indemnisation des actionnaires de la Compagnie. Mais elle est l'occasion pour trois pays d'infliger à Nasser une sévère leçon. Pour les Britanniques, principaux actionnaires et usagers du canal, qui ont tout lieu de redouter une extension du nassérisme à l'Irak et à la Jordanie [1]. Pour la France ensuite, soucieuse surtout du sort d'Israël, et qui dénonce en Nasser l'inspirateur et le pourvoyeur de la rébellion algérienne [2]. Pour Israël enfin, où Ben Gourion est revenu au pouvoir en novembre 1955, et qui nourrit à l'égard de Nasser trois griefs majeurs : la fermeture du canal de Suez et du détroit de Tiran à la navigation israélienne, la multiplication des raids de *fedayin* palestiniens à partir de Gaza et le renforcement de l'armée égyptienne grâce à l'envoi d'équipements soviéto-tchécoslovaques (Mig 15 en particulier). Pour ne rien dire évidemment de l'intensité de la propagande nassérienne et du caractère violemment antisioniste de son panarabisme.

A l'instigation de Foster Dulles, qui ne partage nullement les griefs franco-britanniques et qui est avant tout intéressé au maintien des bonnes relations avec les États arabes, la question du canal est portée sur le terrain diplomatique [3]. Mais, faute de participation égyptienne et de soutien soviétique [4], la

---

le Premier ministre Mossadegh, chef du Front national, la nationalisation de l'Anglo-Iranian a ouvert une crise internationale et intérieure qui n'a trouvé sa résorption qu'en août 1953, à la suite d'un complot militaire soutenu par la CIA. L'arrestation et le procès de Mossadegh sont le prélude à une brutale répression, notamment dans les rangs du parti communiste Toudeh, mais aussi à une révision des concessions pétrolières particulièrement avantageuse pour les compagnies américaines.

1. Tout au long de l'année 1956, la progression du nassérisme est nette en Jordanie, comme en témoignent les élections d'octobre. Le 23, un commandement militaire égypto-jordanien unifié est créé. Mais en avril 1957 le roi Hussein se défait des ministres nassériens et fait réintégrer son pays dans le camp occidental.

2. L'arraisonnement le 16 octobre 1956 de l'*Athos*, cargo chargé d'armes égyptiennes, à proximité des côtes algériennes donne du crédit à cette allégation.

3. Sur la crise de Suez ainsi ouverte et sur ses développements, cf. H. Azeau, *le Piège de Suez*, Paris, Laffont, 1964, ou M. Ferro, *1956, Suez*, Bruxelles, Éd. Complexe, 1982.

4. Durant toute l'affaire de Suez, le soutien de l'URSS à l'Égypte ne s'est

conférence internationale réunie à Londres en août échoue complètement, tout comme échouent le comité des Cinq présidé par le Premier ministre australien Robert Menzies et le projet d'une association des usagers du canal imaginée par le secrétaire d'État américain. Parallèlement à ces négociations, les contacts secrets se multiplient entre Guy Mollet et Anthony Eden, ainsi qu'entre leurs ministres et chefs d'état-major respectifs, en vue d'une riposte militaire. Des émissaires israéliens y sont ensuite associés, et c'est entre le 22 et le 24 octobre, à Sèvres, qu'est mis au point le scénario machiavélique de l'attaque israélienne et de l'ultimatum franco-britannique qui, sous couvert de ramener la paix, doit avoir pour plus sûr effet de terrasser militairement l'Égypte, ou du moins de renverser Nasser.

Le moment semble en effet bien choisi. Politiquement, on a tout lieu de penser que les deux grandes puissances, en proie à leurs problèmes personnels, laisseront faire [1]. Militairement, si l'Égypte possède désormais plus de chars et d'avions, elle manque encore de personnel entraîné. De fait, l'offensive du Sinaï, déclenchée dans la nuit du 29 au 30 octobre, progresse rapidement. Comme prévu, l'ultimatum adressé le 30 aux belligérants est rejeté par l'Égypte. A l'ONU, un veto des deux alliés empêche le Conseil de sécurité de condamner leur recours à la force. L'action armée n'intervient au reste qu'avec retard, le 5 novembre, quand sont larguées les troupes aéroportées sur Port-Saïd et Port-Fouad. La progression des troupes franco-britanniques est rapide, face à une armée égyptienne en déroute, mais la position diplomatique des deux pays s'est considérablement dégradée, tant aux Nations unies [2] qu'auprès des deux grandes puissances. Pressions américaines (sur la livre) et menaces soviétiques (de représailles atomiques) se conjuguent en effet pour contraindre les deux puis-

---

pas démenti. C'est grâce aux techniciens soviétiques que le canal a pu être maintenu en activité après le retrait, à titre de représailles, des pilotes occidentaux.

1. Les États-Unis sont en effet à la veille de l'élection présidentielle du 6 novembre; l'URSS semble avoir assez à faire avec l'insurrection hongroise.

2. L'Assemblée générale adopte le 2 novembre, en vertu de la résolution Acheson, une résolution ordonnant le cessez-le-feu immédiat puis la constitution d'une force d'urgence des Nations unies, la FUNU.

sances européennes et Israël à reculer. Suez administre ainsi une nouvelle preuve de la détente Est-Ouest survenue depuis 1953. Sans renoncer à leurs anathèmes mutuels, les États-Unis et l'URSS ont agi conjointement pour refuser l'escalade et désamorcer un conflit dont le prolongement aurait risqué de les placer dans un inconfortable face-à-face.

Dès lors, les conséquences de l'affaire sont claires, et pour certains douloureuses. La Grande-Bretagne peut certes encore compter sur l'Irak et sur quelques émirats, mais ses positions au Proche-Orient sont réduites à peu de chose. Il en va de même pour la France, qui devra attendre le retour au pouvoir du général de Gaulle, et plus encore la fin de la guerre d'Algérie, pour retrouver quelque crédit dans la région. Ce déclin des impérialismes européens fait le jeu des grandes puissances. Celui de l'Union soviétique, dont l'influence s'est imposée en Égypte, accessoirement en Syrie, et qui s'est mise en position d'interlocuteur obligé en vue de tout règlement. Et celui des États-Unis, déjà bien implantés, qui entendent suppléer la carence britannique et contrer les progrès soviétiques par une politique de soutien actif aux États arabes conservateurs. Telle est la signification de la doctrine Eisenhower exposée au Congrès le 5 janvier 1957[1].

S'agissant du conflit israélo-arabe, Israël a prouvé une nouvelle fois sa supériorité militaire et la forte mobilisation de son peuple. La présence de la FUNU lui garantit provisoirement la sécurité de sa frontière avec l'Égypte et la liberté de navigation dans le golfe d'Akaba. Mais le stationnement des « casques bleus » n'a fait l'objet que d'un simple échange de lettres entre Nasser et Dag Hammarskjöld, le secrétaire général de l'ONU. Comme tel, il est révocable à tout moment sur demande égyptienne, de même que la réouverture du détroit de Tiran ne repose sur aucune reconnaissance explicite de la liberté de navigation. A ce titre, la fragilité des frontières d'Israël reste

1. Exposée presque dix ans jour pour jour après la doctrine Truman, dont elle est en quelque sorte l'extension au Proche-Orient, la doctrine Eisenhower propose une aide économique et militaire à toute nation agressée par un pays communiste ou contrôlé par le communisme international. Sur les conseils d'Ibn Séoud, elle récuse aussi, pour lui conférer un caractère moins délibérément interventionniste, « toute ingérence étrangère d'où qu'elle vienne ». Cf. J. Thobie, *op. cit.*, p. 180-181.

grande, tout comme demeure entière sa dépendance à l'égard des Occidentaux, ce qui accrédite dans les pays arabes la thèse d'une vassalité à l'impérialisme américain. Le grand vainqueur de l'affaire est donc le colonel Nasser, qui a su transformer en triomphe politique un désastre militaire imminent. Les retombées en sont considérables, qu'il s'agisse de la manne financière que représentent désormais les revenus du canal (une fois celui-ci rouvert à la circulation) et les nouveaux crédits extérieurs [1] ou du retentissement du succès nassérien en Égypte même, dans le monde arabe et dans le tiers monde.

Les progrès de l'unité arabe s'inscrivent dans le sillage de ce *leadership*. A la demande de la Syrie, qui se débat alors dans des difficultés intérieures inextricables [2], la République arabe unie (RAU) est proclamée le 5 février 1958, accueillie dans la liesse au Caire et à Damas, avec une sympathie réservée à Moscou et une franche hostilité à Washington, qui tente de lui opposer, mais sans grand succès, une Fédération arabe unissant les souverains hachémites. Car la RAU est une véritable union politique, avec gouvernement central (15 ministres égyptiens, 7 syriens), fusion partielle des administrations et alignement progressif des législations. En mars, le Yémen y entre à son tour. Quelques mois plus tard, le 14 juillet 1958, un coup d'État irakien, qui émane lui aussi d'un groupe d'officiers libres, procède à une « révolution » au cours de laquelle le roi Fayçal II et son Premier ministre Nouri Saïd trouvent la mort. Les nouveaux maîtres du pays, le général Kassem et le colonel Aref, retirent l'Irak du pacte de Bagdad et affirment son appartenance à la « nation arabe ».

Sous l'influence de ces événements, des troubles pro-nassériens éclatent au Liban et en Jordanie. C'en est trop pour les

1. C'est en janvier 1958 que Moscou et Le Caire signent un accord financier portant sur 710 millions de roubles, remboursables en douze ans à 2,5 % d'intérêt. Pour ne pas être en reste, les États-Unis, la BIRD et nombre d'États occidentaux contribuent aussi à la construction du haut barrage.

2. Il s'agit de divers complots dans lesquels on a vu la main de l'Irak et des États-Unis, et surtout l'influence grandissante du parti communiste, qui conduit le parti Baath à imposer aux autorités l'union syro-égyptienne.

Occidentaux, qui voient s'amenuiser dangereusement leur influence dans la région. A l'appel du président libanais Camille Chamoun, menacé par l'agitation panarabe des groupes de Kamal Joumblatt, 5 000 « marines » débarquent au Liban le 15 juillet, tandis que, le 17, des parachutistes britanniques s'assurent le contrôle des aéroports jordaniens. Mais cette application de la doctrine Eisenhower se heurte aux réticences du Congrès, alors que Khrouchtchev conseille la prudence au Caire et à Damas. Le coup de force va donc évoluer sur le terrain diplomatique, c'est-à-dire aux Nations unies. Les déclarations modérées du général Kassem, le remplacement de Chamoun par un président de conciliation, le général Chahab, permettent l'évacuation des troupes étrangères. Cette résorption politique de la crise, qui revient à une mise en échec de la doctrine Eisenhower, constitue un succès pour la RAU et pour les principes de non-ingérence du neutralisme actif.

Pourtant, les relations entre Le Caire et Damas, tout comme celles entre Le Caire et Bagdad, sont loin d'être bonnes. En Syrie, les espoirs placés dans la RAU sont rapidement déçus. La dissolution des partis, les persécutions politiques ordonnées par Nasser exaspèrent l'opinion autant que les empiétements continuels des officiers égyptiens, la réglementation de la presse et les nationalisations décrétées « à distance ». Le 27 juillet 1961, une modeste insurrection militaire fait tache d'huile, et la radio syrienne annonce la fin de la RAU, dont le nom ne sert plus désormais qu'à désigner la seule Égypte. Par ailleurs, l'orientation antioccidentale du nouveau régime irakien [1], ses réformes socialisantes plaisent aux dirigeants soviétiques, qui ne lui marchandent pas leur aide à travers toute une série d'accords conclus entre 1958 et 1960. C'est assez pour réveiller la vieille animosité de l'Égypte à l'égard de l'Irak (d'autant plus que Nasser avait misé sur son adhésion à la RAU) et pour détériorer quelque peu les relations du Caire avec Moscou. Les difficultés croissantes du général Kassem, avec les Kurdes notamment, facilitent son renversement, le 18 février 1963, par son ancien lieutenant, le général Aref. Moins d'un mois plus tard, un coup d'État militaire porte à

1. Retrait officiel du pacte de Bagdad en mars 1959. Le pacte devient le CENTO (Central Treaty Organization) et transfère son siège à Ankara.

Damas le général Amin el-Hafez. Dans les deux cas, la victoire revient au parti Baath, qui nourrit une idéologie à la fois proche et concurrente du nassérisme. D'où une éphémère relance du mouvement d'unification par l'accord tripartite du 17 avril. Mais à l'antagonisme traditionnel entre les Baath syrien et irakien s'ajoute la méfiance de Nasser envers ses deux partenaires. L'unité arabe semble avoir la faveur de tous, mais chacun s'emploie à s'en assurer la direction.

Cette contestation du *leadership* nassérien est encore aggravée par l'intervention de l'Égypte au Yémen. Dans ce pays misérable et féodal, la mort de l'imam Ahmed, le 9 septembre 1962, a déclenché une guerre de succession entre son fils Badr et un officier moderniste, le colonel Sallal. Ce dernier a proclamé la République, mais Badr a déclenché, avec l'aide financière de l'Arabie Saoudite, une guerre de partisans dans la montagne. A l'appel de Sallal, Nasser intervient, pensant trouver là, en envoyant troupes et armes, un succès facile qui rehausserait aux yeux du monde arabe un prestige quelque peu terni. Mais c'est compter sans les techniques traditionnelles de guérilla que doivent affronter les forces égyptiennes et l'hostilité d'une population qu'accroît la brutalité des raids aériens et des bombardements. Par un engrenage dont le Vietnam offre au même moment un autre exemple, les effectifs égyptiens au Yémen sont régulièrement augmentés, pour atteindre 68 000 hommes en 1966, soit le tiers environ de l'effectif normal de l'armée. Cette inutile diversion coûtera cher lors de la guerre surprise de 1967.

2

Autour de 1968

1

Les années d'abondance

Quel contemporain aurait osé dire qu'il se reconnaissait dans les années soixante ? Du héros de *Mon oncle* en 1958, qui manifeste sa révolte grinçante contre l'avènement de la société de consommation, aux jeunes de 1968 exprimant leur révolte contre son apogée, tous font profession de rejeter idées et objets envahissants. D'un coup apparaissent des ouvriers « incontrôlables », des grévistes « sauvages » et des jeunes « insolents ». Ces années inclassables semblent échapper à la continuité historique des décennies précédentes : les années trente portaient la marque de la Grande Crise, les années quarante étaient nées à Munich dans la terreur, et la conférence de Potsdam était une indication sur ce que serait la guerre froide des années cinquante. Brusquement cette cohésion formelle se distend et surgit une période placée sous le signe de l'inattendu et du contradictoire. Jamais les courbes de croissance n'ont été aussi harmonieuses, les bénéfices nets aussi importants, et pourtant les ménagères ne se contentent plus de leur Moulinex ni les salariés de leurs revenus en hausse.

Ceux qui gouvernaient le monde se sont effacés : John Kennedy, Nikita Khrouchtchev, Lyndon Johnson, Alexandre Dubcek, Charles de Gaulle, Jean XXIII. Mais ni leurs successeurs ni d'autres personnalités ne peuvent prétendre symboliser ces années : le premier homme sur la Lune est loin d'avoir eu la popularité d'un Lindbergh. « Quelque chose a changé et vous ne savez pas quoi », chante Bob Dylan.

Et chacun de dresser des inventaires et de chercher des sentiments auxquels cette époque serait réductible. D'aucuns, comme Georges Perec dans *les Choses* (1965), établissent le catalogue pointilleux des objets qui envahissent la vie des couples modernes pour combler on ne sait quel vide. Cette *Histoire des années soixante*, sous-titre du livre, est rédigée au milieu de la décennie, comme s'il importait d'écrire à chaud une histoire en train de se faire et de garnir le musée de la décennie pour échapper à l'ennui. La profusion des ustensiles masquerait le désarroi d'une génération perpétuellement insatisfaite, des choses comme de ses parents. D'où son impatience, considérée comme le caractère majeur du temps par la plupart des auteurs anglo-saxons [1]. Et l'assimilation commode avec une jeunesse qui aurait oublié les règles de la société au point de ne plus accepter d'attendre : les Noirs américains veulent l'égalité des droits civiques tout de suite et le slogan des marcheurs contre la guerre du Vietnam est « *Peace now* ».

Cependant, l'identification du radicalisme des vingt-trente-cinq ans ne permet pas de comprendre comment les enfants de l'après-guerre, conçus dans les nuits froides de la crise du logement et du rationnement, sont simultanément les premiers bénéficiaires de la prospérité et ceux qui dénoncent le progrès et l'autorité, celle des parents, des maîtres, des patrons, des syndicats et du pape. Ce n'est pas seulement le goût du paradoxe qui pousse un Occidental sur trois à dénoncer les injustices du *New Deal* des riches dont il profite. Dans cette volonté farouche de sauvegarder une innocence, il faut voir un des enjeux essentiels du moment.

La poursuite de la prospérité occidentale

Dès le début des années soixante, internationalisation des économies, quasi-plein-emploi et politiques sociales semblent aller de pair, dans la mesure où la réussite rapide de l'intégration commerciale communautaire et le renforcement des liens transatlantiques permettent la poursuite d'une croissance soutenue et une substantielle distribution des dividendes de la prospérité aux Occidentaux. Les résultats d'ensemble sont exceptionnels pour la CEE – avec un accroissement annuel de 5,3 % du produit national par habitant entre 1958 et 1970 –,

1. Cf. l'enquête de M. Viorst, *Fire in the Streets. America in the 1960's*, New York, 1979.

Une décennie de croissance économique

	PNB [1]	Inflation [2]			Chômage [3]	
	60-70	60-61	65-66	70-71	60-61	70-71
États-Unis	4,3	1,3	2,4	5,6	5,8	4,8
Royaume-Uni	2,9	3,2	3,6	7,0	1,5	2,5
Allemagne	5,1	4,1	3,0	7,2	1,2	0,6
France	5,9	3,2	4,1	5,6	1,3	1,8
Italie	5,7	2,8	4,0	6,7	4,0	3,4
Pays-Bas	5,2	3,3	4,7	6,2	4,5	3,3
Danemark	4,9	3,8	5,2	7,5	2,1	1,8
Canada	5,1	0,9	2,8	4,1	7,0	5,6
Japon	11,4	5,2	4,9	6,9	1,1	1,2

	Production industrielle [4]		Part des investissements dans le PIB (en %)		
	1960	1971	60-61	65-66	70-71
États-Unis	—	—	16,0	17,3	17,5
Royaume-Uni	177	235	17,5	18,5	19,0
Allemagne	284	480	25,0	26,5	26,0
France	208	355	21,5	24,5	26,0
Italie	292	539	22,5	18,5	19,5
Canada	—	—	21,5	23,0	21,5
Japon	—	—	31,0	33,0	39,0

1. Taux de croissance annuel moyen
2. Taux de croissance annuel.
3. En % de la population active.
4. Base 100 en 1937.

satisfaisants pour les États-Unis et honorables pour la Grande-Bretagne, avec des taux respectifs de 4,5 % et 2,5 %. Ce sont donc les composantes de ce « miracle » occidental qu'il importe d'identifier.

Les données statistiques (voir tableau) définissent un cercle vertueux de la croissance où investissement, productivité et croissance interfèrent. Cette dynamique d'expansion prolonge celle de la décennie précédente et gagne en intensité, car les niveaux records d'investissements – jusqu'à 30 % du PNB pour le Japon – sont atteints dans des économies déjà sur la lancée des reconstructions. La croissance suscite de nouveaux besoins, donc de nouvelles techniques de production nécessaires à leur réalisation, de nouvelles formes d'organisation ou de localisations géographiques qui contribuent en retour à la croissance. De ce fait, les augmentations de production recensées dans les années soixante sont plus que proportionnelles aux capitaux supplémentaires investis ou à la force de travail mobilisée. Ainsi se déclenche un phénomène de boule de neige : les taux d'investissement les plus élevés engendrent une croissance exceptionnellement forte, et les écarts de performance se creusent plus vite qu'à aucun autre moment. La multiplication des échanges commerciaux complète harmonieusement cette structure sans servir de catalyseur pour autant : chaque pays s'insère à son rythme dans les échanges internationaux et la montée symétrique des importations et des exportations confirme que le commerce entre pays industriels – surtout européens – est à dominante intrabranches [1]. Une telle situation permet aux Hollandais ou aux Danois de réaliser bientôt 50 % de leurs échanges avec l'Europe continentale, tandis que la CEE reste encore pour la France et l'Italie un adjuvant à une croissance prioritairement domestique.

Considéré globalement, l'essor des transactions du monde industriel est impressionnant. Après que l'Europe des Six est devenue, en 1965, le premier commerçant de la planète, les pays riches assurent 54 % des échanges en 1971. Le volume des transactions intracommunautaires s'accroît sensiblement puisque entre 1958 et 1967, le trafic passe de 6,7 à 24,5 milliards de dollars, et il double encore avant 1971. Le processus d'entraînement cumulatif se déploie pendant toute la décennie, au point qu'en 1969, par exemple, le taux de croissance du PNB par habitant atteint 8,5 % pour la RFA et la France. Au-delà de ces performances générales, on remarque combien les différenciations nationales perdurent et comment les aptitudes à s'insérer dans la croissance divergent. D'un côté, les petits pays – Belgique, Pays-Bas, Luxembourg ou Danemark – réussissent rapidement leur intégration, ce qui est conforme à l'exiguïté de leur marché intérieur. D'autre part, le rythme

1. Cf. les calculs statistiques de R. Boyer et P. Ralle, *Croissances nationales et Contrainte extérieure avant et après 1973* (ronéoté), CEPREMAP, n° 8507, janvier 1985.

de l'activité économique modifie notablement les degrés d'insertion : le Japon et la Grèce se distinguent par la rapidité de leur croissance, des gains de productivité élevés et un taux d'investissement voisin de 30 % du PNB ; à l'opposé, le Royaume-Uni et les États-Unis connaissent une moindre croissance de la productivité et de la valeur ajoutée, et des taux d'investissement médiocres. D'une manière schématique, on opposera un ensemble à forte présence anglo-saxonne modérément dynamique à un espace latin très actif, centré sur la France. On retrouve cette même distinction pour les branches industrielles, bien que les positions héritées modifient un peu la hiérarchie précédente. L'Italie, la RFA et la France dominent l'industrie des biens intermédiaires, tandis que les Anglo-Saxons perdent des parts de marché.

Une telle typologie permet de comprendre pourquoi l'équilibre global de plein-emploi inclut çà et là des poches de chômage. Contrairement à une idée répandue, il n'existe pas de lien direct entre productivité, croissance, insertion internationale et niveau d'emploi. Ce dernier résulte des interactions bilatérales avec chacun des agrégats précités et varie fortement, d'une branche industrielle ou d'un pays à l'autre [1]. On observe ainsi que les industries de biens d'équipement américaines et belges créent autant d'emplois que leurs rivales françaises et japonaises, alors que l'industrie allemande reste à la traîne. De ce point de vue, il existe plusieurs qualités de cercles vertueux, depuis le Japon, où la modernisation des structures productives dynamise l'emploi, jusqu'à la Grande-Bretagne, où des résultats trop moyens fragilisent la croissance de l'emploi et de l'industrie, en passant par la Belgique et l'Italie, où l'amélioration de l'efficacité productive et la situation de l'emploi apparaissent plus antinomiques que complémentaires. Les États-Unis constituent l'exemple limite puisque les piètres performances réalisées en matière d'investissement et de productivité se conjuguent avec de bons résultats sur le marché de l'emploi, dans un contexte de protectionnisme relatif.

1. Les travaux de N. Kaldor sur ce sujet sont exemplaires. Cf. « Economic growth and the Verdoorn effect : a comment on Mr. Rowthorn's article », *Economic Journal*, décembre 1985.

Quelle que soit la diversité des bilans, ceux-ci reposent à l'origine sur un trio de facteurs favorables, communs aux pays industriels depuis les années cinquante. Ainsi, l'abondance des ressources en hydrocarbures entraîne une baisse continue du prix du pétrole jusqu'en 1968 et la construction de nouvelles bases industrielles littorales, près des centres de raffinage. Deux réseaux s'organisent. Le premier est réservé au continent américain : les États-Unis limitent leurs importations en provenance du Venezuela, du Mexique et du Canada afin de garantir un prix rémunérateur à leurs compagnies nationales, tout en assurant une baisse du coût énergétique en dollars constants. Le second réseau relie les pays du golfe Persique au Japon et à l'Europe : l'accroissement de la production locale permet une diminution de son prix en dollars courants. Grâce à la manne pétrolière [1], le coût de l'énergie s'égalise entre l'Amérique et ses partenaires, alors que l'industrie nord-américaine a profité d'un prix deux à trois fois inférieur pendant les années cinquante. Le moment n'est donc ni au contrôle des approvisionnements ni à la sécurité qu'offrent les fournisseurs ; le rapport Robinson de 1960 et celui de la Commission énergétique de la CEE en 1966 tablent sur un marché libre, dominé « pour de longues années encore » par les acheteurs, et c'est seulement en décembre 1968 que les Européens se préoccupent d'élaborer une politique à long terme [2]. Au contraire, la consommation par tête rattrape une partie de son retard sur celle des États-Unis, tandis que le progrès technique permet de réduire la quantité d'énergie nécessaire à chaque produit fabriqué. Le passage au « tout pétrole » consolide les bases de la croissance, en même temps qu'il assure le succès de l'automobile pour chacun.

L'abondance énergétique explique, pour partie, l'élan de l'industrialisation et particulièrement celui des multinationales. En 1969, l'Europe communautaire assure 25 % de la production industrielle mondiale, les États-Unis 38 % et la Grande-Bretagne 6 %. La modification des hiérarchies indus-

1. En 1960, l'Europe occidentale consommait 607 millions de tonnes-équivalent pétrole; en 1965, 801; en 1970, 1 037. Le pétrole représentait 60 % de cette consommation contre 32,5 % en 1960.

2. Le titre du rapport est significatif : *Première Orientation pour une politique énergétique communautaire.*

trielles apparaît secondaire en regard de la croissance globale, due essentiellement à la multinationalisation des entreprises et des banques. Entre 1959 et 1968, les sociétés américaines installent ou rachètent 3 055 firmes, les britanniques 1 205, les japonaises 300 et les sociétés des Six 1 050. Certes, les entreprises américaines se trouvent à la pointe du mouvement, mais, pour la première fois depuis 1914, elles sont suivies par tous leurs partenaires occidentaux. La transmission rapide des progrès technologiques, la création d'emplois sur place et la contribution à l'unification des marchés, adaptée à l'Amérique du Nord et à la Communauté européenne, sont les avantages majeurs de la société multinationale. En un sens, elle réalise l'idéal entrepreneurial d'une réduction simultanée des coûts par le progrès et par les effets de délocalisation. Mais, à la différence des années vingt, le succès de ces entreprises repose désormais sur les atouts commerciaux – marketing, publicité, distribution. Celles-ci furent les premières à recruter un personnel suffisamment qualifié pour exploiter les gains technologiques des firmes, ce qui permettait de conserver commercialement des parts de marché conquises grâce à l'avance technique. Encore fallait-il que ces entreprises disposent de ressources financières suffisantes pour leur diversification, donc que la multinationalisation bancaire accompagne le transfert industriel. Ce mouvement s'esquisse avec un décalage de quelques années, puisqu'en 1966 12 banques américaines contrôlent 244 filiales étrangères, tandis qu'elles sont 106 à ouvrir 475 filiales en 1974. La capacité financière des banques vient épauler le processus de dilatation industrielle qui se déploie, sans interruption ni exception géographique, jusqu'au milieu des années soixante-dix.

Ce type d'implantation constituait un puissant facteur d'homogénéisation des marchés ; encore fallait-il résoudre le contentieux entre les pays anglo-saxons et la CEE. Au début des années soixante, les premiers se trouvaient dans une situation proche, à certains égards, de l'Union soviétique, puisqu'ils préféraient réduire leurs échanges avec un groupe de pays dont la puissance pourrait devenir égale ou supérieure à la leur. Position intenable, dès lors que la prospérité européenne faisait de ce marché le plus intéressant pour les États-Unis et que ces derniers ne pouvaient arguer des principes du

GATT, qu'ils avaient régulièrement violés depuis 1955. Le *Dillon Round* de 1959 avait finalement eu le mérite de concrétiser le différend transatlantique, notamment à propos des tapis, des verres à vitre et des textiles de coton. Les États-Unis se devaient alors de proposer une négociation multilatérale, sous peine de déclencher un renforcement des barrières protectionnistes. Le *Trade Expansion Act* visait donc à amorcer la négociation sans que les positions américaines fussent vraiment affaiblies, puisque la proposition de baisse de 50 % des droits sur tous les produits pénalisait davantage le Marché commun, aux tarifs déjà faibles. En dépit de cette inégalité de traitement, le *Kennedy Round* aboutit à la création d'un espace industriel transatlantique propre à multiplier les échanges. Malgré les écarts tarifaires [1], on constate en effet que les pays développés intensifient leurs relations industrielles aux dépens des pays en voie de développement et que les critères techniques perdent de leur pouvoir discriminant. Pour résumer schématiquement la situation, on peut dire que les uns et les autres se commandent mutuellement des navires avec un double ou un triple circuit électrique de sécurité, alors qu'ils en sont encore à discuter de la qualité des salades échangées. Compte tenu du poids respectif des deux types de commerce, on conviendra que le *Kennedy Round* est une étape essentielle sur le chemin de la croissance occidentale.

C'est dans ce contexte qu'il importe d'apprécier les performances des deux protagonistes. Le cas britannique est le plus simple à analyser. L'ensemble des indicateurs confirme en effet le recul d'une nation qui, tout en restant parmi les cinq premières du monde, ne peut plus prétendre être le brillant second des États-Unis. L'Angleterre industrielle se réduit à la force de ses constructions mécaniques et de son matériel de transport : en 1970, elle exporte 700 000 automobiles, 150 000 camions, 38 000 caravanes et 90 000 cycles, ce qui en fait toujours la première exportatrice mondiale de ce type de produits. En revanche, les fleurons industriels du début du siècle ont été victimes de la concurrence européenne puis asiatique. La part des produits textiles, des navires, de la

1. La moyenne du tarif extérieur commun est ramenée de 12 à 7 %, celle du tarif britannique et américain de 18 à 11 %.

chimie ou des aciers diminue continûment dans le bilan extérieur britannique. La Grande-Bretagne est aspirée par l'orbite communautaire parce que les marchés des *Dominions* s'effacent devant ceux du Japon et des États-Unis et que le continent américain offre peu de perspectives [1]. Tout se passe comme si les Britanniques avaient surestimé les effets bénéfiques de l'effort de guerre, de la tradition et du civisme, et pensé qu'il suffisait d'assurer l'approvisionnement industriel et le contrôle de la concurrence pour maintenir l'avance économique du pays.

Cette erreur de jugement se paie d'une accumulation de déficits et, à partir de 1967, d'un retour du chômage, proche de 700 000 personnes. A l'origine de ces difficultés, il y a donc une approche passéiste et illusoire de la politique économique, aussi bien vis-à-vis de la livre sterling – dont les fonctions d'échange et de réserve sont exagérées – qu'en ce qui concerne la capacité de la politique monétaire à maîtriser durablement les fluctuations cycliques. Dans un pays où la politique des revenus est inapplicable et où la défense des intérêts de la City apparaît comme un devoir moral, il est vain de prétendre, comme Harold Wilson, concilier défense de la livre et redéploiement industriel. Cette attitude presque schizophrénique conduit alternativement à prôner les vertus d'une économie libérale, dans laquelle la concurrence internationale s'empare des marchés extérieurs britanniques et s'impose dans le pays, comme en 1966-1967 et 1971-1972, et à célébrer les avantages d'une économie de siège, reposant sur le civisme anglais dans un contexte commercial de plus en plus international.

Lorsque, le 22 janvier 1972, Edward Heath signe le traité

1. Le palmarès des clients et fournisseurs de la Grande-Bretagne en 1970 s'établit ainsi (en millions de livres sterling).

	Clients	*Fournisseurs*		*Clients*	*Fournisseurs*
États-Unis	945	1 175	France	340	368
Canada	288	688	Benelux	294	183
RFA	502	550	Italie	240	250
Pays-Bas	378	460	Danemark	220	275
Suède	363	372	Afrique du Sud	332	258
Australie	345	260			

d'adhésion à la CEE, les experts britanniques [1] peuvent à bon droit s'inquiéter du choc de la concurrence européenne et Lord Kaldor reprendre la fable du pot de terre contre le pot de fer. En 1963 et en 1967 encore, les Anglais espéraient exporter leurs camions, leurs wagons, leurs savons, leurs machines agricoles ou leurs disques vers une Communauté dont les productions étaient loin de satisfaire la demande intérieure. Quelques années plus tard, ils craignent que la disparition de la protection douanière ne s'accompagne d'une vague de faillites ou d'absorptions par les multinationales européennes, après l'invasion américaine des années 1955-1965. De fait, le poids des importations par rapport au PIB s'accroît brusquement à partir de 1965, passant de 14 à 20 % en 1969 et 24 % en 1972 : la dévaluation de 1967 [2] n'a même pas réussi à masquer l'affaiblissement commercial du Royaume-Uni, contraint de pratiquer un strict contrôle de sa demande intérieure afin d'éviter l'arrivée massive de biens industriels. Les années 1964-1973 apparaissent comme une période de transition difficile pour un pays qui, au même moment, doit solder une décolonisation plus onéreuse que prévu [3], reconvertir les placements de la City et sauver des pans entiers d'une industrie menacée par l'*overmaning* et la sous-productivité. En pratique, seule la City a réorienté avec succès ses placements vers l'Europe communautaire, défendu ses positions en Amérique du Nord et modifié la nature de ses achats en délaissant les investissements de portefeuille au bénéfice des investissements directs [4]. A l'heure des choix européens, une majorité de Britanniques s'interroge sur les mérites d'une politique incrémentaliste qui crée peu de biens, peu d'emplois et qui

1. S.S. Han et H.H. Liesner, *Britain and the Common Market : the Effect of Entry on the Pattern of Manufacturing Production*, Cambridge University Press, 1971.

2. Sur celle-ci, cf. A. Rowley, « Le syndrome britannique », *l'Histoire*, novembre 1984.

3. Le coût de la décolonisation peut être évalué à 35 milliards de livres, auxquels on ajoutera le refus des membres du Commonwealth de consolider leurs balances sterling.

4. Solde des investissements indirects en 1964 : + 73 millions de livres. Entre 1969 et 1973, le solde des investissements directs passe de + 167 à + 824 millions de livres et le solde des placements dans la CEE de – 6 à + 86 millions de livres.

assure péniblement le passage d'une industrie déclinante à un centre de services rénové.

Le boom des pays jeunes constitue un phénomène aussi important et aisément identifiable que le déclin relatif du Royaume-Uni. Le Japon, le Canada, l'Australie, la Nouvelle-Zélande et l'Afrique du Sud connaissent simultanément une croissance soutenue, accompagnée de poussées inflationnistes, d'un excédent structurel de leurs balances commerciales et d'un déficit des paiements. L'ascension de ces puissances bouscule les hiérarchies internationales, au détriment des États-Unis et surtout de la Grande-Bretagne, qui perd ses positions commerciales et financières privilégiées : en 1970, le Canada et l'Australie y réalisent 10 % de leurs achats, la Nouvelle-Zélande 28 % et le Japon 6 %. De même, les crises monétaires, de la livre sterling en 1967, puis du dollar, aboutissent à la réévaluation des parités dans des nations jadis ignorées par les cambistes et les négociateurs. La performance japonaise est la plus brillante, avec des taux records de croissance du PNB et de la production industrielle : respectivement 7,2 et 12 % par an pour la période 1961-1965 ; puis 11 et 14,8 % de 1966 à 1972. Même si les chiffres des premières années sont inférieurs à ceux du boom coréen, parler comme certains observateurs européens de « ralentissement » ou de « stagnation relative » revient à oublier que le Japon fait mieux que tous ses rivaux industriels pendant la décennie entière. Avec des taux compris entre 4,7 et 6,1 %, les autres pays ont obtenu des résultats supérieurs à la moyenne de l'OCDE. Tous gagnent des parts de marché grâce à des exportations qui progressent de 20 % par an au Japon et de 12,5 % en Australie. On voit même s'esquisser entre ces deux pays des relations privilégiées puisque, à partir de 1966-1967, le Japon devance les États-Unis en tant que premier client de l'Australie.

Bien qu'il soit délicat de réduire ces performances à quelques facteurs explicatifs communs, on reste frappé de constater partout l'abondance de la main-d'œuvre au service d'une économie dualiste où percent quelques grandes industries, alimentées notamment par une épargne privée forte. L'Australie, le Canada et la Nouvelle-Zélande demeurent de grandes terres d'immigration blanche, puis progressivement asiatique, où s'installent des pionniers à la fois défricheurs et entrepreneurs [1]. Le Japon bénéficie quant à lui de l'arrivée sur le marché du travail des enfants nés dans les années quarante, ce qui représente une force annuelle de main-d'œuvre de 1,4 million de travailleurs jusqu'en 1967. L'Afrique du Sud utilise, elle, le réservoir de main-d'œuvre bon marché fourni par la population bantoue pour doubler le nombre de ses salariés industriels entre 1961 et 1973, avec 1,7 million de travailleurs. Ces nouveaux actifs sont embauchés le plus souvent dans l'industrie, mais le développement n'empêche nullement le maintien d'un fort secteur agricole [2] et, dans le cas du Canada et de l'Afrique du Sud, d'une branche minière hypertrophiée en raison des réserves nationales. La main-d'œuvre rurale coûte peu cher, ce qui facilite l'adaptation de l'appareil de production aux fluctuations de la demande. Progrès de la mécanisation et gonflement des actifs industriels se combinent pour donner à la grande industrie japonaise ou aux multinationales implantées au Canada des conditions de productivité sans équivalent dans le monde. Ainsi, Mitsui et Mitsubishi au Japon, General Motors et Ford créent des complexes industriels automobiles géants capables d'alimenter un marché intérieur porteur et des exportations : entre 1960 et 1970, General Motors double le nombre des véhicules sortis de chaînes canadiennes, qui atteint alors 510 000 ; quant aux 3 millions de voitures japonaises, elles représentent un décuplement de la production. Un tel effort suppose des investissements massifs, que ceux-ci proviennent de l'épargne privée, exceptionnelle au Japon, ou des capitaux étrangers, lourdement investis dans les autres pays [3]. De ce fait, l'expansion japonaise conserve un caractère prioritairement national qui manque aux autres nations. En tout état de cause, cette dépendance pèse peu sur des populations d'abord

1. Avec des taux d'accroissement annuel compris entre 1,5 et 1,9 %, ces pays se tiennent aux premiers rangs de l'OCDE.

2. La population active agricole japonaise regroupe, en 1970, 18 % du total des actifs ; l'afrikaner et la néo-zélandaise 12 % ; la canadienne et l'australienne 8 %.

3. Le taux d'épargne privée au Japon approche 20 % des revenus disponibles en 1970, soit près du double de la France. Les investissements étrangers au Canada se montent à 44 milliards de dollars.

sensibles aux niveaux de vie élevés dont elles bénéficient [1]. La technologie et l'esprit d'entreprise importés semblent des contraintes légères tant que se prolonge la prospérité.

L'amélioration générale des niveaux de vie, telle est la constatation que font les citoyens américains sous les présidences Kennedy puis Johnson et les Européens quelques années après les débuts de la CEE. La croissance profite à chacun simultanément et se nourrit de cet enrichissement désormais partagé par des pays industriels plus nombreux. Ceux-ci bénéficient d'un formidable accroissement du capital investi dans la mécanisation et la modernisation. La productivité française augmente en taux annuel de 5,6 %, soit deux fois et demi plus vite que dans les années d'avant 1914 [2]. En ce sens, établir un palmarès serait réducteur et simpliste : tous les pays développés connaissent une substitution du capital au travail, ce qui entraîne un phénomène d'aspiration de la main-d'œuvre et des investissements. Il n'y a donc plus ni « miracle » à l'allemande ni croissance à la française, mais la recherche commune et parfois conflictuelle d'une société industrielle qui préserverait la stabilité d'une économie en expansion.

Les années soixante coïncident en effet avec l'apogée d'une société où les activités – productives comme financières – s'organisent selon un modèle industriel, avec ce que cela implique de soumission relative de l'humain à l'économique. Ainsi l'Allemagne fédérale réussit-elle à conserver un pourcentage constant de progrès technique dans la contribution des différents facteurs à la croissance, grâce à une gestion optimale du marché du travail. Après l'afflux régulier d'actifs qualifiés en provenance de l'Est – 210 000 travailleurs par an de 1958 à 1961, 3,5 millions au total –, les entrepreneurs intensifient leur mécanisation et comblent leur déficit de main-d'œuvre en faisant appel aux ouvriers immigrés et aux paysans. Ces salariés sont moins qualifiés, mais leur rémunération est inférieure et, pour la plupart des travailleurs immi-

1. En 1965 et en 1967, le Canada prit des mesures restrictives sur la détention du capital, mais celles-ci furent peu efficaces.

2. Pour un bilan, cf. R. Marjolin, « Le développement économique de l'Europe : la rupture de 1974 et ses prolongements futurs », *Revue Banque*, n° 403, février 1981.

grés, les contrats sont à durée déterminée. Au total, 2 millions d'étrangers et 820 000 ruraux viennent chercher un emploi dans l'industrie, ce qui allège d'autant les pressions salariales inflationnistes et préserve les gains de productivité. L'exode des travailleurs de l'Italie du Sud vers les métropoles du Nord et vers l'Europe communautaire, la migration des paysans de Groningue, de la Bretagne intérieure ou des marges du Massif central, autant d'exemples qui confirment l'impact de ces transferts réussis de population : si le taux de croissance du PNB néerlandais reste sensiblement supérieur à celui des voisins d'Europe du Nord, c'est bien parce que l'accroissement annuel de la main-d'œuvre y est double.

Le témoignage le plus marquant de l'industrialisation de la société demeure cependant la fièvre de concentration qui bouleverse ses structures. A leur manière, les cas américain et français sont exemplaires. Entre 1960 et 1971, les 200 premières compagnies américaines acquièrent 921 sociétés pour un montant global de 62 milliards de dollars. Entre 1965 et 1968, ITT achète Avis, entreprise de location de voitures, Levitt, promoteur immobilier, les hôtels Sheraton et la compagnie d'assurances Hartford Insurance Group, sans compter une dizaine d'autres entreprises, depuis des fabricants de matériel scolaire jusqu'à une maison d'édition. Cette diversification est épaulée par la banque Lazard, intermédiaire privilégié entre les activités domestiques et l'internationalisation. De la sorte, ces opérations permettent conjointement une relance des affaires et des gains de compétitivité par l'harmonisation des productions ou des économies d'échelle. Le troisième élan de la concentration industrielle explique largement le succès de la reprise sous Kennedy. En France, l'impulsion est plus générale : dès 1965, la fusion de la BNCI et du Comptoir d'escompte, qui donne naissance à la BNP, amorce un processus de concentration bancaire, complété par la montée en puissance de Paribas et du Crédit agricole ; parallèlement, les rapprochements de Saint-Gobain-Pont-à-Mousson et de Rhône-Poulenc, la tentative d'OPA lancée en 1968 par BSN sur Saint-Gobain, les accords d'association entre Peugeot et Renault en 1966 ou la brutale concentration dans le domaine de la distribution témoignent de l'impressionnant mouvement de rénovation qui touche le capitalisme français. Certes, les résultats sont parfois longs à se dessiner, et, en 1965, Renault – premier constructeur national – dépasse à peine la moitié de la production de Volkswagen et de Fiat, les deux grands européens. En outre, les réorganisations ne suffisent pas à garantir le succès industriel comme le confirment les difficultés de la sidérurgie française ou des entreprises textiles lilloises et wallonnes. Il n'en reste pas moins que les grandes sociétés tiennent désormais une place décisive sur le marché de l'emploi, qu'elles assurent jusqu'à 68 % des exportations – aux Pays-Bas et en Suède – et que leur multiplication a constitué un moyen de surmonter les résistances au changement économique.

La formation de ces pôles de puissance impliquait un resserrement des liens entre le monde des affaires et les experts. La décennie consacre le gouvernement des managers d'État, conseillers du président – comme Paul Samuelson avec J.F. Kennedy ou Pierre Guillaumat avec Charles de Gaulle –, ambassadeurs privilégiés, tel J.K. Galbraith en Inde ou, plus prosaïquement, comptables et commentateurs éclairés des idées nouvelles, comme J.-J. Servan-Schreiber dans *le Défi américain* (1967). La politique économique se trouve ainsi investie d'une mission essentielle : garantir la stabilité dans l'expansion. Les quatre paramètres du fameux « carré magique », auquel les Allemands donnent en 1967 un caractère légal, guident les pouvoirs publics : l'évolution des prix, le rythme de la croissance, la situation de l'emploi et les soldes extérieurs. Dans l'ensemble, les pays réussissent à contrôler les fluctuations de ces données pendant la première moitié des années soixante et les dérapages enregistrés sont de courte durée. Ainsi, l'Allemagne conquiert sans discontinuer des parts du marché international tout en satisfaisant la demande intérieure, avec un seul semestre de poussée inflationniste, en 1963. La croissance allemande n'est pas la plus spectaculaire ; elle est en revanche la moins heurtée. Les pays qui gravitent dans la zone d'influence nordique de la RFA ne parviennent à équilibrer que trois grands agrégats sur les quatre du carré. En Hollande, l'inflation progresse en 1961-1963 ; en Suède et au Danemark, la croissance est à la traîne. Les cas français et italien sont voisins, en dépit des performances supérieures de l'Hexagone, car le dynamisme de l'activité et le plein-emploi s'opposent aux déséquilibres périodiques, mais répétitifs, des prix et des comptes extérieurs. Ces perturbations n'empêchent nullement l'intégration à la CEE, mais la récession de 1963 met en évidence les fortes pressions qui s'exercent sur l'appareil productif, autant du fait de la main-d'œuvre que d'une allocation imparfaite de capitaux. Français et Italiens réussissent néanmoins à combler une grande partie de leur retard industriel, à marche forcée.

En fait, seule l'expérience démocrate américaine constitue une tentative complète de régulation de la demande globale. En quinze mois, sous l'impulsion de Walter Heller ou de Robert Solow, les autorités arrivent à rétablir le plein-emploi, l'équilibre extérieur et à faire tourner à plein régime l'appareil de production industriel. Les objectifs macro-économiques sont identiques à ceux des Européens, mais la politique budgétaire est plus active, avec un accroissement de 11 milliards des dépenses publiques et la réduction de 3 milliards des impôts sur les sociétés. En dépit des écarts de performance, force est de constater que toutes ces politiques économiques sont efficaces, qu'elles permettent de propulser en quelques mois des pays essoufflés vers de nouveaux sommets : la relance Kennedy aboutit aux résultats les plus brillants en temps de paix ; l'Allemagne de 1965-1966 s'impose comme le premier pays industriel d'Europe, celui qui offre les revenus les plus élevés sans dérapage des prix.

Keynes commençait à avoir raison. Encore fallait-il que le consensus social et le mouvement des prix ne connaissent aucune perturbation majeure. Autrement dit, que les anticipations des consommateurs se conforment aux prévisions des dirigeants et qu'on ne découvre aucun « passager clandestin » au cours des itinéraires nationaux, conflit social, dérapage salarial ou fonctionnement laborieux des relations entre patrons, syndicalistes et salariés. Malheureusement, les années 1968-1973 vérifièrent simultanément ces deux hypothèses, si bien que la hiérarchie des pays industrialisés s'ordonna plus distinctement, mais que cette disparité des situations rendit les politiques macro-économiques peu conciliables. D'une manière schématique, on distinguera d'abord un groupe d'Europe du Nord, où les politiques des revenus ont été suffisamment efficaces pour que les tensions inflationnistes aient toujours reçu un traitement privilégié : les restrictions monétaires pratiquées en RFA, en Autriche ou en Norvège ont limité l'impact de l'inflation. Les petits pays comme la Belgique, les Pays-Bas ou l'Irlande adoptent des stratégies voisines de celles des pays neufs et amortissent les effets de la hausse des prix par une politique de dynamisation externe de la croissance. Ces résultats rendent plus facile la négociation collective, même si le consensus social reste à la merci des scores à l'exportation, ce que confirment les troubles de 1970-1971 en Belgique. Enfin, la France, les États-Unis et l'Italie connaissent une détérioration rapide des relations de travail ainsi que des poussées inflationnistes par la demande très forte, ce qui les expose à des cures périodiques de ralentissement – 1969 en France et en Amérique –, mais ne met pas en danger l'équilibre global tant que la vitesse de l'ajustement de l'emploi à la production s'opère de manière satisfaisante, ce qui est le cas jusqu'en 1970.

Ainsi s'établit un mode de croissance occidental original à la fin de la décennie. L'expansion continue de la production a sécrété des revendications salariales accrues, une demande de consommation, une hausse des taux d'intérêt et enfin une spéculation sur les matières premières. Les hausses de salaires ont été d'autant plus fortes que les pays bénéficiaient d'un faible consensus social, comme en France. La poussée de la consommation et des taux d'intérêt a été particulièrement marquée dans les pays où les gouvernements attendaient de la concurrence et des taux chers des effets anti-inflationnistes. La spéculation sur les matières premières a précipité dès 1971 des tensions inflationnistes. Mais l'ouverture croissante des économies interdisant le report automatique des coûts de production sur les prix, les entreprises ont commencé à s'endetter, à voir leurs profits se réduire et à sélectionner leurs investissements. La prospérité des consommateurs se forgeait au détriment d'un acteur premier de la croissance.

Réformes et problèmes des économies de l'Est

Pour autant, il ne fait guère de doute que les années soixante sont celles de l'Occident, si l'on rapproche ses performances de celles des pays socialistes. Les données statistiques officielles ou occidentales (voir tableaux) ne permettent plus de mystères : en une décennie, l'URSS devient le premier ou le deuxième producteur de pétrole, de ciment, de charbon, d'acier, mais elle produit autant d'automobiles que l'Espagne, construit aussi peu de voies ferrées que l'Inde et ne parvient pas à combler son retard de niveau de vie sur l'Ouest. A quoi servent les centaines de millions de tonnes d'acier, dès lors qu'il n'y a aucune raison de mettre en doute *a priori* la sincérité des dirigeants communistes quand ils affirment leur intention d'améliorer d'abord les conditions de vie de leurs concitoyens ? Pourquoi ces nations qui forment chaque année tant de mathématiciens, de techniciens doivent-elles emprunter au capitalisme les moyens de leur modernisation et se cantonner à un échange inégal ? Les mécomptes des années soixante posent crûment la question de l'inefficacité du mode de développement soviétique.

Les pays socialistes ont pourtant expérimenté deux types de réformes entre 1959 et 1968, mais, à l'exception de la Hongrie, ces vagues successives présentent le point commun de voir leurs effets se dissoudre en quelques années, au point de susciter dans certains pays un mouvement contraire de rigidification. Il en fut ainsi de la réforme agraire de 1958 en Union soviétique, qui aboutit à l'arrêt des progrès de la production agricole. De même, la RDA, la Tchécoslovaquie et l'URSS n'arrivent pas à réaliser conjointement tous les objectifs des nouveaux plans, ce qui se traduit par une multiplication des goulets d'étranglement dans les secteurs du bâtiment, de l'électricité, de la sidérurgie de pointe et par une pénurie de main-d'œuvre qualifiée. Pour la première fois dans l'histoire des économies socialistes, le revenu national tchèque enregistre une diminution absolue en 1962-1963. D'une façon générale, ces pays enregistrent un recul relatif continu par rapport à leurs voisins européens : le niveau de consommation de la RDA, autant industriel qu'alimentaire, perd du terrain sur celui de la RFA. Or, on ne peut plus expliquer ce retard permanent par l'insuffisance des investissements mis à la disposition des grands secteurs. La Hollande et le Danemark sont loin de consacrer autant d'argent à l'agriculture que la Hongrie ou la Pologne ; quant à la consommation totale

L'Union soviétique

	L'activité économique en indices			*Taux de croissance annuel moyen (en %)*	
	1960	*1965*	*1970*	*1961-1965*	*1966-1970*
			Population (en millions d'habitants)		
	216	232	244	1,4	1,0
			Revenu national (base 100 en 1940)		
SO	435	597	867	6,7	7,7
CO	200	258	332	5,2	5,3
			Production industrielle (base 100 en 1940)		
SO	721	783	1 183	8,6	8,5
CO	372	520	722	6,9	6,8
			Production agricole (base 100 en 1940)		
SO	160	180	221	2,4	4,2
CO	154	177	223	2,6	4,6
			Coût de la vie (base 100 en 1940)		
SO	137	143	143	–	–

SO : statistiques officielles. CO : calculs occidentaux.

Sources : S. Cohn, « General growth performance of the Soviet economy », in *Economic Performance and the Military Burden in the Soviet Union*, Washington, 1970, et E. Zaleski, in *Histoire économique et sociale du monde, op. cit.*, p. 182-187.

d'énergie par habitant, celle de la RDA et de la Tchécoslovaquie est supérieure au niveau français. En fait, tout montre que ces économies sont incapables de satisfaire aux exigences du marché international et aux souhaits de leurs consommateurs.

Autour de 1965 se déclenche une seconde vague de réformes dont la plus célèbre fut initiée par Liberman et Trapeznikov en URSS. Malgré l'étonnement des observateurs de l'époque, on demeure aujourd'hui frappé par l'absence de changement majeur dans la conception de la croissance. La recherche d'une croissance intensive, des gains de productivité et l'amélioration des niveaux de vie étaient des leitmotive ressassés depuis la mort de Staline. Plutôt que de réforme, il conviendrait de parler d'aménagement technique avec le recours au calcul économique, à la flexibilité des objectifs planifiés et à la redéfinition des stimulants matériels. C'est ainsi qu'il convient d'interpréter la réhabilitation du système des prix et du profit, utilisés comme normes d'appréciation objectives de la performance des entreprises. Mais cette définition ne suffit pas à résoudre les problèmes, tant que les conditions de formation du profit et des prix ne sont pas élucidées. Après un détour de quarante ans, les économies de type soviétique butaient de nouveau sur la place à reconnaître aux mécanismes du marché.

Force est de constater que les dirigeants n'ont pas su répondre à cette interrogation, ou bien que les projets les plus audacieux ont été censurés (en Tchécoslovaquie) ou ont connu des résultats mitigés (en Hongrie). Le blocage essentiel réside dans l'immobilisme des relations entre entreprises ou avec leurs instances supérieures. Les tentatives est-allemandes ou soviétiques d'établir des liens directs entre entreprises ou de promouvoir un commerce de gros ont fait long feu. L'incitation à innover est toujours aussi médiocre, et le remodelage du système de stimulation a abouti à la mise en place d'une pyramide complexe et peu efficace. Hormis le redressement des indices de production agricole grâce à un effort sans précédent d'investissement, la seconde moitié de la décennie se caractérise par l'incapacité des autorités à relancer la croissance et à surmonter les déséquilibres industriels. En 1973, il paraît difficile de soutenir qu'une telle compression de la consommation relève des choix de nature dogmatique effectués par le pouvoir. On y discernerait plutôt les conséquences de la tension extrême qui accompagne les économies de type soviétique : coût anormalement élevé de la croissance, faible efficacité micro-économique et adaptation impossible, sauf en Hongrie, de procédés macro-économiques. Au moindre relâchement de l'effort, le fonctionnement du pays se grippe. Accepter l'inefficacité relative et l'immobilisme, tel semble être le choix des dirigeants socialistes au début des années soixante-dix.

Les démocraties populaires

	Bulg.	*Hongr.*	*Pol.*	*RDA*	*Roum.*	*Tchéc.*	*Youg.*
			Revenu national (accroissement annuel moyen en %)				
1961-1965	6,7	4,5	6,2	3,4	9,1	1,9	7,3
1966-1970	8,7	6,8	6,0	5,2	7,7	6,8	6,1
			Production industrielle (accroissement annuel moyen en %)				
1961-1965	11,7	7,5	8,5	5,8	13,8	5,2	10,7
1966-1970	10,9	6,0	8,4	6,5	11,8	6,8	6,1
			Production agricole (accroissement annuel moyen en %)				
1961-1965	3,2	1,2	2,8	0,8	2,5	– 0,6	2,2
1966-1970	3,4	2,8	1,8	1,5	1,9	4,9	3,1
			Structure de la production (1961-1970) (en % du total)				
Agriculture	26,5	20,0	21,5	10,0	24,5	12,0	–
Industrie	49,0	39,0	49,5	64,0	56,5	60,0	–
Construction	9,0	11,0	10,0	10,0	8,5	12,0	–
Tertiaire	15,5	30,0	19,0	16,0	10,5	16,0	–

Sources : Annuaire statistique du Comecon, 1971, et *Problèmes économiques*, n° 1 340, octobre 1973.

Le temps des jeunes

Dans l'histoire des sociétés, il arrive que tout concurremment resplendisse. A considérer l'histoire des années soixante, on a le sentiment que la société se moque des difficultés internationales et se trouve grisée par la prospérité économique autant que par les nouvelles manières de vivre, même si elle en conteste la finalité. Cet optimisme est d'abord celui des élites, ingénieurs, diplômés des écoles de gestion, médecins, ni propriétaires inaccessibles ni ouvriers anonymes, réunis par le sentiment commun d'une maîtrise et d'une responsabilité effectives. Dotés d'une autorité nouvelle, ils se cherchent une identité en empruntant à la bourgeoisie traditionnelle des canons qu'ils adaptent au goût de l'heure : la toilette qui distingue, les loisirs et les intérieurs cossus. Mais le changement gagne également l'ensemble des consommateurs, ouvriers qui découvrent de nouvelles formes de sociabilité, paysans transplantés dans l'univers urbain, familles qui consacrent une attention grandissante à leurs enfants. Au moment où la consommation est saisie par le vertige, ce qui se trouve mis en cause, ce sont aussi bien les schémas traditionnels de différenciation entre groupes sociaux que le diagnostic à porter sur l'homogénéité des sociétés.

La mémoire politique française[1] a retenu successivement l'exaltation des « beaux bébés » des années soixante, puis l'appel aux personnes âgées. Au-delà des visées politiciennes, ces comportements résument la transition qui affecte l'ensemble des pays développés. Partout, le rajeunissement de la population s'accompagne de l'amorce d'un vieillissement à partir de 1965. La France compte ainsi un tiers de ses habitants âgés de moins de vingt ans, l'Europe 30,5 % ; parallèlement le pourcentage des plus de soixante-cinq ans s'établit à plus de 11 %, sauf au Japon. On se trouve en quelque sorte sur une ligne de crête entre les derniers effets du *baby boom* et une certaine atonie démographique. Toutefois, ces données globales masquent de très importantes disparités : on opposera une France du Nord jeune, où la proportion des moins de vingt ans est supérieure à 36 % dans douze départements en 1973 et une France du Sud et du Centre vieillie, avec treize départements où le nombre des jeunes est inférieur à 30 %. Des remarques identiques s'appliquent à l'Angleterre du Sud, opposée à celle des mines, à la Californie, dont la jeunesse contraste avec le vieillissement de la Nouvelle-Angleterre.

Les clivages ville/campagne ou ethniques rendent difficilement compte de l'ampleur des bouleversements. Comme le notait Jean Fourastié en 1959, les pays développés entament un nouveau cycle de vie : « Aujourd'hui, c'est l'homme moyen qui atteint non seulement 60, mais 65, 70 et même 75 ans selon les régions. La situation de l'homme moyen ayant 50 ans est dès lors facile à décrire : né dans une famille de trois

1. Sur la période et particulièrement le cas français, cf. M. Winock, *Chronique des années 60*, Paris, Éd. du Seuil, 1987.

enfants, il a épousé à 26 ans une jeune fille de 24 ans ; ils ont eu eux-mêmes deux ou trois enfants ; les maladies ont été bénignes, presque aucune n'étant même inquiétante ; les seuls deuils ont été ceux des quatre grands-parents, délivrance attendue plutôt que dramatique coupure. La douleur physique a presque disparu. Et cet homme, âgé de 50 ans, a encore une chance sur deux de vivre plus de 26 autres années [1]. » La mort n'est plus au centre des préoccupations ; au contraire, les progrès médicaux permettent de faire coexister plusieurs années trois générations. La découpe du paysage familial se modifie lentement ; ce sont alors les rapports et les comportements humains qui se transforment.

D'une manière schématique, l'homme industriel des années soixante rencontre rarement la misère, bénéficie d'une protection sociale élargie [2], voit dans la scolarisation prolongée de ses enfants une chance et commence à se trouver des raisons esthétiques pour limiter sa nourriture. Autant d'éléments qui confirment le rôle croissant de la formation et de la sociabilité au détriment de l'héritage. On se mariait jadis lorsqu'on appartenait au même milieu, que l'épouse disposait d'une dot ou avait travaillé assez pour économiser. On convole désormais avec des gens de formation et de culture comparables, ce qui contribue à déplacer les frontières sociales. Certes, les mariages entre l'ouvrier et l'étudiante sont toujours rares, mais plutôt en raison du petit nombre de fils d'ouvriers inscrits à l'université qu'en fonction d'une honorabilité bourgeoise à préserver. Au début des années soixante-dix, il n'y a plus d'endogamie que résiduelle, dans les bourgeoisies bordelaise ou bostonienne et dans des régions rurales où la sauvegarde de la terre prime. Pour autant, la liberté accrue des couples quand ils se forment, leur mobilité géographique et professionnelle ne signifient nullement une négation de la famille. On assiste

1. J. Fourastié, *Population*, 1959, p. 417.

2. **Évolution de la part des dépenses sociales dans le PIB (%)**

	1962	*1973*		*1962*	*1973*
France	17,0	21,0	États-Unis	14,0	20,0
RFA	16,0	20,0	Japon	7,0	8,5
GB	12,5	16,5	OCDE	13,0	18,0

en fait à une redéfinition des finalités du couple, du rapport homme/femme et de la place des enfants.

Le droit au bonheur conjugal devient une question d'actualité au cours des années cinquante, après le discours de Pie XII affirmant, en octobre 1951, le droit au plaisir du mari et de la femme et surtout avec l'invention de la pilule en 1956. D'un côté, l'Église catholique, jusque-là l'autorité morale la plus réticente à la dimension sexuelle du mariage, admet l'amour des corps, tandis que la banalisation de la pilule offre le moyen de dissocier activité sexuelle et procréation. La fécondité cesse de relever exclusivement du domaine éthique et devient un problème de société, ce que montrent les débats politiques autour de la libre contraception en Europe de 1963 à 1967. Ici encore, l'hétérogénéité des milieux et des niveaux d'instruction exclut une véritable concordance. Néanmoins, en 1972-1973, une citadine européenne sur trois et 40 % des diplômées de l'enseignement supérieur et des femmes de cadres ont recours à la contraception.

A contrario, l'enfant, désormais voulu dans bien des cas, bénéficie d'une valorisation exceptionnelle. Tout y concourt, depuis le recul régulier de l'entrée dans la vie professionnelle, le succès des traités de pédiatrie [1], le rôle de l'école et la mutation des attitudes de la mère jusqu'à l'évolution de la législation sur l'adoption, dans les pays scandinaves en particulier. L'enfant est ainsi installé au centre des relations familiales, ce qui transforme le « fossé des générations », puisque l'instruction n'est plus déterminée par le rapport exclusif parent-enfant [2]. En retour, l'image de la femme, mère et épouse au foyer, s'estompe, et d'autant plus vite que la féminisation de la vie active s'accentue après 1964-1966. La place croissante tenue par la femme dans le temps et l'espace du travail tend à réduire celui de la vie privée à un appendice. Le travail féminin, facteur d'autonomie et nécessité économique bien souvent, conduit à une redéfinition imprévue du couple et de la maternité. Le mariage à l'essai et le refus des enfants non

1. Notamment celui du docteur B. Spock, *Baby and Child Care* (New York, 1946), adapté en français sous le titre *Comment soigner et éduquer son enfant*, et vendu à 30 millions d'exemplaires en une génération.
2. Cf. M. Mead, *le Fossé des générations*, Paris, Denoël, 1979.

désirés constituent les traits caractéristiques de la « seconde révolution sexuelle du XXe siècle », selon l'expression d'Edward Shorter. En 1960, on recense déjà 440 000 couples non mariés aux États-Unis ; ils seront 1 million en 1972. La progression est encore plus rapide dans l'Europe du Nord, puisque la cohabitation juvénile touche un couple sur deux dès 1968. Seules la France et l'Italie enregistrent un rythme décalé, avec 17 % des « mariages » en 1968-1969 pour la France. L'extension de l'avortement est un phénomène plus difficile à apprécier, compte tenu des pratiques clandestines. Là encore, les pays scandinaves et le Japon, qui ont légalisé l'avortement quinze à vingt ans auparavant, enregistrent des chiffres élevés, signe que celui-ci se substitue à une contraception peu répandue et aux effets mal connus. Mais le plus surprenant reste la vague de fond qui déferle sur les démocraties populaires : 1 120 000 avortements en Roumanie pour la seule année 1965. Le sous-équipement médical et le faible niveau d'instruction se paient d'un prix exorbitant [1].

En tout état de cause, il devient impossible de cantonner les femmes à leur univers domestique et aux « questions sociales ». A preuve, l'intérêt manifesté par les institutions, les médias et les hommes politiques français, à la veille de la campagne présidentielle de 1965. A la suite des pères du concile qui avaient évoqué pendant de longues séances le statut de la femme, les marxistes lui consacrent la Semaine de la pensée marxiste et le candidat Mitterrand est le premier à inclure la libre contraception dans un programme électoral. Ces manifestations correspondent à une prise de conscience généralisée : la trinité familiale, l'enfant, la femme et la maison, cède la place, dans les magazines, à des rubriques spécialisées, et le journal *Elle* augmente ses ventes de 30 000 exemplaires après que Fanny Deschamps a publié une série d'articles sur le planning familial [2]. Ce qu'on commence

1. Pour l'Europe occidentale, les chiffres sont très variables ; on estime à 33 000 le nombre annuel d'avortements en Grande-Bretagne et à 17 000 en France.

2. On signalera les succès d'édition rencontrés par *le Métier de femme* de Menie Grégoire, *la Femme mystifiée* de Betty Friedan et la création d'une collection « Femme ». Sur le féminisme américain, cf. G. Castro, *Radioscopie du féminisme américain*, Paris, Presses de la FNSP, 1984.

à appeler le « féminisme » repose sur le refus d'une nature féminine particulière et revendique une intégration d'abord professionnelle. Or, c'est précisément ce retour des femmes sur le marché du travail [1] qui heurte les contemporains, parce qu'il implique un nouveau partage des droits, des salaires et des charges. Et l'écrasante majorité des hommes se satisfait du *statu quo,* au point d'être choquée lorsque Brigitte Bardot, archétype de la femme des années soixante, dissimule sa grossesse. Où va-t-on si les femmes refusent d'être mères...

Le mouvement fémininiste constitue le modèle des autres contestations qui traversent le monde occidental dans les années soixante, même s'il a moins d'écho que les revendications raciales aux États-Unis. Le problème des Noirs et des Indiens éveille une formidable curiosité, parce qu'il évolue presque en direct, sous le regard des caméras, et qu'il fait resurgir les souvenirs de la guerre de Sécession et de la conquête de l'Ouest dans un pays qui se présente comme un modèle démocratique. Dans la mythologie américaine, le *melting pot* symbolise, avec l'*anchor man,* l'excellence d'un système qui réussit à agréger des nationalités différentes, sans leur prendre leur âme, et en se prémunissant de tout excès par le contrôle d'un pouvoir indépendant. Or l'émeute de Watts, du 11 au 15 août, démontre que la prospérité d'une ville comme Los Angeles n'est plus une garantie contre les émeutes et que la discrimination WASP-*ethnics* est rejetée par des jeunes, scolarisés grâce au système, mais cantonnés dans des emplois peu qualifiés et exposés au chômage.

Les effets du libéralisme économique sont dénoncés par la violence au moment où la signature du *Voting Rights Act* par Lyndon Johnson rééquilibre le corps électoral. La démocratisation et la prospérité semblent des leurres à des citoyens de second rang qui ne peuvent en profiter et auxquels les Blancs proposent une intégration progressive, comme si chaque Américain devait effectuer le parcours initiatique de l'émigration. Mais, à la différence du problème féminin, qu'il apparaît difficile d'extraire de la sphère privée, la question noire est d'emblée politique, et le slogan de 1966, *« Black power »,* le

1. On rappellera qu'en 1965 les femmes actives sont 2 millions de moins qu'en 1920.

démontre abondamment. La conquête du pouvoir local accompagne ainsi la contestation, mais les modalités d'action sont bien souvent antagonistes entre l'intégration légale, non violente et le nationalisme révolutionnaire. Le geste de Tommie Smith sur le podium de Mexico résume le déchirement d'hommes qui gagnent des médailles d'or sous le maillot américain et revendiquent leur identité noire pendant l'hymne national.

Le cas des Indiens est sensiblement différent, parce qu'ils sont moins nombreux (800 000 en 1970) et que leurs revendications passent par le filtre juridique, dans l'espoir de définir de nouvelles relations avec le pouvoir fédéral. Leur inquiétude pourrait être rapprochée de celles des Antillais, des Indiens et des Pakistanais installés au Royaume-Uni. Les premiers réclament des terres, les seconds du travail et tous une considération qui leur semble refusée. Ainsi se révèle la nature culturelle de ces crises raciales, des deux côtés. Car les Britanniques et les Américains blancs craignent de voir la prospérité et le consensus social patiemment construits depuis la guerre se briser. Après les élections générales de 1964, Harold Wilson a beau dénoncer la « lèpre électorale » qui menace le pays, le parti travailliste met en place des mesures restrictives à l'immigration. Et l'affaire des Kenyans d'origine asiatique refoulés à leur arrivée à Londres en 1967, malgré leurs passeports britanniques, illustre cette évidence : l'histoire de la Grande-Bretagne ne veut plus se confondre avec celle du monde.

Faut-il alors en conclure que ce bouillonnement d'idées conduit à une remise en cause du modèle occidental ? On serait plutôt tenté de distinguer d'une part des tentatives rénovatrices et une contre-culture, apanage de la jeunesse, et d'autre part l'enracinement d'une civilisation consumériste, ce qui n'exclut pas des rejets spasmodiques. Du premier comportement, l'*aggiornamento* religieux autour de Vatican II constitue le meilleur exemple. Entre l'encyclique *Mater et Magistra* publiée par Jean XXIII en 1961 et *Humanae Vitae* de Paul VI en 1968, l'Église catholique s'ouvre au monde. Événement de première grandeur, car il concerne 260 millions de fidèles et implique une inévitable confrontation entre une vérité révélée, confortée par le dogme de l'infaillibilité pontificale en 1870, et la contingence quotidienne. C'est pourquoi les acquis diplomatiques et médiatiques l'emportent sur les avancées dans le domaine social, familial, voire liturgique. Ainsi, la reprise de l'expérience des prêtres-ouvriers, en octobre 1966, s'accompagne de deux contraintes : la non-syndicalisation et le maintien dans la communauté ecclésiale. Travailler à l'usine et vivre à l'église, en excluant d'autres formes de sociabilité institutionnelle, le pari est hasardeux. Cette impression en demi-teinte se confirme avec les débats sur le célibat des prêtres, la sexualité et la procréation, ou la nouvelle messe. Le retour de l'affrontement classique entre modernistes et intégristes occulte le souci commun à tous les religieux : comment enrayer la déchristianisation ?

Le regard des puissants et des médias se concentre sur le chef de l'Église, jusqu'à personnifier dans Paul VI l'institution tout entière. A la tribune de l'ONU, le pape reprend à son compte cette magistrature d'influence que ses contemporains reconnaissent aux banquiers du FMI. Parce qu'il se veut « expert en humanité », il peut condamner la guerre, se rendre à Jérusalem ou en Amérique latine et renouer des relations avec le monde communiste. Pourtant, aucun de ces voyages n'aboutit à des conclusions pratiques, et c'est en définitive l'image d'un homme de bonne volonté qui reste dans la mémoire collective. A l'indiscutable rénovation de la fonction papale ne correspondent ni un recul de la pauvreté dans les pays en voie de développement ni une christianisation des rapports sociaux dans les nations industrialisées.

De ce point de vue, la rénovation syndicale apparaît davantage porteuse d'acquis. Jusqu'en 1967, les syndicats occidentaux bénéficient d'une légitimité reconnue par les patrons et les gouvernements, en même temps qu'ils exercent une influence grandissante, tant au sein des partis socialistes que par le biais des négociations collectives. Certes, les conflits sociaux n'ont pas disparu, et la grève des mineurs de 1963 en France le montre aisément; mais la tendance générale est à l'apaisement. L'extension de la cogestion en Allemagne ou le programme de « Nouvelle Société » proposé par J. Chaban-Delmas à l'issue de l'élection présidentielle de 1969 illustrent ce « management » tripartite. Le réveil brutal des tensions entre 1968 et 1970 montre cependant les limites de cette modernisation institutionnelle [1]. La force syndicale reposait conjointement sur le souvenir des luttes partagées depuis la Grande Crise et l'après-guerre pour l'amélioration des salaires et des conditions de travail, dans une situation de sous-emploi presque permanent, et sur la satisfaction palpable des gains nominaux enregistrés depuis quinze ans. Or, en 1968-1970, bon nombre d'ouvriers n'ont pas vécu les périodes difficiles de leurs aînés et n'ont pas les mêmes préoccupations en termes d'emploi, car l'Europe manque de main-d'œuvre. En revanche, l'inflation commence alors de ronger une part substantielle de leur pouvoir d'achat. C'est donc une conjonction des mécontentements qui s'opère entre les travailleurs pères de famille, contraints de payer les traites de leur voiture et de leur maison, et les plus jeunes, dénonçant l'illusion monétaire et un système taylorien dont la rigidité entrave à la fois la mobilité professionnelle et la vie de tous les jours. A ces inquiétudes, les organisations syndicales opposent la force de leur immobilisme et de leur reçonnaissance officielle. Aussi les « grèves sauvages » les prennent-elles de court, en Suède, en Allemagne ou encore en Italie. Le mécanisme d'horlogerie sociale patiemment confectionné dans les pays d'Europe du Nord semble incapable de satisfaire ces demandes immédiates autrement qu'en relançant la course des salaires et des prix. A terme, tout le monde est perdant, surtout les syndicats, en panne de projet; mais la thérapeutique se révèle efficace au tournant des années soixante-dix. A travers les conflits Lip et

1. **Nombre de jours de grève (en milliers)**

	France	*RFA*	*Italie*	*Suède*	*RU*
1961	2 601	61	9 891	2	3 046
1962	1 901	451	22 717	5	5 798
1963	5 990	1 846	11 395	25	1 755
1964	2 497	17	13 089	34	2 277
1965	980	49	6 993	4	2 925
1966	2 523	27	14 473	352	2 398
1967	4 204	390	8 658	0,4	2 787
1968	*	25	9 240	1	4 690
1969	2 224	249	37 825	112	6 846
1970	1 742	93	18 277	156	10 980

* Évaluation non disponible

Rateau en France ou l'affrontement entre Edward Heath et les mineurs britanniques émerge en effet la question des années à venir : les démocraties industrielles exigent-elles toujours des organisations transformées en machines à collecter les suffrages sociaux ?

Mais, dans le contexte des années soixante, ces doutes s'inscrivent seulement en filigrane, tant la croyance en une croissance exponentielle à long terme est solidement partagée. L'équation de la prospérité est ramenée à sa forme la plus simple mais la plus percutante pour les citoyens : salaires plus consommation égale plein-emploi. Force est de constater que beaucoup d'indicateurs confirment cette curieuse algèbre. Les ménages sont mieux logés, disposent à 80 % de l'eau courante et du chauffage central. La poussée en tous sens de l'univers urbain est la meilleure preuve du dynamisme des Européens, puisque l'on a construit 4,2 millions de résidences en huit ans. Les tonnes de béton produites pour l'édification des tours et des autoroutes sont plus importantes à l'époque que le *zoning* ou les embouteillages, jugés comme l'inévitable contrepartie du progrès. Sans rupture majeure, mais avec constance, les chiffres et la structure des consommations [1] confirment l'insertion des Occidentaux dans un monde consumériste que l'on résume alors à grands traits de quelques mots : télévision, automobile et sport pour tous.

Dans l'image de ces sociétés paisibles, la référence américaine est toujours présente, plutôt en termes de niveau de vie, car le consensus consumériste est en voie d'effritement. C'est l'extraordinaire mutation subie par la société britannique qui fascine les contemporains, prompts à en faire la représentation emblématique des *sixties*. Oubliée l'enquête de la revue

1. **Structure des consommations individuelles en 1971 (en %)**

	EU	*Japon*	*RFA*	*France*	*RU*	*Suède*
Alimentation	23,0	31,5	34,0	27,5	26,0	27,5
Logement	19,0	13,0	15,0	11,5	11,0	15,0
Habillement	10,0	11,0	10,5	9,5	9,5	10,0
Santé-hygiène	12,0	6,0	4,5	9,5	8,0	6,0
Culture-loisirs	7,5	7,5	7,5	8,5	5,5	9,0
Transports	14,0	3,0	11,5	10,5	13,5	13,0

Encounter en 1963 intitulée « Suicide d'une nation », ravalés les chagrins d'un pays qui, en 1965, enterrait avec Winston Churchill les splendeurs de l'Empire et l'épopée de la guerre. L'Angleterre se targue d'incarner « l'idéal d'un pays qui a élevé plus haut que tout autre le niveau de vie réel, de préférence au niveau de vie statistique » (*Times,* 1971). Un demi-siècle après Kipling, la civilisation britannique se veut la référence d'un univers occidental optimiste où le plus grand nombre bénéficierait de sécurité et de liberté. Plus qu'une vision utopique, c'est la réalité de ces 12 millions de foyers regardant la télévision et se livrant aux joies du jardinage qui importe. Dans ces plaisirs simples, on distingue vite la résurgence des vieux complexes de supériorité. Il en est ainsi lorsque, en juin 1966, l'Angleterre gagne pour la première fois la coupe du monde de football, devant la reine et 400 millions de téléspectateurs. Fait divers ? Voire : la nation vit à l'heure du football pendant toute la décennie, préparant l'événement et célébrant son souvenir. Des historiens réputés écrivent des livres à la gloire de leur équipe favorite ; Bobby Charlton, Alf Ramsey et Matt Busby, joueurs ou entraîneurs, sont anoblis. Quant au Premier ministre, Harold Wilson, il truffe son vocabulaire d'expressions footballistiques. Il ne manque pas même les hooligans de Liverpool ou de Nottingham Forest, dont la violence hebdomadaire rituelle laisse affleurer les frustrations de cette société trop tranquille. Autour du stade et du jeu se cristallisent les attentes d'un peuple qui fait de la victoire une expression du nationalisme ou du régionalisme et du loisir sportif l'antidote du conformisme de la société de consommation.

Au-delà de leurs particularismes, les Occidentaux réussissent à combiner productivisme et mieux-être, *Welfare State* et repli individualiste. Ainsi le fossé se creuse-t-il entre deux cultures, l'une de divertissement, où se trouvent plébiscités films à gros budgets, best-sellers et livres de poche, l'autre élitiste, qui fait son miel des films d'art et d'essai, des ouvrages de sciences humaines et de la collection « 10/18 ». Cette différenciation n'est pas nouvelle, mais les contraintes économiques ont accentué les clivages, comme le montre la situation paradoxale du cinéma. A la baisse de la fréquentation, du nombre de salles et de films tournés, on opposera la progression des recettes et le succès de quelques longs métrages tout public ou, au contraire, satisfaisant une clientèle spécifique. Le phénomène éclate après 1963. Jusque-là, le nombre de salles dans le monde – 220 000 – et celui des spectateurs – 16 milliards – étaient identiques à ceux de 1958. Mais cette stabilité masque une chute régulière de fréquentation en Occident, de l'ordre de 30 %, tandis que celle-ci reste inchangée dans les pays de l'Est et progresse dans le tiers monde. Seule la hausse du prix des places sauve l'industrie cinématographique de la crise, mais, surtout, l'heure est aux regroupements, autour de la Warner et de Paramount aux États-Unis, ou bien à des producteurs « indépendants ». Ces reclassements s'accélèrent à mesure que les recettes commerciales de la télévision concurrencent puis dépassent, en 1965, celles des cinémas. Le téléspectateur américain, anglais ou allemand dépense plus pour la télévision que pour le cinéma. La fin du système hollywoodien et les difficultés des studios anglais et italiens concrétisent la victoire du réalisateur sur le producteur : avant, on allait « au cinéma » ; désormais, on va voir *un* film.

On est donc en droit d'évoquer une génération originale de cinéastes, les uns vivant du système, les autres de sa dénonciation. Au Fellini de *la Dolce Vita*, qui expose dès 1960 la vanité et les angoisses d'une société de communication superficielle, répond le succès populaire des péplums tournés à Cinecitta à partir de 1961 et du premier « western-spaghetti » de Sergio Leone, en 1965, deux genres nourris d'un pastiche grandiloquent. En ce sens, l'évolution du cinéma n'est pas sans rappeler celle de l'automobile des années cinquante, quand la déclinaison d'un thème rencontre la faveur de publics divers. Lorsque les réalisateurs du « nouveau cinéma » prétendent restituer l'univers des *sixties*, ils le travestissent immédiatement. Leur point commun n'est pas le sujet, mais son traitement, où les sentiments et les sensations l'emportent sur le récit et l'explication [1].

De ce point de vue, si l'on tente de faire le partage entre les

1. Ainsi, Jean-Luc Godard avec *Pierrot le fou* (1965), Claude Lelouch, *Un homme et une femme*, Milos Forman, *les Amours d'une blonde* (1966), et Éric Rohmer, *Ma nuit chez Maud* (1969).

représentations et les pratiques collectives, la mythologie dépasse largement la réalité. Le succès du « Livre de poche » et des « Penguin Books » ne doit pas faire oublier que le nombre des titres publiés en Europe reste étale dans la décennie, ou qu'un Européen sur deux ne lit jamais un livre. En fait, la célébration de la mode, de la chanson ou de la gastronomie commence au moment où les transformations industrielles, les innovations commerciales – du drugstore au surgelé – et l'uniformisation des mets et des vêtements aboutissent à une banalisation. De la sorte, le décor de la cuisine, espace rationalisé qui témoigne de la modernité et de l'aisance, compte plus qu'une nourriture avalée devant la télévision. Par peur du déclassement ou par souci de l'apparence, les Occidentaux miment les comportements phantasmés ou réels de la société de consommation. D'où l'importance de la musique pop, qui dilate jusqu'aux limites ultimes de la perception cet univers imaginaire né de la prospérité. L'extraordinaire succès des Beatles, des Doors ou des Rolling Stones repose sur la dénonciation des artifices de la société technicienne et sans chaleur, alors que les clefs de leur popularité sont précisément le disque, « produit » par excellence, les amplificateurs et les light-shows, « mécaniques » des transes collectives.

La pop n'a pas les mêmes fonctions que le rock, qui, dix ans plus tôt, distrayait sagement ceux qu'émerveille l'aisance économique récente. Musique vertigineuse et obsédante, elle mêle intimement les principes de plaisir et de mort, érige le dérèglement des sens et des conventions en normes de vie. L'émotion provoquée par l'album *Sgt. Pepper's Lonely Hearts Club Band* (1967) avec les titres *Lucy in the Sky with Diamonds*, que l'on suspecte aussitôt d'être un éloge du LSD, et *A Day in the Life*, interdit sur la BBC parce qu'il présente un montage délirant d'informations tirées de l'actualité d'une journée, suffit à résumer le pouvoir contestataire d'une nouvelle culture et d'une nouvelle catégorie d'individus, inquiétante, insaisissable : « la » jeunesse.

Le pouvoir de contester l'ordre social né du bien-être matériel et destiné à le perpétuer reste le formidable privilège des démocraties riches. De fait, jusqu'au milieu des années soixante, la presse soviétique ressasse la tranquillité de la jeunesse du pays et sa confiance dans l'avenir du communisme, et seuls quelques articles, dont celui du très officiel secrétaire du Comité central du Komsomol G.S. Pavlov publié à l'été 1966 dans *le Communiste,* laissent transparaître une certaine inquiétude. Mais, derrière cette bonne conscience, plusieurs événements attestent la réalité des tensions entre les individus et un système politico-culturel finalement peu ébranlé par la dénonciation du culte de la personnalité. En 1962, au moment où se télescopent les conséquences de la déstalinisation et celles de la politique de Khrouchtchev, la publication d'*Une journée d'Ivan Denissovitch,* racontée par un ancien prisonnier des camps, Alexandre Soljenitsyne, et du *Silence* de Youri Bondarev, qui y décrit la machine de terreur soviétique au lendemain de la Seconde Guerre mondiale, laisse espérer la renaissance d'une littérature enfin porteuse d'une mémoire non falsifiée et de valeurs morales autonomes. Mais les débuts de l'ère brejnévienne brisent l'élan créateur du tournant de la décennie, celui qui entraînait toute une génération étudiante à réclamer des discussions publiques et contradictoires et à dénoncer le cynisme de la désinformation. A cet égard, le procès des deux romanciers Daniel et Siniavski en février 1966 symbolise le regel ; la culture officielle condamne une libéralisation qu'elle ne maîtrise plus et interdit la reconnaissance de l'expression artistique indépendante. Il n'est pas excessif alors de parler d'un éclatement de la société soviétique, infantilisée par un pouvoir qui dénonce, sans pour autant y remédier efficacement, les ravages d'un alcoolisme de plus en plus répandu et les hauts taux de criminalité propres à entretenir un système pénitentiaire pléthorique. De fait, en dépit des promesses tonitruantes de Khrouchtchev au début des années soixante, on ne vit pas mieux en URSS, comme en témoignent la hausse sensible du taux de mortalité infantile – à elle seule, la grippe tue encore des milliers d'enfants en bas âge tous les ans – et la réduction de l'espérance de vie. L'inefficacité sociale et le caractère répressif de l'État soviétique condamnent la population à un écartèlement constant entre le discours économique triomphant de la détente et la médiocrité de la vie quotidienne, entre l'image officielle d'une culture lénifiante et la vitalité de la littérature clandestine du *samizdat*.

De nouvelles préoccupations monétaires

Le 31 octobre 1960, tandis que l'Amérique se passionne pour le duel indécis entre Nixon et Kennedy, peu d'observateurs prêtent attention à la déclaration du candidat démocrate : « Si je suis élu président, je ne modifierai pas l'actuelle parité du dollar. Au contraire, je défendrai sa valeur, que j'estime correcte. » Propos de campagne, pense-t-on, bien que l'or ait atteint 39 dollars l'once sur le marché de Londres. Au demeurant, les cambistes n'ont-ils pas été les premiers, depuis deux ans, à hésiter sur l'opportunité d'une dévaluation ? La spéculation sur l'or procède d'une réaction normale de couverture, à la veille d'une échéance politique. Pourtant, lorsque le nouveau président réitère ses propos en février 1961, ils prennent une valeur singulièrement différente : ainsi, la première puissance financière du monde renonce à dévaluer et à relever ses taux d'intérêt, parce que son chef privilégie la relance de la croissance. La stabilité du dollar devient une des clefs de la nouvelle stratégie économique. Encore faut-il que celle-ci apparaisse plausible à la communauté internationale.

Depuis le retour à la convertibilité des monnaies, cette dernière s'inquiétait du double décalage existant entre la situation de l'or et du dollar et l'évolution du commerce international. Non seulement le prix de l'or continuait de fluctuer autour de la parité définie en 1933 – 35 dollars l'once –, mais l'apport de métal sur le marché n'avait pas suivi le boom des échanges [1]. L'expansion risquait d'être entravée par l'insuffisance des liquidités, d'autant que les Américains écartaient l'éventualité d'une réévaluation des stocks d'or, ce qui aurait profité aux Soviétiques. Les Français, quant à eux, étaient hostiles à l'introduction de nouveaux signes monétaires en l'absence de véritable coordination des politiques financières. A cela s'ajoutait une méfiance grandissante vis-à-vis de la nature du déficit américain des paiements, puisque les économies décidées par Eisenhower avaient été contrebalancées par

1. En 1950, le montant de l'or détenu représente 12 milliards ; en 1971, 39.

une réduction des commandes chez les principaux clients des États-Unis. L'excédent commercial n'apparaissait plus aussi solidement établi, et la confiance dans le dollar s'en ressentit immédiatement.

Or, à la différence des années trente et de l'après-guerre, les acteurs financiers étaient plus nombreux, disposaient d'informations abondantes, collectées en un temps rapide, et pouvaient agir sur des sommes considérables, en raison des effets inflationnistes et de l'accroissement du pourcentage de liquidités en circulation par rapport au revenu national. Ainsi, au plus fort de la spéculation de 1947 contre la livre sterling, 100 millions de dollars changeaient de main chaque jour; en mai 1969, les mouvements quotidiens en faveur du mark s'élèveront à 1,5 milliard de dollars. Ce gonflement de la *hot money* incita les Occidentaux à rechercher de nouveaux instruments monétaires, dans la mesure où les banques centrales ne pouvaient plus faire face à la spéculation en vendant leurs dollars de réserve, en relevant les taux d'intérêt ou en établissant des engagements à terme renouvelables. C'est ainsi que se développa le marché des eurodollars [1], en liaison directe avec le montant du déficit américain.

A partir de 1960, en effet, les dollars émis en paiement de ce déficit dépassent largement les capacités d'absorption des banques centrales, ce qui rend caduque une des dispositions principales de Bretton Woods. D'autre part, les banques européennes se rendent compte qu'elles peuvent concurrencer les établissements américains en offrant des taux d'intérêt plus élevés aux dépôts à terme effectués par les non-Américains et en proposant des crédits en dollars à des taux inférieurs. Les banques américaines sont pénalisées par leur comportement traditionnel, hérité du dollar gap – ce qui les conduit à peu rémunérer les dépôts [2] et à prêter chèrement un dollar supposé rare – et par le choix de Kennedy en faveur d'un taux faible.

1. Les eurodollars sont des dollars américains déposés dans des banques situées hors des États-Unis par des non-résidents. En 1965, les crédits en dollars au bilan des eurobanques atteignait 12 milliards; en 1970, 60; en 1973, 110. Bonne présentation dans J. Denizet, *le Dollar. Histoire du système monétaire international depuis 1945*, Paris, Fayard, 1985.

2. En 1960, le taux du marché monétaire américain est à 2,30 %, les bons du Trésor à 2,36 % et les obligations à 10 ans à 3,91 %.

Compte tenu de la récente convertibilité externe, les cambistes et les trésoriers des multinationales disposent donc d'un choix entre le marché des eurodollars et le national, qu'ils arbitrent en fonction des taux d'intérêt offerts et de la mobilité des placements. Et ils se portent d'autant plus volontiers vers l'euromarché qu'il est plus rémunérateur et qu'il échappe à tout contrôle des systèmes bancaires nationaux, car les eurodollars sont considérés comme des devises externes. Ainsi s'est mis en place un mécanisme prodigieusement souple et efficace, mais qui rappelle celui de 1927-1929 par la multiplication des allers-retours transatlantiques et le lien étroit entre les taux américains et ceux de l'euromarché.

Au début des années soixante, la situation financière internationale se trouve clarifiée, puisque les déficits américains sont réglés par l'accroissement des balances dollars – détenues aux États-Unis par des étrangers – et par le bon fonctionnement des eurodollars, dans une situation de concurrence presque parfaite. En revanche, un tel fonctionnement rendait inopérante la défense du système monétaire par un unique prêteur en dernier recours. Le problème débordait largement le cadre technique et revenait en fait à adapter les mécanismes financiers aux rythmes inégaux de développement économique qui caractérisaient l'ensemble occidental depuis une décennie. L'économiste Robert Triffin [1] a montré, dès 1959, que la contradiction existant entre l'inévitable *dollar gap* d'après guerre et l'affaiblissement à long terme qu'entraînait cette position de créancier pour l'économie américaine était dangereuse. En quelque sorte, le dollar ne pouvait être à la fois monnaie du monde et monnaie d'un pays, ce qui conduisait à adopter des mesures incompatibles : d'un côté, l'approvisionnement en dollars reposait sur le déficit américain ; de l'autre, la stabilité de la monnaie dépendait de la capacité des États-Unis à dégager des excédents, après la fonte des réserves d'or.

De fait, les choix effectués par Kennedy et entérinés par Johnson n'écartaient nullement le risque d'une crise des comptes extérieurs. Le refus de la dévaluation et du relèvement des taux d'intérêt impliquait l'utilisation répétée des

1. R. Triffin, *Gold and the Dollar Crisis : the Future of Convertibility*, New Haven, Yale University Press, 1960.

procédures prévues par le FMI pour éponger les déficits ou bien la création du pool de l'or, en 1961. Ces mesures se révélaient partiellement efficaces mais ne modifiaient pas le déséquilibre induit par la position unique des États-Unis, à la fois prêteurs en dernier recours du monde, défenseurs des intérêts occidentaux et menacés par la concurrence européenne. Le maintien du déficit conduisit ainsi Kennedy à envisager une taxe d'égalisation des intérêts qui devint effective sous l'administration Johnson. Ce faisant, les Américains instauraient une sorte de contrôle des changes, contraire en soi au principe de monnaie de réserve. Autant de données qui expliquent la méfiance des détenteurs de capitaux, les accès de fuite périodique devant le dollar et les tentatives renouvelées de réforme du système des paiements internationaux entre 1960 et 1964.

Parmi les huit plans de réaménagement qui rivalisent, ceux de Robert Triffin, du gouverneur de la Banque nationale de Grèce, Zolotas, et de Hugh Berstein, du FMI, montrent les ambitions et les illusions des experts contemporains. Triffin reprend nombre d'idées de Keynes écartées à Bretton Woods, notamment celle de transformer le FMI en une sorte de banque centrale générale, ce qui permettrait de disposer de réserves d'intervention abondantes et de contrôler la progression des crédits et la quantité d'or mise sur le marché. Les plans Zolotas et Berstein s'inspirent de ce raisonnement et proposent des systèmes de compensation mondiale entre pays excédentaires et déficitaires, soit par le biais d'arbitrages dans l'espace, soit par des arbitrages dans le temps, entre le terme et le comptant. Ces procédés ingénieux présentaient pourtant tous la même lacune : ils supposaient que les États abandonneraient une partie de leur souveraineté, qu'ils consentiraient tous à une réforme du FMI et que les nouveaux systèmes fonctionneraient d'une manière parfaite, ce qui impliquait la présence d'une autorité supranationale. Or, seuls les pays excédentaires de l'OCDE étaient en mesure de tenir ce rôle – comme les États-Unis en 1945. Il était dès lors prévisible que ces derniers continueraient à alimenter le monde en dollars plutôt que de renoncer à leur leadership et résoudre la question du déficit. En pratique, les pays détenteurs de dollars furent pris dans le cycle infernal excédent-accumulation de réserves-menace de dévaluation du dollar ou contrainte de réévaluation de la monnaie nationale. Comment auraient-ils pu y échapper, puisque le marché américain devenait chaque année plus important pour eux, tandis que les exportations d'outre-Atlantique étaient concurrencées par des fabrications européennes ou japonaises ?

On a déjà observé, à propos des accords généraux d'emprunts de 1961, l'aspect caricatural d'une telle situation : à chaque réunion monétaire internationale, les Anglo-Saxons imposent leur point de vue et réclament un rééquilibrage des échanges, devant des représentants de nations dont l'objectif prioritaire est précisément d'exporter plus. En un sens, on se trouvait dans la situation inverse de 1944-1947, mais sans que les pays de l'OCDE disposent d'un plan Marshall. Aussi les dispositions prises dans la décennie s'apparentent à des expédients, conçus dans une perspective bilatérale. De nouveau, les pays industriels ont recours aux accords *swaps*, qui prévoient le troc de deux monnaies à court terme [1] ; de même, en 1964, le système des bons Roosa – du nom du sous-secrétaire d'État américain – offre, toujours à court terme, des bons du Trésor libellés en monnaie du pays prêteur et portant intérêt contre de l'argent liquide, ce qui soulage la trésorerie américaine. Grâce à ces moyens de défense rapprochée, les membres du club des Dix ont pu combattre les mouvements spéculatifs jusqu'en 1964. Encore fallait-il que les Européens aient le sentiment que chacun prenait des mesures économiques appropriées, à l'exemple des Italiens en 1963 et 1964. Or c'était loin d'être le cas, pour les Britanniques et les Américains.

L'affrontement inévitable se produisit lors de la réunion de Tokyo du FMI en septembre 1964. Pour la première fois, les membres de la CEE proposèrent d'organiser une surveillance multilatérale des devises clefs, afin d'éviter qu'une aggravation éventuelle des déficits anglo-saxons n'entraîne une pression inflationniste chez les pays créditeurs. Ils envisageaient également d'ajouter une réserve monétaire qui aurait été sous le contrôle du club des Dix. Cela revenait à bâtir une seconde

1. En octobre 1963, la Fed a 2 milliards de dollars de crédits *swaps* dans onze pays.

ligne de défense contre la spéculation en perfectionnant le principe du prêteur en dernier recours. Pour leur part, les États-Unis estimaient que les mécanismes du FMI étaient satisfaisants et que l'inflation européenne provenait d'abord de politiques financières peu rigoureuses. Au laxisme international qui leur était reproché, les Américains opposaient la somme des laxismes domestiques. Quand les Européens parlaient d'un système inéquitable et dangereux, les Américains déploraient son manque de fluidité dû à la persistance des contrôles des changes. Le seul acquis de cette réunion fut la mise en chantier du rapport Ossola, aux fins d'examiner les possibilités de créer une unité de réserve additionnelle, susceptible d'équilibrer la liquidité monétaire internationale.

Après cet échec, l'heure était plutôt aux stratégies individuelles. Les Américains s'engageaient massivement au Vietnam, sans que Johnson, candidat aux présidentielles de novembre, ne souhaitât divulguer l'ampleur de l'effort, ni les risques de dérapage inflationniste, dans la mesure où la demande militaire se surajoutait à la situation d'une économie dopée par les effets antérieurs de la relance Kennedy. De leur côté, Français, Italiens et Britanniques [1] s'efforçaient de juguler leur inflation en combinant les ressources du FMI et les plans d'austérité nationaux. La position anglaise était la plus délicate, en raison du déficit cumulé de la balance des paiements en 1962-1964 et des réticences politiques que suscitait l'arrivée du travailliste Wilson aux affaires. Au cours du premier semestre 1964, Macmillan avait déjà emprunté deux fois 1 milliard de dollars, au club des Dix et au Federal Reserve Board; Wilson obtint 3 milliards en octobre, contre l'application d'un budget d'austérité [2] sans précédent depuis

1. A propos du plan de stabilisation français de 1963 et de l'inflation, cf. J.-L. Monneron et A. Rowley, *Les vingt-cinq ans qui ont changé la France*, t. VI de l'*Histoire du peuple français*, Paris, NLF, 1986. Pour l'Italie, cf. F. Forte, *la Congiuntura in Italia, 1961-1965*, Turin, 1966. Pour la Grande-Bretagne, cf. R.E. Caves, *Britain's Economic Prospects*, Londres, Allen & Unwin, 1968.

2. Le plan Callaghan prévoyait une ponction de 250 millions de livres sur les consommateurs (taxe automobile, sur le tabac et les alcools), une diminution des dépenses (abandon du nouveau bombardier TSR2, réduction des aides régionales), une surtaxe de 15 % aux importations, un contrôle des allocations aux touristes et des changes.

quinze ans. L'année 1965 s'ouvrait donc sur une démonstration d'efficacité des procédures monétaires d'urgence ; mais l'accélération des flux de capitaux annonçait une pression accrue sur les digues financières.

En fait, l'année est dominée par le conflit franco-américain et par les divergences d'analyse entre le président Johnson et le gouverneur de la Fed, McChesney Martin. A l'été, les autorités américaines sont convaincues que le pays risque une crise majeure d'inflation par la demande et que le système des taxes sur les exportations de capitaux ou les « restrictions volontaires » décidées par Johnson [1] seront insuffisantes pour assurer le retour à l'équilibre des comptes. Aussi acceptent-elles l'idée d'une réforme monétaire internationale, mais en la plaçant sous l'égide conjointe du FMI et des pays en voie de développement. Par cet élargissement, les Américains diluent le monopole des Dix, renforcent leur image émancipatrice face aux Européens conservateurs et disposent d'alliés nouveaux favorables à la création de plus abondantes liquidités internationales, non liées à l'or, puisque ces pays n'en possèdent pas. D'où le retournement de la position française et les hésitations de ses partenaires communautaires. Les Six ne pouvaient refuser la tenue d'une conférence à laquelle ils étaient favorables en 1964, et la France, qui avait décidé de pratiquer la politique de la « chaise vide » à Bruxelles, s'excluait des réunions de coordination financière, laissant les autres pays se rapprocher de la position américaine. Les positions française et américaine se trouvaient ainsi complètement retournées, mais la conversion des États-Unis à une modification du système monétaire passait par un accroissement des liquidités, dans un marché déjà de plus en plus liquide.

Ce revirement a inquiété McChesney Martin au point qu'il suggère au président de prendre des mesures anti-inflationnistes draconiennes, en réduisant par exemple les crédits militaires et les programmes de la Grande Société. Devant le refus de Johnson, il déclenche un mouvement de remontée des taux, à partir de novembre, et impose des taux différenciés entre

1. En février 1965, 600 entreprises reçoivent une lettre de Washington leur demandant de réduire leurs investissements à l'étranger par patriotisme.

banques et caisses d'épargne[1]. Contrairement à ses prévisions, les banques, au lieu d'accepter ce coup de force, décident de se procurer des dollars sur les marchés européens et d'ouvrir des filiales pour gérer les crédits que demandent les firmes multinationales. Ainsi s'instaure une guerre des taux, doublée d'une guerre des banques : les détenteurs d'eurodollars en sont les premiers bénéficiaires, au point qu'un véritable mécanisme de dérivation financière se met en place depuis les banques centrales européennes jusqu'aux banques commerciales américaines, par le truchement de pays où il n'y a pas de contrôle des changes. Tout concourt à la multiplication des courants financiers, au risque d'un débordement, et surtout à un alignement des taux à la hausse, avec ses inévitables conséquences sur l'activité économique.

Après une accalmie de quinze mois, pendant laquelle une esquisse de compromis entre la France et les États-Unis s'était dessinée à la conférence de Munich, les années 1967-1971 voient le retour des crises de spéculation et l'effritement des lignes de défense monétaires internationales. Encore une fois, la Grande-Bretagne se trouve au cœur des enjeux financiers, autant en raison de ses propres difficultés économiques qu'en fonction du rôle mondial de la City et des liens privilégiés tissés avec New York. Malgré trois années d'austérité économique, la balance des paiements courants et les mouvements de capitaux à long terme demeurent lourdement négatifs, si bien que le Royaume-Uni doit trouver chaque année près de 200 millions de livres sterling pour solder ses déficits. La livre est donc manifestement surévaluée ; or, ni les Britanniques ni les Américains ne veulent envisager sa dévaluation. Le rôle des décideurs et de leurs convictions monétaires s'avère décisif. Wilson et Johnson, comme Roosa, Maudling et Callaghan, sont convaincus de l'intérêt mutuel des Anglo-Saxons à défendre la livre, sous peine de voir s'appliquer dans le champ financier la théorie des dominos : si la livre cède, les monnaies du Commonwealth, celles des pays scandinaves, du Portugal, des Pays-Bas seront, comme en 1931, contraintes de

1. La Fed dispose depuis Roosevelt de la réglementation Q, qui lui permet de plafonner sélectivement les taux d'intérêt servis par les banques et les institutions financières, cela dans un cadre anti-inflationniste.

dévaluer. Le dollar se retrouvera alors seul face à la spéculation, en position de faiblesse.

Pour appuyer ce raisonnement interventionniste, les Anglo-Saxons avaient en mémoire le précédent de 1965 où une tentative de spéculation contre la livre avait été enrayée grâce à l'action conjointe des banques centrales du club des Dix – à l'exception de la France. Mais ils oubliaient d'abord l'arrivée aux affaires d'une nouvelle génération de financiers européens, tel l'Allemand Otmar Emminger, sensible aux idées de Milton Friedman et qui n'avait pas vécu les crises monétaires de l'entre-deux-guerres. D'autre part, ils ont négligé l'impact du relèvement des taux d'intérêt et les conséquences de la délocalisation de l'activité financière américaine : l'eurodollar concurrence les balances sterling, ce qui tire les deux taux à la hausse. A l'été 1967, le marché des eurodollars s'envole, sous la poussée conjointe des banques américaines et des pays du golfe Persique, mécontents de l'attitude britannique pendant la guerre des Six Jours et profitant ainsi d'une aubaine financière pour pratiquer des représailles politiques. La dévaluation de novembre 1967 sanctionne la défaite des banques centrales anglo-saxonnes et de l'interventionnisme contre la spéculation.

Cette première brèche encouragea assez naturellement les spéculateurs à attaquer l'or et le dollar, tandis que les controverses sur les réserves monétaires et les taux de change reprirent. En fait, l'échec des Britanniques avait avivé les rancœurs des différents pays industriels, et chacun semble désormais suivre une stratégie propre. Jusqu'en 1971, la scène monétaire se transforme en guerre de tranchées où seuls les spéculateurs sont gagnants. En mars 1968, les États-Unis – appuyés par l'Angleterre et la Suisse – doivent renoncer au pool de l'or, puisque les autres banques centrales répugnent à défendre une sorte de *Gold Standard* amoindri qui ne garantissait pas la sauvegarde du système de Bretton Woods. Pour autant, la suspension du 17 mars conforta les spéculateurs dans leur intention de s'attaquer aux parités fixes. Mais cette « victoire » des Européens laissait le dollar puis les droits de tirages spéciaux (DTS), à partir de juillet 1969, seules liquidités de référence, avec un inconvénient évident : la parité du dollar se définissait bilatéralement alors que les DTS avaient vocation à être un étalon multinational. Inévitablement, cette contradiction conduisit les financiers à s'interroger sur le statut de l'or comme valeur refuge, puis sur le système de fixation des parités de change dans la limite étroite des 1 % de variation. En pratique, les intérêts de la CEE et des États-Unis divergeaient manifestement : les Six adoptèrent, en février 1969, les conclusions du plan Barre, qui avait pour objectif la maîtrise de la conjoncture économique à moyen terme et la correction des déséquilibres monétaires à court terme grâce à des prêts communautaires ; de son côté, la nouvelle équipe Nixon restait persuadée qu'une dévaluation unilatérale du dollar serait inefficace, dans la mesure où les Européens réagiraient de manière symétrique. Il fallait donc contraindre ces derniers à accepter une dépréciation du dollar par l'accumulation forcée de la monnaie américaine entre les mains des pays ayant un excédent commercial avec les États-Unis. Cette stratégie, dite de *benign neglect,* impliquait l'abandon des efforts de redressement de la balance des paiements, suivi par une politique délibérée de baisse des taux.

Dès lors, l'affrontement devient germano-américain, car les premiers refusent la baisse des taux au nom de la lutte nationale contre l'inflation et ne veulent pas entendre parler du contrôle des changes, alors que les seconds refusent la hausse des taux. De nouveau, les détenteurs d'eurodollars sont imparablement gagnants grâce à la liberté de mouvement des capitaux : les taux d'intérêt allemands sont plus rémunérateurs et la monnaie se réévalue. A la fin de l'année 1970, les taux d'intérêt américains et de l'eurodollar sont inférieurs à ceux de l'Allemagne, ce qui incite les banques américaines à se désendetter massivement. Tout est en place pour le dernier acte, l'affrontement politique entre John Connally, nouveau secrétaire d'État au Trésor de Richard Nixon, Karl Schiller et Valéry Giscard d'Estaing, ministres des Finances allemand et français. En mai 1971, Schiller admet publiquement l'hypothèse d'un flottement conjoint des monnaies européennes et annonce que les Français souhaitent une réévaluation du prix de l'or. C'était donner carte blanche à une double spéculation sur le mark et l'or [1], en même temps que briser la solidarité

1. Résultat d'autant plus regrettable que, par l'accord du 9 février 1971,

européenne. Au même moment, Connally dénonce le protectionnisme européen et japonais, reproche aux alliés leur participation insuffisante à l'effort de défense et laisse entrevoir un déficit commercial record de plus de 20 milliards de dollars pour le premier semestre. La conclusion est évidente, dès lors que l'éventualité d'une dévaluation est écartée : la convertibilité du dollar en or est condamnée.

Ainsi s'ouvre un intermède financier de trois mois au cours duquel les Six se révèlent incapables d'adopter une position commune et les Américains hésitent quant à l'ampleur des décisions à prendre. L'échec communautaire provient de l'impossible combinaison entre les priorités françaises d'ordre industriel, les choix allemands en faveur de la stabilité des prix et les ambitions contraires des Belges et des Italiens, les premiers souhaitant un double marché des changes – fixe pour les transactions commerciales et flottant pour les financières –, tandis que les seconds parient sur l'efficacité d'une forte dévaluation. L'Europe a ainsi gâché une occasion historique de réaliser son unité monétaire face à un dollar affaibli, car les réflexes nationalistes étaient trop puissants en regard d'éventuels acquis dans la lutte contre l'inflation et la spéculation. Une zone monétaire unique aurait institutionnalisé la primauté allemande, choc politique qu'aucun de ses partenaires ne voulait subir. De leur côté, les Américains répugnent à opérer un désengagement dans le champ monétaire similaire à celui qu'ils accomplissent dans le domaine de la politique internationale. La reprise de l'inflation au deuxième trimestre de 1971, conjuguée au déséquilibre commercial persistant, convainc Connally et Nixon de jumeler des mesures anti-inflationnistes domestiques avec des décisions de portée internationale sur l'or et les échanges commerciaux. Annoncées le 15 août 1971, la suspension de la convertibilité du dollar en or et la surtaxe temporaire de 10 % sur les importations [1] représentent un double coup de force, contre le GATT et la liberté des échanges – et cela à la veille de l'ouverture de nouvelles grandes négociations à Tokyo – et contre l'or, évacué définiti-

---

les Six venaient de mettre au point une politique d'harmonisation monétaire sur les bases des plans Barre et Werner.

1. Au plan domestique, Connally impose un gel des salaires et des prix de trois mois suivi par un contrôle des augmentations.

vement du fonctionnement monétaire mondial. Ces décisions illustrent de nouveau la relève des générations et des idées dominantes : la stratégie de Connally consacre la victoire du nationalisme financier et du monétarisme sur les conceptions plus interventionnistes défendues par Burns et MacCracken [1]. La coopération organisée entre banques centrales a vécu.

D'emblée, les pays européens s'inquiétèrent d'une possible guerre commerciale en riposte à la surtaxe américaine, à l'exemple du Danemark qui entendait protéger sa balance des paiements. Le risque d'une restriction générale des échanges paraissait plus menaçant que les conséquences d'une dévaluation du dollar, notamment aux Britanniques et aux Allemands. Aussi ces derniers s'efforcèrent-ils d'organiser une conférence monétaire internationale afin de fixer un nouvel étalon *a priori* fondé sur les DTS, de définir de nouvelles parités et de préparer l'ouverture du *Nixon Round*. Dans ces objectifs, on mesure le retard des mentalités : il ne servait plus à rien de définir une nouvelle parité du dollar en or, puisqu'elle serait fictive ; en revanche, le choix entre système à parité fixe et changes flottants était décisif, mais il ne fut pas analysé sérieusement. De même, il était essentiel de déterminer ce que les banques centrales feraient des balances dollars, qui atteignaient 60 milliards. Avec l'inconvertibilité du dollar, elles risquaient de devoir être remboursées par les créditeurs des États-Unis, ce qui était paradoxal.

En fait, l'accord du Smithsonian Institute, signé le 18 décembre 1971, concrétisa la suprématie de fait du pouvoir politique américain et les limites d'un replâtrage que certains, tel Richard Nixon, voulaient faire passer pour une révolution. Le dollar resta l'étalon mondial, puisque la parité des autres monnaies était toujours déterminée par rapport à lui, dans une marge de ± 2,25 %. De ce fait, les DTS devenaient surnuméraires au lieu de constituer l'unité de compte et l'étalon du système mondial, tandis que la défense des monnaies incombait aux seules banques centrales des pays européens et du Japon. Certes, les monnaies de ces pays furent toutes rééva-

1. Sur ce conflit, cf. H. Brandon, *The Retreat of American Power*, New York, 1973.

luées [1], mais la stabilité du système dépendait de la capacité individuelle à se défendre, au lieu d'une réaction d'ensemble.

L'impuissance de la CEE à défendre la livre sterling en juin 1972 confirma très vite ce pronostic pessimiste. Les Européens avaient prévu, au mois de mars, un pincement des marges de fluctuation à ± 1,125 %, garanti par un concours mutuel des banques centrales à la défense des monnaies. Or les Britanniques estimaient que ce soutien devait être de durée illimitée compte tenu des difficultés de leur économie. Cela revenait à alerter la spéculation, en même temps qu'ils s'excluaient de fait du serpent monétaire en formation. La sanction fut immédiate : le 23 juin, la livre redevenait flottante après que la Banque d'Angleterre eut dépensé 2,6 milliards de dollars pour une vaine défense. Le serpent se réduisait finalement à cinq monnaies : le franc, le florin, le franc belge, le mark et la couronne suédoise. Peu ou prou, une zone mark s'était créée. Pourtant, la seconde moitié de l'année coïncida avec une accalmie dans les mouvements monétaires ; au point que les observateurs, tel Raymond Aron dans *la République impériale,* excluaient l'éventualité d'un flottement généralisé. L'amélioration de la balance commerciale des États-Unis, la fin de la guerre du Vietnam et la réélection de Nixon semblaient autant d'arguments en faveur d'une pause prolongée de la spéculation.

C'était une analyse à courte vue, tant on voit mal pourquoi les Américains auraient renoncé à œuvrer pour un flottement généralisé des monnaies qui les avantageait. Leur tactique était de profiter des brèches qui apparaissaient dans l'édifice européen, sans chercher un affrontement direct avec la France ou la RFA, de peur des représailles commerciales. Dès janvier 1973, la crise de la lire italienne mettait un terme à l'armistice monétaire. Malgré l'instauration d'un double marché des changes, les Italiens furent incapables d'enrayer la spéculation qui gagna rapidement le franc suisse, cette fois à la hausse. En quelques jours, la tempête monétaire se déplace vers le dollar, qui est proposé à la vente contre toutes les monnaies européennes. Entre le 29 janvier et le 5 février, les

1. Le franc et la livre sont réévalués de 8,57 % vis-à-vis du dollar, le mark de 13,58 % et le yen de 16,88 %.

ventes de dollars augmentent régulièrement, si bien que le 5, la Bundesbank achète 6 milliards de dollars en une séance. Le marché a triomphé des velléités de résistance franco-allemandes, et les Américains peuvent organiser le règlement diplomatique de cette première crise. Il n'est donc nullement besoin d'évoquer un « complot flexibiliste » ourdi dans les arcanes du secrétariat au Trésor [1]. Les Américains ne pouvaient pas perdre, parce que le marché était convaincu d'une prochaine dévaluation du dollar. Comportement irrationnel certes, mais les ordres de change pesaient trop lourd face à une résistance européenne hésitante.

Le lundi 12 février, de retour d'une tournée éclair en Europe et au Japon, George Shultz annonce la dévaluation de 10 % du dollar, le flottement du yen et la levée de tous les contrôles existant sur les exportations de capitaux américains vers l'étranger à la fin 1974. Il réaffirme également la volonté des États-Unis de ne pas intervenir sur le marché des changes. Dans ces conditions, la nouvelle dévaluation du dollar ne servait rigoureusement à rien, si ce n'est à calmer le mécontentement de Paris et de Bonn. C'était au marché de décider, et celui-ci n'avait aucune raison d'interrompre ses ventes, puisqu'il n'existait pas d'alternative crédible et que les spéculateurs gagnaient sur deux tableaux à la fois, la baisse du dollar et la hausse de l'or. Le 1er mars, les banques centrales européennes, débordées par les offres de vente, durent fermer les marchés des changes jusqu'au lundi 19 mars. De nouveau, la crise se déplaçait vers le champ politique.

En cinq réunions, un nouveau paysage monétaire allait se mettre en place [2]. Au départ, chacun reste sur ses positions : les Américains favorables à un flottement généralisé qui pérenniserait la suprématie du dollar, les Allemands penchant pour un flottement joint des monnaies européennes et les Français partisans des changes fixes et de la convertibilité en or des balances dollars. Mais comment les Européens pourraient-ils se faire entendre, dès lors que les Anglais et les

1. Hypothèse avancée par J. Denizet, *op. cit.*, p. 133-137.

2. Le 4 mars, réunion des Neuf à Bruxelles; le 7, nouvelle réunion des Neuf pour préparer la conférence des Quatorze à Paris, le 11 (les Neuf, les États-Unis, le Japon, le Canada, la Suède et la Suisse); le 16, dernière réunion à quatorze.

Italiens excluent tout lien avec le mark et que le deuxième tour des élections législatives françaises, au soir du 11 mars, contraint Georges Pompidou à accepter les vues de Valéry Giscard d'Estaing, assez proches de la position allemande ? La cause est entendue le 16 mars : l'Occident entre dans un nouvel univers monétaire.

2

Contestation et retour à l'ordre

L'évolution politique des pays occidentaux, à un moindre titre des pays communistes, observe depuis le milieu des années soixante un synchronisme étonnant. Un peu partout, 1968 marque la ligne de faîte d'un double versant contestataire puis normalisateur de l'ordre établi. Ascendante de 1965 à 1968, la contestation revêt sans doute une intensité variable d'un pays à l'autre. En dresser la géographie reviendrait à en citer une trentaine. Aux principaux États concernés, qui font l'objet d'une analyse particulière, il conviendrait d'ajouter le Japon, où de violentes émeutes antiaméricaines se produisent à Tokyo en mars 1968 à l'initiative des étudiants du Zengakuren, l'Espagne, où explose la revendication ouvrière et étudiante d'un syndicalisme libre, et le Mexique, dont la capitale connaît en juillet des affrontements sanglants à l'occasion de la préparation des jeux Olympiques. Et de rappeler l'agitation plus ou moins sporadique des universités de Dakar, de São Paulo, d'Alexandrie et même d'Islamabad. Une telle simultanéité a pu accréditer l'idée d'un complot international en vue de déstabiliser les régimes établis, et dont les instigateurs auraient été Cuba dans les pays occidentaux et la république fédérale d'Allemagne dans les pays socialistes. Alibi commode de gouvernements dépassés, car la contestation n'a eu d'autres moteurs que sa propre spontanéité et un pouvoir contagieux de pays à pays. Même en Chine où la révolution culturelle est pourtant décrétée au sommet, la spontanéité de la révolte « contre les états-majors » est indéniable.

A la synchronisation des faits correspond la similitude des contenus. La contestation des années 1966-1968 s'inscrit dans un malaise social diffus consécutif à un ralentissement momentané de la croissance. Mais elle est surtout significative, dans ses formes les plus activistes, d'une rébellion contre les références idéologiques et culturelles imposées par l'une ou l'autre des grandes puissances tutélaires. La contestation est antiaméricaine en Occident, par rejet d'un double impérialisme, celui d'un système capitaliste générateur de toutes les aliénations, et celui d'une politique étrangère qui bafoue au Vietnam les principes moralisateurs qui sont censés la conduire. Elle est antisoviétique à l'Est dans la mesure où l'URSS a imposé le modèle d'un ordre bureaucratique étouffant et la perte de l'indépendance nationale aux États qui lui sont assujettis. Dans tous les cas, les mythes productivistes et la morale sociale dispensés par les appareils idéologiques sont l'objet d'une critique radicale.

Le vecteur privilégié de la révolte est la jeunesse, particulièrement la jeunesse étudiante. Entrée en nombre dans les universités par suite de l'explosion démographique d'après guerre et de la démocratisation d'un enseignement supérieur demeuré sclérosé dans ses structures et ses modes de transmission du savoir, mal intégrée dans une société dont elle n'est qu'un acteur improductif, la jeunesse étudiante réinvente pour un temps la politique. Érigeant la contestation en arme révolutionnaire, ainsi que l'enseignent les maîtres à penser d'une génération, elle se livre à une attaque en règle des appareils politiques, syndicaux et culturels, avec une fougue vengeresse combinant, non sans enfantillage et illusions, gauchisme pré- ou néo-marxiste, tiers-mondisme et pacifisme. Un moment désemparé, le pouvoir ne tarde pas à retrouver ses droits, à l'unisson d'une « majorité silencieuse » qui ne se reconnaît ni dans l'iconoclasme d'une jeunesse comparativement choyée, ni *a fortiori* dans la permissivité des mœurs et la violence urbaine. « La loi et l'ordre » devient donc le thème rassurant de la reprise en main, particulièrement en vogue lors des élections présidentielles de Nixon aux États-Unis et de Georges Pompidou en France. Opérée à l'Ouest selon les normes démocratiques, cette réaction conservatrice épouse à l'Est des formes contraignantes. L'invasion militaire de la Tchécoslovaquie et la doctrine Brejnev assignent aux satellites de l'URSS les limites à ne pas dépasser, tandis que l'armée devient en Chine l'instrument de la stabilisation d'une révolution qui avait fini par échapper à ses instigateurs.

Les États-Unis

L'assassinat de John Kennedy, le 22 novembre 1963 à Dallas, n'a jamais reçu d'explication satisfaisante, en dépit du rapport Warren et de toute une littérature plus ou moins fantaisiste. Outre un traumatisme national, il suscite dans le pays le sentiment d'une responsabilité collective qui ne pourra se résorber que dans l'héritage progressiste. Ce que l'Amérique n'a pu qu'entreprendre de son vivant, elle aura à cœur de le réaliser après la mort du président. Cet enthousiasme réformiste s'accorde aux vues de son successeur. Image typique du *self-made man* texan, grevé de lourds défauts personnels et animé d'un anti-intellectualisme assez primaire, Lyndon B. Johnson apporte pourtant deux atouts majeurs à la réalisation du rêve américain : un progressisme sincère, hérité d'une admiration sans borne pour Franklin Roosevelt, et une connaissance parfaite du milieu parlementaire jointe à un art consommé de la manœuvre et de la flatterie [1]. Sa présidence sera donc un nouveau *New Deal*, mais dans un contexte bien différent de prospérité et d'abondance qui ouvre la voie à la réalisation de la Grande Société [2]. Sans être réellement populaire, Johnson bénéficie d'un crédit réel dans l'opinion, à une époque où tout engagement massif au Vietnam est prudemment différé. Ce qui explique son élection triomphale en novembre 1964, facilitée il est vrai par le choix de son adversaire, Barry Goldwater, soutenu par la fraction la plus conservatrice du parti républicain.

En 1964 et plus encore en 1965, sont adoptées au Congrès,

1. Devenu assistant parlementaire d'un représentant démocrate, Johnson est entré à la Chambre en 1937, puis au Sénat en 1948. Président du groupe démocrate en 1953, il est amené à négocier directement avec le président Eisenhower quand, l'année suivante, les républicains perdent la majorité au Congrès.

2. Exposé le 22 mai 1964 à l'université du Michigan, le programme de la Grande Société s'ordonne autour des thèmes suivants : abondance et liberté pour tous, fin de la pauvreté et de l'injustice raciale.

sans difficulté majeure, un nombre impressionnant de réformes. Au projet Medicare (assurance maladie pour les personnes âgées) s'ajoute le programme Medicaid en faveur des économiquement faibles. L'*Economic Opportunity Act* (août 1964) entend lutter, par le biais d'agences et de programmes locaux, contre le chômage des jeunes grâce à une formation professionnelle. La loi crée en outre un corps de volontaires du travail dans les zones de pauvreté et stimule l'enseignement pré-élémentaire. Si l'on ajoute le renforcement de l'aide fédérale aux écoles publiques, aux étudiants nécessiteux, aux locataires sans ressources, aux cantines scolaires, aux familles chargées d'enfants... ce sont une quarantaine de programmes sociaux qui sont adoptés, relevant de quatre départements différents et de multiples agences fédérales, représentant, en 1970, 109 milliards de dollars, soit plus de 31 % du budget et 7,75 % du PNB. On s'est à bon droit interrogé, et pas seulement dans les associations de défense des contribuables, sur l'efficacité de cette politique. Sans doute, le nombre des pauvres, selon les critères en vigueur, a-t-il sensiblement diminué [1]. Mais il est difficile de départager le rôle de la croissance économique de celui de l'aide publique. Et, alors que le nombre des assistés croît sans cesse, celui des chômeurs ne régresse pas.

Deuxième volet de la Grande Société, l'intégration raciale fait l'objet de deux textes majeurs : le *Civil Rights Act* (juin 1964), qui met fin à la ségrégation dans les bâtiments publics et les écoles, ainsi qu'en matière d'embauche, et le *Voting Rights Act,* qui autorise les fonctionnaires fédéraux à aider les Noirs à s'inscrire sur les listes électorales dont ils auraient été illégalement écartés [2]. Sont ultérieurement adoptés un décret visant à ouvrir aux Noirs une partie des emplois vacants dans les entreprises ou institutions bénéficiant de fonds fédéraux et une loi sur la discrimination en matière de logement. Pourtant, le cycle d'émeutes qui, de 1965 à 1968, secoue les quartiers noirs des grandes villes américaines

1. Leur nombre est tombé de 39 millions en 1959 (22 % de la population américaine) à 25 millions en 1968 (13 %).

2. Point de départ d'un mouvement massif d'inscriptions qui permet désormais aux Noirs d'accéder aux Assemblées des États et de conquérir de nombreuses municipalités.

démontre que, contrairement à un optimisme exagéré, ni les droits civiques ni l'assistance sociale ne suffisent à entamer les maux structurels de cette minorité : bas salaires, chômage endémique, handicaps culturels, avec pour corollaire la criminalité et la délinquance. Les plus importantes se déroulent à Watts (Los Angeles) en août 1965, à Newark (New Jersey) en juin 1967 et Detroit en juillet 1967. Mais les émeutes se comptent par centaines, de nouveau très nombreuses après l'assassinat de Martin Luther King, en avril 1968. A la différence de leurs devancières de la première moitié du siècle, elles sont déclenchées par les Noirs eux-mêmes et, de l'aveu même du FBI, spontanément et sans mots d'ordre subversifs[1]. La récupération extrémiste n'en est pas moins réelle avec l'émergence du Black Power que revendiquent, et théorisent, un Stokely Carmichael ou un Rap Brown. Revendication non seulement d'identité[2], mais de pouvoir – au moins local –, au mépris des programmes d'assistance publique comme du pragmatisme patient des vieilles organisations intégrationnistes, dont l'audience est en plein déclin. Plus radicaux, mais nettement minoritaires, les Black Muslims, fondés par Malcolm X[3], qui prônent une négritude rédemptée par l'islam, et les Black Panthers de Huey Newton et Bobby Seale, aux tendances révolutionnaires et tiers-mondistes.

La révolte noire n'est que l'un des aspects, et pour certains un modèle, du vaste mouvement contestataire qui, au plus fort de l'engagement au Vietnam, déchire la nation dans ses fondements moraux et ses références socioculturelles[4]. Si la revendication féministe, canalisée par de multiples associations, milite en faveur d'une émancipation-égalité entamée en fait depuis des lustres, la contestation de la jeunesse, particulièrement de la jeunesse intellectuelle, se livre à une critique radicale de l'*establishment*. Le rejet du modèle de consomma-

1. Entre 1965 et 1968, ces émeutes font 225 morts, environ 4 000 blessés et pour 112 millions de dollars de dégâts et pillage.

2. Comme l'atteste le geste des champions noirs, levant le poing alors que retentit l'hymne national américain, lors des jeux Olympiques de Mexico en 1968.

3. En réalité Malcolm Little, assassiné en 1965.

4. Cf. M. Semidei, *les Contestataires aux États-Unis*, Paris, Casterman, 1973 et, surtout pour les aspects politiques, M.-C. Granjon, *l'Amérique de la contestation. Les années 60 aux États-Unis*, Paris, Presses de la FNSP, 1985.

Les élections américaines de 1964 à 1972

Présidentielles (voix)	*Congrès (sièges)*	*Chambre*	*Sénat*
1964	*1964*		
JOHNSON	Dém.	295	68
43 130 000	Rép.	140	32
GOLDWATER	*1966*		
27 178 000	Dém.	247	63
	Rép.	158	37
1968	*1968*		
NIXON	Dém.	243	58
31 785 000	Rép.	192	42
HUMPHREY	*1970*		
31 275 000	Dém.	255	55
WALLACE	Rép.	177	45
9 906 000			
1972	*1972*		
NIXON	Dém.	244	57
47 170 000	Rép.	190	43
McGOVERN			
29 170 000			

tion et des normes de la réussite sociale fait le succès éphémère de la nouvelle gauche, née sur le campus de Berkeley, qui mêle dans une même condamnation l'hypocrisie de l'enseignement universitaire, l'impérialisme américain, la puissance occulte du complexe militaro-industriel et l'exploitation de la classe ouvrière. D'autres trouvent refuge dans une marginalité qui, en rupture avec le consensus des années cinquante, développe plus qu'elle n'invente les contre-valeurs d'une Amérique pacifiste et hédoniste, libérée des mythes productivistes et des contraintes du puritanisme.

La tension culmine en 1968, véritable « année terrible » qui voit l'effondrement du pouvoir présidentiel après l'offensive du Têt, l'embrasement des ghettos noirs, l'agitation des campus, les assassinats de Martin Luther King (6 avril) et de

Robert Kennedy (5 juin) et, en août, la sauvage répression policière contre les étudiants contestataires à l'ouverture de la convention démocrate de Chicago. Ce déferlement de violence fait le jeu des partisans de l'ordre, au nom de cette « majorité silencieuse » qui tolère mal la permissivité des autorités face à la désagrégation des valeurs traditionnelles. C'est cette réaction populiste et conservatrice, ainsi que délibérément anti-intégrationniste, qu'incarne la candidature de George Wallace, gouverneur de l'Alabama, au nom du parti indépendant. Le candidat républicain Richard Nixon, après avoir éliminé ses rivaux de gauche (Nelson Rockefeller) et de droite (Ronald Reagan), fait également campagne sur le thème de « la loi et l'ordre », tout en contournant le problème de l'intégration, mais s'engage à la différence de Wallace à mettre fin à la guerre du Vietnam. Au parti démocrate, où la tendance libérale, déjà en recul depuis 1966, s'est encore affaiblie avec la mort de Robert Kennedy, le choix se porte sur le vice-président Humphrey malgré le handicap de l'héritage vietnamien, qui ne peut être publiquement désavoué. Activement soutenu par les syndicats, Humphrey remonte progressivement dans les intentions de vote, mais insuffisamment pour arracher à Nixon une courte victoire en voix, plus nette dans la répartition des mandats. Les démocrates demeurent majoritaires au Congrès.

Belle revanche pour un homme politique dont la carrière semblait terminée après sa vaine tentative à la Maison-Blanche en 1960 et son échec au poste de gouverneur de Californie deux ans plus tard. Entré à la Chambre en 1946, au terme d'une campagne peu scrupuleuse, accusateur d'Alger Hiss et figure de proue du maccarthysme, vice-président relativement actif sous Eisenhower [1], Richard Nixon est doué d'une grande capacité de travail et d'une connaissance parfaite des rouages de l'État, qualités auxquelles il joint un intérêt particulier pour les problèmes de politique étrangère [2]. Mais il est aussi un politicien déconcertant par son extrême susceptibilité, son esprit vindicatif et son insécurité pathologique. Capable des

1. Notamment par ses voyages à l'étranger, en Amérique latine et en Union soviétique.

2. Sur les orientations de la politique extérieure, cf. *infra*, p. 481-483.

plus grands desseins et des ruptures spectaculaires, il l'est aussi du comportement le plus cynique et des gestes les plus répréhensibles. Il a été, selon une formule classique, son pire ennemi.

Élu sur le thème de « la loi et l'ordre », Nixon imprime à la présidence un fléchissement nettement conservateur, dont les premières manifestations sont les nominations à la Cour suprême [1] et la répression plus vigoureuse des manifestations pacifistes [2]. Dans le but de détourner l'électorat sudiste du camp démocrate, il n'entreprend rien pour encourager la déségrégation raciale, notamment en matière scolaire, même si celle-ci progresse dans les faits. Le désengagement du Vietnam va de pair avec de violentes diatribes contre les médias, accusés de donner de la guerre une vision truquée et partiale, et, le 1er mai 1971, le lieutenant Calley, reconnu coupable du meurtre d'une centaine de civils sud-vietnamiens, est mis en liberté sur ordre du président. Mais, dans le domaine social, Nixon se heurte à un Congrès majoritairement démocrate, bien décidé à ne pas laisser démanteler les programmes sociaux de la Grande Société. Sans doute l'administration reçoit-elle l'ordre de ne pas dépenser, compte tenu du déficit budgétaire croissant, toutes les sommes qui lui sont allouées par le Congrès, de même que, selon les principes du Nouveau Fédéralisme, Washington laisse aux États la libre disposition de leurs subventions. Mais la présidence ne peut empêcher la progression des dépenses sociales, qui atteignent près de 40 % du budget fédéral en 1972 contre 32 % en 1968, de même que celle pour la défense de l'environnement. Un projet présidentiel de revenu minimum garanti aux familles pauvres *(Family Assistance Plan)* échoue devant la résistance des conservateurs et le scepticisme des libéraux. Cette gestion, somme toute

1. Le 23 juin 1969, le président de la Cour suprême, Earl Warren, qui avait joué un rôle essentiel dans le renversement de la jurisprudence en matière de discrimination raciale, est remplacé par Warren Burger, de tendance beaucoup plus conservatrice. Par la suite, il ne tient qu'à la résistance du Sénat qu'un juge ouvertement ségrégationniste ne soit nommé.

2. Intervention de la Garde nationale à l'université de Berkeley le 15 mai 1969 (1 mort) et à la Kent State University en 1970 (4 morts), arrestations massives à la veille de la marche sur le Capitole contre la guerre du Vietnam en mai 1971.

pragmatique, porte ses fruits. Au début des années soixante-dix, le calme est revenu dans les quartiers noirs et sur les campus. Si la politique extérieure ne fait pas l'unanimité, la détente Est-Ouest est dans l'ensemble bien accueillie, et la nation américaine peut trouver un regain de fierté dans les exploits de ses cosmonautes. Prenant acte du rajeunissement social et de l'évolution des mentalités, Nixon abaisse à dix-huit ans, en 1972, l'âge de la majorité.

La perspective d'une fin imminente de la guerre du Vietnam et la reprise économique consécutive aux grandes décisions financières de l'année précédente [1] valent au président sortant une réélection triomphale le 7 novembre 1972. Nul doute qu'il ait bénéficié des voix qui s'étaient portées quatre ans plus tôt sur Wallace et du ralliement de nombreux électeurs de la classe moyenne déroutés par le radicalisme du candidat démocrate McGovern [2]. Avec la signature des accords de Paris, en janvier 1973, la cote de popularité du président est au zénith, avec près de 70 % d'avis favorables. Neuf mois plus tard, elle est tombée à 25 %. Entre-temps, l'affaire du Watergate qui n'était au départ, et encore avant la réélection, qu'un banal cambriolage, est devenue un psychodrame national [3]. La ténacité de deux journalistes du *Washington Post,* Carl Bernstein et Bob Woodward, relayés ensuite par l'ensemble des médias, et la détermination de l'opposition démocrate révèlent progressivement à l'opinion médusée, puis ulcérée, l'atmosphère de bunker régnant à la Maison-Blanche, la pratique systématique des écoutes téléphoniques et de la surveillance électronique, les entraves apportées au fonctionnement de la justice et le détournement à des fins personnelles des services de l'exécutif [4]. Contre l'accusation qui de ses proches conseillers se

1. Gel des prix et des salaires, suspension de la convertibilité du dollar en or, surtaxe des importations (15 août) et dévaluation du dollar de 7,9 % (18 décembre).

2. Tous les États de l'Union ont donné la majorité aux grands électeurs républicains, à l'exception du Massachusetts et du district de Columbia.

3. Cf. la claire synthèse de A. Kaspi, *le Watergate,* Bruxelles, Éd. Complexe, 1983.

4. Par exemple le cambriolage, par des collaborateurs de la Maison-Blanche, du bureau du psychiatre de Daniel Ellsberg, ancien fonctionnaire du Département d'État qui avait remis à la presse des *Pentagone papers* relatifs à la guerre du Vietnam.

resserre contre lui, Nixon, essentiellement absorbé par les problèmes extérieurs [1], oppose d'abord le privilège de l'exécutif, puis ne livre que des réponses tronquées. De judiciaire, l'affaire devient politique. Dès lors que le Congrès n'a plus à redouter une succession qui aurait échu à l'indésirable Spiro Agnew [2], et que les motifs d'inculpation sont suffisants, la Chambre des représentants adopte fin juillet 1984 une motion d'*impeachment*. Désavoué par la Cour suprême dans son système de défense, persuadé de ne pas trouver au Sénat, transformé en Haute Cour, le total des voix nécessaires à son acquittement, Richard Nixon annonce le 8 août 1974 sa démission.

Les enseignements et les conséquences de l'affaire du Watergate sont considérables. Le scandale n'est peut-être pas en soi plus grave que beaucoup d'autres, qui ont échappé aux poursuites judiciaires ou politiques. La malchance de Nixon aura peut-être résidé dans son lourd passé, dont il n'est jamais parvenu réellement à se défaire malgré les preuves données de ses qualités d'homme d'État, ainsi que dans la présence au Congrès d'une majorité démocrate avide de revanche. S'il entre une part d'injustice dans le dénouement du scandale, celui-ci n'en a pas moins opportunément rappelé la vitalité de la démocratie américaine : l'importance de la presse, l'indépendance du pouvoir judiciaire, le parfait fonctionnement des mécanismes parlementaires. Mais les Américains en sont moins conscients que des tares d'un système qui a engendré de tels abus. La crise de confiance que traverse le pays, ouverte par la guerre du Vietnam, s'est élargie avec le Watergate à la Maison-Blanche, aux polices fédérales du FBI et de la CIA [3], à l'*establishment,* aux partis, à la politique en général. De cette crise sortiront un amoindrissement du pouvoir présidentiel, déjà entamé par le Congrès dès avant la démission de

1. Les développements de l'affaire du Watergate coïncident, tout au long de l'année 1973, avec le sommet Brejnev-Nixon et la sérieuse alerte de la guerre du Kippour.

2. Accusé de corruption, le vice-président Agnew a dû démissionner le 6 octobre 1973. La succession échoit à Gerald Ford, leader de la minorité républicaine à la Chambre des représentants.

3. Dans le sillage du Watergate sont révélées la participation de la CIA au renversement de Salvador Allende et l'extension de la surveillance policière à environ 7 millions de personnes.

Nixon[1], et une soif de purification qui fera la fortune de la candidature Carter.

L'Europe occidentale

La Grande-Bretagne

Les élections du 16 octobre 1964 ont été pour le parti travailliste une victoire incontestable mais fragile, le Labour ne disposant aux Communes que d'une majorité de 4 sièges. Harold Wilson manifeste pourtant l'intention de gouverner seul, brisant l'espoir un moment caressé par les libéraux de participer à un gouvernement de coalition. Le cabinet ainsi formé, qui marque la consécration gouvernementale de la génération élue en 1945, réunit comme il est de tradition les divers courants idéologiques du travaillisme[2], mais innove avec la création de ministères répondant aux exigences d'une gestion moderne[3]. La démission du secrétaire d'État aux Affaires étrangères Gordon Walker, à la suite d'un échec à un scrutin partiel, ayant réduit la majorité parlementaire à trois voix, il devient urgent de procéder à de nouvelles élections. Celles-ci sont fixées au 31 mars 1966, Harold Wilson mettant à profit la crise de *leadership* dont souffre alors le parti conservateur et une amélioration de la conjoncture économique. Compte tenu de la popularité du Premier ministre, le résultat ne fait guère de doute. Mais, avec un avantage confortable de 97 sièges, la stabilité n'est pas assurée pour autant. Remaniements successifs[4] et réorganisation perma-

1. En particulier le *War Powers Act*, adopté le 7 novembre 1973 malgré le veto de Nixon, qui limite strictement le pouvoir présidentiel d'engager des troupes américaines à l'étranger, de façon à ne pas rééditer l'engrenage vietnamien.

2. La gauche est représentée par M. Foot – fils spirituel de Bevan, mort en 1960 –, A. Greenwood, Barbara Castle et Frank Cousins; la droite par A. Crossland, R. Jenkins et G. Brown; le centre par H. Wilson, J. Callaghan, D. Healey et Gordon Walker.

3. Création d'un ministère des Affaires économiques et de la Planification, confié à G. Brown, et d'un ministère de la Technologie, confié à F. Cousins, secrétaire général du Syndicat des transports.

4. Les plus importants sont ceux qui voient la démission de Callaghan après la dévaluation de 1967, remplacé par Roy Jenkins, et celle de George Brown du Foreign Office, en mars 1968, remplacé par Michael Stewart.

Élections à la Chambre des communes

	Travaillistes	*Conservateurs*	*Libéraux*
15 oct. 1964			
voix (%)	44,1	43,3	11,2
sièges	317	304	9
31 mars 1966			
voix (%)	47,9	41,9	8,5
sièges	363	253	12
18 juin 1970			
voix (%)	43,0	46,4	7,5
sièges	287	330	6

nente des ministères semblent bien avoir nui, tout au long de cette législature, au travail gouvernemental, tout en contribuant à la présidentialisation excessive de la fonction de Premier ministre.

A la différence de celle de l'après-guerre, cette nouvelle expérience travailliste n'est pas marquée par des réformes structurelles d'envergure. En dehors de la sidérurgie (*Iron and Steel Act,* de 1967), il n'est pas entrepris de nouvelle nationalisation, le gouvernement encourageant davantage la rationalisation et la concentration du secteur privé. Le plan national de cinq ans lancé en 1965, et assorti d'une audacieuse politique des revenus, est abandonné au bout de deux ans. Au terme d'une gestion économique plutôt confuse, assez proche du *stop and go* tant critiqué des conservateurs, la dévaluation du 18 novembre 1967 (14,3 %) est suivie d'une panoplie de mesures d'austérité qui finissent par porter leurs fruits en 1969. Dans le domaine social, le gouvernement s'attache à harmoniser les relations entre patronat et syndicats sur les bases d'un Livre blanc présenté en janvier 1969 par le secrétaire à l'Emploi, Barbara Castle. Le but est d'améliorer la concertation salariale et l'établissement des conventions collectives, mais aussi de réglementer le droit de grève, en raison de la prolifération des grèves sauvages, c'est-à-dire échappant au contrôle syndical, depuis 1966. Mais le projet se heurte à l'opposition résolue du TUC, ainsi que d'une large fraction du parti travailliste, sans rallier pour autant le patronat. Devant la menace d'éclatement du cabinet, Wilson juge plus prudent de retirer son texte. Mais le problème du pouvoir syndical est désormais posé, pour devenir l'un des enjeux majeurs de la politique britannique.

En fait, le principal mérite de cette nouvelle expérience travailliste, outre le redressement financier tardif, réside dans la modernisation de la législation intérieure, plus exactement son adaptation aux mutations rapides de la société britannique : rajeunissement, culture de masse et permissivité croissante. Le rôle de Roy Jenkins, ministre de l'Intérieur de 1965 à 1967, n'est pas négligeable, même si l'initiative revient souvent aux députés libéraux et si l'adoption des mesures nouvelles est le fait des deux grands partis [1]. Sont ainsi successivement adoptés une libéralisation du Code pénal (1967), une révision des conditions du divorce (1968), l'abolition de la peine de mort [2] et l'abaissement de la majorité électorale à dix-huit ans (1969), l'égalité salariale entre hommes et femmes (1970). Des lois sont votées en 1965 et 1968 pour lutter contre la discrimination raciale en matière de logement et d'emploi. Cette législation libérale répondait à l'attente de l'opinion et de la jeunesse. Jointe à une capacité remarquable de récupération des courants contestataires par l'ordre établi, elle explique peut-être que la Grande-Bretagne ait été la seule grande démocratie européenne à échapper à la vague de violence, estudiantine ou autre, de 1968, malgré la prolifération, là comme ailleurs, des groupuscules gauchistes. Mais dès l'année suivante, le problème de l'Irlande du Nord se pose dans toute son acuité.

Après trois années de régression électorale enregistrée dans les scrutins partiels, l'amélioration des résultats économiques et financiers conduit Harold Wilson à risquer son va-tout par de nouvelles élections générales – mais au prix d'un net infléchissement à droite de son programme. Le parti conservateur est cette fois-ci bien préparé, décidé à se battre pour une limitation claire du pouvoir syndical, alors que le Labour s'en

1. Au prix d'un nombre souvent considérable d'abstentions, surtout au parti conservateur.

2. Suspendue en fait depuis 1965.

remet imprudemment à la seule popularité du Premier ministre sortant. A l'opposé du pronostic général et des sondages d'opinion, les conservateurs l'emportent nettement en reprenant aux travaillistes leurs anciennes positions des Midlands et du bassin de Londres. En Écosse et au pays de Galles, les partis nationalistes enregistrent un certain succès.

Dirigeant du parti conservateur depuis 1965, au terme d'un brillant parcours universitaire, parlementaire et ministériel, Edward Heath s'affirme rapidement comme un Premier ministre sérieux et compétent, mais sans grande popularité dans l'opinion. Son cabinet, qui fait une large place aux personnalités d'expérience (R. Maudling, Alec Douglas Home, MacLeod), entend inaugurer un style gouvernemental fondé sur l'efficacité technicienne. Mais si le *staff* dont il s'entoure lui suggère d'utiles réformes, la réorganisation de l'exécutif en grands ministères coiffant de multiples secrétariats d'État doit être rapidement abandonnée.

Hormis l'entrée de la Grande-Bretagne dans la CEE, effective le 1er janvier 1973, mais qui pose autant de problèmes qu'elle n'en résout, les quatre années du gouvernement Heath ne peuvent être considérées comme un succès. La cause en réside dans l'aggravation des difficultés de tous ordres (inflation, déficits multiples, chômage grandissant), mais aussi dans les remèdes envisagés, qui font plonger le pays dans une crise politico-sociale d'une ampleur inégalée depuis 1926. Au centre du débat, l'adoption de l'*Industrial Relations Act* du 6 août 1971, auquel est assigné un double objectif : la lutte contre le dérapage salarial et la réglementation du droit de grève [1]. Reprenant certaines dispositions de l'ancien projet travailliste, mais en les aggravant considérablement, la loi instaure un ordre juridique strict de négociations et d'arbitrage, interdit la pratique du *closed shop*, prévoit un système de sanctions pénales en cas de rupture des conventions collectives et certains mécanismes plus ou moins inspirés de la loi Taft-Hartley, pour différer ou empêcher le recours à la grève. Ressentie comme une provocation par les syndicats, cette loi engendre

1. L'année 1970 est marquée par une forte poussée salariale (+ 12,9 %) et par la multiplication des grèves (10,9 millions de journées contre 4,7 millions en 1969).

dès 1972 un vaste mouvement de grèves, légales ou illégales, devant lequel le gouvernement se trouve désarmé [1]. Le blocage puis un contrôle sévère des salaires accélèrent le déclenchement, fin 1973, de l'épreuve de force avec l'entrée en lice des électriciens et des mineurs, au moment où, au lendemain de la guerre du Kippour et de la fermeture du canal de Suez, la pénurie de pétrole place davantage l'économie britannique dans la dépendance du charbon. La désorganisation des transports et de la production industrielle est alors totale. Le déclenchement de la grève générale des mineurs, le 7 février 1974, met le gouvernement Heath dans une situation intenable. Il n'a d'autre solution que de remettre le conflit au verdict du corps électoral. Mais, placés en position défensive face à un adversaire qui s'attache à dramatiser les conséquences de la paralysie du pays, les conservateurs subissent aux élections du 28 février un échec attendu, sans que les travaillistes obtiennent pour autant la majorité des sièges aux Communes.

Entre-temps, la situation en Irlande du Nord n'a cessé de se dégrader. La coexistence des deux communautés, protestante et catholique, de l'Ulster a toujours été difficile [2], mais a pris un tour violent le 5 octobre 1968 avec les premières émeutes de Londonderry. La persistance des affrontements entre catholiques et B'Specials [3] a décidé Harold Wilson à envoyer l'armée britannique (13 août 1969) pour séparer les deux camps, puis à définir les lignes d'une politique de réformes. Une telle modération ne fait l'affaire ni des extrémistes pro-

1. Pour l'année 1972, les grèves font perdre 24 millions de journées de travail.

2. Peuplés de 1,5 million d'habitants, les six comtés de l'Ulster, restés unis à la Grande-Bretagne lors de l'accession de l'Irlande à l'indépendance en 1921, comprennent 65 % de protestants et 35 % de catholiques. L'Ulster bénéficie d'un régime d'autonomie législative et exécutive (gouvernement responsable devant le Stormont), mais qui fonctionne au bénéfice de la majorité protestante, maîtresse de l'essentiel de l'administration et de la police. Les catholiques se plaignent à bon droit d'une ségrégation sociale et professionnelle qui les cantonne dans les emplois subalternes et les expose davantage au chômage. Dans les élections locales, un système censitaire archaïque prive une partie d'entre eux du droit de vote. La formation, en 1968, d'une Association pour les droits civiques, sans doute encouragée par Dublin, est à l'origine des premières manifestations.

3. Milice exclusivement protestante, animée d'une agressivité anticatholique notoire.

testants, ni de la branche militaire de l'IRA [1], qui entame en 1971 une meurtrière guérilla urbaine. Le premier soldat britannique tombe le 6 février, ouvrant un cycle permanent de représailles et de contre-représailles. Après avoir établi l'internement administratif des suspects, le gouvernement Heath décide le 24 mars 1972 de suspendre le régime d'autonomie et de prendre en main, en principe pour un an, l'administration de l'Ulster.

Habile et bien intentionné, le secrétaire à l'Irlande du Nord, William Whitelaw, tente de négocier un nouveau statut. Après le référendum du 8 mars 1973, sans grande signification en raison du boycott catholique, le *Northern Ireland Constitution Act* d'avril crée un système parlementaire renouvelé et un Conseil de l'Irlande associant à égalité les représentants de l'Ulster et ceux de l'Eire. Un Premier ministre, désigné par Londres, serait responsable devant un Parlement élu à la représentation proportionnelle. Avec l'élection du nouveau Stormont, le 28 juin, prend fin le régime des internements administratifs. En décembre, la conférence de Sunningdale jette les bases d'une action commune contre le terrorisme entre Dublin et Belfast. Mais l'édifice est des plus fragiles, en raison de l'émiettement des forces politiques [2], qui rend toute négociation aléatoire, et de l'extrémisme des deux bords, sourd à toute négociation. Viscéralement hostiles à une coopération avec Dublin, les extrémistes protestants recourent en mai 1974 à une grève générale insurrectionnelle que le cabinet Wilson n'ose affronter par la force, tandis que l'IRA, qui n'a jamais désarmé en Irlande, étend quelques mois plus tard à l'Angleterre son activité terroriste.

1. Créée au Sud en 1922 en vue de la réunification de l'île, officiellement dissoute en 1931, l'Irish Republican Army (IRA) a éclaté en 1969. Sa tendance extrémiste (Provisional IRA) entend libérer l'Ulster par le recours aux méthodes terroristes.

2. Le parti unioniste (protestant) a éclaté en trois partis, dont le parti unioniste démocratique, violemment réactionnaire, du pasteur Paisley. Le parti nationaliste (catholique) s'est effondré, discrédité par les violences de l'IRA. Son déclin profite surtout au parti travailliste social-démocrate, très lié au Labour, qui exprime bien le caractère de plus en plus social des revendications catholiques.

L'Allemagne fédérale

A la succession d'Adenauer, en octobre 1963, Ludwig Erhard bénéficiait d'un préjugé favorable. Débonnaire et conciliant, le père du miracle économique apparaissait de surcroît comme un chancelier de transition laissant intactes les chances des principaux dirigeants de la démocratie-chrétienne. De fait, les élections du 19 septembre 1965 sont pour lui un succès, même si le SPD progresse davantage que la coalition au pouvoir. Mais, après des débats difficiles sur la prescription des crimes de guerre et la législation de l'état d'urgence, qui révèlent les insuffisances du chancelier et son absence d'esprit de décision, la défection des libéraux entraîne le 27 octobre 1966 la chute du gouvernement. Inquiet de son recul aux élections précédentes, le parti libéral a jugé en effet de bonne tactique de se désolidariser des mesures d'assainissement financier, nécessairement impopulaires, projetées par le gouvernement. Peu soucieuse de se compter à la faveur d'un nouveau scrutin, la CDU-CSU a obligé Erhard à remettre sa démission et désigné Kurt Kiesinger, président relativement peu connu du Land de Bade-Wurtemberg. Le parti libéral monnayant très haut sa participation, au moment où des consultations locales confirment son recul électoral et la progression inattendue du parti néo-nazi NPD [1], les chrétiens-démocrates se résignent à une « grande coalition » avec les socialistes, vivement souhaitée par Willy Brandt pour prouver la capacité gouvernementale des socialistes. Le gouvernement Kiesinger est constitué le 1er décembre 1966, comprenant dix CDU-CSU et neuf socialistes avec Willy Brandt comme vice-chancelier et ministre des Affaires étrangères.

Les données de la vie politique ouest-allemande en sortent bouleversées, dans la mesure où la véritable opposition est devenue extra-parlementaire. A droite le NPD, ouvertement nostalgique des valeurs du IIIe Reich, connaît durant deux ans

1. Né en 1964, le National Demokratische Partei Deutschlands (NPD), dirigé par Adolf von Thadden, a obtenu 7,4 % des voix en Bavière et 7,9 % en Hesse.

une inquiétante ascension, s'implantant dans sept diètes provinciales, atteignant près de 10 % des voix dans le Bade-Wurtemberg en avril 1968. En fait, cette poussée est étroitement liée à la récession économique de 1966-1967 et à la crise de confiance consécutive à l'indécision du gouvernement Erhard. Le déclin s'amorce dès 1968, et aux élections d'octobre 1964 il n'obtient que 4,3 % des voix et ne peut donc entrer au Bundestag. A l'extrême gauche, le parti communiste (DKP), légalisé en 1968, n'a qu'une audience très faible en raison de son alignement systématique sur « l'autre Allemagne », mais le gauchisme connaît alors en RFA une certaine vogue. Son principal foyer est la Fédération des étudiants socialistes, plus ou moins en rupture avec le SPD depuis le congrès réformiste de Bad Godesberg, animée par l'étudiant berlinois Rudi Dutschke, grand admirateur de Marcuse dont il a suivi l'enseignement à Berkeley. Dans la mobilisation de la jeunesse, l'université libre de Berlin-Ouest fournit les impulsions majeures. Un peu partout, de grandes manifestations sont montées en 1967 et 1968 contre la guerre du Vietnam, les armements atomiques, le système universitaire et la société de consommation. En juin 1967, des émeutes violemment réprimées accompagnent la visite du chah d'Iran. Le 11 avril 1968, l'assassinat de Rudi Dutschke, auquel les campagnes de presse haineuses du groupe Springer ne sont pas étrangères, déclenche de violentes manifestations dans toute l'Allemagne. Comme ailleurs, le mouvement s'étiole par la suite, pour se couper totalement de l'opinion en 1969.

Face à cette vague de contestation, le gouvernement de coalition s'est montré souvent désemparé, surtout dans le domaine universitaire. La collaboration des deux partis n'est pourtant pas infructueuse, ni sur le plan législatif, où la loi de mai 1968 sur l'état d'urgence réalise un compromis, ni sur le plan économique, où à la faveur de la reprise de l'expansion le ministre socialiste des Finances Karl Schiller acquiert la réputation d'un expert. Mais la coalition se révèle fragile en politique étrangère, l'ampleur à donner au dialogue avec l'Est opposant Willy Brandt, très favorable, à son chancelier. L'élection présidentielle de mars 1969, due au retrait obligé d'Heinrich Lübke, voit la victoire du candidat socialiste Gustav Heinemann grâce à l'appoint libéral. Récoltant les fruits d'une image de sage gestionnaire préoccupé de sauvegarde de la démocratie et de réformisme social, le SPD gagne aux élections de septembre plus de 1 million de voix, tout en restant en retrait de la CDU-CSU. Une fois de plus, le parti libéral est l'arbitre de la situation. Mais en raison même de son nouveau recul, il est mieux à même de peser sur les socialistes que sur les chrétiens-démocrates. Au vif dépit de ces derniers, socialistes et libéraux négocient un gouvernement de « petite coalition » qui est formé le 21 octobre, présidé par Willy Brandt avec Walter Scheel, chef de file des libéraux, aux Affaires étrangères, Karl Schiller demeurant à l'Économie.

L'expérience Brandt va durer cinq ans. Elle peut être diversement appréciée. Pris entre les exigences contradictoires de l'indispensable allié libéral, qui entend limiter au maximum les réformes de structures, et l'impatience de la classe ouvrière se manifestant par de nombreuses grèves sauvages ou officielles, le gouvernement s'en est tenu à une politique économique orthodoxe et à une grande prudence en matière sociale. La progressivité de l'impôt a été accrue, de même qu'ont été étendus l'actionnariat ouvrier et les droits des comités d'entreprise. Mais le développement de la cogestion, revendication prioritaire de la puissante organisation syndicale DGB, s'est enlisé dans les méandres de la procédure parlementaire [1]. Politiquement, le SPD a dû faire face à la contestation interne de sa minorité de gauche animée par les étudiants socialistes (les *jusos*), dont l'audience est allée croissant [2], mais sans parvenir à imposer la révision du programme de Bad Godesberg. Plus redoutables, la recrudescence de la violence urbaine et la première vague d'attentats terroristes déclenchée par une fraction extrémiste du mouvement étudiant de la fin des années soixante. Après divers attentats contre les forces militaires américaines et contre des grands magasins, les deux dirigeants de la Fraction Armée rouge, Andreas Baader et Ulrike Meinhof, sont arrêtés en juin 1972. Cédant à la campagne de presse du groupe Springer, visant à accréditer le mythe du noyautage des services publics par les révolutionnaires et les

1. La loi n'a été adoptée qu'en mars 1976, applicable seulement aux entreprises de plus de 2 000 salariés.

2. L'opposition de gauche représente un tiers des mandats au congrès de Bonn en 1971, 40 % au congrès de Hanovre en mai 1973.

Répartition des sièges au Bundestag

	19 sept. 1965	*28 sept. 1969*	*19 nov. 1972*
CDU-CSU	245	242	225
SPD	202	224	230
FDP	49	30	41

communistes, le chancelier et les ministres-présidents des neuf Länder ont adopté le 28 janvier une déclaration commune justifiant la pratique des interdictions professionnelles qui, à la suite des protestations de la gauche sociale-démocrate et de certains libéraux, dut être assouplie par la suite.

Les difficultés du gouvernement Brandt et le prix à payer de l'ouverture à l'Est [1] sont impitoyablement exploités par l'opposition chrétienne-démocrate, qui n'a jamais admis être dépossédée du pouvoir, et moins encore qu'un résistant au IIIe Reich, réfugié en Norvège durant le nazisme et la guerre, ait accédé à la chancellerie. Appuyée par la grande presse, encouragée par les reculs des partis de la coalition gouvernementale, lors de diverses élections locales, la CDU-CSU se livre à une guérilla parlementaire permanente assortie d'une tentative de débauchage de l'aile droite du parti libéral. Décidé à consulter l'opinion sur la poursuite de l'*Ostpolitik*, Willy Brandt tire parti d'une motion de défiance de l'opposition pour dissoudre le Bundestag. Au terme d'une campagne acharnée, qui ne brilla pas toujours par la loyauté des arguments et des moyens, les élections du 19 novembre 1972, caractérisées par une mobilisation exceptionnelle de l'électorat, sont un succès inespéré pour le gouvernement [2]. Avec une avance de 48 sièges, Brandt est confirmé de façon éclatante à la chancellerie. A droite, si le progrès enregistré par la CSU en Bavière renforce la position personnelle de Franz Joseph Strauss, la

1. Sur l'*Ostpolitik*, cf. *infra*, p. 484-487.
2. Le SPD passe de 42,7 à 45,9 % des suffrages et le FDP de 5,8 à 8,4 %. Inversement, la CDU-CSU régresse de 46,1 à 44,8 %, le NPD s'effondrant de 4,3 à 0,6 %.

CDU traverse une crise grave qui oblige son dirigeant, Rainer Barzel, à céder la place, en juin 1973, à Helmut Kohl, ministre-président de Rhénanie-Palatinat.

Paradoxalement, la tâche de Willy Brandt n'est pas rendue plus facile par le succès électoral de 1972 – car, sorti renforcé des élections, le parti libéral, soutenu par les milieux d'affaires, acquis à l'*Ostpolitik* mais hostiles aux projets sociaux, se montre un partenaire plus exigeant. Le ministre des Finances Helmut Schmidt pratique, dans la lignée de Karl Schiller, une politique économique très libérale qui déplaît aux syndicats et relance les grèves sauvages dans le secteur de la métallurgie. Les grandes réformes intérieures sont ainsi tacitement abandonnées, tandis que se dégrade rapidement dans l'opinion l'image d'un chancelier jugé trop tolérant à l'égard du maximalisme gauchisant des *jusos*. Les élections municipales de Rhénanie-Westphalie et celles de la Diète de Hambourg marquent la désaffection croissante de la classe moyenne à l'égard du SPD. Le nom d'Helmut Schmidt, représentatif de la droite du parti, circule avec insistance pour remplacer un chancelier usé et que le prix Nobel de la paix a quelque peu détaché des affaires courantes. La découverte d'une affaire d'espionnage dans son entourage immédiat, l'affaire Guillaume, précipite, le 8 mai 1974, une démission attendue depuis plusieurs mois.

L'Italie

En Italie, le centre gauche, qui avait mis près de dix ans pour devenir réalité, va demeurer près de dix ans au pouvoir. Si l'on excepte quelques gouvernements *monocolori* de transition, l'association des socialistes et des démocrates-chrétiens a été maintenue tout au long des gouvernements Moro (décembre 1963 - mai 1968), Rumor (décembre 1968 - juillet 1970) et Colombo (juillet 1970 - février 1972). Son bilan n'est pas négligeable, même si les réformes économiques et régionales n'ont été adoptées qu'avec retard et si le programme de gouvernement de 1962 n'a été réalisé que partiellement. La formule de centre gauche n'a fait en effet l'unanimité dans aucune de ses deux composantes essentielles. Au PSI, la

Répartition des sièges à la chambre des députés

	28 avril 1963	*19 mai 1968*	*7 mai 1972*
PCI	166	177	179
PSIUP	–	23	0
PSI	87	91	61
PSDI	33		29
PRI	6	9	14
DC	260	266	267
PLI	39	31	21
Monarch.	8	6	
MSI	27	24	56

scission de l'aile gauche [1] en janvier 1964 a affaibli la base ouvrière du parti. Cette perte est compensée un temps par la réunification du PSI et du PSDI, en 1966, mais ce dernier, inquiet du rapprochement avec les communistes esquissé par les successeurs de Pietro Nenni, reprend sa liberté trois ans plus tard. A la Démocratie-chrétienne, où l'aile droite ne désarme pas, la rupture est évitée de justesse grâce aux efforts du Vatican, mais non l'éclosion de multiples tendances concurrentes où les rivalités d'hommes et de clientèles comptent souvent plus que les divergences de programmes. La coalition gouvernementale en sort affaiblie. D'autant plus que si, jusqu'en 1964, l'Église semble jouer la carte du centre gauche [2], le pontificat de Paul VI s'en éloigne sensiblement. En 1965, la proposition Fortuna, revenant à introduire le divorce dans le code civil italien, se heurte à l'opposition résolue du Saint-Siège. La loi n'est finalement votée qu'en 1970, au terme de débats éprouvants pour la coalition.

Cependant, le décalage ne cesse de croître entre la nature réelle de la crise italienne, qui est prioritairement sociale et

1. Cette scission a conduit à la formation du parti socialiste italien d'unité prolétarienne (PSIUP), rejoint par de nombreux cadres syndicaux.

2. Comme le montre son appui implicite, en décembre 1964, à la candidature du social-démocrate Saragat au Quirinal, de préférence aux candidats de la droite de la DC, Leone puis Fanfani.

culturelle, et les solutions fragmentaires proposées par le système politique. Dans une conjoncture économique toujours très soutenue, mais marquée par de fortes tensions inflationnistes et par la permanence de disparités de tous ordres, la contestation éclate dans le milieu particulièrement rétrograde de l'Université, rapidement relayée en 1968, et plus encore durant l'automne 1969, par des luttes ouvrières fortement politisées. La puissance du front syndical [1] permet d'arracher au patronat et à l'État d'importantes concessions dans le domaine des salaires, des conditions et de la protection du travail. La poussée de l'extrême gauche enregistrée aux élections de mai 1968, le renforcement du pouvoir syndical, l'impuissance du gouvernement à canaliser les débordements de la contestation et du gauchisme font le jeu d'une opposition d'extrême droite qui, faute de progresser sur le terrain parlementaire, développe, en liaison avec certains pouvoirs étatiques, une « stratégie de la tension » destinée à provoquer une vague de fond en faveur du retour à l'ordre. Cette première vague terroriste s'exprime par divers attentats à Rome, à Turin et surtout à Milan, où, le 12 décembre 1969, une véritable tuerie à la Banque de l'agriculture fait 16 morts et une centaine de blessés.

La même année 1969 voit la naissance de groupements clandestins d'extrême gauche qui tentent de justifier le recours à la lutte armée par le blocage des institutions italiennes et l'absence de toute perspective révolutionnaire légaliste en raison de la « trahison » réformiste du parti communiste [2]. Le plus déterminé et le plus structuré est le groupe des Brigades rouges (BR), issu de la Nouvelle Résistance et passé en 1972 sous la direction de Renato Curcio. A la différence des BR, qui entendent constituer un « parti armé » de substitution au parti communiste, les groupes autonomes (Lotta continua, Sinistra proletaria et surtout Autonomia operaia) tentent de provoquer un mouvement révolutionnaire sans avoir vocation à le diriger. Les tentatives de fusion sont demeurées vaines, mais de nombreux autonomes sont venus grossir les colonnes des Brigades

1. En 1968, les trois centrales syndicales CGIL, UIL et CISL ont formé un front unitaire regroupant environ 6 millions de syndiqués.

2. Sur le terrorisme, cf. R. Solé, *le Défi terroriste, leçons italiennes à l'usage de l'Europe*, Paris, Éd. du Seuil, coll. « L'histoire immédiate », 1979.

rouges, tandis que l'on s'interroge encore, non sur la réalité, mais sur la nature exacte des liens entretenus avec telle ou telle puissance étrangère. A partir de 1970, mais surtout de 1972, les groupes armés passent à l'offensive avec l'enlèvement d'hommes politiques, de magistrats et de cadres d'entreprise censés incarner les forces de l'oppression capitaliste. L'opinion pourtant conserve son sang-froid. Les élections de 1972 sont sans doute marquées par un progrès de l'extrême droite (monarchistes et néo-fascistes du MSI regroupés dans la Destra nazionale), mais aussi par une légère poussée communiste et une stabilité de la DC, le grand perdant étant le PSI. C'est cette focalisation de l'électorat italien autour de deux grands partis, de culture différente mais fondés l'un et l'autre à revendiquer une large assise populaire, qui conduit le secrétaire général du PCI, Enrico Berlinguer, à proposer en octobre 1973 le « compromis historique ». Ce mode d'accession pacifique au pouvoir en vue d'une voie italienne vers le socialisme ne fait pas l'unanimité au sein du parti communiste et se heurte à de sérieuses résistances à la Démocratie-chrétienne. Mais le problème des relations avec les communistes, dans une Italie en proie aux ravages de la crise et du terrorisme, est devenu le thème majeur du débat politique.

La France

En France, le pouvoir gaulliste est sorti renforcé des succès électoraux de l'année 1962. Dans le discrédit persistant des partis politiques, l'opinion semble s'être accommodée d'un régime qui assure la stabilité des institutions, le rayonnement international de la France et une croissance économique accélérée. Mais si la popularité du général de Gaulle se maintient à un niveau élevé [1], le gouvernement Pompidou doit faire face aux manifestations parfois violentes de mécontentements catégoriels dont la somme traduit un malaise social latent : agriculteurs confrontés à la restructuration des marchés et des exploitations, travailleurs du secteur public victimes du décalage salarial. Au printemps 1963, une longue grève des mineurs reçoit le soutien de l'opinion, qui oblige le gouverne-

1. Cf. J. Charlot, *les Français et de Gaulle*, Paris, Plon, 1971.

ment à retirer un décret de réquisition. En septembre de la même année, le ministre des Finances Giscard d'Estaing fait adopter un plan de stabilisation qui, s'il maîtrise effectivement l'inflation, pèse sur le rythme de la croissance et provoque indirectement divers conflits sociaux.

Ces mécontentements tardent pourtant à trouver leur concrétisation politique, même si la gauche française est l'objet de diverses mutations. A la succession de Maurice Thorez, mort le 11 juillet 1964, le secrétaire général Waldeck-Rochet amorce une déstalinisation courageuse, mais qui se heurte à la résistance de l'appareil et, semble-t-il, à quelque réticence soviétique après la chute de Khrouchtchev. Le parti est en outre handicapé par son soutien plus ou moins explicite à la politique extérieure du président de la République, ainsi que par l'excroissance de tendances « italienne » ou « prochinoise » dont le compte est réglé par les mécanismes classiques de la purge. Le renouvellement est ailleurs, en particulier dans cette résurgence de l'esprit clubiste qui constitue la principale originalité politique de l'époque [1]. Club Jean-Moulin [2], Club des jacobins, Cercle Molé-Tocqueville, Démocratie nouvelle, Citoyens 60, Groupe des Cahiers de la République [3], pour ne citer que les principaux, souffrent assurément d'un recrutement trop centré sur le monde universitaire et la haute fonction publique, mais constituent une indéniable force de proposition. Le relais d'opinion est assuré par l'hebdomadaire *l'Express*, qui, dans la perspective de l'élection présidentielle de 1965, dresse le portrait-robot du futur candidat de la gauche. Cette première expérience de marketing politique esquisse progressivement la candidature de Gaston Defferre, socialiste modéré, peu suspect de complaisance communiste et actif maire de Marseille. Cette candidature est confirmée le 18 dé-

1. On peut lui mettre en parallèle la création, en 1964, de la Confédération démocratique du travail (CFDT), qui naît de la scission de l'aile non confessionnelle, devenue majoritaire, de la CFTC. Attentif aux mutations de la société française et au renouvellement de la classe ouvrière, ce nouveau syndicat s'oriente vers des revendications qualitatives et autogestionnaires.

2. Le plus actif sans doute, qui publie en 1961 *l'État et le Citoyen*, ouvrage collectif de réflexion sur les institutions, l'Université, et la société françaises.

3. Dirigé par Pierre Mendès France et Georges Boris. En 1962, Mendès France publie *la République moderne*, qui propose diverses réformes institutionnelles, économiques et sociales.

cembre 1963, mais elle est conditionnée à l'éclosion d'une nouvelle structure partisane qui procéderait de la fusion de la SFIO, du MRP, du parti radical et des clubs dans une fédération démocrate-socialiste. Le projet n'est pas sans rappeler la troisième force, équidistante du communisme et du gaullisme, à cette différence près que la droite conservatrice en serait écartée et que l'ensemble aurait vocation à incarner un travaillisme à la française. Mais il se heurte aux résistances des états-majors, particulièrement à la SFIO et au MRP. La « grande fédération » meurt avant d'avoir vécu, le 18 juin 1965, entraînant le retrait de la candidature Defferre.

Les conséquences de cet échec sont considérables. Si l'on peut tenir pour secondaire la disparition du MRP, de longue date moribond, et son remplacement par le Centre démocrate, il n'en est pas de même du regroupement des forces de gauche et de la bipolarisation de la vie politique française qui en découle. En juin 1964, un certain nombre de clubs ont fusionné en une Convention des institutions républicaines qui, après avoir soutenu la tentative defferriste, négocie avec la SFIO et le parti radical la formation d'une structure confédérale, la Fédération de la gauche démocrate et socialiste (FGDS), officiellement constituée le 10 septembre 1965. La veille, François Mitterrand a annoncé sa candidature aux présidentielles, à laquelle se rallient le parti communiste, puis le PSU. Au centre, après qu'Antoine Pinay eut été vainement sollicité, c'est Jean Lecanuet, soutenu par les indépendants et certains éléments du radicalisme, qui va défendre les positions de l'antigaullisme atlantiste et européen. A l'extrême droite, Jean-Louis Tixier-Vignancour entend rassembler les voix des nostalgiques de l'Algérie française. Le général de Gaulle n'annonce sa candidature que le 4 novembre et, estimant avoir tout dit au pays, boude systématiquement son temps de parole sur les ondes nationales.

La campagne présidentielle de 1965 traduit dans l'ensemble une forte repolitisation de l'électorat français, ravi de découvrir, grâce à un partage pour une fois équitable des prestations télévisuelles, d'autres voix que le verbe gaullien, et de surcroît unies dans la dénonciation du « pouvoir personnel ». Pour avoir confondu référendum-plébiscite et élection présidentielle, le général de Gaulle enregistre un sévère échec : la mise en ballottage avec un score inférieur à 45 % des suffrages. Derrière lui François Mitterrand, sans faire le plein des voix de la gauche, opère une belle percée, tandis que Jean Lecanuet réussit à positionner le centre et que Tixier-Vignancour prouve, par la modestie de son score, l'intégration rapide de l'électorat des rapatriés. Le capital des voix centristes se répartissant à peu près à égalité entre les deux candidats restés en lice, le général de Gaulle est réélu le 19 décembre avec 54,5 % des voix.

Les enseignements de cette élection présidentielle sont nombreux. Quelle qu'ait été la justesse des réserves émises lors de son adoption, il est clair que l'opinion s'est ralliée d'enthousiasme à ce type de désignation. La présidentialisation du régime en sort renforcée, et avec elle la teneur du jeu politique en est transformée, en désignant toute personnalité quelque peu en vue, et notamment tout Premier ministre, en présidentiable. Pour l'heure, en raison du ballottage du 5 décembre, la personne du général de Gaulle a été désacralisée par le suffrage universel et l'opposition revigorée. A gauche, la candidature Mitterrand a ouvert une dynamique unitaire, alors que le centre, apparemment conforté par le résultat encourageant de son candidat, doit compter avec la logique dualiste de l'élection présidentielle et la bipolarisation croissante de la vie politique. A bien des égards, les élections législatives de mars 1967, souvent présentées comme un « troisième tour », confirment ces analyses, le premier tour étant marqué par la double progression de la majorité et de la gauche, et par un effritement du centre. La surprise vient du second tour. Grâce à la discipline des désistements à gauche, et au ralliement à celle-ci d'une partie des voix centristes, l'opposition opère une remarquable remontée en sièges, la Corse et l'outre-mer assurant péniblement sa reconduction à la majorité sortante. Confirmé dans ses fonctions, Georges Pompidou entend se faciliter la tâche en légiférant par voie d'ordonnances dans le domaine économique et social. Mais l'âpreté des confrontations parlementaires que déclenche le recours à cette procédure apparaît, avec le recul du temps, assez factice au regard des événements qui se préparent.

La crise française du printemps 1968 est inséparable de son contexte international. Elle procède de la même remise en cause des valeurs et des modes de fonctionnement qui traverse au même moment la plupart des pays occidentaux. Mais elle est aussi la plus complexe dans la mesure où elle fait intervenir l'enchaînement et la superposition d'une triple contestation, étudiante, sociale et politique. Elle constitue à ce titre l'un des ébranlements majeurs de la société française au XXe siècle [1].

Durant dix jours, du 3 au 13 mai, la crise est exclusivement étudiante. Déclenchée par une initiative maladroite des autorités universitaires, amplifiée par la violence policière et les atermoiements gouvernementaux, elle culmine le 10 mai avec la nuit des barricades. Étroitement liée à l'explosion numérique de ses effectifs [2], lisible depuis plusieurs mois dans l'agitation du campus de Nanterre, la contestation étudiante revêt elle-même plusieurs dimensions. Elle est fondamentalement une protestation contre l'insuffisance de l'encadrement pédagogique et la désuétude des modes de transmission du savoir, sur laquelle se greffe, mais de façon plus marginale, une critique radicale du système capitaliste comme de ses instruments de domination culturelle. La force d'attraction du gauchisme, quels que soient ses divisions et son caractère groupusculaire [3], réside dans sa capacité à structurer dans une

1. La bibliographie de mai 1968 est considérable et inégale. Le récit le plus complet des événements est celui de L. Riaux et R. Backman, *l'Explosion de mai*, Paris, Laffont, 1968. Pour l'analyse des événements, cf. D. Ben Saïd et H. Weber, *Mai 68, une répétition générale* (Paris, Maspero, 1968); R. Aron, *la Révolution introuvable* (Paris, Fayard, 1968), et A. Touraine, *le Mouvement de mai ou le Communisme utopique* (Paris, Éd. du Seuil, 1968), donnent une interprétation respectivement gauchiste, libérale et sociologique. Une synthèse: « Mai 1968 », in M. Winock, *la Fièvre hexagonale. Les grandes crises politiques, 1871-1968*, Paris, Calmann-Lévy, 1986, p. 311-355.

2. Par l'effet conjugué de la reprise démographique de l'après-guerre et de la démocratisation de l'enseignement, cette explosion fait apparaître un quasi-quadruplement de la population étudiante en moins de vingt ans: 128 000 en 1950, 250 000 en 1963, près de 500 000 en 1968.

3. Les groupes gauchistes sont d'inspiration trotskiste, avec le Comité de liaison des étudiants révolutionnaires (CLER), fondé en 1961 et apparenté à la tendance lambertiste, et avec la Jeunesse communiste révolutionnaire (JCR), fondée en 1966 par d'anciens étudiants communistes, de tendance frankiste. L'inspiration maoïste domine au parti communiste marxiste-léniniste de France (PCMLF) fondé en décembre 1967 à partir de l'UJCML, animée par des étudiants de l'École normale supérieure. Le Mouvement du 22 mars, qui a

praxis révolutionnaire ce qui n'est originellement qu'un malaise diffus devant l'avenir et une réaction antiautoritaire.

La grève générale du 13 mai, inégalement suivie mais marquée par une ample mobilisation de rue, opère la jonction entre mouvement étudiant et mouvement ouvrier. Ceux-ci demeurent, malgré diverses tentatives de convergence, strictement distincts, mais il est indéniable que l'exemple étudiant a opéré une contagion dans le monde ouvrier, en particulier chez les jeunes travailleurs, souvent issus du milieu rural, sans attache syndicale et sans tradition ouvrière. Par une analogie intéressante avec 1936, le déclenchement de la grève est périphérique et spontané, suivi par des débrayages sur le lieu de travail. Sa différence majeure réside dans l'atomisation des revendications, qui, à côté de formulations traditionnelles (salaires, durée et conditions du travail, sécurité sociale), voient naître, surtout dans les branches industrielles les plus modernes, une contestation radicale de l'encadrement et des structures capitalistes, ainsi qu'une aspiration autogestionnaire proche de l'esprit de mai. Les organisations syndicales, initialement prises de court, s'employant à étendre le mouvement, tout en le canalisant, la grève peut être considérée le 24 mai comme quasi générale, avec près de 9 millions de grévistes.

Après les premières mesures d'apaisement à l'égard des étudiants, le gouvernement se résout à amorcer le dialogue social. Les négociations s'ouvrent le 25 mai au ministère du Travail, précédées la veille par une allocution peu convaincante du général du Gaulle annonçant un prochain référendum sur la « participation » et par une nouvelle nuit d'émeutes à Paris. Rendus publics le 27 au matin, les « accords de Grenelle », qui n'ont nullement reçu l'aval des syndicats, représentent des concessions non négligeables [1], mais jugées insuf-

pris pied à l'université de Nanterre, animé par Daniel Cohn-Bendit, est hostile à toute structuration et prône un œcuménisme de tous les mouvements d'extrême gauche dans le spontanéisme révolutionnaire. L'UNEF, principal syndicat étudiant, est alors dirigé par des étudiants appartenant au PSU. Après la dissolution de divers groupements, le 12 juin 1968, la Ligue communiste (A. Krivine) naît de la JCR; le PCMLF se scinde en parti communiste révolutionnaire et Gauche prolétarienne.

1. Augmentation substantielle du SMIG et des salaires, réduction de la durée du travail, abaissement de l'âge de la retraite, reconnaissance du

fisantes après consultation de la base gréviste. Dès lors, la crise politique est ouverte. Avec la rupture des négociations sociales, la lassitude évidente des forces de police, l'implosion des structures publiques d'information, le pouvoir vacille. Le désarroi est à son comble quand le général de Gaulle quitte Paris le 29 mai, laissant le gouvernement sans directives. En fait, si l'incapacité gouvernementale à maîtriser la crise est évidente, le pouvoir conserve quelques atouts : l'inquiétude de l'opinion face au prolongement des grèves et aux débordements de la violence ; plus encore, la division de ses adversaires, partagés entre la spontanéité révolutionnaire et le respect des voies légales [1]. C'est ce que comprend Georges Pompidou, qui sait convaincre le président de la République, rentré à Paris le 30 mai [2], de renoncer provisoirement à un référendum mal engagé et mal accueilli, et de déplacer la solution de la crise sur le terrain connu de l'affrontement droite-gauche. Ainsi sont annoncées la dissolution de l'Assemblée nationale et de nouvelles élections, annonce assortie d'un remaniement gouvernemental et d'un appel à la vigilance contre le « communisme totalitaire ». La ficelle est un peu grosse, s'agissant d'un parti qui n'a cessé de condamner les violences gauchistes et de contenir, *via* la CGT, les revendications sociales, mais l'effet incantatoire du discours est incontestable. L'ample manifestation « gaulliste » du 31 mai est riche d'ambiguïtés, mais marque le retour du balancier dans le camp de l'ordre.

Le week-end de la Pentecôte et le retour providentiel de l'essence aidant, la normalisation est en marche. Prise un peu

---

principe de la section syndicale d'entreprise, promesse de révision des projets gouvernementaux sur la sécurité sociale.

1. La journée du 27 mai illustre bien le divorce entre le « Tout est possible » des courants révolutionnaires qui manifestent au stade Charléty et le « gouvernement populaire » scandé dans les défilés CGT. A gauche, l'unité de vues ne règne guère. Dans la perspective de la victoire du *non* au référendum, François Mitterrand annonce sa candidature à l'élection présidentielle et avance le nom de Pierre Mendès France pour diriger un « gouvernement provisoire de gestion ». Cette formule ne séduit nullement le PCF, qui la dénonce comme « atlantique » et qui redoute en fait la marginalisation.

2. Dans un état d'esprit qui a fait l'objet, par la suite, de quelques controverses, le général de Gaulle s'est rendu à Baden-Baden pour s'enquérir du soutien de l'armée, et en son nom du général Massu. Le prix à payer semble bien en avoir été la grâce et la libération des anciens activistes de l'OAS, civils et militaires, effective le 7 juin.

à contre-pied, l'opposition de gauche doit bien se résigner à une consultation électorale qu'elle avait appelée de ses vœux depuis le début de la crise, mais qu'elle aborde désormais en position défensive. Car les derniers soubresauts de l'agitation étudiante et la reprise progressive du travail donnent lieu, çà et là, à de violents accrochages qu'il est aisé d'exploiter, au prix de quelques amalgames, à des fins électorales. De fait, les élections des 23 et 30 juin 1968 sont le plus ample succès de la droite française depuis celles de 1919 qui virent la victoire du Bloc national. Non que la perte des voix de gauche soit considérable [1], mais le nouveau recul du centrisme et l'effet amplificateur du scrutin uninominal assurent à l'UDR [2] et à ses alliés les trois quarts des sièges dans la nouvelle Assemblée. Bien plus que le général de Gaulle, le vrai vainqueur de la confrontation est Georges Pompidou, qui le paye de sa disgrâce. Le 13 juillet, Maurice Couve de Murville, inamovible ministre des Affaires étrangères depuis dix ans, forme un nouveau gouvernement dans lequel Edgar Faure et Raymond Marcellin incarnent, en raison de leur tempérament et de leur passé respectif, le double visage du changement et de l'ordre. La réputation d'habileté et d'imagination du premier doit contribuer à l'apaisement, puis à la modernisation de l'Université. Ancien collaborateur de Jules Moch au temps des grèves de 1947 et 1948, le second apporte au ministère de l'Intérieur la fermeté de ses convictions répressives.

Les événements de mai ont donné lieu à une multitude d'interprétations dont aucune prise isolément n'emporte l'adhésion [3]. On rejettera la thèse cynique et commode du

1. Par rapport à mars 1967, le PCF perd 2,4 points et la FGDS 2,3 points, pertes partiellement compensées par le progrès du PSU (+ 1,7) qui entend exprimer la permanence de l'apport de mai.

2. Le parti gaulliste est devenu début juin l'Union pour la défense de la République (UDR). Sous son impulsion se mettent en place un peu partout des comités de défense de la République (CDR) dont certains membres rejoindront par la suite le Service d'action civique (SAC), au recrutement parfois douteux et aux méthodes musclées.

3. Cf. Ph. Bénéton et J. Touchard, « Les interprétations de la crise de mai-juin 1968 », *Revue française de science politique*, juin 1970, p. 503-543, et le numéro spécial « Mai 1968 » de la revue *Pouvoirs*, nov.-déc. 1986, qui s'interroge sur le rôle du mouvement de mai dans la genèse de l'individualisme contemporain.

complot international qu'ont avancé des autorités officielles manifestement dépassées, mais on peut aussi tenir pour un peu sommaire le « défoulement collectif » (R. Aron) d'une génération avide de « jouer » la révolution, et tout aussi réductrice la marginalité quasi délinquante des « gardes roses » et autres « anarchistes allemands » dénoncés par le parti communiste. Plus intéressantes sont les contributions d'une analyse sociologique libérée des carcans universitaires, celle d'un Edgar Morin [1] qui, sensible à l'irruption de la jeunesse, évoque « une sorte de 1789 socio-juvénile », ou celle d'un Alain Touraine [2] qui voit dans la réaction antiautoritaire commune aux étudiants, à certains ouvriers et cadres de l'industrie, l'expression d'un « mouvement social de type nouveau ». Quelles que soient ses facilités et possibilités de récupération, le thème de la « révolte spirituelle » dans une civilisation matérialiste devenue à la fois hyperrationnelle et absurde, a eu de nombreux adeptes, notamment parmi les chrétiens. En tout état de cause, l'échec du mouvement, qu'on veuille l'attribuer à l'inexistence d'une situation révolutionnaire réellement exploitable ou à d'autres facteurs, ne signifie pas que celui-ci ait été stérile. Du féminisme à l'écologie, du renouvellement du militantisme à l'engagement associatif, ses retombées sur la société et la vie politique française sont considérables.

Dans l'immédiat, fermeté et réforme sont censées inspirer le gouvernement Couve de Murville. Mais la première est sans concession, la seconde réticente. La reprise en main de l'ORTF [3], la dissolution de divers groupes gauchistes et les poursuites intentées à leurs dirigeants, le quadrillage policier de la capitale, ainsi qu'une discrète répression patronale, sont autant de gages donnés aux partisans de l'ordre, avec cet arrière-goût de revanche qui en dit long sur la peur de mai. Inspirée du principe de la « participation » chère à un certain

1. Ed. Morin *et al.*, *la Brèche. Premières réflexions sur les événements*, Paris, Fayard, 1968.

2. A. Touraine, *le Mouvement de mai ou le Communisme utopique*, *op. cit*.

3. Dès le 31 juillet, cent deux journalistes de la presse parlée et télévisée sont licenciés pour fait de grève.

gaullisme social et remise au goût du jour par le chef de l'État comme panacée aux maux de la société technicienne, la réforme s'ordonne dans deux directions, universitaire et régionale. Malgré son hostilité plus ou moins ouverte aux principes qui animent le ministre Edgar Faure, et à l'entourage qui l'inspire, la majorité finit par adopter la loi d'orientation de l'enseignement supérieur, promulguée le 12 novembre 1968. Cette loi repose sur les principes de l'autonomie des universités, confie leur gestion à des conseils élus par les enseignants et les étudiants, et jette les bases d'une plus grande pluridisciplinarité des études. Malgré l'opposition des derniers carrés du gauchisme, la mise en place des nouvelles structures s'effectue correctement.

Plus difficile est la genèse de la réforme régionale, confiée au ministre d'État Jean-Marcel Jeanneney. Les principes en sont la décentralisation des décisions et la participation des forces vives de la nation à la gestion de la région. Mais à la demande du chef de l'État, elle a pour corollaire une modification du recrutement du Sénat [1], dans laquelle il est probable qu'intervient un vieux règlement de comptes avec la Haute Assemblée, systématiquement boudée depuis 1962 par le gouvernement. Annoncé lors d'un voyage en Bretagne au début de l'année 1969, le référendum s'engage mal. Outre l'avis négatif du Conseil d'État, il se heurte à l'opposition résolue des centristes, d'une majorité de républicains indépendants [2] et à celle plus feutrée d'une partie des élus UDR, qui sentent le vent tourner. Le patronat, inquiet des thèmes participationnistes et dépité du refus de la dévaluation imposé en novembre par le président de la République, mise sur la victoire du *non*. Cette défection du centre et de la droite s'explique sans doute par leur attachement au Sénat, et à son réseau de notables, mais davantage par le recours que constitue désormais Georges Pompidou. Ce dernier, qui a donné durant la crise de mai les preuves de son savoir-faire, a annoncé en janvier 1969 son intention de briguer le jour venu la succession du général de

1. Aux termes du projet, le nouveau Sénat comprendrait non seulement les élus locaux, mais des représentants du monde économique, social et culturel.

2. Le ministre de l'Intérieur, Raymond Marcellin, appelle à voter *oui*, mais Valéry Giscard d'Estaing, écarté du gouvernement depuis 1966, fait campagne pour le *non*.

Répartition des sièges à l'Assemblée nationale

		5-12 mars 1967	*23-30 juin 1968*	*4-11 mars 1973*
PCF		73	34	73
PSU		3	0	3
FGDS	PS	116	57	91
	Rad. gauche			11
Centre	Centre démocr.	41	33	31
	Réform.			23
UNR-UD V^e-UDR		200	294	184
Républ. indép.		44	65	54

Les élections présidentielles de 1965 et 1969
(en pourcentage des suffrages exprimés)

5 et 19 décembre 1965		*1er et 15 juin 1969*	
1er tour		*1er tour*	
Ch. de Gaulle	44,6	G. Pompidou	44,4
F. Mitterrand	33,7	A. Poher	23,3
J. Lecanuet	15,5	J. Duclos	21,5
J.-L. Tixier-Vignancour	5,2	G. Defferre	5,0
		M. Rocard	3,6
P. Marcilhacy	1,7	L. Ducatel	1,2
M. Barbu	1,1	A. Krivine	1,0
2e tour		*2e tour*	
Ch. de Gaulle	55,2	G. Pompidou	58,2
F. Mitterrand	44,8	A. Poher	41,8

Gaulle. La peur du « chaos » qui avait si longtemps retenu l'électorat conservateur ne jouant plus, le projet référendaire est rejeté le 27 avril par plus de 53 % des voix. Ayant une fois de plus soumis le sort de sa fonction au résultat du référendum, le général de Gaulle se retire le lendemain.

Ce retrait ouvre la voie à Georges Pompidou, qui, outre l'appui empressé de l'UDR, reçoit le ralliement de Valéry Giscard d'Estaing [1] et d'une partie des centristes. Ses chances sont renforcées par les divisions de la gauche, qui n'aligne pas moins de quatre postulants [2], et par la médiocrité des prestations d'Alain Poher, président du Sénat, candidat du centrisme d'opposition. Son avance au premier tour permet à l'ancien Premier ministre une élection confortable, encore facilitée par l'appel à l'abstention du parti communiste. Élu par 58 % des suffrages, Georges Pompidou, qui a fait campagne sur le thème de « l'ouverture dans la continuité », confie à Jacques Chaban-Delmas, gaulliste historique mais de réputation libérale [3], la tâche de former un gouvernement élargi au centrisme avec la promotion ministérielle de Jacques Duhamel et René Pleven.

Les débuts de la présidence de Georges Pompidou relèvent d'un certain effacement auquel la présence invisible mais tutélaire du général de Gaulle n'est peut-être pas étrangère. A l'exception des décisions européennes consécutives au sommet de La Haye [4], qui relèvent bien de l'initiative présidentielle, c'est de l'Hôtel Matignon que viennent les impulsions majeures. Entouré d'une brillante équipe [5], Jacques Chaban-

1. Après que celui-ci eut avancé, en vain, une candidature d'Antoine Pinay.

2. Jacques Duclos pour le PCF, Gaston Defferre pour la SFIO, Michel Rocard pour le PSU et Alain Krivine pour l'extrême gauche. Le résultat le plus significatif est le score très faible de Gaston Defferre malgré le renfort de Pierre Mendès France, désigné comme Premier ministre virtuel.

3. Chaban-Delmas avait été ministre de Mendès France en 1954 et avait animé la fraction gaulliste ralliée au Front républicain en 1956.

4. Cf. *infra*, p. 449-450.

5. Au premier rang de laquelle figurent Simon Nora et Jacques Delors. Le sociologue Michel Crozier, qui a diagnostiqué dans divers ouvrages les ravages du mal bureaucratique et de la société bloquée, inspire les grandes lignes du discours du 16 septembre.

Delmas multiplie les initiatives qui doivent concrétiser le projet réformiste dont il a dessiné les grandes lignes devant l'Assemblée nationale le 16 septembre 1969. Mettre fin à la toute-puissance de l'État « tentaculaire et inefficace », à l'archaïsme et au conservatisme des structures sociales, promouvoir le dialogue social, renforcer l'égalité des chances dans le respect des différences et des particularités, humaniser les rapports entre administration et administrés, améliorer la qualité de la vie, telles sont les actions à entreprendre en vue de promouvoir la « Nouvelle Société », qui sera « prospère, jeune, généreuse et libérée ». Pour être nécessairement ponctuelles, les traductions n'en sont pas négligeables. Sans doute, l'adoption de la loi « anticasseurs » (4 juin 1970) et la dissolution de divers groupements d'extrême gauche expriment la vigilance des partisans de l'ordre face à un climat universitaire et social périodiquement tendu. Mais la libéralisation de l'ORTF est indéniable. La création d'un ministère de l'Environnement, en 1971, est une concession à de nouvelles préoccupations. Surtout, le développement de la politique contractuelle et la multiplication des contrats de progrès améliorent le dialogue social et amorcent une distribution plus équitable des fruits de la croissance.

Plus libre de ses mouvements après la mort du général de Gaulle, le 9 novembre 1970, le président Pompidou va accentuer son emprise sur les affaires gouvernementales, et par là dessaisir le Premier ministre de ses projets, auxquels il n'a cessé d'opposer le plus total scepticisme, à l'unisson de la majorité parlementaire, qui n'estime pas avoir été élue pour faire les réformes des autres. La priorité est pour lui la modernisation et le renforcement du tissu industriel français, qui progressent moins en fait que la concentration commerciale. Celle-ci déclenche la colère des petits commerçants et avec elle l'éclosion d'un néo-poujadisme animé par Gérard Nicoud. Dans un climat quelque peu altéré par divers scandales politico-financiers auxquels sont mêlés quelques seconds couteaux du gaullisme [1], Pompidou tente d'opérer en 1972 une reprise en main de l'opinion en recourant à l'arme commode du

1. Le Premier ministre est lui-même contraint de s'expliquer devant l'opinion sur sa situation fiscale.

référendum, sur la question apparemment anodine de l'élargissement de la CEE. Mais au terme d'une campagne mal conduite, le référendum se révèle un demi-échec. Sans doute le projet est-il adopté, le 23 avril, par 66 % des suffrages, mais avec un taux d'abstention particulièrement élevé, qui traduit à la fois l'indifférence de l'opinion et l'usure du gouvernement. Rendu responsable de l'échec de l'opération, Jacques Chaban-Delmas est brutalement congédié le 5 juillet, six semaines après avoir reçu une approbation massive de l'Assemblée nationale, et remplacé par Pierre Messmer, autre gaulliste historique, mais peu soucieux de popularité et peu suspect d'idées novatrices.

Le référendum répondait exclusivement à des préoccupations de politique intérieure : la réaffirmation du pouvoir présidentiel et la mise en porte à faux des partis politiques, obligés de se déterminer différemment des clivages traditionnels. Au centre, le pari peut être considéré comme réussi dans la mesure où le centrisme d'opposition, réuni dans le Mouvement réformateur [1], est contraint de voter *oui*, rejoignant ainsi le centrisme majoritaire de Jacques Duhamel et Joseph Fontanet. Mais il ne l'est pas à gauche, où, pour s'être divisés sur la réponse à donner [2], communistes et socialistes progressent dans la voie de l'unité. Le préalable en est la reconstitution du courant socialiste, particulièrement affaibli depuis la disparition de la FGDS et l'échec électoral de Gaston Defferre. Celle-ci est facilitée par l'effacement de Guy Mollet, qui a abandonné à Alain Savary la direction du nouveau parti socialiste, né en juillet 1969 de la fusion de la SFIO et d'un certain nombre de clubs. Reste à convaincre les anciens conventionnels d'y entrer. Le principe en est acquis, au terme d'assez âpres discussions byzantines, lors du congrès de Suresnes (décembre 1970), qui suit les propositions unificatrices de

1. Le Mouvement réformateur est né en novembre 1971 de la fusion du Centre démocrate de Jean Lecanuet et du parti radical, passé sous la direction de Jean-Jacques Servan-Schreiber. Le 28 juin 1970, ce dernier a remporté une brillante élection partielle à Nancy, mais a échoué trois mois plus tard devant Jacques Chaban-Delmas. Sous son impulsion, le plus vieux parti de France tente, avec l'adoption du programme « Ciel et Terre », une audacieuse et éphémère rénovation.

2. Le PCF a fait voter *non*, le parti socialiste a préconisé le vote nul ou l'abstention.

François Mitterrand. Le congrès d'unification se tient à Épinay-sur-Seine, du 11 au 13 juin 1971, et porte François Mitterrand au poste de premier secrétaire, lequel opère ainsi un redressement politique qui aurait paru bien improbable trois ans plus tôt [1]. Ce retour en force n'est pas très bien accueilli au parti communiste, qui, de toute évidence, aurait préféré rester en tête à tête avec la « vieille maison », suffisamment décrépite pour être aisément dominée. Mais le PC, qui tente, avec Georges Marchais comme secrétaire général, un certain *aggiornamento,* ne peut valablement se départir d'une stratégie unitaire à laquelle aspire la base militante, et d'autant moins que le PS a publiquement rompu avec les alliances à droite dont s'était rendue coupable la SFIO. Au prix de concessions mutuelles, un programme commun de gouvernement, catalogue de nationalisations et de réformes structurelles plus ou moins précises, est adopté le 27 juin 1972, auquel se rallie le Mouvement des radicaux de gauche [2].

Les élections législatives de mars 1973 ont lieu dans un contexte de prospérité économique suffisante pour permettre aux deux camps de faire assaut de générosité. La richesse du programme de Provins, présenté par la majorité sortante, peut sembler suspecte compte tenu de l'immobilisme conservateur du gouvernement Messmer. Mais il se révèle attractif pour une fraction de l'électorat centriste, rebutée par la « rupture avec le capitalisme » qu'entend opérer le programme commun. La gauche effectue donc, comme il est attendu, une remontée en voix et en sièges, mais demeure minoritaire. L'UDR conserve une nette avance mais doit compter désormais davantage avec les républicains indépendants de Valéry Giscard d'Estaing. Un nouveau gouvernement Messmer est formé, qui doit affronter en octobre les premières retombées de la crise mondiale. Mais celle-ci touche initialement moins la France que ses principaux

1. Élu à une majorité assez faible contre Alain Savary, François Mitterrand voit converger sur son nom, de façon assez contradictoire, l'aile gauche (CERES de J.-P. Chevènement) et l'aile droite (P. Mauroy-G. Defferre) du parti.

2. Le Mouvement des radicaux de gauche (MRG) naît de la scission en 1972 de l'aile gauche du parti radical, qui, avec Maurice Faure, René Billières et Robert Fabre, est particulièrement soucieuse de bénéficier du désistement communiste pour conserver une représentation parlementaire.

partenaires, ce qui conduit à différer les mesures de redressement. Un retard qu'explique aussi la maladie du président Pompidou, qui s'éteint le 2 avril 1974.

Les pays communistes

L'URSS et les démocraties populaires

La chute de Khrouchtchev, le 14 octobre 1964, apporte la nouvelle illustration d'une jurisprudence qui remonte à la disgrâce de Malenkov, dix ans plus tôt, et est confirmée par l'élimination du groupe antiparti : l'éviction sans heurt et sans effusion de sang d'un dirigeant soviétique [1]. Elle confirme aussi un mode de relève politique qui fait succéder au pouvoir personnel une direction collégiale. Comme en 1953, la déconcentration du pouvoir va de pair avec un partage des compétences. La collégialité instaurée en 1964 n'est pas de pure façade. Elle est lisible sur le plan intérieur comme sur le plan international. A Leonid Brejnev, dont la biographie est celle d'un *apparatchik* modèle [2], désigné comme candidat de compromis au poste de premier secrétaire, reviennent les affaires du parti et les relations avec les pays communistes. A Alexeï Kossyguine, les affaires économiques du pays et les relations avec le monde occidental. A Podgorny, qui succède en 1965 à Anastase Mikoyan à la présidence du Présidium du Soviet suprême, les fonctions protocolaires et les relations avec le

1. Cf. H. Carrère d'Encausse, « Les guerres de succession du Kremlin », *Vingtième Siècle*, n° 4, oct. 1984, p. 3-17.

2. Né en 1906 en Ukraine, entré au Komsomol en 1923 et au parti en 1931, Leonid Brejnev incarne parfaitement cette génération de militants qui, munie d'une brève formation technique supérieure, accède aux responsabilités à la faveur des grandes purges de 1936-1938. Secrétaire de comité puis de district à Dniepropetrovsk, colonel puis général chargé de fonctions politiques sur le front durant la guerre. Soutenu par Khrouchtchev, il est premier secrétaire de la république de Moldavie en 1950, membre du Comité central en 1952. Après un temps de semi-disgrâce, il devient premier secrétaire de la république du Kazakhstan (1955), puis membre du Présidium (1957). De juin 1963 à juillet 1964, toujours poussé par Khrouchtchev qu'il trahit peu après, il cumule les fonctions de secrétaire du Comité central et la présidence du Présidium du Soviet suprême.

tiers monde. Le plénum du Comité central, réuni en novembre, prononce quelques disgrâces et entérine la promotion de Piotr Chelest et de Chelepine, très puissant président du comité de contrôle, qui ont joué un rôle actif dans la chute de Khrouchtchev. Ainsi stabilisé, le Présidium n'est plus le lieu d'affrontement des conflits personnels, mais une coalition d'intérêts contractuellement unis dans la défense du *statu quo*.

Une fois énumérées, dans les termes les plus secs et les plus définitifs, les raisons de l'élimination de Khrouchtchev, la nouvelle direction affirme vouloir s'en tenir à la ligne des XXe et XXIIe Congrès, mais s'emploie en fait à annuler la plupart des réformes antérieures. Ainsi le plénum de novembre a-t-il purement et simplement supprimé la réforme du parti en deux sections, la réunification suscitant au reste de délicats problèmes de réintégration qui jouent souvent au bénéfice des cadres écartés par Khrouchtchev. De même, la tentative d'élargir aux spécialistes les plénums du Comité central est abolie en mars 1965, et la refonte du système scolaire partiellement abandonnée. Sans doute, la réforme industrielle de septembre 1965, inspirée des thèses de Liberman et mise au point par Kossyguine, s'inscrit dans la ligne du réformisme khrouchtchévien. Mais les réformateurs ont dû sacrifier aux exigences des conservateurs. La plus grande autonomie octroyée aux directeurs d'entreprise est en effet peu compatible avec la restauration des ministères centraux abolis sous Khrouchtchev. Ce qui, avec la suppression des sovnarkhozes, rappelle que l'économie soviétique doit être dirigée par les instances administratives centralisées. Dans le domaine agricole, pourtant, la tutelle sur les kolkhozes est assouplie par la réduction des livraisons obligatoires d'État, et la situation des kolkhoziens améliorée par l'introduction d'un salaire minimum garanti, le droit à une pension de retraite et à la sécurité sociale.

La véritable rupture avec le khrouchtchévisme intervient en 1966. Deux événements y concourent : le procès des écrivains Siniavski et Daniel en février, le XXIIIe Congrès en mars-avril. Le premier met un terme brutal aux timides ouvertures vers les intellectuels et aux appels à la tolérance esquissés au lendemain de la chute de Khrouchtchev. La pression du parti et de l'appareil dirigeant du Komsomol [1], le regain d'influence de l'armée, qui entend participer à la diffusion d'une morale patriotique, sont à l'origine de ce raidissement qui aboutit à l'arrestation de l'écrivain Siniavski, collaborateur de la revue *Novy Mir*, et du traducteur Daniel, ainsi qu'à leur condamnation, pour « assertions calomnieuses », à respectivement sept et cinq ans de réclusion. Premier procès public de l'ère poststalinienne, il a valeur d'avertissement pour les intellectuels et la jeunesse étudiante, qui, en ce milieu des années soixante, manifestent, dans la limite de leurs moyens, en faveur d'une libéralisation du système. La protestation que suscite le verdict produit d'autres procès, tel celui d'Alexandre Guinzbourg, condamné en 1967 à cinq ans de camps, puis celui de Pavel Litvinov, condamné l'année suivante à cinq années de relégation. La répression atteint également les mouvements nationalistes, en Ukraine et en Lituanie notamment, tandis que la guerre des Six Jours attise l'antisémitisme officiel.

Le XXIIIe Congrès n'est pas moins significatif dans la répudiation de l'héritage khrouchtchévien. La substitution du titre de secrétaire général à celui de premier secrétaire et de Politburo à celui de Présidium n'est en soi que symbolique d'un retour aux normes anciennes. Mais sont aussi abandonnées toutes perspectives de rattrapage des États-Unis et de passage au communisme dans une période rapprochée, de même que la rhétorique participationniste de « l'État du peuple tout entier », au profit d'une terminologie plus terre à terre et du retour à une gestion rigoureuse par les organes spécialisés. Au nom de la compétence et de l'efficacité, maîtres mots désormais au sein du parti, la rotation des cadres instituée en 1961 est implicitement annulée. Il s'agit de *rassurer* le parti, c'est-à-dire d'assurer à ses cadres la garantie et la stabilité de l'emploi, les perspectives sûres d'une élévation régulière dans la hiérarchie et le maintien des privilèges qui en découlent. Cette professionnalisation du parti, qui va faire la fortune du terme de *nomenklatura*, est lourde de risques : la sclérose de l'appareil, l'abus d'autorité, le clientélisme et la corruption.

1. A la tête de la campagne contre Siniavski et Daniel se signalent Pavlov, premier secrétaire du Komsomol, et Semitchasny, ancien dirigeant du Komsomol, passé en 1965 à la direction de la police politique.

Elle n'en est pas moins devenue l'une des caractéristiques majeures du système soviétique. Son pendant en est la stabilité de l'équipe dirigeante, qui, au prix d'un contrat passé avec le Comité central, demeure pratiquement inchangée, avec pour contreparties la routine et le vieillissement.

L'invasion de la Tchécoslovaquie, en août 1968, constitue un autre tournant majeur. Ce qui a été sanctionné n'est pas seulement la déviance du parti communiste tchécoslovaque, c'est aussi la prétention de la société civile à se constituer en centre du débat politique, voire en centre de décision en marge du parti. Il en découle, dans les relations entre la société soviétique et le pouvoir, une reprise en main policière dont témoignent symboliquement l'arrestation sur la place Rouge, le 25 août 1968, puis la condamnation à des peines sévères, de quelques dizaines de protestataires. Au même moment, l'académicien Andreï Sakharov entame sa lutte pour les droits de l'homme et fonde en 1970, avec d'autres physiciens, le Comité pour la défense des droits civiques. L'attribution, la même année, du prix Nobel de littérature à Alexandre Soljenitsyne, lui-même radié l'année précédente de l'Union des écrivains, peut être considérée comme une victoire de cette *dissidence* dont l'activité, mi-publique, mi-souterraine, préoccupe le pouvoir malgré ses effectifs squelettiques et ses divisions.

La dissidence politique se décompose en effet en trois principales idéologies, chacune identifiée à une personnalité marquante : démocratique avec Sakharov, chrétienne avec Soljenitsyne, marxiste-léniniste « authentique » autour des frères Roy et Jaurès Medvedev. Une opposition nationale, fondée surtout sur la résistance à la russification intensive de l'instruction, se dessine en Ukraine, en Arménie, en Géorgie et plus encore en Lituanie, où elle est inséparable de la défense du catholicisme [1]. Si l'opposition juive parvient, non sans de multiples vexations et retards calculés, à trouver un recours

1. Le 14 mai 1972, le jeune ouvrier lituanien Roman Kalanta se suicide par le feu pour protester contre les persécutions religieuses. Ses obsèques sont suivies de manifestations durement réprimées.

dans l'émigration [1], les formes diverses de cette dissidence sont impitoyablement traquées. L'heure sans doute n'est plus, et depuis longtemps, à la terreur de masse, mais plutôt à la médicalisation de la répression, en fait bien antérieure, mais systématisée depuis l'accession de Iouri Andropov à la tête du KGB en 1967. La principale innovation réside dans la tolérance d'une certaine dissidence, de façon à la faire apparaître non comme un complot (concept stalinien révolu), mais comme une entorse à la légalité socialiste. La répression n'apparaît plus de ce fait comme le produit de l'arbitraire policier, mais comme une sanction légale dans un État de droit. Sans rien perdre de son efficacité, elle gagne ainsi en respectabilité.

La crise tchécoslovaque a ouvert aussi la voie à un nouveau mode de légitimation du pouvoir dicté par un choix de politique extérieure. Cette tendance est renforcée dans les années suivantes par l'option de la détente [2]. Comme il le sera répété à satiété, la politique extérieure est devenue le principal moyen de politique intérieure. La détente est en effet censée apporter un ensemble de réponses aux problèmes intérieurs : la relance d'une économie anémiée par la sous-productivité et le retard de la technologie, le progrès matériel de la société, la marginalisation accrue de la dissidence. De cette orientation, Leonid Brejnev s'est fait le porte-parole au Politburo. Sa position personnelle en sort renforcée, comme en témoigne le XXIVe Congrès en 1971, même si l'équilibre au sommet n'est pas provisoirement modifié. La confirmation n'intervient qu'en 1973, au plénum du Comité central de mars, marqué par un important remaniement de la direction collégiale. Le Politburo voit l'éviction de Voronov et Chelest, qui contestent le prix à payer de la politique de détente ; il voit à l'inverse la promotion des trois personnalités représentatives des bureaucraties les plus directement concernées : la diplomatie bien sûr avec Andreï Gromyko, mais aussi l'armée avec le maréchal Gretchko, dans la mesure où la détente doit aller de pair avec

1. L'émigration juive, étroitement liée à la détente Est-Ouest, passe d'un millier en 1970 à 34 700 en 1973. Il en va de même des Allemands de la Volga, dont plusieurs milliers sont autorisés à émigrer en RFA à partir de 1970.

2. Sur le choix soviétique de la détente, cf. *infra*, p. 483-484.

l'affirmation de la puissance soviétique, et le KGB avec Iouri Andropov, qui doit parer à toute dérive idéologique ou culturelle dès lors que l'URSS s'ouvre davantage à l'Occident. Le remaniement voit aussi la promotion des représentants des grandes régions frontalières, soit de l'Occident (l'Ukraine), soit de la Chine (l'Asie centrale).

Entre-temps, Brejnev a consolidé sa position en éliminant Kossyguine de la scène internationale et en le cantonnant dans des attributions strictement économiques et administratives. Il s'est affirmé comme l'interlocuteur privilégié des grands du monde occidental, en particulier de Richard Nixon, dont il apprécie le réalisme jusqu'à souhaiter publiquement son maintien en pleine affaire du Watergate. Tout en soignant son image d'homme d'État raisonnable, attaché à la paix mondiale et au bien-être de son peuple, il encourage dans le pays un culte personnel qui, pour rappeler certaines outrances staliniennes, ne remet pas fondamentalement en cause le caractère collégial du pouvoir. Brejnev est devenu le *primus inter pares* d'un organe collectif de décision, le Politburo, représentatif des grandes fonctions étatiques.

Après avoir assuré l'unité du camp socialiste européen par l'exclusion des récalcitrants, de la Yougoslavie d'abord, puis de l'Albanie, l'URSS semble s'accommoder d'une diversification limitée des démocraties populaires. Si aucune originalité n'est à attendre de la Bulgarie, qui, sous la houlette de l'inamovible Todor Jivkov, maintient avec Moscou des relations d'allégeance pure et simple, la Hongrie et la Roumanie font preuve d'une certaine autonomie. La première par une certaine ouverture culturelle et par une politique économique assez souple combinant planification centralisée et économie de marché ; la seconde par une politique étrangère relativement indépendante [1]. Expériences tolérables dans la mesure où Janos Kadar a maintes fois donné des gages de son obéissance au Kremlin, et où Nicolae Ceaucescu, secrétaire général depuis 1965, n'a nullement remis en cause les dogmes du communisme soviétique que sont la gestion collectiviste de l'écono-

1. Cf. *infra*, p. 450-451.

mie et le rôle dirigeant du parti. Il n'en va pas exactement de même en Allemagne de l'Est, où le remplacement de Walter Ulbricht, le 3 mai 1971, par Erich Honecker, est entièrement redevable aux pressions soviétiques. Ainsi disparaît un dirigeant devenu encombrant, notoirement méfiant à l'égard de l'*Ostpolitik* du chancelier Brandt [1] et irritant par sa prétention à revendiquer le droit à une « voie allemande » vers le socialisme. Celle-ci revenait à promouvoir la science et la technique comme « forces essentielles de production », gommant ainsi la nécessité de la dictature du prolétariat et le primat du parti. Avec Honecker, le SED prend rapidement ses distances avec ces innovations idéologiques pour épouser fidèlement la ligne soviétique, de même qu'à un volontarisme économique, dispendieux et de pur prestige, succède un plus grand pragmatisme.

Dans ce contexte rassurant, seules la Pologne et la Tchécoslovaquie ont donné momentanément du souci aux dirigeants soviétiques. Ménager Moscou pour mieux s'en prémunir, telle avait été la ligne intérieure de Gomulka après son retour au pouvoir en 1956 et le plébiscite personnel qu'avaient été les élections de 1957. C'est dire que les idéaux de l'octobre polonais avaient été rapidement oubliés. Au IIIe Congrès du POUP, en 1959, le monolithisme du parti s'est reconstitué, doublé d'attaques contre les révisionnistes et d'une mise en sommeil de la liberté de la presse [2]. En 1962, l'entrée au Bureau politique du général Moczar, chef de file des « partisans », introduit des tendances à la fois chauvines et antisémites que Gomulka désapprouve mais ne désavoue pas, sachant du reste sa position affaiblie par la disparition de Khrouchtchev. En février 1968, l'interdiction de la représentation d'un drame de Mickiewicz [3] déclenche une révolte étudiante et intellectuelle. Mais, mal relayé dans la classe ouvrière, le mouvement se solde par une épuration universitaire et une

1. Cf. *infra*, p. 486.

2. Disparition ou reprise en main de journaux contestataires qui avaient joué un rôle important dans la fermentation de 1956, tels *Po Prostu* ou *Nowa Kultura*.

3. Il s'agit de *Dziady (les Aïeux)*, qui contient un appel à la libération nationale contre l'oppression tsariste en 1831.

brutale répression [1]. Des troubles plus graves éclatent fin 1970 à la suite d'une décision gouvernementale du 12 décembre procédant à un relèvement brutal du prix des denrées alimentaires. La protestation va se lever dans les rangs des ouvriers des ports de la Baltique, élite ouvrière bien rémunérée mais politiquement très consciente et informée des flux anormaux du commerce extérieur [2]. Initialement circonscrite à Gdansk, l'insurrection s'étend du 14 au 18 décembre aux autres ports et culmine le 17 à Gdynia et Szczecin. Le bilan officiel est de 45 morts et un millier de blessés. Nul doute qu'il soit bien supérieur [3]. Politiquement, la crise se résout par l'éviction définitive de Gomulka, fortement conseillée par les Soviétiques, qui, deux ans après l'intervention en Tchécoslovaquie, ne peuvent se permettre une occupation militaire sans achever de ruiner leurs positions dans l'opinion mondiale au moment où se confirme l'option de la détente. Le choix se porte donc sur Edward Gierek [4], tenant de la ligne modérée, ou plutôt « gestionnaire ». Sur le front social, la détente n'intervient que quelques semaines plus tard, en février 1971, après de nouvelles manifestations ouvrières, à Szczecin notamment, où s'est exprimée avec force la revendication d'un syndicalisme indépendant, entraînant l'annulation pure et simple des hausses du 12 décembre. Elle se confirme par la suite avec l'annulation des livraisons obligatoires des paysans et le relèvement des bas salaires. La rupture avec l'ère gomulkienne se confirme en décembre 1971 à la suite du VIe Congrès du parti, qui voit l'élimination des derniers collaborateurs de Gomulka, l'exclusion du Bureau politique du général Moczar et de nombreux « partisans ». La position personnelle de Gierek en est renforcée.

1. Expulsion de l'Université de l'historien Adam Michnik et condamnation de Jacek Kuron à trois ans et demi de prison pour incitation au désordre.
2. Notamment des exportations de blé, alors que le pain est compris dans le train de hausses.
3. Autour de 300 morts, selon des observations concordantes.
4. Ancien mineur en France et en Belgique, Gierek s'est taillé dans son fief de Silésie une position personnelle très forte. Son dialogue direct avec les ouvriers révoltés, son style pragmatique et ouvert lui ont assuré durant quelques années une réelle popularité.

En Tchécoslovaquie, la déstalinisation avait été particulièrement tardive et lente. Ce n'est que dix ans après la mort de Staline qu'ont été prises les premières mesures rompant avec l'époque « négative et injuste » du culte de la personnalité. Slansky est réhabilité à titre posthume en 1963, Clementis et Husak le sont en 1964, ce dernier réintégrant le parti slovaque. Une légère détente est observée avec l'Église catholique quand Mgr Beran retrouve sa liberté, tandis que deux évêques sont autorisés à participer au concile de Vatican II. Le pays s'entrouvre au tourisme occidental. La lecture de Kafka est de nouveau autorisée.

La lenteur de cette libéralisation est due à la résistance qu'opposent Antonin Novotny, président de la République et premier secrétaire du parti, et le clan conservateur qui l'entoure, maître de l'appareil d'État et du parti. Mais plusieurs facteurs vont se conjuguer pour affaiblir puis emporter le pouvoir novotnien. La récession économique des années 1963-1964, marquée par un retour à la pénurie alimentaire, donne crédit, même dans les sphères dirigeantes du parti, aux principes d'un « nouveau modèle » défendus par le professeur Ota Sik. On assiste d'autre part à la résurgence d'un autonomisme slovaque qu'encourage Alexandre Dubcek, premier secrétaire du PC slovaque depuis avril 1963, par la réhabilitation de nombreuses victimes de l'époque stalinienne et par la revendication d'une répartition plus équitable des responsabilités, conformément au programme de Kosice qu'avaient adopté tous les partis du Front national lors de la libération du pays. Mais l'opposition des intellectuels est la plus active. Depuis 1963, la fronde de l'intelligentsia est permanente, tant à l'Union des écrivains que dans les organisations en marge du parti. Ce dernier perd ainsi le contrôle de plusieurs hebdomadaires, tels *Literarni Noviny* à Prague et *Kulturny Zivot* à Bratislava. Après diverses arrestations et le renforcement de la censure sur la presse le 1er janvier 1967, le conflit devient ouvert, lors du congrès des écrivains en juin, entre conservateurs et contestataires. Le conflit se répercute sur le parti, notamment lors du plénum du Comité central d'octobre, où Dubcek se fait durement traiter par Novotny. Mais la position de ce dernier est devenue fragile, à tel point que, lors de son passage à Prague le 8 décembre, Brejnev se garde bien de lui apporter un quelconque soutien. Dès lors, le Comité central avalise l'inévitable relève. Dans la nuit du 4 au 5 janvier 1968, Dubcek accède à la direction du parti tchécoslovaque, Novotny demeurant président de la République.

Dirigeant sans grande expérience autre que slovaque, homme d'appareil formé à l'école de Moscou[1], Dubcek apparaît surtout comme un homme de compromis, sans véritable programme de rechange. Mais, soucieux de populariser la nouvelle direction, il prend rapidement en compte les aspirations de ceux qui, dans le parti et hors du parti, exigent une rupture complète avec le stalinisme. Ce « socialisme à visage humain » passe par une levée de la censure, effective le 5 mars, et qui libère un mouvement d'opinion comparable à celui de la Hongrie en 1956. Partout les projets les plus audacieux sont agités, comme le retour au multipartisme ou le retrait du pacte de Varsovie. Instruit du précédent hongrois et peu enclin à céder sur le rôle dirigeant du parti, Dubcek s'en tient à des réformes limitées: la fédéralisation de la Tchécoslovaquie, les libertés individuelles fondamentales, la mise en place de conseils ouvriers, la création de clubs ouverts aux sans-parti et aux victimes du régime stalinien. Entre-temps, Novotny a donné sa démission le 22 mars, remplacé à la présidence de la République par le général Svoboda, prestigieux en raison de son passé de résistant. Le processus de démocratisation s'accélère avec la publication le 6 avril du nouveau programme d'action du parti intitulé *la Voie tchécoslovaque du socialisme*. Pour l'appliquer, un communiste libéral, Oldrich Cernik, constitue un nouveau gouvernement, tandis que Josef Smirkovsky, très populaire dans la jeunesse et les milieux intellectuels, est élu président de l'Assemblée nationale. Après avoir exclu de ses rangs Novotny, et suspendu du parti six de ses partisans, le Comité central convoque pour le 9 septembre un nouveau congrès du parti.

L'abolition complète de la censure, adoptée le 27 juin par le Parlement, et la publication le même jour du « Manifeste des deux mille mots », appel des intellectuels radicaux à une démocratisation plus complète, semblent bien avoir signifié pour

1. Dubcek a séjourné en URSS de 1955 à 1958 et a obtenu à Moscou le diplôme de l'École politique supérieure du parti communiste soviétique.

l'URSS et ses satellites que les limites du tolérable étaient atteintes. La direction tchécoslovaque ayant rejeté les critiques et mises en garde des partis frères, les rencontres de Cierna et de Bratislava n'ayant pas donné l'assagissement escompté [1], les forces du pacte de Varsovie pénètrent en Tchécoslovaquie dans la nuit du 20 au 21 août 1968.

Montée avec des moyens considérables [2], et en l'absence de résistance autre que passive de la population, l'occupation militaire peut être tenue comme un succès. Il n'en va pas de même du volet politique de l'opération. Faute de préparation suffisante et d'interlocuteurs crédibles, les Soviétiques doivent composer un temps avec l'équipe dirigeante, le président Svoboda ayant exigé, comme préalable à tout dialogue, la libération des dirigeants du printemps de Prague. Mais le ressort est cassé. Dubcek doit se résoudre à troquer son maintien au pouvoir contre une promesse de « renforcement du pouvoir socialiste » qui signifie la liquidation à plus ou moins brève échéance des mesures de libéralisation, puis la signature d'une légalisation du stationnement des troupes étrangères. De même, le congrès du parti, qui commençait à se réunir clandestinement, doit-il être abandonné. Le ton est désormais à la fermeté, aux correctifs nécessaires des « excès » du printemps. Dans un climat de désillusion et de morosité croissantes, le suicide par le feu de l'étudiant Jan Palach, le 16 janvier 1969, jette la consternation dans le pays.

La véritable normalisation n'intervient pourtant qu'en avril, après les tumultueuses manifestations qui ont marqué, fin mars, une rencontre sportive soviéto-tchécoslovaque. Le 17 avril, Gustav Husak remplace Dubcek au poste de premier secrétaire [3], le retrait de ce dernier précédant de quelques mois la démission de Cernik à la présidence du Conseil. La comparaison avec Kadar serait tentante, s'agissant d'une ancienne victime du stalinisme chargée, comme en Hongrie, du retour à

1. Sur les aspects internationaux de la crise tchécoslovaque, cf. *infra*, p. 451-454.

2. Les forces de l'intervention s'élèvent à environ 500 000 hommes et plus de 7 000 chars.

3. Nommé un temps ambassadeur à Ankara, Dubcek est exclu du Présidium du parti en septembre 1969 et placé, début 1970, en résidence surveillée à Bratislava.

l'ordre dicté par l'occupant soviétique. Mais Husak n'a ni l'imagination ni la souplesse de Kadar, et donne à la répression une ampleur et surtout une longévité que la Hongrie n'a pas connues. Ainsi se succèdent les vagues d'arrestation, en particulier lors de l'anniversaire de l'invasion en août 1969, et les procès politiques, peu spectaculaires mais assortis de lourdes condamnations. L'épuration du parti passe par la radiation de centaines de milliers d'adhérents, alors que les anciens dirigeants du printemps de Prague sont quotidiennement calomniés dans la presse officielle, avec d'évidents relents d'antisémitisme. Une discrimination tenace frappe, par exclusion ou rétrogradation d'emploi, tous ceux qui de près ou de loin ont manifesté leur adhésion au mouvement de libéralisation, pour s'étendre à leurs enfants, frappés d'interdit dans les universités ou les établissements de bon niveau. Par un véritable « Biafra de l'esprit [1] », toute une élite intellectuelle est ainsi décapitée, réduite à une existence misérable, remplacée le plus souvent par des bureaucrates bornés. Des pans entiers de la recherche et de l'enseignement disparaissent de l'horizon culturel officiel.

Cette normalisation s'insère au reste dans une vaste reprise en main de l'Est européen. Déjà perceptible depuis la destitution de Khrouchtchev, cet effort d'intégration est accéléré après l'intervention en Tchécoslovaquie, qui a accrédité la notion d'un *espace socialiste* doté de solidarités particulières. Les manifestations en sont multiples, parfois relativement formelles, comme la rédaction de nouvelles Constitutions affirmant plus nettement que celles d'après guerre le rôle dirigeant du parti et l'appartenance intangible à la communauté socialiste [2], ou le renouvellement des traités bilatéraux « d'amitié, de coopération et d'aide mutuelle » conclus, généralement pour vingt ans, avec l'Union soviétique [3]. Plus significatifs sont les renforcements de l'intégration économique

1. Selon l'expression de l'écrivain communiste Aragon, dont les positions tranchent sur le silence consentant de la direction de son parti.

2. Constitution tchécoslovaque de 1968, bulgare de 1971, hongroise de 1972. Révision des constitutions de la RDA en 1974 et de la Pologne en 1977.

3. Traités signés en 1964 avec la RDA, en 1965 avec la Pologne, en 1967 avec la Bulgarie et la Hongrie, en 1970 avec la Roumanie et, de façon anticipée, avec la Tchécoslovaquie.

et militaire. La première passe par la multiplication des projets d'investissements communs – dont un grand nombre situé en URSS – impliquant une adaptation des plans nationaux aux objectifs communautaires [1] ; la seconde par une refonte des structures du pacte de Varsovie en mars 1969, qui équivaut à un renforcement de l'emprise soviétique sur les armées nationales. Dans les deux cas, une proliférante bureaucratie économique et politico-militaire tisse les liens d'un espace de plus en plus dénationalisé. Consécration de ces efforts convergents, la conférence sur la sécurité en Europe ouverte à Helsinki en novembre 1972 doit parvenir, par le biais de la reconnaissance définitive des frontières issues de la Seconde Guerre mondiale, à légitimer le rôle dirigeant de l'URSS dans la région et à conférer du même coup, à trente années de distance, toute son actualité au trop fameux « partage » de Yalta.

La révolution culturelle chinoise

La révolution culturelle, qui couvre les années 1965-1969, s'inscrit en prolongement du Mouvement d'éducation socialiste, et plus généralement des offensives lancées depuis 1962 par la gauche contre l'appareil de direction du parti tenu en main par Liu Shaoqi et Deng Xiaoping [2]. Mais elle est plus qu'une nouvelle illustration de la lutte que se livrent traditionnellement les deux lignes du parti. Par l'ampleur de ses enjeux, les violences inouïes auxquelles elle a donné lieu, jusqu'à placer le pays au bord de la guerre civile, par son retentissement international, elle constitue un moment majeur de l'histoire du communisme chinois même si, avec le recul, sa portée apparaît bien limitée.

L'affrontement commence fin 1965, de façon presque inaperçue, par la critique, inspirée en fait par Mao Zedong, de l'historien Wu Han, accusé d'avoir, à travers une pièce de théâtre, fait un éloge couvert du mandarinat. En mai 1966,

1. Investissements financés par la Banque internationale de coopération économique, créée en 1964, et par la Banque internationale d'investissements, créée en 1970.

2. Cf. *supra*, p. 181.

c'est le tour de l'écrivain Deng Tuo, qui se voit reprocher la publication de chroniques déjà anciennes, mais ironisantes à l'égard du Grand Bond et des communes populaires et, à l'inverse, favorables à l'ancienne culture [1]. Dans un pays où l'écrit est traditionnellement considéré comme symbole et attribut du pouvoir, il est clair que cette attaque vise plus haut : en particulier Peng Zhen, maire de Pékin (dont Wu Han est le maire-adjoint) et proche de Liu Shaoqi, et Lu Dengyi, chef des services de propagande du parti. Dès le 16 mai, une circulaire du Comité central, demeurée secrète pendant un an, élargit la critique aux révisionnistes et contre-révolutionnaires infiltrés dans le parti et l'armée, ce qui désigne clairement le « Khrouchtchev chinois », Liu Shaoqi [2].

La campagne devient publique avec les premiers *dazibao* accusateurs affichés le 25 mai à l'université de Pékin, qui appellent à la mobilisation de masse contre l'académisme de l'enseignement et l'élitisme technocratique. Peng Zhen et Lu Dengyi sont destitués le 3 juin. Le mouvement contestataire s'élargit par la formation de « Gardes rouges » dans la jeunesse étudiante, scolaire et bientôt ouvrière. L'appareil du parti tente une parade par la constitution de « groupes de travail » dûment supervisés, qui semblent reprendre la situation en main [3]. Mais le retour de Mao apporte une consécration officielle au mouvement des Gardes rouges [4]. Alors que commencent les gigantesques et hystériques manifestations d'idolâtrie du Petit Livre rouge et de son penseur, le plénum du Comité central d'août adopte la « Déclaration en seize points », véritable charte de la révolution culturelle qui s'assigne pour objectif la

1. La critique paraît le 8 mai 1966, dans le *Quotidien de l'armée,* journal contrôlé par les radicaux, sous le titre « Feu sur la ligne noire antiparti et antisocialiste ».

2. L'assimilation de Liu Shaoqi à Khrouchtchev est un effet de propagande. Dénué de charisme et d'imagination, Liu Shaoqi était surtout un homme d'appareil et de dossiers qui évoque plutôt les successeurs de Khrouchtchev.

3. Ce sont les « cinquante jours » de Liu Shaoqi.

4. On ignore si l'absence de Mao depuis novembre 1965 était due à une mise en minorité ou à une retraite tactique. D'abord discret, ce retour est massivement célébré quand Mao traverse à la nage le Yangtzé, à Wuhan, le 26 juillet. Le 18 août a lieu à Pékin une énorme manifestation où Mao passe en revue 1 million de Gardes rouges.

reconquête des institutions culturelles et des organismes du parti, champs privilégiés de la lutte entre les deux lignes. Peu auparavant, Mao a apposé son propre *dazibao* sur la porte du Comité central : « Bombardez les états-majors. »

Durant l'été et l'automne 1966, la Chine est traversée par un intense va-et-vient entre Pékin et les provinces. Libérés de toute obligation scolaire, pris en charge par l'État, les Gardes rouges sillonnent le pays pour des « échanges d'expériences » et des « longues marches ». Mais cette vaste kermesse donne lieu aux plus graves excès : anciens bourgeois, ou désignés comme tels, humiliés et malmenés, professeurs et cadres du parti injuriés et roués de coups, autodafés de livres anciens, déprédations multiples. La lutte au sommet ne perdant pas ses droits, les *dazibao* attaquent violemment le 23 novembre Deng Xiaoping, Liu Shaoqi et son épouse. Le 3 février 1967, des cadres locaux de la gauche du parti, dirigés par Zhang Qungiao, proclament la « Commune de Shanghai » – référence explicite à la Commune de Paris et aux communes urbaines du Grand Bond –, mais s'alignent peu après sur Pékin pour s'en tenir à l'instauration d'un « Comité révolutionnaire [1] ».

A cette date, la consolidation de la révolution culturelle paraît suffisante, et ses débordements assez inquiétants, pour que soit tentée une stabilisation. Les appels se multiplient au retour des jeunes dans leurs foyers, à la réinsertion de la plupart des cadres. Laissée initialement en dehors du mouvement, l'armée intervient comme force de stabilisation, par intervention directe ou par sa participation aux comités révolutionnaires. Mais le mouvement échappe à ceux-là mêmes qui l'ont lancé. Un peu partout prolifèrent les groupes contestataires d'une ultragauche très offensive. Les critiques contre Liu Shaoqi sont étendues à des « états-majors » administratifs, ce qui revient à viser directement Zhou Enlai (Premier ministre) et Chen Yi (ministre des Affaires étrangères). La lutte entre factions rivales, les heurts entre « rebelles révolution-

1. Fondés sur la « triple union » des Gardes rouges, de l'armée et des cadres du parti ayant soutenu le mouvement, ces comités incarnent la nouvelle légitimité révolutionnaire à l'échelon de la ville, du district et de la province. Très lents à se mettre en place et souvent très instables, ils n'ont vraiment signifié la victoire de la ligne maoïste que quand ils ont été pris en main par l'armée.

naires» et ouvriers d'usines se multiplient tout au long du printemps 1967, en particulier dans la province du Szechwan. La circulaire du 6 juin, qui renforce les pouvoirs de l'armée, est impuissante à mettre un terme à ces agissements incontrôlés. Le factionnalisme gagne alors une partie de l'armée, prenant la forme d'une semi-rébellion à l'égard de Pékin. Des affrontements d'une exceptionnelle gravité éclatent durant l'été à Shangai, Chengdu, et surtout à Wuhan et à Canton.

Il est donc temps d'arrêter un glissement qui risque de conduire le pays à l'anarchie totale. Une série de directives, en septembre 1967, formule le «grand tournant», qui pousse à la reprise de la production dans les usines paralysées, à la réinsertion des cadres, à une large réconciliation politique sur la base de la «grande alliance». Face à l'ultragauche, dénoncée pour son activité brouillonne et destructrice, à la prolifération des égoïsmes de clan, l'armée est appelée en renfort pour rétablir l'ordre et participer au relèvement de la production. Sous son impulsion, les comités révolutionnaires se multiplient durant les premiers mois de 1968, tandis qu'avec la reprise en main des Gardes rouges, les villes retrouvent leur aspect normal. La stabilisation n'est pourtant pas aisée, et des incidents sanglants éclatent encore en avril dans plusieurs provinces. Une fois encore, le charisme de Mao Zedong (campagne des «trois loyautés») et le soutien efficace de l'armée surmontent ces dernières manifestations de «polycentrisme». A l'automne, la révolution culturelle peut être considérée comme close. La destitution définitive de Liu Shaoqi et son exclusion du parti lors du plénum du Comité central d'octobre consacrent la victoire de Mao et d'un parti régénéré «par un afflux de sang neuf prolétarien». Mais la victoire maoïste n'a été possible que grâce au soutien de l'armée et au prix d'un rapprochement sensible des «gestionnaires» (Zhou Enlai, Chen Yi, Li Fuchun) demeurés à l'écart du mouvement.

La signification de la révolution culturelle est plus facile à établir que son bilan. Culturelle, cette révolution le fut au sens le plus large, en termes non seulement de transmission du savoir et de références littéraires, mais d'idéologie et de conception du monde, la culture étant entendue comme enjeu majeur du devenir du communisme chinois. Elle est une réaction contre la dégénérescence qui menace toute révolution et dont l'URSS fournit l'exemple patenté : la stérilisation de l'élan révolutionnaire par la multiplication des appareils bureaucratiques, la formation insidieuse d'une classe privilégiée, la montée d'un élitisme technocratique. La révolution culturelle se veut donc un retour aux sources, à la ligne de masse défendue depuis l'époque de Yanan et relancée par le Grand Bond, d'autant plus nécessaire qu'en raison des contradictions maintenues au sein de la société chinoise se profile le risque d'une restauration capitaliste. Son but est de donner à la révolution son « caractère localement définitif et mondialement exemplaire [1] ». Là où la révolution des infrastructures (coopératives, Grand Bond, communes populaires) s'est révélée impuissante à modeler une société communiste, c'est la conscience collective qu'il convient de changer en extirpant les tendances bourgeoises ou féodales sans cesse renaissantes. Ce faisant, la Chine s'érigera en modèle pour les mouvements révolutionnaires du monde entier. Dans le conflit qui l'oppose à Moscou, elle gagnera l'admiration et l'adhésion du tiers monde, le messianisme maoïste prenant le relais de la vocation civilisatrice de la Chine ancienne. Il est normal qu'ainsi perçue, la révolution culturelle se soit appuyée sur la jeunesse, composante la plus mobilisable sur des thèmes révolutionnaires et la plus naturellement hostile à l'autoritarisme des cadres de tous ordres. En ce sens, la réaction antihiérarchique et antibureaucratique semble avoir été très spontanée. Ce qui n'était pas prévu, c'est la dérive anarchiste, le factionnalisme, la surenchère et les règlements de comptes de tous ordres. D'où le recours à l'armée, qui, en raison de sa diffusion dans l'espace chinois et de sa (relative) discipline, pouvait seule assurer le double rôle de propagation et de stabilisation du mouvement.

Expression d'un conflit de lignes, la révolution culturelle est aussi, peut-être surtout, une lutte pour le pouvoir. Après l'échec du Grand Bond, un recentrage s'était opéré en faveur d'un certain individualisme, surtout paysan. Sans doute le Xe plénum du Comité central, en septembre 1962, a-t-il redonné force à la lutte des classes. Mais le Mouvement d'édu-

1. J. Guillermaz, *le Parti communiste au pouvoir*, t. II, *1962-1979*, Paris, Payot, coll. « PBP », 1979, p. 569.

cation socialiste qui en découle s'est heurté à la résistance des appareils, à la mauvaise volonté des cadres provinciaux et locaux, peu soucieux de troquer leurs sinécures contre de nouveaux bonds en avant. Face à un parti qui ne lui obéit plus, sans le contester ouvertement, Mao n'a d'autre recours que d'en appeler aux masses. Non aux masses paysannes, satisfaites des avantages individuels qui lui ont été accordés, ni dans l'immédiat aux masses ouvrières, elles-mêmes gagnées par un certain esprit technicien, mais à la nouvelle génération que l'explosion démographique érige en « successeurs révolutionnaires ». Le calcul s'est révélé payant, mais la victoire personnelle de Mao signifie-t-elle celle de la ligne ?

Le bilan de la révolution culturelle est plus difficile à établir. Le nombre des victimes n'a jamais pu être précisé, juxtaposant au reste des situations très diverses (humiliations, emprisonnements, déportations...) mais se chiffrant assurément par millions en ajoutant aux assassinats et persécutions les sanglants affrontements entre factions et avec l'armée [1]. Le bilan économique est vraisemblablement contrasté, juxtaposant une désorganisation des infrastructures et un ralentissement de la production industrielle dans les usines gagnées par la contestation (surtout en 1967), avec semble-t-il un maintien de la production agricole à un niveau satisfaisant grâce à une bonne conjoncture [2]. En outre, le secteur de la recherche fait partie de ces « sanctuaires » épargnés par l'agitation, comme le montre l'explosion en juin 1967, c'est-à-dire au plus fort des désordres, de la première bombe H chinoise. Sur le plan politique, la révolution culturelle s'achève par la victoire de Mao et de ses partisans, mais l'avenir est lourd d'incertitudes. Le IXe Congrès du parti, réuni à Pékin du 1er au 24 avril 1969, voit l'élimination de toutes les tendances adverses. Seul élément organisé demeuré intact dans le pays, l'armée est

1. Selon une déclaration de Deng Xiaoping en janvier 1979, la révolution culturelle aurait fait de 8 à 10 millions de morts, et les persécutions diverses auraient atteint 200 millions de personnes, chiffres vraisemblablement gonflés pour les besoins de la cause.

2. Relativement peu touchée par la révolution culturelle, la paysannerie a mis à profit la parcellisation du pouvoir pour s'affranchir au maximum des contraintes collectives. Sa reprise en main intervient en 1968-1970 avec la limitation des lopins individuels, rétablis en 1961.

créditée d'une représentation considérable au Comité central et au Bureau politique [1]. Le maréchal Lin Biao, à la fois membre du Groupe permanent et du Bureau politique, a été officiellement désigné comme dauphin de Mao Zedong. La reconstruction progressive du parti dans les années 1970-1971 va de pair avec la mise en sommeil des tendances gauchistes [2], mais ouvre aussi un conflit avec Lin Biao, hostile par ailleurs au rapprochement avec les États-Unis [3] et toujours enclin aux solutions autoritaires. Le 13 septembre 1971, Lin Biao trouve la mort dans un accident d'avion après une tentative de coup d'État manquée contre Mao Zedong, du moins selon une version officielle progressivement révélée et à l'égard de laquelle il y a lieu d'être circonspect [4]. S'il est clair que la chute de Lin Biao a pour effet d'enrayer l'ascension des militaires, comme en témoigne leur représentation nettement amoindrie après le Xe Congrès, l'équilibre politique n'est pas clarifié. L'année 1973 voit simultanément la réhabilitation de nombreux cadres supérieurs éliminés lors de la révolution culturelle ainsi que, dans des circonstances mal élucidées, le retour sur le devant de la scène politique de Deng Xiaoping comme vice-Premier ministre et, à l'inverse, une offensive gauchiste du « groupe de Shangai » animé par Wang Hongwen, dont la promotion est foudroyante. Avec lui se profile une réédition des attaques de la révolution culturelle sous forme d'une campagne contre Confucius, qui vise indirectement Zhou Enlai et qui culmine durant le premier semestre 1974. La confusion politique est alors à son comble.

1. Les militaires représentent 44 % des membres du Comité central et 55 % du Bureau politique.

2. Dès août 1970, Chen Boda, ancien secrétaire de Mao Zedong et dirigeant, avec Jiang Qing (la femme de Mao), des Gardes rouges, cesse de paraître en public.

3. Cf. *infra*, p. 487-488.

4. Cf. J. Guillermaz, *op. cit.*, p. 562-565.

3

Tensions, conflits, détente

Dans l'histoire des relations internationales depuis la Seconde Guerre mondiale, la crise des fusées de Cuba a introduit une césure majeure. L'antagonisme Est-Ouest avait connu de brèves accalmies, dans les années 1953-1955 et 1960-1961 par exemple. Mais c'est la peur de l'irréparable éprouvée de part et d'autre en octobre 1962 qui permet de jeter les bases, dès l'année suivante, d'une détente durable. La détente perd ainsi son caractère de parenthèse de la guerre froide pour s'ériger en volonté réciproque de coexistence pacifique. Pour satisfaisante qu'elle soit, une telle évolution ne signifie nullement la fin des tensions et des conflits. Tension à l'intérieur des blocs, dont la plus grave réside dans le schisme sino-soviétique, qui dégénère en 1969 en affrontements armés. Mais surtout conflits « périphériques » par lesquels s'affrontent indirectement les deux grandes puissances. Celles-ci se gardent sans doute, au Vietnam et dans les guerres israélo-arabes, de toute escalade qui, jugée intolérable, obligerait à la riposte de l'autre. En ce sens, l'option de la détente ne perd jamais ses droits. L'entrevue Johnson-Kossyguine à Glassboro, le 23 juin 1967, suit de peu la guerre des Six Jours, et le voyage de Richard Nixon à Moscou, en mai 1972, coïncide avec le blocus du Nord-Vietnam. Mais la permanence de ces conflits retarde l'organisation réelle de la détente. Celle-ci ne se concrétise vraiment qu'à partir de 1971, à la faveur du rapprochement sino-américain. Et, quelle que soit l'ampleur des accords conclus, sa précarité demeure évidente tant divergent l'appréciation et les buts que s'en font les deux Grands.

La fissuration des blocs

La guerre froide imposait le monolithisme des idéologies et la discipline au sein des blocs. Son dépérissement favorise à l'inverse les tendances centrifuges. Sans remettre en cause, au moins fondamentalement, le duopole atomique que s'acharnent à maintenir les États-Unis et l'URSS, la crise des alliances introduit une multipolarité politique dans l'espace international qui, paradoxalement, a pour effet de multiplier les frictions locales et de contribuer au renforcement de la détente entre les deux Grands.

La politique extérieure française

Domaine réservé par excellence du chef de l'État, la politique extérieure du général de Gaulle a été définie, dans ses grandes lignes, dès le début de la Ve République [1], mais ce n'est qu'avec la fin du conflit algérien, en 1962, qu'elle s'épanouit pleinement. Procédant d'une ample vision, nourrie de références historiques et des œuvres doctrinales les plus diverses du nationalisme [2], elle s'attribue comme objectif fondamental la place éminente de la France dans le monde, qui passe par le recouvrement complet de l'indépendance nationale. Politique de grandeur assurément, dont il y aura lieu de s'interroger sur l'adéquation des buts et des moyens, mais placée au service de la détente par le rejet des hégémonies concurrentes et de l'antagonisme des blocs.

L'accélération donnée à l'indépendance africaine et algérienne, le rejet de la bipolarité et à un moindre titre la reconnaissance de la Chine populaire ont moins orienté la politique extérieure française vers le tiers-mondisme que celle-ci n'a suscité dans le tiers monde un réel prestige. De fait, le specta-

1. Cf. *supra*, p. 212.
2. « Nationalisme synthétique », selon l'heureuse expression de J. Touchard (*le Gaullisme*, Paris, Éd. du Seuil, coll. « Point Histoire », 1978, p. 47), qui doit autant à Chateaubriand et à Barrès qu'à Michelet et Péguy. Sur les références historiques de la vision gaullienne, cf. L. Hamon, « De Gaulle et l'histoire », in *la Politique étrangère du général de Gaulle*, Paris, PUF, 1985.

culaire et épuisant voyage en Amérique latine (septembre-octobre 1964) et le discours du Phnom Penh (31 août 1966) sont d'incontestables succès pour la France, de même que le revirement opéré en 1967 sur le théâtre d'opérations moyen-oriental vaut au chef de l'État une immense popularité dans les pays arabes et dans la plus grande partie du tiers monde. Mais, à cette échelle, les possibilités réelles de la France sont modestes. Pour se situer au premier rang mondial (en proportion du PNB [1]), l'aide publique au sous-développement n'en demeure pas moins très limitée hors de la sphère africaine. Ce n'est qu'au début des années soixante-dix qu'une contribution active au développement économique du monde arabe s'est mise en place en échange d'une garantie d'approvisionnement pétrolier.

Dans le continent africain, domaine privilégié du rayonnement français, les relations avec les anciennes possessions maghrébines sont inégales. Bonnes avec la Tunisie et le Maroc, même si momentanément assombries par le drame de Bizerte [2] et les retombées de l'affaire Ben Barka [3], elles sont plus tendues avec l'Algérie, en raison de la caducité des accords d'Évian et des orientations socialistes de la nouvelle République algérienne. Le mérite du général de Gaulle aura été de résister aux sirènes du cartiérisme et de ménager l'avenir au prix d'une coopération coûteuse pour la France. A ce titre, les accords gaziers et pétroliers de juillet 1965, rompant avec le système traditionnel des royalties, instaurent un type d'association dont divers États producteurs, l'Iran et l'Irak par exemple, se sont inspirés par la suite [4]. A l'égard de l'ancienne

1. 1,33 % du PNB en 1960, 0,67 % en 1968. Les pays situés hors zone franc ne représentent que le sixième de l'aide française.

2. La crise naît en juillet 1961 de la demande d'évacuation de la base de Bizerte à laquelle la France oppose une attitude dilatoire. Les affrontements font un millier de victimes, surtout tunisiennes, entre le 20 et le 25 juillet. Un accord intervient en septembre, et la base est évacuée le 15 octobre 1963.

3. A la suite de l'enlèvement à Paris, fin 1965, du leader progressiste Mehdi Ben Barka, les relations franco-marocaines s'aigrissent en raison de l'implication officielle de hauts dirigeants marocains.

4. Ces accords ne durent, il est vrai, que jusqu'en février 1971, date à laquelle ils sont dénoncés par le président algérien. De nouveaux accords d'approvisionnement sont conclus en septembre entre la Sonatrach et Elf-Erap.

Communauté, la dispersion des centres relationnels (Affaires étrangères, Coopération...) ne nuit pas à l'unité d'une politique définie à l'Élysée et coordonnée par le tout-puissant secrétariat aux Affaires africaines et malgaches dirigé par Jacques Foccard. La ligne générale est la consolidation des États existants, au prix d'une aide financière importante (et trop souvent somptuaire ou de pur fonctionnement) et d'une intervention plus ou moins discrète dans la gestion des jeunes États. Si la France ne semble pas innocente dans certaines entreprises de déstabilisation contre la Guinée de Sékou Touré [1], elle intervient efficacement, et militairement, au Gabon en 1964 pour soutenir le président M'Ba, et au Tchad en 1968 en faveur de François Tombalbaye, confrontés l'un et l'autre à une rébellion armée.

Les relations de la France avec le tiers monde sont placées sous le signe du rayonnement, celles avec les deux grandes puissances sous celui de l'indépendance nationale. Dans le recentrage opéré entre l'Est et l'Ouest, la distanciation à l'égard des États-Unis occupe une place essentielle, à tel point que l'on a pu parler de « l'obsession américaine » du général de Gaulle [2]. Sans doute, la part du ressentiment, voire de l'animosité, n'est pas absente de cette politique, mais celle-ci procède plus fondamentalement de deux postulats. Le premier est que la division de l'Europe n'est qu'une péripétie et que sa réunification passe par l'affirmation de l'autonomie des États qui la composent. Le second réside dans le caractère aléatoire de l'engagement américain sur le Vieux Continent, tant en raison de la tradition isolationniste des États-Unis que de la fragilité de tout système d'alliance à l'ère nucléaire.

Il est donc normal que les premières implications soient militaires. Si l'appartenance politique à l'Alliance atlantique n'est pas et ne sera jamais remise en cause, il n'en va pas de même de l'intégration des forces armées, qui place la défense du pays dans la subordination d'un État étranger, ou qui risque de l'entraîner dans une guerre qui ne serait pas la sienne [3].

1. En particulier en novembre 1965 (rupture des relations diplomatiques franco-guinéennes) et en décembre 1970.

2. Cf. A. Grosser, *Affaires extérieures, la politique de la France, 1944-1984*, Paris, Flammarion, 1984, p. 208.

3. Enseignement tiré de la crise de Cuba, durant laquelle le général de

D'où la décision de doter la France de l'arme atomique, dans la continuité des recherches et des décisions prises sous la IVe République, mais dans un tout autre esprit. Là où le régime précédent n'entendait que rendre plus crédible, en cas de menace sur l'Europe, la dissuasion exercée par la puissance américaine, le général de Gaulle érige l'arme atomique en instrument de défense face à un agresseur potentiel, mais aussi en atout diplomatique symbolisant l'indépendance accrue à l'égard des États-Unis. Conforté dans ses vues à la suite des accords de Nassau conclus en décembre 1962, et qui revenaient à placer la force nucléaire britannique dans l'étroite sujétion des États-Unis, il s'emploie dans les années suivantes à faire échouer le projet de force multilatérale (MLF) qui, dans l'esprit du « grand dessein » de Kennedy, aurait associé les partenaires européens de l'OTAN à la constitution d'une flotte armée de fusées Polaris, mais dans le respect de la « chaîne unique de commandement » exigée par les États-Unis. Ayant manifesté d'emblée le refus de la France, de Gaulle exerce par la suite les plus fortes pressions sur l'Allemagne fédérale de sorte que, les incertitudes de la Grande-Bretagne aidant, le projet est finalement retiré par les États-Unis. Le terme normal de cette politique est l'annonce, en mars 1966, du retrait de la France de l'organisation militaire de l'OTAN [1] et, par voie de conséquence, le transfert hors du territoire français des organismes alliés, l'évacuation des bases américaines et la fin de la subordination des forces françaises stationnées en Allemagne. Accepté à contrecœur par les membres de l'Alliance, ce retrait est néanmoins facilité par la signature de divers accords techniques [2].

Une inimitié évidente à l'égard du président Johnson, la certitude que les États-Unis constituent, et eux seuls, la grande puissance planétaire et hégémonique conduisent le général de

Gaulle a soutenu la fermeté de Kennedy, mais a pu redouter que des représailles soviétiques sur Berlin, par exemple, ne placent la France dans une situation inextricable.

1. Ce retrait a été précédé par celui de l'OTASE en 1965. Dès 1959, la flotte française en Méditerranée avait été soustraite au commandement intégré, puis en 1963 celle de l'Atlantique.

2. Survol du territoire français par les appareils américains, utilisation des radars de l'OTAN par la France.

Gaulle à déplacer sur d'autres terrains le contentieux franco-américain. Terrain politique, avec la condamnation publique de l'intervention américaine à Saint-Domingue (mai 1965) et surtout au Vietnam (discours de Phnom Penh), avec les encouragements à l'émancipation prodigués en termes feutrés au Mexique (mars 1964), de façon nettement plus explicite lors de la visite au Québec en juillet 1967. Terrain financier, avec la remise en cause de la suprématie du dollar qui s'exprime par une vive critique du système monétaire international [1] et par la conversion en or d'une partie des avoirs français en dollars. Terrain économique enfin, où, avec des fortunes diverses, le général de Gaulle s'attache à faire réglementer plus strictement les mouvements de capitaux étrangers vers des secteurs « sensibles » de l'industrie française, ou à promouvoir des solutions nationales (plan Calcul) ou bilatérales (Concorde) pouvant entamer la suprématie américaine.

Cette orientation trouve sa contrepartie normale dans une politique d'ouverture, voire de rapprochement, avec les pays communistes. Il ne s'agit pas, comme on l'a vu momentanément à Washington, d'un renversement des alliances, mais d'une façon de coopérer à la détente tout en renforçant la stature internationale de la France. Après des contacts noués par l'ancien président du Conseil Edgar Faure, la reconnaissance diplomatique de la Chine populaire est annoncée le 27 janvier 1964. Mais le geste est surtout interprété comme une marque de défiance à l'égard des États-Unis, et, en tout état de cause, les développements de la révolution culturelle chinoise interdisent pour l'heure un approfondissement des relations entre les deux pays. Il n'en va pas de même avec l'Union soviétique, où, après un voyage préparatoire de Maurice Couve de Murville [2], le général de Gaulle se rend du 20 juin au 1er juillet 1966. Chaleureusement accueilli, il se dérobe pourtant à toute concession politique qui équivaudrait, par exemple, à une reconnaissance de la RDA. Il s'en tient à

1. Conférence de presse du 4 février 1965. Peu après, la France sort du système monétaire international, tout en restant membre du FMI.

2. Maurice Couve de Murville a été sans discontinuer ministre des Affaires étrangères du général de Gaulle de 1958 à 1968. Son ouvrage *Une politique étrangère, 1958-1969* constitue un plaidoyer scrupuleux, quelque peu dénué d'autocritique.

l'élaboration d'une coopération économique et technologique encadrée par une « grande commission » aux réunions périodiques. Le bilan est somme toute modeste. Si l'on excepte la constitution d'une force atomique nationale et le retrait de l'OTAN, la politique gaullienne à l'égard des deux grandes puissances a surtout eu valeur de témoignage.

C'est sans doute dans le domaine européen que les choix français se sont révélés les plus féconds, sinon les plus durables. Constatation apparemment paradoxale, quand on se souvient de l'opposition systématique du mouvement gaulliste à la construction européenne. Mais pour avoir dénoncé et rejeté encore toute forme de supranationalité qui mettrait en cause l'indépendance de la France, le général de Gaulle n'est pas hostile à une union économique à même de concourir à la modernisation du pays, comme de servir de point d'appui à l'éclosion d'une structure politique interposée entre les deux Grands et capable d'attirer tous les États du Vieux Continent. Sur ce dernier point, le projet est demeuré vain. Utilisée périodiquement, mais de façon très floue, la référence à « l'Europe de l'Atlantique à l'Oural », significative d'un rejet du double hégémonisme, s'est heurtée au scepticisme américain et à l'hostilité résolue de l'URSS. Elle n'a guère rencontré d'échos dans certains pays discrètement sollicités en ce sens [1], et l'invasion de la Tchécoslovaquie, en août 1968, a brutalement mis un terme à ce type de spéculation.

La construction européenne sera donc occidentale, et d'abord celle des Six. Des deux traités signés à Rome le 25 mars 1957, celui de l'Euratom entre peu à peu en désuétude, la France n'entendant pas sacrifier son propre programme nucléaire à une coopération trop poussée. A l'inverse, la Communauté économique reçoit des impulsions décisives dans lesquelles s'expriment clairement les exigences de la France. Car si celle-ci consent à une révision à la baisse du taux extérieur commun et à une accélération du désarmement douanier à l'intérieur de la Communauté [2], elle impose en contrepartie la mise en place rapide d'une politique agricole commune. Au terme d'âpres discussions, les principes géné-

1. Voyage en Pologne en septembre 1967 et en Roumanie en mai 1968.
2. Accélérations du 12 mai 1960 et du 1er juillet 1962.

raux en sont présentés par la Commission le 30 juin 1966 : libre circulation des produits, unification progressive de prix garantis, préférence communautaire et solidarité financière. Sur ces bases, les « marathons » de Bruxelles [1] procèdent à l'organisation des marchés et à la création d'un Fonds d'orientation de garantie, le FEOGA. Dans l'ensemble, dans le domaine industriel et dans le domaine agricole, la France ne peut que se féliciter des progrès accomplis.

La cohésion économique des Six peut-elle déboucher sur une construction politique ? Le général de Gaulle en paraît convaincu, qui sait convaincre Adenauer du bien-fondé d'une coopération institutionnalisée des États de l'Europe occidentale. Telle est la signification du plan Fouchet [2], qui, dans l'esprit français, devrait parvenir à une politique extérieure et de défense commune, élaborée à l'unanimité des États membres dans une structure confédérale appropriée. L'accord paraît en vue, quand la demande d'adhésion de la Grande-Bretagne à la CEE, fin juillet 1961, remet tout en question. L'opposition déjà nettement affirmée des Pays-Bas à un bloc politique européen dominé par le tandem franco-allemand et en retrait sur la solidarité atlantique se grossit de celle de la Belgique, les deux pays subordonnant désormais leur accord à l'élargissement préalable de la Communauté. L'intransigeance prévalant de part et d'autre, le plan Fouchet est enterré en avril 1962, au grand dépit du général de Gaulle. Conforté dans son hostilité à toute forme de supranationalité, ce dernier va donner à cet échec deux prolongements majeurs. Le premier réside dans le rejet, le 14 janvier 1963, de la candidature britannique, fondé publiquement sur des arguments techniques apparemment très valides, en fait sur l'affaiblissement politique qui résulterait pour la France de cet élargissement. Il est clair que de Gaulle entendait aussi faire payer à l'Angleterre sa tentative à peine dissimulée de torpiller la CEE à ses débuts [3]

1. Accords des 14 janvier 1962, 23 décembre 1963, et 15 décembre 1964.

2. Il s'agit en fait d'une commission politique des six États de la CEE, créée en février 1961 et présidée par Christian Fouchet, alors ambassadeur au Danemark. Sur l'ensemble de la négociation, cf. P. Gerbet, *la Construction de l'Europe*, Paris, Imprimerie nationale, 1982, p. 274-288.

3. Par la création en décembre 1958 de l'Association européenne de libre-échange, qui se révèle rapidement décevante. Outre la faiblesse de son

et les récents accords de Nassau par lesquels elle venait de subordonner sa force nucléaire aux États-Unis. Le refus français suscita de vives réactions chez les partenaires de la CEE et aux États-Unis [1]. Dans l'immédiat, le traité signé à Paris le 22 janvier 1963 avec l'Allemagne fédérale, fruit d'un long rapprochement avec Adenauer, peut être tenu pour une version bilatérale du plan Fouchet, dans la mesure où il institutionnalise l'identité des points de vue par des sommets semestriels. Mais l'axe Paris-Bonn ne dure guère. Lors du débat de ratification, en mai, le Bundestag ajoute au traité un préambule réaffirmant l'attachement de la RFA à l'OTAN et à une Europe élargie. Par la suite, Ludwig Erhard et son ministre Gustav Schröder accordent manifestement la priorité à l'alliance américaine.

Toute perspective de construction politique de l'Europe étant fermée, la vigilance gaullienne s'exerce désormais à empêcher toute dérive de la CEE de ses structures initiales. Ainsi en est-il de la crise institutionnelle de 1965, née de la généralisation du vote majoritaire au Conseil des ministres et des propositions de la Commission revenant, par le biais de la politique agricole commune, à orienter la Communauté vers une organisation fédérale dotée de pouvoirs supranationaux [2]. Estimant que la Commission dépasse là ses attributions exclusivement techniques, la France rappelle le 6 juillet son représentant auprès de la CEE et pratique la politique de la « chaise vide » dans les diverses instances communautaires. La réélection plus difficile que prévu du général de Gaulle, la protestation des industriels et agriculteurs obligent la France à de

---

taux de croissance, l'évolution des échanges britanniques, de plus en plus orientés vers la CEE, qui justifie la demande d'adhésion britannique.

1. L'élargissement de la CEE à la Grande-Bretagne était vivement souhaité par les États-Unis pour réaliser le *partnership* atlantique dans sa double dimension militaire et commerciale. Sur ce dernier point, le veto français n'empêche pas la grande négociation tarifaire conduite à Genève entre 1964 et 1967 *(Kennedy Round)*, regroupant une quarantaine de pays mais portant largement sur les échanges États-Unis-CEE. On est parvenu à une baisse réciproque de 35 % en moyenne sur les produits industriels, réalisable en cinq ans.

2. Propositions avancées par la Commission le 31 mars 1965 visant à accroître les pouvoirs budgétaires et les pouvoirs de contrôle du Parlement européen. Sur l'ensemble de la question, cf. P. Gerbet, *op. cit.*, p. 315-331.

meilleurs sentiments, mais ce compromis de Luxembourg (30 janvier 1966) donne satisfaction, pour l'essentiel, aux thèses françaises[1]. Même intransigeance et résultats identiques lors de la seconde demande d'adhésion britannique, présentée le 11 mai 1967 par le gouvernement travailliste d'Harold Wilson, mais par conversion à l'idée européenne vue comme remède possible aux difficultés économiques de la Grande-Bretagne. La dévaluation du 18 novembre est le prétexte saisi par de Gaulle pour subordonner cette adhésion à une cure d'assainissement financier, étant entendu que les raisons fondamentales du veto français n'ont pas varié. Le nouveau refus, exprimé le 27 novembre, irrite mais ne surprend pas, moins en tout cas que le revirement opéré début 1969 à la faveur d'entretiens avec l'ambassadeur Lord Soames. Mais cette ouverture est sérieusement déjouée par les fonctionnaires antieuropéens et surtout antigaullistes du Foreign Office. A cette date, il est vrai que la position de la France est bien affaiblie, qu'il s'agisse du prestige personnel du général de Gaulle, entamé par la crise de mai 1968, ou de la solidité du franc, mis à mal par les attaques de juillet et d'octobre. Ce déclin n'est sans doute pas étranger à l'excellent accueil réservé à Richard Nixon, lors de son passage à Paris, qui aurait pu amorcer une amélioration des relations franco-américaines.

Élu à la présidence de la République le 15 juin 1969, Georges Pompidou entend poursuivre la politique de son prédécesseur (dont il reconnaît pourtant ne pas avoir la « dimension historique »), tout en l'assortissant des ouvertures et adaptations nécessaires. La politique d'indépendance nationale n'est donc pas entamée, qu'il s'agisse de la poursuite de la force de frappe ou du maintien de la France hors des structures militaires de l'OTAN. De même, la coopération franco-allemande, les bonnes relations avec l'Union soviétique[2], l'orientation pro-arabe de la politique française au

1. Ce compromis maintient le principe du vote à la majorité, mais lui substitue l'unanimité au cas où des « intérêts très importants » seraient évoqués par un ou plusieurs partenaires.

2. La cordialité des relations franco-soviétiques se manifeste à l'occasion des trois Sommets Pompidou-Brejnev de Paris (octobre 1971), Moscou (janvier 1973) et Pitsounda (mars 1974). Mais Georges Pompidou rejette l'offre d'un traité d'amitié.

Moyen-Orient [1] demeurent sans grand changement. A l'égard des États-Unis, les positions sont plus fluctuantes. Sans doute, la France ne ménage pas ses efforts pour faire aboutir les pourparlers américano-vietnamiens dans le cadre des négociations de Paris. Les rencontres Nixon-Pompidou aux Açores (13-14 décembre 1971) et à Reykjavik (31 mai - 1er juin 1973) sont assez cordiales, et les voix officielles de la France se montrent bien discrètes lors du coup d'État militaire chilien. Mais la politique de détente qui culmine précisément en ces années 1971-1973 est assez mal accueillie, moins dans son principe que dans des modalités qui reviennent à institutionnaliser le tête-à-tête américano-soviétique [2], de même que l'activisme déployé par Henry Kissinger au Moyen-Orient. Dans le contexte de la crise énergétique naissante, l'attitude américaine, telle qu'elle se manifeste à la conférence de Washington en février 1974, fait l'objet de vives critiques.

En fait, l'ouverture la plus substantielle concerne l'Europe. Poussé par l'élargissement au centre de sa base gouvernementale, encouragé par le retour des conservateurs au pouvoir et la désignation d'Edward Heath, européen convaincu, comme Premier ministre, Pompidou lève le veto gaullien qui pesait jusqu'alors sur la candidature britannique à la CEE [3], la France soumettant son acceptation au règlement définitif du financement de la politique agricole commune [4]. Les négociations s'ouvrent le 30 juin 1970. Le président français est d'autant plus désireux de les voir aboutir qu'il conçoit quelque inquiétude – malgré les encouragements officiellement prodigués – des développements rapides de l'*Ostpolitik* du nouveau cabinet allemand [5], et peut-être une secrète jalousie de la stature internationale acquise par le chancelier Brandt. Contrebalancer la montée de la puissance allemande, qui est

1. Renforcement de l'embargo des livraisons d'armes à Israël en janvier 1969 (après le bombardement de l'aérodrome de Beyrouth) et, *a contrario*, livraison de quatre-vingts Mirage à la Libye du colonel Kadhafi.

2. Ce que le ministre des Affaires étrangères Michel Jobert dénonce comme le « condominium » des deux grandes puissances.

3. Candidature à laquelle s'ajoutent celles de l'Irlande, du Danemark et de la Norvège.

4. Sommet des Six à La Haye les 1er et 2 décembre 1969.

5. Cf. *infra*, p. 484-487.

surtout économique et monétaire, par l'adhésion britannique a bien été le grand dessein français, au prix de concessions diverses mais dans le refus persistant de la supranationalité. Par le traité de Bruxelles du 22 janvier 1972, la CEE s'élargit donc à dix membres, qui ne sont que neuf après le référendum négatif de la Norvège. La mise en route de cette Communauté élargie débute le 1er janvier 1973, sans que toutes les ambiguïtés et contradictions léguées par l'adhésion britannique soient levées.

La crise du monde socialiste

Les conférences mondiales des partis communistes de 1956 et de 1960 avaient réaffirmé le rôle dirigeant de l'Union soviétique au sein du camp socialiste. La décennie suivante est marquée par la montée des divergences. Aisément surmontées en Europe, elles semblent avoir atteint avec le schisme sino-soviétique un point de non-retour.

Cinq ans après l'intervention en Hongrie, l'année 1961 voit la mise de l'Albanie au ban du bloc soviétique et les premières tensions avec la Roumanie. Mais si dans le premier cas il s'agit d'une excroissance du conflit sino-soviétique, le second exprime la persistance d'un courant nationaliste, ou simplement national, dont d'autres pays vont donner l'exemple. Les premières velléités de l'indépendance roumaine se manifestent dans le domaine économique, en réaction contre les projets soviétiques de spécialisation des tâches au sein du Comecon, qui auraient réduit le pays au rang d'État agricole. Ainsi s'élaborent les thèmes d'indépendance et de non-ingérence qui se concrétisent initialement par un rééquilibrage du commerce extérieur [1], pour acquérir, surtout après la mort de Gheorghiu Dej (mars 1965) et son remplacement par Nicolae Ceaucescu, une dimension nettement politique. Le réveil discret du contentieux frontalier (Bessarabie, Bukovine du Nord) va de pair avec l'arrêt du caractère obligatoire de l'enseignement du russe et l'exaltation croissante du passé national roumain.

1. En 1955, les échanges avec l'URSS représentent la moitié du commerce extérieur roumain. En 1970, ils sont tombés à 28 %, contre 36 % avec les pays capitalistes développés.

Dans les conflits qui déchirent le monde socialiste, la Roumanie s'en tient à une stricte neutralité entre Moscou et Pékin, refuse de condamner l'Albanie et la Chine (avec laquelle elle noue d'étroites relations commerciales et financières), condamne à l'inverse l'intervention en Tchécoslovaquie et refuse depuis lors de participer aux manœuvres du pacte de Varsovie. De même est-elle le seul pays du Pacte à n'avoir pas rompu ses relations diplomatiques avec Israël au lendemain de la guerre des Six Jours. Le refus de l'alignement se double d'une ouverture vers le monde occidental, en particulier vers l'Allemagne fédérale, devenue le second partenaire commercial, après l'Union soviétique. Face à ces manifestations d'indépendance, le Kremlin manifeste périodiquement son irritation, en particulier quand la Roumanie noue, en 1967, des relations diplomatiques avec la RFA et lors du voyage à Bucarest du président Nixon, en 1969. Mais, dans la mesure où la Roumanie n'occupe pas une position stratégique de première importance, dans la mesure surtout où elle ne s'écarte pas de la ligne idéologique et du modèle soviétique, l'URSS se voit contrainte d'en prendre son parti.

Il n'en va pas de même avec la Tchécoslovaquie, où les thèmes libéraux du printemps de Prague [1] offraient un risque de contagion propre à justifier l'intervention militaire. Initialement, pourtant, les Soviétiques n'avaient rien fait pour prolonger Novotny au pouvoir [2] ni *a contrario* pour freiner l'ascension de Dubcek, dirigeant effacé et apparemment docile, sélectionné après un long passage dans les écoles de Moscou. Mais les premières mesures de libéralisation et de renouvellement du personnel dirigeant inquiètent d'autant plus qu'elles sont suivies avec sympathie dans la population de diverses démocraties populaires, notamment en Pologne – pays qui connaît à l'époque une effervescence étudiante et intellectuelle. Les conférences de Dresde (mars 1968) et de Varsovie (juillet) – à laquelle les Tchèques ne participent pas – sont autant d'avertissements. Entre-temps, Dubcek et Cernik ont

1. Sur les aspects intérieurs du printemps de Prague, cf. *supra*, p. 427-431.

2. Notoirement lié à Nikita Khrouchtchev, Novotny était mal vu de la nouvelle équipe dirigeante du Kremlin, à laquelle il avait osé demander, en 1964, des « explications » sur la chute de son protecteur.

dû accepter à Moscou (4 mai), comme gage de leurs bonnes dispositions, que les prochaines manœuvres des forces du pacte de Varsovie se déroulent sur leur territoire. Dès cette date, la question de l'intervention militaire est posée, qui a d'emblée la faveur de Gomulka et d'Ulbricht, ainsi que des éléments intransigeants de l'équipe dirigeante soviétique, tels Chelest ou le maréchal Gretchko. Sur les conseils de Kossyguine, apparemment, celle-ci est différée, mais le communiqué de Varsovie, le 16 juillet, n'en contient pas moins une menace voilée. La rencontre Brejnev-Dubcek à Cierna, puis celle des Six à Bratislava, le 3 août, ne donnent lieu qu'à une réconciliation de façade.

Les jeux étaient-ils déjà faits ou Brejnev a-t-il voulu laisser une chance à Dubcek ? Auquel cas, la décision d'intervention a-t-elle été arrachée par Ulbricht ou consentie par Brejnev comme prix à payer à la fraction « dure » du Bureau politique, qui menaçait de l'éliminer [1] ? En tout état de cause, les divisions de cinq pays du pacte de Varsovie [2] entrent en Tchécoslovaquie dans la nuit du 20 au 21 août, à l'appel, purement imaginaire, de membres du PCT et pour protéger le pays « des forces antirévolutionnaires agissant en accord avec des forces extérieures hostiles au socialisme ». Aucun secours n'étant prévisible de la part des pays occidentaux, qui s'en tiendront à une condamnation verbale souvent moins véhémente que celle de certains partis communistes [3], l'armée tchèque reçoit l'ordre de ne pas résister. L'occupation s'opère donc sans effusion de sang, sinon sans difficultés en raison de la résistance passive de la population. En outre, le chef de l'État, le général Svoboda, refuse non seulement la nomination d'un gouvernement présidé par Aloïs Indra, l'homme-lige des Soviétiques dûment prévenu de l'intervention, mais exige la libération des dirigeants emprisonnés dès le 21 août et transférés en

1. Thèse avancée par Z. Mlynar, *Le froid vient de Moscou*, Paris, Gallimard, 1981.

2. URSS, Pologne, RDA, Hongrie, Bulgarie.

3. La condamnation la plus violente est évidemment celle de la Chine, mais celles de la Yougoslavie et de la Roumanie sont sans équivoque. En Occident, condamnation très ferme des PC italien et espagnol, plus nuancée du PCF, surtout après la visite à Moscou, en septembre, d'une délégation conduite par Paul Laurent.

Ukraine. Les Soviétiques sont contraints de céder, mais les « négociations », qui s'achèvent le 26 août à Moscou par un apparent compromis, obligent Dubcek et les siens à prendre les mesures nécessaires au renforcement du pouvoir socialiste. Dès lors, sous l'étroite surveillance des Soviétiques, dont les forces évacuent Prague mais s'installent durablement dans le pays, la normalisation est en marche. Il faut toutefois attendre le remplacement de Dubcek par Gustav Husak, le 17 avril 1969, pour qu'une voix officielle approuve l'intervention. Un an plus tard, un nouveau traité d'alliance est signé avec l'URSS.

L'invasion de la Tchécoslovaquie ne diffère pas fondamentalement de celle de la Hongrie douze ans plus tôt. Il s'est agi dans les deux cas d'enrayer une évolution vers un socialisme affranchi du modèle soviétique qui, par extension à d'autres démocraties populaires, risquait d'affaiblir la tutelle de l'URSS sur son glacis occidental. Mais, alors qu'en Hongrie un subterfuge juridique (l'appel de Kadar) avait apporté à l'intervention l'apparence d'une légitimité, le même scénario a dû être abandonné en Tchécoslovaquie, faute d'interlocuteur. D'où le recours au droit d'intervention de la communauté socialiste comme justification de l'opération militaire de 1968. Présenté par la *Pravda* du 26 septembre, ce thème est par la suite abondamment repris par les dirigeants soviétiques [1], pour devenir ce que l'on désigne en Occident comme la « doctrine Brejnev » : la souveraineté des pays frères ne saurait contrevenir aux intérêts supérieurs de la communauté socialiste, à qui revient le devoir de rétablir l'ordre menacé par la subversion contre-révolutionnaire. L'appréciation de cette dernière relève de la pure subjectivité soviétique. L'avenir enseigne en effet que la doctrine n'a rien d'automatique. Ni la Roumanie ni la Pologne n'ont eu à en subir les effets. En Roumanie, où la crainte d'une invasion persiste quelque temps, on a vu que la politique d'indépendance était tolérable à l'URSS dans la mesure où elle se combinait au respect des normes du parti unique et de la gestion centralisée. Quant à la Pologne, qui

1. Discours d'A. Gromyko devant l'Assemblée générale des Nations unies le 4 octobre 1968, de L. Brejnev devant le Ve Congrès du parti ouvrier polonais le 11 novembre.

connaît de graves troubles fin 1970, les Soviétiques préfèrent s'en tenir à l'éviction de dirigeants discrédités et à une meilleure intégration par le renforcement de l'assistance financière. Paradoxalement, l'invasion de la Tchécoslovaquie a renforcé l'emprise soviétique sur l'Europe centrale, mais, à l'heure de la détente, elle a aussi obligé l'URSS à plus de discernement dans le choix des moyens.

Ouvert en 1958, rendu public deux ans plus tard, envenimé par la presse sino-indienne et l'affaire des fusées de Cuba, le contentieux sino-soviétique ne cesse de s'élargir durant toute la décennie. Maintenu initialement dans les limites d'un conflit entre partis, ce que confirme encore la lettre en vingt-cinq points du 15 juin 1963, synthèse des griefs accumulés entre le PCUS et les vues chinoises sur la révolution tiers-mondiste internationale, il se charge à partir de cette date d'une signification nouvelle, de nature interétatique. Dès le 8 mars, la presse chinoise s'est emparée des « traités inégaux » qui, dans la seconde moitié du XIXe siècle, avaient procédé au tracé des frontières entre la Chine et la Russie[1]. Parallèlement, la Chine encourage, ce dont elle s'était abstenue jusqu'alors, des tendances scissionnistes dans les partis communistes occidentaux, avec un certain succès en France et en Italie. Une légère accalmie suit la chute de Khrouchtchev, marquée par le voyage de Zhou Enlai à Moscou (novembre 1964) et celui de Kossyguine à Pékin (février 1965), mais de courte durée. La révolution culturelle ranime les antagonismes, Moscou y trouvant argument pour dénoncer le sectarisme et l'aventurisme chinois, Pékin pour mobiliser les masses contre le révisionnisme soviétique. Tandis que s'effondrent les relations commerciales entre les deux pays, les manifestations d'hostilité s'y succèdent, prenant un tour parfois violent à l'encontre d'agents diplomatiques. Aux accusations déjà anciennes, la guerre du Vietnam et la crise tchécoslovaque fournissent de nouvelles armes : la « faiblesse » de l'aide soviétique à Hanoi est présentée comme une preuve supplémentaire de la

1. Les Chinois dénoncent l'annexion de 1 500 000 kilomètres carrés de territoires extorqués par la Russie lors des traités de 1858, 1860 et 1881.

trahison de Moscou à l'égard des mouvements de libération [1], tandis que le coup de Prague de l'été 1968 fonde la nouvelle qualification d'État « social-impérialiste », inséparable de la « restauration du capitalisme en URSS ».

En nette position d'infériorité au regard des armements déployés de part et d'autre des 7 500 kilomètres de frontières communes, mais peut-être rassurée par son avènement récent au rang de puissance thermonucléaire [2] et surtout soucieuse de resserrer l'unité nationale autour de Mao, la Chine prend prétexte du mouvement d'unités soviétiques dans la zone contestée du moyen Oussouri pour provoquer, le 2 mars 1969, le grave incident de l'île Chen Pao [3] auquel l'URSS riposte le 15, dans la même zone, provoquant la mort de quelque 800 soldats chinois. D'autres accrochages, de moindre gravité, surviennent en Mandchourie et en Dzoungarie. La vigueur de cette riposte oblige la Chine à plus de prudence. Après une rencontre Kossyguine - Zhou Enlai, le 11 septembre à Pékin, deux séries de négociations sont ouvertes, l'une à caractère technique (la navigation), l'autre politique. Fréquemment interrompues, elles n'aboutissent qu'à des résultats fragmentaires. Si des ambassadeurs sont à nouveau échangés en septembre 1970, il faut attendre 1977 et 1979 pour qu'un *modus vivendi* soit trouvé sur la navigation, sans qu'aucun progrès ne soit enregistré sur les divergences doctrinales et les questions frontalières. D'où un accroissement constant des troupes et armements massés de part et d'autre. Entre-temps, la Chine a profondément réorienté sa politique extérieure, en particulier vers les États-Unis, ce qui ne contribue pas peu à la persistance de l'animosité soviétique.

Le schisme sino-soviétique a eu de graves répercussions sur le mouvement communiste international, même si l'affaiblis-

1. Accusation à laquelle l'URSS répond par la dénonciation des entraves apportées au cheminement de son aide à travers le territoire chinois.

2. Expérimentation réussie de la bombe H le 17 juin 1967.

3. Ce heurt, qui fait une quarantaine de morts dans les deux camps, n'est pas le premier. Des incidents avaient éclaté dès 1960 de part et d'autre du fleuve Amour, puis sur la frontière du Sinkiang, qui ne furent révélés par le *Quotidien du peuple* qu'en septembre 1963. Par la suite, les accusations de « violation de frontière » sont constantes. Le maréchal Chen Yi, ministre des Affaires étrangères, avance le chiffre de plus de 5 000 incidents entre 1960 et 1966.

sement du rôle dirigeant de l'URSS n'est pas redevable à lui seul. Après la conférence mondiale de 1957, celle de novembre 1960 (dite des 81 PC) avait pu apparaître comme un succès pour Moscou, qui avait obtenu la condamnation officielle du révisionnisme yougoslave et la réaffirmation du rôle dirigeant du PCUS. Mais, après le XXIIe Congrès (octobre 1961), qui a vu l'anathème jeté sur les communistes albanais, et avec les développements du conflit sino-soviétique, il devient urgent pour l'URSS de réaffirmer son *leadership* par la réunion d'une nouvelle conférence mondiale, exigence à laquelle la Chine oppose un refus catégorique. Fait nouveau, de nombreux partis asiatiques se solidarisent avec elle, alors que d'autres partis communistes émettent des réserves sur l'opportunité d'une telle réunion. La conférence consultative de mars 1965 voit la défection de sept partis sur les vingt-six invités [1], et le document final doit reconnaître explicitement l'existence de divergences. Les Soviétiques n'ont donc pu obtenir ni la condamnation de Pékin ni la convocation rapprochée d'une conférence mondiale. L'URSS ne renonce pas, mais sa position est encore affaiblie par la distanciation croissante de Fidel Castro, jusqu'alors rallié aux thèses de Moscou autant par besoin de l'aide soviétique que par rejet des prétentions de Pékin à assumer la direction du tiers monde révolutionnaire. Mais les développements de la guerre du Vietnam et l'engagement jugé trop prudent des deux grandes puissances communistes aux côtés d'Hanoi convainquent Castro de prendre la tête d'une voie autonome, celle de la lutte armée visant à créer, selon le mot de Che Guevara, « deux, trois, plusieurs Vietnams ». Ainsi naît en janvier 1966 la Tricontinentale à la suite d'une conférence tenue à La Havane et réunissant vingt-sept délégations de mouvements révolutionnaires africains, asiatiques et latino-américains. La capitale cubaine abrite également les bureaux de l'Organisation latino-américaine de solidarité, mise sur pied simultanément. Cette distanciation fait comprendre l'absence des Cubains en 1967 et 1968 aux manifestations préparatoires à la conférence mondiale. Mais

1. Chine, Albanie, Nord-Vietnam (qui, pour des raisons évidentes, entend maintenir un strict équilibre entre Moscou et Pékin), Corée du Nord, Japon, Indonésie et Roumanie.

les divisions vite apparues au sein de l'OLAS entre « fidélistes » et communistes orthodoxes et plus encore la mort du « Che », en octobre 1967, dans un maquis de Bolivie, atténuent cette stratégie volontariste. En 1968, l'intervention des forces du pacte de Varsovie en Tchécoslovaquie reçoit, à quelques réserves près, l'approbation du PC cubain.

Ce retour progressif de Cuba au bercail soviétique ne suffit pas à ressouder l'unité du mouvement communiste international. Après la conférence préparatoire de Budapest, en février 1968, la conférence mondiale a ouvert ses portes à Moscou le 5 juin 1969, réunissant soixante-quinze partis communistes sur les quatre-vingt-douze existants [1]. Pour l'Union soviétique, cette conférence n'est qu'un semi-succès. Sans doute, certains partis initialement réticents, tels les PC italien ou roumain, non seulement sont venus mais ont accepté de signer le document final. Sans doute aussi Moscou a pu obtenir la multiplication des attaques contre la Chine et une mention du « rôle primordial » joué par l'URSS dans la lutte anti-impérialiste. Mais il ne s'est trouvé aucune majorité assez substantielle pour condamner collectivement la politique de Pékin ni pour reconduire Moscou dans son rôle de dirigeant du communisme mondial. Il est clair que toute une conception héritée du Komintern a vécu : celle du parti tribunal et celle du parti guide. Bien plus, et plus nettement qu'en 1965, le document final doit admettre l'existence de *divergences*, notamment au regard des luttes dans le tiers monde et sur la compatibilité des libertés et du socialisme. Sur ce dernier point, la fermeté des partis italien, espagnol, belge et britannique annonce la voie de l'eurocommunisme, appelée à s'affirmer dans les années soixante-dix.

La permanence des conflits périphériques

Les conflits qui déchirent la communauté internationale puisent généralement leurs sources dans des facteurs locaux,

1. En dehors de l'Albanie et de la Yougoslavie, les principaux PC absents sont des partis asiatiques proches des thèses chinoises ou qui répugnent, comme le PC vietnamien, à prendre parti dans le conflit sino-soviétique. Le PC de Cuba n'a envoyé que des observateurs.

mais ils se doublent rapidement d'une dimension Est-Ouest qui dépasse leur cadre initial. Après l'Europe, l'Afrique et l'Asie sont ainsi devenues, dès leur émancipation, un enjeu de la rivalité américano-soviétique. S'il peut arriver, au Biafra par exemple, ou dans le conflit sino-indien, que les États-Unis et l'URSS adoptent une attitude convergente, il n'en va pas de même lors du conflit du Bangladesh, en 1971, qui voit l'opposition des thèses américaine, favorable au maintien de l'unité pakistanaise, et soviétique, acquise au soutien de la rébellion bengali. Mais c'est au Vietnam et au Proche-Orient que l'affrontement des deux puissances revêt le plus d'intensité. Les deux situations ne sont pas identiques dans la mesure où les Américains sont conduits à intervenir directement au Vietnam alors qu'ils se limitent au Proche-Orient à subvenir, avec les Soviétiques, aux besoins militaires de leur camp respectif. Chacun des deux États s'attache du reste à ne pas dépasser un certain seuil d'intervention qui risquerait de l'exposer aux représailles de l'autre. Mais ce code implicite de bonne conduite est susceptible de dérapages, comme le montre la mise en état d'alerte des forces américaines en pleine guerre du Kippour. Et ces conflits concourent à fragiliser la détente, soit en retardant ses manifestations tangibles dans le cas de la guerre du Vietnam, soit en introduisant entre les deux Grands une suspicion sur les intentions de l'autre, et comme telle peu favorable à la poursuite du dialogue, ainsi que le démontrent les développements du conflit israélo-arabe.

La guerre du Vietnam

Les accords de Genève du 31 juillet 1954 avaient posé le principe d'une réunification des deux États vietnamiens dans un délai de deux ans. En fait, chacun d'eux, et plus encore les États-Unis, vont s'ingénier à rendre cette réunification impossible [1]. Au Nord, où l'on assiste au retrait rapide des troupes et de l'influence françaises, le régime présidé par Ho Chi Minh laisse la quasi-totalité du pouvoir au Lao-Dong, le parti com-

1. Sur cette phase intérimaire qui sépare la guerre d'Indochine de la guerre du Vietnam, cf. J. Lacouture, *le Vietnam entre deux paix*, Paris, Éd. du Seuil, 1965.

muniste, qui s'assigne pour tâche prioritaire un programme d'instruction et surtout une ambitieuse réforme agraire. Mais la collectivisation, précipitée et mal appliquée, déclenche fin 1956 dans le Nghé Lu, la province même d'Ho Chi Minh, des troubles durement réprimés. Au Sud s'affirme le régime diémiste. Ancien mandarin catholique et conservateur, nationaliste et anticommuniste, sans véritables attaches dans un pays dont il a été longtemps absent, Ngo Dinh Diem assoit promptement sa dictature avec le relèvement du général Hinh, chef d'état-major, la liquidation des sectes et l'élimination de Bao Daï. En octobre 1955, un « référendum » l'élève avec 98 % des suffrages à la présidence de la république du Vietnam. Une constitution autoritaire est promulguée. La stabilisation du régime est réelle, ainsi que la reprise économique, mais elle ne peut masquer la corruption de ses cadres ni les excès d'une puissante police largement recrutée dans la minorité catholique venue du Nord. A l'inverse, ni l'enrôlement de la jeunesse, ni la diffusion d'une vague idéologie tirée du personnalisme, ni une réforme agraire limitée ne procurent les ralliements attendus. La bourgeoisie libérale déserte (manifeste du groupe Caravelle d'avril 1960) et l'armée complote (coup d'État avorté du 11 mai 1960). Diem est en fait un homme seul qui se maintient grâce au soutien américain et à la toute-puissante police politique de son frère et éminence grise, Ngo Dinh Nhu, en fait véritable maître du Vietnam du Sud.

C'est en 1957 que d'anciens militants du Vietminh, grossis de paysans et d'anciens membres des sectes, reprennent l'agitation. Deux ans plus tard, Hanoi encourage et ravitaille les premières infiltrations vers le Sud. L'initiative de la violation des accords de Genève reviendrait ainsi aux partis communistes, et, de fait, les infiltrations ont été dénoncées par la Commission de contrôle. Mais c'est négliger que l'organisation clandestine n'a pu reprendre les armes et s'étoffer qu'en raison de la répression diémiste, et que les infiltrations de quelques milliers de militants, souvent originaires du Sud, n'auraient pas suffi à déclencher une rébellion puissante, si les masses rurales ne s'étaient détachées du régime de Saigon. D'autre part, Diem n'a donné aucune suite aux propositions du Nord en vue des élections devant préluder à la réunification, invoquant de soi-disant « manifestations populaires » des populations du Sud pour s'y opposer, soutenu en cela par les Américains, qui, comme le révèlent les *Pentagone papers,* n'ont pas attendu les premières infiltrations pour entreprendre des opérations de sabotage contre le Vietnam du Nord.

Née dans le delta du Mékong, la guérilla s'étend à plusieurs provinces. Le 20 décembre 1960, naît le Front national de libération (FNL), dont les principaux objectifs sont le renversement du régime, l'élimination de l'influence américaine et la réunification du pays. Face à la rébellion, Ngo Dinh Nhu, inspire en 1961 la création des « hameaux stratégiques », c'est-à-dire le regroupement des ruraux dans des agglomérations protégées, de façon à les couper des rebelles. Cette politique maladroite, qui porte atteinte au fondement même de la civilisation rurale vietnamienne, celle du village, vaut au clan familial des Ngo un surcroît d'hostilité.

La dégradation de la situation ne laisse pas Washington sans réaction. Des pressions sont ainsi tentées pour que Diem démocratise son régime et se sépare de Nhu et de son encombrante épouse. Mais après l'accrochage d'Ap Bac, en janvier 1963, Kennedy prend sur lui de multiplier les conseillers américains chargés d'instruire et d'encadrer les bataillons sud-vietnamiens [1]. Diem obtient ainsi un sursis, mais auquel la crise bouddhiste va mettre un terme rapide. Commencée le 8 mai 1963 par une manifestation, à Hué, qui dégénère violemment, l'épreuve de force ensanglante la plupart des grandes villes et culmine fin août avec l'investissement des pagodes de Saigon. Le spectacle des immolations des moines par le feu remue suffisamment l'opinion américaine et occidentale pour que l'ambassadeur Cabot Lodge encourage le putsch militaire du 1er novembre, qui s'achève par l'assassinat de Diem et de ses frères.

Avec le retour de Duang Van Minh – le populaire « grand Minh » –, la détente est immédiate et les chances d'une négociation avec le FNL réelles. Mais, dans son ignorance totale du problème, le président Johnson se laisse circonvenir par McNamara et par les conseillers de Kennedy, McBundy et

1. Le nombre des conseillers américains passe ainsi de 2 000 en 1961 à 15 500 fin 1963.

Walter Rostow. Une entrevue avec les généraux, à Honolulu, le soumet également à une pression d'autant plus forte que le FNL a mis à profit la crise bouddhiste pour renforcer son emprise sur les campagnes. Pour mettre fin aux hésitations de Minh, les Américains favorisent un nouveau putsch qui, le 30 janvier 1964, amène au pouvoir une junte présidée par le général Nguyen Khanh – point de départ d'une lassante succession de camarillas militaires, jusqu'à ce que l'arrivée du tandem Nguyen Van Thieu-Nguyen Cao Ky apporte dans les années soixante un semblant de stabilité politique à Saigon. Mais c'est sur le plan militaire que le président Johnson est pressé d'agir. Dès le 22 janvier, le général Taylor, président du Comité des clubs d'état-major, a conseillé des raids contre le Vietnam du Nord, seul moyen, selon lui, pour dissuader Hanoi de poursuivre les infiltrations dans le Sud et de dispenser son aide au FNL. Pour ne pas déranger ses projets d'élection à l'automne, Johnson s'en tient, dès le mois de mai, à des raids sur la piste Ho-Chi-Minh à travers le Laos [1], puis à une « stratégie de provocation » à l'égard du Nord. Début août, l'attaque, sciemment provoquée et attendue, de deux navires américains par des vedettes nord-vietnamiennes fournit le prétexte aux représailles. Mal informé, dominé par une surenchère nationaliste entre partis en vue des élections présidentielles, le Congrès adopte le 7 la résolution « du golfe du Tonkin » donnant carte blanche au président. A l'automne, Johnson se fait facilement élire sur la promesse de ne jamais envoyer l'armée au Vietnam. Mais quand, fin décembre, le FNL anéantit près de Saigon deux bataillons sud-vietnamiens, la décision est prise d'infliger au Nord les représailles les plus massives.

Les premiers raids aériens commencent le 7 février 1965. En mars débarquent les premières troupes combattantes. Le corps expéditionnaire américain, commandé par le général Westmoreland, passe ainsi de 180000 hommes en 1965 à 550000 trois ans plus tard [2]. Pendant trois ans, les centres

1. Longeant la frontière du Sud-Vietnam à travers le Laos et le Cambodge, la piste Ho-Chi-Minh est la principale voie d'acheminement d'hommes et de matériel du Nord au Sud-Vietnam.

2. Auxquels il faut ajouter 50000 Sud-Coréens, 16000 Australiens et 12000 Thaïlandais.

vitaux du Nord-Vietnam sont soumis à des bombardements quasi quotidiens, tandis que des repaires présumés de l'insurrection du Sud relèvent surtout de l'action de l'infanterie. Guerre d'un type nouveau, qui évite au maximum la rencontre « physique » des adversaires au profit d'une technologie sophistiquée dans laquelle l'électronique et des produits défoliants jouent une grande place, et par là terriblement destructrice pour les combattants adverses comme pour l'environnement. Le Nord pourtant ne plie pas. Une défense antiaérienne relativement efficace est mise en place dans les villes, tandis que la multiplication des abris permet de limiter les pertes individuelles et que l'évacuation des usines maintient un niveau de production suffisant. Grâce à l'aide massive reçue des pays communistes [1], l'acheminement du matériel vers le Sud n'est jamais réellement interrompu.

Au moment où les premiers doutes commencent à poindre dans les sphères dirigeantes américaines, notamment chez McNamara, sur l'opportunité de la poursuite des raids, le FNL prouve sa capacité offensive avec l'investissement de Khe San, fin 1967, et surtout par l'offensive du Têt déclenchée le 31 janvier 1968. Celle-ci touche en quelques heures toutes les villes du Sud-Vietnam, laissant finalement la maîtrise du terrain aux forces gouvernementales, mais au prix de très lourdes pertes. L'incursion d'éléments du FNL dans le jardin de l'ambassade des États-Unis porte un rude coup au prestige américain. Placé au pied du mur par le général Westmoreland, qui réclame de nouveaux renforts, mais désorienté par la démission de McNamara et par la mobilisation d'une opinion de plus en plus ouvertement hostile, Johnson annonce les 22 et 31 mars d'importantes décisions qui sont autant de reculs : le rappel de Westmoreland, auquel succède le général Abrams, un arrêt des bombardements au nord du 20e parallèle, son intention de ne pas se représenter aux élections de novembre et l'ouverture d'une conférence de la paix. Mais cette dernière, qui s'ouvre à Paris le 10 mai, tourne court rapidement, et ce n'est que le 1er novembre, après un pilonnage intensif de la

1. Aide essentiellement soviétique et chinoise. Mais, en raison de la révolution culturelle chinoise, en raison aussi de la supériorité des armements soviétiques, l'aide chinoise ne dépasse pas 10 à 15 % de l'aide militaire reçue.

zone comprise entre les 17e et 20e parallèles, qu'est prononcé l'arrêt total des bombardements au Nord-Vietnam.

Cette décision est prise dans le but de faciliter l'élection à la présidence du démocrate Humphrey. C'est Richard Nixon qui l'emporte pourtant, plus crédible à tout prendre que l'administration sortante dans sa détermination à dégager les États-Unis du guêpier vietnamien. En fait, la voie du nouveau président est étroite, car sa conception de la « paix dans l'honneur » n'implique ni un retrait pur et simple, ni un abandon du Sud. De même doit-il compter autant avec les protestations pacifiques de l'opinion et la démoralisation croissante du corps expéditionnaire qu'avec le Pentagone, qui ne veut voir dans le retrait qu'un désaveu de l'action entreprise. Ce sera donc la « vietnamisation », c'est-à-dire le remplacement progressif des troupes américaines par des forces sud-vietnamiennes instruites et équipées par les États-Unis, qui avait, dès la fin de l'époque Johnson, reçu un début d'application dans le « quadrillage » des campagnes du Sud. Amorcée par le général Abrams, cette politique est entérinée lors de la rencontre de Midway, le 8 juin 1969, par le général Thieu [1]. Il s'agit en fait du volet vietnamien d'une politique asiatique plus large exposée par le président américain le 25 juillet dans l'île de Guam. Aux termes de cette « doctrine Nixon », les États-Unis renoncent à être les gendarmes du monde. Ils protégeront et aideront les pays menacés, mais, hormis le cas de l'Europe, ils n'enverront plus de forces à l'étranger. Ainsi s'achève le rêve américain, forgé à l'aube de la guerre froide, d'un monde policé par les valeurs de la démocratie américaine et régenté par l'esprit de croisade de ses dirigeants.

Dès lors, le désengagement va au rythme de l'accroissement de l'armée vietnamienne [2], tandis que Kissinger conserve le

1. Peu populaire, mais politicien habile et obstiné, le général Thieu s'impose progressivement comme l'homme fort du Sud. Après avoir éliminé en 1968 le général Ky et ses amis, il se fait élire à la présidence, comme candidat unique et dans l'indifférence générale, fin 1971.

2. Les forces américaines diminuent de 536 000 fin 1968 à 334 000 fin 1970 et 24 000 fin 1972. Parallèlement, les États-Unis accroissent massivement leur aide économique et militaire au Sud-Vietnam, qui passe de 4,4 milliards de dollars pour les années 1966-1968 à 9,5 milliards pour les années 1969-1972.

contact avec son homologue nord-vietnamien Le Duc Tho. Au reste, le désengagement américain ne signifie nullement un recul de l'activité aérienne, concentrée désormais sur les bases FNL au Sud-Vietnam et sur la piste Ho-Chi-Minh. Le 18 mars 1970, le renversement du prince Sihanouk par un groupe d'officiers conservateurs, dont émerge la médiocre personnalité du général Lon Nol, permet le mois suivant l'occupation de l'est du Cambodge. Mais, en février-mars 1971, une incursion américano-sud-vietnamienne au bas Laos en vue de couper définitivement la piste Ho-Chi-Minh échoue piteusement malgré l'importance des moyens employés. Un an plus tard, une offensive dans le Sud des Nord-Vietnamiens et des forces du GRP [1], combinant attaques classiques et actions de guérilla, met à nu les insuffisances de la nouvelle armée sud-vietnamienne. Cet échec conduit Nixon à reprendre, malgré les protestations de toutes sortes, les bombardements contre le Nord (6 avril 1972) et à ordonner, ce qui n'avait jamais été fait jusque-là en raison des possibles représailles soviétiques, le minage des principaux ports du Nord, en particulier celui de Haiphong, par lequel transite l'essentiel de l'aide militaire du bloc communiste.

Le président Ho Chi Minh est mort le 3 septembre 1969, mais il a laissé à ses successeurs les bases intangibles d'un règlement pacifique : le retrait des forces étrangères et le démantèlement de l'œuvre américaine au Sud-Vietnam. L'offensive de mars 1972 et les représailles américaines ont pour effet de relancer la négociation. Le 8 octobre, un règlement Kissinger-Le Duc Tho en neuf points est soumis à l'approbation de Nixon. Mais celui-ci, sûr de sa réélection imminente, fait monter les enchères. Douze jours de bombardements très dévastateurs sur les villes du Nord-Vietnam (18-30 décembre) sont à même de faire fléchir la détermination d'Hanoi, mais provoquent aussi un brutal effondrement de la popularité du président américain. Une commune volonté d'en finir précipite, au terme d'une ultime négociation, la signature des accords de Paris, auxquels le président Thieu, menacé d'une paix séparée, doit consentir à s'associer.

1. Le Gouvernement révolutionnaire provisoire a été fondé en juin 1969 par le FNL et diverses personnalités non communistes.

Les accords de Paris du 27 janvier 1973, signés entre les États-Unis, le GRP et les deux Vietnams, se décomposent en clauses militaires relativement claires et clauses politiques qui le sont moins. Sur le premier point, le cessez-le-feu doit être suivi, dans les deux mois, par une évacuation des dernières troupes américaines, la récupération de leurs prisonniers et le démantèlement de leurs bases. Les États-Unis n'ayant pu obtenir le retrait vers le nord des forces nord-vietnamiennes opérant dans le Sud, une commission bipartite devra prendre en charge les zones militaires contrôlées par chaque camp et veiller à interdire tout acte d'agression ou de représailles. Sur le plan politique, le gouvernement du Sud (dont les forces communistes ont renoncé à demander la liquidation) et le GRP doivent se consulter en vue de créer un Conseil national de réconciliation à qui il reviendra d'organiser des élections générales et de procéder à une réunification par étapes, le tout sous le contrôle d'une commission internationale de quatre membres[1]. En l'attente de la réunification, les deux États s'engagent à ne participer à aucune alliance militaire. La teneur de ces accords n'est pas sans rappeler celle des accords de Genève, que les États-Unis et Saigon n'avaient pas voulu signer. Mais, au terme de cette seconde guerre d'Indochine, Hanoi détient, bien plus qu'en 1954, les atouts d'une réunification du Vietnam à son profit, compte tenu des progrès considérables de son implantation dans le Sud.

La guerre du Vietnam, en raison de sa longueur et de la démesure des moyens, en raison aussi de la surprenante résistance du Nord à la première puissance militaire mondiale, conduit à s'interroger sur les fondements de l'engagement américain, les causes de la victoire des forces communistes et sur l'ensemble des répercussions du conflit.

S'il est à peu près unanimement admis qu'elle fut pour les États-Unis une incommensurable erreur, encore convient-il d'en discerner les justifications. Contrairement à ce qui a pu être allégué, celles-ci ne sont pas d'ordre économique, mais politique et stratégique. Les ressources du Sud-Vietnam n'of-

1. Canada, Indonésie, Pologne, Hongrie.

fraient pas de grandes perspectives aux capitaux américains et il s'est avéré rapidement que la guerre coûtait plus cher à l'économie qu'elle ne pourrait jamais lui rapporter[1]. C'est au nom d'une morale, ou du moins d'une philosophie, typiquement américaine des relations internationales que se forge l'intervention : le caractère inacceptable du recours à la force (du Nord-Vietnam) pour modifier un *statu quo* territorial juridiquement reconnu[2]. Les États-Unis pouvaient-ils tolérer au Vietnam ce qu'ils n'avaient pas toléré en Corée ? Si l'on peut rétorquer qu'il ne s'agissait là, à l'origine, que d'une guerre civile, la théorie des dominos apporte une autre justification. Utilisée en leur temps par les Français lors de la guerre d'Indochine, cette théorie repose sur l'effet de réaction en chaîne que ne manquerait pas de provoquer la perte d'un premier verrou anticommuniste. La perte de Saigon signifiant à brève échéance celle de Phnom Penh, puis celle de Bangkok, etc., c'est tout le Sud-Est asiatique, puis le Moyen-Orient, qui seraient menacés par la subversion communiste[3]. La guerre crée ensuite sa propre logique. Fondés à intervenir au nom de la défense du monde libre, les États-Unis doivent prouver jusqu'à la victoire la validité de leur garantie, fût-ce au prix d'un accroissement constant de leurs forces. L'engrenage est alors enclenché, puisqu'il y va du prestige même de la puissance américaine et de sa réputation d'invincibilité forgée par l'histoire. C'est pourquoi le désengagement amorcé en 1969 procède d'une profonde révision des postulats de la politique extérieure.

S'agissant de la victoire des forces communistes, apparemment surprenante en raison de la massivité des moyens engagés par les États-Unis[4], l'explication peut faire alternative-

1. D'où l'opposition feutrée, puis ouverte, que manifeste une fraction croissante du capitalisme américain à la poursuite de la guerre.
2. Thèse qui fait bon marché des violations répétées des accords de Genève sous la présidence de Diem avec le soutien, et parfois à l'initiative, des États-Unis, comme le révèlent les *Pentagone papers*.
3. Pour outrée et systématique qu'elle soit, cette théorie n'est pas absurde, comme le montre l'évolution de la péninsule indochinoise après 1975.
4. Selon les chiffres officiels, 23 300 kilomètres carrés ont été soumis à l'action des défoliants, plus de 7 millions de tonnes de bombes déversées sur le Nord-Vietnam de 1966 à 1972, soit trois fois plus que ce qu'avait subi l'Allemagne durant la Seconde Guerre mondiale.

ment intervenir des données politiques et militaires. L'erreur politique fondamentale est d'avoir cru, malgré les avertissements de nombreux spécialistes de la CIA, que les bombardements plieraient la volonté des dirigeants du Nord-Vietnam. C'est le contraire qui s'est produit, et il ne restait plus dès lors qu'à mettre sur pied, grâce à l'aide des pays communistes et à l'ingéniosité de la population, les moyens pratiques d'en limiter les effets dévastateurs. Même erreur d'appréciation dans le Sud, où le précédent de la guerre d'Algérie aurait pu être médité : la brutalité du quadrillage ne pouvait que rallier à l'adversaire les masses paysannes déjà exaspérées par le regroupement dans les hameaux stratégiques. Sur un plan strictement militaire, il apparaît que les États-Unis se sont abstenus de recourir, sauf *in extremis* en 1972, aux deux armes qui auraient pu leur assurer la victoire : le bombardement groupé, et non pas progressif, du Nord-Vietnam, et le minage de ses ports. Refus qui s'explique autant par une surestimation de leur capacité militaire que par la volonté de ne pas dépasser un certain seuil de représailles au-delà duquel l'URSS, ou la Chine, auraient été forcées d'intervenir.

Les conséquences du conflit sont considérables. Aucun bilan sérieux des pertes humaines n'a pu être établi, hormis pour les États-Unis et leurs alliés [1]. La guerre laisse sur place un pays ravagé, surtout au Nord, désorganisé de surcroît, au Sud, par le retrait des Américains. Aux États-Unis mêmes, l'ampleur du désastre peut être appréhendée de multiples façons : déficit budgétaire accru [2], avec pour corollaire l'affaiblissement du dollar et le spectre de l'inflation ; la nation traumatisée par le spectacle de sa propre violence, développement de l'usage de la drogue, exacerbation des antagonismes raciaux [3]. La guerre a en outre rompu le consensus traditionnel que

1. Environ 57 000 tués Américains et 5 200 pour les quatre pays alliés. L'armée de Saigon aurait eu 188 000 tués, chiffre officiel manifestement sous-évalué. GRP et soldats nord-vietnamiens auraient eu, au Sud, 920 000 tués, mais on ignore tout du nombre des Vietnamiens tués au Nord.

2. Le coût de la guerre pour le budget fédéral est estimé à 140 milliards de dollars.

3. Plus soucieux de réaliser l'intégration sur les champs de bataille que sur les campus, les autorités américaines dirigent massivement vers le Vietnam des conscrits noirs, jusqu'à 30 % du corps expéditionnaire.

maintenait jusqu'alors la politique extérieure, non seulement entre les partis, mais entre l'opinion et ses dirigeants. Dans le monde entier, les États-Unis connaissent une vague d'hostilité sans précédent. Au regard des relations Est-Ouest, enfin, la poursuite de la guerre a manifestement freiné sinon la détente, réelle depuis 1963, du moins les concrétisations de la détente par l'institutionnalisation du dialogue. Ce n'est qu'en 1971-1972 que celui-ci peut s'amorcer, alors que la fin de la guerre est en vue, même si la réconciliation américaine avec la Chine y entre pour beaucoup.

Le conflit israélo-arabe de la guerre des Six Jours à la guerre du Kippour

On a beaucoup discuté des causes immédiates et des responsabilités réciproques du déclenchement de la guerre des Six Jours. La thèse accréditée par Israël, et plus ou moins reprise en son temps par les pays occidentaux, d'un nouveau génocide du peuple juif préparé par Nasser et orchestré par la propagande antisémite de l'Organisation de libération de la Palestine (OLP) n'est pas soutenable et n'est plus guère soutenue. Le conflit procède bien davantage de tout un ensemble de surenchères et de dérapages au sein du monde arabe. Il interfère aussi avec l'inquiétude que provoquent en Israël la structuration et la détermination accrues de la résistance palestinienne.

Face à Israël, dont la puissance militaire n'a cessé de se renforcer depuis dix ans [1], l'engagement des pays arabes s'est révélé variable. L'Égypte s'en est tenue à un état de « guerre froide » combinant l'absence de toute relation économique et le respect scrupuleux du cessez-le-feu de 1956. La Jordanie, financée par les États-Unis et stabilisée depuis 1958, s'attache à affirmer les droits historiques des Palestiniens tout en les maintenant sous un contrôle propre à empêcher tout débordement. La surenchère du Baath irakien, parvenu au pouvoir en

1. Grâce aux livraisons d'armes françaises, jusqu'en 1967, et américaines à partir de 1960. C'est ce soutien militaire américain qui fait échouer les plans de paix présentés en 1961 et 1962 par le président Kennedy sur la base des résolutions de l'ONU, par ailleurs très mal accueillis par David Ben Gourion.

février 1963, vise surtout à embarrasser Nasser et n'effraie guère Israël, les deux pays n'ayant pas de frontière commune. C'est donc la Syrie qui se montre la plus agressive. Pour justifier son retrait de la RAU, elle entend démontrer la vigueur de son nationalisme arabe pour la libération de la Palestine. Les manifestations de cette intransigeance sont doubles. Depuis 1964, Damas entreprend, avec le soutien de la Ligue arabe [1], des travaux de détournement des affluents du Jourdain destinés à faire échec au plan israélien de pompage des eaux du lac de Tibériade [2]. Les installations respectives deviennent les objectifs de harcèlements frontaliers. Parallèlement, la Syrie accorde son soutien au Fath, une organisation palestinienne indépendante de l'OLP qui bénéficie, elle, du soutien égyptien. Créée en septembre 1964 au sommet arabe d'Alexandrie, à la suite d'un congrès national du peuple palestinien tenu en mai, l'OLP a adopté une charte récusant le partage de 1947 et, partant, la légitimité de l'État d'Israël. A sa tête, Ahmed Choukeiry, ancien délégué permanent de l'Arabie Saoudite à l'ONU et représentant de la Palestine auprès de la Ligue arabe, déploie un extrémisme verbal qui n'a d'égal que son immobilisme, malgré la création, toute nominale, d'une armée de libération. Le Fath est plus ancien, fondé en 1959 au Koweït par l'ingénieur Yasser Arafat, qui, pour avoir grandi à Gaza et étudié au Caire, a pu constater combien la cause palestinienne n'est qu'un pion dans le jeu de Nasser. Tout comme Georges Habache, leader du Mouvement nationaliste arabe (MNA), il représente bien cette nouvelle génération de Palestiniens, plus instruite, plus dynamique, fortement marquée par les exemples algérien et vietnamien. Mais si Habache est resté longtemps attaché aux thèses panarabes, Arafat affirme d'emblée le caractère purement palestinien de sa résistance, indépendante des États comme des partis arabes.

Le volontarisme syrien s'aggrave en 1966, quand un nou-

1. Sommet du Caire des 13-17 janvier 1964.

2. Il s'agit de l'application plus ou moins dérivée d'un plan américain d'irrigation remontant à 1955, le plan Johnston, inspiré pour une part du précédent de la TVA, de l'autre de la philosophie intégratrice de la construction européenne. Rejeté par la Ligue arabe, comme facteur de renforcement de la puissance israélienne, ce plan est unilatéralement mis en œuvre par Israël grâce à la neutralité jordanienne.

veau coup d'État porte au pouvoir, en février, le général Salah Jedid et Noureddine Atassi, adeptes de la fraction marxisante du Baath. Leur langage énergique rencontre l'assentiment de Moscou, qui, en froid avec l'Irak depuis l'assassinat du général Kassem, mise davantage sur la Syrie et encourage un rapprochement égypto-syrien concrétisé par le pacte de défense mutuelle du 4 novembre. Les incidents se succèdent dès lors sur la frontière israélo-syrienne, tandis que le Fath multiplie attentats et sabotages en territoire israélien à partir de ses bases syriennes mais aussi jordaniennes. Israël riposte avec vigueur, particulièrement le 13 novembre 1966, avec le raid de représailles sur le village jordanien de Saman, et le 7 avril 1967, quand la chasse israélienne abat six Mig syriens à Damas. Un fragile cessez-le-feu est négocié sous l'égide de l'ONU, mais peu après la prise du pouvoir des colonels à Athènes, le 21 avril 1967, avec le soutien évident de la CIA, accrédite la thèse d'un vaste complot américain tramé contre les régions arabes progressistes. Inquiet des préparatifs militaires israéliens contre la Syrie – sur lesquels l'Union soviétique lui donne des renseignements manifestement exagérés –, pris au piège de son propre verbalisme et des surenchères syriennes, Nasser donne plein effet au pacte de défense mutuelle mais est acculé, ce faisant, aux gestes les plus graves : mise en état d'alerte de l'armée (15 mai), demande de retrait des forces de la FUNU (18 mai) [1], annonce de la fermeture du détroit de Tiran à la navigation israélienne et aux matériels stratégiques destinés à Israël (22 mai).

L'audace de ces décisions et le discours violemment antisioniste des organes de propagande arabes restituent à Nasser une grande popularité, mais, pour Israël, la fermeture du détroit de Tiran équivaut à un *casus belli*. Parti tester les sympathies des démocraties occidentales, le ministre des Af-

1. Il s'agit de la Force d'urgence envoyée par les Nations unies après la guerre de 1956. Cette force (3400 hommes environ) stationne le long de la frontière du Sinaï et à Charm el-Cheikh. Il a été beaucoup reproché au secrétaire général de l'ONU, U Thant, sans doute mal conseillé, d'avoir enfermé Nasser dans une alternative du « tout ou rien » que le Raïs ne souhaitait nullement. De plus, aux termes d'un protocole secret signé entre Nasser et Dag Hammarksjöld, un accord préalable au retrait de la FUNU était nécessaire.

faires étrangères Abba Eban reçoit à Washington, à Londres, et plus encore à Paris [1] des conseils de prudence, alors que l'URSS s'attache, de son côté, à calmer désormais l'ardeur de ses clients arabes. Cette tendance à l'expectative semble devoir l'emporter, mais elle est interprétée comme un aveu de faiblesse par Nasser et Hussein, qui, oubliant un long passé d'injures réciproques, signent le 31 mai un pacte de défense mutuelle auquel l'Irak se joint le 4 juin. L'addition des pactes arabes signifie pour Israël un encerclement militaire que seul peut rompre, compte tenu de la disproportion des forces [2], le recours à une guerre préventive. C'est ainsi qu'il faut comprendre l'élargissement à la droite du cabinet Eshkol et la promotion du général Dayan au ministère de la Défense (1er juin) [3]. Le 5 juin au matin, Tzahal ouvre les hostilités. Une troisième guerre israélo-arabe commence, qui n'a été véritablement voulue ni par les grandes puissances ni par les belligérants eux-mêmes. Mais, à vouloir garder son prestige intact dans le monde arabe, Nasser a trop cru à la capacité dissuasive du soutien soviétique et a, corollairement, sous-estimé la détermination d'Israël comme sa capacité militaire.

La guerre des Six Jours – du 5 au 10 juin 1967 – a fait l'objet de multiples publications qui dispensent d'en relater le détail [4]. Plus encore que ses devancières, elle a mis en évidence la supériorité de l'armée israélienne et l'excellence de son service de renseignements. Elle a révélé aussi les graves carences du commandement égyptien [5] et la pusillanimité des dirigeants syriens, qui, après avoir plus que quiconque contri-

1. Le général de Gaulle déconseille fortement à Abba Eban une attaque préventive et préconise une concertation des quatre grandes puissances. Il déclare le 2 juin que « l'État qui le premier emploierait les armes n'aurait pas l'approbation de la France ». Ulcéré de ne pas avoir été entendu, il déplore par la suite l'attitude d'un « État dominateur et sûr de lui ».

2. Israël dispose alors d'un millier de chars et de 350 avions, les forces arabes de 2000 chars et 800 avions.

3. Le cabinet s'ouvre à Menahem Begin, leader de la droite israélienne et Levi Eshkol cède la Défense à Moshe Dayan, ne conservant que la présidence du Conseil. Le cabinet d'Union nationale confie immédiatement à Eshkol et Dayan les pleins pouvoirs pour décréter, si les circonstances l'exigent, le recours à la guerre.

4. Par exemple, Y. Cuau, *Israël attaque (5 juin 1967)*, Paris, Laffont, 1968, ou S. Seguev, *la Guerre des Six Jours*, Paris, Calmann-Lévy, 1967.

5. Le vice-président, le maréchal Amer et le ministre de la Défense sont

bué à faire monter la tension, s'en sont tenus à une position défensive, allant jusqu'à annoncer prématurément la prise de Kuneitra pour imposer le cessez-le-feu à Israël[1]. Pour les Arabes, cette guerre est triplement désastreuse : militairement sans doute, mais aussi politiquement et économiquement. Elle signifie la perte de 70 000 kilomètres carrés de territoires répartis entre le Sinaï, la bande de Gaza, la Cisjordanie et le plateau du Golan, sans compter Jérusalem, dont la ville est réunifiée et annexée sur un vote de la Knesset, le 28 juin, malgré les protestations de l'ONU. Le coup est dur pour Nasser, qui a présenté son intention de démissionner le 9 juin, pour la retirer le lendemain à la suite de manifestations populaires en sa faveur. Il ne l'est pas moins pour l'Union soviétique, tentée un moment par l'escalade avec les États-Unis[2], qui s'est résignée à un abandon assez piteux de ses alliés, assorti d'une rupture des relations diplomatiques avec Israël[3].

Autre conséquence essentielle, les données du problème palestinien sont transformées. Certes, la fuite de près de 300 000 Palestiniens de Cisjordanie vers le Liban et également la Jordanie aggrave la condition des réfugiés. Mais le désastre arabe signifie la fin, ou du moins l'allégement, de la tutelle des États voisins, et d'abord de l'Égypte – désormais prioritairement tournés vers la réparation de leur propre défaite. D'autre part, la présence de l'armée israélienne sur les territoires occupés donne sa pleine signification à la libération de la Palestine. La résistance palestinienne acquiert dès lors une autonomie que traduit, en janvier 1969, la promotion de Yasser Arafat à la présidence du Comité exécutif de la Palestine. Avec lui s'impose la stratégie de lutte populaire armée depuis longtemps préconisée par le Fath, même si les diverses organisations de *fedayin* conservent une large autonomie.

De cette perte d'audience, les dirigeants arabes, réunis à Khartoum le 29 août 1967, en l'absence de la Syrie, sont bien

---

contraints de démissionner le 9 juin. Le maréchal Amer se suicidera le 14 septembre.

1. Le chiffre des pertes est éloquent : moins de 800 morts pour Israël, plus de 10 000 pour l'Égypte, quelques centaines pour la Syrie et la Jordanie.

2. Le risque n'aurait été sérieux que si Israël avait poussé ses forces jusqu'à Damas, ce qui était hors de question.

3. Suivie par les démocraties populaires, à l'exception de la Roumanie.

conscients. Le langage est à la fermeté à l'égard d'Israël [1], mais impasse est faite de la traditionnelle mention de la « destruction de l'État sioniste », et la proposition algérienne d'un recours à la guérilla n'est pas retenue. De même qu'est omis tout soutien financier à l'OLP et que l'on renonce à recourir à l'arme du pétrole. Cet embarras trahit en fait le désir de certains pays, l'Égypte et la Jordanie, de laisser ouverte la voie d'un compromis politique auquel l'Arabie Saoudite est hautement favorable. Les pays occidentaux s'y prêtent volontiers, ainsi que l'URSS, qui y voit un moyen d'ébauche du traité de non-dissémination nucléaire qu'elle souhaite faire aboutir au plus vite. Le 22 novembre 1967 est donc adoptée, à l'unanimité du Conseil de sécurité, l'importante résolution 242 qui, en affirmant le droit de *tous* les États de la région à vivre en paix dans des frontières « sûres et reconnues », frappe par son caractère équilibré, de même que l'affirmation de la liberté de navigation, le droit à un juste règlement du problème des réfugiés et l'affirmation du caractère inadmissible des territoires acquis par la guerre, ce qui implique le retrait des forces israéliennes des territoires occupés. Mais le souci d'équilibre n'est pas le fait de la plupart des belligérants. Acceptée par l'Égypte et la Jordanie, la résolution 242 est rejetée par la Syrie, l'Irak et la résistance palestinienne, et se heurte aussi aux arguties d'Israël [2], qui, de toute façon, exclut tout retrait avant une négociation directe que les États arabes jugent inacceptable.

La mission de médiation du diplomate suédois Gunnar Jarring ayant échoué sur cette contradiction, Nasser reprend l'initiative militaire que réclame une partie de l'opinion publique. A partir de septembre 1968 et plus encore de mars 1969, commence avec Israël la guerre d'usure par duel d'artillerie et combats aériens dans la région du canal de Suez. Il s'agit pour le Raïs de rétablir la crédibilité militaire de l'Égypte et de démontrer le caractère instable du *statu quo* territorial. Guerre

1. Le sommet de Khartoum s'achève par le « triple non » : à la reconnaissance d'Israël, à la négociation, et à la conclusion d'une paix avec l'État hébreu.

2. Le texte anglais de la résolution, évacuation *« from occupied territories »*, peut être entendu comme évacuation *des* ou *de* territoires occupés.

coûteuse pour les deux États, en matériel et en vies humaines [1], mais davantage pour l'Égypte dans la mesure où l'aviation israélienne parvient à atteindre, par des raids en profondeur, installations industrielles et populations civiles. Grâce aux nouvelles armes livrées par l'URSS, servies par un nombre croissant de techniciens soviétiques, Nasser parvient à donner à la guerre d'usure une orientation suffisamment favorable pour accepter le plan Rogers [2], auquel se rallient la Jordanie et Israël, à charge pour le roi Hussein de neutraliser la résistance palestinienne [3]. Le cessez-le-feu entre en vigueur le 7 août.

La résistance palestinienne connaît en effet depuis 1968 un niveau d'activité jamais atteint. Si en Cisjordanie occupée la mobilisation demeure médiocre, malgré la colonisation rampante amorcée par le gouvernement israélien, les accrochages sont constants sur le front jordanien, tandis que les attentats s'intensifient dans la bande de Gaza. Fait nouveau, des heurts sanglants opposent en 1969 des commandos palestiniens à l'armée libanaise. Les accords du Caire du 2 novembre y mettent provisoirement un terme. Mais le relais est pris en quelque sorte par l'activité de plus en plus importante des *fedayin* en Jordanie, qui pose le problème des relations entre l'autorité royale et un contre-pouvoir échappant à son contrôle. Les affrontements se multiplient entre les deux forces tout au long de l'été 1970. Le rejet du plan Rogers par l'OLP précipite la crise. Le 7 septembre, des commandos du FPLP de Georges Habache [4] détournent trois avions de ligne

1. A tel point que l'on a pu parler d'une quatrième guerre israélo-arabe en raison du nombre des victimes, comparable à celui de la guerre des Six Jours.

2. Il s'agit du second plan Rogers, en juillet 1970. Le premier, présenté par le secrétaire d'État américain en octobre 1969, avait été rejeté par Golda Meir, qui avait succédé en mars à Levi Eshkol. Le second plan se décompose en deux volets : cessez-le-feu le 3 mai, et reprise des négociations Jarring sur la base de la résolution 242.

3. Le plan Rogers est en effet rejeté par l'Irak, la Syrie et la totalité des mouvements de la résistance palestinienne.

4. Le FPLP (Front populaire pour la libération de la Palestine) est né en 1967 de l'une des sections régionales du MNA. Bien qu'affaibli par la scission, en 1969, du FDPLP (Front démocratique et populaire pour la libération de la Palestine) de Nayef Hawatmeh, il développe un activisme considérable en Jordanie.

sur la ville de Zarka, au nord du pays, et proclament l'aéroport « zone libérée ». Bien que Yasser Arafat, désigné comme dirigeant de l'OLP depuis février 1969, ait désavoué l'initiative, le piège se referme sur son organisation. Du 17 au 27 septembre, se déroulent à Amman des combats d'une extrême violence (« septembre noir ») qui font plusieurs milliers de victimes. Les pays arabes se gardent bien d'intervenir, à l'exception de la Syrie, qui tente le 20 une incursion de ses chars en Jordanie, rapidement stoppée par un avertissement américain et les conseils de prudence de l'URSS. Évincée de Jordanie, la résistance palestinienne se replie pour l'essentiel au Liban, et perpétue son action par le terrorisme international et la piraterie aérienne [1].

La mort du colonel Nasser, le 28 septembre 1970, va avoir pour effet d'accélérer l'orientation pacifique de l'Égypte dont le Raïs avait, peu avant, esquissé les grandes lignes [2]. Son successeur, Anouar el-Sadate, un ancien du groupe des officiers libres, a pour lui un long passé d'activisme antibritannique, qui l'a d'ailleurs conduit durant la Seconde Guerre mondiale à des contacts suivis avec des émissaires de l'Axe. Mais il n'a occupé jusqu'à présent que des postes honorifiques. Élu président le 15 octobre, il se débarrasse l'année suivante de son vice-président et plus sûr rival Ali Sabri, partisan de la fidélité au nassérisme et de l'alliance avec l'URSS. Pour être aussi centralisé que celui de Nasser, le pouvoir de Sadate est moins autocratique, moins répressif et, économiquement, moins étatique. Peu enclin au panarabisme, Sadate ne contracte avec la Libye (où le colonel Kadhafi a pris le pouvoir en 1969) et avec la Syrie que des unions sans lendemain. A l'inverse, il établit des relations étroites avec les régimes conservateurs : le Soudan du général Nemeiry et l'Arabie Saoudite, qui finance, avec les émirats, le réarmement égyp-

1. Tuerie de l'aéroport de Lod (Israël) le 30 mai 1972 (27 morts), massacre des sportifs israéliens aux jeux Olympiques de Munich le 5 septembre (18 morts). La première est l'œuvre du FPLP, le second de l'organisation Septembre noir créée par le Fath qui, après avoir monté une quarantaine d'attentats, disparaît en 1973.

2. Interview au *Monde* du 19 février 1970.

tien. Avec l'Union soviétique, malgré les protestations d'amitié et la signature d'un nouveau traité de coopération (27 mai 1971), les relations se détériorent rapidement. Prenant prétexte du refus qui lui est opposé à la livraison des armes offensives dont il a besoin, Sadate rend publique, le 18 juillet 1972, la décision de renvoyer quelque 21 000 conseillers militaires, tout en conservant un certain nombre d'instructeurs [1]. Ce geste est évidemment destiné aux États-Unis et à Israël, tout comme l'avait été la prolongation du cessez-le-feu sur le canal (novembre 1970 et février 1971) et comme l'est la réconciliation avec le roi Hussein. Mais les États-Unis ne tentent rien d'efficace pour peser sur leur allié israélien, et Israël, qui se réjouit un peu vite de l'affaiblissement présumé de l'armée égyptienne, poursuit sa politique de colonisation juive en Cisjordanie et dans le Sinaï [2]. Ce « ni guerre ni paix » risque de prolonger l'occupation israélienne en une véritable annexion. La démarche conciliatrice n'ayant débouché sur rien, Sadate se résigne à recourir à une guerre dont il a, à maintes reprises, annoncé le caractère imminent, jusqu'à perdre toute crédibilité aux yeux d'Israël. Son but, comme celui du général Hafez el-Assad, qui dirige la Syrie depuis la fin 1970, est une prise de gages suffisante pour servir de base à une négociation sur la restitution des territoires occupés. La coordination militaire syro-égyptienne a été réactivée et l'Arabie Saoudite a promis de faire pression sur les Occidentaux en recourant à l'arme du pétrole.

Le 6 octobre 1973, les forces égypto-syriennes se lancent à l'assaut des troupes israéliennes du Sinaï et du Golan, la Jordanie n'intervenant pas [3]. Cette offensive surprend Israël en pleine fête de Yom Kippour, provoquant la surprise des auto-

1. La visite à Moscou du Premier ministre égyptien Aziz Sedki, en octobre 1972, rétablit apparemment des relations confiantes entre les deux pays. Mais l'URSS ne sera informée que le 3 octobre 1973 de l'imminence de l'attaque égypto-syrienne.

2. Israël, après avoir interrompu en septembre 1970 les pourparlers de la médiation Jarring, a repoussé en décembre un plan de paix proposé par Sadate et sèchement accueilli un communiqué Nixon-Brejnev de mai 1972 réaffirmant l'attachement des deux puissances à une solution pacifique conforme à la résolution 242.

3. Sur le déroulement des opérations militaires, cf. W. Laqueur, *la Vraie Guerre du Kippour*, Paris, Calmann-Lévy, 1974 (trad.).

rités et un désordre inhabituel dans la mobilisation des réservistes. L'enfoncement de la ligne Bar-Lev dans le Sinaï et la réoccupation d'une grande partie du Golan sont d'incontestables succès arabes. La contre-offensive intervient pourtant dès le 8 octobre contre la Syrie, puis le 17 contre l'Égypte, quand le général Sharon parvient à établir une tête de pont sur la rive occidentale du canal de Suez. La IIIe Armée égyptienne est alors en voie d'être encerclée. Tout en ravitaillant en armes leurs alliés respectifs, les États-Unis et l'URSS préparent un cessez-le-feu qui est adopté par le Conseil de sécurité, après un bref séjour de Kissinger à Moscou, le 22 octobre, sous la forme de la résolution 338 [1]. Celle-ci est acceptée par les belligérants, mais la poursuite de la progression israélienne en Égypte accroît dangereusement la tension entre les deux grandes puissances en raison de la menace d'intervention soviétique et de la mise en état d'alerte nucléaire nationale des forces américaines. La pression des États-Unis sur Israël est cependant suffisante pour l'obliger à composer. Le 11 novembre est signé entre Égyptiens et Israéliens l'accord du kilomètre 101 restituant les prisonniers des deux pays. Nul doute que la décision prise par l'Arabie Saoudite et certains États du Golfe de majorer le prix du pétrole brut, de réduire leur production et d'arrêter leurs exportations vers les États-Unis ait été déterminante dans le déploiement de l'activité diplomatique américaine.

La guerre d'octobre est riche d'enseignements et de conséquences. S'agissant des relations Est-Ouest, elle souligne tout à la fois le caractère irréversible de la détente et son extrême fragilité. Car, si le maintien de la concertation au plus fort de l'affrontement israélo-arabe confirme que les deux puissances ne sont pas prêtes à en découdre pour leurs alliés respectifs, le comportement soviétique n'en a pas moins été perçu à Washington comme une entorse à la déontologie de la détente [2],

1. Cette résolution invite les belligérants à un cessez-le-feu immédiat sur les positions occupées et à leur participation à une conférence de la paix sur la base de la résolution 242. La Syrie, qui n'avait jamais adhéré officiellement à cette dernière, le fait indirectement en adhérant à la résolution 338.

2. Les États-Unis n'ont en effet pas été prévenus de l'attaque imminente des forces égypto-syriennes, ce que l'URSS aurait pu faire entre le 4 et le 6 octobre. De plus, les forces américaines ont été mises en état d'alerte le

l'URSS pouvant prendre ombrage à son tour du comportement très personnel d'Henry Kissinger dans la recherche du règlement pacifique du conflit. Pour les pays du Moyen-Orient, la guerre a mis fin au mythe de l'invulnérabilité d'Israël. Jointe à l'utilisation de l'arme pétrolière, la position des États arabes en sort renforcée, et avec elle leur capacité à négocier avec Israël, outre la restitution des territoires occupés, un règlement d'ensemble du conflit. Tel est le but de la conférence de la paix ouverte à Genève le 21 décembre 1973 sur invitation soviéto-américaine. Moment historique sans doute, car elle est la première du genre. Mais l'absence de la Syrie [1], le ton agressif des discours égyptiens et israéliens la condamnent à très brève échéance. La chance d'un règlement global est passée. Israël se raidit sur des positions annexionnistes qui justifient, côté arabe, l'intransigeance du Front du refus, tandis que le terrorisme palestinien ne désarme pas et que se préparent d'autres drames au Liban.

Les progrès de la détente

La crise de Cuba a profondément marqué les deux grandes puissances, mais les retombées en sont contradictoires. La peur a été si grande que les deux dirigeants donnent des signes immédiats de bonne volonté. Dès le 15 janvier, Khrouchtchev affirme renoncer à la conclusion d'une paix séparée avec la RDA, mettant ainsi officiellement fin à la crise de Berlin ouverte en 1958. Le 10 juin, Kennedy en appelle à la « paix pour tous les peuples », fondée sur la tolérance mutuelle. Pour avoir été placés au bord de l'abîme nucléaire, les deux États procèdent au même moment à l'installation du « téléphone rouge », liaison permanente par téléphone entre les deux capitales, dont le but avancé est de juguler par une concertation immédiate les risques de malentendus en cas de crise. Deux

---

25 octobre à la suite des rumeurs faisant état d'une possible intervention soviétique dans le conflit.

1. Qui entend protester contre le non-retrait des territoires occupés par Israël et contre l'absence de garanties données aux droits légitimes des Palestiniens.

mois plus tard est signé à Moscou, le 5 août 1963, le traité par lequel l'URSS, les États-Unis et la Grande-Bretagne s'engagent à arrêter les expériences nucléaires atmosphériques, extra-atmosphériques et sous-marines. Sans doute, plus de cent pays y ont par la suite adhéré, mais outre que ni la France ni la Chine n'y souscrivent, le traité de Moscou ne constitue qu'un jalon bien modeste dans la voie d'une réglementation internationale des armements nucléaires. Les signataires conservent en effet leurs stocks d'armes et peuvent les accroître à loisir [1]. Et les trois types d'explosion interdits, sans que soit mise en place la moindre inspection réciproque, leur laissent intacte la possibilité de recourir aux explosions souterraines, plus difficiles à détecter [2]. En fait, si le traité de Moscou traduit bien un changement de climat, il exprime surtout la préoccupation des deux Grands de maintenir intact le monopole nucléaire. C'est à ce même état d'esprit que répond le traité de Washington signé le 1er juillet 1968 par les trois mêmes États, qui s'engagent à ne transférer à aucun autre la possession des armes atomiques et à n'en aider aucun autre à les acquérir. Les États non nucléaires qui viendraient à adhérer au traité s'engagent pour leur part à renoncer à les fabriquer ou à les acquérir. Au 1er mai 1980, cent treize États ont adhéré au traité de non-prolifération, mais, en dehors de la France et de la Chine, qui l'ont d'emblée rejeté, une dizaine de pays susceptibles de se doter un jour de l'arme atomique s'y sont refusés [3].

Durant les cinq années qui séparent le traité de Moscou de celui de Washington, la détente ne progresse guère. Non que la disparition subite de Kennedy, puis celle de Khrouchtchev,

1. Il ne s'agit nullement de désarmement, ce qu'invoque la France pour justifier son refus d'adhésion. Le désarmement « général et complet », aux termes de la déclaration McCloy-Zorine de septembre 1961, se discute à Genève au sein d'un « comité des Dix-Huit » coprésidé par les États-Unis et l'URSS, réduit à dix-sept en raison de l'abstention française. Mais dès 1964, est interrompu l'examen d'un traité général de désarmement au profit d'une orientation plus modeste et plus sélective, celle du contrôle des armements.

2. Les États signataires se réservent d'autre part le droit de dénoncer le traité avec un préavis de trois mois.

3. Il s'agit de l'Afrique du Sud, de l'Algérie, de l'Argentine, du Brésil, de l'Égypte, de l'Espagne, d'Israël, de l'Inde et du Pakistan. L'Allemagne fédérale n'y a adhéré qu'après le changement de majorité survenu en septembre 1969 et comme monnaie d'échange à la conclusion d'un statut satisfaisant sur Berlin.

aient été un obstacle à la poursuite du dialogue [1]. Celui-ci est au reste maintenu à un niveau suffisant pour qu'un terrain d'entente surgisse en cas de crise. Ainsi en est-il lors de la guerre indo-pakistanaise en août-septembre 1965, quand les deux puissances agissent de concert sur la Chine pour lui signifier, après son ultimatum à l'Inde, qu'elles ne toléreraient pas une intervention militaire ; ou lors de la guerre des Six Jours, qui voit les deux fronts s'abstenir de tout geste susceptible de provoquer l'escalade. Le violent réquisitoire prononcé le 19 juin 1967 par Alexis Kossyguine, dénonçant l'impérialisme américain devant l'Assemblée générale de l'ONU, n'interdit ni l'entrevue de Glassboro (23 juin) ni l'adoption de la résolution 242 (22 novembre). Mais l'engagement de plus en plus massif des États-Unis au Vietnam oblige l'URSS, qui assume l'essentiel du soutien militaire à Hanoi, à ne pas pousser plus loin un dialogue qui risquerait de donner plus de poids aux accusations chinoises et de la déconsidérer aux yeux du tiers monde. Inversement, le Congrès américain, frappé par l'importance de l'aide reçue par le Nord-Vietnam du camp socialiste, s'attache à ne pas donner suite aux ouvertures commerciales émises par le président Johnson en mai 1964. Dans le domaine stratégique, les dirigeants soviétiques n'entendent engager le débat qu'en position de force. De ce fait, les années soixante sont marquées par une formidable course aux armements, plus que par les progrès du dialogue [2]. Conformément au programme adopté en 1961 par l'administration Kennedy, les États-Unis réaffirment leur supériorité par la mise en service d'engins de type nouveau : missiles ICBM [3] (Minuteman) et SLBM [4] (Polaris). Mais celle-ci est contestée dès 1969, au moins dans le domaine des ICBM, par

1. L'année 1964 est marquée notamment par la signature d'une première convention consulaire soviéto-américaine et par l'ouverture de la négociation qui aboutira au traité de non-prolifération nucléaire.

2. On relèvera tout de même la signature du traité du 27 janvier 1967 sur la dénucléarisation de l'espace. Mais le traité du 14 février 1967 sur la dénucléarisation de l'Amérique latine ne relève que d'une volonté commune des États concernés et non du dialogue Est-Ouest.

3. *Intercontinental ballistic missile,* missile d'une portée supérieure à 5 500 kilomètres.

4. *Submarine launched ballistic missile,* missile lancé à partir d'un sous-marin.

l'URSS, qui déploie en outre, sous l'égide de l'amiral Gortchkov, un effort considérable en faveur de la flotte de surface et sous-marine au moment où la Grande-Bretagne rétrécit davantage ses horizons maritimes [1]. A la course quantitative s'ajoute la compétition technique qui s'organise autour des systèmes ABM [2], plaçant théoriquement chaque adversaire à l'abri de la première frappe ou des représailles adverses. Le quasi-refus soviétique opposé en janvier 1967 à une proposition américaine de négociation, en vue de geler ce type de programme effroyablement coûteux, conduit les États-Unis à renforcer la puissance de pénétration de leurs engins par la technique du mirvage (Minuteman 3 et Polaris A3, fusée Poseidon, sous-marin Trident) [3], domaine dans lequel les Soviétiques demeurent très en retard.

Dans ce climat de froide compétition, les années 1968-1969 introduisent une rupture. L'impulsion essentielle vient des États-Unis, où le tandem Nixon-Kissinger entend imprimer une dimension nouvelle à sa politique extérieure. Passer de l'affrontement à la négociation, tel est l'objectif du nouveau président et de son assistant spécial pour la sécurité nationale [4]. Fondé sur une appréciation réaliste du système international et des possibilités réelles des États-Unis, cet objectif revient à répudier le messianisme conquérant qui avait fini par transformer le « rêve américain » en cauchemar. Il en découle non seulement une volonté de désengagement au Vietnam et dans l'ensemble du continent asiatique (doctrine Nixon), mais la prise en compte de la diversité des centres de décision dans un monde plus multipolaire, qu'il s'agisse des alliés occidentaux, de la Chine ou du tiers monde. A l'égard de l'URSS, le président et son conseiller spécial, dont l'anticommunisme est sans faille, ne nourrissent aucune illusion de réconciliation

1. Déclaration du 16 janvier 1968 sur l'abandon progressif de la présence britannique « à l'est de Suez ».

2. *Anti-ballistic missile*, arme défensive destinée à l'interception des missiles balistiques.

3. Technique de démultiplication des têtes nucléaires d'un missile balistique, chaque tête pouvant être dirigée vers un objectif différent.

4. Universitaire d'Harvard, révélé au grand public en 1957 par un ouvrage visant à renouveler la politique extérieure des États-Unis *(Nuclear Weapons and Foreign Policy)*, Henry Kissinger a travaillé pour Nelson Rockefeller avant d'être recommandé à Richard Nixon par le sénateur Cabot Lodge.

entre les deux systèmes, ni même d'atténuation des différences qui les séparent. Le communisme demeure l'adversaire, et son endiguement la préoccupation principale. Mais le *containment* doit renoncer à l'esprit de croisade, qui, de Truman à Johnson, a conduit à engager inconsidérément les États-Unis dans des conflits sans issue. Il doit épouser des voies nouvelles, dictées par la nouvelle configuration internationale : la quasi-parité dans le domaine stratégique, les divisions du monde communiste, l'affaiblissement relatif de la puissance américaine. De là la recherche permanente du dialogue, qui ne doit pas exclure la fermeté au cas où l'URSS manquerait à la « retenue » conforme à la stabilisation du système international. D'où aussi la nécessaire articulation *(linkage)* des divers éléments de négociation, toute concession de l'un devant trouver sa compensation dans une concession équivalente de l'autre, aux fins de contraindre l'URSS à un marchandage planétaire et permanent[1].

Cette vision tout à la fois réaliste et conservatrice des relations Est-Ouest, cette volonté d'équilibre dans une nouvelle « structure de paix » plus ou moins inspirée du modèle metternichien de l'Europe des congrès, s'est heurtée d'emblée à certaines critiques que l'épreuve des faits a contribué à étayer. Car, si la vision d'un équilibre pentapolaire (États-Unis, URSS, Chine, Europe occidentale, Japon) est séduisante, elle ne peut être que prospective. Elle ne répond ni à l'équilibre des forces stratégiques, demeuré fondamentalement bipolaire, ni au comportement même des États-Unis, tout à la fois agressif sous l'angle des relations économiques et dominateur dans le domaine politico-militaire. La Grande-Bretagne, la RFA et le Japon peuvent s'en accommoder, mais, fidèle à sa ligne d'indépendance nationale, la France peut en prendre quelque ombrage. Il n'est pas sûr qu'aux États-Unis mêmes, la froide conception de l'équilibre, la négociation à tout prix avec l'URSS « telle qu'elle est » fassent l'unanimité de l'opinion et, partant, du Congrès, toujours très attaché à la supériorité des valeurs morales drainées peu ou prou par la

1. Sur les conceptions internationales de R. Nixon et l'apport « méthodologique » du conseiller spécial, cf. H. Kissinger, *A la Maison-Blanche, 1968-1973*, Paris, Fayard, 1969, t. I, p. 119-136.

tradition idéaliste. Et, si l'URSS a tout lieu de se réjouir de la nouvelle légitimité qui lui est décernée, rien n'indique qu'elle entende se conformer, compte tenu des références idéologiques qui sous-tendent son action, au rôle stabilisateur et modérateur qui lui est assigné. L'affirmation à peu près concomitante de la doctrine Brejnev et de la doctrine Nixon, la première réservant un droit exclusif d'intervention là où la seconde signifie le retrait unilatéral, exprime un décalage lourd d'incertitudes et de malentendus.

En cette fin des années soixante, les dirigeants soviétiques semblent pourtant accéder à cette volonté de dialogue. La chose n'est pas en soi nouvelle. La coexistence pacifique est depuis 1956 la « ligne générale » du Kremlin, et la crise de Cuba a rappelé le caractère suicidaire que prendrait un affrontement direct à l'ère nucléaire. De ce fait, Moscou s'astreint, dans son soutien militaire apporté à Hanoi comme aux pays arabes, à ne pas dépasser un certain seuil à la fois quantitatif et qualitatif. Mais d'autres facteurs interviennent. La détente, fondée sur un dialogue privilégié entre Washington et Moscou, apporterait à l'URSS la consécration de grande puissance, un statut d'égalité avec les États-Unis, en un mot cette respectabilité à laquelle nul n'aspire autant que la haute *nomenklatura* soviétique, avant tout éprise de la durée nécessaire à la confortation de ses privilèges. La conjoncture internationale s'y prête également : le divorce consommé avec la Chine, et l'isolement qui pourrait résulter d'une entente sino-américaine, la défaite de 1967 au Proche-Orient, certains reculs en Afrique invitent à une pause prolongée, que commande aussi l'essoufflement de la croissance économique. A défaut d'envisager des réformes fondamentales, pas plus que la remise en cause du primat de l'industrie lourde, les dirigeants soviétiques sont conscients du coût excessif de leur effort d'armement en vue de la parité stratégique avec les États-Unis [1] et des avantages qu'ils pourraient retirer d'une ouverture aux importations comme de la technologie occidentales. En outre, si l'absence de réaction des pays de l'Ouest à l'intervention d'août 1968 en Tchécoslovaquie leur a prouvé qu'ils conser-

1. Surtout après les déceptions apportées par le système Galosh, système de défense ABM autour de Moscou, beaucoup moins perfectionné que prévu.

vaient les mains libres dans cette zone d'influence, ils ne peuvent être insensibles à la dégradation de l'image du communisme soviétique, que vient encore d'aggraver la répression des émeutes polonaises de décembre 1970. L'ouverture peut ainsi tout à la fois restaurer le prestige mondial de l'URSS, promue au rang de force de paix, et contourner les difficultés intérieures tout en contribuant à les résoudre partiellement. Cette politique, à laquelle Leonid Brejnev va attacher son nom, débouche sur un ample remaniement intérieur. Non seulement Alexis Kossyguine, jusque-là chargé des relations Est-Ouest et des grandes négociations, s'efface de la scène internationale pour se consacrer au domaine économique et administratif, mais divers dirigeants connus pour leur hostilité à la détente, comme Piotr Chelest, sont évincés en mars 1973 du Bureau politique. Celui-ci voit à l'inverse l'intégration des secteurs les plus directement concernés : diplomatie (Gromyko) et défense (maréchal Gretchko).

Pour l'heure, l'ambitieux dessein tarde à se concrétiser. Les années 1969-1970 demeurent peu favorables à l'instauration d'un dialogue au plus haut niveau. La poursuite de la guerre du Vietnam constitue la première pierre d'achoppement. La méfiance américaine est encore aiguisée par ce qui est perçu comme une tentative soviétique d'établir à Cuba, près du port de Cienfuegos, une base de sous-marins nucléaires, ainsi que par l'élection, le 24 octobre 1970, de Salvador Allende à la présidence du Chili [1]. De ce fait, les pourparlers ouverts le 17 novembre 1969 à Helsinki sur la limitation des armements stratégiques (négociation SALT) se sont rapidement enlisés, alors que les deux pays accélèrent leurs programmes. C'est donc en Europe que progresse la normalisation des rapports Est-Ouest. Vivement souhaitée par Moscou, pour des raisons économiques autant que par volonté de confirmer le *statu quo* européen, l'ouverture vers l'Est de la république fédérale d'Allemagne avait été amorcée par le gouvernement de grande coalition de Kurt Kiesinger. Il avait été procédé en 1967 au

1. Socialiste de conviction marxiste, Allende avait été l'un des créateurs, en janvier 1966, de l'organisation révolutionnaire d'Amérique latine (OLAS). De ce fait, la CIA et la multinationale ITT vont se dépenser sans compter pour empêcher son élection et ensuite saboter l'expérience de l'Unité populaire.

rétablissement des relations diplomatiques avec la Roumanie et la Yougoslavie, ce qui revenait à l'abandon implicite de la doctrine Hallstein. La victoire SPD-FDP en septembre 1969 et la formation du cabinet Brandt-Scheel vont permettre d'aller plus loin, comme en témoigne la déclaration gouvernementale du 28 octobre au Bundestag. Là encore la vision est réaliste, fondée sur la reconnaissance des frontières issues de la Seconde Guerre mondiale et de la RDA comme deuxième État allemand, mais elle entend aussi se placer au service d'une humanisation des relations internationales et du sort de Berlin.

Considérant que toute normalisation avec l'Est passe par Moscou, le secrétaire d'État à la Chancellerie Egon Bahr est envoyé en mission début 1970, alors qu'au mois de mai de la même année Willy Brandt rencontre son homologue est-allemand Willi Stoph à Erfurt et à Kassel. Signé le 10 août, le traité de Moscou engage l'URSS et la RFA à régler pacifiquement leurs différends et à respecter l'inviolabilité des frontières, y compris celle de l'Oder-Neisse et celle séparant les deux Allemagnes. On mesure l'étendue du chemin parcouru si l'on se souvient que les dirigeants ouest-allemands avaient érigé en dogme le caractère nul et non avenu des frontières dictées et que, dans le sillage des événements de Prague de 1968, la mise en accusation du gouvernement de Bonn, « militariste et revanchard », avait pris le cours le plus injurieux. Vient ensuite la réconciliation avec la Pologne, à laquelle Willy Brandt attache une grande importance, illustrée par le geste à la fois symbolique et spectaculaire devant le monument élevé à la mémoire des victimes du ghetto de Varsovie. Les clauses du traité du 7 décembre 1980 sont très voisines de celles du traité de Moscou, un document annexe prévoyant l'émigration des Allemands restés en Pologne moyennant des compensations financières. Plus ardues, les négociations avec Prague n'aboutissent qu'en 1973. Le traité du 11 décembre annule, mais sans effet rétroactif, les accords de Munich et reprend les clauses des traités précédents. A la même époque, des relations diplomatiques sont établies avec la Hongrie et la Bulgarie.

Aux concessions consenties par Bonn, il faut une contrepartie qui ne peut être trouvée qu'à Berlin. A défaut de crise majeure depuis la construction du mur, l'ancienne capitale du

Reich n'en conserve pas moins un statut précaire qu'illustrent diverses perturbations apportées par la RDA au trafic routier, voire aérien, entre la RFA et les secteurs occidentaux. Telle est la conviction de Willy Brandt, qui fait discrètement comprendre que la ratification du traité de Moscou, *a fortiori* la normalisation entre les deux Allemagnes, seraient facilitées par un accord de ce type. Telle est aussi la condition posée par les alliés occidentaux à la réunion d'une éventuelle conférence sur la sécurité en Europe. En sacrifiant Walter Ulbricht, trop marqué par son passé stalinien, à un dirigeant plus souple, Erich Honecker, à la tête de la RDA, Moscou administre la preuve de sa bonne volonté. L'accord quadripartite signé le 3 septembre 1971 maintient les droits et responsabilités des quatre puissances, mais repose sur des concessions réciproques. Bonn renonce à toute intégration de Berlin-Ouest comme Land de la RFA et s'engage à n'y tenir aucun acte constitutionnel[1]. A l'inverse, l'URSS (et par son biais la RDA) s'engage à ne pas entraver la circulation entre la RFA et Berlin. Les quatre s'engagent également à favoriser l'élimination de la tension dans la région. Des accords règlent ultérieurement le transit des Allemands et Berlinois de l'Ouest vers Berlin-Est et la RDA. Grâce à quoi les négociations interallemandes menées par Egon Bahr et son homologue Michael Kohl aboutissent à la signature du traité fondamental du 21 décembre 1972. Outre les clauses frontalières des traités antérieurs, ce texte consacre la reconnaissance mutuelle des deux États, entre lesquels sont échangées des « représentations permanentes » faisant fonction d'ambassades. Il consacre aussi la division de l'Allemagne comme en témoigne l'admission à l'ONU de la RFA et de la RDA le 18 septembre 1973.

L'*Ostpolitik* a été diversement jugée. Elle s'est heurtée aux réticences de l'opposition chrétienne-démocrate qui a fait valoir le prix trop élevé de la normalisation : le sacrifice de la réunification et la fin du principe de la légitimité de la seule Allemagne fédérale. De ce fait, la ratification des traités s'est

1. Berlin-Ouest envoie vingt-deux représentants au Bundestag, mais leurs votes sont décomptés à part et ne sont pas pris en considération pour l'adoption des lois ni pour la désignation du chancelier. Sur l'ensemble de la question, cf. Ch. Zorgbibe, *la Question de Berlin*, Paris, Colin, 1970.

heurtée soit à son abstention (traités de Moscou et de Varsovie), soit à son refus (traité fondamental). Il n'est pas sûr non plus que le nouveau statut de Berlin satisfasse pleinement les dirigeants est-allemands, malgré la manne en devises qu'il procure, et les relations entre les deux Allemagnes sont appelées à demeurer chaotiques. Approuvée pourtant par l'opinion publique [1], l'*Ostpolitik* a été poursuivie par le chancelier Helmut Schmidt après 1974, notamment sous l'angle d'un large appui financier aux pays de l'Est, et a fini par s'imposer comme la seule politique possible. Elle a non seulement permis de résoudre de multiples problèmes humains (droit de visite, regroupement des familles, émigration des personnes âgées et d'opposants politiques de RDA en RFA), elle a mis fin aussi aux crises périodiques de Berlin et contribué à la détente en permettant l'ouverture de la conférence sur la sécurité européenne comme celle des négociations MBFR [2].

Même si elle était considérée comme inévitable, l'*Ostpolitik* était peu appréciée à Washington, où l'on redoutait, à tort, une menace sur l'ancrage occidental de la RFA. Ce n'est donc pas elle qui prépare l'approfondissement du dialogue américano-soviétique, déjà amorcé par la signature du traité de dénucléarisation des fonds marins (11 février 1971), mais l'annonce, le 15 juillet, du séjour récent (et secret) d'Henry Kissinger à Pékin et du futur voyage de Richard Nixon en Chine. Ce rapprochement avec la Chine communiste, souhaité de longue date par le président américain [3], illustre doublement sa conception réaliste : reconnaître ce qui existe, fût-ce un régime honni, et jouer la carte chinoise pour faire pression sur l'URSS dans le cadre d'une diplomatie « triangulaire » fondée sur les

1. Comme le montrent les élections anticipées du 19 novembre 1972, qui accentuent la poussée du SPD et des libéraux.

2. La conférence sur la sécurité et la coopération en Europe (CSCE) s'est ouverte à Helsinki le 3 juillet 1973, la négociation MBFR, portant sur les forces et armements conventionnels en Europe, s'est ouverte le 30 octobre à Vienne, sans la participation de la France.

3. Nixon a reconnu dès 1967 le caractère inéluctable de la reconnaissance de la Chine dans un article de *Foreign Affairs*. Le voyage de Kissinger, du 9 au 13 juillet 1971, a été précédé par une levée partielle des restrictions commerciales (1969), par la reprise des conversations sino-américaines de Varsovie (1970) et par une visite en Chine de « pongistes » américains (avril 1971).

concessions réciproques [1]. Le premier volet implique des concessions auxquelles Nixon est bien obligé de souscrire : l'admission de la Chine à l'ONU et sa substitution à Taiwan comme membre permanent du Conseil de sécurité. C'est chose faite après le vote de l'Assemblée générale du 25 septembre 1971, contre lequel les États-Unis ont vainement tenté de batailler, en vue de faire admettre la thèse des « deux Chines ». De plus, le voyage à Pékin, qui se déroule du 21 au 28 février 1972, revient à une reconnaissance *de facto* [2] et oblige à un compromis difficile entre le retrait progressif du soutien militaire à Taiwan, conforme à la doctrine Nixon, et le refus de dénoncer l'alliance menée en 1955. Au regard des rapports avec l'URSS, le voyage en Chine peut à l'inverse être considéré comme un plein succès, Moscou ne redoutant rien tant qu'une alliance sino-américaine. Nixon peut bien avoir ordonné la reprise des raids contre le Nord-Vietnam, le minage de ses principaux ports [3], au point de menacer gravement l'acheminement de l'aide soviétique. Entre l'alliance avec le Nord-Vietnam et le risque d'isolement, l'URSS a fait son choix, celui du dialogue privilégié avec les États-Unis.

Le voyage officiel de Richard Nixon à Moscou, du 22 au 30 mai 1972, se déroule dans un climat de froideur officielle, concession obligée aux partenaires nord-vietnamiens, mais n'en constitue pas moins l'un des sommets de la détente Est-Ouest. La somme des conventions signées est en effet impressionnante, dans des domaines aussi divers que la coopération scientifique et médicale, l'exploitation et l'utilisation de l'espace, la prévention des incidents en haute mer et dans l'espace aérien. Le 27 est annoncée la création d'une commission commerciale mixte, et le 29 sont signés les principes fondamentaux des relations entre les deux pays, énumération de bonnes intentions et d'obligations réciproques dans le cadre

1. Cf. M. Tatu, *le Triangle Washington-Moscou-Pékin et les Deux Europes*, Paris, Casterman, 1972.

2. La reconnaissance officielle et l'échange d'ambassadeurs n'interviendront qu'en 1978, sous la présidence Carter. Parallèlement, les relations sino-japonaises se sont considérablement améliorées, pour aboutir au traité de paix et d'amitié du 12 août 1978.

3. Cette décision répond au déclenchement, fin mars 1972, de la troisième grande offensive des troupes du FNL et du Nord-Vietnam. Cf. *supra*, p. 464.

de la coexistence pacifique. Mais l'accord le plus important est le traité du 26 mai sur la limitation des armements, fruit de plusieurs années de négociations ardues [1]. Accord difficile à réaliser, en raison du différend sur la signification des armes offensives [2], et plus encore des préoccupations divergentes des deux puissances. Les Américains sont en effet avant tout soucieux de limiter le nombre des armes offensives soviétiques, alors que les Soviétiques sont préoccupés de la mise sur pied du système américain de missiles antimissiles, domaine dans lequel ils ont enregistré de graves déconvenues. Certaines difficultés ont pu être levées grâce à des entretiens au sommet entre Kissinger et l'ambassadeur Dobrynine, mais c'est surtout le rapprochement sino-américain qui a accéléré les concessions soviétiques.

Le traité SALT ainsi signé se décompose en deux volets qui respectent les mécanismes fondamentaux de la dissuasion : aucune des deux puissances ne doit avoir un réseau d'armes défensives lui permettant de parer de façon trop efficace aux représailles de l'autre ; inversement, aucune ne doit avoir une capacité offensive de première frappe capable d'anéantir la capacité de riposte de l'autre. A ce titre, un accord sur les ABM, conclu pour une durée indéterminée, limite à cent le nombre des missiles antimissiles et leur concentration à deux sites, ce qui revient à arrêter les programmes de construction [3]. S'agissant des armes stratégiques, l'accord se fait pour une période intérimaire de cinq ans sur la base du « gel » des armes existantes, sans qu'aucun chiffre ne soit publiquement

1. Ce n'est qu'en 1968 que les Soviétiques avaient fini par répondre favorablement à une proposition américaine, remontant à janvier 1967, sur le gel des armements nucléaires existants. L'intervention militaire en Tchécoslovaquie ayant différé la négociation, celle-ci s'est ouverte le 17 novembre 1969, siégeant alternativement à Helsinki et à Vienne.

2. Pour les Soviétiques, sont offensives les armes nucléaires pouvant atteindre le territoire de l'autre (ce qui inclut les armes nucléaires tactiques américaines stationnées en Europe) ; pour les Américains, il ne s'agit que des seules armes intercontinentales d'une portée supérieure à 5 500 kilomètres.

3. Les deux sites retenus sont la capitale de chacun des deux États et un groupe de sites d'engins intercontinentaux. Un protocole du 3 juillet 1974 réduira le nombre des sites à un seul. En raison du coût très élevé du programme Safeguard adopté en mars 1969 par Nixon, le traité SALT a été bien accueilli aux États-Unis, surtout le volet ABM, et approuvé à la quasi-unanimité par le Sénat en août 1972.

avancé [1]. Le traité prévoit en outre l'interdiction de construire de nouvelles rampes de lancement terrestres fixes d'ICBM. L'ensemble revient à laisser à l'URSS un avantage numérique évident que les dirigeants américains justifient par leur avance dans le domaine du mirvage et par le fait que les forces nucléaires basées hors des États-Unis n'aient pas été prises en considération. On peut relever en outre le caractère très incomplet du traité, qui n'interdit en rien la modernisation des engins limités en nombre et qui ne prend en compte ni les ICBM mobiles, ni les têtes nucléaires, ni les bombardiers stratégiques, ni les missiles à moyenne portée. Mais, le 21 novembre 1972, les négociations SALT reprennent à Genève.

Ainsi amorcée, la coopération se poursuit, en particulier dans le domaine économique [2]. Le développement des échanges est devenu de part et d'autre une préoccupation majeure, pour des raisons déjà dites du côté soviétique et par une convergence d'intérêts aux États-Unis. Les pressions du lobby agro-alimentaire et des hommes d'affaires, séduits par les possibilités du marché soviétique, rejoignent les spéculations d'Henry Kissinger, selon lequel le commerce Est-Ouest contribuerait à modérer le comportement de l'URSS en l'intégrant davantage dans le système international [3]. Dès 1969, la

1. Selon une déclaration américaine non démentie par les Soviétiques, l'équilibre s'établit comme suit en 1972 :

	États-Unis	*URSS*
ICBM	1 054	1 618
SLBM	656	682
Bombardiers	321	140

2. Ouvrages de référence : M. Lavigne, *les Relations économiques Est-Ouest*, Paris, PUF, 1979, et G. Sokoloff, *l'Économie de la détente : l'URSS et le capital occidental*, Paris, Presses de la FNSP, 1983.

3. La thèse du commerce comme « arme de paix » a été complaisamment soutenue par S. Pisar (*les Armes de la paix*, Paris, Denoël, 1970) sur la base d'un postulat contestable dans la mesure où rien ne permettait d'affirmer que les avantages tirés du commerce avec l'Ouest n'iraient pas de pair avec le développement de la puissance militaire et de l'expansionnisme territorial de l'URSS.

législation restrictive de la guerre froide a été partiellement abrogée, mais ce n'est qu'après le sommet de Moscou que la négociation enregistre des progrès rapides. L'accord agricole du 8 juillet 1972 jette les bases d'un flux céréalier considérable vers l'URSS. Un accord plus général, signé le 18 octobre à Moscou, donne un cadre légal au commerce bilatéral, reconnaît à l'URSS la clause de la nation la plus favorisée [1] et règle incidemment le vieux problème des dettes soviétiques au prêt-bail. Une coopération industrielle prend forme également dans divers domaines, comme l'industrie chimique, les hydrocarbures ou les boissons fermentées. Des échanges scientifiques s'organisent, notamment en matière spatiale [2]. Largement approuvée par l'opinion et les hommes d'affaires américains, cette ouverture économique ne donne pourtant que des résultats mitigés. Sans doute le commerce entre les deux pays augmente-t-il, du moins jusqu'en 1975, mais, en pourcentage du commerce mondial, la progression n'est qu'infime [3]. Surtout, les États-Unis exportant beaucoup plus qu'ils n'importent, le déficit soviétique, de l'ordre de 900 millions de roubles en 1973, est financé par le crédit américain sans que les contreparties ouvertes par la crise pétrolière se soient réellement concrétisées. De plus, le désengagement des stocks céréaliers a pour effet de relever substantiellement les cours et, par là, de relancer l'inflation américaine à partir de 1973.

Un an après le sommet de Moscou, le voyage de Brejnev aux États-Unis, du 18 au 25 juin 1973, peut être considéré comme le sommet de la détente, facilité par la signature récente des accords de Paris sur le Vietnam et le développement des relations bilatérales. L'événement central en est la signature, le 22 juin, de l'accord sur la prévention de la guerre nucléaire, dont l'initiative revient aux Soviétiques. A vrai dire, celui-ci, qui n'impose aucune obligation vraiment nou-

1. L'approbation de cette clause par le Congrès subordonne cependant l'entrée en vigueur de cet accord.

2. La manifestation la plus spectaculaire en est l'arrimage réussi, le 17 juin 1975, des fusées Soyouz et Apollo.

3. Le commerce américano-soviétique décuple en cinq ans, passant de 160 millions de roubles en 1970 à 1,6 milliard en 1975. Mais, entre ces deux dates, les échanges entre les pays de l'OCDE et ceux du CAEM ne passent que de 2,3 à 2,75 % du commerce mondial.

velle aux États signataires [1], a surtout valeur symbolique. Il est complété par six accords de coopération et par une déclaration commune sur la mise au point, dans l'espace d'un an, d'un compromis durable sur les SALT.

Un troisième sommet se tient en juin-juillet 1974 à Moscou et en Crimée, à une époque où la position de Nixon est très affaiblie par les retombées du Watergate. La poursuite de la détente, dans ses divers aspects, est réaffirmée, avec une insistance particulière du côté soviétique. Mais déjà percent de part et d'autre les premières désillusions. La guerre d'octobre a laissé des traces, chacun des deux États pouvant s'estimer peu satisfait du comportement de l'autre. Sans doute, la visite éclair de Kissinger à Moscou, le 19 octobre, a permis d'arrêter l'escalade. Mais Washington se plaint d'avoir été mis devant le fait accompli lors du déclenchement de la guerre, alors que Moscou s'irrite de la prétention du secrétaire d'État [2] à vouloir assumer seul, par sa politique des petits pas, le règlement pacifique du conflit. Aux États-Unis même, le bien-fondé de la détente est mis en cause. Il apparaît que ni le dialogue à tout prix ni les accords SALT n'ont entamé la croissance des dépenses militaires soviétiques [3]. L'opinion et le Congrès, fidèles à une certaine image moralisatrice de la diplomatie américaine, entendent que la détente s'accompagne d'une libéralisation intérieure de l'URSS. D'où la longue bataille menée par le sénateur Jackson pour conditionner l'octroi de la clause de la nation la plus favorisée à la levée des limitations à l'émigration des pays communistes. De fait, la loi commerciale du 20 décembre 1974 impose cette condition, avec les regrets officiels du président Ford, mais à la fureur des dirigeants soviétiques, qui y voient une ingérence inadmissible dans leurs propres affaires et une remise en cause de la respectabilité de l'URSS [4]. Alors que s'effondrent Richard Nixon

1. D'autant plus que le 30 septembre 1971, de nouvelles mesures ont été prises pour améliorer le système du téléphone rouge.

2. Henry Kissinger est devenu secrétaire d'État le 22 août 1973, en remplacement de William Rogers.

3. Le budget militaire soviétique est passé de 11 à 13 % du PNB entre 1967 et 1973, alors que le budget américain a régressé de 11 à 7 % entre ces deux dates.

4. Cette loi a pour effet de réduire l'émigration juive d'Union soviétique, qui tombe de 35 000 départs autorisés en 1973 à 15 000 en 1976.

et avec lui la présidence impériale, que lui succède un président non élu et dénué d'expérience, que les États-Unis sombrent dans la mauvaise conscience, le Kremlin est à même de pousser son avantage. Sans doute la détente connaîtra-t-elle encore quelques beaux jours – l'élaboration des accords SALT II et l'Acte final de la conférence d'Helsinki par exemple – mais l'âge d'or des années 1971-1973 est révolu.

Orientation bibliographique [1]

TOME III

I. L'évolution économique générale de la période est retracée par P. Léon, *Histoire économique et sociale du monde*, t. VI, *le Second XX*e *siècle : 1947 à nos jours*, Colin, 1977, ainsi que par M. Niveau, *Histoire des faits économiques contemporains*, PUF, coll. « Thémis », 1976. J.-M. Jeanneney et E. Barbier-Jeanneney, *les Économies occidentales du XIX*e *siècle à nos jours*, Presses de la FNSP, 1985, 2 vol., contient de nombreuses données chiffrées. Une étude par pays est fournie par Y. Barou et B. Keizer, *les Grandes Économies : États-Unis, Japon, RFA, France, Royaume-Uni, Italie*, Éd. du Seuil, 1984, auquel on peut ajouter G. Dorel, A. Gauthier et A. Raynaud, *les États-Unis*, t. II, Bréal, 1982; J. et A.-M. Hackett, *l'Économie britannique, problèmes et perspectives*, Colin, 1966; Le Monde, *Vingt Ans de réussite allemande*, Éd. Économica, 1979, et, pour le Japon, C. Sautter, *les Dents du géant*, Orban, 1987. Pour la France, un tableau lucide à la fin des années cinquante est offert par J.-M. Jeanneney, *Forces et Faiblesses de l'économie française, 1945-1959*, Colin, 1959, et une approche quantitative par J.-J. Carré, P. Dubois et Éd. Malinvaud, *la Croissance française. Un essai d'analyse économique causale de l'après-guerre*, Éd. du Seuil, 1972. Sur les économies soviétique et de l'Est européen, M. Lavigne, *les Économies socialistes soviétique et européenne*, Colin, 1979, et J. Marczewski, *la Crise de la planification socialiste*, PUF, 1973. *Histoire économique de l'Europe des Dix de la Seconde Guerre mondiale à nos jours*, Paris, Litec, 1985. Frank Tipton, *An Economic and Social History of Europe from 1939 to the Present*, Londres, Macmillan, 1987.

Une réflexion sur le devenir des sociétés des pays développés est

1. Comme dans les tomes précédents, il n'a été retenu que des travaux récents, d'une valeur scientifique reconnue et, dans la mesure du possible, écrits ou traduits en français. Sauf mention contraire, il s'agit d'ouvrages édités à Paris.

fournie par G. Balandier, *Sens et Puissance. Les dynamiques sociales*, PUF, 1971, et P.-F. Drucker, *la Grande Mutation. Vers une nouvelle société*, Éd. d'Organisation, 1970. Une approche quantitative est donnée par *les Revenus dans l'Europe d'après guerre : politique, croissance et répartition*, ONU, New York, 1970. Les études par pays menées dans le cadre de la collection « Les grandes civilisations » de chez Arthaud sont de bonne qualité, en particulier Cl. Fohlen, *la Société américaine, 1965-1970* (1973), F. Bédarida, *la Société anglaise, 1851-1975* (1976), et P. Sorlin, *la Société française*, t. II, *1914-1968* (1971). Sur l'évolution et les structures sociales en URSS, B. Kerblay, *la Société soviétique contemporaine*, Colin, 1977. Yves Lequin, *Histoire des Français*, Colin, 1984, t. II, *La Société*. Kenneth White, *Une apocalypse tranquille : crise et création dans la culture occidentale*, Grasset, 1985.

L'évolution politique des principaux États, de 1950 au milieu des années soixante, est retracée par P. Melandri, *Histoire des États-Unis depuis 1865*, Nathan, 1984, et surtout A. Kaspi, *les Américains*, t. II, *les États-Unis de 1945 à nos jours*, Éd. du Seuil, coll. « Points Histoire », 1986; M. Charlot, *l'Angleterre, 1945-1980*, Imprimerie nationale, coll. « Notre siècle », 1980, et Ch.-F. Mougel, *Vie politique en Grande-Bretagne (1945-1970)*, SEDES, 1984. Pour la France, la référence fondamentale est J.-P. Rioux, *la France de la Quatrième République*, t. I, *l'Ardeur et la Nécessité, 1944-1952*, et t. II, *l'Expansion et l'Impuissance, 1952-1958*, Éd. du Seuil, coll. « Points Histoire », 1980-1983, auquel on peut ajouter P.-M. de La Gorce, *Apogée et Mort de la IV*[e] *République*, Grasset, 1979. Sur les débuts de la Ve République, J. Lacouture, *De Gaulle*, t. III, *le Souverain*, Éd. du Seuil, 1987, et P. Viansson-Ponté, *Histoire de la République gaullienne*, t. I, *la Fin d'une époque (1958-1962)*, Fayard, 1970. L'évolution politique des pays vaincus est étudiée par A. Grosser et H. Ménudier, *la Vie politique en Allemagne fédérale*, Colin, 1981 ; P. Milza et S. Berstein, *l'Italie contemporaine : des nationalistes aux européens*, Colin, 1973 ; Edwin O. Reischauer, *Histoire du Japon et des Japonais*, t. II, *De 1945 à 1970*, Éd. du Seuil, coll. « Points Histoire », 1973.

Sur l'Union soviétique, M. Heller et A. Nekrich, *l'Utopie au pouvoir, histoire de l'URSS de 1917 à nos jours*, Calmann-Lévy, 1982, et N. Werth, *Histoire de l'Union soviétique*, PUF, 1990, que l'on peut compléter par H. Carrère d'Encausse, *1956, la déstalinisation commence*, Bruxelles, Éd. Complexe, 1984, ainsi que par R. et J. Medvedev, *Khrouchtchev. Les années de pouvoir*, Éd. du Seuil, 1977 (trad.). Pour les démocraties populaires, F. Fejtö, *Histoire des démocraties populaires*, Éd. du Seuil, coll. « Points Histoire », 1979, 2 vol., ainsi que A. Snejdarek et C. Mazurowa-Chateau, *La*

Nouvelle Europe centrale, Imprimerie nationale, coll. « Notre siècle », 1986. Sur la construction du communisme et les bouleversements politiques de la chine. M.-C. Bergère, *La République populaire de Chine de 1949 à nos jours,* Colin, 1987; M.-C. Bergère, L. Bianco et J. Domes, *La Chine au XXe siècle,* Fayard, 1990, t. II, *De 1949 à aujourd'hui;* J. Guillermaz, *le Parti communiste chinois au pouvoir,* t. I, *1949-1962,* Payot, coll. « PBP », 1979, et J.-L. Domenach et Ph. Richer, *la Chine, 1949-1985,* Imprimerie nationale, coll. « Notre siècle », 1987.

L'histoire générale des relations internationales est traitée par J.-B. Duroselle, *Histoire diplomatique de 1919 à nos jours,* Dalloz, 1985, et *le Monde déchiré,* Éd Richelieu, 1970, 2 vol. Pour les relations Est-Ouest, A. Fontaine, *Histoire de la guerre froide,* t. II, *De la guerre de Corée à la crise des alliances, 1950-1971,* Éd. du Seuil, coll. « Points Histoire », 1983. Pour la politique extérieure des grands États, P. Melandri, *la Politique extérieure des États-Unis de 1945 à nos jours,* PUF, 1982, et surtout D. Artaud, *la Fin de l'innocence, les États-Unis de Wilson à Reagan,* Colin, 1985 ; J. Lévesque, *l'URSS et sa politique internationale de 1917 à nos jours,* Colin, 1980; R. Marx, *la Grande-Bretagne et le monde au XXe siècle,* Masson, 1986, et A. Grosser, *Affaires extérieures, la politique de la France, 1944-1984,* Flammarion, 1984. Sur les crises en Asie, F. Joyaux, *la Nouvelle Question d'Extrême-Orient,* t. I, *l'Ère de la guerre froide (1945-1959),* Payot, 1985. Sur l'Europe et la solidarité atlantique, P. Gerbet, *la Construction de l'Europe,* Imprimerie nationale, coll. « Notre siècle », 1984, et P. Melandri, *l'Alliance atlantique,* Gallimard-Julliard, coll. « Archives », 1979.

Sur la décolonisation, la synthèse d'H. Grimal, *la Décolonisation, de 1919 à nos jours,* Bruxelles, Éd. Complexe, 1987, que l'on peut compléter par H. Grimal, *De l'Empire britannique au Commonwealth,* Colin, 1971. La décolonisation française reçoit des éclairages suggestifs dans les derniers chapitres de R. Girardet, *l'Idée coloniale en France de 1871 à 1962,* Le Livre de poche, coll. « Pluriel », 1979, et Institut d'histoire du temps présent, *les Chemins de la décolonisation de l'Empire français (1936-1956),* Éd. du CNRS, 1987. Pour les guerres de décolonisation, J. Dalloz, *la Guerre d'Indochine, 1945-1954,* Éd. du Seuil, coll. « Points Histoire », 1987, et B. Droz et E. Lever, *Histoire de la guerre d'Algérie, 1954-1962,* Éd. du Seuil, coll. « Points Histoire », 1985. Sur l'émancipation de l'Afrique, M. Cornevin, *Histoire de l'Afrique contemporaine de la Deuxième Guerre mondiale à nos jours,* Payot, 1972.

Une présentation générale du tiers monde est offerte par B. Chantebout, *le Tiers Monde,* Colin, 1986. Pour les problèmes démographiques et économiques, G.-F. Dumont et A. Sauvy, *la Montée des déséquilibres démographiques*, Éd. Économica, 1983; J.-M. Albertini, *Mécanismes du sous-développement et développement*, Éd. ouvrières, 1983, est une initiation sérieuse que l'on peut compléter par P. Bairoch, *le Tiers Monde dans l'impasse*, Gallimard, 1983, et, sur les rapports entre multinationales et tiers monde, par C. Stoffaës, *la Grande Menace industrielle*, Calmann-Lévy, 1978. Dans le domaine politique, M.-P. Roy, *les Régimes politiques du tiers monde*, LGDJ, 1977, offre une typologie générale. Sur les grands ensembles régionaux, J. Lambert, *l'Amérique latine, structures sociales et institutions politiques*, PUF, coll. « Thémis », 1968; Ph. Richer, *l'Asie du Sud-Est*, Imprimerie nationale, coll. « Notre siècle », 1981, et E. M'Bokolo, *l'Afrique au XXe siècle, le continent convoité*, Éd. du Seuil, coll. « Points Histoire », 1985. Sur l'insertion internationale du tiers monde, les ouvrages fondamentaux d'Ed. Jouve, *Relations internationales du tiers monde*, Berger-Levrault, 1975, et *le Tiers Monde dans la vie internationale*, Berger-Levrault, 1983, auxquels on peut ajouter E. Berg, *Non-Alignement et Nouvel Ordre mondial*, PUF, 1980, et, s'agissant des revendications économiques du tiers monde, B. Stern, *Un nouvel ordre économique international*, Éd. Économica, 1983. Peter Wickins, *Africa 1880-1980 : An Economic History*, Londres, Oxford University Press, 1986.

De la bibliographie très abondante consacrée aux problèmes du Proche-Orient, on peut extraire les synthèses de J.-P. Derriennic, *le Moyen-Orient au XXe siècle*, Colin, 1983, et de J. Thobie, *Ali et les 40 Voleurs, impérialismes et Moyen-Orient de 1914 à nos jours*, Éd. Messidor, 1985. M. Rodinson, *Israël et le Refus arabe*, Éd. du Seuil, 1978, vaut surtout par l'analyse de la problématique du conflit, de même que J.-P. Allem, *Juifs et Arabes, 3 000 ans d'histoire*, Grasset, 1968, qui s'attache surtout à sa genèse. A. Gresh et D. Vidal, *les Cent Portes du Proche-Orient*, Éd. Autrement, 1986, est un dictionnaire commode des faits et des noms essentiels.

II. La plupart des ouvrages cités précédemment sont utilisables pour la période 1962-1973. On peut ajouter, pour l'économie et la société françaises, A. Cotta, *Inflation et Croissance en France depuis 1962*, PUF, 1974, ainsi que J.-L. Monneron et A. Rowley, *Histoire du peuple français*, t. IV, *Les 25 ans qui ont transformé la France*, Nouvelle Librairie de France, 1986, qui s'ouvre en 1962. Sur les problèmes du dollar et les premiers symptômes de la crise économique, H. Bourguinat, J. Denizet et F. Perroux, *Inflation, Dollar et Euro-dollar*, Gallimard, 1971, et T. de Montbrial, *le Désordre économique mondial*, Calmann-Lévy, 1974.

Sur l'évolution politique de la période, ajouter pour les États-Unis, M.-C. Granjon, *l'Amérique de la contestation, les années soixante aux États-Unis,* Presses de la FNSP, 1985, et A. Kaspi, *le Watergate,* Bruxelles, Éd. Complexe, 1983. Pour l'Allemagne fédérale, H. Ménudier, *l'Allemagne selon Willy Brandt,* Stock, 1976. Pour l'Italie, G. Bibes, *le Système politique italien,* PUF, 1974. Pour la France, P. Viansson-Ponté, *Histoire de la République gaullienne,* t. II, *le Temps des orphelins (1962-1969),* Fayard, 1971, ainsi que J. Chapsal et A. Lancelot, *Histoire de la Ve République,* PUF, coll. « Thémis », 1984.

Pour l'Union soviétique, ajouter aux ouvrages précédents M. Tatu, *le Pouvoir en URSS. Du déclin de Khrouchtchev à la direction collective,* Grasset, 1967, et H. Carrère d'Encausse, *le Pouvoir confisqué,* Flammarion, 1980, étude des mécanismes institutionnels et politiques à l'époque de Brejnev. Les événements de Tchécoslovaquie ont fait l'objet de nombreuses publications, comme P. Tigrid, *le Printemps de Prague,* Éd. du Seuil, 1968, et L. Rainer, *l'Après-Printemps de Prague,* Stock, 1976. Pour la Chine populaire, les ouvrages déjà cités peuvent être complétés par J. Daubier, *Histoire de la révolution culturelle prolétarienne en Chine (1965-1969),* Maspero, 1970.

Les crises de la communauté occidentale sont étudiées par P. Hassner et J. Hoose, *les Diplomaties occidentales, unité et contradictions,* Presses de la FNSP, 1966, et St. Hoffmann, *Gulliver empêtré,* Éd. du Seuil, 1971. Sur certains aspects de la politique du général de Gaulle, R. Lothar, *la Politique militaire de la Cinquième République,* Presses de la FNSP, 1976, et Ed. Jouve, *le Général de Gaulle et la Construction de l'Europe, 1940-1966,* LGDJ, 1967, 2 vol. Les relations de l'URSS et de la communauté socialiste sont analysées par H. Carrère d'Encausse, *le Grand Frère,* Flammarion, 1983. Le schisme sino-soviétique est étudié sous l'angle du droit international par M. Bettati, *le Conflit sino-soviétique,* Colin, 1971, 2 vol., de façon plus politique par F. Fejtö, *Chine-URSS, de l'alliance au conflit, 1950-1977,* Éd. du Seuil, 1978. Sur l'extension à l'Asie, F. Joyaux, *La Nouvelle Question d'Extrême-Orient,* Payot, 1988, t. II, *L'Ère du conflit sino-soviétique. 1959-1978.*

La guerre du Vietnam a surtout donné lieu à des travaux américains, par exemple, George C. Herring, *America's Longest War. The United States and Vietnam, 1950-1975,* New York, 1979, qui ne dispense pas de lire le réquisitoire très informé de D. Halberstam, *On les disait les meilleurs et les plus intelligents,* Laffont-Hachette, 1974 (trad.). Sur les troisième et quatrième conflits israélo-arabes, W. Laqueur, *The Road to War of 1967. The Origins of the Arab-Israel Conflict,* Londres, Weidenfeld & Nocolson, 1968, et, du même auteur, *la Vraie Guerre du Kippour*, Calmann-Lévy, 1974 (trad.). Sur la montée de la résistance palestinienne, O. Carré, *le Mouvement national palestinien*, Gallimard, 1977. Voir aussi l'approche synthétique de Ch. Zorgbibe, *Terres trop promises. Une histoire du Proche-Orient*, Éd. de la Manufacture, 1991.

L'ensemble des relations internationales de la période est traité par A. Fontaine, *Un seul lit pour deux rêves, histoire de la « détente », 1962-1981*, Éd. du Seuil, coll. « Points Histoire », 1984, auquel on peut ajouter M. Tatu, *le Triangle Washington-Moscou-Pékin et les Deux Europe(s)*, Casterman, 1972. Le dialogue américano-soviétique fait l'objet de la claire synthèse de A. de Tinguy, *USA-URSS, la détente*, Bruxelles, Éd. Complexe, 1985, et de l'analyse plus critique de P. Wajsman, *l'Illusion de la détente*, PUF, 1977. Sur les accords SALT et les questions stratégiques, J. Newhouse, *Cold Dawn : the Story of SALT*, New York, Holt & Rinehart, 1974, et L. Freedman, *The Evolution of Nuclear Strategy*, New York, St. Martin Press, 1981. Sur certains aspects particuliers de la détente, H. Ménudier, *la Politique à l'Est de la république fédérale d'Allemagne, l'Ostpolitik*, Éd. de la Documentation française, 1976, et G. Sokoloff, *l'Économie de la détente : l'URSS et le capital occidental*, Presses de la FNSP, 1983.

Liste des sigles

ABM	*anti-ballistic missile*
AEF	Afrique-Équatoriale française
AELE	Association européenne de libre-échange
AFL-CIO	American Federation of Labor-Congress of Industrial Organizations
ALN	Armée de libération nationale (Algérie)
ANC	African National Congress (Afrique du Sud)
AOF	Afrique-Occidentale française
ANZUS	Australia-New Zealand United System
ASEAN	Association des nations de l'Asie du Sud-Est
BIRD	Banque internationale pour la reconstruction et le développement (ou Banque mondiale)
CAEM	Conseil d'assistance économique mutuelle (ou Comecon)
CDR	Comités de défense de la République
CDU-CSU	Christlich-Demokratische-Union-Christlich-Soziale Union
CECA	Communauté européenne du charbon et de l'acier
CED	Communauté européenne de défense
CEE	Communauté économique européenne
CENTO	Council of European Nations Treaty Organization
CERES	Centre de recherches et d'études socialistes
CFDT	Confédération française démocratique du travail
CFTC	Confédération française des travailleurs chrétiens
CGT	Confédération générale du travail
CIA	Central Intelligence Agency
CLER	Comité de liaison des étudiants révolutionnaires
CNI	Centre national des indépendants
CNRA	Conseil national de la révolution algérienne

CNUCED	Conférence des Nations unies pour le commerce et le développement
Comecon	*voir* CAEM
CRUA	Comité révolutionnaire pour l'unité et l'action (Algérie)
CSCE	Conférence pour la sécurité et la coopération en Europe
DGB	Deutscher Gewerkschaftsbund (Confédération des syndicats allemands)
DKP	Deutsche Kommunistische Partei
DTS	droits de tirage spéciaux
ENI	Ente nazionale degli idrocarburi (Italie)
FAO	Food and Agriculture Organization
FBI	Federal Bureau of Investigation
FDP	Freie Demokratische Partei (parti libéral allemand)
FDPLP	Front démocratique et populaire pour la libération de la Palestine
FGDS	Fédération de la gauche démocrate et socialiste
FLN	Front de libération nationale (Algérie)
FMI	Fonds monétaire international
FNL	Front national de libération (Vietnam)
FNLA	Front national de libération de l'Angola
FOB	*free on board*
FPLP	Front populaire pour la libération de la Palestine
FROLIMO	Front de libération du Mozambique
FUNU	Force d'urgence des Nations unies
GATT	General Agreement of Tariffs and Trade
GOP	Gold Old Party
GPRA	Gouvernement provisoire de la République algérienne
ICBM	*intercontinental ballistic missile*
INSEE	Institut national de la statistique et des études économiques
IRA	Irish Republican Army
IRI	Institut de reconstruction industrielle (Italie)
JAC	Jeunesse agricole chrétienne
JCR	Jeunesse communiste révolutionnaire
JOR	Jeunesse ouvrière chrétienne
KAKU	Kenya African National Union
MAPU	Mouvement d'action populaire unitaire (Chili)
MBFR	Mutual Balance Force Reduction
MFA	Mouvement des forces armées (Portugal)

MIR	Mouvement de la gauche révolutionnaire (Chili)
MITI	Ministère du Commerce extérieur et de l'Industrie (Japon)
MNA	Mouvement national algérien
MNA	Mouvement nationaliste arabe
MNC	Mouvement national congolais
MPLA	Mouvement populaire de libération de l'Angola
MRG	Mouvement des radicaux de gauche
MRP	Mouvement républicain populaire
MSI	Mouvement social italien
MTLD	Mouvement pour le triomphe des libertés démocratiques (Algérie)
NAP	Nouvelle Armée populaire (Philippines)
NPD	National Demokratische Partei Deuschlands
OAS	Organisation armée secrète
OCAM	Organisation commune africaine et malgache
OCDE	Organisation de coopération et de développement économiques
OEA	Organisation des États américains
OECE	Organisation européenne de coopération économique
OLAS	Organisation latino-américaine de solidarité
OMS	Organisation mondiale de la santé
OS	Organisation spéciale (Algérie)
OTAN	Organisation du traité de l'Atlantique nord
OTASE	Organisation du traité de l'Asie du Sud-Est
OUA	Organisation de l'unité africaine
PAIGC	Parti africain pour l'indépendance de la Guinée et du Cap-Vert
PETA	Armée des défenseurs volontaires de la patrie (Indonésie)
PIB	produit intérieur brut
PNB	produit national brut
POUP	parti ouvrier unifié polonais
PPA	parti du peuple algérien
PSA	parti socialiste autonome
PSDI	parti socialiste démocratique italien
PSI	parti socialiste italien
PSU	parti socialiste unifié
PUTERA	Centre du pouvoir populaire (Indonésie)
RAU	République arabe unie

RDA	Rassemblement démocratique africain
RGR	Rassemblement des gauches républicaines
RPF	Rassemblement du peuple français
SAC	Service d'action civique
SALT	Strategic Arms Limitation Talks
SCAP	Supreme Command of Allied Powers
SED	Sozialistische Einheitspartei Deutschlands (RDA)
SFIO	Section française de l'Internationale ouvrière
SLBM	*submarine launched ballistic missile*
SMIC	salaire minimum interprofessionnel de croissance
SMIG	salaire minimum interprofessionnel garanti
SPD	Sozial Demokratische Partei
TANU	Tanganyika African National Union
TUC	Trade Union Congress
UDCA	Union de défense des commerçants et artisans
UDMA	Union démocratique du manifeste algérien
UDR	Union pour la défense de la République
UDSR	Union démocratique et socialiste de la résistance
UEO	Union de l'Europe occidentale
UEP	Union européenne de paiement
UFD	Union des forces démocratiques
UGCC	Union Gold Coast Convention
UGS	Union de la gauche socialiste
UJCML	Union des jeunesses communistes marxistes-léninistes
UNEF	Union nationale des étudiants de France
UNFP	Union nationale des forces populaires (Chili)
UNITA	Union nationale pour l'indépendance totale de l'Angola
UPC	Union des populations camerounaises
UPM	Union du peuple malgache
ZANU	Union nationale africaine du Zimbabwe
ZAPU	Union populaire africaine du Zimbabwe

Index par pays

Afrique du Sud, 271, 272, 274, 275-277, 479.
Albanie, 163, 164, 173, 215, 450, 457.
Algérie, 124, 125, 127, 228, 229, 232, 249-258, 287-288, 298, 303, 441, 479.
Allemagne démocratique (RDA), 57, 162, 165, 202, 208, 211, 216-217, 350, 426, 431, 485-486.
Allemagne fédérale (RFA), 19, 20, 52-56, 104, 140-144, 195-201, 208-209, 216, 345-346, 350, 351, 398-402, 447, 479, 484-487.
Angola, 271, 272, 273, 274.
Arabie Saoudite, 27, 313, 314, 330, 469, 473, 475, 476, 477.
Argentine, 280, 292, 295, 296, 479.
Australie, 104, 191, 192, 343, 461.
Autriche, 31, 35, 209, 349.

Bangladesh, 306-307, 458.
Belgique, 29, 35, 104, 227, 268-271, 336, 349.
Birmanie, 191, 192, 228, 235, 285, 307, 308, 309.
Bolivie, 224, 295, 296.
Brésil, 281, 283, 284, 286-287, 295, 296, 479.
Bulgarie, 162, 163, 164, 425, 431, 485.
Burundi, 301.

Cambodge, 193, 207, 241, 242, 461, 464.
Cameroun, 260, 261-262, 264.
Canada, 20, 106, 207, 338, 343, 444.
Centrafricaine (République), 264, 301.
Ceylan, 193, 228, 235, 304, 308, 309.
Chili, 283, 284, 295, 297-298.
Chine nationaliste (Taiwan), 185, 192, 208, 285, 292, 488.
Chine populaire, 173-181, 185, 186, 188, 204, 206, 214-216, 241, 289, 291, 292, 304, 308, 310, 432-438, 444, 454-457, 479, 487-488.
Chypre, 229, 230.
Colombie, 224, 279, 295, 296, 297.
Congo belge, 265, 268-271, 303 (*voir aussi Zaïre*).
Congo-Brazzaville, 264, 301.
Corée du Nord, 182-190, 205, 285, 456.
Corée du Sud, 182-190, 205, 285, 286, 292, 461.
Côte-d'Ivoire, 260, 261, 302, 304.
Cuba, 38, 218-225, 285, 291, 294, 295, 382, 456-457, 484.

Dahomey, 264, 301.
Danemark, 104, 285, 302, 336, 449.
Dominicaine (République), 294, 296, 444.

Égypte, 215, 309, 313, 317, 321-330, 468-478, 479.
Espagne, 105, 249, 324, 382, 425, 457, 479.

États-Unis, 18, 21, 25-26, 38-39, 42-44, 82-89, 103, 105-112, 212-214, 219-225, 227, 228, 237, 238, 241, 297, 298, 314, 324, 335, 337, 339-340, 346, 358-359, 384-392, 460-468, 478-493.
Éthiopie, 309.

Finlande, 104.
France, 19, 23, 30, 46-49, 80-82, 104, 119-139, 199-200, 212, 230-232, 238-243, 243-258, 259-264, 285, 301, 325-327, 346-347, 354-355, 405-420, 440-450, 479.

Gabon, 264, 301, 304.
Ghana, 228, 284, 301, 302, 309.
Grande-Bretagne, 20, 21, 30, 44-46, 63, 79-80, 233-236, 264-268, 274, 304, 313-316, 325-327, 335, 337, 340-343, 362-363, 372, 374, 379, 392-397, 446-447, 448-450, 479, 481.
Guatemala, 204, 224.
Guinée, 228, 260, 262, 263, 302, 442.
Guinée-Bissau, 271, 272, 273.

Haïti, 294.
Haute-Volta, 264, 301, 302.
Hongrie, 18, 37, 54, 58, 162, 163, 164, 167-170, 350, 352, 425, 431, 485.

Inde, 183, 186, 193, 207, 215, 228, 229, 279, 280-281, 283, 289, 293, 304-305, 308, 309, 310, 333-335, 479, 480.
Indochine, 122, 123, 191, 206-208, 228, 229, 232, 238-243.
Indonésie, 193, 236-238, 285, 307, 308, 309, 456.
Irak, 289, 313, 317, 320, 323, 327, 328-329, 468, 474.
Iran, 202, 204, 276, 291, 313, 314, 325.
Irlande (Eire), 35, 349, 397, 449.
Irlande du Nord (Ulster), 394, 396-397.
Israël, 205, 276, 285, 313, 317-320, 324-328, 468-478, 479.

Jamaïque, 284.
Japon, 18, 19, 20, 35, 52-56, 64, 104, 148-151, 191-192, 208, 227, 236, 238, 239, 309, 335, 337, 344-345, 382.
Jordanie, 292, 317, 319, 320, 325, 328, 329, 468, 472, 473, 474-475, 476.

Kenya, 229, 265, 266-267.
Koweït, 469.

Laos, 193, 207, 211, 241, 242, 461
Liban, 293, 319, 328-329, 472, 475.
Liberia, 302, 309.
Libye, 229, 475.

Madagascar, 227, 231, 260, 262, 264.
Malaisie, 191, 229, 235-236, 307.
Malawi, 268, 274.
Mali, 264, 301, 302.
Maroc, 122, 123, 228, 246-249, 291, 298-299, 303, 441.
Mexique, 283, 292, 294, 338, 382, 444.
Mozambique, 271, 272, 273, 274.

Niger, 264, 302.
Nigeria, 265, 266, 301, 302, 303-304.
Norvège, 104, 285, 349, 449, 450.
Nouvelle-Zélande, 104, 191, 343.
Nyassaland, *voir Malawi*.

Ouganda, 267, 301.

Pakistan, 193, 235, 305-306, 308, 309, 310, 479, 480.
Palestine, 229, 314-317.
Paraguay, 295.
Pays-Bas, 104, 227, 236-238, 285, 336, 347, 349, 446.
Pérou, 296, 297.
Philippines, 185, 191, 193, 239, 285, 307-308, 309.

Pologne, 37, 58, 162, 163, 164, 165-167, 170, 207, 426-427, 431, 445, 451, 454, 485.
Portugal, 105, 234, 271-274.

Rhodésie du Nord, *voir Zambie*.
Rhodésie du Sud, 268, 271, 272.
Roumanie, 18, 162, 163, 164, 357, 425, 431, 445, 450-451, 452, 453, 485.

Sénégal, 260, 264, 302.
Sierra Leone, 266, 301.
Singapour, 235, 236, 307.
Somalie, 229.
Soudan, 301, 475.
Suède, 104, 285, 347.
Syrie, 232, 317, 319, 320, 324, 327, 328-330, 469-478.

Tanzanie, 266, 291, 304.
Tchad, 264, 301, 442.
Tchécoslovaquie, 54, 162, 163, 164, 165, 324, 350, 351, 352, 428-431, 451-454, 485.
Thaïlande, 191, 193, 285, 307, 309, 461.
Togo, 262, 264, 301, 302.
Tunisie, 122, 123, 125, 228, 243-246, 298, 441.
Turquie, 105, 205, 211, 222, 224, 292, 323.

Union soviétique, 19, 37, 49-52, 58, 151-161, 172, 173, 201-202, 210-212, 214-216, 221-225, 228, 304, 310, 314, 350-352, 420-425, 431-432, 451-457, 476, 478-493.
Uruguay, 296.

Venezuela, 283, 295, 296, 297, 338.
Vietnam (République démocratique, Nord), 439, 456, 458-468.
Vietnam (République, Sud), 459-468, 480.

Yémen, 328, 330.
Yougoslavie, 171-173, 310, 311, 425, 452, 457, 485.

Zaïre, 273, 274, 303.
Zambie, 268, 273, 274, 304.
Zimbabwe, 274.

Index des noms

Abakoumov (Victor), 172.
Abbane Ramdane, 254.
Abbas (Ferhat), 250, 257.
Abdallah (roi de Jordanie), 318, 320, 321.
Abrams (général), 462.
Acheson (Dean), 184, 185, 196, 198, 222.
Adenauer (Konrad), 63, 140, 142-144, 195, 197, 198, 200, 208, 209, 212, 217, 218, 398, 446, 447.
Adoula (Cyrille), 303.
Afassi (Noureddine), 470.
Agnew (Spiro), 391.
Ahidjo (Ahmadou), 262.
Aït Ahmed (Hocine), 251, 253.
Ali (Mohammed), 308, 309.
Ali Bhutto (Zulfiquar), 306.
Allende (Salvador), 297-298, 391, 484.
Amer (maréchal), 471.
Amin Dada (Idi), 301.
Amin el-Hafez (général), 330.
Anderson (John), 68.
Andropov (Youri), 169, 424, 425.
Arafat Yasser, 469, 472, 475.
Aragon (Louis), 130.
Arbenz (colonel), 204.
Aref (général), 328.
Argenlieu (amiral d'), 240.
Aron (Raymond), 81.
Assad (Hafez el-), 476.
Attlee (Clement), 29, 112, 113, 118, 188, 315.
Auriol (Vincent), 121, 123, 247.
Ayub Kahn (général), 306.
Azikiwe (Nnamdi), 265, 266, 300.

Baader (Andreas), 400.
Baccouche (Salaheddine), 245.
Bahr (Egon), 485, 486.
Balafrej (Ahmed), 246.
Balaguer (Joaquin), 296.
Banda (Hastings), 268.
Bandanaraike (Sirimavo), 310.
Bao Daï, 239, 241, 459.
Barangé (Charles), 121.
Bardot (Brigitte), 99, 358.
Barzel (Rainer), 402.
Batista (Fulgencio), 219, 220, 294.
Bayo (Alberto), 219.
Begin (Menahem), 471.
Bekkai (Si), 249.
Ben Ammar (Tahar), 245.
Ben Arafa (Moulay), 248.
Ben Barka (Mehdi), 298, 441.
Ben Bella (Ahmed), 251, 253, 258, 299.
Ben Gourion (David), 314, 315, 317, 468.
Ben Khedda (Ben Youssef), 251, 257.
Ben M'Hidi (Larbi), 254.
Ben Salah (Ahmed), 299.
Ben Youssef (Mohammed Sidi), puis Mohammed V, 246, 249, 298.
Ben Youssef (Salah), 244.
Beran (Mgr), 163, 428.
Beria (Lavrenti), 152, 153, 172, 201.

Berlinguer (Enrico), 405.
Bernadotte (comte), 317.
Bernstein (Carl), 390.
Bevan (Aneurin), 112, 113, 118, 392.
Bevin (Ernest), 113, 315.
Bidault (Georges), 59, 120, 132, 206, 208, 231, 240, 242, 248.
Bierut (Boleslav), 161, 165, 166.
Billères (René), 419.
Blum (Léon), 131, 240, 244.
Bokari (Djibo), 263.
Bokassa (Jean Bedel), 301.
Bollaert (Émile), 241.
Boniface (Philippe), 248.
Bosch (Juan), 296.
Bose (Chandra), 233.
Boudiaf (Mohammed), 253.
Boulganine (maréchal), 152, 153, 154, 157, 172, 208, 209, 210.
Boumedienne (colonel), 258, 299, 300, 311, 312.
Bourdet (Claude), 132.
Bourgès-Maunoury (Maurice), 127, 255.
Bourguiba (Habib), 243-246.
Boyer de La Tour (général), 249.
Bo Yibo, 178, 180.
Bradley (général), 188.
Brandt (Willy), 143, 209, 398, 399, 400-402, 426, 449, 485.
Brejnev (Leonid), 157, 161, 420-425, 448, 452, 453, 476, 483, 484, 491.
Brown (George), 118, 392, 420, 424, 425, 428.
Brown (Rap), 386.
Bunch (Ralph), 317, 318.
Burgess (Guy), 115.
Buron (Robert), 123, 231.
Butler (Richard), 45, 113, 114, 115, 117.

Cabral (Amilcar), 272.
Caldera (Rafaël), 297.
Callaghan (James), 118, 372, 392.
Calley (lieutenant), 389.
Camus (Albert), 79, 81.
Capitant (René), 132.
Cardona (Jose Miro), 220.
Carmichael (Stokely), 386.
Carpentier (général), 241.
Carter (Jimmy), 392.
Casanova (Laurent), 131.
Castelo Branco (maréchal), 296.
Castle (Barbara), 112, 392, 393.
Castro (Fidel), 219-224, 297, 311, 312, 456.
Castro (Raul), 221.
Catroux (général), 238, 248, 252.
Ceaucescu (Nicolae), 425, 450.
Cernik (Oldrich), 429, 430, 451.
Cesbron (Gilbert), 78.
Chaban-Delmas (Jacques), 134, 360, 416-418.
Chahab (général), 329.
Challe (général), 256.
Chamoun (Camille), 329.
Champetier de Ribes (Auguste), 132.
Chaplin (Charlie), 107.
Chatenet (Pierre), 134.
Chelepine (Alexandre), 421.
Chelest (Piotr), 421, 424, 452, 484.
Chen Boda, 438.
Chenik (M'Hmmed), 244, 245.
Chen Yi, 434, 435, 455.
Chevigné (Pierre de), 260.
Chin Peng, 235.
Chostakovitch (Dimitri), 158.
Choukeiry (Ahmed), 469.
Churchill (Winston), 113, 115, 122, 192, 196, 198-200, 206, 208, 227, 230, 233, 234.
Clay (général), 196.
Clementis (Vlado), 164, 428.
Cohn-Bendit (Daniel), 410.
Colombo (Emilio), 402.
Colonna (Antoine), 244.
Connally (John), 376, 377, 378.
Cooper (Gary), 102.
Costa e Silva (général), 296.
Costa Gomes (général), 273.
Coty (René), 123, 126.
Cousins (Frank), 392.
Couve de Murville (Maurice), 134, 412, 413, 414.
Cripps (Stafford), 113, 233, 234.
Crossland (Anthony), 100, 118, 392.

Curcio (Renato), 404.
Cyrankiewicz (Joseph), 166.

Dacko (David), 301.
Daniel (Youri), 366, 421, 422.
Dassin (Jules), 107.
Dayan (général), 471.
Debré (Michel), 134, 137, 138, 244.
Decoux (amiral), 238.
Defferre (Gaston), 127, 136, 262, 406, 407, 416, 418.
De Gasperi (Alcide), 53, 140, 144, 145, 197.
Dej (Gheorghiu), 162, 450.
Delouvrier (Paul), 60.
Deng Tuo, 433.
Deng Xiaoping, 178, 181, 434, 437, 438.
Depreux (Édouard), 131.
Desai (Moraji), 305.
Djilas (Milovan), 171.
Dobrynine (A.), 489.
Duang Van Minh, 460, 461.
Dubcek (Alexandre), 428-430, 451-453.
Duclos (Jacques), 122, 136, 416.
Duhamel (Jacques), 416, 418.
Dulles (Allen), 221.
Dulles (Foster), 108, 191, 192, 199, 203, 204, 206, 208, 212, 213, 217, 323-325.
Dutschke (Rudi), 399.
Duvalier (François), 294.
Dzodze (Kotchi), 164.

Eban (Abba), 471.
Eden (Anthony), 113-115, 198, 208, 210, 230, 326.
Ehrenbourg (Ilia), 158.
Einaudi (Luigi), 53.
Eisenhower (Dwight), 25, 107, 108, 110, 122, 151, 189, 194, 198, 203, 205, 206, 209, 210, 213, 217, 218, 220, 327, 367.
Élisabeth II, 114, 115.
Ély (général), 206.
Erhard (Ludwig), 68, 142, 144, 398, 399, 447.
Erler (Fritz), 143.
Eshkol (Levi), 471, 474.
Evtouchenko (Evgueni), 158.

Fabre (Robert), 419.
Fanfani (Amintore), 145, 146, 147, 403.
Farès (Abderrhamane), 257.
Farouk (roi d'Égypte), 321, 322.
Fassi (Allal el-), 246.
Faubus (gouverneur), 110.
Faure (Edgar), 47, 122-125, 136, 210, 231, 248, 256, 412, 414, 444.
Faure (Maurice), 61, 419.
Fayçal II (roi d'Irak), 328.
Fedine (Konstantin), 158.
Fellini (Federico), 364.
Foccard (Jacques), 442.
Fock (Jenö), 170.
Fontanet (Joseph), 418.
Foot (Michael), 392.
Ford (Gerald), 391, 492.
Fouchet (Christian), 446, 447.
Fourastié (Jean), 354.
Fourtseva (Ekaterina), 157, 158.
Franco (général), 105, 249.
Frédéric-Dupont (Édouard), 121.
Frei (Eduardo), 297.
Friedman (Milton), 375.

Gagarine (Youri), 27.
Gaillard (Félix), 60, 127, 212, 255.
Gaitskell (Hugh), 112, 113, 118.
Galbraith (John K.), 33, 74, 84, 347.
Gandhi, 233-235, 305.
Gandhi (Indira), 305, 311.
Garbay (général), 260.
Gasperi, *voir De Gasperi*.
Gaulle (Charles de), 15, 63, 116, 128, 132, 134, 136-138, 212, 214, 217, 222, 232, 255-257, 263, 269, 304, 327, 347, 405, 407, 408, 410-412, 416, 417, 440-448, 471.
Gay (Francisque), 132.
George VI, 114.
Gerö (Ernest), 168.
Giap (général), 239, 240.
Gierek (Edward), 166, 427.

Giscard d'Estaing (Valéry), 139, 376-381, 406, 414, 416, 419.
Gizenga (Antoine), 270.
Glubb Pacha, 317.
Godard (Jean-Luc), 102.
Goldwater (Barry), 384.
Gomulka (Ladislas), 164, 166, 167, 169, 170, 426, 427, 452.
Gortchkov (amiral), 481.
Gottwald (Clement), 162, 165.
Gouin (Félix), 119.
Goulart (Joao), 296.
Gowon (général), 303.
Grandval (Gilbert), 248.
Gretchko (maréchal), 424, 452, 484.
Gromyko (Andrei), 224, 424, 453, 484.
Gronchi (Giovanni), 146.
Grösz (Mgr), 167.
Grotewohl (Otto), 162.
Guevara (Ernesto), 219, 296, 456, 457.
Guillaumat (Pierre), 134, 347.
Guillaume (général), 247.
Guinzbourg (Alexandre), 94, 422.

Habache (Georges), 469, 474.
Hached (Ferhat), 245.
Hailé Sélassié, 300, 302, 311.
Halliday (Johnny), 101.
Hallstein (Walter), 209, 485.
Hammarskjöld (Dag), 205, 271, 327, 470.
Harriman (Averell), 194.
Harrisson (général), 205.
Hassan II, 298, 299.
Hatoyama (Ichiro), 208.
Hatta (Mohammed), 237, 238.
Hauteclocque (Jean de), 244, 245.
Hawatweh (Nayef), 474.
Healey (Denis), 392.
Heath (Edward), 114, 116, 341, 362, 395-396, 397, 449.
Hegedüs (Andras), 167.
Heinemann (Gustav), 399.
Herriot (Édouard), 120, 125.
Herter (Christian), 212.
Heuss (Theodor), 142.
Hilmi Pacha, 320.
Hinh (général), 459.
Hiss (Alger), 106, 388.
Hitchcock (Alfred), 85.
Ho Chi Minh, 239-241, 458, 459, 461, 464.
Hoffmann (Johannes), 200.
Home (Alec Douglas), 116, 117, 395.
Honecker (Erich), 426, 486.
Houphouët-Boigny (Félix), 134, 260, 262, 263, 264, 300.
Hu Feng, 177.
Humphrey (George), 388, 463.
Husak (Gustav), 428, 430, 453.
Hussein (roi de Jordanie), 325, 471, 474, 476.

Ibanez (colonel), 295.
Ibn Séoud, 327.
Indra (Alois), 452.
Inönü (Ismet), 105.
Ironsi (général), 303.
Ismay (Lord), 194.

Jackson (sénateur), 492.
Jacobson (Per), 40.
Jacquinot (Louis), 134.
Jarring (Gunnar), 473, 474, 476.
Jdanov (Andrei), 90, 152, 158.
Jean XXIII, 147, 296, 359.
Jeanneney (Jean-Marcel), 414.
Jedid (général), 470.
Jenkins (Roy), 118, 392, 394.
Jimenez (général), 295.
Jinnah (Mohammed Ali), 234, 235, 305.
Jivkov (Todor), 425.
Jobert (Michel), 449.
Johnson (Lyndon B.), 296, 345, 358, 369, 370, 374, 384-439, 443, 460, 461-463, 480, 482.
Joukov (maréchal), 153, 154, 157, 168.
Joumblatt (Kamal), 329.
Juin (maréchal), 245.
July (Pierre), 246.
Jünger (Ernst), 75.

Kadar (Janos), 167-170, 430, 453.
Kadhafi (colonel), 311, 312, 449, 475.

Kaganovitch (Lazare), 153, 157, 167.
Kalanta (Roman), 423.
Kasavubu (Joseph), 270, 271, 303.
Kassem (général), 328, 329, 470.
Katayama (Tetsu), 148.
Kaunda (Kenneth), 268, 300.
Kazan (Elia), 79.
Keita (Modibo), 263, 264, 300.
Kennedy (John), 16, 27, 84, 110-112, 213, 214, 218, 220-224, 296, 345, 347, 368, 369, 370, 384, 443, 460, 468, 478, 479.
Kennedy (Robert), 112, 221, 388.
Kenyatta (Jomo), 265, 266.
Keynes (John M.), 15, 30, 348, 370.
Khatchaturian (Aram), 158.
Khider (Mohammed), 251, 253.
Khrouchtchev (Nikita), 16, 27, 51, 57, 92, 94, 152-161, 166, 167, 172, 179, 202, 210, 214, 216, 218, 221-224, 329, 366, 420, 421, 433, 451, 478, 479.
Kiesinger (Kurt), 209, 398, 484.
Kim Il-Sung, 183, 184, 185.
King (Martin Luther), 109, 112, 386, 387.
Kissinger (Henry), 449, 463, 464, 477, 478, 481, 483, 487, 489, 490, 492.
Koestler (Arthur), 81.
Kohl (Helmut), 402.
Kohl (Michael), 486.
Koniev (maréchal), 153, 167.
Kossyguine (Alexis), 161, 420, 421, 425, 439, 452, 454, 455, 480, 484.
Kostov (Traïcho), 164.
Kovacs (Bela), 167, 168.
Kravchenko (Victor), 81.
Krivine (Alain), 410, 416.
Kubitschek (Juscelino), 295.

Labonne (Eirik), 246, 247.
Lacoste (Francis), 123, 248.
Lacoste (Robert), 252, 255.
Lamine Bey, 244, 246.
Laniel (Joseph), 122, 123, 136, 199, 206, 242, 248.
Lattre de Tassigny (général de), 191, 241.
Laurent (Paul), 452.
Lauro (Achille), 144.
Lecanuet (Jean), 407, 408, 418.
Leclerc (général), 239, 240.
Lecœur (Auguste), 131.
Le Corbusier, 72, 73.
Le Duc Tho, 464.
Lee Kuan Yew, 236.
Lefaucheux (Pierre), 68.
LeMay (général), 190.
Letourneau (Jean), 240.
Liberman (Evseï), 160, 351, 421.
Li Fuchun, 435.
Lin Biao, 180, 438.
Little (Malcom, dit Malcom X), 386.
Litvinov (Pavel), 422.
Liu Shoaqi, 177-181, 433-435, 437, 438.
Lodge (Henry Cabot), 460, 481.
Lombardi (Riccardo), 147.
Lon Nol (général), 464.
Losey (Joseph), 107.
Lübke (Heinrich), 399.
Luca (Vasile), 164.
Lumumba (Patrice), 270, 271.
Lu Tinyi, 177.

MacArthur (général), 148, 186, 188, 190.
McCarthy (Joseph), 105-106, 108.
McChesney Martin, 373.
McCone (John), 221.
McGovern (George), 390.
Machel (Samora), 273.
Maclean (Donald), 115.
MacLeod (Iain), 114, 116, 267, 395.
Macmillan (Harold), 114-117, 214, 217, 222, 230, 372.
McNamara (Robert), 213, 221, 222, 460, 462.
Makarios (Mgr), 230.
Malenkov (Georges), 152-154, 156, 157, 202, 420.
Maleter (colonel), 169.
Malraux (André), 99, 134.

Mandela (Nelson), 276.
Mao Zedong, 169, 173, 175, 177-181, 432-435.
Marcellin (Raymond), 412, 414.
Marchais (Georges), 419.
Marcos (Ferdinand), 308.
Marcuse (Herbert), 399.
Marighela (Carlos), 296.
Marrane (Georges), 137.
Marshall (général), 183.
Martinet (Gilles), 132.
Marty (André), 131.
Massu (général), 254, 257, 411.
Mattei (Enrico), 146.
Maudling (Reginald), 117, 374, 395.
Mauriac (François), 78.
Maxwell-Fyve (David), 113.
Mayer (Daniel), 131.
Mayer (René), 120, 122, 199.
Mba (Léon), 301, 342.
Medvedev (Roy et Jaurès), 423.
Meinhof (Ulrike), 400.
Meir (Golda), 474.
Mendès France (Pierre), 123-127, 136, 200, 206, 212, 231, 242, 245, 251, 252, 406, 411, 416.
Menzies (Robert), 326.
Merzagora (Cesare), 145.
Messali Hadj, 250, 253.
Messmer (Pierre), 418, 419.
Mestiri (Ahmed), 199.
Mikoyan (Anastase), 152, 155, 167, 217, 420.
Mindtszenty (cardinal), 163, 170.
Mitterrand (François), 123, 136, 248, 261, 357, 407, 408, 411, 419.
Mobutu (général), 271, 303.
Moch (Jules), 412.
Moczar (général), 426, 427.
Mohammed V, *voir Ben Youssef*.
Mollet (Guy), 123, 126, 127, 131, 134, 200, 252, 262, 326, 418.
Molotov (Viacheslav), 151-153, 154, 157, 167, 173, 202, 208.
Moncef Bey, 244.
Monckton (Walter), 114.
Mondlane (Eduardo), 272.
Monnerville (Gaston), 120, 139.
Monnet (Jean), 29, 47, 60, 194, 196, 197, 213.
Monroe (Marilyn), 102.
Mons (Jean), 244.
Morice (André), 255.
Morin (Edgar), 413.
Moro (Aldo), 146, 147, 402.
Morrison (Herbert), 112, 113, 118, 315.
Mossadegh (Mohammed), 202, 204, 325.
Mountbatten (Lord), 234, 236.
Mugabe (Robert), 274.
Mujibur Rahman (cheikh), 306.
Muzorewa (Mgr), 274.

Naegelen (Marcel-Edmond), 250.
Nagy (Imre), 167-169.
Nahas Pacha, 313, 321.
Nam Il (général), 205.
Nasser (colonel), 202, 253, 291, 311, 321-325, 327-330, 468-475.
Navarre (général), 242.
Neguib (général), 322, 323.
Nehru (Jawaharlal), 234, 235, 281, 305, 308, 309, 311.
Nenni (Pietro), 145, 146, 147, 403.
Neto (Agostinho), 272.
Ne Win (général), 307.
Newton (Huey), 386.
Ngo Dinh Diem, 206, 207, 238, 459, 460, 466.
Ngo Dinh Nu, 459, 460.
Nguyen Cao Ky, 461, 463.
Nguyen Van Khanh, 461.
Nguyen Van Thieu, 461, 463, 464.
Nimeiry (général), 301, 475.
Nixon (Richard), 106, 108, 110, 220, 376, 377, 378, 383, 388-392, 425, 439, 448, 449, 451, 463, 476, 481, 487, 488, 492.
Nkrumah (Kwame), 265, 266, 270, 300, 301, 302, 311.
Novotny (Antonin), 165, 428, 429, 451.
Nowak (Zenon), 167.
Nyerere (Julius), 265, 266, 300, 301.

Obote (Milton), 267, 301.

Ochab (Edward), 166, 170.
Ojukwu (général), 303.
Ollenhauer (Erich), 140, 142.
Olympio (Sylvanus), 262, 301.
Oppenheimer (Robert), 24, 108.
Ouezzani (Mohammed el-), 246.
Oufkir (général), 298, 299.

Pahlavi (Mohammed Reza, Chah d'Iran), 399.
Paisley (pasteur), 397.
Palach (Jan), 430.
Palewski (Gaston), 14.
Pasternak (Boris), 92, 93, 158.
Pauker (Anna), 164.
Paul VI, 359, 360, 403.
Pella (Giuseppe), 145.
Peng Dehuai, 177.
Peng Zhen, 433.
Perec (Georges), 333.
Périllier (Louis), 244, 245.
Peron (Eva), 295.
Peron (général), 295, 296.
Petche (Maurice), 120.
Pflimlin (Pierre), 127, 134, 231.
Philip (André), 131.
Pie XII, 356.
Pieck (Wilhelm), 162.
Pinay (Antoine), 47, 49, 121, 122, 136, 249, 407, 416.
Pineau (Christian), 127, 249.
Pinochet (général), 298.
Pleven (René), 120, 196, 416.
Podgorny (Nikolaï), 420.
Poher (Alain), 416.
Pompidou (Georges), 138, 139, 381, 383, 405, 408, 411, 412, 414-417, 420, 448-449.
Pospelov (Piotr), 155.
Poujade (Pierre), 125, 126, 136.
Powell (Enoch), 20, 114.
Prats (général), 298.
Presley (Elvis), 101.
Profumo (John), 117.

Queuille (Henri), 120.

Raab (Julius), 209.
Radford (amiral), 206.
Rajk (Lazlo), 164, 167, 168.
Rakosi (Mathias), 162, 164, 167.
Ramadier (Paul), 119.
Rapacki (Adam), 166, 209.
Raseta (J.), 260.
Ravoahangy (J.), 260.
Reagan (Ronald), 388.
Reuther (Walter), 107.
Reynaud (Paul), 134.
Rhee (Syngman), 183, 184, 185, 205.
Ridgway (général), 81, 122, 188, 190.
Rocard (Michel), 416.
Rockefeller (Nelson), 388, 481.
Rogers (William), 474, 492.
Rojas Pinilla (général), 295.
Rokossovski (maréchal), 163, 166.
Roosevelt (Franklin D.), 34, 218, 246, 314, 384.
Rosenberg (Ethel et Julius), 107, 108.
Rostow (Walter), 461.
Rueff (Jacques), 136.
Rumor (Mariano), 402.
Rusk (Dean), 221.

Saadi (Yacef), 254.
Sabri (Ali), 475.
Sadate (Anouar el-), 311, 475-476.
Sainteny (Jean), 240.
Sakharov (Andreï), 423.
Salan (général), 241, 242.
Salazar (Oliveira), 105, 271.
Sallal (colonel), 330.
Samuelson (Paul), 347.
Santos (Marcelino de), 272.
Saragat (Giuseppe), 403.
Sarraut (Albert), 120.
Sartre (Jean-Paul), 50, 51.
Savary (Alain), 131, 418.
Scelba (Mario), 145.
Scheel (Walter), 400, 485.
Schiller (Karl), 376, 399, 400, 402.
Schmidt (Helmut), 402, 487.
Schröder (Gerhard), 447.
Schumacher (Kurt), 140, 142, 196.
Schuman (Robert), 59, 120, 132, 196, 197, 244.
Schumann (Maurice), 132.
Seale (Bobby), 386.

Segni (Antonio), 145, 147.
Selwyn Lloyd (John), 114, 117.
Senghor (Leopold Sedar), 261, 262, 263, 300.
Servan-Schreiber (Jean-Jacques), 347, 418.
Servin (Marcel), 131.
Sharett (Moshe), 321.
Sharon (général), 477.
Shastri (Lal Bahadur), 305, 306.
Shultz (George), 380.
Sihanouk (prince), 464.
Sik (Ota), 428.
Siniavski (Andreï), 366, 421, 422.
Slansky (Rudolf), 164, 428.
Smirkovsky (Joseph), 429.
Smith (Jan), 268, 274.
Soames (Christopher), 116, 274, 448.
Soares (Mario), 273.
Soljenitsyne (Alexandre), 158, 366, 423.
Somoza (Anastasio), 294.
Souslov (Michael), 161.
Soustelle (Jacques), 134, 136, 251, 252.
Spaak (Paul-Henri), 60.
Spinola (général de), 273.
Springer (Axel), 399, 400.
Staline, 50, 51, 103, 151, 152, 159, 183, 184, 185, 189, 190, 201, 228.
Stevenson (Adlai), 108.
Stewart (Michael), 392.
Stoph (Willy), 485.
Strauss (Franz-Josef), 143, 401.
Stroessner (général), 295.
Suharto (général), 307.
Sukarno (Ahmed), 236-238, 307, 311.
Svoboda (général), 429, 430.

Tati (Jacques), 147.
Taylor (général), 461.
Tchervenko (Valko), 162.
Tchiang Kai-Chek, 188, 204.
Teilhard de Chardin (Pierre), 77.
Thadden (Adolf von), 398.
Thorez (Maurice), 130, 131, 406.
Tildy (Zoltan), 167, 168.
Tillon (Charles), 131.
Tito (maréchal), 145, 154, 164, 169, 171-173, 195, 311.
Tixier-Vignancour (Jean-Louis), 407, 408.
Tombalbaye (François), 301, 342.
Touré (Sékou), 261, 262, 263, 300, 442.
Toynbee (Arnold), 77.
Tran Van An, 238.
Trapeznokov (Pr), 351.
Triffin (Robert), 369, 370.
Triolet (Elsa), 130.
Trujillo (général), 294, 296.
Truman (Harry), 107, 109, 185, 186, 188, 191, 314, 318, 482.
Tshombé (Moïse), 270, 271, 303.
Tsiranana (Philibert), 260.

Ulbricht (Walter), 57, 162, 165, 216, 426, 452, 486.
Um Nyobé (Ruben), 261.
U Nu, 307.
Uri (Pierre), 58.
U Thant, 470.

Vallon (Louis), 132.
Valluy (général), 240.
Vargas (Getulio), 295.
Verdier (Robert), 131.
Vilar (Jean), 88.
Voizard (Pierre), 245.
Vorochilov (maréchal), 152.
Vychinski (Andreï), 151, 202.

Waldeck-Rochet (Jean), 406.
Walker (Gordon), 392.
Wallace (George), 388, 390.
Wang Hongwen, 438
Wavel (Lord), 233.
Warren (Earl), 384, 389.
Wehner (Erbert), 143.
Weizmann (Chaïm), 315, 317.
Westmorland (général), 461, 462.
Whitelaw (William), 397.
Wilson (Harold), 112, 113, 118, 274, 341, 359, 363, 372, 374, 392, 394, 396, 448.
Woodward (Robert), 390.

Woolton (Lord), 113.
Wright (Frank L.), 71.
Wu Han, 432, 433.
Wyszynski (cardinal), 163.

Yahia Kahn (général), 306.
Yoshida (Shuguru), 140, 148, 149.

Zahedi (général), 204.
Zhou Enlai, 175, 178, 180, 207, 216, 309, 434, 435, 438, 454, 455.

Table

Avant-propos 7

1. CONTRASTES ET DIVISIONS DU MONDE
À L'ÂGE DE LA GUERRE FROIDE

1. Initiatives et réussites économiques 13

Les enjeux économiques 17

S'adapter, 17. - A la recherche de l'efficacité, 24. - Les nouvelles stratégies internationales, 33.

Les péripéties chronologiques 42

Des vainqueurs confiants, 42. - Les espoirs retrouvés des vaincus, 52. - Vers une redistribution du jeu économique européen, 58.

2. Les sociétés : de l'épreuve aux premiers signes du bien-être 66

Un soulagement de courte durée 67

Le temps des engagements 76

Le rêve américain et son écho 82

Espoirs déçus à l'Est 89

Les débuts de la prospérité européenne 95

3. La radicalisation des clivages politiques 103

Le monde occidental 103

Les États-Unis du maccarthysme à la Nouvelle Frontière, 105. - Le règne des conservateurs en Grande-Bretagne, 112. - La France d'une République à l'autre, 119. - La reconstruction politique des pays vaincus, 139 *(L'Allemagne d'Adenauer, 140. - L'Italie de la Démocratie-chrétienne, 144. - Le Japon conservateur et libéral, 148).*

Le monde communiste 151

Apogée et reflux du stalinisme en Europe, 151. *(L'Union soviétique, 151. - Les démocraties populaires, 161).* - La construction de la Chine communiste, 173.

4. Apogée et développements de la guerre froide .. 182

La guerre de Corée et ses répercussions 182

Une première détente 201

Berlin et Cuba 210

5. La décolonisation 226

Caractères généraux 226

L'émancipation de l'Asie 233

L'indépendance de l'Afrique du Nord 243

La décolonisation de l'Afrique noire 259

Les bastions blancs 271

6. Les débuts du tiers monde 278

L'enjeu économique 278

Le défi de l'industrialisation, 280. - Les problèmes essentiels : la vie et la terre, 288.

Problèmes politiques 293

L'insertion internationale 308

Un conflit inclassable : le conflit israélo-arabe jusqu'à la guerre des Six Jours 312

La naissance de l'État d'Israël, 313. - Montée, apogée et déclin du nassérisme, 321.

2. AUTOUR DE 1968

1. Les années d'abondance 333

La poursuite de la prospérité occidentale 334

Réformes et problèmes des économies de l'Est ... 349

Le temps des jeunes 353
De nouvelles préoccupations monétaires 367

2. Contestation et retour à l'ordre 382
Les États-Unis 384
L'Europe occidentale 392
La Grande-Bretagne, 392. - L'Allemagne fédérale, 398. - L'Italie, 402. - La France, 405.
Les pays communistes 420
L'URSS et les démocraties populaires, 420. - La révolution culturelle chinoise, 432.

3. Tensions, conflits, détente 439
La fissuration des blocs 440
La politique extérieure française, 440. - La crise du monde socialiste, 450.
La permanence des conflits périphériques 457
La guerre du Vietnam, 458. - Le conflit israélo-arabe de la guerre des Six Jours à la guerre du Kippour, 468.
Les progrès de la détente 478

Orientation bibliographique 495

Liste des sigles 501

Index par pays 505

Index des noms 509

COMPOSITION : MAME IMPRIMEURS À TOURS
IMPRESSION : NORMANDIE ROTO IMPRESSION S.A.S. À LONRAI
DÉPÔT LÉGAL : OCTOBRE 2007. N° 9810-7 (2201431)
IMPRIMÉ EN FRANCE

Collection Points Histoire

H1. Histoire d'une démocratie : Athènes
Des origines à la conquête macédonienne
par Claude Mossé
H2. Histoire de la pensée européenne
1. L'éveil intellectuel de l'Europe du IXe au XIIe siècle
par Philippe Wolff
H3. Histoire des populations françaises et de leurs attitudes devant la vie depuis le XVIIIe siècle
par Philippe Ariès
H4. Venise, portrait historique d'une cité
par Philippe Braunstein et Robert Delort
H5. Les Troubadours, *par Henri-Irénée Marrou*
H6. La Révolution industrielle (1770-1880)
par Jean-Pierre Rioux
H7. Histoire de la pensée européenne
4. Le siècle des Lumières
par Norman Hampson
H8. Histoire de la pensée européenne
3. Des humanistes aux hommes de science
par Robert Mandrou
H9. Histoire du Japon et des Japonais
1. Des origines à 1945, *par Edwin O. Reischauer*
H10. Histoire du Japon et des Japonais
2. De 1945 à 1970, *par Edwin O. Reischauer*
H11. Les Causes de la Première Guerre mondiale
par Jacques Droz
H12. Introduction à l'histoire de notre temps
L'Ancien Régime et la Révolution
par René Rémond
H13. Introduction à l'histoire de notre temps
Le XIXe siècle, *par René Rémond*
H14. Introduction à l'histoire de notre temps
Le XXe siècle, *par René Rémond*

H15. Photographie et Société, *par Gisèle Freund*
H16. La France de Vichy (1940-1944)
par Robert O. Paxton
H17. Société et Civilisation russes au XIXe siècle
par Constantin de Grunwald
H18. La Tragédie de Cronstadt (1921), *par Paul Avrich*
H19. La Révolution industrielle du Moyen Âge
par Jean Gimpel
H20. L'Enfant et la Vie familiale sous l'Ancien Régime
par Philippe Ariès
H21. De la connaissance historique, *par Henri-Irénée Marrou*
H22. André Malraux, une vie dans le siècle
par Jean Lacouture
H23. Le Rapport Khrouchtchev et son histoire
par Branko Lazitch
H24 Le Mouvement paysan chinois (1840-1949)
par Jean Chesneaux
H25. Les Misérables dans l'Occident médiéval
par Jean-Louis Goglin
H26. La Gauche en France depuis 1900
par Jean Touchard
H27. Histoire de l'Italie du Risorgimento à nos jours
par Sergio Romano
H28. Genèse médiévale de la France moderne, XIVe-XVe siècle
par Michel Mollat
H29. Décadence romaine ou Antiquité tardive, IIIe-VIe siècle
par Henri-Irénée Marrou
H30. Carthage ou l'Empire de la mer, *par François Decret*
H31. Essais sur l'histoire de la mort en Occident
du Moyen Âge à nos jours, *par Philippe Ariès*
H32. Le Gaullisme (1940-1969), *par Jean Touchard*
H33. Grenadou, paysan français
par Ephraïm Grenadou et Alain Prévost
H34. Piété baroque et Déchristianisation en Provence
au XVIIIe siècle, *par Michel Vovelle*
H35. Histoire générale de l'Empire romain
1. Le Haut-Empire, *par Paul Petit*
H36. Histoire générale de l'Empire romain
2. La crise de l'Empire, *par Paul Petit*
H37. Histoire générale de l'Empire romain
3. Le Bas-Empire, *par Paul Petit*
H38. Pour en finir avec le Moyen Âge
par Régine Pernoud
H39. La Question nazie, *par Pierre Ayçoberry*
H40. Comment on écrit l'histoire, *par Paul Veyne*
H41. Les Sans-culottes, *par Albert Soboul*
H42. Léon Blum, *par Jean Lacouture*

H43. Les Collaborateurs (1940-1945), *par Pascal Ory*
H44. Le Fascisme italien (1919-1945)
par Pierre Milza et Serge Berstein
H45. Comprendre la révolution russe, *par Martin Malia*
H46. Histoire de la pensée européenne
6. L'ère des masses, *par Michaël D. Biddiss*
H47. Naissance de la famille moderne
par Edward Shorter
H48. Le Mythe de la procréation à l'âge baroque
par Pierre Darmon
H49. Histoire de la bourgeoisie en France
1. Des origines aux Temps modernes
par Régine Pernoud
H50. Histoire de la bourgeoisie en France
2. Les Temps modernes, *par Régine Pernoud*
H51. Histoire des passions françaises (1848-1945)
1. Ambition et amour, *par Theodore Zeldin*
H52. Histoire des passions françaises (1848-1945)
2. Orgueil et intelligence, *par Theodore Zeldin* (épuisé)
H53. Histoire des passions françaises (1848-1945)
3. Goût et corruption, *par Theodore Zeldin*
H54 Histoire des passions françaises (1848-1945)
4. Colère et politique, *par Theodore Zeldin*
H55. Histoire des passions françaises (1848-1945)
5. Anxiété et hypocrisie, *par Theodore Zeldin*
H56. Histoire de l'éducation dans l'Antiquité
1. Le monde grec, *par Henri-Irénée Marrou*
H57. Histoire de l'éducation dans l'Antiquité
2. Le monde romain, *par Henri-Irénée Marrou*
H58. La Faillite du Cartel, 1924-1926
(Leçon d'histoire pour une gauche au pouvoir)
par Jean-Noël Jeanneney
H59. Les Porteurs de valises
par Hervé Hamon et Patrick Rotman
H60. Histoire de la guerre d'Algérie, 1954-1962
par Bernard Droz et Évelyne Lever
H61. Les Occidentaux, *par Alfred Grosser*
H62. La Vie au Moyen Âge, *par Robert Delort*
H63. Politique étrangère de la France
(La Décadence, 1932-1939)
par Jean-Baptiste Duroselle
H64. Histoire de la guerre froide
1. De la révolution d'Octobre à la guerre de Corée, 1917-1950
par André Fontaine
H65. Histoire de la guerre froide
2. De la guerre de Corée à la crise des alliances, 1950-1963
par André Fontaine

H66. Les Incas, *par Alfred Métraux*
H67. Les Écoles historiques, *par Guy Bourdé et Hervé Martin*
H68. Le Nationalisme français, 1871-1914, *par Raoul Girardet*
H69. La Droite révolutionnaire, 1885-1914, *par Zeev Sternhell*
H70. L'Argent caché, *par Jean-Noël Jeanneney*
H71. Histoire économique de la France du XVIIIe siècle à nos jours
1. De l'Ancien Régime à la Première Guerre mondiale
par Jean-Charles Asselain
H72. Histoire économique de la France du XVIIIe siècle à nos jours
2. De 1919 à nos jours
par Jean-Charles Asselain
H73. La Vie politique sous la IIIe République
par Jean-Marie Mayeur
H74. La Grèce archaïque d'Homère à Eschyle
par Claude Mossé
H75. Histoire de la « détente », 1962-1981
par André Fontaine
H76. Études sur la France de 1939 à nos jours
par la revue « L'Histoire »
H77. L'Afrique au XXe siècle, *par Elikia M'Bokolo*
H78. Les Intellectuels au Moyen Âge, *par Jacques Le Goff*
H79. Fernand Pelloutier, *par Jacques Julliard*
H80. L'Église des premiers temps, *par Jean Daniélou*
H81. L'Église de l'Antiquité tardive, *par Henri-Irénée Marrou*
H82. L'Homme devant la mort
1. Le temps des gisants, *par Philippe Ariès*
H83. L'Homme devant la mort
2. La mort ensauvagée, *par Philippe Ariès*
H84. Le Tribunal de l'impuissance, *par Pierre Darmon*
H85. Histoire générale du XXe siècle
1. Jusqu'en 1949. Déclins européens
par Bernard Droz et Anthony Rowley
H86. Histoire générale du XXe siècle
2. Jusqu'en 1949. La naissance du monde contemporain
par Bernard Droz et Anthony Rowley
H87. La Grèce ancienne, *par la revue « L'Histoire »*
H88. Les Ouvriers dans la société française
par Gérard Noiriel
H89. Les Américains de 1607 à nos jours
1. Naissance et essor des États-Unis, 1607 à 1945
par André Kaspi
H90. Les Américains de 1607 à nos jours
2. Les États-Unis de 1945 à nos jours, *par André Kaspi*
H91. Le Sexe et l'Occident, *par Jean-Louis Flandrin*
H92. Le Propre et le Sale, *par Georges Vigarello*
H93. La Guerre d'Indochine, 1945-1954
par Jacques Dalloz

H94. L'Édit de Nantes et sa révocation
par Janine Garrisson
H95. Les Chambres à gaz, secret d'État
par Eugen Kogon, Hermann Langbein et Adalbert Rückerl
H96. Histoire générale du xxe siècle
3. Depuis 1950. Expansion et indépendance (1950-1973)
par Bernard Droz et Anthony Rowley
H97. La Fièvre hexagonale, 1871-1968, *par Michel Winock*
H98. La Révolution en questions, *par Jacques Solé*
H99. Les Byzantins, *par Alain Ducellier*
H100. Les Croisades, *par la revue « L'Histoire »*
H101. La Chute de la monarchie (1787-1792)
par Michel Vovelle
H102. La République jacobine
(10 août 1792 - 9 Thermidor an II)
par Marc Bouloiseau
H103. La République bourgeoise
(de Thermidor à Brumaire, 1794-1799)
par Denis Woronoff
H104. L'Épisode napoléonien
Aspects intérieurs (1799-1815), *par Louis Bergeron*
H105. La France napoléonienne
Aspects extérieurs (1799-1815)
par Roger Dufraisse et Michel Kerautret
H106. La France des notables (1815-1848)
1. L'évolution générale
par André Jardin et André-Jean Tudesq
H107. La France des notables (1815-1848)
2. La vie de la nation
par André Jardin et André-Jean Tudesq
H108. 1848 ou l'Apprentissage de la République (1848-1852)
par Maurice Agulhon
H109. De la fête impériale au mur des fédérés (1852-1871)
par Alain Plessis
H110. Les Débuts de la Troisième République (1871-1898)
par Jean-Marie Mayeur
H111. La République radicale ? (1898-1914)
par Madeleine Rebérioux
H112. Victoire et Frustrations (1914-1929)
par Jean-Jacques Becker et Serge Berstein
H113. La Crise des années 30 (1929-1938)
par Dominique Borne et Henri Dubief
H114. De Munich à la Libération (1938-1944)
par Jean-Pierre Azéma
H115. La France de la Quatrième République (1944-1958)
1. L'ardeur et la nécessité (1944-1952)
par Jean-Pierre Rioux

H116. La France de la Quatrième République (1944-1958)
2. L'expansion et l'impuissance (1952-1958)
par Jean-Pierre Rioux

H117. La France de l'expansion (1958-1974)
1. La République gaullienne (1958-1969)
par Serge Berstein

H118. La France de l'expansion (1958-1974)
2. L'apogée Pompidou (1969-1974)
par Serge Berstein et Jean-Pierre Rioux

H119. Crises et Alternances (1974-1995)
par Jean-Jacques Becker
avec la collaboration de Pascal Ory

H120. La France du XXe siècle, nouvelle édition augmentée
présentés par Olivier Wieviorka et Christophe Prochasson

H121. Les Paysans dans la société française
par Annie Moulin

H122. Portrait historique de Christophe Colomb
par Marianne Mahn-Lot

H123. Vie et Mort de l'ordre du Temple
par Alain Demurger

H124. La Guerre d'Espagne, *par Guy Hermet*

H125. Histoire de France, *sous la direction de Jean Carpentier et François Lebrun*

H126. Empire colonial et Capitalisme français
par Jacques Marseille

H127. Genèse culturelle de l'Europe (Ve-VIIIe siècle)
par Michel Banniard

H128. Les Années trente, *par la revue « L'Histoire »*

H129. Mythes et Mythologies politiques, *par Raoul Girardet*

H130. La France de l'an Mil, *Collectif*

H131. Nationalisme, Antisémitisme et Fascisme en France
par Michel Winock

H132. De Gaulle 1. Le rebelle (1890-1944), *par Jean Lacouture*

H133. De Gaulle 2. Le politique (1944-1959), *par Jean Lacouture*

H134. De Gaulle 3. Le souverain (1959-1970), *par Jean Lacouture*

H135. Le Syndrome de Vichy, *par Henry Rousso*

H136. Chronique des années soixante, *par Michel Winock*

H137. La Société anglaise, *par François Bédarida*

H138. L'Abîme 1939-1944. La politique étrangère de la France
par Jean-Baptiste Duroselle

H139. La Culture des apparences, *par Daniel Roche*

H140. Amour et Sexualité en Occident
par la revue « L'Histoire »

H141. Le Corps féminin, *par Philippe Perrot*

H142. Les Galériens, *par André Zysberg*

H143. Histoire de l'antisémitisme 1. L'âge de la foi
par Léon Poliakov

H144. Histoire de l'antisémitisme 2. L'âge de la science
par Léon Poliakov
H145. L'Épuration française (1944-1949), *par Peter Novick*
H146. L'Amérique latine au XXe siècle (1889-1929)
par Leslie Manigat
H147. Les Fascismes, *par Pierre Milza*
H148. Histoire sociale de la France au XIXe siècle
par Christophe Charle
H149. L'Allemagne de Hitler, *par la revue « L'Histoire »*
H150. Les Révolutions d'Amérique latine
par Pierre Vayssière
H151. Le Capitalisme « sauvage » aux États-Unis (1860-1900)
par Marianne Debouzy
H152. Concordances des temps
par Jean-Noël Jeanneney
H153. Diplomatie et Outil militaire
par Jean Doise et Maurice Vaïsse
H154. Histoire des démocraties populaires
1. L'ère de Staline, *par François Fejtö*
H155. Histoire des démocraties populaires
2. Après Staline, *par François Fejtö*
H156. La Vie fragile, *par Arlette Farge*
H157. Histoire de l'Europe, *sous la direction de Jean Carpentier et François Lebrun*
H158. L'État SS, *par Eugen Kogon*
H159. L'Aventure de l'Encyclopédie, *par Robert Darnton*
H160. Histoire générale du XXe siècle
4. Crises et mutations de 1973 à nos jours
par Bernard Droz et Anthony Rowley
H161. Le Creuset français, *par Gérard Noiriel*
H162. Le Socialisme en France et en Europe, XIXe-XXe siècle
par Michel Winock
H163. 14-18 : Mourir pour la patrie, *par la revue « L'Histoire »*
H164. La Guerre de Cent Ans vue par ceux qui l'ont vécue
par Michel Mollat du Jourdin
H165. L'École, l'Église et la République, *par Mona Ozouf*
H166. Histoire de la France rurale
1. La formation des campagnes françaises
(des origines à 1340)
sous la direction de Georges Duby et Armand Wallon
H167. Histoire de la France rurale
2. L'âge classique des paysans (de 1340 à 1789)
sous la direction de Georges Duby et Armand Wallon
H168. Histoire de la France rurale
3. Apogée et crise de la civilisation paysanne
(de 1789 à 1914)
sous la direction de Georges Duby et Armand Wallon

H169. Histoire de la France rurale
4. La fin de la France paysanne (depuis 1914)
sous la direction de Georges Duby et Armand Wallon
H170. Initiation à l'Orient ancien, *par la revue « L'Histoire »*
H171. La Vie élégante, *par Anne Martin-Fugier*
H172. L'État en France de 1789 à nos jours, *par Pierre Rosanvallon*
H173. Requiem pour un empire défunt, *par François Fejtö*
H174. Les animaux ont une histoire, *par Robert Delort*
H175. Histoire des peuples arabes, *par Albert Hourani*
H176. Paris, histoire d'une ville, *par Bernard Marchand*
H177. Le Japon au XXᵉ siècle, *par Jacques Gravereau*
H178. L'Algérie des Français, *par la revue « L'Histoire »*
H179. L'URSS de la Révolution à la mort de Staline, 1917-1953
par Hélène Carrère d'Encausse
H180. Histoire médiévale de la Péninsule ibérique
par Adeline Rucquoi
H181. Les Fous de la République, *par Pierre Birnbaum*
H182. Introduction à la préhistoire, *par Gabriel Camps*
H183. L'Homme médiéval
Collectif sous la direction de Jacques Le Goff
H184. La Spiritualité du Moyen Âge occidental (VIIIᵉ-XIIIᵉ siècle)
par André Vauchez
H185. Moines et Religieux au Moyen Âge
par la revue « L'Histoire »
H186. Histoire de l'extrême droite en France, *Ouvrage collectif*
H187. Le Temps de la guerre froide, *par la revue « L'Histoire »*
H188. La Chine, tome 1 (1949-1971)
par Jean-Luc Domenach et Philippe Richer
H189. La Chine, tome 2 (1971-1994)
par Jean-Luc Domenach et Philippe Richer
H190. Hitler et les Juifs, *par Philippe Burrin*
H192. La Mésopotamie, *par Georges Roux*
H193. Se soigner autrefois, *par François Lebrun*
H194. Familles, *par Jean-Louis Flandrin*
H195. Éducation et Culture dans l'Occident barbare (VIᵉ-VIIIᵉ siècle)
par Pierre Riché
H196. Le Pain et le Cirque, *par Paul Veyne*
H197. La Droite depuis 1789, *par la revue « L'Histoire »*
H198. Histoire des nations et du nationalisme en Europe
par Guy Hermet
H199. Pour une histoire politique, *Collectif*
sous la direction de René Rémond
H200. « Esprit ». Des intellectuels dans la cité (1930-1950)
par Michel Winock
H201. Les Origines franques (Vᵉ-IXᵉ siècle), *par Stéphane Lebecq*
H202. L'Héritage des Charles (de la mort de Charlemagne
aux environs de l'an mil), *par Laurent Theis*

H203. L'Ordre seigneurial (XIe-XIIe siècle)
par Dominique Barthélemy
H204. Temps d'équilibres, Temps de ruptures
par Monique Bourin-Derruau
H205. Temps de crises, Temps d'espoirs, *par Alain Demurger*
H206. La France et l'Occident médiéval
de Charlemagne à Charles VIII
par Robert Delort (à paraître)
H207. Royauté, Renaissance et Réforme (1483-1559)
par Janine Garrisson
H208. Guerre civile et Compromis (1559-1598)
par Janine Garrisson
H209. La Naissance dramatique de l'absolutisme (1598-1661)
par Yves-Marie Bercé
H210. La Puissance et la Guerre (1661-1715)
par François Lebrun
H211. La Monarchie des Lumières (1715-1786)
par André Zysberg
H212. La Grèce préclassique, *par Jean-Claude Poursat*
H213. La Grèce au Ve siècle, *par Edmond Lévy*
H214. Le IVe Siècle grec, *par Pierre Carlier*
H215. Le Monde hellénistique (323-188), *par Pierre Cabanes*
H216. Les Grecs (188-31), *par Claude Vial*
H218. La République romaine, *par Jean-Michel David*
H219. Le Haut-Empire romain en Occident
d'Auguste aux Sévères, *par Patrick Le Roux*
H220. Le Haut-Empire romain.
Les provinces de Méditerranée orientale,
d'Auguste aux Sévères, *par Maurice Sartre*
H221. L'Empire romain en mutation, des Sévères à Constantin
(192-337)
par Jean-Michel Carrié et Aline Rousselle
H225. Douze Leçons sur l'histoire, *par Antoine Prost*
H226. Comment on écrit l'histoire, *par Paul Veyne*
H227. Les Crises du catholicisme en France, *par René Rémond*
H228. Les Arméniens, *par Yves Ternon*
H229. Histoire des colonisations, *par Marc Ferro*
H230. Les Catholiques français sous l'Occupation
par Jacques Duquesne
H231. L'Égypte ancienne, *présentation par Pierre Grandet*
H232. Histoire des Juifs de France, *par Esther Benbassa*
H233. Le Goût de l'archive, *par Arlette Farge*
H234. Économie et Société en Grèce ancienne
par Moses I. Finley
H235. La France de la monarchie absolue 1610-1675
par la revue « L'Histoire »
H236. Ravensbrück, *par Germaine Tillion*

H237. La Fin des démocraties populaires, *par François Fejtö et Ewa Kulesza-Mietkowski*
H238. Les Juifs pendant l'Occupation, *par André Kaspi*
H239. La France à l'heure allemande (1940-1944) *par Philippe Burrin*
H240. La Société industrielle en France (1814-1914) *par Jean-Pierre Daviet*
H241. La France industrielle, *par la revue « L'Histoire »*
H242. Éducation, Société et Politiques. Une histoire de l'enseignement en France de 1945 à nos jours *par Antoine Prost*
H243. Art et Société au Moyen Âge, *par Georges Duby*
H244. L'Expédition d'Égypte 1798-1801, *par Henry Laurens*
H245. L'Affaire Dreyfus, *Collectif Histoire*
H246. La Société allemande sous le IIIe Reich *par Pierre Ayçoberry*
H247. La Ville en France au Moyen Âge *par André Chédeville, Jacques Le Goff et Jacques Rossiaud*
H248. Histoire de l'industrie en France du XVIe siècle à nos jours, *par Denis Woronoff*
H249. La Ville des Temps modernes *sous la direction d'Emmanuel Le Roy Ladurie*
H250. Contre-Révolution, Révolution et Nation *par Jean-Clément Martin*
H251. Israël. De Moïse aux accords d'Oslo *par la revue « L'Histoire »*
H252. Une histoire des médias des origines à nos jours *par Jean-Noël Jeanneney*
H253. Les Prêtres de l'ancienne Égypte, *par Serge Sauneron*
H254. Histoire de l'Allemagne, des origines à nos jours *par Joseph Rovan*
H255. La Ville de l'âge industriel *sous la direction de Maurice Agulhon*
H256. La France politique, XIXe-XXe siècle, *par Michel Winock*
H257. La Tragédie soviétique, *par Martin Malia*
H258. Histoire des pratiques de santé *par Georges Vigarello*
H259. Les Historiens et le Temps, *par Jean Leduc*
H260. Histoire de la vie privée 1. De l'Empire romain à l'an mil *par Philippe Ariès et Georges Duby*
H261. Histoire de la vie privée 2. De l'Europe féodale à la Renaissance *par Philippe Ariès et Georges Duby*
H262. Histoire de la vie privée 3. De la Renaissance aux Lumières *par Philippe Ariès et Georges Duby*

H263. Histoire de la vie privée
4. De la Révolution à la Grande Guerre
par Philippe Ariès et Georges Duby
H264. Histoire de la vie privée
5. De la Première Guerre mondiale à nos jours
par Philippe Ariès et Georges Duby
H265. Problèmes de la guerre en Grèce ancienne
sous la direction de Jean-Pierre Vernant
H266. Un siècle d'école républicaine
par Jean-Michel Gaillard
H267. L'Homme grec
Collectif sous la direction de Jean-Pierre Vernant
H268. Les Origines culturelles de la Révolution française
par Roger Chartier
H269. Les Palestiniens, *par Xavier Baron*
H270. Histoire du viol, *par Georges Vigarello*
H272. Histoire de la France
L'Espace français, *sous la direction de André Burguière et Jacques Revel*
H273. Histoire de la France
Héritages, *sous la direction de André Burguière et Jacques Revel*
H274. Histoire de la France
Choix culturels et Mémoire, *sous la direction de André Burguière et Jacques Revel*
H275. Histoire de la France
La Longue Durée de l'État, *sous la direction de André Burguière et Jacques Revel*
H276. Histoire de la France
Les Conflits, *sous la direction de André Burguière et Jacques Revel*
H277. Le Roman du quotidien
par Anne-Marie Thiesse
H278. La France du XIXe siècle, *par Francis Démier*
H279. Le Pays cathare, *sous la direction de Jacques Berlioz*
H280. Fascisme, Nazisme, Autoritarisme
par Philippe Burrin
H281. La France des années noires, tome 1
sous la direction de Jean-Pierre Azéma et François Bédarida
H282. La France des années noires, tome 2
sous la direction de Jean-Pierre Azéma et François Bédarida
H283. Croyances et Cultures dans la France d'Ancien Régime
par François Lebrun
H284. La République des instituteurs
par Jacques Ozouf et Mona Ozouf

H285. Banque et Affaires dans le monde romain
par Jean Andreau
H286. L'Opinion française sous Vichy, *par Pierre Laborie*
H287. La Vie de saint Augustin, *par Peter Brown*
H288. Le XIXe siècle et l'Histoire, *par François Hartog*
H289. Religion et Société en Europe, *par René Rémond*
H290. Christianisme et Société en France au XIXe siècle
par Gérard Cholvy
H291. Les Intellectuels en Europe au XIXe, *par Christophe Charle*
H292. Naissance et Affirmation d'une culture nationale
par Françoise Mélonio
H293. Histoire de la France religieuse
Collectif sous la direction de Philippe Joutard
H294. La Ville aujourd'hui, *sous la direction de Marcel Roncayolo*
H295. Les Non-conformistes des années trente
par Jean-Louis Loubet del Bayle
H296. La Création des identités nationales, *par Anne-Marie Thiesse*
H297. Histoire de la lecture dans le monde occidental
Collectif sous la direction de Guglielmo Cavallo
et Roger Chartier
H298. La Société romaine, *Paul Veyne*
H299. Histoire du continent européen
par Jean-Michel Gaillard, Anthony Rowley
H300. Histoire de la Méditerranée
par Jean Carpentier (dir.), François Lebrun
H301. Religion, Modernité et Culture
au Royaume-Uni et en France
par Jean Baubérot, Séverine Mathieu
H302. Europe et Islam, *par Franco Cardini*
H303. Histoire du suffrage universel en France.
Le Vote et la Vertu. 1848-2000, *par Alain Garrigou*
H304. Histoire juive de la révolution à l'État d'Israël
Faits et documents, *par Renée Neher-Bernheim*
H305. L'Homme romain
Collectif sous la direction d'Andrea Giardina
H306. Une histoire du Diable, *par Robert Muchembled*
H307. Histoire des agricultures du monde
par Marcel Mazoyer et Laurence Roudart
H308. Le Nettoyage ethnique.
Documents historiques sur une idéologie serbe
par Mirko D. Grmek, Marc Gjidara et Neven Simac
H309. Guerre sainte, jihad, croisade, *par Jean Flori*
H310. La Renaissance européenne, *par Peter Burke*
H311. L'Homme de la Renaissance
Collectif sous la direction d'Eugenio Garin
H312. Philosophie des sciences historiques,
textes réunis et présentés, *par Marcel Gauchet*

H313. L'Absolutisme en France, *par Fanny Cosandey et Robert Descimon*
H314. Le Monde d'Ulysse, *par Moses I. Finley*
H315. Histoire des juifs sépharades, *par Esther Benbassa et Aron Rodrigue*
H316. La Société et le Sacré dans l'Antiquité tardive *par Peter Brown*
H317. Les Cultures politiques en France *sous la direction de Serge Berstein*
H318. Géopolitique du XVIe siècle *par Jean-Michel Sallmann*
H319. Les Relations internationales
2. De la guerre de Trente Ans ans à la guerre de succession d'Espagne, *par Claire Gantet*
H320. Des traités : de Rastadt à la chute de Napoléon *par Jean-Pierre Bois*
H323. De Nuremberg à la fin du XXe siècle (tome 6, Nouvelle histoire des relations internationales / inédit), *par Frank Attar*
H324. Histoire du visuel au XXe siècle, *par Laurent Gervereau*
H325. La Dérive fasciste. Doriot, Déat, Bergery. 1933-1945 *par Philippe Burrin*
H326. L'Origine des Aztèques, *par Christian Duverger*
H327. Histoire politique du monde hellénistique *par Edouard Will*
H328. Le Saint Empire romain germanique, *par Francis Rapp*
H329. Sparte, histoire politique et sociale jusqu'à la conquête romaine, *par Edmond Lévy*
H330. La Guerre censurée, *par Frédéric Rousseau*
H331. À la guerre, *par Paul Fussel*
H332. Les Français des années troubles, *par Pierre Laborie*
H333. Histoire de la papauté, *par Yves-Marie Hilaire*
H334. Pouvoir et Persuasion dans l'Antiquité tardive *par Peter Brown*
H336. Penser la Grande Guerre, *par Antoine Prost et Jay Winter*
H337. Paris libre 1871, *par Jacques Rougerie*
H338. Napoléon. De la mythologie à l'histoire *par Nathalie Petiteau*
H339. Histoire de l'enfance, tome 1 *par Dominique Julia et Egle Becchi*
H340. Histoire de l'enfance, tome 2 *par Dominique Julia, Egle Becchi*
H341. Une histoire de l'édition à l'époque contemporaine XIXe-XXe siècle, *par Elisabeth Parinet*
H342. Les enjeux de l'histoire culturelle, *par Philippe Poirrier*
H343. Le Monde des révolutions en Amérique et en Europe à la fin du XVIIIe siècle, *par Jacques Solé*

H345. Histoire culturelle de la France, tome 3,
par Antoine de Baecque et Françoise Mélonio
H346. Histoire culturelle de la France, tome 4,
par Jean-Pierre Rioux et Jean-François Sirinelli
H347. L'État chez lui, l'Église chez elle
par Jean-Paul Scot
H348. La Résistance française : une histoire périlleuse
par Laurent Douzou
H349. Histoire culturelle de la France, tome 2,
par Jean-Pierre Rioux & Jean-François Sirinelli
H350. La France et les Juifs de 1789 à nos jours
par Michel Winock
H351. Historiographie de la guerre d'Algérie,
par Raphaëlle Branche
H352. L'Armée de Vichy, *par Robert O. Paxton*
H353. La Guerre froide 1917-1991, *par André Fontaine*
H354. Le Modèle politique français, *par Pierre Rosanvallon*
H355. Les Origines religieuses de la Révolution française
par Dale Van Kley
H356. Une histoire du Chat, *par Laurence Bobis*
H357. À la recherche du Moyen Âge, *par Jacques Le Goff*
H358. Les Quatre Parties du monde, *par Serge Gruzinski*
H359. Histoire des peurs alimentaires, *par Madeleine Ferrières*
H360. Le Grand Voyage de l'Obélisque, *par Robert Solé*
H361. La Vie à en mourir. Lettres de fusillés 1941-1944
par Guy Krivopissko
H362. Bleu. Histoire d'une couleur, *par Michel Pastoureau*
H363. Mitterrand, une histoire de Français, *par Jean Lacouture*
H364. Le Siècle des intellectuels, *par Michel Winock*
H365. Histoire des paysans français, *par Emmanuel Le Roy Ladurie*
H366. La Plus Vieille Cuisine du monde, *par Jean Bottéro*
H367. Histoire de la France politique 1. Le Moyen Âge
par Philippe Contamine
H368. Histoire de la France politique 2.
La Monarchie, entre Renaissance et Révolution
par Joël Cornette
H369. Histoire de la France politique 3.
L'Invention de la démocratie
par Serge Berstein, Michel Winock
H370. Histoire de la France politique 4.
La République recommencée
par Serge Berstein, Michel Winock
H371. Le Fascisme en action, *par Robert O. Paxton*
H372. Louis XIV. Les Stratégies de la gloire, *par Peter Burke*
H373. Ressentiment et Apocalypse, *par Philippe Burrin*
H374. Jésuites. Une multibiographie, t. 1, Les Conquérants
par Jean Lacouture

H375. Jésuites. Une multibiographie, t. 2, Les Revenants
par Jean Lacouture
H376. Sexe et pouvoir à Rome, *par Paul Veyne*
H377. Le Petit Livre des couleurs
par Michel Pastoureau & Dominique Simonnet
H378. Les Droites aujourd'hui, *René Rémond*
H379. Les Chamanes de la Préhistoire
par Jean Clottes & David Lewis-Williams
H380. Chronologie du XXe siècle, *par Bernard Phan*
H381. S'amuser au Moyen Âge, *par Jean Verdon*
H382. La Conversion d'Hermann le Juif, *par Jean-Claude Schmitt*
H383. Une histoire de pirates, *par Jean-Pierre Moreau*
H384. Histoire de la beauté, *par Georges Vigarello*
H385. Chronologie du Moyen Âge, *par Michel Zimmermann*
H386. L'Étoffe du diable, *par Michel Pastoureau*
H387. La Bataille de Paris, *par Jean-Luc Einaudi*
H388. 1515 et les grandes dates de l'histoire de France
par Alain Corbin
H389. Les Origines intellectuelles du IIIe Reich,
par George L. Mosse
H390. La Légende de Napoléon, *par Sudhir Hazareesingh*
H391. La Prostitution à Paris au XIXe siècle
par Alexandre Parent-Duchatelet
H392. La Guérilla du Che, *par Régis Debray*
H393. L'Orgasme et l'Occident, *par Robert Muchembled*
H394. *Mon* histoire des femmes, *par Michelle Perrot*
H395. La Reine scélérate, *par Chantal Thomas*
H396. La Pierre de Rosette, *par Robert Solé et Dominique Valbelle*
H397. Mal et modernité, *par Jorge Semprun*
H398. Mémorial de Sainte-Hélène, t. 1
par Emmanuel de Las Cases
H399. Mémorial de Sainte-Hélène, t. 2
par Emmanuel de Las Cases
H400. Le Siècle des communismes, *Collectif*
H401. Histoire de la Bretagne et des Bretons, t. 1
par Joël Cornette
H402. Histoire de la Bretagne et des Bretons, t. 2
par Joël Cornette
H403. Héros et merveilles du Moyen Âge, *par Jacques Le Goff*
H404. Les Templiers, *par Alain Demurger*
H405. La Suisse, l'or et les morts, *par Jean Ziegler*
H406. Chronologie de la Rome antique, *par Yann Rivière*
H407. Les Fondations de l'islam, *par Alfred-Louis de Prémare*
H408. Rois et reines de France, *par Bernard Phan*
H409. Histoire de la décolonisation, *par Bernard Droz*
H410. L'Égypte, passion française, *par Robert Solé*
H411. Les Druides, *par Jean-Louis Brunaux*

H412. Chronologie de la France au xxe siècle, *par Bernard Phan*
H413. Brève histoire du fascisme, *par Renzo De Felice*
H414. La Guerre du Rif
par Vincent Courcelle-Labrousse, Nicolas Marmié
H415. Histoires grecques, *par Maurice Sartre*
H416. Les Origines de la solution finale
par Christopher R. Browning
H417. Batailles, *par Hervé Drevillon*
H418. Les Juifs américains, *par André Kaspi*
H419. 2000 ans d'histoire gourmande, *par Patrice Gélinet*
H420. Nourritures canailles, *par Madeleine Ferrières*
H421. La Croix et le Croissant, *par Richard Fletcher*
H422. Bagnards, *par Marion F. Godfroy*
H423. Chronologie de la Seconde Guerre mondiale
par Bernard Phan
H424. Pierre Mendès France, *par Jean Lacouture*
H425. La Vie sexuelle à Rome, *par Géraldine Puccini-Delbey*
H426. Chronologie de la Grèce antique, *par Paulin Ismard*
H427. Histoire des révolutions, *par Martin Malia*
H428. Histoire de la Prusse, *par Michel Kerautret*
H429. Histoire du débarquement en Normandie
par Olivier Wieviorka
H430. Les Voix de la liberté, *par Michel Winock*
H431. L'Europe est-elle née au Moyen Âge ?
par Jacques Le Goff
H432. L'Invention de la drague, *par Jean Claude Bologne*
H433. Bonaparte à la conquête de l'Égypte, *par Robert Solé*
H434. Chronologie de la Première Guerre mondiale
par Bernard Phan
H435. Aux origines de l'histoire des religions
par Philippe Borgeaud
H436. La Religion flamboyante, *par Jacques Chiffoleau*
H437. L'Ivrogne et la Marchande de fleurs, *par Nicolas Werth*
H438. L'Expérience de l'histoire, *par Reinhart Koselleck*
H439. Chronologie des États-Unis, *par Pierre Sicard*
H440. Parlez-vous sans-culotte ?, *par Michel Biard*
H441. Comment notre monde est devenu chrétien
par Marie-Françoise Baslez
H442. Bêtes de somme, *par Éric Baratay*
H443. La Société médiévale, *par François Icher*
H444. La Mer, *sous la direction d'Alain Corbin et Hélène Richard*
H445. 1939. Demain, la guerre, *par Richard Overy*
H446. Noir, *par Michel Pastoureau*
H447. Histoire du corps, t. I, De la Renaissance aux Lumières
sous la direction de Georges Vigarello
H448. Histoire du corps, t. II, De la Révolution à la Grande Guerre
sous la direction d'Alain Corbin

H449. Histoire du corps, t. III, Les Mutations du regard. Le XXe siècle
sous la direction de Jean-Jacques Courtine

H450. Histoire de l'Europe urbaine, t. I, La Ville antique
par Xavier Lafon, Jean-Yves Marc et Maurice Sartre

H451. Histoire de l'Europe urbaine, t. II, La Ville médiévale
par Patrick Boucheron et Denis Menjot

H452. Histoire de l'Europe urbaine, t. III, La Ville moderne
par Olivier Zeller

H453. Histoire de l'Europe urbaine, t. IV
La Ville contemporaine jusqu'à la Seconde Guerre mondiale, *par J.-L. Pinol, F. Walter*

H454. Histoire de l'Europe urbaine, t. V, La Ville coloniale
par Odile Goerg et Xavier Huetz de Lemps

H455. Histoire de l'Europe urbaine, t. VI
La Ville contemporaine après 1945, *par Guy Burgel*

H456. L'Allemagne nazie et les Juifs,
t. I, Les Années de persécution (1933-1939)
par Saul Friedländer

H457. L'Allemagne nazie et les Juifs
t. II, Les Années d'extermination (1939-1945)
par Saul Friedländer

H458. Régimes d'historicité, *par François Hartog*

H459. L'Empire gréco-romain, *par Paul Veyne*

H460. La Formation de la classe ouvrière anglaise
par Edward P. Thompson

H461. Mitterrand. Une histoire de Français
t. II, Les Vertiges du sommet, *par Jean Lacouture*

H462. Nos ancêtres les Gaulois, *par Jean-Louis Brunaux*

H463. Une histoire de la violence
par Robert Muchembled

H464. Einsatzgruppen, *par Michaël Prazan*

H465. Une histoire symbolique du Moyen Âge occidental
par Michel Pastoureau

H466. Choix fatidiques. Dix décisions qui ont changé le monde (1940-1941), *par Ian Kershaw*

H467. Le Siècle juif, *par Yuri Slezkine*

H468. Les Empires coloniaux
sous la direction de Pierre Singaravélou

H469. La Maison Dieu, *par Dominique Iogna-Prat*

H470. 1940. L'année noire, *par Jean-Pierre Azéma*

H471. La Mémoire désunie, *par Olivier Wieviorka*

H472. L'Ours, *par Michel Pastoureau*

H473. La Guerre de Cent Ans, *par Christopher Allmand*

H474. L'Intégration des jeunes, *par Ivan Jablonka*

H475. Histoire du christianisme
sous la direction d'Alain Corbin

H476. Les Métamorphoses du gras, *par Georges Vigarello*
H477. Histoire de chambres, *par Michelle Perrot*
H478. Giotto et les humanistes, *par Michael Baxandall*
H479. Les Héros de l'histoire de France, *Alain Corbin*
H480. L'Islam, l'islamisme et l'Occident
par Gabriel Martinez-Gros et Lucette Valensi
H481. L'Empire portugais d'Asie, *par Sanjay Subrahmanyam*
H482. Histoire de l'Afrique du Sud
par François-Xavier Fauvelle-Aymar
H483. Histoire des grands-parents que je n'ai pas eus
par Ivan Jablonka
H484. Du nouveau sous le soleil, *par John R. Mc Neill*
H485. Mélancolie ouvrière, *par Michelle Perrot*
H486. Stèles. La Grande Famine en Chine (1958-1961)
par Jisheng Yang
H487. Histoire des Carolingiens. VIIIe-Xe siècle (inédit),
par Marie-Céline Isaia
H488. La Querelle des universaux, *par Alain de Libera*
H489. La Guerre de Vendée, *par Jean-Clément Martin*
H490. Les Écrans de l'ombre, *par Sylvie Lindeperg*
H491. La Fin. Allemagne, 1944-1945, *par Ian Kershaw*
H492. Vasco de Gama. Légende et tribulations
du vice-roi des Indes, *par Sanjay Subrahmanyam*
H493. Une histoire politique du pantalon, *par Christine Bard*
H494. Vingt destins dans la Grande Guerre.
La beauté et la douleur des combats, *par Peter Englud*
H.495 L'Empire des français, 1799-1815.
La France contemporaine, t. 1, *par Aurélien Lignereux*
H496. Monarchies postrévolutionnaires, 1814-1848.
La France contemporaine, t. 2, *par Bertrand Goujon*
H497. Le Crépuscule des révolutions ? 1848-1871.
La France contemporaine, t. 3, *par Quentin Deluermoz*
H498. La Victoire endeuillée. La sortie de guerre
des soldats français (1918-1920), *par Bruno Cabanes*
H499. Les Vérités inavouables de Jean Genet
par Ivan Jablonka
H500. L'Histoire à parts égales. Récits d'une rencontre,
Orient-Occident (XVIe-XVIIe siècle), *par Romain Bertrand*
H501. Histoire de la virilité, t. I, L'Invention de la virilité,
De l'Antiquité aux Lumières, *sous la direction*
de Georges Vigarello
H502. Histoire de la virilité, t. II, Le Triomphe de la virilité,
Le XIXe siècle, *sous la direction d'Alain Corbin*
H503. Histoire de la virilité, t. III, La Virilité en crise ?,
Les XXe-XXIe siècles, *sous la direction*
de Jean-Jacques Courtine
H504. La Vie privée dans l'Empire romain, *par Paul Veyne*